Confesiones de un Burgués

Sándor Márai

CONFESIONES DE UN BURGUÉS

Traducción del húngaro de
Judit Xantus Szarvas

salamandra

Título original: *Egy Polgar Vallomasai*

Fotografía de la cubierta: Erzsi Gaiduschek, Budapest, 1923 (Jáky Jánosné)

Copyright © Heirs of Sándor Márai, Csaba Gaal, Toronto
Copyright de la edición en castellano © Ediciones Salamandra, 2004

Publicaciones y Ediciones Salamandra, S.A.
Almogàvers, 56, 7° 2ª - 08018 Barcelona - Tel. 93 215 11 99
www.salamandra.info

Reservados todos los derechos. Queda rigurosamente prohibida, sin la autorización escrita de los titulares del "Copyright", bajo las sanciones establecidas en las leyes, la reproducción parcial o total de esta obra por cualquier medio o procedimiento, incluidos la reprografía y el tratamiento informático, así como la distribución de ejemplares mediante alquiler o préstamo públicos.

ISBN: 978-84-7888-865-8
Depósito legal: B-50.221-2007

1ª edición, marzo de 2004
9ª edición, octubre de 2007
Printed in Spain

Impresión: Romanyà-Valls, Pl. Verdaguer, 1
Capellades, Barcelona

Nota a la tercera edición original

Esta tercera edición corregida de *Confesiones de un burgués* constituye la versión definitiva. Los personajes de esta biografía novelada son figuras inventadas que solamente tienen vigencia y entidad en las páginas de este libro.
Ni viven ni han vivido nunca en la realidad.

Sándor Márai

PRIMERA PARTE

Primer capítulo

1

En la ciudad no había más que una docena de edificios de dos pisos: nuestra casa, los dos cuarteles militares y algún que otro inmueble de la administración pública. Más tarde se construiría el «palacio» de la comandancia del destacamento del ejército, también de dos pisos y con elevador eléctrico. Nuestra casa se encontraba en la calle principal, la calle Fő, y se revelaba digna de cualquier gran metrópoli. Se trataba de un edificio de viviendas de alquiler, de fachada y portal amplios y con unas escaleras anchas y cómodas en las que solía haber corrientes de aire. Por las mañanas, los vendedores ambulantes montaban sus puestos en las aceras enfundados en sus abrigos cortos de lana blanca y sus gorras de piel de oveja, despachaban sus productos y comían pan con tocino, fumaban en pipa y escupían constantemente. En cada una de las plantas había una larga hilera de doce ventanas que daban a la calle. Los pisos de la primera, incluido el nuestro, tenían balcones de cuyos barrotes colgábamos en verano unas macetas con geranios (el lema municipal era: «¡Embellece tu ciudad!», y para promover esta noble idea llegó a crearse una Asociación por la Belleza de la Ciudad). El nuestro era sin duda un edificio magnífico, pero sobre todo se consideraba respetable y prestigioso. Se trataba de la primera casa verdaderamente «moderna» de la ciudad, con una fachada de ladrillo rojo que el arquitecto había decorado con imaginativos ornamentos de yeso bajo las ventanas, de una casa llena de todos los oropeles que la ambición de un proyectista de fin de siglo podía haber soñado para un edificio de pisos de alquiler.

Todos los edificios de la ciudad, incluso los de alquiler, parecían casas familiares. La verdadera ciudad era casi invisible, pues se había construido hacia el interior, tras la fachada de una sola planta de la mayoría de los edificios. Si el viajero se asomaba a uno de esos portales abovedados, veía cuatro o cinco casas construidas en el patio, en las que vivían los nietos y bisnietos de los dueños; cuando algún hijo se casaba, se construía una nueva ala junto a alguna vivienda ya existente. La ciudad, pues, se ocultaba en los patios de sus casas. Los vecinos vivían volcados hacia el interior, escondidos, cautos y recelosos, y con el tiempo cada familia consiguió levantar un pequeño barrio propio, una pequeña manzana de casas cuya única representación oficial ante el mundo era la fachada de la casa principal. No es extraño, por tanto, que el edificio en el que mis padres habían alquilado un piso a principios de siglo se considerase un auténtico rascacielos y tuviese enorme fama en toda la provincia. Aunque en realidad era uno más de los tristes edificios que se estaban construyendo a centenares en la capital: la puerta de entrada a cada piso se abría a una especie de pasillo con barandilla que «colgaba» por encima del patio, había calefacción central en todas las viviendas, y las criadas tenían sus aseos propios, apartados, cerca de las escaleras de servicio, donde estaban también los lavaderos. Hasta entonces no se había visto nada parecido en nuestra ciudad. La calefacción central era algo reciente y novedoso, pero también se hablaba mucho de los aseos de las criadas, puesto que durante siglos nadie se había preguntado —por simple pudor— dónde hacían sus necesidades. El arquitecto «moderno» que había construido la casa estaba considerado un espíritu renovador por haber separado de forma tan tajante el sitio reservado al aseo de los señores del de las criadas. En mi época de colegial solía ufanarme de que en nuestra casa hubiese unos aseos exclusivamente destinados a ellas. Pero lo cierto era que las criadas —por pudor y por extrañeza— no utilizaban esos aseos y que nadie sabía dónde hacían sus necesidades. Probablemente en el mismo lugar en que lo habían hecho siempre, durante siglos, desde el principio de los tiempos.

El arquitecto había dispuesto de lo que había querido, no había tenido que escatimar ni espacio ni materiales. La puerta de entrada de cada piso daba a un recibidor del tamaño de una habitación grande donde solía haber un armario con espejos y un cepillero bordado colgado en la pared, además de una cornamenta de ciervo; el recibidor solía ser muy frío en invierno porque se habían olvidado de instalar allí un radiador o cualquier otro tipo de calefacción, y los abrigos de piel de los invitados se llenaban de escarcha en las perchas. Ésa era de hecho la entrada principal de la casa, pero esa puerta, que daba directamente a las escaleras, sólo se abría para invitados excepcionales. Las criadas y los miembros de la familia, incluso los padres, entraban desde el pasillo por una puerta de cristal más pequeña, situada al lado de la cocina, que no tenía ni timbre, de modo que había que llamar a la ventana de la cocina. Incluso los amigos entraban por allí. La entrada principal sólo se utilizaba un par de veces al año, el día del santo de mi padre y algún día de carnaval. Yo llegué a pedir a mi madre como regalo de cumpleaños que, un día cualquiera de la semana y exclusivamente en mi honor, se abriera la puerta grande de las escaleras y se me permitiera entrar en casa por ella.

El patio, rectangular, era enorme. En el centro había una estructura de madera para tender las alfombras y quitarles el polvo que parecía un cadalso para realizar varias ejecuciones simultáneas, y a su lado, un pozo del que se abastecían de agua los pisos mediante una bomba eléctrica. En nuestra ciudad el sistema de canalización era muy rudimentario por aquel entonces. Todos los días, al alba y al atardecer, la esposa del portero aparecía al lado del pozo, ponía en marcha el motor y esperaba hasta que un pequeño chorro de agua caía por el tubo de seguridad situado bajo el canalón del segundo piso, señal que indicaba que se habían llenado todos los depósitos. Ese espectáculo reunía por las tardes a todos los vecinos del edificio, especialmente a los niños y a las criadas, que no se avergonzaban de observarlo.

En aquellos años ya había luz eléctrica en casi todas las casas de la ciudad; su uso se combinaba con el de las lámparas de gas. En muchos sitios seguían empleándose también lámparas de petróleo. Hasta el fin de sus días, mi abuela tuvo una colgada del techo de su habitación; y durante el año que pasé en una ciudad vecina preparando el bachillerato como pensionista en casa de un maestro, dediqué las noches a estudiar y jugar a las cartas bajo la luz de una lámpara de petróleo, aunque ya entonces era consciente de lo atrasado de la situación y mi orgullo se revelaba contra el hecho de tener que malvivir en tales circunstancias. Cuando yo era pequeño nos sentíamos orgullosos de tener luz eléctrica, pero cada vez que podíamos encendíamos las lámparas de gas, de luz más dulce y suave, incluso para cenar si no había invitados. El piso olía a gas a menudo. Más adelante, un hombre muy ingenioso inventó un dispositivo de seguridad, una placa de platino que se colocaba encima de la llama. Cuando había una fuga de gas, esa placa empezaba a vibrar y arder y acababa estallando. Mi padre, gran amante de las novedades técnicas, fue uno de los primeros de la ciudad en adquirir tal dispositivo. Sin embargo, también seguíamos usando lámparas de petróleo, sobre todo las criadas en la cocina; y el portero continuaba encendiéndolas en las escaleras y los pasillos. La luz eléctrica era muy preciada, pero se consideraba poco fiable. La calefacción central producía más ruido que calor, y como mi madre no se fiaba completamente de aquel artilugio que funcionaba con agua caliente y vapor, hizo instalar una estufa antigua en la habitación de los niños. Todos esos maravillosos inventos de principios de siglo hacían la vida un poco más difícil, pues los inventores aprendían a nuestra costa. Unas décadas más tarde, el mundo rebosaba de luz eléctrica, de agua caliente, de vapor y de motores de explosión; pero en mi infancia los inventores todavía experimentaban con sus artefactos, y todo lo que aquellos ingenieros vanguardistas vendían a sus ingenuos adeptos resultaba imperfecto e inservible. La electricidad parpadeaba y daba una luz amarillenta que casi no alumbraba. La calefacción dejaba de funcionar precisamente en los días más fríos o inundaba la casa de un vapor demasiado cálido, por lo que siempre estábamos resfriados. Pero había que «respetar la época moderna». La hermana mayor de mi madre, sin embargo, se resistía por completo a «respetar la época moderna» y atiborraba de leña sus estufas de porcelana blanca; nosotros, en consecuencia, nos refugiábamos en su casa para calentarnos, algo que resultaba imposible con la calefacción central, y nos deleitábamos con el calor constante y uniforme, además de perfumado, de los troncos de haya.

 Un viento cortante que soplaba con insistencia recorría infatigablemente el patio de nuestra casa, que estaba desprotegido y abierto al norte, a las altas montañas de nieves perpetuas que formaban un semicírculo en torno a la ciudad. El arquitecto había añadido dos alas de una sola planta a ambos lados del edificio principal, y al fondo del patio había levantado una especie de cabaña, una bonita casa de dos habitaciones en la que vivía el portero con su familia. El conjunto era muy amplio, ocupaba bastante espacio, y no se habían construido dos plantas porque, evidentemente, ni el propio arquitecto confiaba en que se alquilaran todos los pisos del edificio. La construcción tenía un aire muy propio de su época, la gloriosa época del capitalismo rampante, ambicioso, constructor y emprendedor. Era el primer edificio de la ciudad que no se había construido con el propósito de que sus habitantes vivieran entre sus paredes hasta el fin de sus días, y tengo entendido que ya no queda ninguno de los inquilinos que vivían en aquellos pisos a principios del siglo XX. Eran auténticos pisos de alquiler. Las antiguas familias de la ciudad nunca habrían vivido en un piso de aquel edificio, y además sentían cierto desprecio por sus desarraigados habitantes, llegados de quién sabe dónde.

2

Mi padre también consideraba que un señor no debía pagar un alquiler ni vivir en una casa que no fuese la suya propia, y por tanto hacía todo lo posible para que pudiésemos comprar una. Sin embargo, pasaron tres lustros hasta que lo consiguió. A la «casa de propiedad» yo ya sólo iba de visita, pues estudiaba fuera de la ciudad, y no tengo ningún recuerdo agradable de aquella casa inútilmente grande, casi suntuosa. Mi infancia había transcurrido en los pisos de alquiler. Cuando pienso en la palabra «hogar», veo el enorme patio del edificio de la calle Fő, los largos pasillos colgantes con sus barandillas, el artilugio para desempolvar las alfombras y el pozo con bomba eléctrica. En el fondo era una casa fea y deforme; nadie sabía cómo había llegado hasta allí y sus habitantes no mantenían relaciones de amistad; en realidad ni siquiera eran buenos vecinos. Estaban divididos por castas, clases o religión. En las casas antiguas, en las de una sola planta, aún vivían familias con todos sus miembros, que eran amigos o enemigos pero que tenían una relación inevitable con todos los demás, tenían algo en común.

En el edificio vivían dos familias judías, una rica y otra pobre. Los judíos ricos, «"neológicos" y progresistas», laicos y convertidos en burgueses pudientes, habían alquilado el piso más grande de la segunda planta, que ocupaba toda la fachada, y vivían bastante encerrados en su casa; eran muy orgullosos y no buscaban el contacto con ningún vecino. La otra familia vivía en la planta baja, en la parte trasera del patio; era una familia «ortodoxa», muy numerosa, muy pobre y muy fecunda, que no dejaba de aumentar con el nacimiento de los hijos y que acogía también a otros familiares emigrados de la provincia polaca de Galitzia; vivían todos en aquel piso de tres habitaciones, oscuro y apartado, que los días de fiesta se llenaba de invitados y otros parientes que parecían reunirse para tomar una decisión importante. Esos «judíos pobres» —aunque en realidad no sé hasta qué punto lo eran— se vestían con los trajes típicos de Galitzia y respetaban su religión en todo, y lo cierto es que los inquilinos cristianos los miraban con mejores ojos que a los «neológicos», que eran ricos pero estaban aislados. A menudo ocurría que algún miembro de la familia de los judíos pobres se cortaba la perilla y la barba, se quitaba el caftán y el gorro forrado con piel de zorro y empezaba a vestir ropa de la época; esos cambios se produjeron rápidamente en la mayoría de ellos. Los niños iban ya al colegio laico municipal y algunos de los adolescentes estaban inscritos en el instituto. Al cabo de unos quince años no había en el edificio, y tampoco en la ciudad, un solo judío con caftán. El matrimonio que vivía en nuestra casa tenía tantos hijos que no recuerdo a ninguno de ellos en especial, aunque, curiosamente, esta familia tenía con los vecinos católicos una relación más confidencial y distendida que la otra, la familia rica y «neológica». Se hablaba de aquella familia numerosa en tono proteccionista y solidario, casi como si fuesen niños de pecho: se hablaba de ellos como «nuestros judíos» y se repetía hasta la saciedad que eran «personas buenas y muy honradas», así que nos sentíamos casi orgullosos de que en nuestra moderna casa hubiera unos judíos de verdad. A los miembros de la familia judía que vivía en el segundo piso los veíamos poco. Ellos llevaban una vida mundana, viajaban mucho y educaban a sus hijos en colegios e institutos católicos. La mujer era delgada y triste y padecía del corazón, tocaba muy bien el piano y encargaba sus vestidos a sastres de la capital. Las demás mujeres del edificio, burguesas y pequeñoburguesas, la envidiaban, claro está. Sus vestidos llamaban demasiado la atención e incluso llegaban a levantar suspicacias; y también a mí me parecía indigno e inmoral que aquellas personas, «que al fin y al cabo sólo eran judíos», vivieran mejor que nosotros, sin ir más lejos, y que la señora vistiera con más elegancia, tocara más el piano y cogiera más coches de punto que mi propia madre. «Todo tiene un límite», pensaba. Con la familia ortodoxa, tanto adultos como niños nos entendíamos mucho mejor. Ellos asumían su condición de judíos sin humillarse y respetaban sus costumbres, comían su comida, vestían sus trajes, celebraban sus fiestas, hablaban su idioma —esa extraña mezcla de alemán, hebreo y húngaro—, aceptaban su extrañeza y la acentuaban, así que nosotros los veíamos como si fueran miembros de una tribu exótica, gente desamparada que daba cierta pena y que inspiraba caridad y solidaridad en cualquier alma cristiana. A veces mi madre mandaba frascos de compota a la abuela, que solía guardar cama durante el otoño; y en Semana Santa ellos nos obsequiaban con pan ácimo, sin levadura, envuelto en un paño blanco, un pan que nosotros observábamos con ojos curiosos, que agradecíamos de corazón y que nadie, ni siquiera las criadas, llegó a probar nunca. Esa familia nos daba pena; aceptábamos a sus miembros, pero los observábamos un poco como si fuesen salvajes más o menos domesticados. Mi madre conversaba en ocasiones con alguno de ellos, por descontado sólo en el pasillo, del primer piso a la planta baja, en mitad de alguna limpieza general. «¿Qué tal?», decía mi madre, y aquella mujer con peluca que siempre estaba dando el pecho solía responderle con un «Mis respetos, señora». No creo que mi madre quisiera acentuar la «diferencia social» que había entre las dos familias, pues no había necesidad alguna de hacerlo. Los judíos eran perfectamente conscientes de tal diferencia y en absoluto pretendían entrar en confidencias; más tarde me di cuenta de que ellos también guardaban celosamente su intimidad, al igual que las familias cristianas, sí, quizá incluso de forma más acentuada, y a su extraña manera se encastillaban con más ahínco que nosotros ante cualquier avance. Hasta cierto punto, los vecinos del edificio protegían a los judíos pobres. Contemplábamos sus celebraciones y sus costumbres con educación y condescendencia. Los judíos «neológicos» no levantaban tiendas en el patio durante las fiestas religiosas que así lo requerían, y tampoco iban a la sinagoga o a la iglesia; un día de principios de marzo, mi padre llegó a casa muy sorprendido y ligeramente indignado, y nos contó que había viajado en tren con los judíos ricos y que éstos iban comiendo uvas envueltas en algodón, uvas en aquella época del año... Estuvimos comentándolo toda la noche, atolondrados y un tanto asustados, en especial mi madre, a la que alteraba tanto «descaro».

    Las familias judías no mantenían ninguna relación. Era obvio que los ricos vivían en otro planeta. El padre tenía una fábrica de cristal en los alrededores de la ciudad y viajaba mucho; era un hombre regordete, macizo y calvo; trataba bastante mal a su esposa, una mujer enjuta, triste y envejecida, y la engañaba con cajeras, un hecho conocido en toda la ciudad. La mujer soportaba su destino de una forma algo novelesca: tocaba el piano con las ventanas abiertas; tocaba muy bien, pero aquello duraba demasiado y llamaba mucho la atención. En toda la casa se sabía que los miembros de aquella familia no comían *kosher*, comían hasta jamón y cocinaban con manteca de cerdo, y eso tampoco gustaba. Si en aquel edificio de viviendas de alquiler de familias burguesas existía el «problema judío», no eran los miembros de la familia ortodoxa quienes lo provocaban. Todos los vecinos opinábamos que los judíos de abajo, que llevaban caftán y perillas larguísimas, eran más simpáticos que la familia completamente civilizada del fabricante de cristal. Contemplábamos el estilo de vida más elevado y aburguesado de esta familia con ciertos celos, los temíamos sin saber por qué. En el estrecho terreno de los contactos sociales, el hombre se mostraba educado y neutro con los cristianos, mientras que con los «judíos pobres» era condescendiente y acentuaba una supuesta superioridad. A nosotros, por ejemplo, nuestros padres nunca nos dijeron que evitáramos la compañía de los niños de la familia ortodoxa, nunca se nos prohibió jugar con aquellos muchachos enclenques y pálidos de ojos enormes que parecían adultos minúsculos con sus largos caftanes y aquellos sombreros que no se quitaban ni siquiera para jugar; no se mostraban pacientes en absoluto y en el ardor del juego llegaban incluso a burlarse de los niños cristianos, llamándolos *goy*, algo que por otra parte no nos importaba, puesto que no conocíamos el significado de la palabra. La media docena de niños judíos jugaba con alegría y sin ningún problema con los cristianos, es decir, con nosotros, los niños que crecíamos en el patio, mientras que los hijos del judío rico iban al colegio acompañados por su *Fräulein* e iban a su casa profesores particulares que se encargaban de que los niños no se mezclaran con los judíos proletarios. Esos niños nunca bajaban al patio a jugar con los demás, y su elegante aislamiento ultrajaba tanto mis ideas y sentimientos sobre la justicia y la igualdad, que una tarde convencí al mayor de ellos, un muchacho que iba a tercero de secundaria, de que bajase conmigo al sótano, y una vez allí lo encerré en el cuarto de la caldera de la calefacción central y me fui a mi casa, tranquilo y con el sentimiento del deber cumplido. Por supuesto, no dije nada a nadie sobre lo ocurrido; tampoco dije nada cuando cayó la noche y hasta la policía buscaba ya al hijo perdido mientras los espeluznantes y enloquecidos gritos de su madre despertaban a todos los vecinos. El encargado de encender la calefacción encontró al muchacho a la mañana siguiente. Lo más raro de todo es que el chico jamás me delató. Aquel adolescente taimado y perezoso, de ojos medio adormilados, calló con terquedad al ser interrogado y ni me reprochó aquella extraña venganza ni llegó a mencionarla jamás, ni siquiera después, cuando nos hicimos amigos. Quizá intuyera que yo tenía toda la razón. Los niños juzgan con rapidez y sin posibilidad de apelación.

Los hijos de los judíos pobres fueron marchándose uno tras otro, pero año tras año la tienda volvía a levantarse en el patio con mantas, colchas y alfombras, y el padre de familia, aquel jefe de tribu singular y parco en palabras, entraba por la tarde a pasar un rato en la soledad de aquella rara construcción. Sus hijos afirmaban que iba allí a rezar. Una vez estuvimos espiándolo a través de una rendija que abrimos separando las alfombras, pero únicamente pudimos ver que estaba sentado en una silla en el centro, solo, mirando hacia delante. Probablemente se aburría. Una mañana, el edificio se despertó con un extraño ir y venir: a la casa de la planta baja iban entrando judíos con caftanes y el patio se llenó de desconocidos. Uno de los hijos de la familia, Lajos, de nueve años, apareció de repente entre la multitud y nos dio la explicación con cara de orgullo y, a la vez, de preocupación: «Mi padre ha muerto esta noche —dijo. Y como descuidadamente, con aire de superioridad, añadió—: ¡Vaya lío!»

Durante todo el día siguió comportándose con el mismo aire de superioridad, dándose importancia de una manera insoportable. Así que a la mañana siguiente le propinamos una buena paliza sin ninguna razón en especial.

3

Nosotros vivíamos en el primer piso y nuestro vecino era el banco. Al principio las oficinas ocupaban tres habitaciones contiguas, alargadas y oscuras; el despacho del director daba a las escaleras, en la sala siguiente se encontraba la caja y en la habitación que lindaba con el patio estaba la sección de contabilidad. Al otro lado de la pared del despacho de mi padre estaba el del director, así que en ese muro se colocó una «puerta secreta» de latón, y cuando el director quería algo de mi padre, simplemente abría la puerta y le entregaba una carta, un documento o una letra de cambio de algún moroso para que emprendiese medidas legales contra él. Ese método de trabajo de tintes familiares se mantuvo durante varias décadas, y el banco prosperaba. Dos solteronas trabajaban en la contabilidad, mientras que el puesto de cajero era desempeñado por un capitán de los húsares retirado anticipadamente que aguantaba los cambios del destino con cierto aire de enfado y que gritaba a los campesinos que llegaban a pedir un préstamo o a pagar los intereses como si estuviera en un cuartel militar. El capitán había renunciado a su grado para poder casarse con su novia, una institutriz de familia humilde. Pero después de aquello ya no volvió a encontrar su lugar en el mundo; sentía una fuerte nostalgia por su vida pasada, de modo que empezó a beber y a maldecir el estúpido orden social que rebajaba a capitanes del ejército a simples cajeros de banco, reclamando con palabras ardorosas que «ocurriera algo». Nunca he visto a ningún hombre más feliz que a aquel capitán retirado cuando, el primer día de la Guerra Mundial, pudo por fin volver a lucir su antiguo uniforme de los húsares y entró en el banco blandiendo la espada para despedirse de sus superiores y compañeros de ayer que le hablaban de nuevo con reverencia; les ofrecía respuestas cortas y tajantes, dando las gracias porque hubiese «ocurrido algo». Aquel hombre, como tantos otros, partió para la guerra con verdadero entusiasmo y cayó, por cierto, en el primer año de combates.

Pero en la época en que el pequeño banco, «nuestro banco», empezaba a prosperar, allí, en aquellas habitaciones oscuras, todavía no había señal alguna del conflicto. Los clientes se agolpaban en las escaleras y en los pasillos con sus abrigos cortos y sus alforjas. La mayoría eran campesinos pobres de los pueblos del norte de la región, donde las tierras no daban para mucho: el propietario de veinte hectáreas era casi un terrateniente, pero ni siquiera el propietario de mil hectáreas podía permitirse vivir en la opulencia debido a la mala calidad del terreno. Por aquellos pueblos eslovacos apenas se hablaba húngaro. Las criadas que llegaban de esa zona se expresaban en una mezcla de eslovaco y húngaro; aunque allí la lengua oficial de la alta sociedad era el húngaro, en familia hasta los húngaros establecidos en esa región preferían conversar en el dialecto alemán de la zona. No se trataba de algo intencionado. El ambiente de la ciudad era húngaro, pero en casa, después de la cena, en zapatillas y mangas de camisa, incluso los señores preferían hablar alemán.

Uno de los recuerdos más luminosos, tersos y gloriosos de mi infancia es que en nuestra casa hubiese un banco, un banco de verdad con cajero y dinero en efectivo, en el que sólo tenías que presentarte y firmar un papel para que te diesen crédito. En aquella época, el negocio de la banca era así de sencillo y transparente. Los campesinos llegaban por la mañana con su pan y su tocino, además de la botella de aguardiente y los papeles del catastro de su propiedad que el notario les había conseguido, y esperaban su turno. El mediodía era el momento de la llamada «censura», o sea, del examen en que los miembros de la dirección, dos curas viejos, el director del banco y el consejero jurídico, se reunían en «asamblea general» para decidir mediante votación préstamos de cien o doscientas coronas, tras lo cual se redactaban las letras de cambio pertinentes en el departamento de contabilidad y los clientes se llevaban el dinero a sus casas por la tarde. La abundancia monetaria que caracterizó aquellos años en todo el mundo también había alcanzado nuestra ciudad; existían los créditos con garantías personales, y el cajero-capitán pagaba incluso letras de cambio «por caballerosidad». Cuando la letra de cambio vencía, el campesino pagaba, y si no lo hacía, el banco subastaba las diez hectáreas que él había hipotecado de las veinte que tenía. Era un negocio tan sencillo y natural como los fenómenos de la naturaleza, totalmente lógico y firme. El banco estaba repleto de dinero y prosperaba. Los niños de la casa nos sentíamos muy orgullosos de ese banco tan simpático y benevolente. Los secretos financieros de los adultos intrigan tanto a los niños como, por lo menos, los misterios de la sexualidad. Nosotros sabíamos que en las cajas fuertes se guardaba eso tan preciado de lo que los adultos hablaban tanto; veíamos los rostros sumisos de los que solicitaban un préstamo, oíamos sus voces de plañideras al relatar sus problemas y reparábamos en que saludaban con un humilde «le beso la mano» a cualquiera que tuviera algo que ver con el banco, incluso a los sirvientes. Saber que en el edificio había un banco, una institución tan caritativa y familiar, hacía que los niños nos sintiésemos seguros y orgullosos. Nos sentíamos protegidos; teníamos la certeza de que nada malo podía ocurrirnos, pues en cierto modo pertenecíamos al banco. Creo que nuestros padres sentían lo mismo y se comportaban con la misma seguridad. El edificio era propiedad del banco, y el director daba plazos más que generosos cuando se producían retrasos en el pago del alquiler y hasta concedía a los inquilinos algún que otro pequeño crédito. Considerábamos que el dinero del banco era de cierta manera también de la familia; vivíamos en un mundo sosegado e ingenuo: los inquilinos iban a pedir un préstamo como si acudieran a un pariente rico, y el banco lo concedía sin poner objeción alguna, puesto que nadie pensaba que un familiar pudiera huir con el dinero prestado. Los niños entienden de forma instintiva las cosas relacionadas con el dinero. Nosotros, que creíamos una gran suerte haber nacido a la sombra de un banco y vivir bajo su protección, nos sabíamos cerca de la fuente de toda riqueza terrenal y estábamos convencidos de que ni siquiera en el futuro sufriríamos percance financiero alguno, pues hubiese bastado con seguir en contacto con aquel pequeño y amable banco. Esas ideas infantiles, extrañas y grotescas me acompañaron incluso en mi época universitaria, y hasta en los primeros años de mis viajes por el extranjero; cuando aquel banco ya llevaba tiempo en bancarrota, yo continuaba sintiendo sosiego y tranquilidad en los asuntos relacionados con el dinero: como tenía una relación muy familiar con él, no era posible que me jugase una mala pasada a mí, a su compañero de toda la vida.

En los años de mi niñez el banco prosperaba y eso lo notaban incluso los empleados. Uno de ellos formó un coro y otro empezó a escribir y editó un libro en dos volúmenes sobre la historia de las antiguas fortalezas de la región, ya en ruinas. Todos disponían de tiempo para el ocio. Pronto el banco superó aquellas tres habitaciones, así que en medio del patio se construyó un local, una especie de palacio de cristal digno de un cuento de hadas. La construcción de aquel templo nos tuvo a todos maravillados: trajeron unas gruesas placas de cristal desde Alemania y sobre la sala donde se encontraban las cajas se construyó una cúpula que sobrepasaba en esplendor a todo lo que yo he llegado a ver fuera del país. Los campesinos empezaron a llamar «Belén» a aquel palacio. Desde los pueblos de los alrededores venían a contemplarlo y admirarse, y bajo la cúpula hablaban con respeto y veneración, como si estuvieran en una iglesia. El capitalismo rampante había construido allí, en el fin del mundo, un pequeño santuario para gloria propia, un santuario solemne y fastuoso: ésa era la opinión generalizada sobre aquel edificio, cuya pompa completamente inútil y de mal gusto no se hubiese podido explicar de otra manera. Tenía todos los elementos propios de un banco de verdad: una cámara acorazada con puertas del ancho de una persona que se abrían por procedimientos secretos y mágicos, una sala de juntas con una puerta revestida de terciopelo, lo último en máquinas de escribir y calculadoras..., y es probable que hubiese hasta dinero. A los niños de la casa nos intrigaba en especial la cámara acorazada, que se había levantado frente a la casa del portero y era una construcción casi subterránea que nosotros imaginábamos abarrotada de tesoros y piedras preciosas. Era la época del capitalismo de cara serena y amable que hacía aparecer ante nuestros ojos asombrados palacios de ensueño; los únicos que no apreciaban aquel nuevo edificio eran los campesinos de pura cepa, que preferían seguir guardando su dinero en los armarios de la oscura oficina antigua y que, al ver tanta ostentación, movían negativamente la cabeza preguntándose: «¿Con qué dinero se habrá construido esto?»

4

El «tío Endre» dirigía el banco con mucho celo y decisión. El tío Endre procedía de una familia ilustre y había realizado estudios de Derecho, como tantos jóvenes de su generación que anhelaban ejercer una «profesión liberal», pues no se contentaban con ir ascendiendo en el escalafón de la administración local o provincial. Durante mi infancia pude observar de cerca esa fase en la que muchos exponentes de la *gentry* empezaron a desarrollar actividades de tipo intelectual, y más adelante me daría cuenta de que la literatura contemporánea ha creado una imagen distorsionada de esa época y de sus protagonistas. El tío Endre, por ejemplo, se dedicaba con verdadero entusiasmo, en cuerpo y alma, al oficio de banquero, algo que estaba muy lejos de su inclinación natural; respetaba a rajatabla los horarios establecidos y no se parecía en nada al típico oficinista provinciano de entonces, que era aficionado a la caza y a la vida de los casinos, donde jugaba a las cartas y se hacía el gran señor aceptando a medianoche en su mesa letras de cambio de sus contrincantes. La vida es muy distinta de como la pintan en la literatura. Nadie consideraba al tío Endre un genio de la economía, pero él se pasaba la mayor parte del tiempo clasificando y copiando balances en el banco en lugar de ir de cacería o jugar a las cartas. A veces incluso leía un poco, viajaba en algunas ocasiones, llevaba una vida sosegada; de los símbolos de la pequeña nobleza sólo conservaba el anillo familiar, que nunca se quitaba del dedo. El banco crecía y prosperaba solo, como cualquier banco que se precie, y el tío Endre únicamente tenía que encargarse de que en cada préstamo los empleados cumplieran las «condiciones bancarias». Creo que me resultaría muy fácil y gratificante retratar al director del banco como alguien más ocupado en estampar billetes de banco en la frente de unos músicos gitanos, según la costumbre, que sellos fiscales en los contratos, como un director que otorga sin titubear un préstamo elevado a su sobrino de vida disipada para que lo despilfarre enseguida, simplemente por el hecho de ser pariente. En las ciudades de Sáros o Zemplén quizá hubiese banqueros de esa clase, pero no habrían aguantado el rigor y el orden de nuestra ciudad. El tío Endre llegaba a su despacho todas las mañanas a la hora exacta, ni un minuto más tarde, se ponía su bata con coderas y empezaba a clasificar y copiar balances, algo que sólo dejaba al atardecer. El banco obtenía sus créditos de una institución financiera de la capital, y los directores de la capital, unos judíos viejos y engreídos, venían una vez al año a inspeccionar las actividades del tío Endre; esos judíos sí que iban de cacería, se trataban de tú entre ellos y se daban aires de gran señor, y nosotros nos reíamos a veces de sus extrañas costumbres. Sentado en su despacho de director, el tío Endre no hacía nada que no hubiesen hecho su padre y su abuelo: procurar que los campesinos realizaran su trabajo y cumplieran con sus labores, y —como antes, cuando pagaban el diezmo— cuidar de que pagaran los intereses correspondientes. Sólo habían cambiado las formas.

No creo que cobrasen en exceso a los campesinos, pero desde luego les cobraban sin falta, porque de algo tenían que vivir. Mientras sus clientes fueron campesinos, no hubo problemas. La bancarrota no se produciría hasta que el tío Endre abandonara su cargo debido a una decisión basada en complicados enredos y malentendidos familiares, y llegase a ocupar su puesto un banquero de la capital con ideas de reforma y modernización, y con la actitud propia del capataz de una hacienda colonial. El nuevo director, seguramente bien intencionado pero también irresponsable, concedió créditos hipotecarios de sumas elevadísimas a unos comerciantes de vino polacos que en aquella época compraron toda la producción vinícola de la región montañosa de Hegyalja, y el banco perdió muchos millones en aquella transacción. Mi padre solía contarnos cómo consiguió salvar hasta el último billete de todos los ahorradores. Fue a ver al presidente de la entidad financiera de la capital que había sustituido al tío Endre por el capataz de hacienda colonial, y cuando dicho presidente de fama internacional, riquísimo y muy poderoso, totalmente insensible a los problemas de los afectados, se encogió de hombros ante su humilde petición y declaró algo así como: «Pues que esa gente pierda su dinero y ya está», mi padre le respondió en voz baja: «Bien, señor presidente, lo haremos así y perderemos todo lo que tenemos. Pero en el balance final también figurará su nombre, Excelencia.» Entonces el presidente se puso nervioso, llamó al director con un timbre y le dijo en cuanto entró: «Pagaremos el cien por cien.» Esas escasas y nobles palabras le costaron muchos millones al banco de Budapest, pero los ahorradores cobraron su dinero con los intereses correspondientes. Y yo oí el relato de esa anécdota a menudo, como si fuese un hermoso cuento sobre la época heroica del capitalismo.

5

Durante unos años vivió en uno de los pisos de tres habitaciones de la primera planta mi padrino, el hermano menor de mi padre, un hombre siempre resentido e inquieto a quien todo el mundo, incluso mi padre, trataba con tacto y respeto. Era un alma solitaria, un hombre orgulloso que había estudiado Ingeniería y que entendía las cosas técnicas con tal grado de perfección que, cuando estuvo destacado en una unidad de infantería cumpliendo sus obligaciones militares, quisieron convencerlo de que se quedase; por lo visto, «le rogaron que entrase en la carrera militar». Eso se contaba en la familia. La verdad es que su naturaleza, su inclinación y su disposición anímica lo atraían hacia el ejército. Se sentía mal en la vida civil, sobre todo en el puesto de ingeniero, ligeramente despreciado entonces; era irritable y siempre olfateaba un complot contra su persona, tenía sus «asuntillos», se notaba que no acababa de encontrar su lugar en el mundo. Las carreras de Ingeniería y

Medicina estaban bastante mal vistas entonces, se consideraban poco apropiadas para un auténtico caballero; un joven de buena familia podía dedicarse perfectamente a estudiar Derecho y trabajar como abogado, pero no estaba bien visto ni trazar los planos de un edificio ni utilizar la pluma o el compás para dibujar. Al desarrollo del «complejo de inferioridad» de mi tío (que él desconocía por completo y que el joven Freud, que observaba a los enfermos de histeria en la clínica de Charcot, todavía no había calificado como tal) había contribuido en gran medida la situación social de nuestra familia en el mundo magiar de fin de siglo, en un ambiente de castas casi secular y saturado de una apasionada exaltación nacionalista. La familia era de origen sajón; sus ancestros habían llegado a Hungría en el siglo XVII y habían sido fieles servidores de los Habsburgo, así que el emperador Leopoldo II había concedido un título nobiliario a nuestro bisabuelo, conocido familiarmente por el apodo de «Kristóf, el conde de las minas», por ser director de las minas de su majestad imperial en Máramaros. Finalmente, el corazón de la familia empezó a latir por Hungría en la época del levantamiento contra el Imperio, momento en que abrazó el nacionalismo; varios de sus miembros lucharon con las tropas de Bem y uno de mis antepasados, un tal Zsiga, terminó perdiendo su grado militar en la capitulación que tuvo lugar cerca de Világos y fue desterrado a un destacamento imperial en Venecia y más tarde en Milán, donde recuperaría su antiguo rango y se jubilaría como capitán de la guardia imperial. Sin embargo, antes del levantamiento, mi familia estaba bien vista en la corte de Viena, y sus miembros eran catalogados como «súbditos dignos de toda confianza». Cuando, en 1828, nombraron a mi bisabuelo *consiliarius* de la ciudad de Óbuda, tuvo que viajar a Viena para ser recibido por el emperador Francisco. «Estoy hospedado en el Hotel Rey Magiar —escribió desde Viena a su hermano menor, en Máramaros—, y la broma me sale bien cara; pago cinco forintos al día sólo por la habitación y los gastos de calefacción. El Monarca me recibió con simpatía, se acordaba de nuestro padre, decía: *"Ja, ja, auch Sie haben gute Zeignisse bei mir."* ["Sí, sí, me han dado muy buenas recomendaciones de usted."]» Es muy probable que la corte considerase a aquel oficinista de apellido alemán que en 1828 fue bien recibido en Viena por el emperador, como un opositor al Imperio. En la época del levantamiento contra los Habsburgo, la familia estaba del lado de los rebeldes; cambió su apellido por uno húngaro durante el ministerio de Lajos Kossuth, y la decisión fue publicada en el Boletín Oficial en el mes de agosto de 1848. Más tarde, en la década de los ochenta, cuando nada de eso tenía ya importancia, la familia, quién sabe por qué, recuperó su viejo apellido sajón. Evidentemente, en el fondo permanecieron ligados a su origen, pero en cuanto a convicciones y acciones, eran húngaros al cien por cien, de una manera casi maniática, sobre todo mi padre y su hermano menor. Ese fervoroso y sincero patriotismo magiar de las familias de inmigrantes era un fenómeno singular que resultaba extraño para las antiguas familias de la nobleza local, aunque estaban a favor de la llegada de aquellos forasteros convertidos en húngaros en el crisol de la Gran Hungría que conservaban a veces algunas características positivas de su raza o especie; por ejemplo, mis antepasados eran herreros sajones y yo creo haber heredado de ellos un sentimiento de responsabilidad, un *pflichtgefühl*. La verdad es que había cierta diferencia de matiz que no desapareció ni tras siglos de convivencia. El carácter anímico familiar era obvia aunque complicadamente católico, no sólo por la anotación correspondiente en las partidas de nacimiento, sino también de forma esencial y determinante. No nos relacionábamos con protestantes ni siquiera a nivel social, y ellos tampoco se mezclaban con nosotros, aunque nunca se hablaba de ello en la vida cotidiana. El hermano menor de mi padre sentía instintivamente —y sufría por ello— que por más que «lo hubiesen aceptado», por más que hubieran reconocido sus méritos, él, con su origen sajón, su apellido alemán y su familia de la nobleza austríaca, no pertenecía del todo a la gran «familia» de la pequeña nobleza que era la Hungría de finales de siglo. Era el que más se preocupaba de toda la familia por los asuntos típicos de esa pequeña nobleza. Recogía todo tipo de documentos familiares, hacía dibujar escudos y coronas, reconstruyó «el escudo de armas de la familia unificada» de mi padre y de mi madre (quién sabe de dónde había sacado los datos para ello, puesto que mi madre era descendiente de una familia de moravos humildes, su padre era molinero y me imagino que nunca había poseído título alguno de nobleza, algo que por otra parte no le importaba en absoluto a la familia de mi madre), y al final esa afición por todo lo nobiliario llegó a expresarse en ese hombre engreído y nervioso de una forma muy extraña: empezó a huir de la sociedad provinciana del lugar, se fue a vivir al extranjero durante varios años, construyó vías férreas y túneles en Bosnia y terminó trasladándose a Fiume, donde construyó, por encargo de una compañía francesa, la central eléctrica que sigue abasteciendo de electricidad hoy en día a toda la costa dálmata. Se casó con una joven refinada y silenciosa de una familia de la provincia de Nógrád descendiente del dramaturgo clásico más destacado del país, así que yo pasé muchos veranos de mi infancia en aquel palacio de fama literaria y en su parque, donde aquel genio húngaro de alma perturbada —que se volvió loco en sus años de vejez— había visto nacer sus versos de tonos sombríos y dramáticos. A mis ojos, esa relación de «parentesco literario» confería a mi tío un aura de gloria digna del monte Olimpo. En su época de soltero, cuando llevaba una vida de *garçon* enfrente de nosotros, en su piso de tres habitaciones, como si fuese el héroe de una novela francesa, tenía un criado a quien llegó a abofetear en una ocasión; por ese motivo yo le tenía miedo de niño, aunque más tarde sentiría por él pena y compasión. No encontraba su lugar en ninguna clase social; vivió su vida con amargura, apartado de todo, en un pueblo de la provincia de Nógrád, donde se sentía tan poco en su casa como cuando estaba con nosotros o en el extranjero. Él fue el primer antisemita que conocí, y estoy seguro de que se habría sorprendido muchísimo si alguien le hubiera dicho que los rasgos fundamentales de su carácter, esa búsqueda constante de su identidad entre las clases sociales, ese comportamiento de «mi reino no es de este mundo», era la manifestación clarísima de unas convicciones profundamente católicas y, por lo tanto, judías.

6

En el edificio funcionaban dos «negocios»: el banco, que trabajaba durante el día en el primer piso, y un tugurio llamado «café» que recibía a sus clientes con música en vivo por las noches en la planta baja. Los vecinos consideraban aquel «negocio» algo absolutamente normal y lo toleraban con naturalidad. A ninguna de esas familias decentes y muy estrictas en cuestiones de moral se le ocurría escandalizarse porque a altas horas de la noche, cuando todos los puros de espíritu dormían, se bailara el cancán en un tugurio situado en un local de su edificio. El «café» se preocupaba poco por captar clientes diurnos que fueran a tomar café y leer el periódico, por lo que no abría más que de noche. El cierre metálico se levantaba al atardecer, y entonces quedaban a la vista las pocas mesas de metal que había junto a las paredes, mientras que, en el mostrador, unas cuantas señoritas entradas en carnes y con el cabello teñido de rubio, según los gustos de la época, preparaban cócteles baratos (el champán se consideraba un lujo innecesario y hasta los oficiales con ganas de divertirse se permitían una botella que otra sólo en contadas ocasiones; de hecho, la categoría de «oficial con ganas de divertirse» era casi desconocida en nuestra ciudad, pues el destacamento más cercano del ejército se encontraba acuartelado a cincuenta kilómetros de distancia, y los militares desplazados a nuestra ciudad eran simples infantes y oficiales de poca monta que se contentaban con vino barato, licores dulzones y diversiones bastante vulgares). Al local acudían comerciantes, feriantes, terratenientes y arrendatarios judíos de los alrededores que iban a pasar una noche de farra en la ciudad. Pocas veces entraba un señor, y sólo cuando estaba bebido; entonces se bajaban las persianas y se armaba una fiesta familiar que despertaba a los vecinos, los cuales aguantaban, no obstante, el ruido y el alboroto; el «café» del edificio funcionó durante muchos años. En aquellos tiempos la policía no se metía en los asuntos privados de los ciudadanos, y en nuestra ciudad de cuarenta mil habitantes sólo había quince agentes para velar por el orden, quince inútiles panzudos y viejos que yo conocía desde la niñez y a quienes llamaba por su nombre de pila. Los calabozos estaban instalados en una antigua casa deshabitada con porche abovedado al estilo italiano, pero se encontraban casi siempre vacíos y sólo de vez en cuando debían dar cobijo a algún borracho empedernido que la policía recogía en alguna esquina y trasladaba hasta allí en una carretilla cubierta con una lona verde para que durmiese hasta no poder más. El «café» albergaba la forma más refinada y costosa de prostitución. En algunas ocasiones se produjeron peleas con heridos por arma blanca. Una madrugada, los vecinos nos despertamos con unos gritos femeninos; casi todos salimos al pasillo con nuestros pijamas y camisones, y vimos en medio del patio al portero intentando alejar a golpes de escoba a un hombre con bigote y botas, y con muy mal genio, que se agarraba a las partes más blandas de una de las señoritas que ejercían de camareras. Aquella imagen fantasmagórica, bajo la luz fría y tajante del amanecer, me pareció una irreal escena de teatro. Sin embargo, el tugurio debía de pagar un montón de dinero al banco para que se tolerasen incluso aquellos escándalos. El dueño del local, un violinista gitano emprendedor, listo y astuto, se vio obligado a cerrar muchos años más tarde y no por «razones de tipo moral», sino porque el banco necesitaba más sitio para extenderse y ya no precisaba el alquiler que cobraba por el local.

Para satisfacer las necesidades del cuerpo existían dos burdeles en la ciudad: uno más barato y vulgar, en la calle Bástya, y otro más refinado, frecuentado por los oficiales y los oficinistas, una casa de un solo piso situada en la calle Fegyverház. Entre esos dos sitios cerrados, destinados al amor carnal, había también en la calle Virág una docena de empresas privadas dedicadas al comercio del sexo. Se trataba de un mundo subterráneo, simpático y campechano. Frecuentaban esos lugares los solteros de oro y, claro está, también los hombres casados, los oficiales y, en secreto, los alumnos del colegio religioso; eran sitios que conservaban casi el mismo aspecto desde la Edad Media: con sus ventanas y portones cerrados a cal y canto y sus fachadas pintadas de verde o marrón, revelaban a todos su finalidad. Los hombres se presentaban allí después de tomar unas cuantas copas en el «café», se acomodaban en el salón a medianoche y se deleitaban en conversaciones mientras desfilaban ante sus ojos unas muchachas siempre cambiantes. Yo estuve en un lugar de ésos una sola vez en mi ciudad natal, cuando era muy joven: no tenía más que trece años recién cumplidos; después me avergonzaría ir a una de esas casas en mi propia ciudad, pero nunca olvidaría el recuerdo de aquella primera visita, lo conservaría para siempre con cruel nitidez. Me llevó uno de los muchachos que vivía en el mismo edificio que nosotros, el hijo adolescente, salvaje e indomable de un fabricante de perfumes y colonias; nos presentamos en pleno día en la casa «barata» de la calle Bástya, castañeteando los dientes, en una tarde calurosa y tranquila de verano. Un timbre ruidoso anunció nuestra llegada en el pasillo interior; a la izquierda, tras una puerta de cristal, pudimos ver sentada en una silla de ruedas, en medio de una habitación repleta de muebles antiguos, a una anciana con gafas y un pañuelo en la cabeza que parecía el lobo vestido de abuelita de *Caperucita Roja* y que nos miraba con una sonrisa de curiosidad. Salimos al patio, puesto que mi amigo y guía conocía ya el camino que llevaba a un ala del edificio escondida tras un muro de piedra, con habitaciones en la planta baja y en el primer piso, cuyas puertas pintadas de marrón recordaban las celdas de una cárcel o las habitaciones de un hospital. No veíamos a las «muchachas» por ninguna parte. Un búho domesticado con un ala cortada se paseaba por el patio interior. De repente, se abrió una de las puertas del segundo piso y apareció por el pasillo una mujer que tiró al suelo el agua de una jarra de hojalata y luego volvió a su cuarto sin prestarnos la más mínima atención. No fuimos capaces de reaccionar ni de decir nada; hasta mi amigo, por lo demás muy espabilado, miraba a un lado y a otro sin saber qué hacer; aquello parecía, efectivamente, una cárcel por el silencio reinante.

 Unos momentos después se abrió la puerta de una de las habitaciones de la planta baja y salió por ella una mujer que debía de haber estado vigilándonos desde detrás de las cortinas; nos sonrió y nos invitó a entrar. Mi amigo iba delante y yo lo seguía en un estado semiconsciente, casi fuera de mí, con el cuerpo cubierto de sudor. La mujer hablaba el húngaro con acento eslavo, pero no recuerdo de ella nada más, no sé si era joven o vieja, rubia o morena, gorda o delgada. En la habitación había un sofá destartalado y una cama deshecha de donde seguramente ella se acababa de levantar, porque los edredones desprendían todavía el calor y los vapores de su cuerpo; fijado con chinchetas a la pared desconchada, junto a una palangana de hojalata, descubrí un folleto informativo sobre cuestiones de higiene que leí de cabo a rabo, más bien para disimular mi vergüenza y mi desconcierto que por verdadero interés en el tema. La primera frase del texto empezaba así: «Podrá usted evitar fácilmente cualquier posible contagio...» Delante de la cama había un par de botas de hombre. Nos sentamos al borde del colchón y estuvimos así un tiempo; mi amigo intentaba comportarse con desenvoltura, pero él también tenía miedo. La mujer nos pidió un pitillo, se sentó entre los dos y nos miró con una amplia sonrisa, sin pronunciar palabra. No ocurrió nada en absoluto. Mi amigo le entregó unas cuantas monedas a la mujer, y luego nosotros nos deslizamos hacia la calle sin que nadie se diera cuenta de dónde salíamos; estaba anocheciendo. Aquella emocionante aventura, que me provocó los mismos escalofríos que las exóticas novelas de Karl May, me quitó las ganas de emprender una empresa parecida, sobre todo porque quedé muy desilusionado de mi amigo «bohemio», que me había engañado con un cuento cualquiera, que allí dentro se había comportado con tanto miedo como yo y que demostró ser un completo ignorante. Sin ir más lejos, me había contado que las relaciones sexuales entre un hombre y una mujer se desarrollaban de manera totalmente diferente de como nosotros lo imaginábamos (yo en aquella época no imaginaba absolutamente nada, en mi cabeza todo era ignorancia al respecto, sumada a un complicado cúmulo de creencias y suposiciones), y que se basaban en que el hombre agarraba con fuerza a la mujer y le inmovilizaba los brazos para, a continuación, morderle la nariz. Quién sabe dónde habría oído cosa semejante. Empecé a sospechar que me mentía, así que llegué a despreciarlo y a evitar su compañía.

En la ciudad vivían también dos *cocottes* bastante mayores que tenían alquilado un piso en una calle lateral; iban siempre juntas, se pintaban la cara, usaban sombreros de ala ancha y gozaban de cierta fama entre los entendidos. Una llevaba el apodo de «Naranja» y otra el de «Limón», que les habían puesto los estudiantes. Seguramente cobraban más a los hombres a quienes regalaban sus favores que las vendedoras de amor carnal de la calle Virág, más que las gitanas o las criadas que ofrecían su cuerpo, y quizá por eso recibían el nombre de *cocottes*. El hecho es que Naranja y Limón formaban parte de la vida social de la ciudad. También vivía en la calle Virág una mujer gorda de edad imposible de determinar que instruía a generaciones enteras sobre el arte de amar, una anciana llamada Lenke que conocía a todos los hombres de bien de la ciudad y que se mostraba severa y decidida con todos, así que incluso los policías le tenían miedo. Esa vieja prostituta llegó a adquirir buena fama en la ciudad. Se había convertido en parte integrante de la vida civil, y tarde o temprano todos topábamos con ella.

Sin embargo, la leyenda del restaurante El Cangrejo Rojo sólo la conocí de oídas, nunca estuve en ese lugar. A finales del siglo XIX, El Cangrejo Rojo era el local más famoso, un lugar secreto y elegante que frecuentaban los señores más destacados de la ciudad para dedicarse a cosas bastante especiales, según me contaba uno de mis tíos vividores. El restaurante El Cangrejo Rojo era mucho más misterioso que la casa de la calle Bástya o el tugurio de nuestro edificio; había sido construido como posada en las afueras de la ciudad de entonces, a unos kilómetros del centro, y allí solían ir los miembros masculinos de la «buena sociedad», padres de familia respetables como mi tío, cuando querían comportarse de forma verdaderamente desenfrenada. Cuando yo empecé a buscar diversiones de ese tipo, el sitio ya había perdido categoría y se había convertido en una taberna destartalada.

La vida sexual extramatrimonial se desarrollaba dentro de esos límites, y los que sentían sed tenían que satisfacerla bebiendo en charcos sucios. Las «relaciones sexuales» o «la deshonra» de la mujer casada pertenecían al mundo de las novelas. Ni una sola vez en mi infancia oí a los adultos hablar sobre alguna «mujer deshonrada» que tuviera una «relación»; incluso las jóvenes bailarinas del coro del teatro se mantenían bajo estricta vigilancia y si se descubría que alguna había dado un paso en falso, se «boicoteaba» sin piedad a la criatura.

7

El piso era grande y cómodo, las habitaciones eran amplias y de techos altos, y las ventanas daban a la calle, pero en mis recuerdos nuestra casa está en penumbra constante. Quizá porque de niño pasaba los días junto a mis hermanos en la «sala de estar», una salita abovedada y sin ventanas donde las camas y las mesas de estudio de los niños ocupaban todo el espacio. Esa salita constituía la conexión entre el dormitorio de mis padres y el comedor, del que la separaba una puerta de cristal de colores, así que la luz del sol nunca entraba en ella. Allí dormíamos, hacíamos los deberes de la escuela y jugábamos cuando el tiempo no nos permitía salir o cuando estábamos castigados. A nadie se le ocurrió que para la habitación de los niños hubiese sido más útil elegir el «salón» enorme y bien iluminado donde, por otra parte, no entraba nadie durante meses: se trataba de la habitación más grande y mejor iluminada del piso; tan sólo estaba ocupada por unos muebles cubiertos con sábanas, y —por su solemnidad burguesa— a mí me daba la sensación de que allí seguramente había muerto alguien. La «sala de estar», esa madriguera oscura y cálida, de aire viciado, era, pues, nuestro verdadero hogar: nadie se lo cuestionaba, ni siquiera las «señoritas» que nos cuidaban se sorprendían de que tuviéramos que pasar el día con la luz encendida, mientras las demás habitaciones de la casa estaban bañadas por la luz solar.

Teníamos cinco habitaciones en total, dispuestas en forma de L: tres daban a la calle y dos al gran patio interior. Con excepción del cuarto de los niños, todos los demás eran grandes, amplios y bien iluminados. En aquella época, los vecinos acomodados de ese tipo de pisos no se preocupaban en absoluto de la ubicación o la iluminación del cuarto de los niños, ni siquiera los que cuidaban estrictamente la educación de sus hijos, les compraban los mejores vestidos y los mimaban en todos los sentidos de la palabra. Las opiniones sobre la «higiene» estaban divididas. La «teoría sobre los bacilos» imperaba entre las amas de casa; yo mismo conocía a ancianas respetables que se volvieron maniáticas de la limpieza, que se dedicaban a quitar el polvo con el plumero en las manos enguantadas, a la caza de «los bacilos». El ama de casa de una familia burguesa debía aspirar a que no se encontrara ni una motita de polvo en sus muebles de barniz lustroso, y las vecinas y amigas que iban a tomar café pasaban una estricta revista a la casa a la que habían sido invitadas, ¡y pobre de la infeliz cuya criada hubiese olvidado quitar el polvo de la tapa del piano aquella mañana! Mi madre, las dos criadas y la «señorita» entregaban sus días a la limpieza. Por las mañanas limpiaban el piso completo las criadas, la «señorita» echaba un vistazo, y más tarde aparecía mi madre como un general que examina a sus tropas, para verificar mediante un detenido reconocimiento que todo estaba efectivamente en orden: acariciaba con un dedo los recovecos de los muebles y dedicaba horas enteras al descubrimiento de cualquier motita de polvo o cualquier mancha. El lema decía que la ausencia de polvo era la condición básica para la «higiene moderna». Sin embargo, en la mayoría de las casas, las habitaciones de los niños tenían un aspecto deplorable, eran pequeñas y oscuras, mal ventiladas; y mientras que la tapa del piano brillaba, el cuarto de baño apenas se utilizaba. En nuestra casa sí que lo utilizábamos, porque éramos muchos niños y porque mis padres tenían unas ideas muy poco al uso sobre las cuestiones de la higiene corporal. La criada encendía la lumbre en la pequeña y destartalada estufa de hierro del cuarto de baño a diario, tanto por la mañana como por la tarde, y la señorita nos lavaba o bañaba a todos. Sin embargo, la opinión generalizada era que lavarse o bañarse mucho resultaba «dañino», puesto que los niños se volvían blandos. En muchas casas, el cuarto de baño se utilizaba como trastero; la gente se lavaba y se bañaba allí, pero apenas podía moverse entre baúles, cajas y ropa tendida por todas partes, además de los útiles necesarios para lavar la ropa y limpiar los zapatos. En algunas casas se usaba la bañera para guardar trastos y sólo recobraba su función original un día al año, el día de San Silvestre. Los miembros de la burguesía de finales del siglo XIX sólo se bañaban cuando estaban enfermos o iban a contraer matrimonio. En cualquier caso, aunque no se utilizara mucho, era obligatorio tener un cuarto de baño bien equipado. En nuestra casa el cuarto de baño también estaba lleno de bártulos inútiles que no queríamos tirar. Mi madre intentaba con desesperación mantener el orden entre toallas y albornoces; cada uno tenía su «percha particular»; nuestras toallas, albornoces y batas colgaban en perfecta armonía, como en el guardarropa de un teatro, pero nadie sabía nunca dónde estaban sus cosas, dónde debía guardarlas o cuándo le tocaba usar el cuarto de baño. Era el nido del caos eterno, de los enfados y de las discusiones.

En la «despensa», por ejemplo, reinaba un orden exquisito, mucho más solemne que en la habitación de los niños o en el cuarto de baño. Era una habitación bastante grande, bien ventilada e iluminada, en la que se guardaban sin necesidad montones de alimentos; aquello parecía la reserva de un ejército acuartelado en una fortaleza asediada, con sacos de harina y tinajas de manteca de cerdo, o la de la mansión de una hacienda ubicada demasiado lejos de cualquier sitio habitado para hacer la compra. Había en casa «reservas» de todo, no sólo de alimentos, sino de cordones para los zapatos o trapos para quitar el polvo. Había una verdadera pasión por las reservas, y nuestra madre solía llegar cargada de la compra, con aire triunfador, como si viviéramos en medio del desierto y ella hubiese conseguido algo importantísimo gracias a los comerciantes de una caravana de paso. La harina se contabilizaba por sacos, y la manteca, por tinajas; quesos había siempre varios, algunos tan grandes como piedras de molino, y nunca se pesaba nada por gramos. Sin embargo, aunque la despensa siempre estaba llena, en casa nunca se despilfarraba nada. Mi madre había dado a luz ya a tres de sus hijos y había dos criadas, así que la cocinera trabajaba para siete. Comíamos carne dos veces al día y mi padre no toleraba que se sirviesen en la cena los restos de la comida recalentados. Mi madre se hacía cargo de una cocina húngara pesada y grasienta sólo con los cien forintos al mes que recibía para dar de comer y cenar a siete personas, e incluso lograba ahorrar algo. En el mundo húngaro de entonces reinaba una abundancia digna de Canaán, todo resultaba barato; no sería así después de la guerra, cuando todos nos convertiríamos en pobres de necesidad, y la falta de dinero y la miseria obligarían a los comerciantes a malvender sus mercancías; pero, en aquella época de paz, todos sacaban algo. Aquélla era todavía una vida de señores, ajena a los problemas económicos. El desayuno parecía una fiesta de cumpleaños o una boda. Mi padre llegaba del cuarto de baño vestido con su bata oscura, recién afeitado y oliendo a colonia para ocupar su lugar en la cabecera de la mesa, coger el periódico local —*Felvidéki Újság* [«Diario de las Tierras Altas»], de corte clerical, cuya edición financiaba el señor obispo, que disponía de imprenta propia— y echar un vistazo a los titulares mientras «reposaba el té» en la tetera de porcelana de Meissen, decorada con cebollas pintadas. Se trataba de un momento festivo y solemne. Mi padre llevaba todavía la cinta protectora del bigote que sólo se quitaba para comer y beber; cuidaba mucho de su aspecto y se cepillaba y fijaba el bigote hacia los extremos con brillantina. Mi madre se colocaba enfrente de él, y los niños nos sentábamos a los lados de la mesa y observábamos atentamente el curso de los acontecimientos. Los niños desayunábamos café con leche y panecillos untados con mantequilla, y sopa de pan durante el invierno, pero la simple contemplación del desayuno paterno deleitaba y causaba sentimientos elevados en todos. Mi padre desayunaba con mucha elegancia y refinamiento. Su bata de seda, los delicados movimientos de sus pequeñas manos femeninas, con su sortija con el escudo familiar, su calma y su buena disposición de *pater familias* me cautivaban a diario. Tomaba un té que parecía oro líquido con mucho ron, huevos con jamón, miel y mantequilla húngara (mi padre se peleaba con mi madre a menudo a causa de la mantequilla; ella, por razones de ahorro o de otro tipo, compraba a veces mantequilla danesa, y una mañana ocurrió un pequeño drama: a mi padre le entraron sospechas de repente, con lo cual se levantó de la mesa y tiró la mantequilla danesa al retrete), que untaba en las tostadas que hacían expresamente para él; a mí me encantaba contemplar ese desayuno tan refinado, tan digno de un «hombre de mundo». Aquellas escenas matutinas parecían una celebración religiosa. Mi padre empezaba sus días con unos movimientos tan sosegados y solemnes, se preparaba de tal modo para la jornada de trabajo que después no era posible que nada ni nadie lo perturbara; estaba protegido por haber conseguido lo que tenía, por haber llegado hasta donde se encontraba. Aunque en realidad mi padre ni había conseguido nada ni había llegado a ninguna parte, era su clase social la que había conseguido lo que tenía, la que lo había llevado hasta donde estaba, y la conciencia de pertenecer a esa clase era lo que confería a los gestos y al comportamiento de mi padre un aire de seguridad y dignidad. Los hombres que pertenecían a su clase podían empezar el día con la mayor tranquilidad.

Después del desayuno, mi padre no debía ir muy lejos: al principio, sólo hasta la habitación contigua, donde se hallaba su despacho; más tarde, cuando éste ya se había quedado pequeño para el negocio, habilitaron tres cuartos en un piso que alquilaron al otro lado del pasillo. La familia se instaló entonces en las cinco habitaciones, y mi padre dispuso una de ellas, la que se encontraba entre el salón y el comedor, como un lugar «reservado» para hombres, como una «sala de fumadores» adonde se trasladaron las librerías y se colocaron unos muebles «modernísimos», adquiridos en una fábrica cercana, que todo el mundo admiraba. Pero el «salón», la estancia más inútil de la casa, siguió sin utilizarse apenas porque, en aquellos años, la burguesía húngara todavía no conocía la costumbre occidental de desarrollar la vida social en el salón; cuando había visitas, éstas se reunían en una tertulia alrededor de la mesa, después de comer o de cenar, durante largas horas. Sin embargo, los muebles del salón se habían elegido con esmero y cuidado. La mesa y las sillas eran de caoba y tenían incrustaciones de nácar; también había un aparador con espejo, una mesita lacada con una bandeja de plata para las tarjetas de visita, donde los invitados distinguidos dejaban la suya, un estante con libros, álbumes, una concha marina y, guardada en una cajita de cristal, la corona de flores de papel que mi madre había llevado en su boda. Encima de una columna había una estatua de bronce que representaba a una sirena emergiendo de las olas del mar con una antorcha en la mano, quién sabe para qué... Había otra estatua del mismo metal —la de un perro de tamaño real, un caniche de la familia ya fallecido— y unos cuantos «objetos» de bronce y plata, y también una piedra tallada de la desaparecida ciudad de Mesina. En una pequeña vitrina estaban los libros de mi madre, los que conservaba desde su juventud y los que mi padre iba regalándole. Todos los enseres del salón brillaban, pues, cuanto menos se usaba, más había que limpiarlo. Los muebles eran producto de la fábrica de mi abuelo materno, así que, por respeto, fueron los únicos que conservamos cuando cambiamos el mobiliario. Aquellos muebles eran preciosos, estaban hechos con muy buen gusto y con una combinación armoniosa de caoba y nácar; los sillones eran elegantes y cómodos, y las patas de las sillas estaban inspiradas en columnas griegas; la tendencia general era que los muebles no delataran su uso o su función: la silla no servía tanto para sentarse en ella como para decorar la estancia. Debo confesar que nuestro salón, comparado con los de nuestros conocidos o vecinos, reflejaba gusto y elegancia, tenía un «estilo» propio. El mobiliario de la época se fabricaba en talleres húngaros según modelos de Viena y llegó a contaminar los gustos de dos generaciones. Después del estilo *biedermeier* anterior, bonito y de dimensiones humanas, los muebles empezaron a crecer y a cubrirse de terciopelo. El «comedor al estilo alemán» antiguo era práctico y sencillo, mientras que los muebles modernos que empezaron a fabricarse en toda Hungría a principios de siglo eran feos y complicados: aparadores de formas sofisticadas, armarios enormes para los dormitorios, sillas de cuero con el respaldo adornado con racimos de uvas y sillones forrados de terciopelo rojo. Todos aquellos muebles horrorosos e inútiles se completaban con una amplia gama de cachivaches: palmeras en los rincones; cojines en los sofás y en los sillones; en las paredes, cepilleros tapizados con escenas de caza; en la mesa del despacho, un ciervo de plata de cuya cornamenta se colgaban las plumas de oca para escribir, un tintero de bronce en forma de búho y una mano de mármol que servía como pisapapeles; cortinas hechas con minúsculas bolitas de vidrio, parapetos de metal que se colocaban delante de las estufas, atizadores con el mango en forma de pata de gamuza, grandes cigüeñas de porcelana que llevaban entre las alas unas macetas con plantas, una garza de plata con un platito en el pico para las tarjetas de visita, mucha seda y terciopelo, alfombras y cortinas que lo cubrían todo y que contribuían a proteger la casa de la luz del sol y a esconder las motitas de polvo que escapaban al rígido control... Todo ese conjunto constituía el *juste milieu*, el «ambiente», el marco en el que vivía toda una generación de burgueses. Quizá nuestra casa estuviera protegida, hasta cierto punto, de la avalancha de todos esos trastos debido al buen gusto de mi padre, pero tampoco nosotros nos salvamos por completo del terror de aquellos años, pues en nuestro salón también había alguna que otra garza de bronce y un tapiz que representaba una escena silvestre con «ciervos bebiendo en un arroyo». Esa nueva moda decorativa era fruto de la interpretación centroeuropea de la falta de gusto de la época victoriana; y la gente tenía el mismo gusto para decorar sus casas que para vestirse, leer y charlar. La «burguesía moderna y liberal» consideraba los muebles elegantes de tiempos recientes, de formas sencillas y nobles, como baratijas, como trastos inútiles heredados de alguna bisabuela. Es verdad que también los representantes del poder ostentaban el mismo gusto. Los muebles de la corte del emperador Guillermo o de Eduardo VII no se diferenciaban de los de la sala de espera de un dermatólogo berlinés. En la cámara imperial del Aquileion de Corfú, el insigne anfitrión mandó colocar una silla de montar de cuero sobre un taburete de piano para alcanzar su mesa de trabajo. ¿Era, pues, de extrañar que el cepillero del recibidor de una casa burguesa de cualquier ciudad húngara mostrase una escena de caza?

8

La «biblioteca» de mi madre estaba compuesta de libros elegantemente encuadernados, unos vestigios del pasado que constituían la decoración principal del salón; estaban colocados en tres estantes y en unas vitrinas cuyas puertas de caoba se abrían en contadísimas ocasiones. Eran tres docenas de tomos encuadernados en terciopelo rojo, de la serie de Las Obras Maestras de la Literatura Universal, y un buen montón de libros en alemán. Su escritor preferido era Rudolf Herzog, y su libro favorito, *La gran nostalgia*, de ese mismo autor. En el lugar más destacado estaban, encuadernados en cuero amarillo, los dos volúmenes del *Debe y haber* de Freytag y algunas obras de Schiller. Las bibliotecas de la burguesía no aceptaban a Goethe. Opinaban de él que era un «clásico aguado». Schiller, por el contrario, sí se encontraba en ellas, incluida la de mi madre: sobre todo, *Intrigas y amor*, *Los bandidos* y, por descontado, «La canción de la campana», en una edición de lujo. Los lectores burgueses veían en Schiller al precursor del liberalismo, al revolucionario. Goethe representaba la «forma rígida», el «conservadurismo clásico», el aburrimiento. En cualquier caso, no creo que el lector medio de finales de siglo leyese de Goethe más que unas estrofas de *Hermann y Dorotea* en la escuela y, más tarde, la «Canción nocturna del caminante».

A mi madre le encantaban los «autores alemanes modernos». Además de Herzog y Freytag, se hallaban entre sus autores favoritos Stratz, Ompteda y algunos autores humorísticos. No puedo opinar sobre sus obras porque, cuando en mi infancia tuve acceso a la biblioteca de mis padres, sentía aversión hacia aquellos libros y fui incapaz de leer ninguno. Sin embargo, había uno de Lily Braun cuyo título me sorprendía: *Memorias de una socialista*. Para defender los gustos de mi madre, tengo que decir que en su biblioteca no había ni un libro de Marlitt, de Courts-Mahler o parecidos. Seguramente Herzog y Freytag, aparte de su visión nacionalista de tintes sentimentales, eran escritores más auténticos que los Dekobra y Vicki Baum, cuyas novelas de pacotilla se encuentran en la mesita de noche de cualquier dormitorio burgués de hoy. En aquella época nadie compraba libros de poesía. Los poemas eran una pesadilla, evocaban el recuerdo desagradable de haber tenido que aprender unos cuantos de memoria en el colegio. La entrañable e inocente costumbre de copiar en un «álbum» los versos o las estrofas inmortales de los «mejores poetas», que a principios de siglo había constituido una prueba más de la «vida espiritual» de las jovencitas de buena familia —además de las manualidades, la música y la pintura—, ya no estaba de moda en el ocaso del XIX. Hoy sigo sin entender cómo llegó a la biblioteca de mi madre *El Mesías*, aquel aburridísimo libro de Klopstock... En esa biblioteca de tintes femeninos había muy pocas obras húngaras. Una de las preferidas de mi madre era *Los estudiantes de Besztcerce*, de Gyula Werner; y yo tuve que leerla a la fuerza, pues ella no se quedó satisfecha hasta que leí aquel enorme ladrillo; recuerdo que era una obra muy sentimental, pero en todo caso más simpática y, dentro de su sentimentalismo, más discreta y reservada que las obras de las escritoras de la época. También había en la vitrina de caoba algún que otro libro de Karin Michaelis (creo que uno de ellos se titulaba *Ulla Fangel*). Había tomos encuadernados de los números de la revista *Velhagen und Klasings Monatshefte* [«Publicaciones mensuales de Velhagen y Klasings»] y de otras publicaciones alemanas para toda la familia como *Über Land und Meer* [«Sobre tierra y mar»],

Blatt der Hausfrau [«La revista del ama de casa»], *Haus, Hof, Garten* [«Casa, campo y jardín»] y otras similares que la burguesía leía por todo el mundo y que las familias húngaras hojeaban con deleite, debido a su papel fino y a los patrones de costura, las recetas de cocina, los consejos para el ama de casa, los artículos propagandísticos y los poemitas que incluían. La revista húngara *Új Idők* [«Tiempos Nuevos»] formaba parte de esa oferta espiritual. Era tal vez más «literaria» —porque tenía pocas pretensiones y era más modesta— que, por ejemplo, *Über Land und Meer*. En cualquier caso, era menos dañina para el gusto literario que las alemanas.

    La biblioteca de mi padre era imponente y ocupaba la pared más larga del «salón». Su preferido entre los escritores húngaros era Kálmán Mikszáth. Mi padre guardaba en el despacho los gruesos volúmenes del *corpus juris* junto a sus libros de consulta sobre «litigios» y sobre «aspectos del derecho civil», mientras que los tres estantes más altos del salón estaban repletos de obras literarias. La burguesía de nuestra ciudad leía mucho y muy a gusto. Dos siglos antes ya se celebraban en la ciudad reuniones en los «salones literarios»; a finales del siglo XVIII trabajó en ella como abogado el poeta Ferenc Kazinczy; se editaban muchos periódicos y revistas, cuando el acontecimiento más destacado de la «vida espiritual» de las ciudades de la Gran Llanura húngara —con alguna excepción— era la matanza del cerdo. En los salones de la calle Fő, la calle principal de mi ciudad —una ciudad donde se hablaban varios idiomas, pero donde la cultura era totalmente húngara—, se discutía más de literatura y de obras húngaras que en la propia capital. En esa pequeña ciudad de cuarenta mil habitantes vivían y se enriquecían cuatro libreros. Las librerías se convertían en verdaderos casinos literarios a la hora en que los señores regresaban a sus casas desde las oficinas; entraban y se sentaban en cómodos sillones para echar un vistazo a

49

las novedades. La avalancha de productos artísticos e intelectuales que abarrotaría el mercado editorial después de la guerra no había llegado aún; se discutía cada libro publicado y apenas pasaba un día sin que uno de los cuatro libreros mandase varias novedades literarias «sin compromiso alguno»... En mi casa, los libros se trataban con devoción. Todos los volúmenes estaban contabilizados, pues había hasta un «catálogo», un cuaderno de tapa dura donde apuntábamos los que prestábamos a alguien. En aquellos años, cuando una señora se aburría, no se ponía a jugar a las cartas, no salía para ir al cine o a un café, sino que cogía un libro y se ponía a leer. Mi padre pasaba sus noches con un libro en la mano. Puedo decir sin exagerar que la burguesía de fin de siglo de nuestra provincia necesitaba los libros como el pan de cada día. Raro era el día en que una persona culta de la clase media no leía algo en la cama, unas páginas de algún libro nuevo o de grato recuerdo. Nosotros recibíamos también una revista inglesa de ciencias de la naturaleza, *Nature*, pero no la leíamos con demasiada asiduidad, puesto que en la familia a nadie se le daba muy bien el inglés, a pesar de que tres veces a la semana iba a casa un profesor, viejo y bebedor, a quien de cuando en cuando sorprendíamos durmiendo plácidamente la siesta en uno de los sillones del salón, junto a mi padre, con el pretexto de la clase. De las revistas húngaras nos llegaba asimismo la publicación de István Tisza, *Magyar Figyelő* [«Observador húngaro»], aunque mi padre no comulgaba con el Partido Nacional del Trabajo y «se mantenía fiel a Andrássy, tras haberle dado la mano» cuando éste era diputado por la ciudad. De los diarios, recibíamos *Pesti Hírlap* [«Diario de Pest»], y dos publicaciones infantiles: *Az Én Újságom* [«Mi periódico»] y *Zászlónk* [«Nuestra bandera»]. Durante toda mi infancia, yo esperaba la revista *Zászlónk* con impaciencia y la leía siempre con gusto; estaba bien hecha y siempre decía algo nuevo e interesante para un muchacho como yo. Divertía y educaba sin mostrar ningún afán didáctico demasiado obvio.

A lo largo de los años se acumularon muchísimos libros en los armarios y las estanterías. Las novedades que nos enviaban «sin ningún compromiso» nunca se devolvían, las cuentas del librero se pagaban al final del año y nadie se preocupaba si había que pagar unos cuantos libros que ningún miembro de la familia había leído. Los libros de la biblioteca se podían dividir en dos categorías: por un lado estaban los que el agente del librero nos había vendido, y por otro lado los que habíamos querido comprar de verdad, por curiosidad o afición. Allí estaba, sobre todo, la obra completa de Mikszáth, y todas las novelas de Mór Jókai encuadernadas en tela. Esa colección de cien tomos que constituía la edición completa fue disminuyendo con los años porque el librero de segunda mano de la calle Forgách al que vendíamos, al final de cada curso escolar, los libros de texto que ya no necesitábamos, pagaba cincuenta *krajcár* por cada tomo de Jókai y no quería saber nada de ningún otro autor húngaro o extranjero. No es que vendiéramos los libros de Jókai por frivolidad o simplemente por conseguir dinero; yo me estuve debatiendo entre dudas durante años para deshacerme de los tomos de *Los hijos de un hombre con el corazón de piedra* o *Un nabab húngaro*, y tan sólo en un caso de extrema necesidad y urgencia los llevé al librero, que conocía perfectamente el valor de dichos tomos, aunque fluctuara a diario. Algunas de esas novelas, verdaderas obras maestras de las bellas letras, como *El joven terrateniente*, *Un hombre de oro* y en especial *El domador de almas*, figuraban como valores seguros entre las primeras entradas de la lista del librero, que pagaba sin rechistar cincuenta *krajcár* por cada una de ellas. Por *Ráby Rab* no pagó más que tres monedas de seis, y dos monedas de seis por un libro titulado *Modas en la política*, y se negó a comprar el *De-*

camerón. Se resistía también a comprar los libros de novelistas como Tömörkény, Gárdonyi o Herczeg, y tampoco quería oír hablar de Mikszáth. Así que tuve que resignarme a poner en venta mis libros favoritos, los de Jókai; puesto que en nuestra familia se celebraban celosamente los cumpleaños y los santos de todos, los miembros de la familia se hacían regalos en tales ocasiones, y como yo no tenía dinero y no quería hacer tareas domésticas para ganarme unas monedas, me veía obligado, antes de un cumpleaños importante o una Navidad, a deshacerme de algunos libros de la biblioteca de mi padre para no tener que ser el único con las manos vacías en una circunstancia tan festiva. En pocas palabras: robaba los tomos de la biblioteca de mi padre para venderlos y comprar regalos a los miembros de la familia con el dinero conseguido. La nobleza de la intención no cambiaba los hechos: los libros de Jókai desaparecían de las bibliotecas de nuestros padres porque mis amigos y yo los robábamos y los vendíamos, y el señor Grossmann, el dueño de la librería de segunda mano —que tenía una barba muy larga y siempre llevaba boina negra—, podía imaginarse perfectamente que unos niños de diez o doce años no podían haber obtenido de otra manera libros como *Los hijos de un hombre con el corazón de piedra*. Cuando me matriculé en secundaria, la serie de los cien tomos ya estaba más que diezmada.

Allí se encontraba también la colección de Los Mejores Escritores Húngaros, con sus tomos encuadernados en cuero color burdeos, las letras doradas y la firma del autor reproducida en la cubierta. Lo que pudiera faltar en esa serie, el lector lo encontraba en otra, la Biblioteca Ilustrada de los Mejores Escritores, en una edición especialmente lujosa, con el retrato del autor en relieve en la cubierta, rodeado por un ramito de violetas, y con los textos ilustrados con dibujos más que explícitos, destinados en principio a aumentar la motivación del lector hacia la lectura, que expresaban de manera sencilla y obvia lo que el poeta tan sólo dejaba entrever. Recuerdo especialmente bien el fino tomo de la *Obra Completa* del poeta Gyula Reviczky; una de las ilustraciones del poema «El cantor vagabundo» representaba efectivamente a un cantor vagabundo, un señor mayor de larga barba, ciego, que estaba sentado en un patio, al lado de una pequeña valla de piedra, cantando y tocando el arpa. Al ver la imagen y leer aquel poema de tono inocente y tristón, yo rompía a llorar invariablemente. Veo ante mí con toda nitidez el color verde oscuro de los volúmenes de la Biblioteca de Novelistas Clásicos, el marrón claro de *Escritos desde la emigración*, de Lajos Kossuth, los libros encuadernados en azul celeste de Herbert Spencer, el marrón oscuro de *El Mundo Animal* de Brehm, una serie de obras científicas divulgativas que llevaban títulos como *El hombre*, *La tierra* o *El universo*; a mí me llamaba la atención sobre todo este último, pues me parecía una empresa muy arriesgada, por parte del autor y del editor, reunir en un solo tomo todo lo relativo al «universo». También recuerdo un libro particularmente «lujoso», muy vistoso, grande y pesado, cuya tapa era una placa de metal con incrustaciones de piedras semipreciosas: resumía, en texto y en imágenes, la conquista de la patria magiar realizada por Árpád y los jefes de las distintas tribus; tuvo que ser un librero muy hábil el que nos colocara algo tan horroroso. Había también en la biblioteca libros de consulta como *Dichos y frases hechas* y *Anécdotas populares húngaras*, de Béla Tóth; algunas obras de Herczeg y de Tömörkény; *Los apasionados* y *Tiempos difíciles*, de Kemény; algunos libros, en ediciones más antiguas, de los poemas de János Arany, de Mihály Vörösmarty y de Sándor Petőfi, y una novela de Pekár, *El primer teniente Dodó*. El primer libro «moderno» que se hizo un hueco en aquellos estantes fue *Barro y oro*, de Zsigmond Móricz. Mi padre leía con placer las obras de los autores húngaros clásicos, se pasaba largas noches con algún libro de Kölcsey, de Kazinczy o incluso de Gvadányi. Más adelante, cuando yo empecé a llevar libros de la generación de escritores húngaros reunidos alrededor de la revista literaria *Nyugat* («Occidente»), tuvieron mucho éxito las caricaturas literarias de Frigyes Karinthy —en las que se burla de los clásicos y de los contemporáneos exagerando e ironizando la manera de escribir de cada cual—, aunque los lectores apenas conocían a los autores burlados: descubrirían a Endre Ady mucho más tarde y sólo les sonaba ligeramente el nombre de autores como Dezső Kosztolányi o Mihály Babits, que eran mencionados en los debates literarios. A pesar de eso, disfrutaban mucho con aquel tomo de *Así escribís vosotros*, de Karinthy. «Así escriben ellos», decían. De este modo, el famoso libro de Karinthy hizo propaganda de la literatura moderna.

Todos los lunes aparecía en casa un hombre encorvado con un saco de cuero al hombro en el que llevaba los últimos números de revistas como *Tolnai Világlapja* [«Revista universal de Tolnai»], *Új Idők*, *Velhagen und Klasings Monatshefte* y otras publicaciones literarias, húngaras y extranjeras, de las que nos ofrecía un amplio surtido. «¡Ya viene! ¡Ya está aquí!», cantaba yo a gritos desde que el vendedor empezaba a subir las escaleras, en un tono entre entusiasmado y dolido, como si la llegada de la revista *Blatt der Hausfrau* fuese un acontecimiento de gran importancia. Pero la verdad es que esperábamos con el corazón en un puño la llegada de aquel hombre. Llevaba a nuestra vida provinciana la Literatura y la Cultura. Habrían de pasar veinte años para que yo volviese a ver a aquel mensajero. Cuando regresé a mi ciudad natal al cabo de dos décadas, entre las imágenes, los recuerdos y los fantasmas de mi infancia, surgió de repente aquel hombrecito encorvado, me detuvo en la calle, me miró de arriba abajo y me contó, en tono confidencial, susurrándome al oído: «He estado repartiendo cultura en esta ciudad durante treinta años. ¿Sabe cómo acabé? ¡En el fondo de una fosa séptica!» Hizo un ademán con la mano y me dejó plantado allí, en la esquina de la calle principal. Pregunté y me contaron que la triste noticia era literalmente cierta: aquel hombre que llevaba la cultura colgada del hombro cayó en una fosa séptica y casi se ahogó en ella. Es un símbolo demasiado extremo, cierto, pero yo estoy convencido de que ese entusiasta propagador de la cultura entre la pequeña burguesía no podría haber cumplido su destino de otra manera.

9

Las criadas dormían en la cocina. Por grande que fuese la casa, aunque tuviese diez o doce habitaciones, en las familias de antes la costumbre era que la cocinera y todas las criadas durmiesen en la cocina, en el mismo sitio en que cocinaban, fregaban y trabajaban durante todo el día. Por la mañana se lavaban la cara en el fregadero, donde tiraban el agua sucia de lavar y fregar. En la mayoría de las cocinas de entonces, el aire estaba siempre viciado por más que se ventilara. Eran condiciones degradantes e incomprensibles, pero nadie le daba vueltas al asunto; la sociedad funcionaba así, los señores vivían en ocho o diez habitaciones llenas de pianos, objetos decorativos de bronce, plata y porcelana, cortinas de encaje, armarios y estantes cargados de libros, en las que todo brillaba y relucía, puesto que las criadas habían estado quitando hasta la última motita de polvo y limpiando a fondo hasta el último refugio de algún «bacilo»; ponían la mesa con gusto y servían suculentas comidas mientras pasaban sus días en una cocina llena de olores donde el vapor de sus propios cuerpos se mezclaba con el de los guisos. Y nadie se lo cuestionaba. La «situación social» de la criada en la familia húngara de finales de siglo era sumamente especial. La criada no se consideraba una «proletaria» —tal palabra sólo se oía entonces en las oficinas del partido socialista—, no era una «trabajadora concienciada», sabía muy poco acerca de su propia condición. Sólo era una criada. Le pagaban muy mal —mucho peor que a una obrera asalariada, mucho peor que a un jornalero—, la hacían trabajar durante el día entero y, a la menor desavenencia, la despedían «con un plazo de quince días», aunque llevase trabajando veinte años en la casa. A cambio «lo tenía todo», como solían decir las señoras, «casa y comida». ¿Qué más se podía desear? La casa a la que se referían era una especie de cómoda con grandes cajones situada en la cocina donde la empleada se hacía la cama con sábanas y edredones a rayas, «de criada»: por la noche abría el cajón de abajo y se acostaba en él. En cuanto a la comida, su calidad variaba de casa en casa, pero incluso en la abundancia paradisíaca de la Hungría de antes de la guerra se «asignaba» una ración diaria a cada criada, se escogía cada bocado que podía consumir de los restos, se le cortaban las rebanadas de pan, se le racionaba la leche y el café —por supuesto, para las criadas sólo había café de cebada— y se les daba el azúcar por terrones. La «despensa» se cerraba con llave. Cuando se despedía a una criada, la señora examinaba las pertenencias que ésta pretendía llevarse. La cacheaba de arriba abajo, abría su hato y lo examinaba todo en busca de una toalla o una cucharilla de plata, porque era obvio que «toda criada era una ladrona». El cacheo se realizaba incluso si la criada despedida había servido durante una década en la casa sin que hubiese desaparecido ni una aguja entre sus manos. Las criadas no protestaban por aquellos denigrantes cacheos, pues los encontraban naturales. Las señoras tenían a veces razón al acusar de robo a las sirvientas, aquellas «enemigas pagadas», pues solían robar pañuelos, medias o toallas. Había muchos problemas con las «enemigas pagadas». Conservo de mi infancia varios recuerdos de tragedias ligadas a ellas. Las cocineras solían beber sin medida, a ser posible ron; seguramente querían olvidarse de su situación, de que «tenían todo lo que necesitaban»: casa y comida. Las niñeras buscaban a algún hombre joven, se ponían enfermas, no se podía contar con ellas; sobre todo las eslovacas tenían fama de libertinas. Cierto, la posición de la criada había sido siempre de sumisión con respecto a la familia de sus señores, aunque en el pasado se la veía de algún modo como un pariente de quien los señores se aprovechaban, a quien pagaban mal o de ninguna manera, pero a cambio la consideraban parte de la familia y se preocupaban de ella hasta el fin de su vida. El señor le gritaba, incluso la abofeteaba, disponía de su vida y de su muerte, pero a la criada que había envejecido al servicio de la familia la mantenían después, y a la que se casaba le daban una dote e intentaban encontrar un trabajo para su marido; en una palabra, se encargaban de ella, la aceptaban como a una pariente lejana y pobre. Sin embargo, la familia burguesa ya no veía así a las sirvientas. Del trato de antes sólo habían tomado los gritos y las bofetadas, y en las relaciones entre señores y criadas ya no existían ni los lazos familiares ni la responsabilidad social. A la criada incapacitada y envejecida la despedían y punto, sin explicación alguna, sólo porque «se habían hartado de ella».

No era de extrañar que las amas de casa burguesas se quejaran de la «falta de lealtad» de las criadas en ese mundo transformado. La criada —por más que eso pareciera extraño— ya no sentía «apego» a la familia de sus señores, ya no estaba dispuesta a todo por la familia que le daba de comer, por unas personas que la dejarían en la calle cuando ya no les resultase útil o cuando causara alguna molestia. La «enemiga pagada» sospechaba que con la familia burguesa no tendría una vida laboral muy larga, por familiar que fuese el tono que empleaban con ella. Así que bebía, iba detrás de los hombres y robaba el azúcar y las toallas, intentando así hacer honor a la mala fama que tenía para su señora incluso antes de llegar a la casa. A la criada se la trataba de tú, y se obligaba a las más jóvenes a besar la mano de sus señores para saludar y dar las gracias. Así mandaba la tradición, el recuerdo de un bonito mundo basado en las castas sociales que no albergaba el menor resquicio de humanidad ni de sentido de la responsabilidad. Escaseaban las familias burguesas en las que alguna criada se hubiese hecho vieja. En nuestra familia, las criadas también iban y venían. Dos de ellas dormían en la cocina, una cocinera mayor, bastante gorda, y la criada que estaba a sus órdenes, mientras que la «señorita» que enseñaba alemán a los niños, generalmente una *Fräulein* de Moravia o de Silesia, dormía en una habitación minúscula al lado de la cocina. Las «señoritas» participaban en las labores de la casa, limpiaban su habitación, recogían y ponían orden en la habitación de los niños, ayudaban a lavar y a planchar; pero, por otra parte, se cuidaban muchísimo las diferencias sociales que separaban a las señoritas de las criadas, aunque a veces las dos fuesen de origen humilde. Comían y cenaban con la familia, pero no participaban en la conversación, y en tales ocasiones nos instruían mediante miradas, gestos y señales porque a mi madre no le gustaba que abriesen la boca en presencia de mi padre.

Los niños y las criadas solían llevarse bien, pues hasta cierto punto estaban fuera del mundo de los «adultos» o de los «señores», dependían los unos de los otros, se encontraban en el mismo nivel social. Mi madre nos exigía que tratásemos a las criadas con educación, nos castigaba si intentábamos aprovecharnos de ellas y cuidaba mucho de que diésemos las gracias por cualquier favor que nos hiciesen. Cuando mi padre compró su propia casa, la habitación de techo abovedado que había junto a la cocina se acondicionó para las criadas, aunque yo creo que no debía de haber más de una docena de casas en toda la ciudad donde las sirvientas tuviesen habitación privada. Cuando me acuerdo de las criadas de mi niñez, veo muchachas eslovacas muy jóvenes, de catorce o quince años, rubias, con trenzas, de rostro amable y ojos de ternera, que llegaban de los pueblos cercanos, muchachas que calzaban botas de cuero y llevaban en un hatillo miserable todas sus pertenencias: una muda, una Biblia, unas estampitas de algún santo; llegaban y se iban todas de la misma forma impersonal, como si fuesen hijas gemelas de una gran familia. No recuerdo la cara de ninguna en especial, las veo a todas a la vez, cuando aparecían envueltas en harapos, heladas y empapadas hasta los huesos desde algún pueblo como Kavecsán o Miszlóka, un pueblo atrasado, incomunicado por la nieve, con casas de adobe en las que después de Navidad ya no quedaba pan, así que las muchachas se veían obligadas a irse a servir a la ciudad. Una de esas jóvenes empezaba ganando cuatro o cinco forintos al mes: por supuesto, cuando ya llevaba varios meses de servicio y se suponía que había pasado la fase de aprendizaje, pues no rompía todo lo que caía en sus manos. Las criadas, que tenían prohibido «salir con soldados», disponían de una tarde libre cada dos domingos: a las cuatro acababan su faena, a las cinco salían y a las siete y media tenían que estar de vuelta. El artículo 13 de la ley de 1876 sobre «las relaciones que deben regir entre una criada y sus señores» sigue en vigor hoy en día, reproducido en la tercera página de la cartilla laboral de cualquier criada, y dice así: «Cuando empieza a trabajar, la criada se convierte en un miembro de la familia y del personal al servicio del señor», pero, en la práctica, tan elevado principio sólo se cumplía a medias y de manera imperfecta. Las normas sobre las relaciones y las obligaciones de los señores y de las criadas estaban claramente establecidas, y en algunos casos eran muy extrañas, por ejemplo: «Una criada que se compromete a servir en una casa y se resiste a presentarse en ella puede ser obligada por la fuerza si su señor así lo solicita.» O bien: «Una criada está obligada a tener todas sus pertenencias en casa de su señor, y, en caso de sospecha, éste tendrá derecho a revisar tales pertenencias en presencia de la criada», derecho que los señores reivindicaban con frecuencia. El artículo 45 de dicha ley determinaba con toda claridad que «una criada está obligada a aceptar y respetar las órdenes de sus señores; incluso las palabras o actos de éstos que cualquier otra persona pudiera interpretar como degradantes, serán considerados como no destinados a herir la susceptibilidad de la criada». Es decir, los señores podían injuriar a la criada y sus palabras no podían ser consideradas hirientes para la susceptibilidad de ésta. Así era como convivía la burguesía de la época con sus criados.

A veces las cocineras, bajo los efectos de la menopausia y el alcoholismo crónico, levantaban el cuchillo contra sus señores, mientras que las criadas rebeldes se escapaban; había muy pocas que durasen más de un año. Además de las criadas, cambiaban constantemente las lavanderas, las planchadoras y las señoras que iban a casa a coser; estas trabajadoras de las ciudades vestían como damiselas y causaban estragos en los miembros más jóvenes de la familia. En muchas familias burguesas los señores esperaban que las criadas jóvenes ayudasen a los adolescentes a pasar esa época tan difícil y pusieran a su servicio su cuerpo junto con todas sus intimidades. Muchas veces he oído decir a unos padres burgueses que habían conseguido encontrar para su hijo adolescente a una criada joven y guapa, porque éstas eran en todo caso «más sanas» que las mujeres a las que los jóvenes solían recurrir en caso de necesidad. Si la criada quedaba embarazada, la despedían, y el abuelo de la criatura, que era todo un caballero, sonreía con orgullo al joven padre y corría con los gastos de manutención, ocho o diez forintos al mes. Ésa era la costumbre.

Yo sentía a las criadas como parientes mías, me ponía de su parte; de pequeño me gustaba sentarme entre ellas, en la cocina recién fregada, al lado de la estufa calentita, a escuchar su parloteo lleno de confusas supersticiones y de sueños estúpidos hasta que mi madre me encontraba y me mandaba a la habitación de los niños. Del caos de los rostros de las criadas se destaca la imagen de auténtica pesadilla de una tal doña Hajdú, que solía aparecer por casa en el momento más inesperado, completamente borracha y con un cuchillo en la mano para intentar matar a alguno de los niños o a mi madre y que blandía su arma de manera muy peligrosa hasta que llegaba la policía y se la quitaba a duras penas. Doña Hajdú entraba en casa a plena luz del día, como la mensajera del destino ciego en un drama griego; entonces, las criadas, los señores y los niños escapaban y se escondían entre gritos en el sótano o en el desván, mientras ella se tambaleaba por los pasillos blandiendo su cuchillo como la bruja de un cuento que busca carne fresca para merendar. Doña Hajdú era una de las causas de mi neurosis infantil y de mi hipersensibilidad: la temía como temían al diablo los hombres primitivos. En cualquier caso, entre las criadas aprendí un montón sobre supersticiones y hechizos. Doña Hajdú tuvo aterrorizados a todos los miembros de la familia hasta que un día «el aguardiente prendió fuego dentro de su cuerpo» y por fin nos libramos de ella, aunque esa solución de la naturaleza tardó años en llegar. A nadie se le ocurría pensar que doña Hajdú fuese sólo una enferma, que sufriera de alcoholismo y de ataques de *delirium tremens*, y que quizá tendría que haber estado en un hospital. Pero entonces no se internaba a las criadas en los hospitales porque, probablemente, eran sitios demasiado elegantes para ellas.

El portero de nuestro edificio era un hombre con bigote muy a lo magiar que tenía unas botas altas y relucientes y parecía la caricatura de un soldado de los de antes, dibujado por János Jankó. Llevaba el uniforme histórico del primer ejército magiar porque le correspondía por su puesto de empleado en el ayuntamiento, y era un hombre vanidoso y gallardo que por nada del mundo habría cogido una escoba con sus manos. Todas las labores de la casa y del edificio las realizaba su esposa. Ella era quien en realidad mantenía al uniformado y a sus dos hijos, mis compañeros de juegos: uno de ellos estudiaría mecánica y se alistaría como marinero, mientras que el otro llegaría a terminar la universidad y a vestir como un auténtico caballero. El nivel de vida del portero, así como su botella diaria de aguardiente, los libros de texto de sus hijos y sus elegantes vestidos eran fruto del trabajo de su esposa: ella abría el portal a los vecinos por las noches y recibía alguna moneda, bajaba la basura y recibía otra, lavaba y planchaba para toda la casa, y así reunía lo necesario. Consiguió que sus hijos se convirtieran en verdaderos señores, acabaran sus estudios y cayeran ambos en la guerra. Entonces ella también se dio a la bebida, y los dueños del edificio terminaron por echar al matrimonio de porteros alcohólicos.

10

Así era nuestra casa, así era nuestro piso. Desde las ventanas del comedor se veía el hotel de enfrente, una antigua posada donde había pernoctado en una ocasión el mismísimo emperador Francisco José cuando participaba en unas maniobras militares que se realizaban en las inmediaciones. En el primer piso del hotel, justo enfrente de las ventanas de nuestro comedor, estaba la «suite imperial»; cuando mi hermano menor enfermó de escarlatina, los demás dormimos una noche en el hotel, y yo estaba tan emocionado que no pude pegar ojo. El restaurante del hotel lo llevaba un tabernero pelirrojo que, tras la visita del emperador, presentó una factura elevadísima al gabinete de Francisco José; el encargado de pagar, un mariscal, encontró especialmente caro el pescado y reprochó con dureza al tabernero su codicia, argumentando que dejaba a la ciudad entera sumida en la vergüenza. Desde el comedor del hotel se accedía a un enorme salón donde se celebraban conciertos musicales, veladas literarias y bailes que se comentaban en toda la provincia, además de las «fiestas» de la escuela de baile local, con jovencitas vestidas de volantes y muy perfumadas, de las que yo conservo tan sólo un vago recuerdo. En una sala más pequeña se daban clases de baile y de buenos modales para la juventud urbana: el maestro de baile, viejo y cojo, dejaba la instrucción en manos de su adjunto, el señor T., un joven guapísimo que usaba un perfume de canela con el que se rociaba en abundancia; quizá fuera ese olor penetrante y desagradable el que impedía que yo le tuviese miedo y hacía que no aceptase ninguno de sus consejos ni aprendiese a bailar. La sala estaba iluminada con lámparas de gas. Las bailarinas agitaban cintas de colores al ritmo de la música del piano siempre desafinado. El baile de moda era el «boston», pero nos enseñaban incluso los distintos tipos de polka, por ejemplo, la que se bailaba en el Tirol. «Observen esos pocos movimientos necesarios para la vida», decía a sus torpes alumnos el señor K., el maestro de baile viejo y cojo. Vestido con su traje negro, daba brincos y saltitos ante el «reducido grupo de los mejores jóvenes de las mejores familias de la ciudad» para instruirnos sobre los movimientos que precisaríamos en la vida. Uno de dichos movimientos —creación propia del señor K.— se me quedó grabado en la mente para siempre: el bailarín se acercaba a la bailarina por detrás, con unos saltitos de cabra, para mirar de un lado y de otro a la cara de la muchacha sonriente que se balanceaba con una expresión de espera más que púdica. En la sala se mezclaban los olores del fijador de pelo, de la colonia infantil y de los vapores despedidos por los cuerpos de los bailarines con el perfume de canela del señor T. y con el olor a gas de las lámparas, lo cual producía un popurrí que para mí era excitante, pues estaba colmado con la promesa de los primeros amores infantiles, emoción que vuelve a embriagarme cada vez que oigo los ritmos de una polka.

Desde las ventanas del comedor se veía la plaza principal adoquinada, que se llenaba cada mañana de mercancías y vendedores. Era una imagen multicolor y llamativa, como la de un bazar oriental. En un rincón de la plaza se oía algún mediodía, justo debajo de nuestras ventanas, el canto fúnebre de *circumdederunt me* o la marcha fúnebre militar que interpretaba la banda de música. Cuando moría alguien, los curas acompañaban el féretro a pie hasta ese punto de la plaza y allí lo bendecían, tras lo cual los sacerdotes, los portadores del féretro y los miembros del cortejo subían a unos carruajes tirados por caballos y adornados con plumas negras de avestruz para trasladarse con mayor rapidez al cementerio municipal. Durante el largo decenio de mi infancia, casi todos los días a las doce del mediodía, justo en el momento en que la criada llegaba al comedor con la sopera, empezaba a sonar la música fúnebre, el canto de los curas en latín o la marcha militar, y mi pequeño corazón se llenaba de desesperación y tristeza. Mi desesperación no la provocaba el secreto incomprensible y cruel de la muerte, sino los rígidos conceptos educativos de mi madre, que nos había prohibido que nos levantásemos, si estábamos a la mesa, para honrar a un muerto que ni siquiera conocíamos. En los entierros militares, la música volvía a sonar hora y media más tarde, cuando la banda pasaba bajo nuestras ventanas al regresar del cementerio, pero entonces ya iba tocando canciones alegres, de ritmo acelerado, para «anunciar el triunfo de la vida sobre la muerte» (uno de mis profesores particulares interpretaba así la alegría de la música que tocaban los soldados de vuelta del cementerio). La pompa fúnebre de los entierros militares hizo, durante una época, que muchos soldados se suicidasen; esos jóvenes y sentimentales campesinos confesaban en su carta de despedida que habían sentido envidia del solemne entierro de algún compañero de su pueblo, y que como no podían ser menos, decidían seguirlo en la muerte, tras lo cual rogaban a la familia, a sus amigos y conocidos, que no escatimasen gastos y que los llevasen al cementerio con la banda de música. Entre los soldados más jóvenes se desató una epidemia y empezaron a pegarse tiros en la sien con su arma reglamentaria para que su novia, una tal Borcsa de su pueblo, viera con qué majestuosa pompa se acompañaba a su novio en su último viaje. La autoridad militar tuvo que prohibir que la banda acompañase al cementerio a los soldados suicidas. Entonces la epidemia remitió porque los soldados consideraban que no valía la pena ser enterrados sin música.

En una de las casas de un solo piso de la plaza, en la taberna dedicada a «la imaginación dorada», se vendía vino muy bueno, vino de Helmec, así que el local estaba siempre lleno de gente, sobre todo de transportistas y vendedores forasteros. Aquello era un verdadero paraíso para nosotros, los niños. En la cocina abierta se preparaban varios platos cada día, y los comerciantes de rostro salvaje, vestidos con abrigos cortos y gorras de piel, esperaban junto a sus carros con la fusta en la mano, y con mucha paciencia y orgullo: había gente de varias provincias, de Abaúj, de Borsod, de Zemplén o de la ciudad de Gömör, que traían distintos productos según la época del año; también había eslovacos con botas, sombrero y alforjas de piel que vendían leña, setas del bosque, diferentes quesos de vaca y de cabra y otros derivados lácteos típicos de su tierra. En esa misma plaza se instalaban los circos ambulantes y se estableció el primer *biograph*, o sea, el primer cine, el «teatro de imágenes móviles» que hasta entonces se trasladaba de una ciudad a otra para exhibir su poco interesante programa con su propio «generador eléctrico» y con un narrador que interpretaba la película a gritos. «¡El rey Salomón levanta la mano derecha!», anunciaba una voz desde uno de los rincones de la sala cuando aparecía en la pantalla la imagen borrosa de una persona que agitaba la mano. Las películas de entonces se preocupaban muy poco por las estrellas, por el guión, el director o los decorados; claro, también el público era mucho menos exigente: nos contentábamos con el milagro en esencia, nos quedábamos boquiabiertos al ver que una imagen fija cobraba vida y empezaba a moverse. Aquella plaza, la plaza principal de la ciudad, ofrecía espectáculos verdaderamente emocionantes. Por ella desfilaban los payasos, bufones y acróbatas de los circos ambulantes, se levantaban «hipódromos» y tiendas que albergaban «museos de cera» donde se podía ver «el desarrollo del feto» y también al «papa León XII, de tamaño real, agonizando en su lecho de muerte» gracias a un artilugio que alzaba rítmicamente el pecho del muñeco de cera; yo soñé durante meses con la imagen de la agonía de aquel anciano. Allí vi yo un día las bestias enjauladas de un circo; el espectáculo de los animales privados de libertad me preocupó seriamente porque me parecía insoportable y contrario a mis principios sobre la justicia, así que inicié una campaña entre los niños del barrio para «devolver la libertad a los animales». En la misma plaza contemplaría más adelante la primera escena de «lucha de clases» o algo parecido, un destello primitivo e inconsciente: era una tarde de domingo y los albañiles reunidos en la plaza se pelearon con el capataz porque les había quitado algo de sus jornales; la policía acudió en ayuda del capataz, los soldados que paseaban en aquellos momentos por la plaza se pusieron en contra de la policía y, unos minutos después, se derramaba la sangre de una multitud compuesta por campesinas con vestidos chillones y pañuelos almidonados en la cabeza, campesinos con abrigos cortos de piel y soldados de uniforme; aparecieron navajas y hasta bayonetas, y ya nadie sabía por qué, con quién y contra quién luchaba; era como si una ira ancestral se hubiese desatado, algo que no necesitaba justificación o razón alguna... Nosotros contemplábamos desde el balcón de nuestra casa aquella «revuelta» que terminó enseguida con la aparición de un destacamento de la Guardia Municipal. Llegaron con sus cascos adornados con plumas de gallo y sus guantes blancos, armados de fusiles con bayonetas, marchando a paso ligero y rítmico, perfectamente formados en filas, elegantes y seguros de sí mismos, y la plaza se quedó vacía incluso antes de que pudieran desplegarse para actuar. Fue una tarde memorable. Al contemplar aquella escena se me antojó que la gente no se entendía bien, que había mucha ira acumulada y mal disimulada, que todo lo que hasta entonces yo había visto en aquella plaza desde las ventanas de nuestra preciosa casa había sido sólo una quimera y que aquella tarde era la primera vez que veía algo «auténtico y verdadero» del mundo. Ésa fue mi impresión.

11

Un trenecito de un solo vagón que parecía una caja y que avanzaba muy despacio, alimentado con leña, recorría la calle principal para llevar a sus pasajeros a una de nuestras colonias de veraneo, llamada Csermely, «Arroyo»; el trenecito era el medio de transporte público de la ciudad, aunque en realidad lo utilizaban sobre todo los veraneantes y los excursionistas. Además, cuando las primeras nieves cubrían la calle, el trenecito se retiraba de la circulación durante meses y no reaparecía hasta la primavera; entonces empezaba a oírse de nuevo su traqueteo agudo y demasiado fuerte, de todos conocido. Por un lado de la calle principal, la calle Fő —cuya longitud era, según los entendidos, de «un kilómetro exacto»—, se paseaban los señores y, por el otro, las criadas, los soldados y los representantes de las clases menos favorecidas. Los transeúntes del «paseo señorial» tenían muchísimo cuidado de no pasar, salvo en caso de extrema necesidad, por el lado «proletario» de la calle; una tradición de décadas separaba así a los viandantes, y las mismas criadas procuraban no aparecer por el lado de los «señores»; claro, ¿para qué iban a mezclarse precisamente en la calle, cuando en todos los demás terrenos de la vida estaban siempre separados, como el aceite y el agua? La hora del paseo matinal era las doce y la costumbre se retomaba hacia las seis de la tarde. Delante de la catedral, al lado de la torre de Orbán, se reunían los juristas y los oficiales del ejército, unos auténticos señoritos de provincia vestidos con abrigos de piel de estilo polaco y calzados con polainas blancas: en la manera de vestir de la juventud dorada de la ciudad se apreciaba la influencia de la cercana ciudad de Sáros. Delante del edificio del teatro, de la catedral y de un palacio condal de la calle principal desfilaba por la tarde la gente de bien de la ciudad, y entre los trajes oscuros de la mayoría, aparecía de vez en cuando una mancha más clara: la sotana de los «padres blancos», que pasaban por allí. Los miembros de aquella orden eran excelentes educadores y llevaban una intensa vida social. Iban y venían constantemente por el paseo. De noche acudían al teatro con sotana negra y alzacuellos blanco; resultaban muy elegantes, de pie en la primera fila del patio de butacas, justo delante del foso de la orquesta, con los brazos cruzados o levantando los anteojos con sus manos enguantadas, o saludando con gestos mundanos a sus conocidos de los palcos, como si fuesen los abades de los reyes de Francia en el teatro de Versalles. Su comportamiento «mundano» no recordaba en absoluto la disciplina de la orden; una visión profundamente liberal del mundo y un humanismo secular marcaban tanto sus actividades sociales y científicas como sus principios docentes.

El señor obispo tenía su residencia en la calle Fő: se trataba de un palacio barroco de dos plantas. Él no se dejaba ver tanto en la calle, vivía separado del mundo, nunca participaba en reunión social alguna y sólo se mostraba en público al atardecer, cuando caminaba por las calles de los barrios periféricos en compañía de alguno de sus canónigos o colaboradores. El señor obispo era un gran señor y había educado a varios archiduques, de modo que la corte no se olvidó de él ni siquiera cuando decidió retirarse a nuestra ciudad. Roma y Viena seguían solicitando y recibiendo con respeto sus consejos y opiniones. Era un gran señor y un sacerdote muy ferviente y muy severo, un verdadero asceta que se mantuvo oculto, al margen de las masas, hasta el final de su larga vida; sus fieles únicamente lo veían aparecer en las fiestas religiosas más importantes, entre una gran pompa y mucha solemnidad. El resto del tiempo vivía de forma invisible para los demás. Dormía en una litera castrense de hierro, como hacían el emperador o los frailes de vida disciplinada y penitente. En sus paseos vespertinos llevaba un sombrero de terciopelo negro rarísimo, con una borla dorada que le colgaba por detrás señalando su condición de obispo. Usaba guantes tanto en invierno como en verano, y cuando se cruzaba con niños en la calle, les acariciaba la cara con la mano enguantada. Le gustaba pasear por los barrios obreros, por las calles alejadas del centro; un día lo seguí porque me atraía su elegante figura delgada y, sobre todo, el sombrero con borla dorada, puesto que nadie tenía uno como ése en toda la ciudad. En una esquina se dio cuenta de que lo seguía, me miró, se detuvo y me indicó que me acercase; me preguntó mi nombre, me cogió de la mano y me acompañó hasta la puerta de mi casa, como si yo fuese una ovejita descarriada. Esa distinción me llenó de orgullo y fui contando el caso a todo el que estuviera dispuesto a escuchar la historia de un muchacho a quien un obispo, un verdadero obispo, había acompañado a su casa cogido de la mano. Aquello me entusiasmó tanto que decidí hacerme cura como agradecimiento a la bondad del señor obispo, y convencí a un muchacho alto y delgado que era amigo mío, el hijo de un barón, oficial del ejército, de que nos hiciésemos unas sotanas con unas cuantas faldas y delantales viejos; nos las poníamos y celebrábamos misas, bautizos y comuniones; yo hacía de cura, y él, de monaguillo, y acabé por aprenderme todo el texto de la misa en latín. Se trataba de un juego extraño: levantamos una capillita en un pequeño almacén de maderas, construimos un altar y yo conseguí una de las copas en las que mi abuelo solía tomar vino para que nos sirviera de cáliz. Compramos la hostia en la tienda de Ambrózy y, cuando mi monaguillo tocaba la campana —es decir, daba unos golpecitos con un cuchillo en el borde de un vaso—, yo alzaba el cáliz lleno de vino y sentía, entre escalofríos, que la hostia se deshacía en mi boca, que se convertía en ese instante en el Cuerpo del Señor... No era un juego muy sano que digamos; si el señor obispo se hubiese enterado, no le habría encontrado nada de loable.

En el patio del palacio episcopal, en una de las habitaciones del ala posterior, se encontraba la redacción del periódico clerical. En la ciudad existían cuatro diarios: el del señor obispo y otros dos, del partido del trabajo, se imprimían en húngaro, mientras que el cuarto, muy popular también en los territorios de habla alemana, se publicaba en esta lengua. Los diarios se mantenían gracias a las subvenciones de los partidos políticos y los redactores cambiaban a menudo. La mayoría de ellos eran trotamundos románticos, asalariados que iban de ciudad en ciudad, de periódico en periódico, y sólo lamentaban su marcha los dueños de los cafés a los que acudían. Los redactores que trabajaban en las ciudades de provincias eran unos entusiastas de la vida teatral y siempre tenían delante de ellos, en la mesa de mármol del café, el manuscrito de alguna obra de los «autores contemporáneos más modernos» que hojeaban cuando no estaban jugando a las cartas. Trabajaban una temporada en una ciudad y luego se iban a otra, viajando como actrices o bailarinas; malvivían con lo poco que les pagaban y con lo que ganaban jugando a las cartas o en alguna campaña de prensa extraordinaria para la que los contrataba alguna empresa local. En aquella época, la prensa era todavía una autoridad y un poder. Entre los judíos errantes de la información periodística, el redactor jefe era toda una autoridad; se trataba de un hombre sabelotodo, regordete y asmático que se paseaba por las calles de la ciudad con el nudo de la corbata aflojado bajo la papada y para el que cualquier asunto era «de interés público». A veces viajaba a Pest, donde mantenía entrevistas sobre asuntos de interés nacional con «representantes de las más altas esferas», como él mismo se encargaba de contar... La burguesía temía a la prensa. Los comerciantes, los banqueros, los empleados de la autoridad local hacían gala públicamente de las excelentes relaciones que los unían a los representantes de la prensa, lo que les aseguraba ante todo la posibilidad de mantener celosamente guardados los secretos relativos a su vida privada. El «señor redactor» solía ser un hombre de espíritu elevado que adoraba los poemas de Endre Ady y de los demás poetas modernos, pero que también visitaba a menudo los despachos de los directores de las entidades de ahorro y de las cooperativas de la provincia, donde muy probablemente se discutía poco de literatura o de poesía. Así que la gente temía a los periodistas y los despreciaba. Más adelante, cuando en mi familia se enteraron de que yo colaboraba con varios periódicos de Pest, pensaron que estaba perdido, como si trabajase de perrero o verdugo. Un periodista no formaba todavía parte de la sociedad burguesa: todos lo saludaban con respeto, pero nadie lo invitaba a comer.

En el escalafón social se situaba por encima del galán de la compañía de teatro local. La situación económica y social de los periodistas sólo ha mejorado en los últimos tiempos.

La «redacción» solía ser una habitación oscura y maloliente situada junto a la imprenta que servía también de almacén, oficina y papelería, y en la que el olor a pintura se mezclaba con los vapores asfixiantes de los polvos de plomo; el «redactor jefe» solía fumar su cigarro sentado ante su escritorio mientras se preguntaba cómo podía conseguir alguna subvención del partido en el gobierno o, por lo menos, algún encargo oficial para la imprenta. En la mesa de al lado, el redactor atendía las llamadas del corresponsal de Budapest; a través de las puertas de cristal se oía el ruido de las impresoras y el canto de las muchachas que doblaban los periódicos. Era un sitio mágico: el que llegaba a conocerlo, estaba perdido para siempre. En la sala contigua, en unos cajetines colocados sobre las bandejas extraíbles de la caja tipográfica, se guardaban las letras. En mi época de colegial, me encantaba meterme en las redacciones y las imprentas de la ciudad para observar el trabajo que allí se desarrollaba, hasta que un día el viejo Banekovics, el *doyen* de los cajistas, encargado de compaginar el periódico local más importante, me llamó a su lado y dijo: «No tenemos editorial para la edición de tarde, jovencito, así que escriba usted algo.» Me fui a la redacción, que en aquel momento estaba vacía —el redactor estaba jugando a las cartas en algún café—, me senté a una de las mesas, encontré unas hojas y una pluma, y escribí un editorial sobre la gestión económica de la ciudad, que era tan arriesgada como arbitraria. Banekovics leyó el artículo, me dijo que estaba muy bien, lo compuso y lo compaginó, y lo publicó en la edición de aquella misma tarde. Yo iba y venía de un lado a otro muy nervioso, como si me hubiese ocurrido algo definitivo. Tenía catorce años.

En los meses de verano, las familias pudientes se trasladaban a sus chalets de las colonias del Bankó o del Csermely. Desde principios de junio, el tren recorría el arroyo Csermely hasta la taberna llamada El Corderito, lugar desde el que un serpenteante sendero ascendía a través de bosques casi salvajes, olorosos de setas, hasta el primitivo balneario de Bankó. Aquello parecía la selva virgen, una tierra de nadie cubierta de agreste y abundante vegetación. Desde uno de los verdes prados del bosque, denominado cariñosamente «Ottilia», se podía divisar si el tiempo lo permitía hasta los confines del país, bordeados de montes siempre nevados. El bosque rebosaba de frambuesas, arándanos y otros frutos silvestres, de fuentes de aguas frescas y cristalinas, de enebros y de todo tipo de setas. Era un bosque «de verdad» cuyo parecido buscaría yo en vano entre los montes galos y británicos, que me parecían poca cosa en comparación con los bosques en los que solía pasar de niño los veranos. El bosque se me antojaba infinito, como si ocupase cientos y cientos de miles de hectáreas, y desde los prados del Hradova podía verse el valle entero con sus ciudades, pueblos y aldeas, un paisaje extenso y de bellísimo colorido, diferente de todo lo demás, con su propio clima y sus propios olores y sabores. La vida de las ciudades, las fachadas de los edificios, los muebles de las habitaciones abovedadas, todo respiraba un aire realmente urbano. La región que la vista abarcaba perfectamente desde los prados de Ottilia o del Hradova formaba una verdadera «patria», quizá más auténtica y más íntima que la otra que la incluía, la grande y desconocida, todavía enorme y poderosa. En la cima del monte nacía un bosque de pinos que parecía no tener fin. Ese bosque, cuyos ruidos y silencios mis oídos nunca dejaron de escuchar —igual que le ocurre con el ruido de las olas del mar a quien vive en sus orillas aunque se traslade a vivir a la gran ciudad—, fue arrasado por un viento de tormenta durante el primer día de la guerra: aquel aliento enloquecido acabó con el bosque de mi infancia como con todo lo que pertenecía a ella, con todo lo que entonces me era querido. Los bosques del Bankó y del Hradova permanecían aún intactos cuando unas cuantas familias de la ciudad empezaron a construir sus casas de campo o a alquilar en la posada una habitación de paredes húmedas con olor a ratones. Una de aquellas primeras casas, similar a un pabellón de caza que el excursionista divisaba entre las de la colonia, pertenecía a una de mis tías abuelas, que pasó treinta años de su achacosa vida en la cama, de la que nunca se levantaba y desde la que gobernaba su casa y su fortuna con plena dedicación y entendimiento. Esa tía abuela se trasladaba en primavera a su casa del bosque para «respirar el aire fresco del lugar», aunque en realidad nunca salía de su habitación húmeda y de aire viciado; siempre tenía las ventanas cerradas y hasta las sellaba con cinta aislante, así que respiraba única y exclusivamente el hedor allí acumulado, acostada entre sus almohadas con un gorrito de encaje en la cabeza, rodeada de sus canarios, sus tazas y tazones, sus manojos de llaves y sus trabajos manuales. Allí también recibía a las visitas, ante las que elogiaba las ventajas del aire puro de los montes; y las visitas casi se asfixiaban en aquella habitación que olía a enfermedad, pero la tía no se daba cuenta. Aunque hay que reconocer que los «cambios de aire» le iban muy bien, pues vivió muchos años. En esas colonias de casas de campo se desarrollaba durante la estación estival una vida tranquila y serena, puesto que en aquellos años la gente todavía no se alejaba mucho de su lugar de residencia y sólo visitaba las playas o los balnearios con fines terapéuticos. Los maridos llegaban de noche en un coche de punto con la compra del día; en las mesas del restaurante de la posada había unas velas con las llamas protegidas por pantallas de cristal, y por las noches tocaba una orquesta de músicos cíngaros. Todo parecía formar parte de una bucólica imagen de paz, la imagen de la burguesía. La intimidad y el sentido de la solidaridad que durante varias generaciones había unido a las familias patricias marcaba el tono de las conversaciones y las relaciones sociales entre los veraneantes, de manera que a nadie le apetecía desplazarse a las playas y los balnearios lejanos de un mundo desconocido e inseguro. Sin embargo, yo salí una vez al extranjero con mis padres y mi hermano menor, de unos meses de edad, para ir al mar del Norte. Mi madre tenía miedo de que el recién nacido no aguantase bien las sacudidas del viaje en tren, así que colgó una hamaca entre la puerta del compartimento y la ventana del lado opuesto. La agradable consecuencia del invento fue que los demás pasajeros evitaron nuestro compartimento; la desagradable fue que mi hermano, por hacer el viaje desde nuestra ciudad hasta Berlín de ese modo, sufrió una conmoción cerebral, así que de Berlín sólo conocimos médicos y hoteles. Debido a esta y quizá a otras razones, nunca volvimos a viajar al extranjero. Nos quedamos en la «playa» del Bankó como los demás, alquilamos una lujosa casa junto al bosque y pasamos allí los veranos más felices y tranquilos de mi vida. Uno de los mayores acontecimientos del día era la llegada a la colonia del propietario de la fábrica siderúrgica local, quien acababa de adquirir un automóvil —el primero y único de la ciudad, y quizá de toda la provincia—, pintado de azul chillón, lento y con una bocina estridente, que subía la colina todas las tardes a paso de tortuga ayudado por los niños de los alrededores. Arriba lo esperaba un emocionado grupo de vecinos adultos. El vehículo de aquel hombre, aparcado delante de la puerta de la posada, confería un aspecto mundano al «balneario», y todas las tardes los niños ayudábamos emocionados a subirlo a empujones. Luego esperábamos su llegada abajo, sobre las seis. El hombre iba al volante muy contento, fumando un puro, nos hacía señas con la mano para despedirse y tocaba la bocina con alegría victoriosa, tras lo cual se dirigía a la pandilla de niños congregados y decía: «¡Empujad, pues, el carro del progreso!» A mitad del camino, a la altura de Ördögárok, «El foso del diablo», se unía a nosotros el hombre quizá más anciano de la ciudad, un abogado que odiaba su profesión; en su oficina tenía colgada de la pared una frase bordada en rojo sobre tela blanca, enmarcada y protegida con cristal: «¡En ningún caso acepto letras de cambio!» El abogado pasaba sus tardes recorriendo los senderos de los bosques a la caza de mariposas. Aquel viejecito se parecía mucho a nosotros, los niños, y nos ayudaba a empujar el carro del progreso hasta que regresábamos a la colonia con la puesta de sol, extenuados pero muy contentos. A nuestra manera, desde luego un tanto especial, estábamos contribuyendo al progreso.

12

Desde uno de los miradores del Bankó se veía toda la ciudad, con sus torres, sus casas de techos altos, sus calles estrechas; se divisaban los dos «cementerios de señores», el Rozália y el Kálvária, en los que tenían sus panteones las mejores familias, mientras que los proletarios y los judíos recibían sepultura en el Cementerio Público. Rozália era el cementerio más elegante, el reservado a las familias de la nobleza, de la más alta burguesía de la ciudad y de la aristocracia de los alrededores, y el de Kálvária estaba reservado a las familias de clase media y los campesinos ricos. La ciudad no era muy amplia; sus callejuelas estaban hechas a la medida de la antigua fortaleza, y por encima de los empinados tejados, justo entre las otras torres, como si hubiesen elegido el sitio con regla y compás, se elevaba la de la catedral, que era más bien media torre porque estaba inacabada. El conjunto catedralicio, de seiscientos años de antigüedad, se alzaba por encima de la ciudad como núcleo de toda la vida y todo el pensamiento que lo habían rodeado durante siglos y siglos; la catedral parecía mantener el equilibrio de la ciudad más allá del tiempo y del espacio, como símbolo de la Idea pura que emerge de la confusión y la monotonía cotidiana del centro urbano. A una altura de cincuenta y tres metros, en la torre catedralicia, el guardia municipal encargado de avisar de los incendios velaba por la paz de la ciudad; junto a la catedral estaba la torre de Orbán, de cincuenta metros, con sus campanas de tonos bajos y serios que propagaban las noticias de fiestas, peligros y muertes desde la época de Rákóczi. La catedral —cuya hermana gemela encontraría yo más tarde en la de Tours— se imponía sobre todos los demás edificios con sus tres naves y su techo de tejas multicolores que siempre brillaban al sol, con las proporciones un tanto pesadas de un gigante.

Cuando yo pasaba por delante del pórtico de la catedral, siempre sentía escalofríos. Dentro, en la penumbra, se celebraba misa o algún otro acto religioso o beato ante alguno de sus numerosos altares. «¿Qué sentimientos me invaden cuando paso por delante del pórtico de la catedral?»: ése era el título de la redacción que teníamos que hacer todos los años para la clase de lengua húngara, y yo respondía siempre que me invadían «sentimientos muy elevados». La catedral, esa idea grandiosa expresada en su plenitud, dominaba la ciudad. Era demasiado grande e imponente, demasiado enigmática, oscura y majestuosa; uno no podía acostumbrarse a ella ni aceptarla, pues vivía en su esplendoroso orgullo por encima de la ciudad. En una de sus criptas, en un sepulcro de mármol, se conservaban los restos del propio Rákóczi. La tumba estaba siempre rodeada de coronas y guirnaldas de flores, de banderas y estandartes viejos y rotos, algunos con una inscripción que rezaba: «*Pro libertate.*» Cuando yo leía aquella frase durante las visitas piadosas que realizábamos con la escuela, me estremecía invariablemente. Aquellas palabras tenían para mí un significado especial, se me antojaban elevadas como el verso de un poema que provoca sentimientos profundos en el lector. No sé exactamente en qué pensaría al leerlas, pero estoy seguro de que no pensaba ni en la «patria», ni en el «amor a la patria», como solía decirse en los discursos patrióticos, sino más bien en el sentido primitivo de la palabra, en la libertad. Cuando pasaba por delante del pórtico de la catedral, recordaba esa palabra como si fuese un lema oculto por el cual, quizá, valía la pena vivir.

Segundo capítulo

1

La mayoría de los matrimonios son *mésalliances*. Los esposos ignoran qué es lo que acaba separándolos, situándolos en dos bandos enfrentados; nunca llegan a saber que el odio oculto que condiciona su convivencia es no sólo una señal del fracaso de su vida sexual, sino también la manifestación, en estado puro, de un odio primitivo entre distintas clases sociales. Los cónyuges conviven durante décadas entre el aburrimiento y la resignación, y se odian porque uno de los dos ha recibido una educación más refinada que el otro, porque coge el tenedor y el cuchillo con más gracia, porque ha traído consigo, desde la infancia, un espíritu selecto de casta. Cuando la relación sentimental se vuelve menos intensa, se desata la lucha de clases entre las dos partes: ninguna de las dos personas que comparten mesa y cama comprenden por qué se odian tanto y tan intensamente, y se lo ocultan incluso a sí mismas, intentando fingir que todo está en perfecto orden a su alrededor. Lo que odian, desprecian o envidian del otro es simplemente la clase social a la que pertenece. Cuando es el hombre el que proviene de una familia «más elegante», la mujer suele disfrutar al principio de haber llegado al lado más soleado de la vida y se sitúa ante el mundo con dignidad y ostentación junto a su esposo de clase alta, pero en su casa, en la mesa y en la cama, se venga con crueldad y terquedad por algún agravio recibido, tan imaginario como ancestral. Es muy raro el matrimonio en que el orgullo de uno de los cónyuges no se siente ofendido por el rango o el oficio que ostentó el bisabuelo del otro o por la fortuna que un antepasado dilapidó, y en que el cónyuge más elegante no repite sin cesar: «Esto, en mi casa se hacía de otra manera, no de ésta.» La lucha de clases aflora siempre en una familia.

Y también afloraba en la nuestra. Nadie lo sabía, nadie hablaba de ello, pero los padres y los abuelos de mi madre eran «gente sencilla y humilde»: su abuelo había sido molinero, y su padre, ebanista, aunque consiguió ampliar su negocio y llegó a tener varios empleados, por lo que en la familia se hablaba de él como del «empresario», categoría que, en efecto, alcanzó al final de su vida, cuando ya no trabajaba en los talleres, sino que se dedicaba a contabilizar los pedidos y a repartir el trabajo. Ese ascenso social no pudo salvarnos. La «deshonra» del trabajo manual pesaba en su vida y hasta dejaba manchado su recuerdo. De puertas afuera, nos mostrábamos orgullosos de ese antecesor que había logrado éxitos «con su propio esfuerzo», que se había convertido en empresario, que no trabajaba, sino que se dedicaba a contabilizar pedidos. Sin embargo, la familia de mi padre y los niños de la casa habríamos preferido en realidad que el abuelo en cuestión hubiese sido un empleado público con un sueldo de treinta forintos durante toda la vida y con derecho a jubilación, o incluso un simple funcionario mal pagado de la burocracia provincial. De pequeño sentía vergüenza porque mi abuelo materno hubiese trabajado con cola, sierra y cepillo. Ante mis amigos y compañeros de juego y de escuela nunca mencionaba la existencia de ese antepasado. Lo olvidamos, lo dejamos relegado al pasado y hablábamos de él con la mirada baja, pues lo recordábamos invariablemente como «empresario». Ante la gente que lo había conocido lo recordábamos con cierto orgullo y ternura, en un tono triunfador que parecía sugerir algo así como que «el trabajo manual no supone ninguna deshonra». Claro, asumíamos la existencia de ese antepasado porque no podíamos hacer otra cosa, y tampoco nos sentíamos culpables. De todas formas, llevaba muchos años muerto; los niños ni siquiera llegamos a conocerlo. Desapareció con mucho tacto, el pobre, no tenía ni cuarenta y siete años cuando lo enterraron. A pesar de todo, yo estaba convencido de que había aportado vergüenza e infamia a la familia, no sé a quién, si a la familia de mi padre, a los niños, a mí. Mi padre hablaba siempre muy bien de la familia de mi madre, con respeto y reconocimiento, pero el oído de los niños es muy agudo, y aquello nos parecía más bien una actitud educada y caballeresca. Creo que mi padre habría aceptado que mi abuelo materno hubiese sido incluso un perrero con la misma educación con la que aceptaba a mi madre tal como era. Pero, desde luego, la lucha de clases se libraba, aunque de forma disimulada y educada, con la dignidad de unos auténticos caballeros. Los niños renegábamos con más crueldad y mayor conciencia de la familia de mi madre. Simplemente nunca hablábamos de ella. Yo ya estudiaba en la universidad cuando logré liberarme de ese temor ciego, cobarde y falso, y empecé a interesarme por la familia de mi madre al intuir que tenía mucho que ver con sus miembros por ser hijo de mi madre.

La vida pasa en una especie de penumbra, entre palabras que quedan sin pronunciar, gestos abortados a medias, silencios y temores: así es la vida, en realidad. El equilibrio de una familia es algo muy delicado, como el equilibrio de toda vida. Creo que nosotros ni nos amábamos ni nos odiábamos más que la mayoría de las familias. La cohesión desesperada y voluntaria de las familias judías no es típica de las católicas. Entre los judíos, la familia es lo primero y sus miembros individuales vienen después, mientras que, entre los católicos, cada uno de los miembros vive sobre todo para sí mismo, y de sus emociones y sentimientos sobrantes deja caer a veces algo para los demás. Los judíos viven para la familia; los católicos, por la familia. No importan las excepciones, en general es así. Nosotros también «nos queríamos», claro está. Nuestros padres eran tiernos con nosotros, nos educaban con cariño y con amor, nuestro padre era muy bueno y nos mimaba a todos, nos llevaba en palmitas. Y, sin embargo, la familia acabó dividida en dos: los partidarios de mi padre y los de mi madre. Luchábamos unos contra otros como los güelfos y los gibelinos. ¿Por qué? Una especie de resentimiento, de pasión provocada por el hecho de sentirse rechazados, de ganas de echarse las cosas en cara caracterizaba a los partidarios de mi madre; el ambiente familiar estaba siempre cargado de cuestiones sin aclarar, nos peleábamos con el pretexto de unos cepillos para la ropa, pero en el fondo se trataba de una cosa bien distinta. Se trataba de la pequeña revolución que suele estallar en el seno de toda familia, con su Catorce de Julio y su Termidor incluidos.

2

Tengo que hablar de los muertos, así que debo bajar la voz. Algunos están completamente muertos para mí; otros sobreviven en mis gestos, en la forma de mi cráneo, en mi manera de fumar, de hacer el amor, de alimentarme: como y bebo ciertas cosas por encargo de ellos. Son numerosos. Uno pasa muchos años sintiéndose solo entre la gente hasta que un día se encuentra con sus muertos, nota su presencia discreta pero constante. No alborotan demasiado. Con la familia de mi madre tardé en aceptar la convivencia; un día empecé a oír sus voces al hablar, a ver sus gestos al saludar o al alzar una copa. La «personalidad», lo poco que tú mismo te añades, es una nimiedad en comparación con la herencia que los muertos te dejan. Personas que ni siquiera he llegado a conocer sobreviven en mí: se ponen nerviosas, escriben novelas, albergan deseos y luchan contra sus miedos en mí. Mi rostro es la copia exacta del de mi abuelo materno; las manos las he heredado de la familia de mi padre; mi temperamento es el de algún antepasado materno. En momentos determinados, cuando me molesta algo o tengo que tomar una decisión repentina, probablemente pienso, hablo y actúo igual que habría pensado, hablado y actuado mi bisabuelo materno en su molino de Moravia hace setenta años.

Del padre de mi madre han quedado pocos recuerdos: sólo una fotografía y una jarra para beber cerveza. La jarra lleva grabado el retrato de mi abuelo. Tanto esa imagen como la fotografía muestran a un hombre de barba tupida y frente alta, rostro regordete y boca sensual, con el labio inferior un tanto caído. Lleva el traje tradicional húngaro, pero los pantalones son modernos y los zapatos están a la última. Era un hombre jovial que tenía prisa por vivir; se casó dos veces y engendró seis hijos. Llegó a ganar mucho dinero, aunque nunca aprendió a dominar del todo la contabilidad; llevaba las facturas y las letras de cambio en los bolsillos, y cuando murió, a la edad de cuarenta y siete años, sólo dejó deudas y desorden. Pero en la casa del abuelo todos vivían contentos y felices. Además, eran muchos, pues allí se hospedaban también los obreros y los aprendices, de modo que solían ser unos veinte para comer.

En las habitaciones de la entrada, del lado derecho, estaban las «salas de exposición», donde se colocaban los muebles más nuevos. Los muebles de mi abuelo eran bien conocidos en las ciudades y los pueblos de los alrededores; él amuebló algunos de los salones del palacio arzobispal de la ciudad de Eger, donde todavía se pueden ver sus iniciales, la «J» y la «R», grabadas en las mesas y las sillas. La casa y el taller de mi abuelo estaban situados en un terreno muy extenso. En la «fábrica» se trabajaba con máquinas caras y complicadas, pero mi abuelo seguía llevando la contabilidad en los bolsillos, apuntando los números con lápiz en trozos de papel, y a veces perdía algunas de sus facturas.

En aquella época, los artesanos propietarios de un taller donde desarrollaban su oficio debían pasar primero unos años de aprendizaje que completaban después con un viaje al extranjero. Los profesionales liberales y los intelectuales, que en otros tiempos no salían siquiera de su ciudad, empezaban a viajar al extranjero y se volvieron así un poco aventureros. Los artesanos y los oficiales del ejército eran los únicos que habían estado viajando desde siempre; ellos conocían el carácter colorista y caótico del mundo, puesto que viajaban o eran destinados a distintos países del Imperio. Mi abuelo estuvo en Bohemia y en Alemania, y más tarde, cuando ya era «empresario», viajaba a menudo a Viena para hacer compras y conocer las últimas técnicas de su profesión. En cualquier caso, sabía más del mundo que los hombres de su entorno, los liberales e intelectuales de aquella pequeña ciudad provinciana. Era un hombre afable, de temperamento fuerte y muy activo, le gustaban los placeres de la mesa, bebía mucha cerveza y tampoco le dejaban impasible los encantos femeninos. Cuando se oía cantar «*Ein armer Reisander*» delante de la puerta de su casa para anunciar la llegada de un «viajero pobre», mi abuelo respondía por la puerta de cristal del taller con estas palabras: «*Wer arm is, der soll nich reisen*», o sea, «Si alguien es pobre, no debe viajar»; pero inmediatamente después invitaba al viajero a entrar y lo agasajaba con lo que tenía. Mandó a sus tres hijos varones a escuelas superiores: uno de ellos estuvo en una academia militar, y los otros dos, en el instituto; incluso sus hijas aprendieron a leer y a escribir, y mi madre terminaría más tarde, después de la muerte de mi abuelo, los estudios de Magisterio.

Eso es todo lo que sé sobre mi abuelo materno. Nunca lo conocí, pues murió veinte años antes de que yo naciera. Su retrato cuelga de la pared de mi habitación, y entre nosotros dos existe un parecido asombroso. Mi rostro es regordete como el suyo, mi labio inferior cae como el suyo, y si me dejara crecer la barba, me convertiría en el álter ego del desconocido que me mira desde la fotografía. A él le debo mi afición a viajar, mi sensibilidad, mi carácter eslavo, siempre activo, y también mis dudas. Aquel hombre desconocido pervive en mí con toda su fuerza. Puede que no sólo heredemos los rasgos físicos de nuestros antepasados; del mismo modo que ostento su boca, su frente o la forma de su cráneo, sobreviven en mí sus gestos, su sonrisa, su voluptuosidad, su despreocupación y su desenfado. A mí también me gustaría llevar en el bolsillo la contabilidad de mi vida. Pero de la misma forma sobrevive en mí el otro abuelo, más serio, más severo, más ordenado y disciplinado: éste también murió pronto, tampoco llegué a conocerlo. Esos desconocidos con quienes debo convivir me dejan la palabra a mí mismo en pocas ocasiones, a mí, a quien yo he formado con arreglo a sucesivos intentos y sufrimientos. Mi abuelo materno, por ejemplo, era un auténtico Falstaff en su pequeña ciudad, un famoso bebedor de cerveza, alegre y campechano, que tenía una mesa reservada como cliente diario en las mejores cervecerías y que disfrutaba invitando a sus contertulios. También heredé de él mi método de trabajo. Me gusta entretenerme con todo lo que hago, como los artesanos, me gustan los trabajos manuales, su ritmo y su lado puramente físico, me gusta ser mañoso y componer, manufacturar o reparar cualquier objeto sencillo de uso cotidiano. Soy mañoso gracias a él. A veces este abuelo se pelea con el otro, ambos miden sus fuerzas, y cuando gana éste, me siento feliz y contento durante muchos meses, se apodera de mi trabajo y de mi vida entera una especie de serenidad y de sosiego; en tales ocasiones, me sale la vena viajera y me voy por algún tiempo sin planes ni objetivos definidos, sin importarme lo que dejo atrás, en mi casa y en mi taller.

Mi abuela tenía dieciséis años cuando se casó con él. La figura de esa joven está cubierta por un tupido velo. Vivió con mi abuelo durante cuatro años, dio a luz a mi madre y a otra criatura y murió en ese segundo parto. Nadie hablaba de ella en la familia. Descubrí su apellido por casualidad, creo que se le escapó a mi madre. Era una Jelenffy. Sus hijos y sus hijastros nunca hablaban de ella. Sólo quedaba de ella una fotografía, realizada en un estudio, que muestra un rostro femenino sencillo, hermoso y triste, el retrato de una muchacha más que de una mujer joven. Su secreto, si acaso tuvo alguno, lo guardan en su tumba los muertos de la familia. Sus hijastros se resistían a hablar de ella, mi madre apenas la recordaba. Fue huérfana, y la educó una parienta. Creo que eran humildes. Mi abuelo tenía cuarenta años cumplidos cuando se quedó viudo con cinco hijos, y entonces se casó con aquella muchacha que vivía en su enorme casa casi como una sexta hija adoptiva. Parece que nunca se reía. Se sentaba a la mesa, seria y severa, del lado derecho del abuelo, y vivía en la familia como si fuese una extraña. Mi abuelo era un hombre jovial, dicharachero y bromista, la gente se reía con sus historias. A veces conseguía que aquella mujer joven, siempre triste, también se riera: en esas ocasiones, ella se levantaba de repente de la mesa, se cubría la boca con la servilleta y «se iba a su habitación para sonreír». Reírse la abochornaba... ¿Cuál sería su secreto? A mi madre, su primera hija, la consideraba muy fea, se avergonzaba de la fealdad de la recién nacida, no podía ni verla, le tapaba la cara con un pañuelo cada vez que le daba el pecho. Mi madre lo sabía; se lo habían contado sus hermanastras mayores y ella me lo contó a mí.

Aquella mujer silenciosa y triste, probablemente enferma del alma, vivió en la familia durante cuatro años. Ella también me dio algo para la vida. A ella le debo la mayor parte de mis temores. La nueva esposa tal vez estuviera intimidada por el papel que tenía que desempeñar delante de unos hijos ya mayores, se avergonzaría de desempeñar el papel de madre en una familia donde los hijos de la primera mujer guardaban celosamente el recuerdo de la muerta. Tal vez todo lo que hacía resultara malo, imperfecto y torpe y sus temores la obligaran a defenderse de los demás de manera histérica; por eso «se iba a su habitación para sonreír» cuando mi abuelo contaba algún chiste, por eso estaba siempre callada, por eso pensaba que su propia hija era «muy feúcha», como si intentase humillarse para reconciliarse con el recuerdo de la muerta y ganarse la simpatía de los hijos que se aprovechaban de ella. Cuando tengo miedo de volverme loco, es esa mujer la que habla en mí. No conozco ni su nombre de pila, pues nadie lo pronunció nunca en nuestra presencia. Apareció de repente en la constelación familiar y desapareció casi de inmediato. Tras esa efímera aparición, sólo quedó un recuerdo oscuro, y los que la habían conocido hablaban de ella con la mirada baja. En la fotografía lleva un vestido azul celeste, de su cuello blanco de muchacha cuelga una cadena de plata con un crucifijo, y junto al escote de su vestido tiene un pequeño ramillete de muguetes. Sus ojos vacíos y limpios, tristes e inexpresivos, parecen de vidrio. Éstas son las dos personas que sobreviven en mí.

3

Uno de los hijos, Jenő, el hermano mayor de mi madre, quiso ser músico, pero sólo logró ingresar en la banda de música del ejército, y se mató por pura desesperación cuando estaba destacado con las tropas en Póla. La vocación musical acompañaba a la familia como una maldición. La mayoría de mis parientes sentían una inclinación artística frustrada. Una de las hijas pintaba, la otra cantaba. Mi madre también tenía pasión por la música y hasta poseía cierto talento. Una de sus hermanas mayores, la que acabó en Viena, dejó en herencia su talento musical a sus seis hijas, de las cuales una es hoy bailarina de fama mundial, y todas las demás viven de la música, componen, interpretan, dan clases. Como la música constituía el elevado elemento vital en el que ellos se refugiaban, a sus descendientes tardíos nos obligaban con crueldad a seguirlos a ese universo elevado y a satisfacer sus inclinaciones. De niño, yo escuchaba y estudiaba más música que un músico profesional. Quizá por eso tengo callos en los oídos. Me harté de la música demasiado pronto, intentaba escapar del imperio de los sonidos y, aunque a veces sintiera nostalgia por lo perdido, acabé por cerrarme a cualquier música con enfado y nerviosismo. Una vez, en París, entré por pura casualidad en una sala de conciertos donde actuaba una orquesta de música clásica, y cuando empezó a tocar, me dio un ataque de risa que no pude dominar, así que al final tuvieron que conducirme fuera de la sala... Nunca comprendí a Jenő, que se había matado por no poder ser músico. Para mí, la música era un castigo... Aquellos ejercicios diarios, cuando mi madre se sentaba a mi lado al piano y me pegaba en los dedos con una varita si me equivocaba... Hasta hoy, al escuchar música —porque siento nostalgia, como el exiliado hacia la patria medio perdida— tengo que convencerme de que no duele, de que al fin y al cabo no duele tanto.

Uno de los hijos se había suicidado por no poder ser músico, otro dejó los estudios porque sintió de pronto vocación por el oficio de carnicero. Era una familia muy extraña. El hermano menor de Jenő, Dezső, iba ya al sexto curso del liceo cuando tuvo de repente esa inspiración, se plantó delante de mi abuelo y le confesó que no lo podía remediar: se veía obligado a abandonar sus estudios de Humanidades porque sentía una irresistible vocación de carnicero. Mi abuelo, que era un hombre severo pero justo, al oír ese extraño deseo le pidió una semana de reflexión. Tras dicho período de meditación, el abuelo llamó a Dezső, le soltó un largo sermón y le dio una buena paliza. Pegar a los hijos se consideraba un método pedagógico fundamental; las bofetadas formaban parte integrante de la marcha cotidiana de los días, como las oraciones o los deberes. En principio no hacía falta una razón, un motivo en especial para la paliza diaria; los padres y los educadores pegaban a los niños por pura tradición, para respetar las costumbres. Tras la mencionada paliza, mi abuelo comunicó a Dezső que no veía ningún impedimento para que cambiase de carrera, de modo que a la edad de dieciséis años, con el certificado de estudios del liceo en el bolsillo, se fue a la capital y se colocó como aprendiz de carnicero.

Yo sólo vi a ese hombre tan interesante en dos ocasiones. En la familia se le recordaba como a un chiflado. Sin embargo, creo que era muy normal, uno de esos hombres que sabía vivir su vida y se atrevía a hacerlo. Resulta penoso imaginar en qué persona malhumorada, quizá peligrosamente enfermiza, se habría convertido Dezső si no hubiese tenido a tiempo esa iluminación, si hubiese terminado sus estudios de Humanidades y se hubiese convertido en un empleaducho ajeno a su profesión y a su entorno. De este modo, según yo pude apreciar, Dezső se convirtió en un hombre sencillo y trabajador, en un hombre feliz; se casó, abrió su propia tienda, tuvo unas hijas bellísimas que logró sacar adelante y murió con resignación cristiana cuando le llegó la hora; en cualquier caso, vivió mejor que la mayoría de los hombres de la familia. Por supuesto, los parientes con ambiciones nunca pudieron comprender la fuga de Dezső, el hijo del «empresario», que tenía ante sí el camino que lo conduciría a una clase social más alta, con un título y un diploma en la mano, y que, en cambio, había preferido optar por el trabajo manual y convertirse en un simple tendero, y además en una rama asquerosa, sangrienta, la de carnicero... ¿Quién podía comprenderlo? Probablemente Dezső temiera un poco a esa «clase social». Su decisión también tuvo que ver con una especie de orgullo profesional; él se hubiese sentido tímido y desvalido en aquel otro mundo más formal y no quiso romper los lazos que tenía con el entorno de los gremios. Claro, si hubiese deseado ser «empresario» habría podido llevar el negocio de muebles de su padre. Pero él tenía vocación de carnicero. Si esa vocación existe, el tío Dezső nació sin duda para ser carnicero. De pequeño ya jugaba a carnicero con sus hermanos menores y con los hijos de los trabajadores del taller de su padre; según cuenta mi madre, Dezső reunía a todos los niños de la casa en un rincón del patio, los obligaba a quitarse la ropa, les echaba sal sobre la espalda y las nalgas, y luego hacía como si los trinchara y los desmenuzara con un cuchillo robado de la cocina. Los demás niños soportaban ese extraño juego como si fueran unas terneritas muy asustadas. La escena tenía lugar una vez al mes. Cuando se casó, como era ya maestro carnicero y sabía todo acerca de su profesión, se escapó de su propia boda, abandonó a los invitados y se fue tal cual, vestido con frac y sombrero de copa, al matadero, donde se puso su delantal, mató un buey y volvió muy satisfecho al lado de su flamante esposa. Su esquela decía que había sido «un marido ejemplar y el mejor de los padres». Y efectivamente así fue; su instinto le hizo sentir el peligro inminente y lo salvó.

Yo era un niño cuando fui de visita con mi madre a su casa, y la existencia del tío me sorprendió, pues yo no sabía nada de ese pariente peculiar, nadie me había dicho que teníamos un tío carnicero en la capital. El descubrimiento me encantó, y mi tío, también. Se comportó con cierta tensión. Nosotros éramos los «parientes de bien», y tanto él como su esposa se habían preparado para recibirnos, habían dejado su piso impecable, se habían vestido con sus mejores ropas e incluso sus tres hijas parecían listas para su primer examen o su primera comunión; no sabían qué decirnos, qué ofrecernos, con qué agasajarnos. Yo me sentía muy orgulloso de que hubiese un carnicero en la familia, y, además, uno tan excelente, un verdadero maestro, un «carnicero de la capital» que me dio la mano con mucha amabilidad, me llevó a la tienda y me enseñó sus instrumentos y los cuerpos de los animales despellejados. Me pareció mucho más interesante que cualquiera de los parientes que había conocido hasta entonces, más interesante que cualquiera de aquellos profesores, juristas u oficiales del ejército. No comprendía cómo mis padres no me habían hablado hasta entonces de aquel familiar tan excelso.

4

Una tarde de verano, llegó a casa Ernő con mucha solemnidad, saludó a los miembros de la familia, que estaban muy sorprendidos, sin besar a ninguno, se sentó en uno de los sillones, sacó de su pitillera de plata un cigarrillo largo, fino y elegante de la marca Hölgy [«Señorita»], lo encendió y se puso a fumar con una atención y una dedicación tales que parecía que no tenía otra cosa que hacer que demostrar cómo se debe fumar, como si todo lo hubiese inventado él mismo. Yo no había visto a nadie fumar así, con tanta solemnidad, concentración y empeño. Antes de encender el cigarrillo golpeó con él unas cuantas veces la tapa de su pitillera, lo examinó con los ojos entornados, le sopló, se humedeció los labios, se lo pasó entre dos dedos, quitó una pizca del tabaco sobrante, se lo puso en los labios sin soltarlo, sosteniéndolo con un par de dedos, buscó el mechero con la mano izquierda en el bolsillo de su chaqueta, encendió el cigarrillo e inhaló profundamente el humo —en ese momento, sus mejillas se hundieron como las de un muerto— hasta que alcanzó los pulmones para exhalarlo medio minuto más tarde, dejándolo pasar con placer. La nube de humo le salía por la boca y por la nariz, y él tenía dificultades para respirar, como los atletas tras una seria prueba... La familia estaba reunida a su alrededor, todos muy nerviosos, mirándolo. Los primeros minutos de su llegada se consumieron con el cigarrillo: Ernő parecía haber ensayado ese número artístico para maravillar a la familia. Se quedó un largo rato sin decir nada. Su impermeable colgaba del respaldo del sillón. Era muy alto —medía un metro y ochenta y seis centímetros— y muy gordo, y tenía un bigote como el del emperador Guillermo.

Había aparecido, tras dieciséis años de ausencia, evidentemente para demostrarnos a todos cómo había que fumar con entendimiento y placer. Era un adicto a la nicotina. Se fumaba ochenta cigarrillos diarios y estuvo fumando hasta el final; murió a la edad de cuarenta y cinco años a causa de una angina de pecho provocada por el exceso de nicotina. Durante dieciséis años no había mandado ni una postal desde el extranjero. Nadie lo había visto durante aquellos años ni había recibido noticias suyas; en una ocasión corrió la voz de que estaba sirviendo como general en el ejército japonés, algo que —Dios sabe por qué— nos daba vergüenza, pero por suerte la noticia resultó falsa. Sentado en el sillón, despreocupado y distendido, empezó a comentarle menudencias a mi madre, a quien no había visto durante esos dieciséis años; se comportaba como si hubiese partido el día anterior, como si no le importara mucho lo que pudiera haber ocurrido mientras él no estaba. Durante aquellos años, mientras el tío vivía en una enigmática lejanía, muchos murieron y otros nacieron en la familia, niños a quienes el tío no conocía; la forma de vida de todos había cambiado por completo, pero el tío Ernő se limitaba a contarnos que los cigarrillos estatales húngaros eran mucho mejores que los de las fábricas alemanas privadas. Se notaba que se sentía molesto. Estaba pálido, no se movía de su sillón y respiraba a duras penas. Su comportamiento expresaba cierta protesta, una especie de defensa preocupada. No preguntó nada y se quedó mudo ante las preguntas que le hacían los demás para descubrir el secreto de aquellos años. Acabamos poniéndonos de acuerdo, afirmando que Ernő «tenía su secreto». A lo mejor sí había sido general en algún ejército, a lo mejor había vivido en condiciones humillantes; intuíamos en su silencio una *lebenslüge*, una «mentira vital» —*El pato salvaje* estaba representándose con mucho éxito en los teatros húngaros de la época—, y respetábamos su silencio lleno de enfado y preocupación. Así empezó a vivir entre nosotros, como si hubiese llegado de un continente lejano, con su «secreto», su pitillera de plata, siempre repleta, sus pocos trajes, su ropa interior y la cartera vacía, con sus extrañas costumbres.

Ernő, el hermano menor de mi madre, era un hombre orgulloso y sensible y había desaparecido dieciséis años atrás de manera poco clara, lo que aumentaba el misterio que envolvía su figura corpulenta y lánguida. Ernő estaba destinado a convertirse en un profesional del ejército, en un hombre a quien todos los miembros de la familia pudieran mirar con respeto y admiración. En la academia militar le asignaron una beca y pudo continuar sus estudios incluso después de la muerte de mi abuelo; también la familia ayudaba al joven oficial. Vivía en el cuartel militar, bebía y jugaba a las cartas, cumplía con sus deberes y era querido en sociedad porque le gustaba tocar el piano y lo hacía bien; los usureros lo perseguían, hacía la corte a cajeras y actrices de paso y, poco a poco, se fue entregando al aburrimiento y a la inactividad de los que pocos oficiales eran capaces de salvarse en aquellos tiempos de paz. Ernő era un alma revolucionaria, era introvertido e intranquilo, despierto y corroído por dentro, y tenía muchas ganas de viajar, por lo que el mismo día que se dio cuenta de que no albergaba ninguna simpatía hacia su profesión, escribió una carta al ministro de la Guerra renunciando a su cargo y se fue al extranjero con lo puesto, sin un céntimo y sin despedirse de nadie. No, los hombres de esta familia no se dejaban seducir por la idea de ascender en el escalafón de la vida. Uno de ellos se había suicidado por no poder ser músico, otro había abandonado las Humanidades para convertirse en carnicero, Ernő dejó la carrera militar para entregarse a su «secreto» en algún país extranjero, desconfiado y alejado de toda vigilancia. Entre nosotros vivió en silencio, con cuidado. Sólo traía en su maleta unos cuantos libros de matemáticas y física y algunas partituras de música. Las matemáticas le apasionaban. Él me nombró por primera vez a Einstein —había leído sus tratados y ensayos en las revistas especializadas y conocía la teoría de la relatividad antes de su divulgación masiva— y me hablaba de la teoría de los átomos, de Planck y de la radiación nuclear. Se sentaba en un rincón de la terraza cubierta, con un pitillo en una mano y un libro o una revista de matemáticas o de física en la otra, con los gruesos anteojos en la nariz chata, humilde y triste.

Tardó mucho en contarnos su «secreto», que era absolutamente banal e insignificante, como la mayoría de los «secretos vitales». Sin dinero, sin estudios ni diplomas, ¿qué hubiera podido hacer en Alemania tras su huida? Echó mano de su talento musical, de sus conocimientos de piano, que ya le habían servido para divertir a sus amigos y compañeros. Tocó en varios cafés y restaurantes de distintas ciudades alemanas, más adelante fundó una pequeña orquesta que viajaba de ciudad en ciudad. No albergaba muchas esperanzas de poder salir de aquel mundo nocturno de cafetines y tugurios donde tocaba a diario, donde bebía y fumaba sin parar, hasta que cumplió cuarenta años y enfermó de gravedad. Sabía que no le quedaban muchos años y devoraba desesperadamente cualquier libro que cayera en sus manos —no le gustaban las bellas letras, prefería los ensayos científicos, de física y sobre todo de matemáticas— y recordaba al condenado a muerte del cuento que se esfuerza en aprender inglés antes de que llegue el día de su ejecución. Ernő también quería «hacer algo para remediar las cosas». Recordaba sus años en el ejército con verdadera pena. Como aficionado llegó a acumular ciertos conocimientos, y los mejores recuerdos de mi adolescencia son los largos diálogos que manteníamos, sus discursos sobre astronomía, geología o la radiación nuclear; yo, que suspendía invariablemente las matemáticas, entendía hasta los problemas más complicados de cálculo integral si me los explicaba mi tío. Él fue quien me enseñó la lógica matemática; con algunas frases suyas empecé a atisbar que las matemáticas no son un abracadabra sin sentido sino una serie de pensamientos lógicos y sencillos. Por supuesto, el tío nunca volvió a tocar el piano.

A la guerra también se marchó así, sin decir nada, llenándose los bolsillos de paquetes de cigarrillos y tabletas de chocolate como si fuese de excursión a las montañas. «*Also*» [«Pues»], dijo al detenerse en la puerta para despedirse, con la mano tendida, como si fuese a pasear, nada más, sin concederle importancia al asunto, sin comprender por qué había que armar tanto alboroto, si él sólo se iba a la guerra... Tenía miedo de que alguien, mi madre o alguno de los niños, quisiera darle un beso de despedida. Odiaba las escenas familiares sentimentales, los besos, de modo que la despedida le preocupaba más que el hecho de partir a la guerra. Nosotros nos quedamos quietos, un poco asustados porque sentíamos su pudor, y lo acompañamos hasta la puerta sin decir nada, muy emocionados, pues había ocurrido algo que nadie esperaba: nos habíamos encariñado con el tío Ernő. Ese cariño nos invadió de repente, como algo inesperado. Nos sentíamos más atraídos hacia él que hacia cualquier otra persona y lo queríamos más que a nuestros propios hermanos. Ernő se fue a la guerra con paso lento; lo seguimos con la mirada desde la puerta y hubiésemos apostado cualquier cosa a que no volvería la mirada atrás ni aunque se cayese el firmamento... Claro que no. Él, el fugitivo eterno, no iba a hacernos señas de despedida al partir a la guerra, no iba a entregarse a un acto sentimental de ese tipo... No volvió la cabeza y nosotros nos quedamos allí viendo cómo se iba y llorando, riendo de furia, comprobando una vez más que Ernő era como un niño... «Vaya, ahora se va a la guerra con los bolsillos repletos de golosinas, con un termómetro, unos prismáticos, una navaja con sacacorchos y otras cosas necesarias para la guerra —porque los años pasados en Alemania lo habían convertido en un hombre previsor— y no volverá la cabeza por nada del mundo porque le daría vergüenza.» Pero sabíamos con certeza que él también sentía cariño por nosotros. Dios sabe cómo, todos nos hicimos muy amigos del tío Ernő, incluidas las criadas. Era el único que sabía algo de matemáticas en la familia, así que al quedarnos sin él durante la guerra no había nadie que nos soltara un discurso sobre la radiación atómica después de cenar.

De la misma manera que se había ido, a paso lento, regresó un día, más pálido que nunca, con el cabello cano. *Also*», dijo, se quitó la mochila que llevaba a la espalda y el abrigo de cuero, nos dio la mano a todos, uno por uno, hasta a mi hermano pequeño, que sólo tenía siete años, con cariño y timidez, mirándonos con perplejidad tras sus anteojos, temiendo que alguien quisiera darle un beso o un abrazo. Nosotros éramos conscientes de que teníamos que respetar las manías de aquel héroe recién llegado de la guerra, así que intentamos reprimir nuestras ganas de demostrarle el cariño que le teníamos. De todas formas, Ernő había terminado con la guerra por propia decisión: cuando se dio cuenta de que su colaboración no servía para nada, dejó su puesto y volvió a casa. Él actuaba así en todo, era metódico y arbitrario. Se hartó de la guerra y se propuso irse a Suiza para fundar otra orquesta. En medio de aquel revuelo organizó sus cosas con calma: se notaba que ni el poder estatal ni aquel mundo revuelto podían hacerle cambiar de planes, ya que estaba decidido a llevarlos a cabo. En medio del caos, Ernő actuaba de forma ordenada, hasta que un día se fue a Suiza, fundó su orquesta y, en su momento, nos mandó una carta desde un hotel de Saint Moritz. Intentaba actuar guiado por sus planes incluso dentro de los límites de la Historia. Opinaba que el hombre superior tenía derecho a ello.

Ernő logró lidiar con su destino histórico, pero nunca pudo reconciliarse con su destino a pequeña escala, con su destino personal. Estuvo tocando el piano casi hasta el último día de su vida en tugurios alemanes y suizos, entreteniendo a un público al que despreciaba. Volvió al hotel de Saint Moritz año tras año, y yo viví en ese hotel la mayor humillación de mi vida, una humillación que ni siquiera los años consiguieron aplacar. Ocurrió en los complicados años de la posguerra, cuando yo estudiaba en la Universidad de Frankfurt. Un día, el tío Ernő me invitó a Saint Moritz. Recibí su carta por la mañana y al mediodía ya estaba tomando el tren. Nunca había estado en Suiza. Para el viaje me puse mi mejor traje y en la maleta guardé el pijama que acababa de comprar, el primero de mi vida, puesto que iba a «ver mundo» y no quería que en aquel hotel tan elegante de Saint Moritz el tío Ernő tuviera que pasar vergüenza por mi culpa. Sentía como si fuese a actuar en alguna obra teatral. Suiza me parecía un decorado, absolutamente irreal. Llegué a las seis de la tarde y Ernő me esperaba en la estación con una capa para la lluvia que dejaba entrever el frac y la pajarita. Estaba pálido y sonreía molesto: tal vez tuviese miedo de que yo fuera a darle un beso. Sin embargo, yo estaba sorprendido por su ropa, que decía a las claras que era un empleado de un hotel de lujo, una especie de camarero que tenía que llevar uniforme incluso fuera de su horario laboral. Al recibir su invitación había olvidado cómo vivía, y tampoco me acordé de ello durante el viaje, pero al verlo de repente recordé que Ernő no era un tío que estuviera pasando sus vacaciones de invierno en un hotel elegante de Saint Moritz y que invitaba a su sobrino a reunirse con él desde la ciudad cercana en la que éste estudiaba, sino que era un simple proletario que debía subir y bajar por las escaleras reservadas a los empleados del hotel, comía con los camareros y vivía de las propinas... Todo aquello me dolió muchísimo, pues le tenía cariño a Ernő. Intenté relajarme, pero a mi tío no se le podía engañar. Él también tuvo la sensación de haber cometido un error, uno de esos errores innombrables, inexplicables, imposibles de remediar.

Transcurrieron así tres días penosos. Ernő y los miembros de su orquesta dormían en la buhardilla del hotel, y allí me alojé yo también. Comíamos y cenábamos en el hotel aunque, por supuesto, hora y media antes que los huéspedes. Nos ponían la mesa en un rincón del lujoso restaurante y nos daban lo mejor, como es costumbre en los grandes hoteles, donde gracias a la solidaridad del chef los empleados comen quizá mejor que los propios clientes... Probablemente nos ponían lo mejor de todo, pero comíamos «por separado», como los leprosos; el camarero, que nos servía con una actitud de compañerismo y confianza, me reservaba a mí los bocados más exquisitos y yo tenía ganas de tirárselos a la cabeza. Durante aquellos tres días todo fue diferente. El camino que conduce desde el mundo exterior hasta nosotros mismos es largo y sinuoso y está lleno de pasos dados en direcciones contrapuestas cuyo significado e importancia sólo reconocemos con el tiempo. Aquellos tres días que pasé con Ernő, la persona más sensible, noble y delicada que yo conocía, resultaron decisivos para mi vida futura. Descubrí entonces que existían dos mundos distintos: el de primera y el de segunda clase. Conocí los bastidores, me moví entre ellos, pude ver la estructura de la vida. A mí me habían educado para ser un «señorito», mientras que Ernő pertenecía al «personal»; y él me había cogido de la mano y me había enseñado aquel otro mundo tan diferente. Esos tres días fueron para mí un auténtico infierno. Ernő «trabajaba» desde las cinco de la tarde hasta la medianoche en el restaurante y el café. Yo no podía estar en el restaurante mientras cenaban los clientes, pero me dejaban entrar en el café y sentarme en un rincón a escuchar la música de ópera y opereta que la orquesta de Ernő tocaba, más por obligación que otra cosa. Me sentía como un leproso, un sarnoso, un impuro. Odiaba a Ernő por haberme «rebajado» a ese mundo infame, sufría porque sentía que debía ser solidario con él y obedecer así a una ley suprema, sufría porque notaba que no aguantaba esa solidaridad ya que resultaba humillante para mí, que no me atrevía a presentarme así ante la gente, y me preguntaba qué ocurriría en el otro mundo, el más hermoso, al que yo pertenecía, si un día alguien descubría que yo había estado durmiendo con los criados en una buhardilla.

La invitación de Ernő era para quince días. Al cuarto me fui corriendo. A mi tío le dije una mentira, molesto y sonrojado, y él no contestó nada, se limitó a escucharme cabizbajo, sin mirarme a los ojos. Fui solo a la estación, Ernő no quiso acompañarme. Rompimos así, sin decir nada, sin explicar nada, y nunca más volvimos a vernos, ni siquiera me escribió una carta. Creo que me había pesado y me había encontrado demasiado ligero. La herida tardó en curar. Yo soñaba con aquellos días en Suiza, rechinaba los dientes y en mis pesadillas tiraba la comida a la cabeza del camarero. Al cabo de unos años, Ernő murió entre dolores atroces. Yo jamás he regresado a Saint Moritz. He estado cerca, por Endagin, pero nunca he querido ir a Saint Moritz. Estas cosas son más fuertes que la razón, la intención o la comprensión. Creo que tenía miedo de que algún camarero me reconociera.

5

Por encima de todos los demás parientes, invisible e inabordable como el Dalai Lama, cuyas manifestaciones son de carácter divino, vivía el tío Mátyás, nuestro pariente más rico. Este tío tenía muchísimo dinero, nadie sabía con certeza cuánto, pero los más pesimistas opinaban que poseía por lo menos cien mil forintos. Lo más extraño era que este pariente rico nunca había montado ningún negocio; ganaba su dinero con la publicación de ensayos de teoría filosófica y con sus actividades docentes. Había sido, durante décadas, profesor particular de un magiar aristocrático y romántico, el conde Andrássy, de Krasznahorka, y más tarde pasó a ser su asesor jurídico personal. Un día discutieron y el tío volvió a Viena y empezó a dar clases en el Theresianum. Impartía clases de Derecho, de «Filosofía del Derecho», como él decía. Andrássy le mandó su indemnización en una carta, sesenta mil forintos, sesenta billetes de mil; como el conde despreciaba el dinero, lo envió en una carta sin certificar y sin una sola línea que acompañara los billetes.

El tío guardó el dinero; vivía en dos habitaciones de las dependencias de la universidad, donde educaba a generaciones enteras de magnates húngaros y austríacos. Tenía el pelo canoso desde muy joven y se dejó una barba blanca, tupida y larga, al estilo del Señor. Era un hombre tímido, sentimental y de pensamiento noble, asesor y confidente de condes húngaros, profesor de Derecho en el Theresianum de Viena; fue el primero en Austria, décadas antes de Viktor Adler, en confesarse públicamente partidario del socialismo. Se trataba de una convicción profunda, no contaminada por los intereses de los partidos políticos. Daba conferencias a los obreros y trabajadores sobre el socialismo, sobre Marx y Lassalle. Fundó la primera cooperativa de trabajadores austríacos y contribuyó con una donación de diez mil forintos a la creación de la primera mutua de asistencia obrera. Los líderes de los distintos movimientos por un lado y los revolucionarios profesionales por otro se aprovechaban de su disposición y de su buena fe, aceptaban su dinero y se reían de él a sus espaldas porque era un «socialista cristiano», aunque en aquellos años ese término aún no existía. Pero el tío no se desanimaba, y editaba panfletos y octavillas en los que explicaba el «contenido social» del cristianismo. En la década de los noventa, parte de uno de sus panfletos fue leída en una de las reuniones de la Cámara de los Comunes inglesa como un bello ejemplo del «socialismo ideal». Los partidos nunca lo aceptaron del todo, fue una figura solitaria hasta el final de sus días, pues lo consideraban un socialista romántico y teórico, alguien que pretendía resolver la cuestión social mediante la caridad. Había en este socialista aficionado un orgullo profundo —no solamente en su ser, sino también en sus escritos—, el orgullo del hombre intelectual y espiritual, del hombre que no encuentra su sitio en ninguna comunidad. Donó la mayor parte de su dinero al movimiento obrero, inspirado por sus convicciones, pero nunca se alió con nadie. Trabajó como profesor y luego como rector en el Theresianum de Viena hasta el final de su vida.

Este hombre, el hermano mayor de mi abuelo, el alegre y desordenado tío de mi madre, era de origen moravo, como toda la familia de mi madre, pero se había educado en Austria y se sentía austríaco hasta la médula. Quizá fuese la única persona que se comportó con mi madre de manera generosa y bondadosa. En una ocasión, cuando ella era una adolescente, se la llevó con él a un viaje por Moravia para enseñarle el molino familiar. Puede que ese viaje en compañía del tío famoso y rico fuese el único recuerdo realmente feliz de la pobre y triste infancia de mi madre. Primero fueron a Iglau para visitar a unos parientes que vivían en una casa de dos plantas en la plaza principal de la localidad. Allí vivía uno de los hermanos menores del tío, un hombre pudiente que seguía siendo moravo, que tenía una casa grande y fama de burgués respetable en su ciudad. El viaje le sentó muy bien a la baja autoestima de mi madre, pues hizo disminuir un poco el complejo de inferioridad desarrollado en su infancia al ver que la familia tenía miembros respetables y respetados incluso en el extranjero, como el tío Mátyás en Viena o los parientes de Iglau. Desde allí salieron una madrugada y atravesaron a pie los montes hasta llegar al prado donde se encontraba el molino familiar. Mientras el tío conducía a la sobrina por los senderos del bosque con su elegante traje negro, iba contándole que, de niños, él y sus hermanos pequeños, entre ellos mi abuelo, iban por los mismos caminos del bosque y recorrían varios kilómetros al día para ir del molino a la escuela. Los verdaderos regalos de la vida, las cosas que nos ayudan a formar y a mantener nuestra fe y nuestra buena voluntad son casi siempre inesperados y en apariencia poco importantes, como lo fue para mi madre aquel paseo por el bosque moravo hasta el molino de la familia. El tío también se sentía muy relajado, dejó de lado su carácter respetable y mantuvo con mi madre una conversación de un tono profundamente humano. Al hablarme de aquella excursión de madrugada por los bosques, mi madre me contaría la extrema y repentina felicidad que le había provocado saber que tenía una familia y que pertenecía a alguien. En el molino vivían unos extraños, pero ellos dos se quedaron allí todo el día; el tío enseñó a mi madre los paisajes secretos de su infancia, le descubrió aquella extraña geografía, situada entre los límites ocultos del imperio familiar hundido. Tiempo después, también la invitaría a visitar Viena. En su madriguera de soltero se preocupó con ternura por la joven —el tío Mátyás llevaba una vida de asceta, lo cual a mí me resultaba sospechoso, pero nadie conocía ninguna anécdota de tipo sentimental sobre su persona—; la llevó a los museos e hizo todo lo posible, a su torpe manera, para atenuar las consecuencias de alguna pequeña tragedia infantil que intuía aunque desconociese sus detalles. El tío Mátyás intentó salvar lo que la infancia no había podido destruir en mi madre, lo que aún se podía recuperar. Era un profesor excelente y un hombre bondadoso.

Y como también era inmensamente rico, la familia lo miraba con respeto y esperanzas. Ni siquiera nos atrevíamos a molestarlo con una simple carta, ni mucho menos con visitas. Una sola vez fuimos a verlo a Viena, y esa visita perdura en mi recuerdo como una excursión al país de los gigantes. La mera fama del tío despertaba una gigantesca expectación, su imagen se alzaba por encima de todo, como una figura medio divina: el tío era «muy» bondadoso, «extremadamente» rico, un jurista y un profesor «de fama en toda Europa», hablaba «todos los idiomas» y era «gigantesco» no sólo en sus ideas, sino también en su aspecto físico. Para resumir: era el superhombre de la familia, a quien sólo podíamos aproximarnos con una especie de sentimiento religioso. Entre emociones de ese tipo fuimos a verlo a las habitaciones del Theresianum en las que vivía vestidos de manera solemne, con piernas temblorosas. El tío estaba desayunando y resultó que de verdad era gigantesco. Estaba sentado a la mesa con una bata, tomando café en una taza mucho más grande de lo normal; utilizaba una cuchara sopera para remover el azúcar y todos los objetos que lo rodeaban parecían enormes, como debía de suceder en la casa de un gigante. También estaba algo sordo, así que teníamos que gritar para que nos oyese; en mi estado emocional de niño maravillado, tanto su sordera como el hecho de que tuviésemos que gritar para comunicarnos con él se me antojó algo absolutamente natural. Nos sentamos a su alrededor y nos quedamos paralizados observando el desayuno del gigante.

Más adelante llegué a pensar que los objetos del tío sólo me habían parecido tan grandes porque yo era un enano, pero después de su muerte, cuando la familia se repartió su herencia, una de esas tazas llegó a nuestras manos y tuvimos que reconocer que era realmente enorme. La taza parecía una fuente o un plato hondo. El tío era una persona extraordinaria, tenía su propio rasero para juzgar el bien y el mal, la sociedad y la familia, el dinero y las cosas de la vida, un rasero diferente del de sus contemporáneos; vivió en otra dimensión y supo ser un personaje único, tanto por su manera de vivir como por sus convicciones morales y su modo de pensar. La época era apropiada para esos bisontes extraños, era la época dorada de la iniciativa privada, de la forma individualista de ver el mundo. El tío Mátyás, uno de los precursores diletantes del socialismo, no era desde luego un hombre de «colectividad». Tuvo la ocasión de desarrollar libremente sus proporciones físicas y psíquicas y supo —tanto en su estructura interna como en la externa— ser un hombre equilibrado, agradable y disciplinado.

Nunca entenderé por qué el tío aprovechó aquella visita a Viena para enseñarme a mí la maquinaria de un almacén de madera. Parece que era un profesor empedernido y consideraba necesario que yo, su sobrino más pequeño, adquiriese algunos «conocimientos prácticos» durante mi estancia en la ciudad. Durante el desayuno estuvo observándome con el entrecejo fruncido y por la tarde, después de comer, me cogió de la mano y me llevó en tranvía a un barrio periférico por el que caminamos hasta llegar a un almacén de madera. Entramos en la oficina y él se presentó con todos sus títulos, tras lo cual comunicó al director que tenía la intención de mostrarle a su sobrino de provincias el funcionamiento de las máquinas para cortar madera. El director estaba visiblemente sorprendido. Yo tenía mucho miedo. El tío no me soltaba de la mano, como si temiera que escapase. El simple hecho de tener que pasar toda la tarde en compañía de aquel hombre tan poderoso me colmaba de sentimientos deprimentes y lúgubres. Entonces apareció el capataz y nos condujo a unos almacenes donde había exactamente lo mismo que ver que en cualquier otro almacén de idéntico tipo, ni más ni menos. Las sierras de vapor silbaban y cortaban los troncos en tablas, y yo me habría divertido con el espectáculo si no hubiese sido por la solemnidad de las circunstancias; pero, agarrado por la mano de hierro del tío Mátyás, no entendía ni una palabra de las explicaciones del capataz y me sentía muy mal. Me resultaba imposible comprender por qué el tío me había llevado hasta allí cuando en Viena había museos, un jardín zoológico y muchas otras cosas que ver. ¿Por qué teníamos que estar allí, escuchando las explicaciones detalladas del capataz, que debía gritar para que el tío pudiera oír su voz en medio de aquel ruido infernal? Aquel hombre que no dejaba de chillar; el tío, que formaba una pantalla con la mano detrás de la oreja para oír mejor y que ponía cara de satisfacción ante las minuciosas explicaciones; el tremendo ruido de las sierras, todo el alboroto que me rodeaba desde que me encontraba en Viena provocaron en mí un estado cercano al desmayo. «No es posible comprender ni al tío, ni la sierra, ni la vida», pensé con desesperación. El tío preguntaba: «¿Es ésta la sierra?», y se inclinaba hacia delante con la mano detrás de la oreja en espera de la respuesta del capataz para no perder ni una palabra de sus explicaciones. «¡Ésta es la sierra!», decía después, dirigiéndose a mí en tono didáctico, como si estuviera comunicándome una revelación. Así recorrí todo el almacén, entre gritos, intentando entender algo. Después de la visita volvimos en tranvía al Theresianum, pero el tío nunca explicó a nadie cuál había sido el objetivo pedagógico de la excursión. En aquel viaje sólo vi de Viena las habitaciones del tío y el almacén de madera de la periferia.

Al final de su vida, el tío Mátyás distribuyó su fortuna entre sus parientes. A mi madre le correspondieron veinte mil forintos: con ese dinero compramos la «casa de propiedad». La hermana mayor de mi madre, que estaba casada con un austríaco y vivía en Viena, recibió la misma herencia; pero mientras que mi padre debió pagar religiosamente al tío los intereses de la herencia cobrada por adelantado, los parientes de Viena recibieron la suma como un regalo, ahorrándose los intereses. El tío Mátyás falleció durante el tercer año de guerra. Murió literalmente de hambre. Los parientes de Viena nos contaron más tarde que, en los últimos meses de su vida, regaló a los pobres todo lo que tenía, incluso su cartilla de racionamiento.

6

Esos parientes de Viena pasaban el día rodeados de música. Las seis hijas tocaban el violín, el piano, el contrabajo y el clarinete. El escaso tiempo restante lo dedicaban al baile. La casa del barrio de Hietzing, de una sola planta, retumbaba con los sonidos de los instrumentos musicales, con los cánticos y con los gritos. En las tres habitaciones de aquel ya destartalado edificio vivían diez personas: las seis hijas y sus padres; Franzl, el único hijo varón, que moriría en la guerra, y Marie, la vieja criada, que llevaba tres décadas en la casa y que ya era vieja cuando llegó. Marie se quejaba de que le dolían las piernas, andaba arrastrando los pies y preparaba la comida para toda la familia en una cocina oscura y húmeda que se encontraba en el sótano. Detrás de la casa había un jardín largo y estrecho con un ciruelo, dos viejos nogales que ya sólo daban nueces pequeñas y atrofiadas, un frambueso y un saúco oloroso en uno de los rincones. Desde la primavera hasta el otoño, la numerosa familia se reunía alrededor de los nogales, donde había una mesa con bancos, y el padre, Franz, un pintor ataviado como tal, con un pañuelo alrededor del cuello y anteojos sobre su nariz larga y roja de payaso, contemplaba con aire de preocupación la tela que había empezado mientras atendía a los sonidos de violín o piano que se oían a través de las ventanas de la habitación de las niñas... «*Falsch, grundfalsch!*» [«¡Falso! ¡Completamente falso!»], gritaba el viejo Franz si Trude o Márta se equivocaban. Se ocupaba de educar a sus seis hijas y pintaba sus cuadros mientras se peleaba con Marie, la criada, y con su esposa, Róza, que estaba atareada en la cocina. Así pasaban la primavera y el verano en la casa de Hietzing, así pasaba la vida.

La vida pasaba sin dinero: en la casa de Hietzing la gente se ocupaba de ese tema sólo de paso. Todo lo que se necesitaba para cubrir los gastos ocasionales, los gastos de la ropa de los siete hijos, de su educación, de su alimentación, el coste de los materiales de pintura del padre, sus tubos, sus pinceles y sus telas, el desembolso para todo lo que se necesitaba en la vida, médicos y medicamentos, vestidos, libros, gastos de alquiler y vacaciones, todo eso llegaba a manos de la familia como por casualidad, como un regalo generoso de la vida. Con tanta música y tanto «arte» no les quedaba tiempo para ganar dinero. El tío pintaba sin parar. Retrató a su esposa y a sus seis hijas a todas las edades, y a sus parientes, incluso a partir de simples fotografías; pintó los edificios más relevantes de Viena, casas, ventanas y puertas de Lainz y de Mödling; pintó su casa con jardín, el sótano y el desván; pintaba las diferentes estaciones del año, pintaba cada ramo de flores que veía. En sus cuadros aparecía todo lo que los grandes maestros habían pintado. El tío dibujaba bien, manejaba correctamente los colores, las luces y las sombras, sus composiciones estaban proporcionadas y, a primera vista, parecía que sus cuadros eran perfectos y que llevaban la firma de un artista auténtico. Sólo después de un examen más detallado, cuando uno ya conocía muchos de los cuadros del tío Franz, se revelaba que en ellos faltaba algo. Él era el que faltaba en sus cuadros, el que no aparecía. Era tan humilde y delicado que no se atrevía a dejar oír su propia voz en sus pinturas. Era un artista, pero nunca llegó a pronunciar la última palabra.

Vivían realmente como pajaritos, con una humildad increíble. Pasaban el día cantando en su casa de Hietzing esperando la buena suerte. A veces volaba del nido alguna de las hijas para casarse a paso de vals y bailar al son de una música llena de pasiones repentinas y poco duraderas. Después, cuando el matrimonio y el baile acababan, las hijas volvían a la casa de Hietzing. Entonces Marie, que ya estaba tan vieja como algunas figuras bíblicas femeninas, colocaba una cama plegable en el salón o en la terraza cubierta para que la fugitiva pudiera ocupar de nuevo su lugar en la destartalada casa familiar mientras las hermanas seguían tocando y el padre seguía pintando. Todo lo que en Viena es ligero y suntuoso, lo que está perfumado y bien proporcionado, lo que es musical y artístico en esa ciudad sobrevivía y perduraba en ellos, y ellos lo expresaban en su canto, su música, su pintura, sus gestos y sus opiniones. Esa familia, con el caballete de pintor, el piano desafinado y las camas plegables, con toda su pobreza alegre y elegante y su despreocupada manera de vivir, representaba lo mejor de Viena. El viejo Franz y sus seis hijas eran vieneses hasta la médula, tanto como la iglesia de San Esteban o el Stock im Eisen. No se podía imaginar Viena sin ellos. Schnitzler y Hofmannsthal eran asiduos de la casa y del jardín de Hietzing, y Altenberg escribía cartas de amor a una de las hijas para recuperarlas tiempo después y publicarlas en revistas o incluirlas en sus libros. Tres de las hijas se hicieron bailarinas: bailaban por todo el mundo, sobre todo el vals, naturalmente sin equivocarse nunca en los pasos. Esas tres hermanas, cuyos pasos de baile y sonrisas conquistaron todos los escenarios desde San Petersburgo hasta Nueva York, eran la encarnación del vals vienés; ellas exportaban los ritmos vieneses, sentimentales y melodiosos. El viejo seguía delante de su caballete, en el jardín, pintando a las hijas que quedaban y discutiendo con su esposa Róza, madre de sus niñas y hermana mayor de mi madre. Estuvieron regañando durante cincuenta años. Sólo dejaron de pelearse con ocasión de sus bodas de plata y sus bodas de oro, y después continuaron discutiendo. Las hijas regresaban a casa porque se les acababan los contratos o los matrimonios, y resultaba absolutamente normal que la bailarina famosa, acostumbrada a las habitaciones de los mejores hoteles del mundo, volviera a acomodarse en la casa, en una cama plegable...

De cuando en cuando el pintor se iba de repente a dar un paseo por Viena y regresaba con un botín de lo más extraño: por ejemplo, una vez compró a precio de ganga los muebles dorados de uno de los salones de un teatro de opereta que había tenido que cerrar; otra adquirió en el Dorotheum varias partidas de guantes largos femeninos de color violeta. Aquellas excursiones suponían siempre una catástrofe natural para la familia. Los muebles del teatro se colocaron en el salón y las hijas llevaron los guantes durante muchos años. En ocasiones, Franz el artista también realizaba viajes secretos, puesto que el idilio familiar no podía satisfacer su fantasía desbordante. Además de sus modelos familiares, a veces sentía la necesidad de encontrar otros más profanos. Visitaba distintos talleres del centro de Viena, donde podía entregarse al ideal pictórico de la belleza femenina sin la vigilancia de los suyos. Las hijas lo sabían todo sobre las andanzas del artista sediento de belleza; ellas pagaban los gastos del taller y de la modelo y ocultaban a su madre las correrías del padre. Cuando el viejo ya había cumplido los setenta, seguía ausentándose alguna que otra tarde vestido con su mejor traje azul marino, una pajarita de seda blanca y un ramo de flores silvestres en la mano... Róza contemplaba su salida desde la ventana de la cocina con una amargura que ni siquiera las experiencias de cincuenta años de matrimonio podían mitigar. «*Ist halt a' Künstler!*» [«¡Un artista es así!»], decía entonces la sabia Marie, que se quedaba junto a su señora, mirando por la ventana de la cocina.

Desde algún rincón de la casa llegaba siempre el sonido constante de la música. Las hijas no necesitaban momentos especialmente elegidos para tocar; lo extraño era que los ensayos, repeticiones y clases se interrumpieran unos instantes a causa de algún tipo de alboroto verbal. En uno de esos rincones, Grete componía una pieza para ballet que más tarde llegó a representarse en la Ópera de Viena mientras Hilda y Márta tocaban el violín en el vestíbulo y Trude daba clases de piano a algún alumno del conservatorio. Rodeado de esos continuos efluvios musicales, el viejo pintor dejaba a veces de lado sus pinceles para coger algún instrumento musical —tenía muy buen oído, era un maestro al contrabajo y sabía tocar varios instrumentos más—; otras veces, en medio del alboroto reinante, se sentaba junto a una mesa de opereta con patas doradas, se aprovisionaba de papel, pluma y tinta y corregía alguno de sus dramas históricos en cinco actos. En setenta años escribió unos cuarenta dramas sobre la historia de los Habsburgo en versos yámbicos y trocaicos, así como las biografías de Andreas Hofer y de otras figuras destacadas de la Historia austríaca. Cualquier persona de fuera tardaba cierto tiempo en comprender el estado de ánimo de la familia. Sus miembros tenían una necesidad apremiante de expresarse y se entregaban a ella; la noble idea de la consagración artística dominaba sus mentes y sus corazones; el pincel, la pluma y el arco del violín eran sólo los instrumentos para manifestar la armonía celeste a cuyo servicio se habían consagrado: la «expresión artística». Entre ellos solamente había un aficionado, en el sentido más elevado y complejo de la palabra: el viejo pintor, que dibujaba de maravilla, tocaba el contrabajo con maestría, escribía versos atractivos y hacía una fiesta de la vida y del arte; andaba por el mundo con sus anteojos sobre la nariz, olfateando y disfrutando por igual un plato de sopa y el ballet de Grete en la Ópera, la música de Schumann y sus experiencias profanas en los talleres del centro de Viena, costeadas por sus amables y comprensivas hijas... Eran humildes y, a su manera, elegantes; se dedicaban por entero a la «creación artística» y la música los elevaba a todos por encima de cualquier ruido terrenal. Tocaban cuando no les quedaba dinero, tocaban cuando se enamoraban, tocaban cuando se desengañaban de sus amores; en este último caso tocaban música melancólica. Quien llegaba a su casa oía la música desde el mismo momento en que entraba. «Parece que Márta va a dejar a su novio», constataba desde el jardín el amigo de la familia que conocía las costumbres de la casa y sabía que Márta llevaba varios días tocando la Sonata en la mayor de César Franck, pieza que solía interpretar tras un desengaño amoroso. Márta cambiaba de novio muy a menudo, así que esa sonata de César Franck se hizo muy popular en Hietzing.

Róza, la esposa y madre ejemplar, vivía en aquel mundo de artistas riñendo con todos. Pasaba el día yendo y viniendo entre la cocina y el resto de la casa, preparando café y tostadas porque alguna de las hijas acababa de llegar de sus clases o se iba a dar alguna, limpiando y recogiendo constantemente para atenuar el desorden que se arma allí donde seis hijas se dedican a la música y al amor. Por supuesto, ella también participaba de aquella creación febril generalizada: había dado a luz a siete hijos y consideraba bastante inútiles las obras de su esposo, aquellos dramas y cuadros que era imposible vender. Róza conservaba todo lo que la familia desechaba: dinero, vestidos, cajas de pintura vacías, pinceles viejos, todo lo que los demás ya no necesitaban... En esa familia de músicos y artistas, ella era la única persona con los pies en el suelo; ella lo conseguía todo y acabó convertida en la conciencia terrenal y práctica de sus hijos y su marido. A la hora de la cena, cuando los demás miembros de la familia bajaban a la tierra con los ojos todavía llenos de sueños, Róza y Marie aparecían por la puerta con bandejas de café, tostadas y fiambres que colocaban en la mesa de opereta y, como un coro de comadres, empezaban a contar los chismes que habían oído en el mercado. Así vivían y así vivirán todavía si no han muerto.

7

El apellido de mi padre y el pueblo de sus antepasados, que sigue prosperando en Sajonia, son testimonios de que la familia estuvo al servicio del príncipe elector en la fábrica de moneda estatal. Sus miembros trabajaron acuñando las monedas sajonas durante siglos. Eran, como indicaba su apellido, *Groschen-Schmied*, o sea, «acuñadores de monedas». Más tarde pasaron al servicio de los Habsburgo y fueron ricos durante un tiempo. Mi bisabuelo se fue a vivir a la provincia de Bácska, donde los Habsburgo promovían el asentamiento de forasteros de su confianza, especialmente en Torontál y en el área de Bács-Bodrog. Mi bisabuelo era consejero del tesoro real, un hombre rico que gestionaba toda la fortuna de Su Majestad. Vivió en la localidad de Zombor y allí fue enterrado, en una cripta de la iglesia local. Su esquela definía así la causa de su muerte:

«Cólicos intestinales, agravados por las desgraciadas circunstancias que afligen a la patria.» Estaba redactada en húngaro, puesto que falleció en el año 1849 y, durante la revolución burguesa por la independencia de Hungría, ese servidor de los Habsburgo se había pasado al lado de la causa nacional. Sus hijos dejaron de utilizar durante varios años el antiguo apellido familiar alemán. La fortuna que había reunido el bisabuelo se disipó durante su estancia en la provincia de Bácska. Esta rama de la familia se extinguió bastante pronto, pero entre los montes de Máramaros había otra rama, una familia de funcionarios y empleados de las minas, unos pobres *beamter*, que fueron mis antepasados paternos.

Mi bisabuela paterna era una Országh; los hombres de su familia llevaban siglos casándose exclusivamente con húngaras. Eran todos funcionarios, juristas, empleados de la administración pública u oficiales del ejército. Uno de ellos, un tal Zsiga, servía en la guardia real; era un hombre alto y guapo que siempre llevaba su uniforme blanco, un húngaro auténtico de bigote tupido, según puede apreciarse en el daguerrotipo que lo retrata. La suave ternura y el carácter inquieto que yo heredé de la familia de mi madre se equilibraba con la herencia paterna: una disciplina y un respeto a la autoridad profundamente arraigados. En la familia de mi padre nadie se escapaba del ejército, nadie abandonaba sus estudios de Humanidades para convertirse en aprendiz de carnicero y nadie se ocupaba de los estudios sobre el socialismo, ni siquiera al idealizado y cauto estilo del tío Mátyás. Mis antepasados paternos eran hombres solitarios, silenciosos y un tanto extravagantes; vivían aislados del mundo hasta cierto punto, preferían quedarse fuera de la vida social de su clase, no pretendían ascender en el escalafón ni hacer fortuna, vivían tranquilos en sus casas, rodeados de un intenso sentimiento familiar. Eran hombres muy orgullosos. Zsiga, el guardia real, se fue un día de viaje en diligencia para conocer el país y visitar a los miembros de la familia que vivían en provincias lejanas, y en su extenso diario, escrito con letra minúscula y ordenada, anotó sus impresiones con una puntualidad más típica de un contable que de un oficial del ejército. Pasó por la provincia de Bácska, por las ciudades de Buda, de Temesvár y de Kassa y visitó a los parientes que vivían en Máramarossziget. Ese tal Zsiga debió de ser un hombre muy curioso, pues en todo metía las narices y anotaba cada detalle de aquellas vidas silenciosas buscando historias de amor... Y quien busca, encuentra. Al leer el diario de Zsiga uno tiene la impresión de que todos aquellos «funcionarios» tenían una vida emocional rica y llena de matices, aunque a su manera teórica y precavida. Todos tenían algún secreto amoroso que Zsiga recogía con palabras comprensivas en su diario. Nuestra familia había recibido su título y su fortuna de los Habsburgo, pero las anotaciones de Zsiga y su extensa correspondencia dan testimonio del especial ambiente que reinaba en 1848 entre las familias de forasteros establecidos en Hungría comprometidos a fondo con la causa nacional. Uno de mis tatarabuelos, Antal, escribió lo siguiente a su hermano menor el 6 de septiembre de 1849, desde Tarcal: «Tras deponer las armas y entregarse el general Artur Görgey cerca de la fortaleza de Világos, capitulando así ante el ejército de Rusia, llegó a casa junto con otros oficiales, compañeros suyos, mi hijo Sándor en un estado verdaderamente lamentable [...]. Mi hijo Tóni falleció en el hospital militar de los soldados húngaros de Fernando y no tengo noticia alguna acerca de mi hijo Pepi. En estas circunstancias tan tristes, yo mismo estoy pasando penurias. Si me muriese de repente, los míos no dispondrían de dinero ni para pagar el entierro [...]. Sin embargo, no tendría yo ningún problema si hubiese podido impedir que un oficial alemán se llevara todos mis barriles de vino [...].

Los cosacos y los rusos siguen pasando por aquí y llevándose lo poquito que poseemos, así que de las rentas y de los bienes que obtuvimos este año ya no nos queda nada de nada.» El párrafo parece parte de la novela de Jókai sobre *El terrateniente nuevo*: mi tatarabuelo Antal entregó a la independencia de Hungría a sus tres hijos y absolutamente todo lo que poseía.

Desde principios del siglo XIX, esos «soldados rebeldes del Imperio» redactaban su correspondencia en húngaro o en latín, nunca en alemán. En 1807 mi bisabuelo escribió a János, hermano mayor de Gábor, de Pest a Sziget: «Ya te explicará el viejo todo lo relativo al asunto de las dietas, y también te contará la muerte de la reina, ocurrida a las seis de la mañana del 13 del presente, en Viena. Aquí el lujo es indescriptible, la ropa de los magnates y de los pudientes apenas se distingue de tanto oro y plata como llevan en el cuello, y los miembros del clero son casi los únicos que no van así.» En 1834, es decir, más de una década antes de la revolución burguesa, cuando en ningún caso era de «interés» para los miembros de la familia mantener su correspondencia en húngaro, Sándor escribió desde Óbuda a su madre, Borbála Országh: «Salí de Várad el 26 de mayo y llegué a Óbuda en la noche del día 28. El mismo día se había celebrado una reunión de la Cámara Húngara, así que me vi obligado a esperar hasta el Consilium siguiente, que ha tenido lugar hoy. Esta misma mañana he depositado la fianza; las Discretio me han costado 20 forintos de plata. También he comprado el carruaje, uno precioso, que me ha costado 1.060 forintos. He encargado varios trajes, así que el viaje está resultando bastante caro, pero no me importa porque soy todo un inspector...» Estos inspectores, consejeros, prefectos, gerentes de haciendas y directores de minas se escribían en húngaro desde comienzos de siglo, mientras que los aristócratas húngaros, los grandes magnates y los señores preferían hacerlo en alemán o en latín. Los «inmigrantes» hablaban y se relacionaban en húngaro, un hecho más que admirable, porque aquellas familias que llegaban de fuera se lo debían todo al «emperador». *Bácska*, el «periódico político de interés general» de la provincia, publicó lo siguiente a propósito de Gábor, un «soldado rebelde del Imperio»: «Acaba de fallecer un hombre extraordinario, nacido en Sziget en 1813. Cursó estudios de Derecho en la ciudad de Pest y en 1837 ya ocupaba el puesto de ayudante del notario principal de la provincia de Bács... En los años cuarenta llegó a ser juez; entre 1848 y 1849 trabajó como comisario húngaro para el reclutamiento de soldados en el campo militar de Verbász. Entre 1850 y 1854 vivió en el extranjero; de 1855 a 1860 desempeñó funciones de juez del Tribunal Provincial; en 1861 desempeñó el cargo de secretario del prefecto gobernador; entre 1862 y 1868 trabajó como juez supremo del Tribunal Provincial, y entre 1869 y 1871, como subprefecto de la provincia de Bács... Escribió varias novelas, pero sus mejores escritos son de carácter científico. Su primera obra publicada llevaba como título *Luis XIV y La Rochefoucauld*. La segunda, que estaba redactada en alemán y se titulaba *Österreich, Ungarn und die Vojvodina* ["Austria, Hungría y Vojvodina"], despertó un amplio interés por su contenido político. Sus obras más recientes se centran en la historia de la provincia y del país, como por ejemplo la *Historia demográfica de Hungría*, *El último barón Kray y los serbios* o *Desde Mohács hasta Martinovics*.» Se trataba de una carrera típica de la época. La mayoría de los miembros de la familia tuvieron una historia parecida. Extrañas fuerzas se conjuraban en la Hungría de aquellas décadas para que el miembro de una familia de «emigrantes» que había llegado a la provincia de Bács desde Sziget falleciese ejerciendo el cargo de subprefecto de la provincia... Aquellos antepasados paternos tenían un fuerte arraigo en la tierra magiar y estoy seguro de que cuando los Habsburgo los pusieron al cuidado de su fortuna en Hungría, bajo el mandato de María Teresa, hicieron llegar al país a muchos hombres de gran valía.

La familia de mi padre era una familia unida de una manera tan pudorosa como devota. Un sentimiento inconsciente de peligro, una cautela de tipo histórico mantenía unidas a esas familias sajonas. De cara al exterior mostraban su bienestar, pero en su casa vigilaban hasta el extremo la economía familiar. Mi bisabuelo vivía en Óbuda, en la única casa de dos plantas que entonces había en la plaza Fő, la plaza principal —el edificio sigue todavía en el mismo lugar—, y sus hijos iban en un carruaje de dos caballos a la universidad, como debía ser en el caso de un consejero... Sin embargo, de las cartas que les mandaba a sus hijos se desprende que vivían en un ahorro continuo, meditaban hasta la compra de una camisa para uno de los hijos y la adquisición de un traje nuevo constituía un tema digno de concilio familiar. En medio del despilfarro característico de la aristocracia de la época, las familias de la burguesía, recién llegadas al país, vivían en una humildad un poco asustada, cargada de devoción. Para la mente de un forastero resultaba imposible comprender aquel mundo magiar —atractivo y entrañable en apariencia, desenfrenado en su ostentación señorial, un mundo que se resistía a aceptar la llegada de la burguesía— donde un fiscal vivía como si fuese un terrateniente, un matasanos iba en carruaje y un ingeniero de caminos se gastaba una fortuna jugando a las cartas con los señores para los que trabajaba... El «Estado» era más bien una idea abstracta semejante a un santo patrón o a una vaca lechera... Cincuenta años después, la clase media húngara ya se alimentaba de las tetas del Estado, que le daba de comer y de beber y que le aseguraba hasta la jubilación; sin embargo, a mediados de siglo el oficio burocrático era, en Hungría, un *nobile officium* sin remuneración alguna y financiado en buena parte por el que ejercía el cargo; el subgobernador llegaba a la provincia siendo rico y cuando dejaba su cargo estaba empobrecido...

Mi abuelo era consejero de finanzas en la ciudad donde yo nacería. Murió joven, no llegó a cumplir los cincuenta. Dejó muchas deudas y una humilde pensión. Sus dos hijos varones se encargaron de la deuda, que iban pagando poco a poco con el dinero que ganaban dando clases particulares. Mi padre seguía pagando la deuda de mi abuelo incluso en su época de estudiante de Derecho. Impartía clases particulares a jóvenes de buena familia para ir saldándola y así se preparaba para la vida. De ese abuelo que falleció muy pronto quedaron pocos recuerdos. Ni siquiera mi padre se acordaba bien de él. Le gustaba la música y leía muy bien en latín: eso es todo lo que sé de él. Dejó en herencia una colección de pipas de madera, ricamente talladas, embadurnadas de nicotina por el uso, y un portapipas precioso. No hay de él ninguna fotografía, tan sólo una pintura al óleo malísima en un marco ovalado, obra de un aficionado. Su vida y su esencia pasaron sin dejar rastro en la familia. Únicamente a través del recuerdo de mi abuela, de carácter severo y fuerte, llegan algunos destellos de la inmortal historia familiar. Esta mujer, Klementine R., enviudó y se quedó sola con sus dos hijos y su hija, afrontó la vida con valentía y decisión, y consiguió sacar adelante a su familia como las matronas de antaño, que hacían juegos malabares con las dos últimas monedas de que disponían y valoraban hasta la cosa más insignificante que pudiera servirles. Era una mujer de expresión ascética, una verdadera cristiana que sabía que la vida es una obligación. No tuvo «complejos» de ninguna índole. Tenía algo que hacer en la tierra y lo hizo.

· · ·

8

Uno de mis tíos paternos vivía en Pest y enseñaba Derecho en la universidad. Se decía que era uno de los pensadores más brillantes de la Hungría de fin de siglo, en la que abundaban los intelectuales de razonamiento original. El siglo XIX fue una época muy fructífera en personas con talento, en personas geniales. Estaban János Arany, poeta y dramaturgo; Sándor Petőfi y Mihály Vörösmarty, excelentes poetas; Zsigmond Kemény y József Eötvös, escritores y publicistas; Pál Gyulai, escritor y poeta; el médico Ignác Semmelweis, «salvador de las madres», que descubrió que la gran frecuencia de muertes entre las parturientas se debía a las infecciones, y muchos, muchísimos más. De pequeño yo sentía un profundo orgullo por el hecho de que el nombre de mi tío abuelo de Pest se mencionase junto a los de esa lista tan brillante. Enseñó Derecho Civil durante cinco décadas y, según la opinión de los expertos juristas, revolucionó el pensamiento jurídico húngaro y estableció unos fundamentos de Derecho Civil que no variarían en mucho tiempo. Era un hombre de profundas inquietudes intelectuales y espirituales. No se preocupaba mucho por los asuntos relativos a la pedagogía, sólo le importaba establecer los límites de «lo tuyo y lo mío», los complejísimos problemas de la convivencia humana, basados en cuestiones de índole más moral que jurídica, todo lo relacionado con el «Derecho Civil», o sea, con la vida misma...

Su capacidad de raciocinio —la imparcialidad espiritual, el coraje y la insobornabilidad de sus juicios, la certeza y la belleza de sus definiciones— motivaba la admiración de sus discípulos y colegas, que lo consideraban un «genio». En sus actividades, en su personalidad y en su manera de ser podía apreciarse una fuerza única, propia e inefable, esa característica típica de la expresión y la definición perfectas que ese hombre, ese «genio» poseía. Era un profesor algo especial, pues no se interesaba mucho por el grado de aplicación de sus discípulos, odiaba a los empollones y en los exámenes prefería aprobar a un estudiante inteligente, aunque no supiera responder a sus preguntas, que a uno que se supiera todo de memoria pero en el fondo no entendiera nada... Se sentaba en su cátedra, enorme y corpulento, se recostaba sobre su escritorio inclinándose hacia un lado, cómodo e imperturbable, e interrogaba a veces durante horas enteras al jurista en ciernes que se examinaba —entre apuros y sudores—, para sentenciar al final: «No sabe nada del tema, pero parece inteligente.» Miles de juristas húngaros asistieron a sus clases, y los que lograron comprender su extraña manera de pensar jamás pudieron librarse de su influencia. Cuando empezaba a dilucidar un problema no se sabía por dónde iría, dónde se detendría o adónde llegaría. Su forma de expresarse era también muy suya: utilizaba frases compuestas de gran complejidad —por lo visto, uno de sus discípulos criticaba sus expresiones tachándolas de «apopléticas»—, imágenes y metáforas sorprendentes, comparaciones complicadas; su barroco y vehemente modo de expresarse, tanto oral como escrito, toda su fuerte «personalidad», que se revelaba incluso en sus preferencias por ciertas conjunciones, delataba al «genio». No es que fuese solamente un maestro indiscutible en el campo de la jurisdicción por él elegido, es que lo había creado e inventado por entero, como si antes de él nadie se hubiese ocupado del Derecho Civil y como si después de él hubiese sido innecesario hacerlo: eso es lo que sus escritos sobre la materia sugieren al lector.

Aquellos dos juristas, el tío Mátyás, el romántico de Viena, y el famoso tío de Pest, estamparon su sello profesional de gremio en la familia. Mi padre era fiscal y yo estaba destinado a convertirme en lo mismo. Al tío de Pest íbamos a verlo una vez al año, pues se preocupaba de mantener los lazos familiares, aunque a su peculiar estilo: se preocupaba por saberse la lista de todos sus parientes, pero evitaba relacionarse con ellos. Vivió en Buda hasta que se mudó a un pequeño balneario cerca de Pest y desde allí se trasladaba a la universidad: su figura de gigante era bien conocida por las calles del centro de la ciudad, y hasta los desconocidos se detenían para observarlo con ojos curiosos. Vestía de manera extravagante, con una larga chaqueta que asomaba por debajo de su abrigo corto, y como los auténticos señores, nunca llevaba dinero encima. Jamás se interesó por el dinero, y ese comportamiento no era ni falso ni amanerado, sino que formaba parte de su esencia. Físicamente parecía un dinosaurio: era un hombre alto y corpulento, un verdadero gigante. Como en su razonamiento, en sus costumbres cotidianas también tenía su propia medida: su esencia determinaba su forma de comer, de beber, de divertirse, de vivir. En una ocasión le ofrecieron la cartera de ministro de Justicia, pero no la aceptó; más adelante diría que un profesor independiente no debía convertirse en ministro, puesto que un «ministro» es un criado y sus señores pueden despedirlo cuando les apetezca... Era un hombre sin barreras que vivía según sus propias leyes interiores, disciplinado pero libre de las ataduras de las convenciones sociales, un hombre independiente... Iba a pie a todas partes, sólo usaba algún vehículo cuando no había otra solución. Mis impresiones personales sobre él son vagas, únicamente recuerdo que me emocionaba mucho cuando tenía ocasión de charlar con él y que, como todos los miembros de la familia, lo admiraba por sus palabras, sus actos y su manera de ser.

En el año en que empecé mis estudios de Derecho en la facultad, él era el rector de la Universidad de Pest. Una mañana me presenté en su despacho. Me recibió en la solemne sala de visitas del rectorado, sentado detrás de un escritorio de madera ricamente tallada, enorme como siempre, y no sé por qué, pero tuve la sensación de encontrarme delante de Enrique VIII tal como lo representa Holbein en su retrato. El collar de rector colgaba de su cuello y en el regazo tenía una servilleta blanca que cubría su enorme panza. Con la mano que sostenía el tenedor me indicó que me acercase. Estaba almorzando estofado de ternera sobre su escritorio y tenía delante el plato y una jarrita de cerveza; se alimentaba metódicamente, comía con ganas, y era evidente que no le preocupaba la solemnidad del lugar elegido para el almuerzo. Yo lo observaba con admiración, esperando que aquel gigante terminase de comer. Cuando acabó me cogió del brazo para enseñarme la sala con todos los retratos de personas que él tampoco conocía. Nos detuvimos frente a una vitrina que contenía unos mazos, los símbolos del poder de las facultades, y nos quedamos mirando aquellos objetos extraños durante unos momentos. «¿Qué es esto, tío?», le pregunté, y él me respondió, encogiéndose de hombros: «No tengo ni la menor idea.» Lo miré con gratitud y empecé a tenerle cariño por aquel gesto.

Él mismo, en su calidad de *rector magnificus*, firmó mi certificado de estudios de ese primer año de carrera con su letra redonda, tras lo cual me acompañó a la puerta y, sonriendo, me dijo que él era ya toda una «excelencia» y que antaño ese título sólo lo tenían los príncipes de Transilvania y los rectores de las universidades. Me habló de manera distendida y preguntó por la familia, pero luego pareció olvidarse de todo, volvió a su escritorio, se tomó lo que le quedaba de cerveza y me indicó con un gesto de la mano que podía irme. Asistí a algunas de sus clases por puro interés personal, aunque al final del primer año me aburrí del Derecho y me pasé a la facultad de Filosofía y Letras, de donde marcharía al extranjero a proseguir mis estudios. No volví a verlo en muchos años. Se jubiló cuando ya había superado la edad de hacerlo y se retiró a una casita situada en las orillas del Danubio donde se levantaba al alba, se bañaba en el río incluso siendo ya octogenario y trabajaba hasta el atardecer en su despacho, de pie, apoyado en un pupitre alto. Sus colegas y discípulos editaron sus obras y cuando cumplió ochenta años le organizaron una fiesta de homenaje en todas las salas del edificio Vigadó de Pest. Estuvieron sus colegas, sus discípulos, abogados y jueces de renombre de todo el país, unas dos mil personas en total; se presentó hasta el ministro de Justicia. Sin embargo, a la hora señalada lo esperaron en vano. Envió una misiva al ministro en la que agradecía los honores y se disculpaba por no haber aparecido con la explicación de que «no podía permitirse acortar su existencia con cosas así». Amaba apasionadamente la vida, y logró disfrutar de una larga y activa gracias a la gran reserva de energía que tenía. Estaba rodeado de abundancia y prosperidad; la vida parecía despilfarrarse en su persona.

Este tipo de hombres están hechos de una madera más dura que la mayoría de sus semejantes. Lo que yo recibí de ellos, firmeza y resistencia, había sido suyo y con ello vivieron.

9

Cada dos domingos la tía Zsüli iba a por mí al internado de Buda para invitarme a comer en un restaurante de la isla Margarita. La tía Zsüli escribía novelas y hablaba francés perfectamente. Había vivido muchos años en París y también en un castillo del Loira; su manera de vestir, sus modales, sus relaciones, todo lo que la rodeaba era mundano. Su padre había sido uno de los últimos miembros del cuerpo de siete jueces de la Hungría feudal; su madre, la tía Louise, refinada y elegante, era hermana de mi abuelo paterno. La tía Zsüli estuvo casada con un rumano a quien nadie de la familia llegó a conocer y vivió con él unos años en Bucarest, donde eran asiduos de la corte. La tía Zsüli solía contar sus recuerdos, era una narradora nata. Hablaba de Bucarest, el «París del Este», de la reina rumana y de su vida novelesca, de París y de literatura. Yo esperaba con impaciencia aquellos encuentros dominicales porque la tía Zsüli tenía una gran relación con el mundo literario: conocía personalmente a Pál Hoitsy y a Gyula Pekár y sus relatos se publicaban en las revistas culturales. Su esposo falleció pronto, sólo vivieron juntos unos cuantos años. La tía Zsüli no entendía de «pedagogía infantil», así que hallaba el tono apropiado para los niños de forma instintiva, hablaba conmigo de la vida y de la literatura como con cualquier adulto. Aquellas excursiones dominicales me abrieron las puertas a un universo desconocido. Quizá nuestros encuentros aburrieran a la tía Zsüli, que llevaba una vida mundana, que conocía en persona a varios escritores famosos y que tenía siempre «lista en la cabeza» alguna novela que «sólo había que poner en el papel», que había tratado a la reina de Rumania y que pertenecía a una esfera distinta, a la esfera de los adultos, de los agraciados de espíritu. Iba siempre a la última moda, llevaba sombreros fantásticos y vestidos de seda, como si fuese a asistir a un baile: así íbamos a la isla y de allí, en barco, a la plaza Boráros, para llegar a pie a su apartamento de la calle Mester, que estaba lleno de recuerdos. Conservaba la tradición familiar, guardaba fotografías, cartas antiguas, objetos centenarios... A mí me trataba como si fuese otro objeto de culto más. La tía Zsüli era la guardiana de muchos secretos familiares, la heroína de sus propios relatos, un miembro de la familia, pero al mismo tiempo una extraña... Vivía en un apartamento minúsculo de dos habitaciones, en el segundo piso de un edificio, en condiciones más bien humildes; y, sin embargo, todo parecía noble y elegante a su alrededor porque todo lo que tenía era muy personal, su casa, sus muebles, sus vestidos, sus guantes y sus sombreros, y su manía de mezclar, con fines didácticos, palabras en francés en sus discursos... Estaba siempre de viaje, siempre haciendo planes para el futuro, escribiendo relatos y novelas, participando en veladas, viajando a París. Para mí era un fenómeno brillante. Tenía algo incombustible, algo elemental y radiante, algo que ni siquiera el tiempo, las penurias, la soledad o los desengaños lograrían cambiar. La tía Zsüli era una mujer de verdad, una obra maestra del *fin de siècle*.

Entre mis contemporáneas, no volví a encontrar ninguna representante más de ese tipo de mujeres. Cuando pienso en la tía Zsüli, tengo que admitir que las mujeres del siglo XIX eran diferentes y que yo sólo he conocido a unas cuantas *girls*, muchachas simpáticas, con talento o estúpidas, superficiales o profundas, buenas o malas. Ya fuesen estudiantes de Química o madres ocupadas en dar a luz y el pecho a sus hijos, mujeres que flirteaban o que amaban de verdad, vivían probablemente una vida «más sana» que las mujeres del siglo anterior, pero en su esencia no eran más que *girls*, estaban desprovistas de los misteriosos atributos de las mujeres de verdad, como la tía Zsüli, que yo solía definir como «mujeres femeninas» por no encontrar un término mejor. En la tía Zsüli veía las reminiscencias del valor femenino, discreto e instintivo, en absoluto romántico, que tanto echaría de menos en las mujeres de la posguerra. Ella asumía una vida activa y «grandiosa» de forma sencilla y honrada. Como escritora era más honrada y más responsable que las «señoritas» que frecuentaban las redacciones de los periódicos y las revistas de la posguerra. Escribía en el lenguaje de hacía siglo y medio, sus frases estaban repletas de exclamaciones, palabras elegantes y abundantes descripciones, contaba historias sencillas y limpias «robadas a la vida», algo que no suele bastar, pero ella, por lo menos, hacía públicas sus observaciones con intereses honrados y un estilo ameno y divertido. Ella me enseñó a amar a los franceses, me condujo, sin ningún interés ni motivo, hacia la claridad latina, y yo empecé a atisbar que existía una cultura más lógica, más sencilla y más ecuánime que la húngara, entre cuyas complicadas redes yo me educaba.

Ella me presentó al primer escritor vivo que he conocido. Se trataba de Béla Paulini, un excelente humorista que por entonces era redactor jefe de la revista de tintes eróticos *Fidibusz* [«Chispa»]. Mi tía y yo caminábamos por uno de los bulevares de la ciudad cuando descubrimos de repente a Paulini tomando una copa de vino en la terraza de un bar que estaba separada de la acera por unas macetas llenas de laureles. Al vernos, el escritor abandonó su mesa, se acercó y saludó a la tía Zsüli con mucho respeto. No puedo ni imaginar de qué hablarían aquellas dos personas tan dispares que pertenecían a dos mundos tan distintos, y no creo que el redactor de *Fidibusz* le pidiera un relato para el próximo número de su revista a la tía Zsüli, que era de moral estricta... En cualquier caso, él fue el primer escritor que conocí, así que guardo para siempre el recuerdo de su cabeza calva, su mirada irónica y su rostro parecido al de un sacerdote. «¡Así es un escritor!», pensé. La tía Zsüli me llevaba a veces a algún museo, pero los dos nos aburríamos tanto con los animales disecados como con las herramientas de los antiguos húngaros que se exhibían en las vitrinas, por no mencionar las charlas divulgativas a las que asistíamos, ilustradas con proyecciones de imágenes. Tras algunos lamentables y tediosos intentos de ese tipo, decidimos definitivamente pasar las tardes del domingo en algún café o ir a alguna representación de la Ópera. Un día me llevó a la redacción del *Pesti Hírlap*: allí visitamos todas las salas, y al entrar en aquellas estancias vacías, yo iba oliendo el papel y la tinta y miraba con orgullo a mi tía Zsüli porque entraba sin llamar a sitios tan elevados como la redacción de un periódico... Trabajaba sin parar en sus novelas, cuyos argumentos definía como «una mezcla de vida y fantasía». Llegó a escribir un drama y me lo envió a Alemania sugiriendo que intentase colocarlo en algún teatro. Sin embargo, yo era un joven tan irresponsable como descuidado, así que perdí el manuscrito durante mis peregrinaciones. Nunca me lo reclamó, pareció aceptar la pérdida, aunque más adelante supe que consideraba que aquel golpe del destino le había arrebatado la mejor posibilidad de su vida. Hacía traducciones literarias con las que ganaba muy poco dinero. Con el tiempo, su nombre fue desapareciendo de las revistas literarias de forma paulatina. «Me he hecho vieja», decía en tono de resignación. Pero en secreto seguía escribiendo novelas.

¡Querida, queridísima tía Zsüli! Una verdadera *grande dame* que hacía milagros con el poco dinero que tenía y que bailaba y flotaba a través de los años; el destino la trató mal, vivió largas décadas como viuda sin quejarse nunca de nada; era amable y generosa, jamás llegaba de visita con las manos vacías: regalaba los pequeños y antiguos tesoros que le quedaban (una taza de porcelana, una fotografía antigua o un mantelito bordado), siempre daba algo a todo el mundo, lo sacaba de la nada, de las reservas ocultas de su corazón de oro. Cuando yo le preguntaba a veces por qué no había vuelto a casarse, sonreía con vergüenza, levantaba la cabeza con un gesto lleno de orgullo y, en un tono imposible de olvidar, decía: «Valoré más mi independencia, *tu sais, mon chère...*» Uno de los grandes enigmas familiares era cómo pudo vivir la tía Zsüli con sus actividades literarias y sus clases de francés —daba algunas clases en una escuela femenina de la capital— durante casi ocho décadas y vestir siempre de forma elegante, con vestidos de seda y sombreros, distribuir regalos por doquier, invitar a los miembros de la familia y a los amigos a tomar el té... Había cumplido los setenta y seguía sin tener ni una sola cana, aparecía en las reuniones familiares con la espalda recta y el andar seguro, radiante y entusiasmada, a la última moda; y era quizá la única que de verdad «iba al ritmo de su época», leía los últimos libros publicados en francés y hacía planes para una novela extensa. A la edad de setenta y siete años se enfadó mucho porque me atreví a preguntarle quién era más viejo, si el tío de Viena, el pintor, o ella. «¡Los más viejos son siempre los hombres!», me respondió; de sus ojos saltaron chispas y se enfadó conmigo muy en serio. A esa edad mantenía la misma «vida social» que cuarenta años atrás, se peleaba con el sastre, discutía con las jovencitas sobre cuestiones de moda y no le importaba coger el tranvía y hacer un largo trayecto de hora y media para pedir prestado un libro francés... Así era la tía Zsüli. A la edad de setenta y siete años tuvo la idea de viajar a Francia porque tenía ganas de volver a ver París, pero luego se asustó; le entró miedo de un mundo moderno y desconocido y de perder sus antiguos recuerdos, así que finalmente decidió quedarse en casa. «De todas formas, la mayoría de mis amigos de París ya están muertos... —dijo. Y después añadió—: *Tout passe, tout casse*. No se puede evitar, me he hecho vieja.»

10

La tía Gizella se casó un buen día. Llevaba un vestido de seda gris muy largo y muy ceñido a la cintura, y todos los miembros de la familia quedamos muy satisfechos con la marcha de los acontecimientos. Gizella había cumplido ya los cuarenta y nadie podía pensar que de repente aparecería un hombre que llevaría al altar a aquella solterona melancólica y triste. No tenía ni belleza ni fortuna: de hecho, había crecido en la «Corte de Mária», donde reinaba el matriarcado, bajo los cuidados y las órdenes de la tía Mari. Ésta era una jefa de tribu muy severa, una mujer que había ido reuniendo a su alrededor a las solteras más desesperadas de la familia; acogió a su hija separada y al hijo de ésta, a Gizella y a Berta, una empleada de correos de la localidad de Selyeb que ascendía muy despacio en el escalafón y nunca conseguía un contrato definitivo... En torno a la tía Mari se reunieron todas las solteronas de la familia. En aquel estricto matriarcado, ningún hombre era capaz de estar mucho tiempo. El marido de la hija de la tía Mari, el señor Kázmér, un hombre gallardo con bigote, tuvo que irse de allí muy pronto; sólo se presentaba en la casa con ocasión de un santo o un cumpleaños, y entonces las mujeres le ofrecían unas copitas de licor mientras media docena de ellas le recitaba sus pecados. Nunca llegué a descubrir completamente el grado de parentesco que nos unía con las mujeres de la Corte de Mária. La jefa, la tía Mari, era hermana de mi abuela paterna; pero Gizella, Berta, Mariska, Margit y las demás eran simplemente «tías» sin precisar, tías que cuidaban a la tía Mari —postrada en el lecho, desde donde daba las órdenes— y que sacaban pastelitos con sabor a vainilla y botellitas de licor cuando llegaba alguna visita, a la que se quejaban con amargura. La tía Mari leía las cartas que escribían y tenían que pedirle permiso para salir: ni siquiera las ursulinas tenían a sus monjas bajo un control tan estricto como el que ejercía la tía Mari sobre las mujeres que había reunido a su alrededor.

Es comprensible que Gizella sintiera ganas de salir de aquel convento laico donde las mujeres y las muchachas se marchitaban y enmohecían, y donde ningún hombre se atrevía a entrar. El guardia fluvial que pidió la mano de Gizella era un hombre que se había quedado viudo, un hombre tranquilo y callado, un hombre triste que ya no esperaba nada de la vida, pero que se enamoró de Gizella hasta tal punto que decidió casarse con ella y ni siquiera la tía Mari fue capaz de disuadirlo. Así que las internas de la Corte de Mária cosieron para Gizella un vestido de novia de seda gris, y ella se lo puso mientras el guardia fluvial, vestido con esmoquin negro, contemplaba la escena con cara de susto, de pie entre unas mujeres nerviosas que iban y venían sin parar. El tío Kázmér se había presentado por la mañana, temprano, y, mientras tomaba copa tras copa del mejor vino de Tokaj, animaba con palabras de doble sentido al guardia fluvial; y en medio del trajín, de aquel alboroto, era obvio que nadie comprendía por qué el guardia fluvial se casaba con Gizella. Ni siquiera la propia novia lo comprendía, la pobre. Mientras las demás mujeres la vestían y la peinaban, ella, muy pálida, no se movía del lado del guardia fluvial y lo miraba todo desconcertada, como si no creyera que esa vez fuera ella de verdad el centro de atención y que todo giraba a su alrededor... El guardia fluvial vivía en un pequeño pueblo situado a orillas del río Tisza, en una casa con jardín, huerta y un pequeño corral de cerdos; además tenía un empleo para toda la vida y con jubilación, y era un empleo fácil, pues en aquellos tiempos de paz había pocos puestos más seguros que el de guardia fluvial en el río Tisza... Todos estaban de acuerdo en que «la buena de Gizella» había tenido muchísima suerte. El guardia fluvial callaba, no dijo nada ni siquiera en su banquete de bodas, comió en silencio y bebió mucho, tras lo cual tomó a Gizella del brazo, la llevó despacio a la estación de ferrocarril y se fueron los dos al pueblo a orillas del Tisza. En la familia se siguió hablando durante años de la «extraordinaria suerte» de Gizella, como si hubiese sido la inesperada broma de un destino especialmente benigno. «¡Vaya suerte que ha tenido!», decían con envidia las mujeres que vivían bajo las alas de la tía Mari.

    La tía Mari tenía viñedos en Tokaj, la mejor región vinícola de Hungría, y todas las mujeres de la familia que convivían con ella se sustentaban de aquellos viñedos. En la época de la vendimia, todos los miembros de la familia se trasladaban a la casa de Tokaj y participaban en las labores, con la excepción de la tía Mari, que dirigía las operaciones desde la cama a través de un complicado sistema de mensajeros y misivas. En realidad los viñedos no resultaban rentables, pero, misteriosamente, les daban suficiente para vivir bastante bien. El día de su santo, la tía Mari invitaba a tomar el té a sus parientes y amigos. Se apartaban los muebles de las habitaciones de la Corte de Mária y el tío Kázmér aparecía para ayudar a servir el vino y afinar el piano. Por descontado, durante aquellas tardes de té se tomaba de todo menos té; los invitados llegaban hacia las seis de la tarde, entre ellos los oficiales del ejército —pues una de las nietas de la tía Mari se había casado con uno— y los amigos del tío Kázmér, que eran empleados de finanzas; en la casa, el piano relucía y las mesas desplegadas por doquier estaban repletas de fuentes con fiambres. Los jóvenes oficiales tocaban, uno tras otro, algo de música al piano, y la comilona y la fiesta se prolongaban hasta altas horas de la madrugada; comían y bebían con seriedad, dedicación y desesperación, como si participaran en un banquete fúnebre tras el entierro de un ser querido... Por la mañana, cuando ya no quedaba nada de comer ni de beber, todos se iban y ninguno volvía a pisar la casa de la tía Mari en un año. Esta mujer tenía una fama terrible. El puesto de Gizella fue ocupado por Berta, la empleada de correos de Selyeb, porque a la tía Mari le gustaba vivir rodeada de muchas mujeres.

Ese convento laico, esa república femenina, pequeña pero fuerte, era para mí la «verdadera» familia: allí es donde se recogían, como en un centro de información oficial, todas las noticias de las distintas ramas de la familia; allí se registraban, se catalogaban, se comentaban y se redactaban en extensos boletines prestos para la información general. Durante años y décadas, todas aquellas tías siguieron sentadas en el salón que olía a compota y a naftalina, guardando y conservando el espíritu de la familia. Completaban el tejido del eterno mito familiar, siempre cambiante, con los hilos de unas historias llenas de sangre y de recuerdos, de tragedias, sentimentalismo, habladurías e intereses de todo tipo. Siempre podían encontrar a alguien que acababa de morir antes de tiempo, alguien que habría podido vivir más «si se hubiese cuidado» o «si el médico hubiese descubierto el mal a tiempo», mientras que la familia, ese cuerpo misterioso, seguía viviendo unida; y en cualquier caso, la vida de la familia importaba más que la del tío Dezső o la de la tía Menci, lamentablemente fallecidos «antes de tiempo»... La tía Mari y las solteronas que la rodeaban intuían que la muerte de un individuo llegaba siempre «antes de tiempo», pues resulta casi imposible morir «a tiempo»... Pero el mito familiar sobrevivía y esa conciencia mística nos daba fuerzas para vivir a todos, a todos los que añadíamos un toque de color al relato familiar. En las épocas en que la humanidad se ve obligada a vivir sin un fuerte mito común, esa Historia mundial en miniatura, la historia familiar, adquiere una importancia especial y se convierte en una fuente de inspiración particular. Cada familia tiene su Olimpo y su Hades; la tía Mari, desde su cama, entre sus almohadas, distribuía concienzudamente a los miembros de la familia, sentenciando adónde pertenecía cada cual.

Un día se fue ella también, sin mostrarse de acuerdo y «antes de tiempo», y es más que probable que llegase al Hades, donde puede que esté desde entonces discutiendo con los demás parientes... Gizella, por su parte, vivió feliz durante muchos años con el guardia fluvial. Por algo se solía decir en la Corte de Mária que era una agraciada del destino.

11

Todo eso era la familia... Pero ¿acaso era sólo eso? Quedaban de ella nombres y apellidos, fotografías, una boca, unos ojos, unos gestos, unos muebles y una leve sensación, entre tanto extraño, de que uno no está completamente solo, de que tiene algo en común con una materia, con una fuerza que ha recibido como regalo y que está obligado a conservar en su ser y a traspasar en un acto... No era una familia sencilla, las familias sencillas no existen; era una familia compleja, un conglomerado de personas unidas por la ira, la pasión o los intereses, de personas de distinto carácter y temperamento; un conjunto de personas que estaban unidas en una familia y que se mantuvieron unidas incluso en los tiempos más difíciles y atormentados, que acabaron con clases sociales enteras, porque formaban una pequeña colectividad o comunidad de gran fortaleza. Era una familia complicada, con mucha ira y mucha abnegación, con pobres de espíritu y testarudos, con unos burgueses que, en los tiempos de mi infancia, ya habían llegado a la fase vital peligrosa, por conflictiva, del Estado burgués. A ellos se lo debo todo, y me ha costado mucho olvidar y aniquilar en mí esa herencia.

Quizá no lo haya logrado completamente.

Tercer capítulo

1

En el colegio de los premonstratenses la misa matinal se celebraba a las siete, incluso durante los meses de invierno. Los alumnos de las clases de grado inferior tenían que permanecer de pie y en silencio, y sólo los de quinto curso y superiores podían sentarse en los bancos. En la iglesia no había calefacción y los más pequeños pasábamos muchísimo frío en aquellas mañanas neblinosas, firmes sobre las frías baldosas del suelo; y yo me cansaba de estar allí quieto y callado, sin hacer nada durante la media hora que duraba la misa, y de tener que arrodillarme después, así que la mayoría de las veces llegaba a la primera clase agotado, nervioso y con dolor de cabeza. A partir de quinto, sin embargo, esa misa matinal se convertía en un agradable descanso; sentados en los amplios bancos de la oscura iglesia podíamos echar una cabezada si fingíamos una profunda devoción, apoyábamos la cabeza sobre las manos en actitud de rezo y escondíamos el rostro; así podíamos completar el sueño, que resultaba demasiado corto para un adolescente. Las misas cantadas dominicales llegaban a durar hasta hora y media, y a menudo alguno de los pequeños se mareaba de estar tanto tiempo de pie entre el humo del incienso, pues en aquella iglesia abarrotada de gente incluso los adultos lo pasaban mal. Nosotros, los domingos, nos reuníamos en nuestras aulas, formábamos en fila y nos íbamos así a la iglesia. Después de la misa cantada, seguía el sermón del cura. Era casi mediodía cuando salíamos de allí. Las mañanas de domingo se quedaban en nada. Nuestros profesores comprobaban muy seriamente la presencia de los alumnos en las misas dominicales; se pasaba lista, y los alumnos que faltaban tenían que aportar un justificante, como si hubiesen faltado a clase.

Por más agotadoras que resultaran las misas matinales, a mí me gustaba ir a la iglesia hasta que llegué a cuarto porque hacía de monaguillo y al lado del altar me sentía como en casa. Me gustaba el olor a iglesia, sobre todo en primavera, cuando los altares se adornaban con flores y ramas verdes de pino, y su aroma se mezclaba con el olor a cera de las velas, entre amargo y agrio. Sin embargo, aguantaba mal el olor a incienso y huía de él como del mismo diablo. Al sentir el olor pesado y asfixiante del incienso me ponía verde, amarillo, tenía que salir a vomitar porque se me revolvía el estómago. En las misas diarias no existía ese peligro. Una de esas misas en pleno mes de mayo constituye todavía un recuerdo tierno y entrañable para mí: por las altas ventanas enrejadas de la iglesia entran los rayos dorados del sol, el altar está cubierto con un mantel níveo, recién lavado, almidonado y planchado, con encajes en los bordes; hay dos velas encendidas a ambos lados del atril de la Biblia; el cura, vestido de blanco y oro, va y viene con comodidad y me da instrucciones en voz baja; yo ejerzo de monaguillo vestido de blanco y rojo, subo y bajo los escalones que llevan al altar, ayudo a buscar las páginas de la Biblia, a echar el vino en el cáliz y el agua sobre las manos del cura... *«Introibo ad altarem Dei»*, repito, muy convencido, al llegar desde la sacristía hasta los escalones del altar; toco la campanilla en el momento de consagrar el cuerpo de Cristo para que su tintineo alcance todos los rincones de la iglesia. El silencio es dulce, soleado, perfumado, las palabras de la misa son tan suaves que me entran ganas de sentarme en uno de los escalones y quedarme dormido envuelto en ese murmullo agradable, en ese ambiente piadoso y aromático. «*Et cum spiritu tuo*», repito mecánicamente cuando el cura me lo indica. Durante las primeras clases del día todavía conservo el recuerdo del olor a iglesia, de las palabras pronunciadas en latín, del ambiente pacificador de ese misterio propiciatorio.

Sin embargo, ser monaguillo es un privilegio y un premio que hay que merecer con un comportamiento impecable. Los holgazanes y los indiferentes permanecen de rodillas en el suelo, en medio del rebaño, mirando con envidia al muchacho elegido para acercarse cada mañana al secreto divino así, de forma tan directa y personal. Es la congregación la que decide la calificación sobre la moral religiosa de los alumnos. Se trata de la Congregación de la Virgen María, y su presidente es un sacerdote cuarentón, regordete, de habla suave, con el cabello peinado hacia atrás y las manos muy finas, muy femeninas. Es el *spiritus rector* del colegio. Se preocupa por cada muchacho de manera individual, visita a sus familias —lo que, por supuesto, significa un gran honor para ellas—, dirige los juegos y los trabajos manuales durante las «actividades de ocio» vespertinas que organiza la congregación, cuida de la biblioteca, acoge las preguntas y quejas de los muchachos, escribe la obra de teatro que se representa en la fiesta de la Inmaculada Concepción, organiza y conduce cualquier acto festivo, es el *praeses*, orienta la «sección de práctica de la fe» y la «sección de defensa de la fe», celebra misa, recibe en confesión a todos los muchachos... Es el conocedor de todos sus secretos, el verdadero padre espiritual de cada uno de ellos. Ese cura de voz suave y manos tiernas me trata con cariño a mí también y se preocupa por mí de manera «individual». Los primeros años yo lo admiro con entusiasmo y lo sigo a todas partes como un perrito. Es mi ideal, mi bondadoso y sereno tutor espiritual. Sin embargo, durante el tercer curso empiezo a evitarlo. No tengo ninguna razón especial para ello y no puedo hablar con nadie de lo que me está ocurriendo; la verdad es que mi aversión carece de motivo. El mes de mayo es el mes de María, los alumnos adornan con flores la pequeña capilla y uno de ellos toca al órgano, propiedad privada del cura, antiguas canciones húngaras dedicadas a la Madre del Señor. El mes de mayo supone siempre un cúmulo de experiencias sobre las complicadas e incomprensibles relaciones humanas. Yo soy un muchacho profundamente religioso, voy a menudo a la iglesia a rezar, a oír misa y a confesarme, y ese sacerdote sigue siendo mi confesor; aunque en realidad podemos elegir libremente entre varios, yo considero que sería una ofensa muy grave buscar a otro para contarle mis secretos y mis pecados... Dicho sacerdote es muy paternal; a nosotros, sus discípulos favoritos, nos coge del brazo en los paseos. Un día empiezo a tenerle miedo, pero ese miedo se transforma de inmediato en una aversión irracional, oscura y febril hacia su persona, como si me hubiesen contado algo de él... En cualquier caso, las palabras son imperfectas, no pueden expresar nada. ¿Qué ha ocurrido? ¿He atisbado los secretos de un alma? Nadie me ha dicho nunca nada malo sobre él, es un sacerdote convencido y perseverante, un profesor magnífico y, sin embargo, yo le tengo miedo y comienzo a evitarlo.

Él se da cuenta enseguida porque es un hombre sensible y su vida solitaria lo hace vulnerable, sabe percibir señales mucho más ocultas que las palabras, las miradas o los gestos, capta de forma instintiva el comportamiento interno del otro, los cambios en una persona poco definida, así que empieza a observarme, me separa de los demás, me pone en cuarentena. Ese estado me enerva y me irrita. «¿Qué te pasa?», parecen preguntarme sus ojos tras sus gafas doradas.

Esa lucha silenciosa se prolonga durante varias semanas. Un día pierde la paciencia y esa misma tarde me llama en audiencia privada e individual a su despacho, lo que puede representar un gran favor o un gran peligro. Desde el tercer piso del colegio, una puerta de hierro lleva al convento; mientras recorro los largos pasillos abovedados con paso indeciso, pienso que me espera algo inconcebible; por primera vez debo enfrentarme a un hombre con todas las consecuencias que eso implique... Debo ser más fuerte, no puedo dejarme vencer así, sin más; debo retar a esa persona para no quedar vencido. Se trata de una aventura emocionante, más emocionante que cualquier aventura amorosa que pueda existir entre un hombre y una mujer, pero también es más sencilla, puesto que se trata simplemente de los secretos de una persona. El sacerdote y yo mantenemos una estrecha relación, pero, como ya no creo en él, debo demostrar mi independencia. Al llegar ante la puerta de su despacho, siento que al otro lado está esperándome un hombre más fuerte y más experimentado que yo, contra quien nada puedo hacer. Me invade un intenso sentimiento de odio. Debe de tratarse de un odio muy complicado porque «no ha ocurrido nada», debo convencer a ese hombre de que no me rindo, de que soy un rebelde y de que ya no puede contar conmigo. El despacho y el salón —dos habitaciones abovedadas llenas de muebles de gusto femenino, con mantelitos de ganchillo en el sofá, imágenes de santos y fotografías— son muy diferentes de lo que yo esperaba, pero a pesar de todo me resultan conocidos. «Aquí es donde vive; en estos armarios guarda su ropa interior y sus cosas más íntimas; este hombre que siempre anda con sotana, es decir, disfrazado, vive una vida material y corporal verdadera en estas habitaciones», pienso, y la idea me indigna. Me dice que me siente, me mira largamente, sin hablar. Son unos minutos infinitos, abrumadores. Él también está intranquilo, se da la vuelta, se acerca a la ventana, mira a la plaza principal, la plaza Fő, observa la estatua de la Virgen María y me pregunta por encima del hombro, esta vez con palabras: «¿Qué te sucede?»

Lo que sucede es que aquí hay un alma joven que está probando sus alas para salir volando de entre sus manos. Y él sabe que en la vida no existe ningún regalo más valioso que un alma humana. Me mira con celo y cautela mientras yo intento identificar todos los objetos que mi vista alcanza, busco señales y pruebas, trato de aspirar el aire y el ambiente, me fijo incluso en la luz que penetra por la ventana a través de la cortina de encaje para iluminar el escritorio del despacho: es otro dato importante. Él se sienta frente a mí con sus manos finas juntas, escondidas debajo de las largas mangas de la sotana; tiene un aspecto impecable incluso ahora, a la hora de la siesta y en su casa, como si estuviera dando clase o confesando en la sacristía. Intercambiamos algunas palabras vacías e insignificantes para medir la fuerza del otro y demostrar la propia, como hacen los boxeadores. De repente le digo como para responder a su pregunta, mirándolo muy fijamente a los ojos: «También suelo ir con mujeres.»

Acabo de cumplir trece años. Estoy mintiendo como un bellaco; es verdad que una vez estuve en un prostíbulo con un amigo, pero después de aquella visita seguía siendo igual de ignorante. Comprendo que he acertado de pleno con el golpe: el sacerdote se estremece por dentro, es como si de su rostro se fuese cayendo una máscara tras otra, máscaras de seda. Me mira con sorpresa, con envidia, con celos, con miedo, con la ternura del amigo, con el enfado del profesor fracasado, con la indignación del confesor y la mala fe del amigo engañado... Me pregunta por los detalles en voz muy baja, como si estuviera confesándome; su rostro ha empalidecido, se pasea de arriba abajo por la habitación, se detiene, me pone la mano en el hombro, me mira fijamente a los ojos. Yo sigo mintiendo con coraje y decisión, le cuento detalles que tan sólo he soñado. La verdad es que soy virgen y jamás he estado con ninguna mujer.

Me cita para escucharme en confesión a la mañana siguiente, me hace prometer penitencia y me absuelve. Sigo siendo miembro de la congregación, pero nunca más volveremos a pasear cogidos del brazo. Hemos roto definitivamente.

2

La confesión es obligatoria cuatro veces al año: antes de Navidad, de Semana Santa, de Pentecostés y, naturalmente, al inicio del curso escolar, cuando debemos confesar a nuestros pastores, la víspera del *Veni sancte*, los pecados cometidos durante las vacaciones. Para eso nos reunimos todos a las tres de la tarde en la iglesia de la orden; yo me encierro en el salón o en el despacho de mi padre por la mañana y hasta la hora de la comida preparo la lista de mis pecados, leyendo en voz alta ciertas oraciones de los libros de religión, pues quien se dispone a confesarse tiene que rogar al Espíritu Santo que le purifique el alma, le ilumine la mente y lo ayude a confesar y arrepentirse de sus pecados... Los libros contienen consejos prácticos para quienes se disponen a confesarse. También hay una larga lista de pecados para facilitar la selección. Leo la lista completa varias veces y con mucha atención, identifico los más atractivos y los apunto en la mía propia: «He pecado de pensamiento, palabra y obra... He deseado el perjuicio de mi semejante... He sido perezoso para hacer el bien...» También es necesario rellenar un comprobante con mis datos personales que el sacerdote me pedirá después de la confesión para firmarlo; con ese documento oficial podré demostrar que he confesado. «He cumplido con la Santa Obligación de confesarme en el día de hoy», dice el extraño comprobante. Paso las horas de la mañana en un retiro piadoso, meditando sobre mi vida en este valle de lágrimas, sobre mis terribles pecados, sin llegar a descubrir en mí el menor sentimiento de culpa.

Después de comer, le beso la mano a mis padres y les pido perdón por «haber pecado de pensamiento, palabra y obra» contra ellos. Esa penitencia pública, impuesta por la confesión, me humilla amargamente. Tengo que pedirles perdón a mis hermanos y hasta a las criadas. Luego tengo que acudir a la iglesia con mis libros de oración en la mano, junto con el justificante y la lista de mis pecados, bastante extensa. En la misma tarde nos confesamos los cuatrocientos alumnos, repetimos nuestros pecados susurrándolos al oído del cura, que nos escucha sin inmutarse y nos absuelve a todos. Después de la confesión nos vamos a casa y procuramos evitar caer en la tentación para no volver a manchar nuestras almas limpias hasta la comunión de la misa matinal del día siguiente, pero eso resulta una empresa casi imposible y los que resisten sin pecar «de palabra y obra» lo hacen «de pensamiento»: nunca, en ninguna otra circunstancia, los pensamientos pecaminosos atacan con tanta fuerza como en ese corto espacio de tiempo. Durante esas horas penosas pienso en todo tipo de cochinadas, me voy a la cama bastante preocupado, duermo intranquilo, incapaz de resistir las tentaciones del diablo, puesto que con lo del pecado sucede como con lo del elefante blanco del alquimista: es imposible no pensar en él... En ese dudoso estado me presento por la mañana ante el altar del Señor, tomo el cuerpo de Cristo en ayunas y los días posteriores a la confesión me siento irritable, arrepentido y triste...

¿En casa somos creyentes? Seguramente todos se sorprenderían si alguien les formulase abiertamente esa pregunta. Respetamos las fiestas religiosas con todas sus obligaciones: en los días de ayuno comemos poco, durante la Semana Santa las criadas llevan a la iglesia el jamón y el pan de leche para que el cura los «bendiga», en cada dormitorio tenemos un crucifijo y un rosario, pronunciamos el nombre de Dios siempre con respeto y en las fiestas importantes vamos todos a misa, incluidos mis padres, pero en mi familia no se respira ningún ambiente especialmente piadoso; de hecho, los niños vamos a confesar y a comulgar porque nos obligan en la escuela... Claro que somos creyentes, pues reconocemos la religión como uno de los principios fundamentales de la vida que hay que respetar y obedecer, más o menos como sucede con las leyes del Código Civil, pero ¿creemos de verdad? El colegio, la educación religiosa matan poco a poco el deseo elemental por lo místico que hay en nuestro interior. Hasta que ingresé en la congregación, mi religiosidad se mostraba intranquila; por las noches recitaba sin falta las oraciones que mi niñera y mis educadores me enseñaban, el mito de la catequesis que un cura bonachón y campechano me explicó en la enseñanza primaria mantenía ocupada mi imaginación, encontraba el «milagro» algo natural, no quería desvelar el «misterio»... Pero la práctica religiosa de la congregación me cansa porque convierte la idea y el sentimiento religioso en un tópico. Nos obligan a mostrarnos demasiado piadosos, yo repito las palabras de las oraciones de forma mecánica, sin sentir su frescor, como si fueran mantras budistas. La «práctica de la fe» no me conduce a ella. Se trata de una tendencia natural en mí, es involuntaria, nadie me «abre los ojos» y en casa nadie alberga dudas, aunque nadie demuestra tampoco demasiada devoción. Vamos a la iglesia como quien acude a un centro de desintoxicación espiritual. La religión forma parte de nuestra vida, es un hilo conductor básico de nuestros pensamientos, como la patria o la propiedad privada. El hecho de que ese respeto por la religión, esa obediencia sincera pero mecánica no tiene nada que ver con la verdadera fe ni siquiera lo sospechamos.

En una clase de cuarto se levanta de repente un falso profeta desde uno de los bancos, empieza a discutir con vehemencia y al final llega a la conclusión de que Dios no existe. Afirma que lo ha leído en un libro en latín y que fue su hermano médico quien le tradujo el pasaje revelador. El anuncio del profeta causa cierto revuelo. Discutimos durante semanas enteras; el sacerdote no entiende el alboroto del rebaño, pero advierte las señales de impaciencia e incertidumbre hasta en los corderitos más mansos, pues toda la clase se convierte en una misma duda... La cuestión es más complicada de lo que parece a primera vista. Son pruebas de la existencia de Dios las enseñanzas de la religión, los hechos de los apóstoles, la misma existencia del mundo y otras cuestiones igual de irrefutables. Son pruebas en contra las palabras del profeta, un libro en latín que ninguno de nosotros ha leído y la disposición y el interés extraños con los que la clase ha recibido la noticia. Resulta que siempre hay una chispa de duda encendida dentro de nosotros y no hace falta más que un ligero soplo de un alma intranquila para que empiece a arder el fuego de la Gehena... La disputa se prolonga durante semanas hasta que la noticia llega a oídos de los profesores. Entonces interrogan a los más agitadores. Uno de los profesores jóvenes me sonsaca información con una confianza fingida mientras patinamos juntos y, tras una pirueta, le confieso que los cimientos de mi fe están tambaleándose y que ya no creo en Dios de manera «incondicional». El profesor me delata, presenta mi confesión tergiversada en la reunión de profesores, se habla de que me van a condenar a *consilium abeundi*, y sólo la respetabilidad de mi padre me salva de tal humillación.

Un día, la clase se reúne para votar sobre el tema. El resultado del concilio es sorprendente. Unos seis meses después, el profeta desaparece de la clase sin decir palabra.

· · ·

3

Tengo que enfrentarme de nuevo a mi padre espiritual y esta vez él resulta ser más fuerte. El colegio organiza todos los años una «representación teatral infantil» el día de la Inmaculada Concepción y otra el 15 de marzo, día de la fiesta nacional. Para la festividad de la Inmaculada Concepción, naturalmente escribe la obra el *praeses* de la Congregación de la Virgen María, los alumnos montan, arreglan y pintan los decorados, ellos mismos son los actores y forman también la orquesta. Las obras de nuestro padre espiritual son profundas y místicas. Yo ya actué una vez en un misterio: hacía de arcángel san Gabriel; llevaba una peluca de cabello largo y rubio, una capa hecha con una larga bata de mi padre y, por supuesto, unas alas angelicales. No sé por qué, pero sostenía en la mano una hoja de palma y recitaba, con la voz quebrada por la emoción:

Y yo sacudo, por encima de ellos, la hoja de palma eterna para que entre los males de la vida su alegría nunca perezca.

Eso ocurrió antes de que yo «cayera en pecado»; cuando la bondad del padre me envolvía por entero, yo era una especie de *prima donna* en escena y el éxito de mi interpretación del arcángel san Gabriel no se olvidaría en mucho tiempo. Ha pasado un año y el padre y yo ya no buscamos la compañía mutua; él me trata con educación, pero se nota que está enfadado conmigo; nuestra relación es casi exclusivamente oficial. Sin embargo, el colegio se prepara para festejar a santa Margarita y el padre ha creado un nuevo misterio, esta vez en compañía del profesor de música, un compositor de renombre, muy piadoso. Han compuesto una pequeña ópera que se titula *La isla de las liebres*, la orquesta ha estado ensayando la música durante semanas y en el reparto original yo interpreto el papel de la santa. El papel principal halaga mi vanidad, me voy a casa con la partitura debajo del brazo, muy orgulloso, me siento enseguida al piano con mi madre y empezamos a ensayar. En la primera escena tengo una «entrada» muy teatral, con una música y una letra que nunca olvidaré:

> *Allí donde del Danubio las aguas puras*
> *abrazan una bella isla*
> *transcurren mis horas oscuras:*
> *de las liebres es la isla.*

Mi voz de soprano suena fuerte y limpia, o por lo menos eso creo yo. Pero después del primer ensayo, el profesor de música, que no opina lo mismo, musita unas palabras con semblante serio, lleva al padre aparte a un rincón de la sala y le habla largo y tendido. El sacerdote, según su costumbre, acaricia su barbilla puntiaguda con tres dedos y mueve negativamente la cabeza. Me quitan el papel porque me está cambiando la voz. Es difícil sobrevivir a la vergüenza; mis rivales, los candidatos al papel principal, se ríen de mí cuando me retiro del escenario, cabizbajo, para incorporarme al coro; el profesor de música me coloca en el último puesto de la segunda fila. De repente me he convertido en una simple monja, así que serviré a la santa sin llamar la atención; al final, uno de mis rivales se queda con el papel, por lo que la vergüenza me duele todavía más. Me incorporo a la fila de las monjas con la sonrisa molesta y ultrajada de una gran actriz, con el orgullo herido de la estrella caída a quien acaban de quitarle el papel mediante un cúmulo de oscuras y crueles intrigas. Me propongo demostrar que sí sé cantar, mejor que cualquiera del coro, de manera que cuando el director nos indica con una señal que podemos empezar, saco esa voz que efectivamente está cambiando. Sale de mi boca un sonido horroroso, aterrorizado y dolorido, semejante al rebuzno de un asno en medio de la tormenta. Mis compañeros del coro, el profesor de música y el padre espiritual me miran con miedo.

Al final del ensayo, el profesor de música me prohíbe cantar en voz alta durante la representación, me dice que sólo tendré que abrir y cerrar la boca, sin emitir sonido alguno. Debo permanecer completamente mudo. Llego a mi casa desesperado. Mi familia se siente ultrajada por la severidad de la sentencia. Mi padre jura que las cosas no quedarán así, que no permitirá que me «aplasten», que la familia protestará por la ofensa y la crítica humillantes; que el hecho de que me hayan quitado el papel de la santa —un papel «totalmente a mi medida», según palabras de mi madre— ya constituye un acto de mala fe, pero que la calumnia de que mi voz juvenil arruinaría la armoniosidad de las voces del coro es una ofensa para el honor familiar... Al fin y al cabo, mi padre desempeña un papel decisivo en la vida social de la ciudad, así que puede exigir que su hijo cante en el coro. Dice algo como que «él ya se lo demostrará», se ve que está muy nervioso. El pobre no sabe si lo que pretende demostrar es que mi voz, en realidad, es armoniosa y pura, o simplemente su solidaridad de padre... El caso es que en la fiesta de la Inmaculada Concepción, mi rival canta el papel de la santa, según mi madre «en falsete y sin fuerza alguna». Yo sigo en el último puesto de la segunda fila del coro con la cara pintada y sin cantar, abriendo y cerrando la boca como un pez que boquea en la orilla del mar. De ser el primero pasé a ser el último. Después de la representación, el padre espiritual cogió del brazo a mi rival y pasearon de ese modo durante un tiempo por los pasillos del colegio, como suelen pasear los autores del brazo de la *prima donna*... Me rodean el caos y la intriga. La semana siguiente «abandono la congregación» sin que el pastor del rebaño intente retenerme. Poco después mi destino me empuja a otro grupo, a otra facción dentro del colegio, a una facción y a una visión del mundo que hasta entonces no conocía; tengo que admitir que los «alumnos», mis compañeros, esos cuatrocientos muchachos conviven unos junto a otros en bandas muchas veces enfrentadas y que hay que pertenecer a alguna, y yo ya no pertenezco al rebaño dócil, sino que me he pasado al bando de la minoría. Un destino ha tomado forma, una persona ha encontrado su sitio, mi destino me ha dejado fuera de la comunidad y, desde ahora, seguiré mi propio camino. Pero de eso únicamente me doy cuenta después.

Mis visitas al teatro no se reducen a esas representaciones del colegio el día de la Inmaculada Concepción y el 15 de marzo. Dos veces al año, un sábado por la mañana, la compañía de teatro de la ciudad organiza una «representación juvenil» para los alumnos del colegio. Interpretan para nosotros *El brigadier de Ocska*, por supuesto en su versión juvenil; *El hombre de oro*, de Jókai, y también una opereta con el título original de *Amor de hadas* y música de Pongrác Kacsóh. El *praeses* considera el título de la obra demasiado frívolo, así que se viste con todos los atavíos del *spiritus rector* y rinde una visita al director del teatro en la que consigue convencerlo de que cambie el título por el de *Amistad de hadas*. Sin embargo, no todos nuestros profesores son de una moral tan estricta. El profesor de literatura húngara, por ejemplo, un joven poeta, no se pierde ni una obra de teatro, tiene un asiento reservado en uno de los palcos del segundo piso, que comparte con actores y actrices. Al pasar a cuarto a nosotros también se nos permite asistir al teatro, a la *première* de las obras de tinte patriótico, en compañía de nuestros padres y con una autorización previa del tutor del colegio, quien decide si una obra en concreto es de carácter patriótico o no. Por eso consigo ver en su momento *Las campanas se quedaron mudas*, pero tendré que esperar una década para ver *La be-*

lla Elena y también *Las geishas*, el colmo de mis deseos y fantasías.

4

Durante cuatro años, desde los seis hasta que cumplo los diez, acudo todas las mañanas a la casa de la tía Emma para instruirme en escritura, aritmética y geografía nacional. La tía Emma es maestra y da clases particulares a los hijos de las familias acomodadas; es ciega de un ojo y lleva cuarenta años enseñando a niños a escribir, pero su experiencia no ha impedido que siga siendo una niña. Su vida es pulcra, casi estéril, una de esas existencias que sólo se abren ante los niños: quizá por ese motivo cuando nos hacemos adultos encontramos tan pocas personas de este tipo. La tía Emma continúa sintiendo la misma emoción, a los cincuenta años, que sentía al aprender a escribir; cuando dirige la mano de cada uno de los alumnos para enseñarle las formas de las letras, vuelve a aprender a escribir con él; es capaz de sorprenderse y entusiasmarse con explicaciones mil veces repetidas; la experiencia de descubrir el mundo se renueva en ella cada vez que lo hace uno de sus alumnos. La tía Emma nunca se aburre en sus clases y su «severidad» se resume en unas cuantas frases reprobatorias, sinceramente desesperadas. Hacemos juntos trabajos manuales como tejidos con tiras de papel coloreadas, y con cada juego la tía Emma se muestra por lo menos tan entusiasmada como yo. Pero en unos pocos meses consigo desmoronar el orden de sus clases, la tengo aterrorizada, ya no lucha por mantener su autoridad y se limita a rogarme que me porte bien, aunque no parece muy afectada por no conseguirlo. Al final del primer año ya nos hemos convertido en cómplices, y ante la autoridad superior —mis padres y los maestros del colegio que me examinan— intentamos disimular juntos el triste hecho de que no sé nada de nada, de que no he aprendido nada en absoluto, de que hemos pasado el año escolar simplemente jugando... Voy a su casa todas las mañanas, durante cuatro largos años felices, sin preocupación alguna, feliz y emocionado, como si acudiera a una cita amorosa secreta —la tía Emma tiene diez veces más años que yo—; llego a esa casa que huele a naftalina y a manzanas y nos sentamos junto a la ventana, pues el espectáculo de la calle es siempre más interesante que el contenido de cualquier libro; en una de las esquinas de la mesa de ébano, en un platito cubierto por otro, me espera el regalo y la sorpresa diaria: natillas con galletas, bizcocho de almendras, alguna fruta en almíbar perfumada con unas gotitas de aguardiente, frutos secos, higos y dátiles, mis golosinas favoritas... Para el final del año escolar aprendo a duras penas a escribir. Sin embargo, el misterio de los números nos tiene preocupados durante años a mi maestra y a mí, pues la tía Emma casi se deja vencer por la complicación de las divisiones; entonces ella se pone a rogarme y a quejarse para comprobar si de ese modo logra que todo eso me entre en la cabeza. «¡Vaya letras más feas, hijo mío! —me dice con un suspiro desesperado mientras intenta enderezar con la mano derecha el broche de esmalte negro que adorna una blusa del mismo color—. ¡Nunca aprenderás a escribir como es debido!» Transcurren treinta años hasta que vuelvo a ver a la tía Emma; durante una corta visita a mi ciudad natal me presento en su casa; pero ella, que tiene ya más de ochenta años y está casi completamente ciega, vive en un «hogar de señoras», es decir, en un asilo. En su pequeña habitación todo huele a limpio, como hace treinta años. Nos sentamos en el viejo sofá, porque la tía Emma llevó sus muebles a su nuevo hogar; ella no es como las señoras y señoritas de hoy, que cambian de muebles cada dos por tres porque la moda cambia. En la puerta, según la tradición, el párroco ha escrito con tiza las iniciales de los nombres de Gaspar, Melchor y Baltasar, encima del armario se despliega una fila de tarros con compota y mermelada, y yo miro a mi alrededor por un impulso instintivo, para ver si encuentro, en el rincón de la mesa de ébano, las natillas con galletas que me están esperando. La tía Emma me hace regalos, como siempre, puesto que está acostumbrada a ello: me entrega varios presentes peculiares, entre los cuales hay una foto dedicada de Róza Laborfalvy, la esposa de Jókai, porque «seguramente me interesan las actrices...». Muchas gracias, tía Emma.

Al despedirme me conduce al salón y me pone delante el libro de visitas del asilo para que firme en él. Cojo la pluma con la misma preocupación que solía sentir cuando la tía Emma intentaba conseguir que dibujase las letras con más cuidado, aunque en los años transcurridos desde entonces me he aprovechado en repetidas ocasiones de mis conocimientos; creo oír las palabras del dictado de antaño: «Escribo y leo todos los días», y dibujo las letras con mucho cuidado porque me acuerdo de las instrucciones de la tía Emma: «Pon atención.» Por última vez en su vida, se inclina sobre lo que acabo de escribir, se esfuerza por leerlo, mueve negativamente la cabeza y dice en tono de queja: «Dios mío, cómo ha cambiado tu letra...» Y se pone a llorar porque ya es muy mayor y llora cada vez que va a verla algún antiguo alumno.

Sigo ignorando hasta el día de hoy por qué no me mandaron a la escuela primaria pública, por qué estuve estudiando cuatro años con una profesora particular. Me dijeron que temían por mi salud, ya que en la escuela pública había muchas epidemias y los hijos mimados de las familias burguesas preferían la escuela privada de la calle Kovács, mientras que a la pública, que se encontraba en la calle Hunyadi, sólo iban los hijos de las familias obreras. Las clases privadas eran lo mejor, y sólo los hijos de las familias más pudientes estudiaban así; para realizar los exámenes se presentaban en la casa del estudiante algunos inspectores y hasta el director de la escuela... El día del examen, la tía Emma aparecía en nuestra casa bien temprano, vestida con una blusa de seda todavía más negra de lo usual, con su broche y sus pendientes de esmalte; en la mesa poníamos un mantel blanco con un crucifijo, como si estuviéramos en un velatorio, ordenábamos mis libros, cuadernos y trabajos manuales, frutas o verduras hechas con arcilla que demostraban mis habilidades, y así esperábamos a los miembros del tribunal. Esos días yo tenía que ponerme el traje de terciopelo azul marino y la pajarita de seda blanca. En otra mesa se colocaban las fuentes con fiambres y pasteles salados, y la tía Mari mandaba para la ocasión unas cuantas botellas de vino de Tokaj cuya etiqueta había pegado ella misma. Esos exámenes se resumían en las preguntas del tribunal a las que la tía Emma intentaba responder en mi lugar. Al principio de cada examen, yo entregaba un sobre con veinte monedas de oro a la tía Emma: mi padre pagaba sus honorarios en ese metal porque así lo dictaba la costumbre.

5

Desde los seis hasta los ocho años intenté desesperadamente ser un «niño bueno». Yo tenía dos años cuando a la niñera se le escurrió mi hermana recién nacida, que cayó de cabeza y afortunadamente murió en el acto. Desde la tragedia hasta el nacimiento de mi hermana menor, que se produjo cuatro años más tarde, mi madre me mimó de manera exagerada. Me vestía con cuidado, me hacía regalos carísimos y mantuvo mi camita al lado de la suya hasta que cumplí los seis. Inventaba juegos para mí, me confeccionaba disfraces maravillosos que cuando los lucía provocaban la envidia de todos los niños del edificio; en mi quinto cumpleaños me vistió con un uniforme de los húsares y hasta mandó que un maestro zapatero hiciese las botas correspondientes; encargaba a un carpintero que me fabricase juguetes que ella misma diseñaba y que resultaban mucho más divertidos y originales que los que se compraban en las jugueterías. Mi madre se había preparado para ser maestra. Cuando conoció a mi padre ya había terminado los estudios de Magisterio y estuvo enseñando durante unos años antes de casarse. Era una educadora de primera categoría. Sus sorprendentes asociaciones de ideas, su magnífico sentido del humor, el frescor de su alma, su infantilismo casi genial, que logró conservar durante toda la vida, despertaban simpatía y confianza en sus hijos. Nosotros sentíamos que nuestra madre no era uno de esos adultos que «se sientan a jugar con los niños», sino que jugaba de verdad, se emocionaba igual que nosotros y en realidad nunca se retiraba del todo de la habitación de los niños... Sabía organizar de maravilla las fiestas familiares, las Navidades se convertían en algo absolutamente misterioso y ancestral, la casa quedaba inmersa en un ambiente de espera nerviosa; para los carnavales organizaba en casa un baile de máscaras en el que no escatimaba esfuerzos, se pasaba semanas enteras dibujando disfraces complicadísimos y cosiendo con la criada y la niñera para vestirnos de deshollinador, de payaso, de hada o de bruja, y llegado el momento se sentaba al piano y tocaba para nosotros —pues no invitábamos a nadie— con la intención de que desfiláramos con nuestros disfraces. Hasta las criadas se disfrazaban. Sí, mi madre sí que sabía jugar. Tenía su particular forma de ver a las personas: parecía que había leído en algún libro las historias que nos contaba cuando volvía de la calle o de hacer alguna visita.

Ese idilio duró hasta que cumplí seis años. Entonces mi hermana menor ocupó mi rango y mi sitio; a lo mejor fui yo el único en darme cuenta, pero era obvio que algo había cambiado porque yo ya no era la persona más importante de la familia y tuve que replegarme en un exilio voluntario. «¡La niña!», decían los miembros de la familia con cariño y admiración, y mi madre decía también: «¡La niña!» Yo intentaba portarme bien, ser un «niño bueno» para poder regresar al paraíso perdido. Ahorré dinero para el cumpleaños de mi madre —de todos mis desesperados intentos, éste es el que más recuerdo— y decidí hacerle un regalo fabuloso. Me escapé de casa por la mañana muy temprano, estuve andando durante horas por toda la ciudad con treinta coronas en el bolsillo, y al final me decidí a comprar una fuente de paté de hígado de ternera cubierto con gelatina que entregué a mi madre. Aquéllos eran unos tiempos complicados, el cielo de mi vida estaba siempre cubierto por alguna nube. La historia de cada familia está plagada de tiempos de crisis de este tipo, en los que no «ocurre» nada palpable y, sin embargo, la relación entre los miembros de la familia se ve atrapada en una fase determinada y las cosas permanecen así durante años o décadas, a veces toda la vida. Yo, a la edad de seis años, me quedé completamente solo. Nadie se daba cuenta de ello, ni siquiera mi madre. Yo vivía en la soledad más absoluta, enfadado y desorientado: había perdido a la familia, había salido de ese nido calentito y nunca encontré el camino de vuelta. «La niña» provocó una especie de entusiasmo hacia su persona que a mí me parecía artificial y forzado, pero eso no hizo que mi actitud de reserva se suavizase: intentaba demostrar a mis padres el desaire al que me sometían apartándome y marginándome aún más. La jerarquía familiar es algo muy difícil, complejo y delicado, cuestión que pude comprobar más tarde, en épocas de crisis, cuando ni el trabajo ni las drogas pudieron aplacar mi neurosis y empecé a estudiar casos de individuos que tenían que luchar con la aparición sistemática de síntomas similares a los míos. Según una teoría, las heridas que suelen causar en el primogénito el nacimiento de un hermano y el hecho de que él pase a segundo plano, esa nostalgia por el «paraíso perdido», no se presenta si el hermano menor —o hermana, lo mismo da— nace durante los dos primeros años de vida del mayor, puesto que un niño de año y medio o dos años todavía es capaz de recibir al recién llegado, a ese enemigo, sin comprender nada, sin problemas para aceptarlo. Mis dos hermanos menores nacieron años después de la llegada de mi hermana —el más pequeño nació diez años más tarde que ella— y se tuvieron que contentar con heredar la ropa que a nosotros ya se nos había quedado pequeña, de igual forma que se las tuvieron que apañar con sentimientos guardados entre naftalina... Tales teorías tienen la misma validez que cualquier otra. La vida las respeta en algunas ocasiones, pero la mayoría de las veces las rebasa todas.

Es una empresa harto dudosa intentar explicar el diagnóstico de una vida con arreglo a una sola herida, como si ésta fuese un foco de infección, y afirmar que allí tienen su origen todos los problemas y las miserias. El nacimiento de mi hermana fue el desencadenante o el causante de mis «heridas»; el hecho es que, tras perder mi trono, me separé de la familia, busqué nuevas comunidades y empecé a recorrer mi propio camino. En el medio familiar, siempre en ebullición, me sentía solo. Unas veces conseguía aguantar durante un tiempo ese sentimiento de soledad, pero otras me resultaba insoportable; me escapé de aquel vacío, busqué compañeros y amigos y, como no encontraba ninguno, intenté acomodarme —en unas ocasiones con decisión, en otras con humillación— en algún grupo que sustituyera a mi familia; así llegué al mundo de las «pandillas». Esas pandillas, organizadas al margen de la sociedad de los adultos por muchachos de la misma edad y de la misma condición anímica, inmersos en un clima de rebelión apenas consciente, cuyo objetivo principal era burlarse de las leyes y costumbres de los adultos, hicieron que me sumiera en un estado de anarquía. Mi madre y mis maestros no se enteraban de nada, y a mi padre sólo lo veíamos a la hora de comer y cenar. Esas pandillas estaban dirigidas por el muchacho más fuerte y más resuelto, algún chico incapaz de reconciliarse con su entorno social o familiar que había decidido organizar sus tropas libres y que disponía del tiempo, de las capacidades y, a veces, incluso de la vida de sus miembros. Durante mi infancia yo pertenecí a dos de ellas. A los ocho años más o menos participé en una asociación de ese tipo, de carácter anárquico, y más adelante, en época de guerra, cuando tenía trece años, me uní a otro grupo que ya «jugaba» a lo grande hasta que uno de sus miembros tuvo que pagar con su vida uno de nuestros extraños entretenimientos.

Los niños «sanos», los que saben adaptarse, cuando sufren al sentirse apartados dentro de la familia, al recibir alguna herida de esa clase, suelen escapar de su desengaño y de su soledad integrándose en una comunidad socialmente organizada, en una congregación religiosa, en una asociación cultural o estudiantil. Los *boy scouts* todavía no existían en mi época. Parece que yo no era un niño «sano», pues no logré adaptarme a las comunidades oficialmente designadas para suplantar las carencias familiares, como la comunidad escolar, regida por sus leyes bien establecidas y sus líderes juveniles; mi disposición anímica determinaba mi afición por las pandillas, esas tropas libres, salvajes y crueles. El mismo fenómeno volvió a repetirse en varias ocasiones a lo largo de mi vida. Esa herida volvía a abrirse una y otra vez con distintos pretextos en mi matrimonio, en mi trabajo, y tras largos períodos de soledad buscaba desesperadamente cualquier comunidad humana en la que encontrar aliados; intentaba acomodarme en el seno de algún partido político regido por ideales e intereses, por una visión del mundo y una disposición anímica; pero al final siempre me unía a alguna «pandilla» de marginados y establecía una suerte de vínculos familiares en esos terrenos poco vigilados de la sociedad, entre personas unidas casi exclusivamente por la complicidad de las experiencias comunes... De pequeño, cuando me sentaba a la mesa con las manos limpias y el comportamiento adecuado, ni siquiera los ojos curiosos de mi madre llegaron a observar que yo ya sólo era un huésped en la casa, alguien que pertenecía a un mundo bien distinto, a una comunidad bastante extraña desde la que regresaba a la mesa familiar. Ahora intento mantener el frágil equilibrio que hay entre esas dos facetas de mi existencia: en eso se resume mi vida.

6

La pandilla en cuyo seno me refugié con ocho años, al huir de la familia para no encontrar jamás el camino de vuelta, estaba dirigida por un muchacho flacucho y enjuto, de cabello negro, cuyo aspecto físico recuerdo todavía a la perfección: veo ante mí su cara, sus ojos febriles por la tuberculosis, sus labios agrietados, sus manos siempre llenas de heridas, su voz ronca; pero me resulta imposible acordarme de su nombre, porque en realidad no importaba. Era hijo de un obrero, un pequeño revolucionario en ciernes que nunca dejaba de recordarme que yo era hijo de una «podrida» familia de burgueses. Aquel cuerpo ágil estaba siempre ardiendo, y las ascuas que producía caían sobre nosotros y nos quemaban. No pertenecía al círculo de amigos de donde escogía a los miembros de su pandilla; vivía en el barrio obrero de la ciudad, donde acampaban también los gitanos; no me acuerdo bien, pero puede que él mismo fuese gitano. Entró un día en nuestro edificio y se hizo de inmediato con el poder. Disponía de los niños, de los animales y hasta de los objetos inanimados. Nunca se sabía cuándo iba a llegar, su silbido atemorizador, imperativo y cruel nos llamaba a todas horas y nosotros obedecíamos a su llamada, acudíamos a su señal, abandonábamos nuestros juegos, dejábamos nuestras tareas a medias, nos escapábamos del lado de nuestra madre o de la niñera y bajábamos corriendo la escalera de servicio para presentarnos ante el jefe, que nos esperaba en algún rincón secreto y escondido del sótano, del desván o de la lavandería, y los niños que vivíamos en el edificio nos quedábamos hechizados por su figura flacucha vestida de harapos, descalza, por su rostro enfermizo y hermoso, por la elegancia superior de sus ademanes, por el carácter imprevisible de sus acciones. Hoy, tres décadas después, sigo convencido de que viví en estado de hechizo, de encantamiento opresor. Éste tenía su origen en aquel cuerpo de adolescente frágil y, sin embargo, fornido y resistente. Y yo me entregaba sin rechistar a la abrasadora fuerza de voluntad del muchacho, parecida a las fuerzas de la naturaleza.

Como al sonido del instrumento del flautista de Hamelín, nosotros respondíamos a la llamada de los silbidos de nuestro tirano sin protesta alguna. La huida nunca resultaba fácil: en casa a mí me vigilaban constantemente mi madre, la señorita, las criadas; en la habitación de los niños, encima de mi escritorio, colgaba un «horario» escrito con letra redonda que consignaba cómo debía usar mi tiempo: levantarse, rezar, asearse, desayunar, pasear y divertirse, merendar y jugar; cada momento del día tenía un nombre y un contenido fijados con antelación. Era la voluntad de mi madre, que ponía en práctica sin descanso las teorías pedagógicas que había aprendido. Escaparse de casa, ignorar lo dispuesto en el «horario», rebelarse contra la disciplina familiar impuesta por mi madre resultaba una empresa peligrosa... Sin embargo, corríamos cada vez que oíamos aquel silbido mágico; no sólo yo, corríamos todos los que vivíamos en el edificio: el hijo del fabricante de cristal, que vivía en el segundo piso bajo un estricto control familiar, y también los hijos de las familias obreras de la planta baja; todos los que pertenecíamos a esa asociación secreta. A veces sólo nos reuníamos durante unos minutos, como novios furtivos; no nos daba tiempo más que a oír sus órdenes y recorrer con agilidad y rapidez nuestro imperio, desde el sótano hasta el desván, pasando por los pasillos oscuros, entregarle los presentes que nos exigía —nos obligaba sistemáticamente a entregarle el botín— y fijar a continuación una nueva cita antes de volver a toda prisa a nuestras casas, a la habitación de los niños, a estudiar o a «divertirnos». Cuando nos descubrían, aguantábamos los castigos que nos imponían porque no podíamos explicar nuestra ausencia. Teníamos que estar disponibles a cualquier hora: nuestro jefe mandaba en nuestros cuerpos y en nuestras almas, y nosotros cumplíamos sus órdenes con disciplina ciega.

 Nuestro tirano no era especialmente inteligente; a veces hablábamos delante de él de cosas que estaban fuera de sus conocimientos, y entonces nos miraba con cara de tonto, la luz de sus ojos curiosos se apagaba y alrededor de sus gruesos labios se dibujaba una mueca de cobardía y enemistad. Le interesaba muchísimo nuestra «otra vida», la que llevábamos en casa, en esas habitaciones elegantes y cómodas, rodeados de criadas que nos servían, y nos obligaba con interés masoquista, al hijo del fabricante de cristal y a mí, a darle todo tipo de detalles. Debíamos contarle lo que habíamos comido, cuántos trajes tenían nuestros padres y cuánto dinero ganaban; el dinero lo intrigaba mucho y a veces me ordenaba que entrase en el despacho de mi padre cuando él se retirase, al acabar la jornada laboral, y que mirase en su libro de contabilidad cuánto había ingresado aquel día... El libro en cuestión, un libro casi sagrado, encuadernado en piel, se hallaba en uno de los escritorios, que siempre estaba abierto; las secretarias y los pasantes apuntaban en él todo lo relativo a las actividades del día. Los datos del libro de contabilidad me preocupaban a mí también. Entre aquellos apuntes yo atisbaba las señales de la respetabilidad y del bienestar familiares, y me sentía muy feliz al encontrar de repente algún número de cuatro cifras... «Correo: 2 coronas; reunión del consejo: 10 coronas», ése era el tipo de anotaciones que había en el libro; a veces estaban escritas con la pulcra letra de mi padre. Las hojas del libro de contabilidad reflejaban los resultados de cada jornada laboral transcurrida en el despacho. «¡Hoy hemos ganado cien coronas!», informaba a mi tirano, y él me miraba mal pero no podía resistirse a la embriaguez de aquellos números, que le hacían sonreír.

No era inteligente, mas desprendía de forma constante unos poderosos efluvios; aunque «influía» en nosotros simplemente por su carácter fuerte y decidido, nosotros éramos más cultos y más listos, así que podíamos vencerlo en ese terreno, e incluso físicamente éramos superiores. Pero ¿quién pensaba en rebelarse contra él? Nos sentíamos felices cuando por fin aparecía —nadie sabía dónde vivía o con quién estaba cuando no se encontraba con nosotros—, robábamos comida para él, le regalábamos los botones más bonitos y vistosos del costurero de nuestras madres, le obsequiábamos con nuestras canicas más brillantes; él traficaba sin cesar, nos incitaba a la desobediencia, al quebrantamiento de las leyes con una sonrisa tonta y cruel; y nosotros le llevábamos todo lo que nos pedía, aunque a veces, al principio, nos negáramos a ejecutar alguna de sus peligrosas órdenes por cobardía o por una rebeldía momentánea. Más tarde, en el mundo de los adultos, en el mundo de los partidos políticos, yo llegaría a conocer a algunos vagabundos semejantes a aquel muchacho, surgidos de la nada de una forma mística; vagabundos ni muy inteligentes ni muy cultos ni muy bien informados a quienes, sin embargo, todos obedecían, hasta los más disciplinados y expertos, sin oponer la menor resistencia, con una entrega llena de lujuria y tristeza. La pregunta es si existe —y hasta qué punto es determinante— un componente sexual en «la voluntad y la determinación» de ese tipo de personas. No lo sé. La literatura especializada describe muchos casos de gente que llega de la nada y desaparece en la nada, gente que aparece en una comunidad humana en la que existe un descontento, aunque sea inconsciente; gente que siembra las semillas de un movimiento o de una revuelta, gente que despierta la duda en los corazones de los demás, haciéndolos conscientes de sus contradicciones internas, gente que da pie a un proceso de cristalización para desaparecer un día de repente sin dejar rastro, quizá para terminar su actuación en la horca o en la leyenda. Yo solía observar el material humano de los mitos políticos lleno de sospechas. Sin embargo, durante mi infancia llegué a tomar parte con mis vecinos y amigos en algo así, aunque a escala reducida, en la «ordenada» comunidad de nuestro edificio de pisos de alquiler.

No es casualidad que haya olvidado el nombre de nuestro jefe, puesto que aquel «líder» vagabundo, sucio, triste y salvaje, aquel adolescente corto de mente pero de efectos electrizantes, aquel muchacho que anhelaba pertenecer a nuestra comunidad y que demostraba una especial crueldad con nosotros, tuvo demasiada influencia sobre mí... Sin embargo, nunca olvidaré su mirada: a veces alzaba de pronto la cabeza para lanzarnos una mirada desde sus párpados entornados, una mirada atenta, llena de crueldad y de hambre, que nos dejaba helados, paralizados. No había nada que hacer: él era el jefe de la pandilla. El pretexto de nuestros encuentros era el juego. Jugáramos a lo que jugásemos, a pillar o al escondite, podíamos refugiarnos en cualquier rincón del edificio, incluso en la caldera de la calefacción cuando no se utilizaba, debajo de una de las mesas del café de mala reputación o en los recovecos del desván, que estaba lleno de cuerdas para tender la ropa, y hasta en los pisos de los vecinos, donde nos colábamos al amanecer por las ventanas abiertas y atravesábamos las habitaciones a oscuras como murciélagos, asustando a las criadas o a la esposa del fabricante de cristal, que estaba sentada al piano; pero detrás de la excusa del juego todos sentíamos, con el corazón oprimido, que el objetivo de nuestros encuentros no era jugar, sino algo mucho más secreto, una cuestión profundamente personal. Intentamos durante un tiempo convencernos de que el juego en común era lo que mantenía unida a la pandilla. Pero un día debimos admitir que era otra cosa: otro juego bien distinto, extraño y aterrador, e infinitamente placentero; un juego que tuvo sus efectos sobre nuestras vidas.

No sé cómo ocurrió ni quién empezó o sugirió el nuevo juego; no estoy seguro de que fuese el advenedizo, el vagabundo que se movía entre nosotros con una complicidad preocupante. Todos los miembros de la pandilla estábamos predispuestos para el juego. Ninguno había cumplido los diez años y seguramente no había sido un adulto el que nos dio la idea... Un día notamos que estábamos jugando de manera diferente de la de antes. Abandonamos los juegos de siempre y nuestra causa común y personal al mismo tiempo, aunque indeterminada, se volvió más importante que la excusa que nos permitía estar juntos. El intruso nos proponía «juegos nuevos». Recuerdo que durante un tiempo estuvimos jugando al circo. Había pasado por la ciudad un circo ambulante y nosotros, que habíamos ayudado a levantar la carpa, pudimos observar sus secretos, así que dibujamos con tiza en el centro del patio el escenario, un círculo que rellenamos con arena, y construimos una especie de valla con mantas y tablas de planchar; hasta que un día apareció nuestro jefe con un látigo en la mano que seguramente acababa de robar a alguno de los cocheros que esperaban en la plaza y empezó a «domesticarnos». Se ponía en medio del escenario como si fuese el director del circo y hacía restallar su látigo mientras nos gritaba palabras de mando; nosotros obedecíamos todas sus órdenes, nos convertíamos en animales y acróbatas, rugíamos como leones, dábamos zarpazos para agarrar el látigo del domador y gemíamos de dolor si nos alcanzaba, porque el director del circo distribuía latigazos sin parar. Servíamos así un espectáculo divertido a nuestro público, las criadas, que contemplaban la función gratuita desde la puerta de la cocina. El juego del circo parecía una diversión inocente y nuestros padres no veían nada malo en él. Sin embargo, su objetivo y razón de ser no eran del todo inocentes, aunque entonces lo ignorábamos: consistían en que nuestro tirano particular nos pegase y nosotros lo aguantáramos. Así empezó todo.

Como con el juego del circo montábamos mucho ruido, los empleados del banco se quejaron, así que tuvimos que suspenderlo con el corazón partido. El hijo del fabricante de cristal acabó enfermando, pues solía hacer de cebra, vestido con una bata de rayas de su madre, y el director lo obligaba a dar vueltas y vueltas en el escenario hasta que quedaba bañado en sudor. Tras abandonar el juego del circo nos aburríamos mucho... Recuerdo perfectamente aquellas semanas, aquellos días: era a principios del otoño; los vecinos del edificio de al lado recogían las nueces de un nogal centenario que tenían en el patio, un árbol tan grande que algunas de sus ramas llegaban hasta el nuestro; recuerdo la luz de aquellas tardes y que nos reuníamos en el patio, nos apoyábamos en el muro y «nos aburríamos»... El hijo del fabricante de cristal se curó y la falta de interés generalizada se transformó más tarde en una emocionante espera: el intruso acababa de inventar un nuevo juego...

Así jugábamos. No sé cuánto tiempo duró aquello. Quizá fueron pocas ocasiones o quizá fueron muchas. Los detalles de mis recuerdos acabaron diluidos en una experiencia que nos quemaba por dentro como el fuego del infierno, un fuego eterno que destruía todo lo demás, lo bueno y lo malo, lo aprendido y lo ignorado. Desde ese infierno llegaba a mi casa para comer o cenar, para juntar las manos y agradecer la comida: me comportaba por instinto de manera impecable, como alguien que sabe que es partícipe de cosas importantes; había perdido el paraíso y había recibido un infierno en su lugar, e intuía que se trataba de una recompensa que, al fin y al cabo, no estaba tan mal... Pero el intruso desapareció un día, nadie volvió a saber nada más de él. Sólo en mis sueños he vuelto a ver su cara brutal, cruel y, sin embargo, tan atractiva como sensual, sus ojos pecadores y lujuriosos. Nos quedamos solos, sin saber qué hacer. La pandilla se sumió en un doloroso remordimiento de conciencia; faltaba el líder, alguien cuya pasión elemental no conociera la duda, la vergüenza o la culpa. Acababa de empezar la época de la cordura que sucede a la borrachera, no nos atrevíamos a mirarnos a los ojos y algunos seguramente habrán sido incapaces de liberarse de la carga emocional de aquellos juegos. Sin ir más lejos, yo mismo.

7

Otro muchacho, Elemér, encarnaba el amor platónico, el deseo puro e inmaculado, libre de todo contacto físico: era muy guapo, un verdadero efebo. Tenía los ojos azules, la piel muy blanca y el pelo rubio, el cuerpo bien proporcionado, los movimientos elegantes y armoniosos, un saber estar, un *je ne sais quoi* que se reflejaba en su mirada o en sus ademanes y que me colmaba de deseo hacia él. Quizá sólo he vuelto a ver en los caballos y en algunas fieras nobles esa «elegancia de la raza», esa seguridad y comodidad del cuerpo, esa eficaz economía de la belleza... Mi amor por él era completamente unilateral y carecía de cualquier esperanza; mis constantes atenciones hacia su persona no tenían efecto alguno en aquel ídolo, un ídolo mimado, pues casi todos mis compañeros de clase y mis profesores sucumbían a su belleza. Nunca olvidaré la sonrisa que se dibujaba en sus labios cuando se dirigía a mí: una sonrisa inconscientemente vanidosa, condescendiente y un tanto despectiva. ¿Qué deseaba yo de él? Quererlo. Pasear con él del brazo, contarle mis lecturas, reírme con él de los demás, que descubriésemos juntos el mundo, que estuviésemos unidos en lo bueno y en lo malo, y regalarle todo lo que tenía, acompañarlo a su casa al mediodía e ir a buscarlo por la mañana, estudiar con él por las tardes, que fuera a la mía para poder enseñarle la biblioteca de mi padre, los libros sobre los orígenes del hombre y sobre los secretos del universo, decirle a Juliska, la señorita, que nos preparase una merienda suculenta, con melocotón en almíbar y pastelitos... Nunca vino a casa, por más que insistí. La verdad es que Elemér no me quería, era incapaz de querer a nadie. Yo era un extraño para él, un muchacho sospechoso y enemigo a quien era mejor evitar, así que sólo de vez en cuando me lanzaba una sonrisa incómoda, llena de desprecio, o recibía mis atenciones con más rechazo hostil que buena disposición. Sin embargo, yo agradecía sus sonrisas y las guardaba entre mis recuerdos. Cuando alguien se dirigía a él, siempre se ponía rojo; aquel cuerpo perfecto albergaba un alma muy poco consciente y muy tímida que se resistía a manifestarse... Al levantar la mirada se ruborizaba, alzaba la mano blanca y frágil para quitarse un mechón de la frente, dejaba entreabiertos sus labios de color rojo sangre al contemplar algo, observaba con expresión lánguida a quien hablaba con él, como si despertara de un largo sueño, a la manera de la Bella Durmiente; y entonces yo apartaba la vista, molesto y avergonzado ante tanta belleza.

Elemér no podía quererme porque yo era bajito y de manos cortas; en mi rostro y en mi cuerpo se reflejaba la torpeza de mis antepasados sajones y moravos. Elemér quería a Tihamér. Ambos descendían de familias de la aristocracia. Tihamér escribía en sus cuadernos, junto a su nombre, sus títulos nobiliarios; no era casualidad que sus padres les hubiesen puesto unos nombres tan rimbombantes. Elemér y Tihamér siempre iban juntos, algo de lo más natural. Los padres de Tihamér eran unos despilfarradores: habían construido un chalet en pleno centro de la ciudad, viajaban al extranjero todos los veranos y se llevaban con ellos a Tihamér, un muchacho pecoso de piel muy blanca. Toda aquella vida gloriosa terminó el día en que el padre de Tihamér se suicidó de un tiro. Ya éramos adolescentes, íbamos a tercero de secundaria. Uno de nuestros profesores, un religioso, sentía mucho afecto por Tihamér, así que después de la tragedia de su padre se preocupó de manera especial por el muchacho: lo mimaba con celo y se desvivía por él.

Es necesario querer a alguien, pero yo en aquella época aún no sabía que no basta con querer, que es necesario amar con humildad para no tener que sufrir demasiado a causa de nuestros sentimientos... Elemér quería a Tihamér como una mujer ama a una rival con quien comparte la compañía de los mismos hombres y el mismo destino: estaba celoso de sus éxitos y, sin embargo, permanecía a su lado, como si los mantuviese unidos una complicidad femenina; siempre andaban juntos. Elemér era rubio y Tihamér moreno, Elemér vestía trajes ingleses y Tihamér vestía trajes de terciopelo. Elemér era frío y desalmado, Tihamér era sensual y frívolo. Estaban entre nosotros como si fuesen dos muchachas en una clase de muchachos: cuando Tihamér conquistaba los corazones con un traje nuevo o un corte de pelo a la última moda, Elemér se esforzaba en superarlo llevando a clase juguetes originales, lápices y plumas carísimos, sellos raros recién adquiridos. Los dos están presentes en los mitos de mi infancia, flotando en su proporcionada belleza como seres exóticos, aves de plumas brillantes, animales extraños, fantasmas creados a partir de sentimientos confusos. Uno de ellos era el amor. Pero Elemér no lo sabía.

8

Durante mis largos años de estudio en distintos centros docentes pasé por las manos de casi un centenar de maestros y profesores. Ahora me pregunto si hubo entre ellos alguno que me educase de verdad, alguno que pretendiese darle forma a mis inclinaciones, alguno que me haya dejado un recuerdo fuerte y preciso, un hondo recuerdo humano. Repaso el álbum de fotografías de mis recuerdos para escoger uno. Había un hombre que era amigo de la familia y me observaba desde el día en que nací; era mi padrino de bautizo: me conoció de bebé, de niño, de adolescente, de joven rebelde, estudiaba de cerca los pormenores de mi educación, iba a casa de visita cada dos noches y conocía a la perfección las contradicciones latentes y las complicaciones familiares. Era un hombre de buena fe, un alma pura. Durante veinte años, todos los días se presentaba a las diez en punto de la noche, se sentaba en el despacho de mi padre, en un sillón veneciano, y bebía una limonada caliente, tanto en invierno como en verano; ni fumaba ni bebía alcohol, y sufría mucho por su neurosis y otras enfermedades, casi todas imaginarias; y en la intimidad de aquellas veladas podía permanecer reservado y neutro, educado y distante, como si no hubiese llegado al seno de una familia sino a una «reunión de sociedad» en un salón...

Entre mis maestros y profesores había pocos educadores profesionales, pero el espíritu de los colegios e institutos a los que asistí era correcto. En la escuela «católica» los religiosos nos inculcaban sentimientos de libertad y justicia. En cuestiones de fe se mostraban tolerantes y generosos. Nunca los oí hablar mal de la Iglesia reformada, no tachaban a sus miembros de «herejes» o «paganos», aunque en algunas escuelas secundarias laicas de «espíritu católico» se daban algunos casos. El espíritu de la escuela era liberal, según el sentido que le daban al liberalismo Ferenc Deák y Lóránd Eötvös. La mayoría de los profesores eran religiosos, sólo las clases de educación física eran impartidas por un profesor «laico», un hombre ya mayor que consideraba que sus clases debían servir, ante todo, para pasar un rato agradable, jugar y divertirnos como quisiéramos. El afán de establecer récords, tan de moda en nuestros días, aunque completamente ajeno a las escuelas inglesas, por otra parte basadas en la educación física, ese afán de destacar despreciable y despreciado no estaba presente de ninguna manera en nuestra educación. Las clases de educación física representaban un excelente momento para relajarnos: la tensión de las asignaturas, cargada de responsabilidades y peligros, se diluía por unos instantes en esos brincos y esas carreras que no suponían responsabilidad seria alguna. Debido al espíritu «humanista» de la escuela, descuidábamos y despreciábamos deliberadamente el ejercicio físico. El viejo profesor estaba, durante las clases, en su minúsculo y oscuro despacho, situado en un rincón del gimnasio, que olía a zapatillas deportivas, fumando tabaco que él mismo secaba colocándolo en tiras finísimas sobre unas rejillas, en medio de una nube de humo, sabio, indiferente y muy contento, dejándonos a nosotros la libertad de seguir su clase de la manera que más nos apeteciera. Él y el profesor de dibujo —un pintor conocido en toda la ciudad que hacía retratos de caballos y de «húsares en plena batalla»— eran seglares, y a veces también llegaba de la capital algún profesor seglar para hacer una sustitución. El profesor de dibujo, un «bohemio» simpático y de buenas intenciones —en el sentido que tal palabra tenía a principios de siglo—, llevaba corbatas La Vallière estampadas con lunares y no se preocupaba mucho de nosotros, como nosotros tampoco de él. Todas las demás asignaturas eran impartidas por religiosos.

Teníamos una clase de latín diaria, podían aprender francés los que querían, desde quinto curso nos enseñaban alemán y a nadie se le ocurría estudiar inglés. Yo era muy bueno en latín, me encantaba desmenuzar los textos latinos, me sentía feliz cuando lograba analizar y comprender las complicadas frases de algunos autores; la estructura de esa lengua me sugería claridad, firmeza y sencillez, cada palabra estaba en el sitio adecuado, no había lugar a equívocos, las frases subordinadas nunca daban la sensación de estar de sobra, no se imponían por encima de la frase principal: yo comprendía las frases en latín y disfrutaba con el idioma. Pero no era tan bueno en «estilística húngara»: teníamos que aprender de memoria *Toldi*, la epopeya de János Arany, nos saturábamos con sus versos y no éramos capaces de oír la música de las palabras ni de sentir su aroma. También la manera de enseñarnos Historia era insoportablemente pesada; todo lo que nos explicaban sonaba a falso porque todo era mentira. No sé con qué complicados sistemas llegaron a hacer que odiásemos asignaturas tan interesantes y apasionantes como la Botánica y la Geología, ni cómo consiguieron que una materia tan sencilla y transparente como la Geometría se convirtiera en una complicadísima maraña de fórmulas imposibles de comprender, ni por qué disfrazaban los fenómenos de la Física con ejercicios memorísticos. No sé por qué nos aburríamos tanto en la mayoría de las clases o por qué nos sentíamos tan satisfechos en las del profesor de Matemáticas, de cara salpicada por la viruela y de voz profunda, capaz de explicarnos las teorías más complicadas de una manera absolutamente comprensible, con palabras cotidianas, como si estuviera contando chistes; hablaba de los números quebrados y de los senos y cosenos como si estuviera contando anécdotas sobre unos viejos conocidos suyos, y lograba despertar un sentimiento de complicidad hasta en el alumno menos dotado. En la procesión de profesores a veces aparecía alguna persona original de ese tipo; y no era de extrañar que la escuela acabara rechazándolos e investigando en su vida privada, con lo cual algunos terminaron abandonando la orden, entrando en política o casándose... Nuestro profesor de Matemáticas de cara picada también acabó así: un día se quitó la sotana y se fue de la ciudad. Más tarde, otros dos profesores jóvenes se perdieron de la misma manera: un profesor de Literatura muy brillante y otro, un joven de origen campesino, vehemente y orgulloso, que nos encantaba y que terminó con su vocación a causa de una historia de amor pasajera... En aquella época esos casos se juzgaban con severidad, aunque después, durante la guerra, se producirían muchos más casos de jóvenes religiosos que abandonaban los hábitos y rechazaban con ingratitud la orden que los había educado, alimentado y vestido desde su infancia; esos fugitivos eran severamente juzgados incluso por los responsables de la educación laica de la ciudad, así que los desertores tenían que irse a alguna pequeña ciudad de provincias o a un pueblo perdido. Sin embargo, todos los recuerdos de tipo humano que guardo de mis profesores —muy pocos, por cierto— están relacionados con alguno de esos «desertores».

El internado del colegio había sido fundado por Zsuzsanna Lorántffy, impulsora de un sistema de becas; y en el colegio corría el rumor de que no se admitía en él a chicos muy inteligentes. Los alumnos del internado llevaban uniforme, y como la mayoría eran «hijos de familias católicas de la nobleza venida a menos», se mostraban muy orgullosos y formaban su propia casta entre nosotros. Eran los hijos de la nobleza empobrecida, a quienes había que mantener; primero en el internado, luego en el gobierno provincial y más tarde en la administración estatal. Los alumnos del internado no pagaban la matrícula, para ellos era gratis la habitación, la comida, los libros de texto y hasta la ropa, y gozaban de ciertos privilegios en el colegio. Los demás, los que sí pagábamos la matrícula y no teníamos privilegio alguno, despreciábamos ligeramente a los chicos del internado, aunque de una forma extraña también los respetábamos.

9

La tía Heddy me enseñaba a tocar el piano con resultados lamentables, aunque lo cierto era que a mí nadie me había preguntado si quería aprender a tocar el piano. Tampoco había nada que preguntar: un muchacho de buena familia tenía que tocar el piano porque la música formaba parte de la «cultura general», porque en todos los salones había un piano, porque la costumbre dictaba que los hijos tocaran alguna pieza aprendida a propósito para las fiestas de Navidad o el cumpleaños de su padre, porque el tío Ernő había enviado a la familia unas partituras denominadas *Sang und Klang* [«Canto y sonido»] que contenían un popurrí de piezas para piano y porque la música ennoblece el alma. Por todas esas razones tenía yo que acudir tres veces a la semana a casa de la tía Heddy. La anciana dama había enseñado a tocar el piano a varias generaciones de la burguesía de la ciudad y se había vuelto sorda —probablemente respondiendo a una orden oculta del subconsciente— para no soportar las escalas musicales y los ejercicios de pulsación. La tía Heddy vivía justo enfrente de la iglesia de los dominicos, en una casa oscura de un solo piso situada en una de las proporcionadas plazas de estilo medieval de la ciudad. La anciana era capaz de «ver» las notas falsas cuando nuestros dedos tocaban la tecla equivocada... En otra habitación, la hermana menor de la tía Heddy confeccionaba unos vestidos que probaba sobre un maniquí negro; las dos estaban sordas como tapias. La tía Heddy se vestía de negro riguroso desde primera hora de la mañana, como si estuviera de luto; se sentaba al piano con una batuta en la mano y un lápiz rojo detrás de la oreja, con la espalda bien recta, como si se hubiese tragado una regla, y miraba al alumno recién llegado como si éste se estuviera preparando para el examen más importante de su vida cuando ensayaba, de cara al día del santo de su padre, la pieza de Mahler *Wer hat dies Liedlein erdacht?*... No sé por qué tuve que estropear la velada, en el concierto con que se celebraban los cuarenta años dedicados a la enseñanza por la tía Heddy, al tocar el *Cuarteto Op. 18. n. 4* de Beethoven. «*Quasi alegretto!*», me susurraba al oído la mujer, desesperada, con lágrimas en los ojos, pero en aquel momento yo ya no me enteraba de nada, ni veía ni oía nada, sólo estaba dándole al pedal con ambos pies, y me adelantaba muchísimo a mis compañeros. «¡Cuidado con la posición de esos dedos!», me susurraba la tía Heddy casi rogándome, porque le importaban muchísimo ese tipo de detalles. La tía Heddy pretendía educar a través de la música: al enseñarnos a tocar el piano nos instruía en buena educación y modales correctos más que en armonía o conciencia musical. Durante más de cuarenta años enseñó los mismos ejercicios de pulsaciones, las mismas piezas musicales. Corregía con su lápiz rojo y sin piedad los fallos en las copias de las partituras que nos encargaba, y con sus extraños métodos consiguió que yo empezara a odiar la música a la temprana edad de ocho años. Creo que yo tenía buen oído, pero la tía Heddy, que estaba completamente sorda, se interesaba poco por el oído de sus alumnos. El resultado de sus clases se resume en que soy perfecto para cualquier ejercicio de pulsaciones, pero soy incapaz de tocar el piano.

Después de cuarenta años de enseñanza musical, la tía Heddy enfermó de agorafobia, quizá porque no se puede enseñar música siendo sordo, quizá porque se mareaba por la rigidez de su postura, y acabó perdiendo el equilibrio al lado del piano. Su vista también empeoraba: ya no veía dónde ponían los dedos sus alumnos, así que las clases se convertían en una pura cacofonía; llegó un momento en que ninguna de las dos ancianas damas pudo hacer nada para impedir que los alumnos aporrearan las teclas del piano sin compasión. Un día, mis padres se hartaron de la educación musical privada y me inscribieron en la Academia de Música de la ciudad. La enseñanza musical oficial de la ciudad se desarrollaba en un destartalado edificio que estaba habitado únicamente por las ratas y olía mucho a orín de gato; dos veces a la semana, los alumnos nos reuníamos en una sala abovedada en grupos formados según las edades para aprender de memoria las dudosas «teorías musicales» de un profesor alcohólico y de nariz roja, y también para practicar las piezas que él componía. Al profesor le encantaba componer; sus obras llevaban títulos como *La llegada de una nave* o *Una madrugada en el bosque*. Los alumnos interpretábamos sus piezas en los exámenes finales. El recuerdo de *Una madrugada en el bosque* todavía me acecha a veces, cuando me acuerdo de mis exámenes. Un compañero de clase y yo tocábamos la pieza a cuatro manos: yo tocaba la octava superior y tenía que imitar el canto de los pájaros... El profesor estaba siempre borracho, y en los raros momentos en que estaba sobrio y no componía, coleccionaba mariposas. Le gustaba armonizar sus pasiones: yo lo veía a veces en su clase, a las seis de la tarde, borracho —siempre tenía una botella de vino cerca, al lado de una de las patas del piano—, escuchando con el rostro transfigurado a uno de sus alumnos tocar *La llegada de una nave* y alzando en su mano una mariposa que algún alumno acababa de regalarle para contemplarla a la luz de la lámpara de gas... Era una mezcla de hedonista y escéptico. Un día enfermó —en la ciudad se comentaba que «el aguardiente había prendido fuego dentro de su cuerpo»— y yo fui a visitarlo a su casa. Estaba agonizando en su lecho, y encima de la manta y sobre un sillón situado al lado de la cama tenía sus cajitas de cristal llenas de mariposas. Comprendí de repente que no tenía a nadie en el mundo, sólo sus cajitas de cristal con mariposas, me puse triste y le pedí «que se cuidara». Él hizo un ademán de renuncia y me dijo en voz baja: «No tiene importancia.» Me hubiese gustado preguntarle qué importaba entonces, pero de pronto, en aquella maloliente habitación de soltero, junto a aquel agonizante coleccionista de mariposas, me entró miedo y me largué. El hombre murió poco después, con lo cual mis estudios de música quedaron bruscamente interrumpidos. Sin embargo, sigo siendo capaz de tocar al piano de forma bastante aceptable la facilona melodía de *Una madrugada en el bosque* y destaco en la imitación del canto de los pájaros.

Entre los protagonistas de la vida social de la ciudad se contaba también la «Miss», una joven semejante a las que aparecían en las revistas inglesas de finales del XIX, la época en que esas señoritas iban con sombreros y en bicicleta: y, efectivamente, en una ocasión nuestra Miss recorrió en bicicleta la Costa Azul... Además del profesor bebedor y somnoliento que daba clases a mi padre, esa Miss enseñaba inglés a las familias acomodadas de la ciudad. Por su parte, mademoiselle Clémentine, la profesora de francés y embajadora de la cultura francesa en la ciudad, vivía con su padre en una casa a orillas del río Hernád. Esos forasteros permanecieron en la ciudad incluso durante la gran guerra; a nadie se le ocurrió echarlos, y el mencionado profesor de mi padre viajó a Pest en el segundo año de hostilidades porque ni siquiera en tiempos de guerra estaba dispuesto a renunciar a su pasión por las carreras de caballos; incluso llegó a organizar un escándalo, en lengua inglesa, en unas carreras celebradas en Alag porque, según su criterio, uno de los caballos estaba «colocado» de manera injusta... En resumen: cualquier hijo de una familia burguesa debía tocar el piano, hablar algún idioma occidental e instruirse para ello dos veces a la semana con Miss o Mademoiselle, y también ejercitarse en el arte de la esgrima bajo las instrucciones y los cuidados del maestro Salamon: la esgrima era el único deporte que la opinión pública aceptaba. Al fútbol sólo jugaban los aprendices en los terrenos sin edificar que había a las afueras de la ciudad. El único acontecimiento deportivo del año era el examen de gimnasia del instituto, cuando desfilábamos por el estadio vestidos con camiseta blanca y corríamos detrás del profesor de educación física para divertir a los representantes de la autoridad con unos «ejercicios libres». La banda de música del destacamento militar amenizaba el espectáculo. Nosotros cantábamos:

En lo alto de la torre
los soldados húngaros montan guardia...

Una vez al año, el «día de los pájaros y de los árboles», hacíamos una excursión a los bosques de Hámor. Se suponía que ese día debíamos «amar la naturaleza». Así nos educaban, supuestamente, para la vida.

10

¿Qué sabíamos los hijos de las familias burguesas de la «vida»? Sabíamos, ante todo, que existían los señores y que ser un señor era algo bueno, y que existían también otras personas, menos definidas, que estudiaban gratis por ser humildes, o sea, pobres, y por los cuales debíamos sentir solidaridad... En mi *Abecedario y libro de lecturas*, escrito por expertos en Pedagogía, había en la primera página unas ilustraciones que figuraban al lado de las palabras «*úr*» [«señor»], «*ír*» [«escribe»] y «*rí*» [«llora»]. Con el pretexto de dichas palabras, el manual enseñaba en las ilustraciones anexas la diferencia que había entre los «señores» y las «personas humildes»: el señor llevaba sombrero de copa y pantalones de corte moderno, y se mantenía muy erguido con las manos en los bolsillos y un bastón elegante colgando del brazo derecho, mientras que a su lado el hijo de un campesino, vestido con pantalones cortos, «lloraba» con desesperación, seguramente por algún motivo de peso, y se enjugaba las lágrimas con los puños... Ésas fueron las primeras «ilustraciones educativas» que yo encontré en mi libro de texto. No entendía bien su significado, pero era obvio que el señor del sombrero se disponía pasear tranquilamente, mientras que el pobre muchacho lloraba por quién sabe qué razón: las ilustraciones eran muy elocuentes, y se me grabaron en la memoria.

La burguesía daba testimonio de sus responsabilidades sociales a través de los actos de caridad. De los pobres se hablaba como si fuesen miembros de una tribu extraña e indefensa a quienes había que alimentar. A veces, cuando alguien llamaba a nuestra puerta, la criada nos informaba: «No es nadie, sólo un pobre.» Todas las señoras burguesas de la ciudad trabajaban como voluntarias en alguna obra de caridad, la de la «leche gratuita», la del Pan de San Antonio o la de la Sopa de Santa Úrsula. Cada familia burguesa tenía a sus propios pobres, que recogían los restos de la comida y recibían como regalo de Navidad unos calcetines bien calientes que la mismísima señora de la casa había tejido especialmente para ellos. Nadie reflexionaba sobre el problema de los pobres; vivían entre nosotros, pero nosotros contemplábamos su vida y su situación desde una distancia considerable, como si se tratara de negros o de chinos, de paganos, al fin y al cabo, para quienes cada cristiano tenía que ahorrar, de la misma forma que se ahorraba para los misioneros que bautizarían a aquellos infelices, resolviendo así todos los problemas. Con los pobres había que demostrar muy buena educación, dirigirse a ellos con amabilidad, más o menos en estos términos: «Tenga usted, buen hombre», un poco como si estuvieran enfermos o locos. A veces, cuando un mendigo llamaba a nuestra puerta, mi madre me daba una moneda para que se la entregase y me decía que no tuviera miedo, que se la diera sin más; no lo declaraban, pero yo entendía que los pobres no mordían si se les trataba con cuidado y educación. Tanto en casa como en la escuela nos enseñaban que «la pobreza no es ninguna vergüenza» y nos decían que al hablar con los pobres se podía emplear el mismo tono que con cualquier otra persona, y que había que intentar ayudarlos, puesto que «no son culpables de ser pobres». Esa «perspectiva social» tuvo la culpa de que yo considerase inválidos a los pobres durante toda mi infancia. También llegué a sospechar que eran muchos.

En aquel mundo próspero de fin de siglo no existían aún los lemas y eslóganes que separan de manera odiosa a los «pobres» y a los «ricos», como por ejemplo sucedió dos décadas más tarde; el tono en que los señores hablaban de los pobres, bajando la mirada, reflejaba tan sólo un leve sentimiento de culpa: daba la impresión de que constataban con tristeza que esas cosas existían y que probablemente se debía a un designio divino, puesto que «siempre ha sido así». En aquel mundo de burgueses liberales, de prosperidad y de bienestar, nadie reparaba en que la pobreza era un problema mucho más grave de lo que podía parecer a simple vista y que no podía resolverse sólo por la vía de la caridad... La sociedad era consciente de sus responsabilidades, de modo que los ancianos sin recursos —no todos, sólo «los de bien»— eran internados en el asilo, que era un edificio horrible, semejante a una cárcel, repleto de viejas nodrizas y criadas que las familias en las que habían servido no sabían dónde colocar; antes de las fiestas más importantes visitábamos a la nodriza en aquel lugar maloliente, donde había unos cien ancianos en total, todos en las mismas condiciones, sordos o ciegos, y le llevábamos unos cuantos tarros de compota, galletas, dulces... Era obvio que en aquel mundo todo era perfecto: los pobres trabajaban si podían trabajar y si tenían trabajo, y si no, recibían su limosna; y si eran pobres «de bien», entonces podían terminar su vida en el asilo.

El sentido «social» de los niños es contradictorio y está poco desarrollado. Los niños son muy egoístas, ambiciosos y fervientes partidarios de la propiedad privada. Tampoco yo me rompía mucho la cabeza con los problemas de los pobres. Mis poco precisas intuiciones me decían que eran pobres por alguna razón, que probablemente residía en ellos mismos el motivo de su pobreza, que quizá hubiesen cometido algún pecado grave y que estaban pagando por ello. A veces también oía hablar mal de los pobres, decían que eran unos vagos, que no querían trabajar, y que si lo hacían, se gastaban en bebida todo lo que ganaban. Así que los aborrecía y pensaba en ellos con cierto desprecio. Cuando un mendigo llamaba a la puerta de casa, me quedaba contemplando sus harapos y suponía que estaba pidiendo por pereza, por alguna razón oscura y malévola. Sin embargo, nadie me inculcó el «odio de clases». Los adultos, la familia, la escuela preferían no hablar del tema, pues se trataba de algo molesto, complicado y de mal gusto. Nuestros educadores nos enseñaban a volver la cabeza discretamente porque no era de buena educación mirarlos cara a cara. Nadie me lo dijo expresamente, pero yo sentía en secreto que los pobres eran mis enemigos.

Yo pertenecía, con todas mis aspiraciones, a mi familia, y mi familia pertenecía, con todos sus instintos, a su clase social. Todo lo que se quedaba fuera de esa clase social —todos los intereses, todas las personas— era sólo materia prima, un conglomerado sin forma, algo sucio, pura basura. Sí, incluso en la iglesia se hablaba de los pobres como si fueran enfermos, como si ellos mismos hubiesen querido enfermar por no haberse cuidado lo suficiente.

11

Después de comer me ponía a hacer mis deberes de latín con mi profesor particular, memorizaba algunos temas de historia o unas estrofas del poema *Toldi*, o bien nos preparábamos para el examen de literatura húngara. Hicimos un trabajo de tres páginas sobre «Las figuras femeninas en la obra de János Arany» sin saber mucho de János Arany o de las mujeres en general, y en concreto de las figuras femeninas que ocuparon la mente del poeta; después de todo eso yo practicaba una hora al piano o bien pasaba a limpio el dictado de la última clase de mademoiselle Clémentine, y si todavía quedaba una hora de luz, nos íbamos «de paseo». Esos paseos oficiales me parecían aún más odiosos que las clases del instituto. Tanto en invierno como en verano nos levantábamos a las seis y media, a las siete ya estábamos oyendo misa, de ocho a una asistíamos a clase, y de cuando en cuando también teníamos que acudir por las tardes a alguna lección suelta de dibujo, música o «conocimientos de salud e higiene». Nuestros horarios eran tan estrictos como los de los marineros de un buque de guerra. Dos veces al año, antes de Semana Santa y en septiembre, unos días antes de los festejos del *Veni Sancte*, mi madre nos compraba ropa en la sastrería de la ciudad; escogía las prendas guiada por un sentido «práctico» que yo, el futuro propietario de aquella ropa, nunca compartía. Una sola vez me permitieron elegir unos zapatos «según mis propios gustos y preferencias»: mi padre me entregó un billete de cincuenta coronas y yo volví con los zapatos «más caros» que entonces se vendían en la ciudad, muy diferentes de los botines que solía llevar; eran unos zapatos de ante, de color amarillo canario, que me costaron cuarenta coronas. Mi madre se echó a llorar al verlos y la cuestión de los zapatos persistió durante años en el seno de la familia; hasta los parientes más lejanos me aseguraban, cada vez más desesperados, que yo «terminaría mal» si no cambiaba con urgencia. Yo mismo compartía con ellos la angustiosa sensación de que terminaría mal, así que intentaba encontrar mi sitio en la familia: tocaba el piano, me aprendía de memoria lo que me mandaban y me aburría soberanamente. La familia me rodeaba con sus formas bien definidas, rígidas e inamovibles, y sus miembros, dóciles y obedientes, pululábamos dentro de tales límites como las abejas en sus celdillas hexagonales de miel. Hasta que un día todo ese idilio acabó estallando.

Una buena mañana, a los catorce años, me escapé de casa.

Cuarto capítulo

1

Pasábamos el verano de mi huida en la hacienda de mis tíos. Ésta, de unas mil hectáreas, no era muy extensa, pero la mansión era realmente señorial: estaba construida en un agradable estilo *gentry empire* y pintada de blanco; tenía un porche amplio, columnas con capiteles griegos, techos altos y un jardín muy cuidado con un sendero bordeado de acacias que llevaba desde la entrada de la finca hasta la puerta de la casa, por el que pasaban los señoriales coches de punto... Al llegar a la finca, mi corazón empezó a latir con fuerza: el cochero, vestido con el uniforme de gala de los húsares magiares, se mantenía bien erguido en el pescante —los caballos y los carruajes de mi tío estaban muy bien atendidos y conservados—; en el jardín el césped era verde claro y estaba adornado con rosales, y en el porche, cuyas paredes estaban cubiertas de hiedra, desayunaban, almorzaban, merendaban o simplemente se reunían y conversaban en cómodos sillones de mimbre los miembros de la familia y los invitados y los huéspedes, de los cuales siempre había unos cuantos en la casa. Yo estaba muy contento por tener unos parientes tan «elegantes», cuya imagen serena inspiraba un ambiente de paz eterna y sólida riqueza. Mi tío llevaba la hacienda con entendimiento y esmero, y las mil hectáreas aseguraban a la familia una vida cómoda. Recuerdo al detalle las habitaciones de la enorme mansión. Había muchísimas, situadas en dos filas paralelas: los dormitorios estaban en el lado del porche; en medio estaba el salón, fresco y oscuro, donde unas cortinas hechas con pequeñas cuentas de vidrio permitían la entrada con su agradable tintineo; y en el otro lado había varias salas y salones, que casi nunca se utilizaban, llenos de muebles tapizados con seda amarilla; había una habitación para jugar al billar, otra para tocar música, otra donde se guardaban trofeos de caza y armas de todo tipo, antiguas y modernas, que los niños de la casa limpiábamos y cuidábamos, y hasta fabricábamos los cartuchos; la pólvora se guardaba en un cajón que siempre estaba abierto, como si fuese tabaco de liar... La vida en la mansión era pacífica y estaba exenta de preocupaciones. Desde las ventanas de los salones y los dormitorios se podía contemplar el espectáculo del jardín con su césped y sus viejos árboles frondosos; en verano desayunábamos fuera, debajo de un enorme tilo, no muy lejos de las colmenas, donde todo olía bien, y ese bucólico idilio se extendía a lo largo de varias semanas. El jardín estaba especialmente hermoso y perfumado aquel verano cuyo recuerdo rebosa un sentimiento irreal de felicidad. Era verano, eran tiempos de paz, abundancia y alegría, estábamos de vacaciones y a mí me envolvía la agradable magia de la infancia. Sin embargo, aquel verano también me sentía intranquilo; estaba tan nervioso que decidieron que era necesario «disciplinarme», así que el cielo sereno se cubrió de nubes sobre mi cabeza y los acontecimientos tomaron un giro inesperado e imprevisible.

Los hijos de mis tíos, dos muchachas y un muchacho, educados en el campo, nos miraban a los parientes de la ciudad con una mezcla de admiración y desprecio mal disimulado; aquel verano yo ya tenía catorce años y sabía muchas cosas de la vida que ellos ni siquiera sospechaban, pero era incapaz de diferenciar el trigo de la cebada, de modo que mi *cousin* provinciano me desdeñaba por mi ignorancia. Pasábamos los días dando vueltas por los alrededores. En una ocasión, el arma de mi tío se me disparó en las manos cuando caminábamos por unos campos arados y faltó poco para que matase a mi primo, que iba delante de mí, en la misma dirección del tiro; pero esas nimiedades no nos importaban, de manera que no dijimos nada a nuestros padres sobre el incidente. Unos días después, mi primo, que tendría entonces unos diez años y era un muchacho violento y parco en palabras, apuntó con su arma a su madre y a punto estuvo de matarla. Yo sigo sin entender lo ocurrido, sin saber qué fue lo que impidió la mortal tragedia; era un niño que había crecido con el fusil en la mano y lo manejaba de maravilla, así que tan sólo un feliz golpe del destino o un instinto casi milagroso pudo apartar su mano, en el último instante, al apuntar a su madre a la cabeza... «¡Voy a matar a mi madre!», dijo con una amplia sonrisa, apuntando a la mujer, que entraba en ese momento, apretó el gatillo y disparó el arma. Los perdigones se incrustaron en la pared, justo por encima de la cabeza de mi tía, y tiraron al suelo varios pedazos de yeso. El muchacho juraría a continuación, desesperado —todos lo creímos, puesto que era imposible concebir otra cosa—, que no podía ni imaginarse que alguien hubiese dejado el arma cargada; en la casa de mi tío, donde hasta el niño más pequeño podía pasar por ser un cazador profesional, las normas familiares prescribían severamente la limpieza de las armas después de su uso y se consideraba un crimen contra la disciplina que alguien colgase en su sitio un arma cargada... Fuera como fuese, el hecho es que el niño disparó literalmente contra su madre. Esos dos espeluznantes accidentes que por fortuna terminaron bien me quitaron las ganas, durante mucho tiempo, de manejar armas. Al muchacho le dieron una buena paliza y a todos nos prohibieron tocar cualquier tipo de arma. Aquel instante de terror sembró nervios y sentimientos de recelo entre los presentes y el idilio tocó a su fin. Empecé a angustiarme, pues sentía el peligro.

Entre los recuerdos de esas semanas conservo la huella opaca de un amor juvenil con toda su fragancia; no me acuerdo del rostro de la muchacha, sólo sé que tenía los mismos años que yo y que nos besamos. Era una adolescente nerviosa y de movimientos ágiles que llevaba siempre vestidos de verano, recién lavados y planchados, que olían a jabón. El recuerdo más preciso que guardo de ella es el de una tarde en que caminábamos por unas tierras de rastrojo (era la primera vez que yo oía esa palabra, que no he vuelto a pronunciar desde entonces, hace veinte años): andamos por allí después de la cosecha con unas sandalias de suela muy fina; la muchacha va delante de mí y se inclina a veces, como si estuviera buscando algo en el suelo. El cielo es de color violeta, son las tres de la tarde, un viento cálido nos quema el rostro, la luminosidad adquiere tintes siniestros; yo siento el olor a heno y a tierra, a paja recién cortada y amontonada junto con un ligero olor a polvo; y en medio de esa extraña luz, la muchacha se vuelve de repente hacia mí, aplasta su cara ardiente contra la mía, me susurra palabras extrañas en un tono nervioso y febril. Es la primera vez que alguien me dice que me ama. ¿Por qué estaré contando esta anécdota ahora? Porque forma parte del ambiente de esas semanas de verano y quizá pretendo revivir la excitación que hace que ardan algunos momentos de la vida. Mucho tiempo después, recuerdo esos instantes que acompañaron un cambio fundamental en mi vida: veo las luces de la tarde de verano, veo cómo ondulan las flores moradas de la alfalfa movidas por el viento cálido, recuerdo la felicidad que me embarga, que me angustia y que constituye una premonición, la señal de que todo acabará pronto, quizá para siempre... Así caminamos, el uno junto al otro, gritando palabras ardientes sin sentido bajo el viento cálido. Sólo sé de ella que era la nieta de un terrateniente de la comarca, aunque ya no les quedaban casi tierras, y el abuelo —como una figura recortada de un antiguo almanaque o de las páginas de la revista *El perfecto apicultor*— iba y venía entre sus árboles frutales con un sombrero de paja desfigurado por la lluvia, se entretenía haciendo chapuzas en su taller, se paseaba entre sus colmenas balanceando su ahumador, en el que quemaba estiércol de burro...

Szidike se queda de pie al lado de la última acacia de la hilera, saludándonos con un ademán de bienvenida. Szidike había cantado en el coro de un teatro en una ciudad de la provincia, y sus orígenes se perdían en la niebla de los mitos familiares; el hecho es que llevaba ya varias décadas viviendo en la casa de mi tía como nodriza, ama de llaves y dama de compañía, y tenía la cara llena de verrugas grandes y oscuras; se pasaba los días en la cocina, preparando compotas y mermeladas de frutas y ahumando carne, pero en la familia se seguía hablando de ella como de «la corista», la extraña a quien había que perdonar... ¿El qué? Sólo Dios lo sabe... Cuando llegamos al porche, encontramos sentado junto a mi tío al cura del pueblo, un raro y orgulloso magiar de rasgos asiáticos y nariz chata, jugando a las cartas, con un recipiente de agua fresca para conservar frías las botellas de vino joven y de agua de seltz; están jugando con el abuelo de mi amiga, que no se ha quitado el sombrero de paja ni para pasar la tarde en compañía... El cura desempeña un importante papel en la vida de la familia y del pueblo. Es un hombre de porte teatral que ha encanecido muy pronto; su rostro joven, curtido por el sol, está iluminado por unos ojos negros, brillantes y apasionados, llenos de ironía; es un hombre de naturaleza salvaje e indómita, un hombre activo que hace mucho en beneficio de los campesinos y que se pone del lado del pueblo, así que la gente lo teme y lo denuncia a veces ante el obispo.

Ésas eran las personas que estuvieron presentes en los primeros momentos dramáticos y peligrosos de mi vida.

2

Sólo recuerdo los detalles de lo ocurrido como a través de la bruma. El golpe llegó de manera inesperada y me dejó abatido, y bajo aquella explosión, en aquel cataclismo, se rompió en mil pedazos el «motivo» que todos intentarían buscar después. En aquel instante se incendió todo el material explosivo que había ido acumulándose a mi alrededor.

Empecé a gritar como un loco, a chillar como un animal malherido, intentando —con todo mi cuerpo de adolescente de catorce años bien formado y fuerte— abrir una puerta cerrada con llave. El ataque no duró mucho, pero me dejó sin fuerzas. Desde el jardín no se oía nada; yo estaba acostado, exhausto en el suelo de la habitación, sin poder moverme, y después empecé a arrastrarme: de eso sí que me acuerdo perfectamente. Luego todo se vuelve opaco de nuevo, el recuerdo de aquella «experiencia» se resquebraja, le faltan detalles, algunos están olvidados para siempre. Ni siquiera sé cómo conseguí salir de la habitación, no sé si al final pude derribar la puerta o bien escapé por alguna ventana... En aquel momento sólo sabía que no podía más, que tenía que irme, que tenía que abandonar definitivamente a mi familia y a mis parientes, y que ese pensamiento me aterraba. Creo que me habría gustado quedarme, esperaba que ocurriera algún milagro, pero sabía que no había lugar para milagros, que desde aquel mismo instante me quedaría solo para siempre. Atravesé el jardín sin prisa, sin encontrar a nadie; sabía que cada paso que daba me alejaba más de aquella casa, que no había vuelta atrás, que quizá sólo se podrían encontrar soluciones artificiales y violentas que mantendrían mi vida y mis relaciones familiares en un precario e inestable equilibrio. La mayoría de los humanos tenemos que sufrir esa ruptura, esa quiebra, pero eso casi siempre ocurre en condiciones más afortunadas, menos dramáticas. Por el jardín ya caminaba de forma más sosegada y al mismo tiempo más decidida, como alguien que sabe que no hay fuerza humana que pueda detenerlo; sin embargo, sabía perfectamente que mi decisión era absurda porque no sabía adónde iba, sólo de dónde me iba, sin condiciones y con todas las consecuencias de mi acto. El jardín estaba desierto, la familia se había trasladado al rincón de los árboles frutales y las colmenas. Salí de allí y empecé a caminar por la carretera; eran más o menos las once de la mañana de un día muy caluroso de finales de agosto, en los campos se había recogido el trigo y se oía el ruido de una trilladora. Anduve hasta la caída de la noche.

Atravesé tres pueblos, y por la tarde me detuvo en uno de ellos un sacerdote joven, el cura local, y me observó con suspicacia. Respondí brevemente a sus preguntas, me senté a su lado en un banco, delante de la sacristía, y allí estuvimos durante un rato. Siguió interrogándome y me ofreció agua para beber. Al cabo de un tiempo me levanté, le di la mano y le dije que debía continuar mi camino porque «tenía algo que hacer» (más adelante, él repetiría mis palabras a los gendarmes). Me acompañó hasta la entrada del jardín, pero para mi sorpresa no intentó detenerme; yo sentía que me seguía con la mirada, pero no estaba preocupado por haberme encontrado con él, por haber charlado con él, pues sentía una fuerza y una calma tales que creía que nadie podría detenerme. Quizá el sacerdote me dejase marchar porque mi calma y mi decisión también lo habían convencido a él; creo que estuvo contemplándome un buen rato, perplejo y callado; seguramente no avisó a los gendarmes, y no les informaría de la dirección que yo había tomado hasta más adelante, cuando ya estaban intentando localizarme en toda la comarca, como si hubiese encontrado natural que un adolescente tan bien vestido y sin equipaje alguno atravesara a pie varios pueblos porque «tenía algo que hacer»... Mi calma dejaba asombrados a todos los que se cruzaban conmigo, nadie me preguntaba adónde me dirigía y nadie quería saber de dónde procedía... Al caer la noche ya me encontraba en el bosque.

Debía de estar bastante lejos de la hacienda de mi tío, a un día de camino por lo menos, pues iba muy deprisa, a veces incluso corriendo. Ni el bosque ni la noche me daban miedo, me parecía que nada de eso tenía importancia en comparación con las terribles cosas que acababan de ocurrirme. En mi itinerario distinguía paisajes y figuras humanas a través de una bruma, oía la voz de uno de mis profesores, vislumbraba la cara triste de mi padre y veía con nitidez a mi madre, muchos años antes, un día que estuvo jugando conmigo en la enorme terraza de una casa de verano: en un rincón acondicionó una consulta de médico para mí y escribió mi nombre en un trozo de papel. Luego recordé también nítidamente un libro ilustrado que me regalaron cuando estaba enfermo de difteria; yo tenía tres años y aún no había empezado a hablar, callaba con obstinación; mis padres no podían conmigo, pensaban que estaba mudo o tarado e intentaban hacer algo para que hablase; un día, cuando aún estaba restableciéndome en la cama, al mirar las páginas de aquel libro, de repente grité: «¡Éste es el mono!» Después recordé nuevamente a mi madre: una vez estuvo muy enferma y cuando se recuperó nos fuimos de viaje, ella y yo, a Bártfa. Yo ya había cumplido los cuatro años. Mi madre se pasaba los días enteros acostada en la habitación de la posada y me encargaba recados «de adulto»: tenía que ir a buscar sellos para sus cartas o a comprar pastelitos por las mañanas a una tienda que había al lado de la fuente, así que me sentía muy feliz y muy orgulloso. Otra vez hicimos un viaje a Karlsbad y nos alojamos en un hotel donde nos adjudicaron una habitación interior cuya ventana daba al patio de luces y sólo dejaba ver los muros de los edificios colindantes. En aquella ocasión decidí que no viajaría más, puesto que en casa todo era mucho más bonito y divertido. También me acordé de cuando mi madre regresaba tarde por la noche con mi padre y yo no podía dormirme; me quedaba solo, acostado en la cama, la criada se escapaba y yo esperaba durante horas repitiendo en medio de la oscuridad, entre llantos: «¡Ya puede venir el gato! ¡Ya puede venir el tigre! ¡Que a mí nadie me cuida!» Y entonces llegaba mi madre, se inclinaba sobre mí y yo veía su rostro níveo... Las palabras de mi madre me acompañaban en mi camino y yo no era capaz de entender qué me había sucedido, por qué me había perdido de esa manera. Me sentía absolutamente tranquilo, tenía las ideas en orden, como si de verdad me dirigiese a algún sitio, como si tuviese alguna meta definida, aunque la única era escapar. Cuando a alguien le ocurre algo —me refiero a cuando su vida toma de verdad una dirección determinada y se encamina por lugares desde los que ya no hay vuelta atrás—, todos los obstáculos desaparecen de su camino. Yo sabía que no iba a llegar a ningún sitio, que andaba sin tener una meta, que me encontrarían tarde o temprano, que luego sucedería algo; no buscaba la aventura, no planeaba alistarme en la legión, simplemente me había ido de casa y mientras caminaba era consciente de que la excursión sólo servía para eso, que ya nadie podía hacer nada, que habíamos roto y que yo tampoco podía remediar los hechos. Andaba con mucha decisión y nadie se interponía en mi camino, nadie podía oponerse a mi rebeldía, los que encontraba a mi paso se apartaban y se quedaban mirándome como si fuese un loco de atar. Ahora me parece que aquella excursión constituye el viaje más largo de toda mi vida. Caminaba por el bosque con tanta decisión como si lo conociera, como si nada pudiera ocurrirme, como si estuviera acercándome a mi meta, donde ya me esperaban. Era una noche clara y calurosa. Más adelante tropecé con unos carboneros, pero entonces ya estaba delirando por completo y no recuerdo lo que me dijeron o lo que me preguntaron. Estuve con ellos hasta que me encontraron los gendarmes.

Me devolvieron a casa en un coche dos gendarmes y mi tío, que no decía nada y me arropaba con una manta. No dijo nada de nada, no se mostraba severo y tampoco intentaba consolarme. Me llevaron a la cocina, pues yo no quería entrar en las habitaciones, no quería ver ni a mis padres ni a mis hermanos. Estuve un buen rato sentado allí, al lado del fogón, temblando de frío; las criadas revoloteaban a mi alrededor sin pronunciar palabra, mirándome con ojos asustados, como si fuese un fantasma. Entonces apareció mi padre y me sacó de allí.

3

En la vida no suelen ocurrir «cosas importantes». Al volver la vista atrás, al buscar el instante en que ocurrió algo decisivo, algo definitivo e irremediable —la «experiencia» o el «accidente» que decidió nuestra vida posterior—, tan sólo encontramos algunas huellas sin importancia, a veces ni siquiera eso. En realidad no existe más «experiencia» que la familia, como tampoco existe más «tragedia» que el momento en que te ves obligado a decidir si permaneces en el seno de la familia y en sus variantes a escala más amplia, como la «clase social», la ideología, la raza, o bien te marchas por tu propio camino, a sabiendas de que te quedas solo para siempre, de que eres libre, estás a merced de todo el mundo y sólo puedes contar contigo mismo... Yo tenía catorce años cuando me escapé de casa, y después ya sólo regresé de visita, en los días de fiesta, durante breves temporadas; como el tiempo es un analgésico muy fuerte, a veces parecía que la herida había cicatrizado. Sin embargo, volvió a abrirse mucho después, quince, veinte años después, por sorpresa y «sin razón alguna», causando un dolor casi insoportable que se apaciguó poco a poco sin llegar a ser mencionado. Me gustaría decir la verdad. Estoy intentando acostumbrarme a la verdad como un enfermo muy grave se acostumbra a la peligrosa y amarga medicina que puede matarlo o curarlo; al fin y al cabo, no tengo nada que perder. La verdad es que no puedo culpar a nadie ni por mi carácter ni por el curso de mi destino.

Experiencias dolorosas aceleraron mi proceso de rebeldía, que empezó cuando tenía catorce años y que no ha terminado aún, pues siempre está presente y aparece a menudo, y sé que será así mientras viva. No pertenezco a nadie. No existe ninguna persona, ni hombre ni mujer, ni familiar ni amigo, cuya compañía yo pueda aguantar durante mucho tiempo, no hay comunidad humana, gremio, clase social donde sea capaz de acomodarme; soy un burgués tanto por mis ideas como por mi manera de vivir y mi actitud interior, pero no me siento bien en compañía de burgueses: vivo en una especie de anarquía que considero inmoral y me cuesta mucho soportarlo.

La herida es vieja, quizá sea incluso heredada, quizá existiese antes de que yo naciera... A veces he llegado a pensar que vivo dominado por la falta de raíces de una clase social en vías de extinción.

Cuando uno vive en la penumbra, por más que la bruma se disipe la luz ya no resuelve nada. ¿Por qué se va alguien así, un día, sin ninguna «razón» aparente, del seno de la familia que le da seguridad, de esa madriguera cálida y cómoda de aire viciado y dulces aromas secretos, de ese sitio al que pertenece desde que nació, de ese sitio que lo oculta y lo protege mientras permanece en su seno, de la familia más estrecha y de la familia más amplia, la clase social? Sólo hay que procurar seguir allí, porque si uno se mantiene dentro de ese círculo mágico, unas grandes manos lo sujetarán en el momento en que llega al mundo, le darán de comer, lo vestirán, se encargarán de cuidarlo y protegerlo hasta que muera... ¿Por qué algunas personas escapan de esa seguridad, de ese idilio organizado cuya luz y cuyo calor agradables iluminan sus vidas? Yo me fui de la casa de mis tíos un día para no volver a entrar jamás en ningún hogar. A veces he llegado a pensar que ese estado es el precio que tengo que pagar por mi carácter o por poder hacer mi «trabajo»... Nada es gratis, ni siquiera el sufrimiento, esa condición necesaria para el trabajo creativo. Ni siquiera la infelicidad es gratis. A los escritores, el trabajo —con independencia de la calidad de las obras— nos obliga a mantener ardiendo nuestro corazón, nuestros nervios y nuestra mente. No hay lugar para el regateo ni para preguntarse si «vale la pena»; no se puede regatear con las obsesiones propias, que los demás llaman «vocación» y revisten con símbolos altisonantes; yo creo que se trata, simple y llanamente, de obsesiones... Una persona «feliz» nunca desarrollará un trabajo creativo, una persona feliz es simplemente eso: una persona feliz. A mí la «felicidad» nunca me ha atraído como meta alcanzable paso a paso, más bien la despreciaba con una actitud obviamente enfermiza. La verdad es que resulta muy difícil comprender con la «razón» lo que empuja a una persona a abandonar el «lado soleado», la familia, la comunidad más amplia relacionada con la familia; yo ya tenía trazado mi camino, sólo debía integrarme en lo que me estaba «reservado» en la comunidad a la que pertenecía, según mi clase y mis orígenes... Quizá hubiera podido encontrar un escritorio, hasta un sillón cómodo, en aquel lado de la vida donde me esperaban la felicidad y la solidaridad de los míos, todo un conjunto de intereses y de recuerdos. Sin embargo, un día me puse en camino por la carretera de Aszód y ese camino no me llevó a ningún sitio. A veces he llegado a pensar que sí, que conducía a algún sitio, a mí mismo por unos instantes, y a unas minorías con quienes me identificaba y cuyo destino veía como mío. ¿Por qué se levantan de repente unos grupos, unas clases, sociedades enteras, por qué abandonan el idilio pacífico y ordenado de los tiempos de paz y se lanzan sin pensar en los brazos de la perdición? ¿Por qué no encuentra el hombre su lugar en la tierra? Cuando caminaba por la carretera de Aszód tras abandonar a mi familia —cualquier familia, la estrictamente mía y la de mi clase social— no me planteaba esa pregunta con tanta claridad, pero la llevaba aprisionada en mi interior, sin el *pathos* sospechoso de las palabras. Hace veinte años de eso. Muchas veces hablo de otra cosa, pero nunca dejo de oír esa pregunta.

Un escritor me dijo en una ocasión que esa falta de satisfacción, esa intranquilidad son propias del hombre occidental. Una mujer me enseñó que es una «enfermedad característica de los escritores» la que impide que el artista obtenga satisfacción por otra vía que no sea la de su trabajo creativo. A lo mejor soy escritor. De todas formas, sigo albergando ese afán de huir, de escapar, que surge de pronto y hace que se resquebrajen los marcos estables de mi vida, que me empuja a situaciones escandalosas y a profundos estados de crisis. Por ese motivo escaparía más adelante de la profesión que me estaba designada, escaparía por un tiempo de mi matrimonio, me enredaría en diversas «aventuras» y, al mismo tiempo, intentaría escapar de ellas, huiría de mis relaciones sentimentales y de mis amistades, y huiría, durante mi juventud, de una ciudad a otra, de un país a otro, de un clima a otro hasta que el perpetuo sentimiento de carecer de hogar y patria me resultó natural, mi sistema nervioso se acostumbró al peligro y empezó, por fin, a trabajar en una «disciplina» artificial... Hoy sigo viviendo de la misma forma, entre trenes, escapadas y huidas, sin saber qué tipo de peligrosas aventuras interiores me esperan. Ya me he habituado a ese estado que nació aquel día de verano.

4

El consejo familiar decidió enviarme a un internado de Pest. La solución agradaba a todos menos a mi padre. A mí me encantaba. Me encantaba la idea de abandonar mi casa, me imaginaba que ya no habría ningún lazo que me atase a mi ciudad natal... Mi padre, como un juez de paz, el pastor del rebaño familiar, intentaba apaciguarme echando mano de todo lo que pudiera restablecer la tranquilidad y el equilibrio, pero tuvo que reconocer con tristeza y desesperación que algo se había roto definitivamente y que intentar remediarlo carecía de sentido. Al final de las vacaciones fuimos juntos a la capital.

A pesar de todo, sí que dejé a alguien en casa: a un compañero tierno y simpático, a un amigo, quizá al único amigo que tuve en toda la vida. ¡Qué limpia, irrepetible y única es la primera amistad entre dos muchachos! Yo nunca volvería a recibir de nadie lo que recibí de esa amistad: nunca más encontré a un amigo de verdad. En el seno de la familia, los celos, las ambiciones y los intereses rigen las atracciones, y tampoco las relaciones amorosas, penosas, solemnes y enfermizas, siempre febriles y ardientes, pueden brindar la tranquilidad, la paz o el idilio de la falta de intereses, del predominio de la buena voluntad que caracteriza la primera amistad entre dos muchachos... Ninguno de los dos espera nada del otro, ni siquiera fidelidad. Nosotros dos mantuvimos esa amistad durante años, cubiertos y protegidos por su clima sereno. Mi primer amigo era un muchacho especialmente sensible y lleno de gratitud, de carácter puro. Esa amistad me acompañó a lo largo de mi infancia, mi adolescencia y mi juventud; ya éramos jóvenes adultos cuando todo se estropeó. Yo rompí la relación porque me parecía una pesada carga, así que un día escapé de una manera casi brutal. Más tarde, después de haber «roto», mi amigo volvió a tenderme la mano en repetidas ocasiones; fue la única persona que me demostró total lealtad hasta el día de su muerte. Murió joven, a los treinta años recién cumplidos.

Mi amigo se llamaba Dönyi y era «hijo de una familia acomodada» cuya autoridad no apreciaba mucho; aunque sus abuelos habían sido granjeros en las afueras de la ciudad, sus padres ya poseían una casa en el centro y vivían de las rentas de su fortuna. Dönyi era el más pequeño de los hijos, un niño tardío; sus padres lo tuvieron cuando ya estaban mayores y cansados, y quizá ese nacimiento no fuera muy esperado. Era un muchacho regordete, perezoso, de mirada desesperada. Mi familia se sorprendió de que trabase amistad con ese muchacho, aunque nada objetó. En la casa de Dönyi todo era distinto, extraño e inquietante. El padre, un anciano con cara de profeta que siempre estaba enfadado y que pasaba el día sentado al lado de la ventana, contemplaba nuestra amistad con recelo; nunca me dirigió la palabra, se limitaba a gruñir para responder a mis saludos. La madre ya había muerto cuando yo conocí a Dönyi, y habían ocupado su lugar una gobernanta y unas cuantas mujeres de la familia. Mi amigo, el último de muchos hermanos, se educaba en solitario al lado del anciano, sentía vergüenza de la fortuna de su padre, del bienestar en que vivían y que el hombre ostentaba con un severo aire de superioridad. Dönyi apenas tenía catorce años cuando me explicó que ellos no eran «terratenientes», que sólo eran empresarios que explotaban unas tierras. Era un muchacho brillante, de mente aguda, sorprendentemente culto.

Escribía poesía cuando yo no me atrevía ni a escribir siquiera mis deberes de lengua y literatura... Leía a los poetas más «modernos», y él fue quien me dio a conocer las obras de Tolstoi; escogía sus lecturas basándose en su propio criterio y era muy crítico; los dos despreciábamos las diversiones de nuestros compañeros y nos sumergíamos en el mundo de las bellas letras. Resultaba del todo natural que los dos hiciésemos voto de convertirnos en escritores o poetas... Ni siquiera hacía falta que nos entretuviésemos con ensoñaciones al respecto, pues ése era el motivo principal de nuestros encuentros. Yo consideraba que Dönyi era mucho más inteligente, mucho más «auténtico» que yo, aunque nunca se lo dije; creo que se habría quedado muy asombrado si se hubiese enterado de que en su compañía yo tenía «complejo de inferioridad»... Era mucho mejor que yo en todos los sentidos: más culto, más inteligente, más original. En cualquier caso, era mejor persona, más paciente que yo y, a la vez, más viril; en poco tiempo se convirtió en un punto de referencia para mí. Nuestra amistad fue tolerada —por lo menos al principio— tanto en la familia como en la escuela porque era seria, digna de respeto. Más adelante se juzgó que Dönyi era una «mala influencia» para mí, pero entonces ya era tarde: nos habíamos jurado amistad eterna y nos manteníamos unidos en contra del terror paterno e institucional.

Dönyi convivía con la «literatura» de forma natural, como les sucede a los escritores de verdad: no conocía más felicidad, más satisfacción que la que dan las bellas letras. Nosotros dos jugábamos a escritores como nuestros compañeros jugaban a policías y ladrones... No nos sentíamos autodidactas ni por un instante. ¿Cómo se convierte uno en escritor? No lo sé. No me acuerdo de ninguna «experiencia» única que ocurriese en una ocasión concreta y que fuese «decisiva» para mí, nada que predeterminase una visión literaria del mundo, una aptitud que permitiese liberar la posibilidad de ver el mundo con los ojos de un escritor y expresarlo. Yo me preparaba para convertirme en escritor desde que tenía uso de razón. Nunca me he planteado la posibilidad de escoger otra vía de expresión que no sea la literaria, la de poner los pensamientos en papel. Creo que a la edad de catorce años estaba tan preparado como hoy; quiero decir que, aunque no supiera escribir, concebía la vida como una posibilidad de expresarme y, además, ya sentía los acordes literarios presentes en todo, quizá incluso de forma más instintiva que hoy, cuando me perturban las dudas, las experiencias adquiridas y los experimentos, cuando me equivoco de continuo y en mi trabajo me acompaña invariablemente el sentido de la responsabilidad, además de la inseguridad y la dolorosa insatisfacción que mantienen viva la conciencia de mis limitaciones. Creo que mi amigo Dönyi y yo nos pusimos una barrera muy alta al empezar a leer directamente las obras de Shakespeare y de Tolstoi; el hecho es que despreciábamos todo lo que no fuese «literatura pura»... No sabíamos, no podíamos saber que la literatura no es el simple conjunto de sus mejores obras; no éramos en absoluto humildes, ni siquiera con nosotros mismos, así que nos quedamos sin voz. Dönyi no llegó a escribir más que unas cuantas líneas, no se atrevía a empezar ninguna obra en serio, tenía un respeto religioso por la profesión, y cuando yo me introduje en el mundo del periodismo, me rogó acaloradamente —como un fraile puede rogarle a un compañero que se dispone a abandonar la fe— que regresara al buen camino... De niños jugábamos a ser «escritores», no se nos ocurría ninguna otra cosa que hacer. De ese modo me preparaba, desde que tuve uso de razón, para convertirme en escritor, y estoy convencido de que sigo trabajando en lo mismo desde entonces, y no en tareas determinadas, sino en una «obra» única, con mucha paja, improvisada e imperfecta, y de que —además de las tareas concretas que debo resolver— esa «plenitud» es la que me mantiene ocupado; intento atisbar sus límites y a veces tengo la sensación de vislumbrar algunos detalles, pero tal «plenitud» sigue siendo para mí opaca e inabarcable...

Dönyi me enseñó que sólo vale la pena hablar con una voz pura en momentos solemnes. A mí, sin embargo, hoy continúa acechándome un pánico mortal que me incita a hablar, a expresarme. Él fue quien calló. Quedó callado a la edad de treinta años, antes de haber empezado a hablar.

5

Mi padre se portó muy bien conmigo cuando me acompañó a Pest... Me trató bien con plena conciencia y de manera intencionada. Nos alojamos en un hotel de Buda y yo no tenía que presentarme en el internado hasta diez días después. El coraje y la valentía iban abandonándome poco a poco, pero por nada del mundo habría demostrado mi desesperación. A medida que se aproximaba el día de mi ingreso aumentaban mi preocupación y mi pánico, como si tuviera que entrar en prisión. Con mi padre, pasaba los días andando por las calles de la capital; Pest parecía terrible y repugnante, brutal e irreconocible por sus dimensiones imposibles de abarcar, por sus olores «típicos», por el vocerío de su gente y su aspecto solemne, digno de una representación teatral, por su carácter irreal y su parecido con unos decorados de teatro... Yo tenía la sensación de que mi ciudad natal, una ciudad en miniatura, era más «auténtica», y no descubriría hasta más tarde que esa sensación era fundada. La metrópoli me parecía más bien pobre y vulgar. Ya había estado antes en Pest: mis padres me habían llevado unos días para visitar a unos parientes, y en aquella ocasión tuvimos la oportunidad de admirar las hazañas de Blériot sobrevolando el río Rákos con un artefacto cuyas piezas apenas se mantenían unidas, pero el espectáculo no llegó a conmoverme; lo encontraba algo natural, pues consideraba que ya había visto milagros más inusitados... Mi desilusión no tenía nada de la superioridad irritada de los adolescentes, si bien yo no quería hablar del asunto con nadie; en aquella época todo me parecía «natural», incluso los «milagros», y consideraba por lo menos igual de milagroso a alguien que andaba por el suelo que a alguien que volaba por los aires. Estaba saturado de literatura, era sensible y orgulloso, intuía que el mundo escondía milagros más complejos que la propia realidad... Quizá en aquellos momentos de mi adolescencia, a la edad de catorce años, fuese un poeta, como la mayoría de la gente a esa edad.

Durante aquellos días con mi padre viví sumido en una abundancia artificial parecida a la que tendría un condenado a muerte antes de la ejecución en una cárcel especialmente humana y refinada. Para colmo, íbamos a todas partes en coche de punto, y conservo el recuerdo de las ruedas cubiertas de goma que nos trasladaban de un lado a otro sin hacer el menor ruido; sólo se oía el galopar de los caballos por la avenida Andrássy, bordeada de árboles: yo nunca había visto tan elegante a mi padre y ni siquiera sospechaba que pudiese existir una vida tan ostentosa como la que llevamos aquellos días... Al mismo tiempo, tanta buena vida y ostentación se me antojaban un pecado; ese sentimiento de cometer un pecado, de cometer un crimen al disfrutar de los placeres de la vida —¡y es que los placeres de la vida me encantaban!— jamás me ha abandonado. No me preocupaba por la otra orilla de la vida y tampoco era capaz de encontrar una explicación a mis remordimientos: los niños son todos miembros, por nacimiento, de una «clase pudiente» hasta que la vida les enseña que tienen que renunciar a sus pretensiones, al principio infinitas. Yo me regalaba todos los placeres de la vida —eran los primeros días de un otoño caluroso y almorzábamos a diario en algún restaurante elegante del parque municipal, donde mi padre era conocido y servido con todos los honores—; me sentía muy orgulloso y al mismo tiempo estaba inquieto y nervioso, no me encontraba del todo bien en ambientes tan selectos... Mi padre no pretendía aburrirme con obligatorias visitas a los museos, de modo que me dejaba elegir lo que me interesara. La capital olía a cemento y a ladrillo; en cada esquina y a toda prisa se estaban construyendo edificios con fachadas vistosas que caracterizaban una ciudad en plena ebullición. Todo ese ajetreo sonaba a negocio; en Pest no me quedaba más remedio que pensar en mi pequeña ciudad, tan refinada, con sus casas de fachada renacentista y sus salas abovedadas; por eso, cuando veía los ostentosos pero insignificantes edificios de pisos de alquiler de los grandes bulevares, bajaba la mirada, confundido y avergonzado... La víspera de mi ingreso en el internado, mi padre me llevó a una representación del «teatro de variedades»: yo esperaba un espectáculo especial, quizá indecoroso, pero sólo salían focas y acróbatas, además de un hombre muy gordo con cara de lunático y sombrero de paja interpretando una canción que decía: «¿Ha visto ya Budapest por la noche?»... Yo desprecié a aquel hombre desde el mismo instante en que lo vi. En Pest yo era un provinciano, me sentía como tal desde el momento en que llegué, y ese obstinado sentimiento de orgullo y fastidio sigue invadiéndome en la ciudad.

La tarde siguiente tomamos un taxi —era la época en que éstos empezaban a circular por las calles de la capital y los taxímetros siempre indicaban precios desorbitados— para trasladarnos al internado, que se encontraba en la parte de Buda. Mi padre estuvo a mi lado hasta el último instante. Yo iba cogido de su mano muy angustiado, pues ya no había lugar posible para buscar interpretaciones a la situación. En el despacho del director nos recibió con la debida cortesía un sacerdote vestido de negro: era el responsable del centro, escritor de novelas juveniles y pedagogo de renombre. Desde la sala de visitas del internado se veía el río Danubio y unos cuantos edificios grises de la parte de Pest; las paredes de los dormitorios estaban cubiertas de crucifijos y fotografías de los notables que apadrinaban la institución. Tras inscribirme en el libro de registro, el director dirigió unas palabras amables a mi padre y, a continuación, me tomó del brazo con un movimiento experto y tierno, tratando de tranquilizarme, como si me asegurase que la cosa no iba a dolerme tanto, y me dio a entender que era hora de despedirme... Mi padre me abrazó y luego miró a su alrededor con expresión de no comprender nada, como si acabara de ocurrirme un accidente irreparable y él ya no pudiera socorrerme. Yo me quedé observando cómo se alejaba con una sensación de desconcierto y de pánico... El sacerdote vestido de negro volvió a sentarse en su sitio, encendió un cigarrillo, exhaló el humo y me dijo en un tono educado y objetivo, exento de cualquier amenaza, con simplicidad informativa: «Lo sé todo sobre ti. No voy a perderte de vista.» Tocó un timbre y me entregó a un prefecto.

Dormíamos treinta y cinco en una sala. Los internos del mismo nivel dormíamos y estudiábamos en una sala común, y sólo nos reuníamos con los demás en el comedor; éramos unos doscientos en total. A mí me pusieron en la sala de los de quinto y sexto, no sé por qué, quizá porque me consideraban «precoz» y pretendían neutralizar mi precocidad de esa forma, o porque el sacerdote que «lo sabía todo sobre mí» temía que mi compañía perjudicara a los más pequeños. En el dormitorio había dos filas de camas; en un extremo se encontraba el cuarto de baño, con media docena de grifos y lavamanos, y en el otro, la habitación del prefecto de guardia, a través de cuya ventana iluminada por una luz azulada era posible controlar cualquier movimiento que se produjera en la sala... Me asignaron un sitio entre dos muchachos de sexto: uno era hijo de un conde de la ciudad de Pápa y el otro era hijo de un rico terrateniente de la provincia de Pest. El joven prefecto también me indicó mi escritorio en la sala común de estudios y me dejó solo; los alumnos iban y venían, pues estaban limpiando y engalanando el edificio porque faltaban tres días para la fiesta del *Veni Sancte*. Podíamos pasar esos tres días como se nos antojase. Los novatos nos paseábamos por el jardín y por todo el edificio intentando familiarizarnos con los misterios del lugar. Yo entré en la sala de estudio y me senté ante el escritorio que me habían asignado: era bastante rudimentario, estaba tallado en madera, tenía un cajón manchado de tinta y se hallaba cerca de una ventana desde la que se veía el patio de luces de un edificio de pisos de alquiler bastante destartalado, con sus pasillos y sus escaleras reservadas para criados —¡cuántas horas pasaría contemplando aquella casa de Buda durante mi largo cautiverio!—; en la sala había tres docenas de escritorios en total, dispuestos en un orden castrense. En general, todo recordaba más una institución de tipo militar que un instituto de enseñanza secundaria. No veía ni rastro del menor detalle colorista, algún mueble cómodo, un solo jarrón con flores, por más que recorriera todas las estancias, dos grandes dormitorios y dos salas de estudio por piso, hasta que descubrí una sala de billar y una biblioteca con los estantes protegidos por una rejilla. Nadie me dirigió la palabra. Los internos «antiguos» repartían instrucciones con aire de despreocupación y desinterés sin dignarse reparar en mi presencia, y seguramente yo parecía una figura ridícula, con mi pena y mi desconcierto a cuestas. He de admitir que seis meses después me comportaba igual que ellos, me dirigía a los novatos con la misma indiferencia despiadada y cruel. Todo desprendía un olor asfixiante, un olor a hospital. En el dormitorio encontré mi equipaje y puse mis cosas en la taquilla que me habían asignado en el pasillo. Todo, hasta la taquilla y la ropa de cama, olía mal, como si lo hubiesen rociado con algún desinfectante. La realidad parecía más desesperanzadora de lo que había imaginado. Mi sentimiento de abandono aumentaba por minutos. Me senté en el borde de mi cama, en el dormitorio a oscuras, y me quedé así, sin moverme, mirando por la ventana. Un grupo de los «antiguos» jugaba a la pelota en el patio, se oían las voces de mando, yo miraba asqueado las camas desconocidas, me espantaba el carácter forzosamente público de la vida que me esperaba allí, el hecho de tener que vivir sin poder disfrutar ni un momento de soledad... Temblaba de frío. Entonces una figura tambaleante se me acercó, se detuvo delante de mí, me enseñó su cara pálida y me dijo en voz baja, como pidiendo perdón: «Hola. Me llamo Kresz. Este año seré estudiante externo porque estoy muy enfermo.» Y me dio una mano blanda y fría.

6

La vida es a veces misericordiosa: en momentos de crisis siempre hubo un Kresz que se detenía a mi lado y me regalaba algunas palabras insignificantes. Kresz no estaba entre los mejores alumnos de la clase. Tenía mi edad y llevaba su enfermedad con elegancia; era como si la enfermedad lo hubiese hecho más noble... Incluso cuando ya iba a las clases de grado superior, sus padres seguían vistiéndolo con trajes de terciopelo; sus manos, su rostro, todo su cuerpo era blanco y lechoso y parecía enfermizo; además, tenía el cabello de un rubio muy claro —ahora dirían «rubio platino»—, y sus ojos, de color azul celeste con pestañas muy largas, estaban siempre hinchados por la inflamación y rodeados de pecas oscuras. Caminaba muy despacio, levantaba las manos con sumo cuidado, hablaba acentuando cada palabra y todo su ser daba fe de una extrema atención en lo que hacía; su débil cuerpo parecía de una porcelana muy fina y valiosa, y yo lo miraba con verdadero miedo cuando se sentaba o rozaba las cosas, por si se rompía algo... Además de estar enfermo, Kresz era matemático, es decir, sólo se ocupaba de su enfermedad y de las matemáticas; las demás asignaturas del colegio, las diversiones de sus compañeros, el ambiente, todo eso tenía únicamente un interés secundario para él. Era hemofílico y hablaba de su enfermedad con objetividad y conocimiento de causa, utilizando los términos técnicos más adecuados, como si fuera un médico joven y brillante que hablase de la enfermedad de una tercera persona. No le interesaba más que la hemofilia: citaba los casos representados en obras literarias e incluso sabía que uno de los héroes infantiles de *Los Rougon-Macquart*, de Zola, tenía la misma enfermedad; estaba dispuesto a explicar con gusto y en cualquier momento los síntomas de la hemofilia, el tratamiento, las posibilidades de curación y la seriedad de su caso en particular. Puesto que consideraba que su enfermedad lo separaba del resto de la clase, sólo reconocía hasta cierto punto las obligaciones que nos imponían en el colegio. Miraba a los demás con sus ojos hinchados, siempre parpadeando, con un aire de extrema gravedad. Kresz nunca tenía prisa, andaba entre la vida y la muerte con cuidado y conciencia, como alguien que dispone de todo el tiempo del mundo. Más adelante caería en la cuenta de que su saludo de aquella noche no estaba inspirado por la piedad, la ternura o la simpatía, sino que el muchacho simplemente buscaba un compañero que lo comprendiera y lo apoyara, alguien a quien explicar algunos detalles antiguos y recientes de su enfermedad, que él consideraba uno de los problemas centrales de la humanidad, del universo entero. Ese egoísmo objetivo lo mantenía ocupado por completo. Escuchaba mis quejas y mis opiniones con un interés impersonal, como un adulto escucha las protestas de un niño. La verdad es que la hemofilia había hecho madurar a Kresz. No sabía nada de la vida, pero tenía una estrecha relación con la muerte; hablaba de ella como un entendido, con un tono monótono, arrastrando las palabras, como el que habla de algo muy conocido. Nunca llegué a entender cómo, pero las matemáticas —el otro territorio de su interés— estaban directamente relacionadas con su enfermedad, lo uno era casi la consecuencia de lo otro, la enfermedad presuponía las matemáticas, ambas cosas estaban unidas. Por lo menos para Kresz... A veces me atemorizaba. El hecho es que él fue el primero en dirigirme la palabra en aquel internado regido por una disciplina férrea.

Al cabo de unos días tuve que reconocer que yo era un paria, una persona rechazada y repudiada por todos, el último de la fila, un don nadie que ni siquiera tenía nombre y que, con constancia incansable, atención permanente, trucos, argucias y, sobre todo, mucha decisión, podía conseguir como mucho que se le tolerase, pero no podía ni soñar con la igualdad respecto de los demás porque nunca llegaría a pertenecer a su grupo... La primera noche, después de pasar lista, nos quitamos la ropa con movimientos de corte militar y nos acostamos en nuestras camas de hierro; el prefecto se paseó entre ellas para pasar revista y nosotros nos mantuvimos firmes, sin movernos, y cuando se apagaron las lámparas y sobre nuestras treinta y cinco cabezas sólo quedaba un azulado y débil foco de luz para pasar la noche entera, comprendí que estaba metido en una trampa, que unos poderes intransigentes disponían de mí y me vigilaban, y que tenía que espabilarme si quería salvar el pellejo... Comprendí que la familia ya no me protegía, que de aquel día en adelante debería vivir con la «sociedad», y que la sociedad era aquel grupo de muchachos desconocidos, extraños e indisciplinados, dispuestos para el bien y para el mal, decididos a todo; unos muchachos vigilados, quebrantados, disciplinados, amaestrados y castigados por una voluntad superior. No pegué ojo aquella primera noche. Decidí que reuniría todas mis fuerzas, que siempre estaría atento, que sería cauto, que no revelaría nada sobre mí. Me aguardaban tiempos difíciles y penosos, y para poner en práctica mi plan necesité mucho esfuerzo, sacrificio y dolor. Lo primero que tuve que aprender es que los seres humanos son crueles unos con otros sin ningún motivo ni explicación, que esa característica procede de su naturaleza y que, por tanto, nada hay que lamentar. Los novatos empezábamos a vivir una doble vida: una oficial y vigilada que se desarrollaría en público, ante la atenta mirada de la autoridad superior —ésta sería la más fácil y soportable—, y otra invisible, oculta, formada por un cúmulo de intereses nacientes, de fuerzas y de capacidades inesperadas, mal y bien intencionadas. Ya no se trataba de la vida de ensueño de la «pandilla». No, de repente me encontraba en una «sociedad» de carne y hueso donde vivíamos como cómplices, fingiendo buenos modales y buena educación incluso con los compañeros, y donde la lucha por destacar sólo quedaba ligeramente atenuada gracias a un código de honor, parecido al de los presos, que nadie se atrevía a romper. Desde mi vida de muchacho sensible y complejo, con muchos aires de superioridad, de repente había llegado a un mundo regido por la ley de la selva donde tendría que defenderme a puñetazos. Pronto aprendí a repartirlos.

7

Por supuesto, envidiaba a Kresz y su hemofilia, ya que le permitía vivir con nosotros en un estado de extraterritorialidad que todos respetábamos. No dormía en el internado, pero se quedaba a estudiar por las tardes con nosotros en la sala común, aunque sólo mientras le apeteciese... Los demás vivíamos, estudiábamos y dormíamos como presos en galeras. Por mucho que me esforzara en los exámenes, siempre me castigaban por algún motivo. Al amanecer debíamos formar en fila para entrar en el cuarto de baño; a continuación debíamos presentarnos en la capilla para oír la misa matinal y luego desayunábamos, tras lo cual disponíamos de media hora de «actividad libre»; después asistíamos a clase, nos lavábamos las manos e íbamos al comedor doscientas personas juntas, a comer en las mesas cubiertas con manteles de hule; seguidamente jugábamos una hora bajo la supervisión de nuestros instructores, estudiábamos tres y paseábamos una; a las siete y media cenábamos, desarrollábamos «actividades libres» durante media hora y nos íbamos a dormir vigilados por nuestros carceleros... De cuando en cuando nos llevaban a algún museo, y, una vez al mes, al teatro. Así tuve ocasión de ver a Szacsvay en el papel del rey Lear, en el Teatro Nacional: gemía, chillaba y entornaba los ojos constantemente. Nosotros nos sentábamos en los palcos, muy ufanos, como unos príncipes: el internado, que cuidaba su «buena reputación», alquilaba los mejores para sus estudiantes, tanto en el Teatro Nacional como en la Ópera, de modo que nos apoderábamos de nuestros asientos vestidos con los elegantísimos uniformes de gala, guantes blancos incluidos, peripuestos y orgullosos, como si fuésemos jóvenes oficiales. Porque llevábamos uniforme, tanto en el instituto como en la calle. Cuando salíamos, vestíamos siempre el uniforme de gala: capa corta de corte castrense, chaleco adornado con ribetes dorados, pantalones largos de color negro y gorra semejante a la de los estudiantes de la academia militar Ludovika; por eso, los cadetes me saludaban muchas veces por la calle los domingos por la noche, cuando volvía al internado acompañado por la tía Zsüli. Para uso diario en el instituto y el internado disponíamos de un «uniforme interno» igual de incómodo pero con menos ribetes dorados... El hecho es que todos teníamos la impresión de estar muy elegantes con dichos uniformes, nos veíamos como oficiales en ciernes, respondíamos con un ademán de superioridad al saludo militar de los cadetes de la academia y nos hacíamos con gorras «complementarias» más parecidas todavía a las de los oficiales del ejército.

Hasta los estudiantes externos eran cuidadosamente seleccionados, y la mayoría de los internos eran hijos de magnates. Había pocos de origen burgués como yo. Por las noches, en la «sala de fumadores» —donde los estudiantes de los cursos superiores al quinto podíamos fumar después de la comida y la cena— se reunían todos aquellos barones, condes y otros caballeros para discutir, uno por uno, los orígenes de los miembros de su club; todos teníamos que pasar el examen, exponer los orígenes de nuestros abuelos y bisabuelos; en aquellas sesiones sólo se habló de eso hasta que se formó por fin el escalafón de todos los presentes... Tal escalafón era respetado por todo el mundo. Resulta por tanto comprensible que yo no dijera ni una palabra de algunos miembros de mi familia, como el tío Dezső, el carnicero, o como Ernő, que por una parte había sido oficial del ejército, pero por otra terminó tocando el piano en locales nocturnos. Me limitaba a hablar de mis antepasados sajones, y pude comprobar con cierta sorpresa que el «título de nobleza recibido de los austríacos» —que los miembros del club investigaron a fondo— causaba muy buen efecto, gracias a lo cual la calificación de mis orígenes inciertos sufrió una notable mejoría. Sin embargo, a pesar de todo, tuve que conformarme con un puesto humilde, designado para mí entre el populacho.

En el rincón más apartado de la sala de estudio común, junto a la pared, se sentaba un muchacho misterioso y de carácter introvertido. Sólo se sabía de él que estudiaba para ser cura. Al principio yo buscaba la compañía de ese muchacho mayor que yo —había cumplido ya los dieciséis—, pero me rechazó como a todo el mundo. Me hablaba con frialdad y en un tono entre ultrajado e irónico, algo que yo no acababa de comprender. Nadie sabía nada acerca de él, nadie tenía ningún dato sobre su vida; incluso los profesores y los prefectos lo trataban como a un adulto, un iniciado, un cómplice... No mantenía amistad con ninguno de nosotros; se paseaba por el jardín con el profesor de literatura, con las manos detrás de la espalda, andando como un viejo. Sin embargo, algo me atraía de ese muchacho reservado y extremadamente orgulloso. Veía en él al rebelde, al rival eterno. Si le dirigía la palabra, me respondía con educación, me miraba de arriba abajo, se despedía de mí con un gesto de la cabeza y se marchaba. Era como un abad rampante, ambicioso y enredador, el héroe de alguna novela francesa. En aquella época yo aún no había leído la historia de Julien Sorel, pero más adelante, cuando ese libro se abrió ante mí, creí descubrir en él la sonrisa inteligente y astuta de mi antiguo compañero... Vivía en soledad entre nosotros, como si fuese un adulto. Una de aquellas tardes de domingo, tristes y vacías, en que nadie iba a buscarme, el internado se quedaba desierto y yo pasaba las horas sentado en un rincón de la «sala de fumadores», contemplando los tejados de Pest hasta que caía la noche, ese compañero peculiar me sorprendió en dicha actitud; probablemente él llevaba ya algunos minutos de pie a mis espaldas cuando de pronto reparé en su presencia, me di la vuelta y lo reconocí en la penumbra; entonces le tendí la mano con un gesto involuntario, un gesto generoso que prometía amistad. Pero él retiró su mano y se echó a reír a carcajadas... Salió de la sala despacio, caminando hacia atrás y sin dejar de reírse con ironía, de un modo amenazador. Yo sentí un escalofrío.

Veinte años después, un día de principios de verano, volví a oír la misma risa en un restaurante de Buda. Tuve la certeza inmediata de que era él, eché un vistazo en su dirección y descubrí a un joven profesor de teología en compañía de sus estudiantes de bachiller, sentado a la cabecera de la mesa, riéndose con aquellas carcajadas agudas y desagradables que inspiraban miedo. Nos miramos a los ojos, pero él no me reconoció; yo pagué mi cuenta y abandoné el restaurante de inmediato.

8

Los estudiantes enfermos se alojaban en un pabellón aparte, y al igual que los presos de una cárcel, nosotros hacíamos todo lo posible para que nos trasladasen a la enfermería. En el resto de las instalaciones lavaban, limpiaban y cocinaban unas monjas, pero la enfermería la dirigía una enfermera laica. Se trataba de una mujer joven de tez morena, cabello oscuro y labios carnosos que llevaba el uniforme, una bata y una cofia blancas, con cierta coquetería. Un día, una generosa epidemia de paperas me acercó por fin a la enfermera. Estaba acostado en una de las camas con el cuello hinchado y envuelto en trapos húmedos; el médico nos visitaba dos veces al día, y los convalecientes frotaban el termómetro con los dedos para aparentar más fiebre; naturalmente, lo hacían con cuidado y escondidos debajo de las mantas, y nunca subían la temperatura más de 38,2 o 38,4 grados. Así podían quedarse unos días más en ese paraíso cálido y acogedor a pesar del olor a yodo y éter.

En la cama de al lado se encontraba fingiendo alguna enfermedad un muchacho de mi ciudad natal, un tal Berci. Llevaba un año interno y pertenecía al grupo de los entendidos; creo que tenía un año más que yo. Mi familia era amiga de la suya, de modo que de pequeños habíamos jugado juntos en numerosas ocasiones. Era un muchacho salvaje y amargado que gastaba bromas pesadas a los demás; no nos caíamos bien, pero allí, en aquel lugar inhóspito y ajeno, yo buscaba su compañía aunque lo temía un poco... En mi infancia ya me había aterrorizado. En los últimos tres o cuatro años sólo nos habíamos visto durante las vacaciones de verano, así que de repente me sentí mayor y superior a él. Me había hecho fuerte en compañía de mi amigo Dönyi, me había robustecido por dentro y era más resistente gracias a una serie de experiencias, así que Berci tuvo que admitir que el hechizo de la niñez había desaparecido, que ya no le tenía miedo, que su carácter salvaje y su terror brutal ya no me impresionaban.

Ambos dormíamos en el mismo sitio, estudiábamos en la misma sala, estábamos juntos día y noche. Más adelante comprendería que en realidad no temía sus amenazas, sino que ese carácter cruel con el que me atosigaba me inspiraba horror. Vivía en un pánico constante porque sus métodos eran astutos y refinados. Me seguía a todas partes, me amenazaba, me molestaba con todo lo que decía o hacía. Era un muchacho guapo, alto y delgado, de cabello rubio peinado con raya en medio, que miraba el mundo con ojos vivos y astutos; era hipócrita, falso hasta la médula, y no tenía un pelo de tonto; yo sentía que su mirada se cernía constantemente sobre mí, en la clase, en el patio, en el dormitorio. Yo debía de ser su objetivo vital en aquella época, debía de representar al enemigo, al intruso, era alguien de quien apoderarse para no soltarlo más... Reunía todo tipo de «datos personales» sobre mí con la aplicación de un detective, y cuando me amenazó por primera vez con delatarme ante el prefecto, el universo se oscureció ante mis ojos: lo que me abrumaba no era tanto la perspectiva de recibir un castigo y una humillación, como descubrir que entre dos personas podía haber de todo, incluso una crueldad gratuita, contraria a toda lógica... Yo nunca le hice nada malo a Berci, siempre admitía que él era el más fuerte, el más seguro, el que se movía con facilidad por el mundo, el que ostentaba la complicidad y la decisión de un «líder», y por esa razón lo envidiaba y también lo detestaba; pero por eso mismo me sentía inferior a él y pensaba que estaba a su merced. Berci «pertenecía» a algún lugar, al grupo de los «líderes» que se callaban cuando yo aparecía, que hablaban en una jerga que, por más que lo intentase, sólo entendía a medias; sospechaba que el mundo estaba lleno de gente así, de gente que se comprende y se apoya entre sí, de gente como Berci, que actúa constantemente para que el mundo sea tan caótico, terrible y poco fiable... Berci sabía, porque lo percibía a través de todos sus sentidos, que yo era distinto y que obviamente pertenecía a la gente innecesaria, a la que sobra, a la que sólo siembra dudas y preocupaciones entre los demás, a la que hay que eliminar, a la que hay que molestar y atosigar siempre que sea posible... Y se impuso esa tarea con empeño y entusiasmo.

Su padre, un coronel retirado, iba a verlo de vez en cuando; mandaba bajar a su hijo a la sala de visitas, se quitaba el sable y le propinaba una buena paliza por lo pasado y lo futuro. Después de pegarle, le daba un forinto y se marchaba. Berci no se preocupaba por las palizas recibidas, las olvidaba enseguida, pero invertía el dinero con astucia y éxito. Nuestros educadores nos repartían cada semana una pequeña cantidad a modo de «dinero de bolsillo», dinero que no olvidaban cobrar a nuestros padres con los intereses correspondientes junto con todo lo demás. Ya no recuerdo cuánto teníamos asignado, si era un forinto a la semana o al mes... El hecho es que ese dinero apenas bastaba para endulzar un poco la tristeza del internado y completar la comida, siempre insuficiente... «Endulzar» quiere decir endulzar en el sentido literal, infantil de la palabra: los más pequeños compraban dulces y chucherías, y los mayores gastaban su dinero en tabaco y en ejemplares de la revista de tintes eróticos *Fidibusz*. Éramos unos adolescentes en pleno desarrollo físico, y los más tragones nos quedábamos con hambre tras la espartana comida del internado, así que les encargábamos a aquellos compañeros que iban y venían a diario que nos compraran algunas *delikatessen*. Una de las golosinas más apreciadas de la época era «la manzana de Guillermo Tell», una manzana compuesta por gajos de chocolate envueltos en papel de plata, aunque también era popular «el dulce napolitano», un pastel relleno de crema de vainilla... Comíamos esas cosas a diario. Los mayores y más pudientes también encargaban alimentos para adultos, como embutido o latas de sardinas o de anchoas. Por eso Berci estaba ahorrando para poner los cimientos de una pequeña tienda de ultramarinos.

En los cajones de su escritorio, como si fuesen los de una tienda, reunió todo tipo de delicias capaces de despertar el interés de unos adolescentes hambrientos, desde arenques ahumados hasta latas de anchoas, galletas, fruta confitada, embutido y, por descontado, artículos para fumadores. El almacén secreto pronto se dio a conocer. Todos comprábamos en él, desde los pequeños hasta los mayores. Berci llevaba el «negocio» con esmero y cuidado, como un auténtico comerciante; hay que reconocer que tenía mercancía de primera calidad —las sobras de lo perecedero del día se las comía él mismo por las noches y a la mañana siguiente tenía lo mismo, pero fresco y recién adquirido—, estaba siempre a disposición de sus clientes y los colmaba de atenciones. Yo sigo sin entender qué motivo llevó a Berci a montar ese negocio de usurero, pues era hijo de una familia acomodada y recibía de su casa todo lo necesario, como todos los demás estudiantes de ese internado caro y costoso. Sus padres le mandaban varios uniformes «complementarios» que encargaban para él, le enviaban varios pares de guantes blancos para sus apariciones en los palcos del Teatro Nacional y tenía, en general, todo lo que necesitaba o se le antojaba. Sin embargo, se metió en esos negocios, que eran más que rentables... Todos los estudiantes del instituto encubríamos lo relativo a las actividades de Berci, ayudábamos a ocultar el almacén secreto, sus complicadas vías de abastecimiento... Berci estaba a nuestra disposición a cualquier hora del día o de la noche, ofrecía sus delicias selectas de modo ininterrumpido. Nunca olvidaré su cara de contento al inclinarse por las tardes sobre su libro en la sala de estudio y observar al mismo tiempo a sus posibles «clientes», con quienes mantenía sofisticados sistemas de comunicación. Algunos hacían sus pedidos utilizando el código Morse: le decían que les reservara una «manzana de Guillermo Tell» o cien gramos de salami —los más comilones se llenaban los bolsillos de pan a la hora de comer—; luego pedíamos permiso para ir al servicio, y al volver pasábamos al lado del escritorio de Berci y nos embolsábamos los bocados previamente seleccionados... Saldaba las cuentas con sus clientes los sábados; llevaba un libro donde lo apuntaba todo, y como «trabajaba» a un interés del cien por cien, se enriqueció pronto. Se sentaba frente a sus cajones con el lápiz detrás de la oreja y mientras los demás estudiábamos él se dedicaba a frotarse las manos y repasar sus «libros de cuentas», donde anotaba nuestras deudas y sus exigencias... Lamentablemente, yo también me convertí en su deudor y tuve que pagar las consecuencias durante meses.

Un día se plantó delante de mí, me miró de arriba abajo con una irónica expresión de superioridad y me dijo: «Conozco a tu familia. Puedes comprar a crédito.» Su generosidad me sorprendió y empecé a sospechar algo. Algo malo. Mientras tuve dinero, pagaba lo que compraba. Sin embargo, él me ofrecía constantemente su mercancía y yo no resistía la tentación de las caras y golosas «manzanas de Guillermo Tell», así que acabé recurriendo a su oferta. Desde entonces, me atiborraba de golosinas a crédito... Le encargaba una lata de sardinas para almorzar, un trozo de embutido para merendar, galletas y dulces a cualquier hora del día o de la noche. Él me servía con seriedad y atención, sin olvidarse nunca de apuntar los artículos en su libro de cuentas de tapas rojas, y cuando recibíamos la «paga» y yo pretendía pagarle algo, me aseguraba con un ademán de rechazo que no era necesario: «Conozco a tu familia. Ya me pagarás al final del semestre.» Berci trabajaba con mucha elegancia, con mucho tacto, actuaba «a largo plazo», pero a mí no acababa de tranquilizarme el hecho de que «conociera a mi familia»... Estaba en sus garras. Al final del semestre, justo antes de las vacaciones de Navidad, se plantó delante de mi escritorio y sacó su libro de cuentas para enseñarme el montante de mis deudas. Según lo que vi, le debía una cantidad descomunal, más de treinta pengős. «Por favor, debes pagarme antes de las vacaciones —me dijo en un tono plano y oficial. Cuando protesté, me respondió con brevedad e intransigencia—: Lo siento. Necesito el dinero.»

Podría haberme reído en su cara y rechazado ese juego sin sentido... Pero sabía que si no le pagaba y le contestaba que se cobrara la deuda como pudiera, acabaría perdiendo él; si alguien se enteraba de que él comerciaba con dinero, su padre le pegaría una paliza verdaderamente descomunal y lo echarían del internado... Nos miramos cara a cara: los dos sabíamos que no había lugar para venganzas, que tenía que saldar mi deuda y que no podía delatar a Berci, y también que él había vencido en la extraña batalla que habíamos librado. Yo había dejado al descubierto las debilidades de mi cuerpo, me atiborraba de golosinas, no podía resistir, así que no podía vencer a Berci; resultaba obvio que yo era menos que él, que valía menos, que no era verdad que fuese más noble que él ni que tuviese más ambiciones... Durante esos largos meses, Berci me había alimentado a crédito, los dos éramos conscientes de que ése y sólo ése era el significado de la transacción, así que Berci se plantó ante mí con todo el derecho del mundo, con los brazos cruzados, como Szacsvay en el papel del mercader de Venecia.

—Después de las vacaciones te doy el dinero, desgraciado —le dije, y me entraron ganas de llorar.

—¡Júramelo por tu honor! —replicó con mucha calma.

—Te lo juro —le espeté, rechinando los dientes.

Jurar por tu honor significaba muchísimo en aquel mundo feudal, era una cuestión de vida o muerte. Al día siguiente nos dieron las vacaciones de Navidad. «¡Treinta pengős! —pensé—. ¡Quizá ni siquiera haya tanto dinero en el banco!» Después de las fiestas, cuando ya llevaba tres días sin poder comer ni dormir de lo nervioso que estaba, le confesé el asunto a mi padre. Me dio el dinero y me prometió que no le diría nada al coronel. Berci cogió los billetes sin decir palabra, los contó, los alisó uno a uno y se los metió en el bolsillo mientras yo contemplaba la punta de mis zapatos. Temblaba de ira y estaba pálido por la humillación, pero no pronuncié una palabra, me limité a esperar, a ver qué pasaba. Su reacción me sorprendió: alzó la cabeza de repente, me escupió en la cara, me pegó una enorme bofetada y se fue corriendo. Nunca más volvimos a hablar.

9

El internado... Los estudiantes avanzábamos en fila india, tambaleándonos, uniformados, como si fuésemos prisioneros. Las prácticas masturbatorias eran habituales entre los muchachos: por las noches lo hacíamos en el dormitorio; durante las horas de estudio de la tarde nos escapábamos a los aseos y volvíamos exhaustos a la sala común. La verdad es que nadie intentaba ocultar esa molesta enfermedad de los adolescentes: doscientos muchachos atormentados por los sanos deseos propios de la adolescencia convivíamos en ese fervor de la juventud, cuando los misterios del cuerpo son los que más ocupan la fantasía.

Entre los externos de los cursos superiores, «los muchachos de Pest» eran los más populares; esos jóvenes dandis que vestían a la última moda parecían hombres hechos y derechos, llevaban sombrero de copa, iban a cafés y a cinematecas y pasaban el tiempo contando a los demás sus hazañas amorosas, aderezadas con mentiras descomunales. Nosotros escuchábamos sus relatos interesadísimos, éramos presos y a la vez niños, y sufríamos por la doble crisis de la adolescencia y de la disciplina férrea del internado. Poco a poco yo también acabé «formándome»; vivíamos en una hipocresía constante y para conseguir la mínima ventaja en lo que fuese era necesario simular una entrega bondadosa, un comportamiento obediente y una complicidad dócil, y mantenerse al mismo tiempo en estado de alerta... Pronto me di cuenta de que los «resultados» que me exigían apenas sobrepasaban la habilidad manual de cualquier mono, la capacidad matemática de un caballo y la docilidad de una bestia salvaje amaestrada que a veces sigue enseñando los dientes, pero que se doblega ante el látigo. No tardé mucho en hacer las paces con los representantes oficiales del internado y del instituto, con los profesores y los educadores. Sin embargo, no fui capaz —y nunca lo sería— de aceptar la docilidad y la entrega voluntarias de mis compañeros, esa aceptación servicial de las cosas inaceptables, esa adulación abierta y provocadora de todo cuanto es de calidad inferior, de todo lo que es mera baratija, la aprobación del castigo: todo eso hería mis sentimientos profundamente, mucho más que las intenciones de nuestros educadores o la realidad de sus castigos. «Están haciendo su trabajo», pensaba cuando los prefectos nos «disciplinaban», y me encogía de hombros... Sin embargo, los disciplinados animalitos del rebaño se alegraban de los castigos, casi se regocijaban al ver el látigo, casi lo esperaban como una penitencia, y después de soportarlo se entregaban, alegres y liberados, a sus miserables pecadillos. Yo sufría más por mis compañeros que por la severidad y la disciplina del internado. Observaba sus distracciones, sus juegos, sus lecturas, sus virtudes y sus pecados, y me sentía sorprendido y asustado: su mundo me parecía tan barato, tan insignificante, incluidos los «pecados», los «crímenes» y los «castigos», tan mediocre, tan humillantemente poco exigente... En mí había muchas «exigencias» bien arraigadas... Deseaba otros «pecados», otros «crímenes», y estaba dispuesto a soportar el castigo que merecía por ellos; mientras que la escasa calidad que regía el mundo de mis compañeros me dejaba atónito: me sentía humillado por su mala fe y su falsedad, por su constante sentimiento de culpa, que les hacía bajar los ojos y mirar al suelo, por su servilismo vulgar. Tal vez no era consciente de ello entonces, pero cada día que debía pasar con ellos me alejaba un poco más de cualquier comunidad humana impuesta. «Si hay que pagar este precio por pertenecer a una comunidad, por estar en paz con todos, por recibir protección y manutención, entonces prefiero no tener nada de eso —pensaba—. Prefiero la soledad, el aislamiento ridículo y peligroso; prefiero mirar de lejos cómo juegan, cómo se satisfacen, cómo alcanzan el éxito.» Esa desconfianza un tanto asustadiza me embargó bastante pronto. Mis experiencias posteriores en ese sentido apenas variaron mis sentimientos.

Para pasar las fiestas me iba a casa, a pasear en mi uniforme de gala por la avenida principal de mi ciudad; y quizá fuera exactamente el uniforme de gala, ese uniforme de «adulto», una de las causas de que perdiera mi «virginidad» cuando aún era casi un niño y en unas circunstancias humillantes e infames. Las Navidades en casa se convertían, bajo el mando de mi madre, en un misterio familiar. Todo era «arcano» en aquellos días de fiesta, desde la misma preparación, y cuando nosotros ya éramos jóvenes adultos mi madre aún conseguía convertir esas fechas en una representación piadosa, llena de detalles; ella transformaba esos días y los colmaba de entusiasmo; su emoción alcanzaba el punto culminante al encender las velas del árbol, momento en que mi madre rompía generalmente en llanto, y cuando por fin nos sentábamos a cenar, ella ya estaba tan agotada que se dormía allí mismo, sentada a la mesa... El encanto de esos días me envolvía por completo año tras año: parecía que mi madre se empeñaba, con sus métodos quizá insignificantes e imperfectos, en remendar la leyenda que ya había desaparecido para siempre, la leyenda de «la paz en la tierra» habitada por la gente de buena voluntad... Yo tenía catorce años y lo sabía todo sobre los adultos, pero seguía esperando en secreto a los Reyes Magos. Ese invierno llegué a casa temblando de miedo; me paseaba muy gallardo en mi uniforme de gala por la avenida principal, pero temblaba de frío por fuera y de miedo por dentro, porque había prometido a uno de mis amigos del instituto, el hijo de un terrateniente de la provincia de Zala, empeñando mi palabra de honor, que durante las vacaciones de Navidad «lo haría». En mi clase, muchos adolescentes precoces se ufanaban de «haberlo hecho»; aquel muchacho, que también tenía catorce años, había visitado una tarde de permiso una de «esas» casas de la calle Vármegyeház y lo había hecho; nos contó su triste hazaña durante semanas y meses, hasta que me prometí que yo tampoco me quedaría atrás. Me costó años superar la «bravata», lograr olvidar mi susto y mi estupor: incluso después de aprobar el examen de bachillerato, cuando ya me sentía a mi aire en la capital, seguía sin decidirme; me sentía incapaz de saciar mi sed en aquellos charcos de amor sucios en los que mis compañeros se revolcaban con frecuencia, felices y contentos. Había prometido que lo haría «bajo palabra de honor», y lo hice como una bravuconada; el único recuerdo que me quedó fue una sensación de pérdida de conciencia, además de un sentimiento de culpa desagradable y embriagador que no disminuiría en años.

Fui a la casa de la calle Virág la víspera de Nochebuena; estaba nevando y a las cuatro de la tarde ya era noche cerrada. La habitación donde entré olía a vaselina, petróleo y jabón, y en ella reinaba el calor. Eso es lo único que recuerdo de la visita: no sé si estuve con la mujer unos minutos o unas horas... Creo que entré con los ojos cerrados, fuera de mí, temblando como si entrara en un quirófano. El recuerdo yace en la oscuridad total, en una especie de bruma que soy incapaz de disipar. Al cabo de un rato me encontraba otra vez en la calle, hacía mucho frío y todo estaba cubierto de nieve; me sentía muy mal, así que me fui a casa; los demás miembros de mi familia estaban en el salón, con la luz encendida, adornando el árbol de Navidad. Me sentía sucio y experimentaba de nuevo la misma aversión hacia «su realidad». Me sentía engañado. ¿Era ése el «secreto»? ¡Qué poca cosa! ¡Qué vil, qué barato, qué pobre! Perdí la virginidad a los catorce y a continuación viví largos años de abstinencia, orgulloso y ultrajado.

10

Aquellas Navidades las celebramos ya en la «casa de propiedad». Mi padre ha ascendido. La nueva casa es preciosa, señorial; cuando se construyó quizá no tenía parangón en la ciudad. Pero a ella yo ya sólo voy a pasar las vacaciones o a realizar alguna corta visita de cortesía. Cuando me apetece sentir el «olor a hogar», voy a la casa antigua, al edificio de pisos de alquiler, donde mi padre mantiene su despacho; subo al primero, me apoyo en la barandilla del pasillo y miro el enorme patio interior y el nogal del jardín de al lado, mientras por las ventanas del piso de la segunda planta donde aún vive el propietario de la fábrica de cristal con su familia, sigue saliendo música de piano.

No voy a dibujar aquí la «casa de propiedad» porque los detalles del retrato topográfico serían aburridos. Había más de una docena de habitaciones abovedadas y todo era elegante, desconocido para mí; en el jardín había una fuente romántica rodeada de piedras donde el agua no dejaba de caer; las verjas estaban adornadas con plantas trepadoras que caían hasta el suelo, y sobre el portal de granito estaba grabado el escudo familiar. Yo nunca me he sentido bien en esa casa, ni un solo momento. Desde el jardín se veía el ruidoso patio interior del edificio contiguo, donde vivían familias obreras, y también los pasillos del primer piso, siempre rebosantes de vida: esa vecindad «ordinaria» causó muchos disgustos a la familia. Las familias que vivían allí eran inmigrantes de Galitzia, gente vulgar, muchachas que andaban todo el día despeinadas y poco ceñidas, que llevaban una vida ruidosa y chillona por los pasillos, que se vestían y desvestían con las ventanas abiertas, enseñando a todos sus encantos, y recibían así a sus novios siempre diferentes... Mi padre se planteó en serio comprar ese edificio, al que calificaba de «casa pública», para limpiar la pequeña y silenciosa calle de aquella «vergüenza», pero el precio resultó demasiado elevado, así que tuvimos que aguantar aquella invasión. Las muchachas «inmigrantes» llevaban una vida alegre, ruidosa y movida, iban y venían por las tardes con los hombros cubiertos por pañuelos de muchos colores, se apoyaban en la barandilla del pasillo y tiraban al acantilado de la ciudad el agua sucia de sus chismes y habladurías. Mi familia se salía de sus casillas por culpa de la vecindad; para ellos, la presencia de los «inmigrantes» constituía una ofensa personal, su llegada había sido pérfida y malintencionada, y su propósito no era otro que manchar nuestra selecta y pacífica existencia. Yo no llegué a conocer a ninguna de esas muchachas «inmigrantes», pero observaba a mi sucio, ruidoso y vulgar vecindario con una invencible curiosidad, y sólo una falsa vergüenza de «señorito» impidió que me aprovechara de su evidente simpatía hacia mí... Consideraba que debía ser «solidario» con mi familia, de modo que no podía establecer contactos con aquella «gentuza»... Sin embargo, me seducía su visible felicidad en medio del «pecado». Me sentaba en nuestro elegante *hall*, repleto de plantas y de enormes ventanas, con un libro en la mano y una expresión de orgullo y rechazo en la cara, y entre página y página lanzaba miradas llenas de deseo a aquellas hembras entradas en carnes que, obviamente, vivían inconscientes en la lujuria y el pecado. No podía establecer ningún contacto con ellas, no podía sacrificar la buena fama de la familia por aquellas señoritas tan alegres; en nuestra casa todo era distinto, mi padre había escogido cada detalle con buen gusto. Lo habían nombrado presidente de la cámara de abogados, iban a visitarlo los hombres más importantes de la administración de la ciudad, en el patio caía constantemente el agua de la fuente... Yo bajaba la mirada a mi libro y seguía leyendo y aburriéndome.

El mismo sentimiento de solidaridad burguesa me mantendría alejado de las muchas diversiones dudosas, indignas e impuras según todos los indicios, y al mismo tiempo tan atractivas y tentadoras, que se me ofrecerían; y hasta pienso a veces que también me mantuvo alejado de la «felicidad», ese estado inconsciente e indisciplinado que tiene un precio muy elevado y cuyas pasiones debemos pagar en ocasiones con nuestra «reputación»... Es una tarea difícil librarse de las ataduras de la solidaridad con la propia clase social y atreverse a aceptar la felicidad en todas sus formas y manifestaciones. El espectáculo de la casa contigua, ese «cenagal» donde las ranas croaban día y noche con alegría, me hizo llegar a la conclusión de que nada de lo verdaderamente atractivo de la vida tenía que ver con los ideales, y tampoco probablemente con los estados puros, sanos o exentos de peligros... Yo no podía relacionarme con aquellos vecinos porque en nuestra casa se encendía la chimenea en las tardes de frío, ¿y acaso había muchas casas con chimenea en la ciudad?... Tuvo que pasar mucho tiempo hasta que comprendiese que las chimeneas carecían de importancia. Sentía una atracción y una simpatía secretas e hipócritas, por otra parte totalmente invencibles, por nuestros vecinos; llevaban una vida alegre, quizá ni siquiera alegre, pero una vida en cualquier caso verdadera, una vida plena que devoraban a mandíbula batiente, una vida libre de ataduras, de ideologías o de sentimientos de «solidaridad». Fue estupendo que el destino nos brindara exactamente esos vecinos, esos obreros proletarios que nunca se callaban; yo veía en tal «golpe del destino» la voluntad de equilibrio que emana de la vida, una venganza, una administración de venganza; una venganza por haber dispuesto y amueblado la casa de manera demasiado ostentosa, demasiado elegante, con su jardín, sus plantas trepadoras, su fuente, su chimenea, su buena docena de habitaciones abovedadas y su portal decorado con el escudo familiar. La vida no es así, nada se da así de fácil; nosotros habíamos levantado demasiado la cabeza y ahora nos daban un coscorrón: tras instalarnos en la «casa de propiedad», donde todo estaba hecho a medida, nos invadieron los vecinos, aquellos proletarios ruidosos, representantes de un mundo distinto que nos envolvía con sus olores desagradables, sucios y crudos. No podría explicar por qué, pero yo consideraba bueno y justo ese peculiar arreglo de la vida.

En la casa de los vecinos proletarios vivía también un hombre, un «revolucionario», un líder del partido socialdemócrata local que había trabajado como redactor en una imprenta, un líder popular que editaba entonces una revista semanal en la que desvelaba de manera consecuente e implacable los sucios trucos de la «burguesía»... Ese revolucionario podía contemplar nuestra vida desde el palco de sus ventanas, podía ver cómo la criada llevaba al comedor con chimenea los suculentos platos «burgueses», cómo se educaban los críos «burgueses»; en varias ocasiones escribió artículos irónicos sobre mi padre. Cuando, bastantes años más tarde, la revolución roja tomó el poder en la ciudad durante varias semanas, cuando las criadas se marcharon sin despedirse y los habitantes del edificio de al lado se apoderaron del mundo durante unas breves horas de embriaguez, nuestro vecino «revolucionario» se comportó de una manera muy curiosa: era uno de los cabecillas —tenía el rango de comisario popular local—, de modo que podía haber mandado a mi padre a la cárcel en cualquier momento, pero, sin embargo, nos enviaba alimentos —sin que nadie se lo pidiera— y también consiguió, guiado sólo por su buena voluntad, que no alojaran a ningún «camarada» en nuestra casa. Los «burgueses» del edificio contiguo no sufrieron percance alguno durante aquellos días de revolución roja. Nuestros vecinos proletarios nos ignoraron por completo.

11

Conservo el recuerdo de otro verano: un verano de verdad, caluroso, luminoso y sereno, un verano que nunca se repetiría. En esas fechas alquilábamos una casa de campo en las laderas de la colina del Bankó y las semanas pasaban en paz, repletas de un agradable bienestar; no me acuerdo de ninguna desavenencia, discusión o problema familiar.

Yo había terminado el año escolar en el internado y el alejamiento del hogar me había conferido ciertas ventajas muy provechosas. Nos habíamos puesto de acuerdo de forma implícita en que yo ya no estaba sujeto a las normas del orden familiar, que recorría mi propio camino y que en el futuro la única posibilidad consistía en tolerar con educación los caprichos mutuos. Yo era un adolescente alto, de manos y pies grandes. Los niños ya no me aceptaban en su mundo secreto y los adultos no me daban todavía permiso para acercarme a ellos; me encontraba entre las dos orillas, en un estado de sensibilidad extrema, aturdido, en una situación en la que el alma devuelve los sonidos de la vida ampliados y reforzados. La casa que alquilábamos se encontraba junto a un enorme bosque de pinos y abetos situado por encima de la ciudad en el que había media docena de chalets más; la destartalada posada cercana a la fuente de Lujza estaba siempre llena de huéspedes y los que vivíamos en aquella colonia nos manteníamos alejados de ellos. Nuestra casa estaba rodeada de un jardín lleno de flores preciosas cuyo perfume inundaba el porche. Las damas de los chalets vecinos pasaban la tarde allí: se acomodaban en unas tumbonas para hacer labores, y al atardecer los maridos llegaban desde el trabajo en coche de punto para tomar una copita de vino con mi padre. Uno de nuestros vecinos era consejero del ayuntamiento, y también el subprefecto alquilaba una de las casas cercanas: era un auténtico magiar digno de tal nombre, alto y barbudo, que recordaba a los héroes de las novelas de Mór Jókai; también nos visitaba uno de los jueces de la corte con su esposa, sus hijos y su cuñada en vías de separación, una joven y guapa señora de tez nívea y muy delicada... Las damas hacían labores y leían las aventuras del conde de Montecristo, que se publicaban por primera vez en húngaro por entregas... El intenso y cálido olor a resina del bosque impregnaba todo el paisaje. Vivíamos como si fuéramos los protagonistas de algún tomo encuadernado en rojo de la Biblioteca de Novelas de la Literatura Universal, obras que llenaban las bibliotecas femeninas de la época junto a los folletines de tapa verde en los que se relataban las peripecias del conde de Montecristo. A la hermosa señora en vías de separación la cortejaba un joven abogado muy elegante de Pest, y las otras damas apoyaban con fervor tal unión. Era un verano especialmente caluroso, casi asfixiante. Al atardecer íbamos a buscar setas al bosque siempre húmedo.

El bosque vivía sus últimos momentos: unas semanas después lo arrasó por completo una tormenta que acabó con toda la ladera, hasta el valle del Fűrészmalom. Aquel verano yo iba a pasar todas las mañanas al bosque con tanta ansiedad como si hubiera sentido próximo su fin y quisiera recoger deprisa el material para los recuerdos futuros. Los prados estaban quemados por la sequía, pero el bosque, en sus entrañas, se alimentaba de una fuente secreta de humedad, estaba fresco y lleno de sombras, olía a pino y a abeto: ese olor sigue recordándome la infancia y la adolescencia, me trae detalles de su bochornosa y emocionante atmósfera. A veces me encontraba con el cazador de mariposas, el viejo abogado que no «avalaba en ningún caso letras de cambio» y que andaba de manera incansable por la espesura cargado con sus útiles. El ruido de los motores de la serrería, situada en el valle, a varios kilómetros de distancia, atravesaba el silencio del bosque. Yo pasaba días enteros entre los árboles; a veces me llevaba algún libro, pero en realidad leía poco, me bebía y me comía la materia del bosque, su esencia hecha de olores, aire, luz y sonidos que hoy, después de tantos años, sigue representando para mí la «Naturaleza», y quizá deba a aquellas semanas que haya mantenido vivo el recuerdo del bosque y pueda evocarlo en cualquier café de cualquier ciudad del mundo, puesto que nunca me he desligado de él. La «Naturaleza» no era para mí una simple asignatura del colegio o del instituto porque tenía una relación auténtica y verdadera con ella; mantuve su recuerdo muy vivo incluso cuando llegué a considerar que sus manifestaciones resultaban un tanto sospechosas, banales y muy «poco literarias», incluso contrarias a las bellas letras. Sí, ése fue el último «verano grandioso» en medio del bosque... Y no cayó una gota durante semanas.

En la tarde del día de San Pedro y San Pablo, la colonia de veraneantes se afanaba en saber si era acertada o no la opinión de las damas, según la cual un feliz acontecimiento se podía producir en cualquier instante. Se esperaba la segura declaración del joven y elegante abogado de Pest y la consiguiente petición de mano de la hermosa señora en vías de separación, desilusionada de su matrimonio anterior.

La merienda se celebraba en el porche de nuestra casa de modo más solemne del habitual. El ambiente estaba impregnado de una alegría más propia de una fiesta del mes de mayo. El pretendiente había llevado en una maleta fuegos artificiales desde Pest; los hombres habían contratado una orquesta de gitanos; el vino y el agua de seltz estaban al fresco desde por la mañana. Para la merienda todos nos ataviamos convenientemente, y como yo no quería deslucir la fiesta, me puse el uniforme de gala. Estaba encantado de que nuestra casa fuese el escenario de un acontecimiento tan espléndido y de que estuviera hasta el subprefecto, todo un señor... que podía incluso tocar el violín si se encontraba con ganas. La tarde del compromiso se prometía opulenta, majestuosa y festiva, aquello era una verdadera fiesta de la burguesía... Mi padre, vestido con traje al estilo magiar, se sentó en una mecedora, y, apoyado en la barandilla del porche, fumaba un puro mientras conversaba con el subprefecto. Arriba, junto a la fuente, en la posada, una orquesta de gitanos tocaba para unos excursionistas que celebraban el día con unas cervezas. Mi madre había puesto la mesa con copas de cristal de Karlsbad y tazas de porcelana de Meissen decoradas con dibujos de cebollas. Había en la mesa un bizcocho grande, nata en pequeños recipientes, frambuesas dispuestas sobre hojas verdes, miel y mantequilla en tarritos de cristal...

Acabábamos de sentarnos a la mesa cuando, de pronto, llamaron al subprefecto y éste bajó al jardín, donde lo esperaba un húsar en posición de firme que le entregó una carta de la autoridad provincial. El subprefecto abrió el sobre y volvió al porche, pero se detuvo en el umbral sin abrir la boca. Estaba muy pálido; su palidez contrastaba con su barba negra al estilo de Kossuth, que parecía el recuadro de una esquela mortuoria.

—¿Qué ocurre, Endre? —le preguntó mi padre acercándose a él.

—Han asesinado al heredero del trono —contestó el subprefecto acompañando sus palabras con un ademán nervioso.

En medio del silencio se oía la orquesta de gitanos tan cerca como si estuvieran tocando en el mismo jardín. Los invitados, que estaban sentados a la mesa, se quedaron inmóviles, paralizados, con las tazas de porcelana en la mano, como si participaran en una obra de teatro. Yo miré a mi padre y observé que llevaba la vista al cielo con expresión de desconcierto.

El cielo era de un azul muy claro, un azul diluido de verano. No se veía ni una sola nube.

SEGUNDA PARTE

Primer capítulo

1

Sobre el puente había dos soldados con unas flamantes botas de cuero que les llegaban hasta las rodillas y un uniforme gris verdoso que parecía un traje deportivo o de caza más que ropa militar. Tenían las manos enguantadas y los brazos cruzados, y miraban con aire indiferente y reservado el tren que nos trasladaba a Occidente.

—Mira —le dije a mi esposa—, ésos ya son soldados europeos.

Yo también los miraba, bastante emocionado. El corazón me latía con fuerza. Me sentía como un viajero de renombre que inicia una expedición a parajes llenos de peligros, como sir Henri Morton Stanley o sir Aurel Stein. Los dos éramos muy jóvenes. Yo tenía veintitrés años y apenas llevaba unas semanas casado. Lola estaba sentada al lado de la ventanilla, en un rincón del destartalado vagón, que probablemente había servido en las líneas de cercanías de París y que después había sido relegado a Aquisgrán, a la frontera germano-belga, como si aquélla fuese una zona infectada por la peste. Faltaba el cristal de una ventanilla, las cintas de cuero estaban rotas y la red para poner el equipaje, agujereada; los asientos dejaban ver sus entrañas llenas de resortes. «Esto les servirá», habrían pensado los empleados de la oficina parisina de la compañía ferroviaria al enviar el tren a Aquisgrán. Y, efectivamente, nos servía. Entraba frío por la ventana rota, observábamos a los soldados «europeos» —a partir de la frontera alemana, durante unos kilómetros, el tren fue dirigido por ingleses—, y mis dientes castañeteaban por la emoción.

Nos sentíamos como dos africanos depositados allí, en la frontera germano-belga. Todo era tan «europeo» para nosotros, desde el vagón destartalado y maloliente hasta el obeso revisor belga que dormitaba en un rincón con su uniforme de botonadura de plata; la lámpara de gas del techo, los billetes, todo nos resultaba «diferente», todo tenía aspecto «europeo», en particular los billetes, que no se parecían en nada a los de casa, como los del trayecto entre Kassa y Poprádfelka... Para nosotros era «europeo» hasta el relleno que asomaba del interior de los asientos y aquella tableta de chocolate francés asqueroso, color ceniza, que compramos en la estación; la lluvia de finales de verano llevaba hasta el vagón un olor «europeo» a carbón, y nosotros dos, aunque estábamos angustiados y a la vez maravillados, nos sentíamos también definitivamente «europeos». Habíamos decidido por adelantado que París no nos iba a «encantar» (más adelante descubriría el mismo sentimiento de superioridad angustiada en otros visitantes del Este de Europa). Sin embargo, era tal nuestra curiosidad que temblábamos de emoción. Habíamos leído las mejores obras de la literatura gala, desde las novelas de Zola y Anatole France hasta los cuentos de Maupassant en su traducción al húngaro o al alemán, había oído hablar de Bergson y «conocía» la historia de Francia, sobre todo a partir de la Revolución y las guerras napoleónicas.

Conocíamos los nombres de diferentes productos de belleza y perfumes franceses, yo había leído unos cuantos poemas de Baudelaire en su lengua original, y, de alguna manera, París representaba para los húngaros una patria intelectual donde el mayor de los poetas húngaros de la época, Endre Ady, había pasado sus días de aflicción reflexionando sobre el destino magiar mientras tomaba copas de absenta y se dejaba abrazar por «muchachas francesas con vestidos de encaje». No, nosotros no éramos unos salvajes, llegábamos a Occidente con los deberes hechos. No nos vestíamos del todo como los franceses —más adelante nos daríamos cuenta de que nuestra manera de vestir era incluso más «elegante» y nos hacía sospechosamente distintos de los hombres y las mujeres occidentales—, pero habíamos llevado una vida elegante y burguesa, agradable en todos los sentidos, habíamos aprendido francés con la señorita Clémentine y estábamos acostumbrados a que nuestras mujeres se vistieran según la «última moda francesa»... Conocíamos la cultura occidental a fondo, así que podíamos viajar a París con toda tranquilidad; sabíamos que nuestra nación, nuestra clase social y nuestros profesores no tendrían que avergonzarse por nuestra culpa.

Entonces, ¿por qué temblaba de miedo en aquel vagón maloliente que Occidente había enviado para recibirnos? ¿Por qué sentíamos el mismo miedo escénico que se experimenta cuando unos parientes pobres de provincias se disponen a visitar a unos familiares ricos e influyentes de la capital y se limpian bien los zapatos y carraspean constantemente? La «cultura occidental» nos quedaba demasiado grande, no nos sentíamos a gusto. Nuestros nervios se rebelaban, estábamos llenos de remordimientos. Al llegar a las puertas de Occidente, intuimos que su cultura no era simplemente lo que habíamos leído en las novelas de Anatole France, o sea, en sus versiones húngaras más o menos logradas, o las impresiones de Endre Ady en París, los artículos de las revistas de moda francesas, las lecciones de Historia recibidas en el colegio y las palabras en francés, mal pronunciadas, que causaban buen efecto en casa si se intercalaban en una conversación cotidiana. Empezamos a sospechar —se trataba más bien de una impresión ambiental que se apoderó de nosotros en la frontera germano-belga— que ser un burgués en el sentido occidental de la palabra era distinto de ser un burgués en nuestra casa, que para obtener tal condición no bastaba con las cuatro habitaciones, la calefacción de gas, las criadas, la obra completa de Goethe en la biblioteca, las conversaciones refinadas en buena compañía o el conocimiento de Ovidio y Tácito; intuimos que todo aquello sólo se relacionaba en algunos puntos culturales con esa otra manera de ser burgueses que íbamos a conocer, la verdadera. Sentíamos con cierto desasosiego que ser un burgués en Nantes no era lo mismo que ser un burgués en Kassa. Nosotros, en nuestra ciudad de las Tierras Altas, éramos burgueses a conciencia, nos esforzábamos como los niños de un colegio, intentábamos hacer nuestros deberes, nos imbuíamos de la cultura y de la civilización occidentales. En Nantes, la gente simplemente vivía su vida normal, dentro de una cotidianidad establecida, sin arrastrar ninguna ambición de clase social. En la frontera, el tren dio marcha atrás; estábamos a oscuras, y la chimenea de la locomotora vomitaba vapor y chispas de fuego. Miré a mi alrededor con cierta preocupación. Tenía miedo y me sentía muy incómodo, como en la escuela, cuando pretendía sacar las mejores notas en unos exámenes difíciles para demostrarme mis capacidades a mí mismo y fastidiar a los demás... Me había jurado, bajo palabra de honor, que sacaría las mejores notas en europeísmo.

Lola, que estaba sentada junto a la ventanilla, contemplaba Europa y callaba. En todos los momentos de nuestra vida sería así: ella callaría y yo no dejaría de hablar. Ella había nacido en la misma ciudad que yo. Nos conocíamos desde siempre: nuestro primer encuentro se perdía entre los mitos de la infancia, nos relacionábamos por gestos y miradas; desde que llegamos al mundo, ambos habíamos crecido en la misma ciudad de provincias, en el seno de la misma clase social, y era evidente que no éramos dueños de nuestro destino. Ella miraba por la ventanilla con una expresión inteligente de atención y también de sospecha, pues estaba destinada a pensar en los peligros que Occidente presentaría para nosotros y sabía que «en el extranjero hay que andar con mucho cuidado». Yo miraba hacia todas partes, me movía sin parar y no dejaba de hablar con cierto tono de desafío. Ella callaba, y sólo decía cosas como: «Deberíamos haber comprado más frascos de enjuague bucal en Berlín. Debe de ser más barato allí.» Estaba cruzando la frontera y era capaz de ir pensando en el precio de los artículos de higiene personal y en el de la ropa interior, pensando que algunas cosas serían probablemente más baratas en Berlín que en París. Yo sentía una suerte de respeto secreto por ella cuando decía esas cosas.

Los «soldados europeos» caminaban al lado del vagón a un paso tan relajado como el de los señores de mi ciudad cuando volvían de una cacería. Según la costumbre inglesa, estaban guardando el equipaje de todos los viajeros del tren en un solo vagón sin darnos ningún resguardo. Pregunté cómo me entregarían las maletas al llegar a París.

—Usted mismo indicará cuáles son —me aclaró uno de ellos con expresión de asombro.

—¿Y me creerán? —insistí.

El soldado europeo se quitó el cigarrillo de la boca para responderme, sinceramente sorprendido, en un alemán chapurreado:

—¡Claro que sí! No pretenderá usted engañar a nadie, ¿no?

Dijo algo en inglés a su compañero y luego se alejó sacudiendo la cabeza, mirando hacia atrás con cara de sospecha.

. . .

2

El tren se puso de nuevo en marcha y Lola seguía callada. Es probable que ella también sintiera curiosidad, pero contemplaba el paisaje con cierta cautela, pues le inspiraba miedo todo lo que suponía cambio, todo lo que le resultaba extraño. En Alemania nunca había pasado miedo y lamentaba tener que abandonar ese mundo más o menos conocido en el que nos movíamos con facilidad: las ciudades alemanas, la lengua alemana, las costumbres alemanas, todo ese imperio enorme mas conocido en el que untan el pan con margarina en vez de mantequilla, las mujeres llevan ridículos sombreros de ante y nosotros dos habíamos visto, en el teatro de Max Reinhardt, *El sueño*, de Strindberg, y *El conde de Charolais*, dos representaciones que se nos antojaron absolutamente insuperables. Nos habíamos divertido con los alemanes, con sus extraños modales —¡requiere tiempo comprobar que todos los pueblos son «extraños» a su manera!—, con sus casas y con sus trajes; nos habíamos divertido con ellos como con unos parientes. La mirada con la que observábamos a los alemanes era irónica, pero estaba sustentada en la simpatía. Su buena disposición para todo me seducía una y otra vez. Ese gran pueblo respetaba a los extranjeros: se sentía un poco intimidado ante ellos e intentaba ganar su simpatía; sí, por más extraño que suene, nosotros, unos húngaros pobres y sufridores, en Alemania éramos considerados «extranjeros elegantes». Nos admiraban y nos respetaban. Claro, éramos unos *Von*: en nuestros pasaportes figuraba esa partícula en señal de nuestra nobleza, que a los ojos de los alemanes significaba que éramos unos verdaderos barones, y los hoteleros de Leipzig y de Frankfurt no tenían ni idea de la frecuencia con que tal partícula aparece en los pasaportes húngaros.

También el carácter de los alemanes era parecido al de los húngaros; nos resultaban extraños, pero reconocibles. El territorio dominado por una cultura y una manera de ver el mundo no siempre concuerda con las fronteras de una nación. Nosotros, en Kassa y en las demás ciudades de las Tierras Altas, llevábamos una vida un tanto alemana, voluntaria o involuntariamente. Yo hablaba bien el alemán desde mi infancia. Cuando nací, la capital del país, Budapest, acababa de convertirse en húngara y su carácter magiar brillaba como la fachada de una casa recién pintada. Ni en Dresde ni en Weimar me sentí nunca extraño, como después me sentiría en cualquier ciudad francesa o inglesa, donde a veces sí tuve la sensación de estar completamente perdido, de no saber qué ocurría detrás de las paredes de las casas, de ignorar qué comerían, qué pensarían, de qué hablarían o si dormirían colgados del techo como los murciélagos... Tenía veintiún años al llegar a Berlín y pasé la primera noche en esa colosal ciudad intentando explicar a mi padre en una carta mis primeras impresiones, traduciéndolas en palabras, y tratando de conciliar el sueño después. «Aquí todo es enorme, y de un extraño provincianismo.» La frase puede parecer descarada, típica de un adolescente, pero yo sé que no la escribí por desfachatez sino porque estaba sorprendido y algo asustado. A los veintiún años acababa de llegar a una ciudad gigantesca en la que cuatro millones de personas llevaban una vida provinciana aunque ya se empezasen a construir rascacielos, aunque se representasen las mejores obras de teatro con las mejores puestas en escena, aunque se interpretase una música profundamente conmovedora, aunque la urbe estuviese llena de las maravillas propias de las metrópolis, aunque en sus fábricas y laboratorios experimentasen genios extranjeros, aunque los alemanes concienzudos e inteligentes intentasen clasificar en un orden perfecto todo lo que en el mundo se descubría o se intuía; la ciudad parecía una gran metrópoli, lo tenía todo para serlo: tenía masas, posibles sustitutos y una idea directriz. Y, sin embargo, yo, con veintiún años, atosigado por mis primeras impresiones aquella primera noche en Berlín, tuve la sensación de haber llegado a una enorme ciudad provinciana. No era yo el único que se sentía así. El tercer y el cuarto año después de que los alemanes perdiesen la guerra, Berlín estaba llena de extranjeros, y cuando por las tardes paseábamos por la Unter den Linden o la Kurfürstendamm, saludábamos a los demás como si estuviéramos paseando por la avenida principal de nuestra ciudad natal, una ciudad provinciana de casas con torrecitas de madera.

Alemania me resultaba conocida... Me resultó conocida desde el instante en que —cuatro años antes de subir con Lola al destartalado tren francés en Aquisgrán— llegué a Leipzig, donde se suponía que tenía que empezar mis estudios de periodismo en la universidad. El Institut für Zeitungskunde [«Instituto de Investigaciones Periodísticas»] en el que mi familia había pagado mi matrícula dependía de la Facultad de Letras de la ciudad... En cuanto pisé Alemania me invadió un extraño sentimiento de seguridad: pensaba que nada malo podía ocurrirme, que la gente era igual en todas partes, que era extraña en sus sentimientos y en sus manías, en sus gustos y en sus temperamentos, pero que aparte de eso existía una comunión de tipo ambiental entre el hogar abandonado y esa Alemania grande y misteriosa, aunque no hubiese lazos «sanguíneos» o «raciales» ni nada parecido, aunque no hubiese un parentesco declarado, sino unos lazos más secretos y al mismo tiempo más sencillos. Tiempo después, cuando viviera en otras latitudes y quedasen enajenados mi educación, mi desarrollo y mis experiencias, cuando la política y mis ideales me obligasen a trasladarme al otro lado del océano, pensaría a menudo en esos lazos innegables que intentaba explicar por mis orígenes, por mis raíces; pero lo único de lo que llegaría a estar seguro es de que un estudiante alemán de Württemberg habría reaccionado a un verso de Goethe con la misma disposición anímica que yo o que cualquier compañero de colegio en Kassa o en Budapest. Había en la actitud familiar, desenfrenada y un tanto descarada de los húngaros que vivíamos en la Alemania de la posguerra matices de orgullo, de mala fe, de superioridad: nos movíamos con total libertad, nos considerábamos parientes de los alemanes, pero parientes superiores, así que pensábamos que eran unos inocentes y que podíamos desenvolvernos entre ellos sin problemas gracias a un cerebro más rápido, a las maneras menos quisquillosas y a la astucia propia de los húsares. Los alemanes se lo creían todo, incluso cosas que en Budapest no se creía ni el camarero de un café y en ninguna ciudad de provincia convencerían a un juez. De algún modo, nosotros nos tomábamos la vida más a la ligera, no de una manera tan concienzuda y pesada como los alemanes... Durante aquellos años, personas que no habían logrado nada en casa lograban «hacer carrera» en Berlín en tres días. Nosotros, que conocíamos a los alemanes, a nosotros mismos y a esos compatriotas nuestros que llegaban al extranjero en los años siguientes a la guerra, a esos compatriotas ni muy cultos ni muy bien formados, pero sí astutos y decididos, también sabíamos apreciar el valor de tales «carreras». Sabíamos que no había nada más fácil para un húngaro joven y resuelto que «imponerse» en Alemania o, como decían los que se habían embarcado en aquella aventura animados por el vellocino de oro de la oveja alemana, «sobreimponerse a los alemanes». Estábamos decididos a todo. Éramos la generación de la posguerra, y como nuestros nervios estaban marcados por el pánico de la destrucción, nos enfrentábamos a esa Alemania exhausta, dormida y bonachona listos para comernos el mundo, sin albergar duda alguna... Nos movíamos por la desmayada ciudad de Berlín dispuestos a darles una buena lección a esos alemanes pesados e ingenuos.

Así se paseaban todos los extranjeros. En las oficinas, en las fábricas, en las redacciones, en los teatros, en los talleres alemanes iban estableciéndose cómplices que hablaban idiomas foráneos e intercambiaban amplias sonrisas por encima de la cabeza de sus colegas alemanes. Me encontraba con Lola en el vagón que nos alejaba para siempre —entonces aún no sabíamos que para siempre jamás— de Alemania, de esa Alemania tan extraña, tan dormida, tan histérica a veces a causa de la devaluación de la moneda, tan desgraciada; aquel tren que marchaba despacio en la oscuridad nos alejaba de un mundo exótico y familiar, de una Alemania que, en cierto modo, había sido nuestro hogar; hasta que traspasamos una línea que no estaba marcada por ningún mojón ni señal alguna: la frontera de lo que se llama «Centroeuropa», el lugar donde nosotros habíamos nacido, crecido y sido educados, esa «Europa Central» que se entrelaza de forma orgánica con la otra Europa, pero que sigue siendo tan diferente y tan misteriosa que los Rothschild se preguntaron en su día si valía la pena construir una línea ferroviaria para llegar hasta allí...

3

Al final sí que construyeron unas cuantas vías férreas, de modo que un día tomé un tren que me llevó a Leipzig, donde la casera me sedujo en la primera semana. La mujer había llegado allí huyendo desde Metz con su marido, un carnicero, y ambos vivían muy bien en Leipzig porque habían vendido la carnicería de Metz en francos franceses, y en Alemania la moneda extranjera se cambiaba muy favorablemente en aquella época. Yo tenía entonces diecinueve años. El carnicero pasaba sus días bebiendo cerveza en el bar y reunido en el gremio, y por las noches, al volver a su casa, se empeñaba en divertirme con el relato de sus hazañas bélicas y hablando mal de los franceses. Yo sabía tan poco de la gente, de la importancia de las palabras, de la mezquindad espontánea e imprevisible de las intenciones humanas como lo que podía saber de los elementos conscientes e inconscientes de la civilización europea un cuidador de leones de algún remoto lugar del África negra que trabajase en el parque zoológico de Londres. Vivía en un estado de sorpresa constante, pues era un poco enfermizo y demasiado sensible. Sobre los seres humanos opinaba que eran más o menos lo que parecían; tomaba sus actos y sus palabras al pie de la letra, como simples reflejos de la realidad. El carnicero de Metz y su mujer mentían con verdadera pasión. Yo les caía bien, creo que incluso al hombre, pero me odiaban porque era extranjero, distinto de ellos en cuerpo y alma, y por esa razón se empeñaban en darme un trato de confianza descarada. Debía de ser para ellos el príncipe encantado de un cuento de hadas, en aquella habitación alquilada en su casa de Leipzig con mis trajes extraños, con mis libros escritos en un idioma que les resultaba desconocido y con mis fetiches, mi crucifijo de marfil, mi estatuilla africana y un cactus que llevaba a todas partes con gran obstinación, a través del tiempo y el espacio, a través de fronteras y revoluciones; y también con mi ignorancia, total y sincera, respecto a los asuntos relacionados con el dinero... Acabo de encontrar una fotografía mía de aquella época. Estaba muy flaco, tenía ojeras, el mechón de poeta me caía sobre la frente y en la fotografía aparezco con un libro que agarro con ambas manos a la altura del corazón. Ése era mi aspecto cuando aparecí en la vida de la carnicera de Metz.

La mujer buscaba mi aprobación con una decisión malvada. Llevaba tres días viviendo en su casa cuando entró por la noche en mi cuarto con el firme propósito de seducirme. Yo la miraba maravillado: nunca había conocido a nadie como ella. Yo andaba de un lado a otro de la ciudad durante todo el día, o bien me sentaba en algún café durante horas y horas; saboreaba con cautela la comida y la bebida alemanas y me sentía tan solo como si estuviera en una isla desierta. Ni siquiera la carnicera de Metz pudo disipar mi soledad. Leipzig me parecía un mercado enorme, construido con barras de metal y hormigón, donde se vendía de todo: pieles, frutas tropicales, filosofía, música y muchas maneras de pensar. La carnicera era alsaciana, activa y fuerte, más bien baja, mitad francesa, mitad alemana; había heredado de su madre francesa sus grandes ojos negros, astutos, inteligentes y de mirada irónica, unos inolvidables ojos franceses que brillaban de forma extraña en su rostro alemán como si sólo estuviesen de visita en aquel lugar. La mujer quería saberlo todo de mí, se llevaba las cartas en húngaro que yo recibía de mi casa e intentaba comprender algo; las examinaba durante horas con una curiosidad enternecedora e irrefrenable. Siempre tenía mi ropa limpia, me cepillaba los trajes y los abrigos, quitaba el polvo a mis libros y a mis recuerdos y me hablaba en susurros, como si temiera que el tono de su voz o su pronunciación pudieran resultarme desagradables. Yo recibía sus constantes atenciones con la actitud de un adolescente que se digna aceptar ciertos favores. Le daba a entender, de manera poco clara y como de pasada, que vivía con ellos casi en secreto y que estaba acostumbrado a un nivel de vida superior, puesto que en mi casa había una chimenea en el comedor y hubo una época en que teníamos hasta mayordomo...

El recuerdo de aquella mujer se mantiene vivo entre los vapores de la marmita de brujas del ayer quizá porque fue la primera «extranjera», la primera «mujer extranjera», la primera «extraña» de verdad que conocí con detalle, con toda esa rareza innombrable, invencible y misteriosa que los sentidos son incapaces de desvelar, que ninguna caricia puede disipar porque se mantiene cerrada a cal y canto la puerta de un cuerpo y un alma desconocidos que no se abre ni a fuerza de besos, pues nunca desaparecerá el último secreto, el misterio de la lengua materna. No creo que el amor sea una especie de esperanto que haga desaparecer la barrera de los idiomas. El amor tan sólo balbucea en una lengua que no sea la materna, por más entusiasmo y fervor que caractericen su expresión. Uno siempre sueña en su lengua materna sobre la persona amada. La carnicera de Metz era la mujer extranjera, la primera de otra especie con quien yo llegué a sentir esa incapacidad compleja, esa incapacidad para entregarme del todo, el hecho de que más allá de los abrazos quedara siempre algo imposible de comunicar, algo que yo podía traducir a besos o a caricias, pero cuyo significado profundo seguiría siendo un secreto mío y sólo mío, un secreto que sólo podría compartir con mujeres que hablasen mi idioma... La carnicera de Metz parecía bastante exótica y también primitiva; no me habría sorprendido si por las mañanas se hubiese ataviado con guirnaldas de flores y una faldita hecha con hojas de palmera para entrar en mi cuarto dando un puntapié, con aires de devota, y llevarme un café aguado y unas tostadas con mantequilla... Ella fue la primera de esa larga serie de «mujeres extranjeras» que conocería durante la década siguiente, esa etapa de mi juventud tan dolorosa y poco idílica, quizá la única juventud auténtica, irresponsable y ligera. Cuando me acuerdo de las mujeres que he amado, veo a la carnicera de Metz tendiendo sus delgados brazos bronceados hacia mí y estrechándome con fuerza, aunque con poca decisión. Como un príncipe que sólo está de paso en una casa, le permití que me sirviera y adorara. En el corto período que duró nuestra relación, ella no me pidió nada más. Pero al mes siguiente, cuando les comuniqué que iba a cambiar de casa, ella y su marido se ensañaron conmigo con verdadera furia. Esa furia iba dirigida al extranjero, al extraño, al infiel. Insistieron mucho en exigirme que les pagara el precio de un cepillo para la ropa que nunca había visto.

Es probable que yo fuese un fenómeno inquietante a los ojos de mis caseros de Leipzig y también a los ojos de los vecinos de la ciudad, acostumbrados no obstante a ver extranjeros. Todos observaban con cierto recelo mis trajes, mi corte de pelo extraño para los gustos sajones, mis costumbres sospechosas. El ambiente pequeñoburgués de la ciudad toleraba mal al joven soñador y extravagante que yo representaba por mi aspecto y mis actos. En el estrecho medio en que me movía, la universidad, algunos cafés y el círculo de amigos y conocidos de una actriz de origen húngaro que los artistas veneraban como a una especie de *Erdgeist*, suponiendo que ella desempeñaba el papel de Lulú tanto en la vida como en el escenario del Schauspielhaus..., en todas partes me miraban como a un extranjero sospechoso. Había llevado conmigo muchos trajes con cuello de terciopelo y un montón de camisas negras... Las mujeres de Leipzig, con sus críos en brazos, me miraban largamente desde las ventanas. Cuando salí de casa hacia el extranjero, mi padre me dio dinero para tres meses. Yo lo gasté todo en la primera semana, no sé cómo ni por qué, pues se trataba de una suma considerable. Creo que me lo gasté en cigarrillos ingleses, libros y tazas de café... No me seducían los platos de la cocina sajona, así que durante las primeras semanas sólo tomaba café y unos pastelitos muy secos llamados *Baumkuchen* que vendían en el Café Felsche, cerca de la facultad. Me esperaban, pues, tres meses sin dinero, y para que la situación fuese todavía más dramática, debía empezar mi ayuno forzoso en pleno invierno, así que comencé vendiendo mis dos docenas de trajes con cuello de terciopelo. Durante los años siguientes viviría de la misma forma, de una ciudad a otra, de una habitación de alquiler a otra: con un solo traje que tiraba a la basura cuando ya estaba viejo y había encargado otro.

En mi «miseria» me veía obligado a comer en el comedor de caridad de los misioneros protestantes. Nunca había visto a unos hombres tan serios y tan devotos como los barbudos que nos servían la sopa. Leipzig, además de su aspecto pequeñoburgués de visión estrecha, de sidra y de cerveza, estaba repleta de cosas exóticas. El gran mercado no sólo había acumulado mercancía, sino también material humano. Los misioneros protestantes comían con gusto aquellos platos tan horribles y sospechosos para mí: platos de pescado hervido y patatas al vapor, seguidos de *Glibber*, que les parecían verdaderos manjares... No comprendían por qué me costaba tanto tragarme aquellos suculentos platos de la cocina tradicional sajona. Aquellos misioneros protestantes se encontraban en Leipzig porque después de la guerra los habían expulsado de las antiguas colonias alemanas, así que a falta de alguien mejor, intentaban convertirme a mí a diario, justo después de comer, para cumplir con su deber y porque —como el buen artista— no dejaban de hacer prácticas en ese sentido, como si temieran que en Leipzig, una ciudad donde ya estaban todos convertidos, llegaran a olvidar sus métodos. En el comedor de caridad, después de comer, nos servían un café aguado y unos malolientes puros importados, y nosotros mirábamos el letrero situado encima del espejo, en el que se leía: «*Wenn Du im Unglück willst vergazen, So denk an König Augusts Wort: Lerne leiden ohne zu klagen*» [«Si en la desgracia pierdes el ánimo, piensa en las palabras de Augusto: aprende a resistir sin quejarte»]. Los misioneros nos leían pasajes de la Biblia y luego nos preguntaban con tanta insistencia como si de verdad fuésemos salvajes. Los escuché durante unas semanas y después dejé de ir. Prefería alimentarme con la comida de los cuáqueros, que era la más barata de aquellos años en Alemania: carne de vaca enlatada y sopa de avena.

• • •

4

¿Qué hacía exactamente yo en Leipzig? Mi familia suponía que iba a la universidad, donde me formaba como periodista según los infalibles métodos alemanes, pero en realidad pasaba el tiempo sumido en imaginaciones y ensoñaciones. Era muy joven, y sólo la juventud sabe soñar. Los jóvenes de mi generación no anhelábamos batir ningún récord. Lo que sí anhelábamos de corazón era poder soñar: en nuestras vidas faltaba algún elemento digno de un cuento de hadas, algo irreal, algo incontrolable... Me pasaba las mañanas sentado en el viejo Kaffee Merkur, detrás de la facultad, ese famoso café de la ciudad que recibía «los periódicos del mundo entero», unas quinientas páginas que yo leía todos los días de forma concienzuda, tratando de enterarme de lo que estaba ocurriendo en el mundo como si me preparase para un examen. Fumaba unos cigarrillos ingleses cuyo humo dulzón, parecido al del opio, me recordaba lo lejano, lo exótico; soñaba y miraba aquella calle de Leipzig, siempre igual, tan extraña para mí como un oasis con palmeras en medio del desierto. Era muy humilde y al mismo tiempo muy exigente: me quedaba satisfecho con un cigarrillo inglés, pero me salía en mitad de una obra de teatro si no me convencía o si me disgustaba algún actor o alguna frase mal declamada, y bajo ningún concepto habría entrado en un cine. Era capaz de caminar durante horas bajo la lluvia, siempre estaba jugando, me sentaba en un banco de la estación de ferrocarril —«la más grande de toda Europa»— a esperar a los extraños que llegaban, con los cuales no tenía ni quería tener absolutamente nada que ver. Nunca más me permitiría relajarme tanto como durante la primera etapa de mi estancia en el extranjero. No quería nada de nadie, no esperaba nada bueno o nada malo, agradecía todo lo que recibía, una simple sonrisa o una mirada amable; en aquellos años todavía era confiado y rebosaba buena fe. Puede que fuese un poeta.

Lo que más me gustaba era leer poesía. Los poetas cuyos libros devoraba desaparecerían sin dejar rastro en el vasto desierto de la literatura. ¿Quién recuerda todavía el nombre de Albert Ehrenstein? Tenía una voz ancestral, como si hablara por su boca un antepasado de la época de las cavernas. Recuerdo una de sus obras, un libro de relatos titulado *Tubutsch* que llevé a todas partes durante semanas enteras: sus cuentos no tenían ni «significado» ni «contenido épico», pero ardían de extrañas visiones y cada palabra tenía una música tan pura y emocionante como todo lo que escribió ese artista perdido de Viena, y yo sentía una enorme gratitud por esa música. Pasaba semanas intentando traducir algún poema de Ehrenstein, sentado en el Kaffee Merkur. Franz Kafka era poco conocido en Alemania. Los paisajes a acuarela de Else Lasker-Schüler perviven aún entre mis recuerdos como paisajes griegos que hubiese visto en sueños. Las obras del poeta checo Brezina acababan de publicarse en alemán y la editorial Insel se dedicaba a dar a conocer la nueva literatura de aquel país, tan aislada hasta entonces del resto del mundo. Durante un tiempo pensé que un poeta alemán, un joven llamado Kurt Heynecke, era un gran artista. Quizá lo fuese entonces, en algunos momentos. August Stramm escribía tonterías futuristas que me gustaban mucho. Werfel, que ya había publicado su primera novela, me había seducido por la pureza de su estilo. Las revistas nuevas publicaban textos de Gottfried Benn, Theodor Däubler, René Schickele y Alfred Döblin. La literatura alemana iba despertándose poco a poco de la producción propagandística por encargo.

De todos aquellos poetas, muy pocos han quedado en la memoria y quizá sólo la obra de Werfel y de Kafka haya sobrevivido a las modas y los criterios de época. Kafka tuvo sobre mí un gran efecto. En los círculos cerrados, ocultos al gran público, donde prevalecen los valores de la literatura europea, el joven escritor checo-alemán que murió a la edad de cuarenta años es considerado hoy día un clásico aunque no pudiese culminar su obra. Yo encontré a Kafka como el lunático encuentra el camino recto. Entré en una librería y, de entre miles de libros, saqué *La metamorfosis*, empecé a leerla y supe enseguida que era el libro que estaba buscando. Kafka no era alemán. Tampoco era checo. Era escritor, como todos los grandes autores de la literatura mundial. El escritor joven suele descubrir por una especie de instinto milagroso los ejemplos que necesita para su propio desarrollo. Yo nunca «imité» a Kafka, pero soy consciente de que algunas obras suyas, algunas características de su visión del mundo han contribuido a aclarar ciertas cosas dentro de mí. Es difícil definir las «influencias» literarias, es difícil ser sincero con aquellos que motivan a un escritor en ciernes. No solamente la vida, también la literatura está repleta de parentescos ocultos y misteriosos. En un par de ocasiones he visto a personas que me resultaban tan familiares —como si me recordasen una antigua relación que, sin embargo, no hubiese cuajado— que han conseguido que me detuviese y me mirase a mí mismo. A veces encontramos a seres humanos —la mayoría suelen ser hombres, pues las mujeres que nos gustan se convierten en antiguas «conocidas» que nos recuerdan a la Eva ancestral, que casi habíamos olvidado— cuya compañía no podemos evitar porque somos de la misma familia y tenemos que aclarar algo con ellos, precisamente con esas personas y no con otras. Ese tipo de encuentros se producen también en la literatura. Un alma llama a otra y ésta no puede resistirse. El mundo de Kafka y su manera de expresarse me resultaban extraños, y aunque nunca ejerció ninguna «influencia» apreciable en mis obras, liberó ciertas fuerzas y energías dentro de mí; de repente empecé a ver las cosas con otros ojos, a sacar otras conclusiones y, al mismo tiempo, como si sintiera una fuerza interior pero también viera la tarea que me esperaba, me embargó cierto sentimiento de timidez, de inseguridad.

Quien tiene miedo grita. Así que yo, por puro terror, empecé a escribir. Ese otoño en Leipzig escribí poemas hasta componer un libro entero, y, más tarde, una editorial de provincias publicaría el volumen bajo el título *Una voz humana*. El «ser humano», ejemplo y representante de la humanidad humillada, era un espectáculo en la nueva literatura alemana como las focas en el circo. Se publicaban antologías completas con títulos como *La aurora de la humanidad*. Un joven escritor de la época desaparecido desde entonces, un tal Leonhard Frank, acababa de publicar una obra en cuyo título constataba que «el ser humano es esencialmente bueno». En aquellos años bastaba un título de ese tipo para que las editoriales y el público recibiesen al poeta con la mayor simpatía. Los poetas desarrollaban temas relacionados con el «humanismo» como si se tratase de un género aparte, un tema nunca descubierto hasta entonces. Pero todo aquello olía a papel. El humanismo, que jamás había sido tan humillado como lo fue durante los cinco años anteriores, se convirtió de repente en mercancía literaria.

Yo me pasaba los días en el Kaffee Merkur junto a un joven holandés cuyo largo y altisonante nombre me encantaba —se llamaba Adrian van den Brocken junior—, con quien llegué a fundar una revista literaria llamada *Endimión*. Se publicó un solo número y los gastos de imprenta acabaron con la herencia paterna de Adrian, unos seiscientos marcos. Nunca supe por qué dimos a nuestra empresa el nombre de ese hijo infeliz de Zeus de quien sólo se sabe que su esposa no dejaba de cubrirlo de besos mientras dormía y que los dioses lo castigaron con una numerosa descendencia femenina. Puede que nos gustara el sonido melodioso del nombre. La revista sólo publicaba poesía y la mayor parte de los poemas eran de Adrian. Incluso en una ciudad como Leipzig, tan abierta a lo exótico, sospechábamos que nuestra publicación no llegaría a un público demasiado amplio, pero el hecho es que la revista me sirvió para transformar mi soledad de extranjero: desde entonces me rodeaba de jóvenes amantes de la poesía en el Kaffee Merkur aunque no tenía nada que ver con ninguno. Era un joven poeta solitario que se maravillaba ante todo. Incluso mi aspecto —de lunático flacucho y pálido con un mechón sobre la frente— se parecía al de la figura con que se representa al poeta en las láminas antiguas.

5

Leipzig era una extraña mezcla de ciudad provinciana con algunos toques de exotismo; no es casualidad que Karl May viviese en esta ciudad y escribiera sus novelas de indios y vaqueros en una de las casas construidas a finales del siglo pasado con el mal gusto del Art Nouveau, cuya fachada había adquirido un tinte marrón debido a la corrosión de la lluvia. Yo no podía haber llevado una vida más aventurera que la que llevaba en la ciudad, ni siquiera en la pampa. Durante la temporada de las grandes ferias no me movía del Kaffee Merkur, ya que tanto Adrian como yo despreciábamos las manifestaciones de la vida práctica. Claro que, para llevar una vida digna de poeta, es decir, una vida completamente inactiva, necesitaba dinero.

Yo mantenía una relación especial con el dinero, así que no me preocupaba por su falta. Soy de naturaleza más bien ahorradora, siempre lo he sido y siempre lo seré. Nunca me ha angustiado la posibilidad de que me pasara algo, me muriese de hambre o necesitara algo que no pudiera conseguir. No sé a qué se debían mi superioridad y mi soberanía en las cuestiones monetarias. Mis condiciones de vida apenas han cambiado desde mi nacimiento. Al final de cada mes sufría problemas económicos de poca monta, pero la preocupación por no tener dinero nunca me impedía dormir a gusto. Me gastaba todo el dinero que llegaba a mis manos, muchas veces enseguida y en cosas que en realidad no necesitaba, pero apuntaba todos mis gastos en un cuaderno, incluidas las propinas, así que siempre tenía ante mí la lista de mis pecados, que llevaba con tanto rigor como si fuese la contabilidad de una caja de ahorros. Mi padre me enviaba el dinero necesario para pagar mis estudios y mis demás gastos en el extranjero a través de un prestigioso banco llamado Knauth, Nachod und Kühne, un banco privado cuyas oficinas se encontraban en un local oscuro y pequeño donde, pese a que los empleados trabajaban en escritorios desvencijados, se llevaban a cabo negocios muy lucrativos con todo el mundo y se obtenían beneficios probablemente más sustanciosos que en los bancos húngaros, que tenían sus oficinas en palacetes de mármol. No tardé mucho en establecer lazos de amistad con dicho banco. Me prestaban dinero incluso sin «condiciones bancarias», dinero que mi padre reintegraba religiosamente. Me daban dinero porque era un joven estudiante que vivía en el extranjero, porque sabían por sus informadores que el dinero se les devolvería sin falta y porque conservaban la tradición de prestar con garantías personales; sabían que era un buen método, pues un joven burgués que estudia en una universidad extranjera se gasta su dinero y a mediados de mes ya no tiene ni una moneda en el bolsillo. El banco prestaba dinero a los hijos de la burguesía que vivían en el extranjero y esos pequeños favores reforzaban los lazos del banco con varias generaciones de la familia burguesa; los padres pagaban las deudas, los jóvenes crecían y, al hacerse mayores, se convertían en abogados, médicos, comerciantes y dueños de fábricas y seguían llevando sus asuntos financieros con el banco que en su juventud los había socorrido... Así eran las cosas entonces. Había cierto toque patriarcal y familiar en la manera de tratar los discretos envíos mensuales a los hijos de la burguesía residentes en el extranjero. No es broma que yo mandase a mi banco, desde distintas ciudades alemanas, telegramas en los que solicitaba dinero y que empezaban así: «*Liebe Bank*», es decir, «Querido banco»... Y el querido banco siempre me enviaba los cien o doscientos marcos solicitados, y a veces acompañaba sus envíos con cartas reprobatorias.

Mi otra fuente de ingresos era la firma Brockhaus. En aquella época era bastante complicado enviar dinero al extranjero, y uno de los libreros de Kassa, que tenía relaciones comerciales con la Brockhaus, escribió una carta al gerente de la firma para informarle de que yo estaba viviendo en Leipzig y solicitarle que si me encontraba en un apuro, me prestaran un poco de dinero, que él les devolvería. Las antiguas firmas alemanas consideraban natural que sus clientes en el extranjero se dirigieran a ellos para solicitar servicios de carácter privado o familiar. No había nada anormal en ello. La clase social constituía una gran familia, o al menos lo parecía, una familia incluso por encima de las fronteras o las naciones. El viejo Brockhaus me recibía siempre con simpatía, me prestaba dinero, me invitaba a su casa, me hablaba mucho de István Tisza y hasta me regalaba algunas de sus publicaciones. Era una empresa enorme, imprenta y editorial a la vez, que editaba una Enciclopedia que la obligaba a estar en contacto permanente con multitud de empresas extranjeras, así que tenía una red de contactos tan desarrollada como la de la firma Baedeker en Essen. El viejo Brockhaus me brindaba muchas atenciones. Tenía que contarle cómo iban mis estudios, qué nos enseñaban en el Institut für Zeitungskunde, qué había visto en el teatro, qué libros había leído, qué opinaba sobre la nueva literatura alemana... Era un hombre inteligente y fuerte, parecido a Bismarck, que pertenecía a la generación del canciller de hierro, a la «generación de roble» de Alemania, un hombre honrado y firme, un anciano fuerte y musculoso, de mirada limpia y de moral intachable. A veces me retenía en su casa durante varias horas para charlar, pues sentía una simpatía especial hacia los húngaros. Ese tipo de alemanes construyeron el Primer Imperio en tiempos de Bismarck, esa Alemania enorme y respetada en todo el mundo. Creo que no hubiese tenido que insistir demasiado para que me diese un puesto en la firma, pero en aquellos años yo no pensaba en absoluto en conseguir un empleo. Quería conocer el mundo y conocerme a mí mismo. Los «detalles» no me interesaban...

Sin embargo, ni la buena disposición del viejo Brockhaus ni la del banco pudieron impedir que a veces me quedara sin dinero y anduviera por las calles de Leipzig con la misma desesperación con la que los héroes de Karl May vagan perdidos en medio del desierto. Entonces todavía no era consciente de que mi estrategia vital estaba totalmente equivocada y de que «a largo plazo» los cafés cuestan más que la mayoría de las distracciones que me podían interesar. Me lo gastaba todo en los cafés: no podía poner la calefacción en mi casa porque el dinero que debía haber destinado a caldearla me lo gastaba en calentarme en esos locales, y seguía alimentándome en el comedor de caridad de los protestantes e ingiriendo la comida de los cuáqueros. Gastaba más en propinas —en guardarropa, periódicos y aseos públicos— de lo que podía gastar una familia alemana de varios miembros en la comida de un mes. Mi manía era comprar todos los periódicos y todas las revistas que veía y guardarlos en los bolsillos. Compraba también periódicos y revistas extranjeros, incluso algunos escritos en idiomas que no sabía, por ejemplo, en sueco o en holandés. También adquiría las revistas cuyos redactores no contaban con suficientes compradores, las revistas similares a nuestra *Endimión*. Mis numerosos bolsillos siempre estaban repletos de publicaciones sospechosas de tener corta vida. Recogía todo ese material y me pasaba el día en los cafés. Parecía que estaba preparándome para algo. Me intrigaba el carácter incomprensible y caótico del mundo: el hecho de que nadie respetase nunca las reglas del juego... Eso es lo que me enseñaban todas aquellas publicaciones. Y como sólo podía recurrir al querido banco y al señor Brockhaus hasta ciertos límites, un día, sentado en el Kaffee Merkur, decidí que buscaría una «profesión».

6

Aquel otoño, un tal Hanns Reimann, un humorista sajón, había fundado en Leipzig una revista semanal llamada *Drache* [«Dragones»]. La revista criticaba las contradicciones de los sucesos de la actualidad sajona, el provincianismo y la visión pequeñoburguesa reinantes en Leipzig, una ciudad con un millón de habitantes donde todo —desde la estación de ferrocarril hasta el Völkerschlachtdenkmal, el monumento de la Batalla de los Pueblos, pasando por el matadero y el edificio del mercado central— era grandioso y opulento, todo respondía al apelativo de «el más grande» y, sin embargo, la ciudad desprendía un aire provinciano, el aire asfixiante que respira un asmático. La revista *Drache* lo criticaba todo: lo que comían los sajones, lo que consideraban divertido, el tono que empleaban cuando se ponían sentimentales o trágicos, todo lo que era sajón en los sajones de Sajonia. Como es lógico, la revista alcanzó cierta repercusión y los sajones no se alegraban demasiado con la crueldad de sus análisis. Reimann también era sajón, así que conocía bien a los de su especie. La revista no se ocupaba de los escándalos locales, sino que mantenía por encima de todo una postura crítica, severa y honrada. Un día escribí un artículo breve sobre mis impresiones, describiendo lo que un extranjero sentía en Leipzig, lo metí en un sobre y se lo envié a Reimann. Fue el primer artículo que escribí en alemán. Escribía en ese idioma con la total seguridad de un ciego; ahora me sorprende que mi ignorancia y mi desfachatez me empujasen a poner mis impresiones sobre el papel en alemán, un idioma que entendía y hablaba bien, pero que hasta entonces nunca había utilizado para expresarme por escrito. Si me preguntasen algún detalle de la gramática alemana no sabría contestar, y eso también era así entonces, pero utilizaba el idioma con la seguridad de un lunático, conjugando los verbos y escogiendo las palabras como en un sueño... Al tener que escribir en alemán me invadió una absoluta seguridad, como si jamás hubiese conocido otra lengua. Probablemente cometía fallos, pero el conjunto resultaba correcto; algunas expresiones parecían balbucear, pero sólo como si estuviera balbuceando un alemán nativo, un niño o una persona con un vocabulario reducido. Reimann leyó el artículo, consideró que estaba escrito en alemán y lo publicó. Cuando lo leí en las páginas de la revista, el corazón se me aceleró. Pensé que dominaba aquel idioma... Sentía como si estuviese nadando en aguas muy profundas. Veía nuevas posibilidades para mi vida y mis planes. ¿Dónde y cuándo había aprendido alemán? No fue en el colegio, y tampoco el alemán que se chapurreaba en casa de mis abuelos resultó suficiente. Lo hablaba bien, pero ¿dónde había aprendido a escribirlo? Quizá mis conocimientos del idioma procedieran de mis antepasados sajones en forma de recuerdos o de herencia, algo que recobraba al encontrarme rodeado de sajones. Como alguien que aprende a nadar y ya no necesita flotadores, empecé a bracear con seguridad y desfachatez en medio del mar alemán. Era un regalo valioso, aunque entonces no supiera que una lengua extranjera sólo puede ser una ayuda, una muleta, pero que un escritor no puede servirse completamente de ella. Un escritor sólo puede utilizar en sus obras su idioma materno, y mi idioma materno era el húngaro. Por eso volvería a Hungría mucho tiempo después: en realidad ya escribía bastante bien en alemán y hablaba francés, pero me entró pánico de tener que expresarme en cualquier lengua que no fuese la mía, así que volví corriendo a casa.

Aunque de momento me encontraba en Leipzig y me sentía muy orgulloso de mis conocimientos de alemán. Reimann, aquel humorista sajón bajito, gordo y calvo, me alentaba. Esperaba encontrar en mí la desfachatez típica de la gente de Budapest. Entonces los húngaros teníamos fama de ser buenos soldados y buenos periodistas. Por lo menos, los alemanes consideraban que destacábamos en esos dos terrenos. Sin embargo, mi desfachatez no era propia de Budapest sino de provincias, de las Tierras Altas. Sentía un poco de vergüenza por publicar en una revista, habría preferido escribir sólo poesía. En el café veía a Reimann a diario; era un periodista nato que sólo se preocupaba de criticar a los sajones y ridiculizar sus costumbres, y a mí me preguntaba con severidad cada vez que me veía: «¿Está usted escribiendo poesía otra vez?» Consideraba que había que tener mucho cuidado con los jóvenes con talento, porque si se sentían fuera de control, se entregaban de inmediato al vicio secreto de la edad juvenil y empezaban a escribir poemas. Él quería que yo escribiera artículos, y a veces me entregaba un billete de cincuenta marcos. Escribí artículos sobre mi habitación en Leipzig, sobre una velada en un restaurante en compañía de contertulios sajones, sobre mis conversaciones en la facultad con un filósofo sajón, y un día Reimann me convenció de que redactara una composición irónica titulada *Pensamientos en el museo de Leipzig ante la estatua de Beethoven, obra de Max Klinger* (según los críticos locales, Klinger había esculpido la figura del compositor basándose en las «pautas de belleza helénicas» de la antigüedad, pero yo consideraba que hablaba el griego clásico con un fuerte acento sajón...). Reimann me alentaba y yo estaba motivado, así que escribía con facilidad, sin preocuparme. La revista de Reimann criticaba a todo el mundo, incluso al hombre que la financiaba, a los dibujantes y a los que insertaban en ella sus anuncios, y publicaba algo mío casi todas las semanas; el único requisito que debía cumplir era escribir el tipo de textos que, por ejemplo, el *Leipziger Neueste Nachrichten* [«Nuevas noticias de Leipzig»] no publicaría bajo ningún concepto... La revista causaba tanto alboroto en los círculos intelectuales oficiales de la ciudad como el que puede causar la borrachera de un adolescente de buena familia entre sus parientes. Los sajones hablaban mal de ella mientras se tomaban sus copitas de vino en las tabernas, pero no dejaban de leerla. Reimann era el primer redactor que me daba la oportunidad de describir el mundo tal como yo lo veía y no me regañaba por verlo así.

En la Facultad de Filosofía y Letras, donde estaba matriculado, me convalidaron el primer semestre. De la facultad dependía el Institut für Zeitungskunde, que estaba bajo la supervisión de un «consejero secreto» —desde la época del káiser Guillermo proliferaban los consejeros secretos en la universidades alemanas—, un tal *Geheimrat* Blücher, colaborador del *Frankfurter Zeitung* cuando Leopold Sonnemann lo fundó. De los estudiantes matriculados en periodismo, de todos aquellos que pretendíamos «aprender» la profesión en la Universidad de Leipzig, se ocupaba un filólogo llamado Johannes Kleinpaul. Había asignaturas obligatorias y optativas, una biblioteca y una hemeroteca enormes con obras de valor incalculable y miles de ejemplares de publicaciones alemanas. Yo nunca llegaría a comprender los «métodos» del instituto. El consejero secreto dictaba sus conferencias por la noche, nos explicaba la génesis de los diarios alemanes y nos contaba los recuerdos de su juventud, cuando el *Kreuzzeitung* era el periódico más vendido y ningún otro podía competir con él... Todo aquello tenía, desde luego, cierto interés de tipo histórico y cultural, pero no tenía, no podía tener absolutamente nada que ver con la práctica del periodismo de la época.

Parece que en América, en las escuelas superiores de periodismo, existe la posibilidad de que los estudiantes pongan en práctica sus conocimientos, pero en Leipzig ese tipo de actividades era severamente castigado. Un día, el *Geheimrat* se enteró de que yo escribía artículos en la revista de Reimann, me citó y me prohibió trabajar para cualquier revista o periódico hasta que tuviera mi diploma... Yo asistía a las clases con mucha paciencia, hasta que un día me di cuenta de lo mucho que me aburría. Al final del semestre, Kleinpaul, el filólogo, me llamó y me «aconsejó» que dejase los estudios. Esa separación de mutuo acuerdo tenía un motivo muy concreto: una composición que yo había hecho, por orden expresa del *Geheimrat*, sobre la historia del *Pressburger Zeitung*. Tanto mi profesor como el *Geheimrat* consideraron que estaba plagada de tonterías, y probablemente era cierto. Yo no comprendía lo que querían de mí, no sabía por qué debía ocupar mis días en hojear los números antiguos del *Kreuzzeitung*. Me firmaron las notas de fin de semestre y me aconsejaron que abandonase los estudios por dificultades de comprensión, de modo que me matriculé en la Facultad de Filosofía y asistí durante otro semestre a los cursos de Goetz y Freyer sobre la «teoría dialéctica de la Historia».

Por más vueltas que quisiera darle, el hecho era que suspendí periodismo en la Universidad de Leipzig y me sentía avergonzado ante mi padre, que había insistido en que al menos «me titulase en algo», ya que había elegido aquella carrera. Según la familia, yo estaba destinado a ser jurista, a estudiar para licenciarme como abogado y a heredar el bufete de mi padre. Mi padre no deseaba que me quedase en el rango de simple reportero; por supuesto, él también se sentía orgulloso al ver mi nombre en los periódicos y las revistas, pero exigía que terminase los estudios superiores. Al final de cada semestre tenía que enviar mi certificado de estudios a Kassa, y con el paso de los años me convertí en un estudiante de verdad, ya que conseguí reunir certificados correspondientes a diez semestres, expedidos en varias universidades húngaras y en las de Leipzig, Frankfurt y Berlín. Nunca llegué a realizar el doctorado, pues me parecía innecesario; pensaba que no necesitaba gastarme doscientos marcos en una tesis, y no me apetecía hablar durante media hora sobre ningún tema libre, ni siquiera sobre la literatura rusa. El doctorado en Filosofía y Letras se conseguía con facilidad: bastaba con cierto número de semestres acabados y con poseer habilidades para el duelo verbal. Yo iba de una universidad a otra y tenía cada vez menos esperanzas de que mi expediente académico fuese útil para mi carrera. A veces, algún profesor despertaba mi atención al ayudarme a encontrar una línea de estudio de su asignatura, y entonces yo era capaz de demostrar interés y aplicación durante varias semanas: participaba en las clases hasta que las charlas y las conferencias acababan encajando en el propio «sistema» del profesor. Pronto me di cuenta de que todo lo que necesitaba lo tenía que buscar y encontrar yo mismo.

El periodismo me atraía, pero creo que no habría sido útil en ninguna redacción. Imaginaba que el periodismo consistía en andar por el mundo y observar ciertas cosas, todas irrelevantes, caóticas y sin sentido alguno, como las noticias, como la vida misma... Y ese trabajo me atraía y me interesaba. Tenía la sensación de que el mundo entero estaba siempre lleno de «acontecimientos de actualidad» y de «hechos sensacionales». Entrar en una habitación donde nunca había estado resultaba para mí tan emocionante, por lo menos, como ir a ver el levantamiento de un cadáver, buscar a sus parientes y hablar con el asesino. El periodismo significaba para mí —desde el principio, desde el momento en que despertó mi interés— estar a la par del tiempo en que vivía, un tiempo que siempre me parecía una experiencia personal, algo que me resultaba imposible eludir, algo importante, interesante; cualquier cosa se me antojaba «digna de ser publicada»... Estaba tan emocionado como si yo solo hubiese tenido que informar de todo lo que ocurría en el mundo: las declaraciones de los ministros, los escondrijos de los criminales y también lo que pensaba mi vecino al sentarse a solas en su habitación alquilada... Todo aquello tenía un interés «apremiante»: a veces me despertaba por la noche y bajaba a la calle, como un reportero extasiado que teme «perderse» algo. Sí, el periodismo era para mí una obligación, una tarea profundamente arraigada en el centro más recóndito de mi ser que no podía ignorar, que me obligaba a conocer mi «materia prima», los hechos, esa sustancia secreta que establece lazos entre las personas y une a la gente, las conexiones entre los fenómenos. Buscaba continuamente un tema para un «reportaje»; sentía la urgente necesidad de encontrar siempre uno nuevo. Tenía veinte años y quería desvelar, en el marco de un reportaje sensacional, el «misterio de la vida», ni más ni menos. Creo que soñaba con realizar un «reportaje sensacional» por entregas, sin ningún tema en especial más que la vida misma. Llevo tres lustros escribiendo ese mismo reportaje en miles y miles de artículos. Tampoco hoy escribo otra cosa ni tengo otras aspiraciones.

Sin embargo, entonces todavía no podía saber que la vida es una materia sospechosa para un escritor y que sólo puede emplear algunos detalles, seleccionados con sumo cuidado y muy bien preparados. Más adelante, cuando me diese cuenta, me encontraría de repente en medio de una explosión que me dejaría sordo y paralizaría mi trabajo y mi existencia. Pero en ese momento no era capaz de ver tales dificultades. Según todos los indicios, el mundo estaba lleno de «temas» interesantes y me parecía que sólo tenía que escribir y escribir mientras pudiera. Nunca he sido partidario de la teoría de la torre de marfil. Pero creo que sí, que es posible escribir también en una torre de marfil... Al fin y al cabo, nada puede perjudicar a un escritor, ni la torre de marfil ni el periodismo. No confío en los estetas que huyen de las manifestaciones de la vida, de la misma forma que aborrezco a los escritores «naturalistas», esos virtuosos de la pluma que «describen la vida», que escriben lo que les «dicta el corazón», pero de una manera tan escrupulosa como si pretendieran que hablase la vida misma... Entre esos dos extremos se sitúa el escritor, entre esos dos extremos escribe, a duras penas.

Empecé a viajar por Alemania sintiéndome en cada instante como un «enviado especial» que va detrás de una noticia misteriosa que nunca podrá desvelar del todo... Viajaba con mi traje de cuello de terciopelo y un abrigo ligero, sin sombrero incluso en invierno, y sólo me llevaba la Biblia, el cactus, el crucifijo de marfil y el pequeño fetiche africano. Ningún reportero habrá viajado con menos equipaje, pero mis «encargos» eran fáciles y de carácter general... Me interesaba todo, y, al mismo tiempo, todo parecía mezclarse en un solo sueño. Contemplaba los paisajes de verano y de invierno a través de la bruma espesa de la juventud. Como cualquier persona me resultaba «interesante», de pronto me bajaba del tren, por ejemplo en una estación de Turingia, dormía en la casa del encargado y escribía en un poema que estaba vivo, que me encontraba en Turingia rodeado de desconocidos y que todo eso resultaba maravilloso e inconcebible. No, yo no estaba de acuerdo con la opinión extendida entre la generación inmediatamente anterior a la mía sobre el *nihil admirari*. Era capaz de escribir una oda sobre un campo sembrado de patatas en Prusia; todo me llamaba la atención y me hechizaba como a un cachorro, estaba constantemente en «éxtasis», como si acabase de salvarme de la muerte, como si no supiera por dónde empezar; todo me parecía absolutamente personal e intransferible: vivía en un estado de urgencia permanente. Acababa de escapar al peligro de la guerra; me habían llamado a filas en la primavera del último año de hostilidades, cuando la situación bélica ya no podía interpretarse de muchas maneras: estaba claro que habíamos perdido y a los miembros de mi generación nos mandaron al matadero del Isonzo sin motivo ni sentido alguno; de mi clase murieron dieciséis durante aquel último año. Pero ¿qué sabía yo de la guerra? Huía de un peligro mortal más generalizado que aquel horror, lo contemplaba y lo observaba todo, cada objeto, cada paisaje, cada persona, como si fuese un «testigo ocular», como si lo viese todo por primera vez, quizá también por última, y tuviese que relatárselo a las generaciones venideras. Entonces no era capaz de ponerlo en palabras. Ante mis ojos se descomponía una «cultura», todo el conjunto de cosas que forman una cultura: los puentes, las farolas, los cuadros, los sistemas financieros y los versos de los poemas, sin que «se aniquilaran»; sólo se transformaban, pero a un ritmo tan acelerado como si hubiese cambiado por completo la composición de la atmósfera que nos rodeaba y que nos había permitido vivir sin problemas hasta entonces. De la misma forma que los pilotos empiezan a sangrar por la boca, por la nariz y por los oídos al ganar demasiada altura, a mí me parecía que en todos los fenómenos había una extraña fragilidad capilar que me llenaba de angustia. Tenía miedo, lo sé. Algo importante y valioso se acababa a mi alrededor. Sentía el miedo que siente un animal antes de un terremoto. Todavía no había leído a Spengler y no había formado mis «teorías». Tenía prisa, pues me quedaba poco tiempo para ver las cosas en su «estado original», antes de que se produjeran cambios temibles e impredecibles. Así que me fui de viaje.

. . .

7

Viajaba por la región del Ruhr, por unos paisajes inhóspitos donde los tejados de vidrio de las fábricas brillaban con una luz verde artificial en medio de la noche oscura, y en las estaciones vigilaban unos guardias africanos, de Senegal, provistos de fusiles con bayoneta. Estaba muy nervioso: me encontraba en Occidente. ¿Sería tan sencillo el mundo? ¿El «éxito» y el «triunfo» dependerían de verdad de la fuerza y del poder? En la estación de Essen la lluvia limpiaba los vagones de los trenes, que permanecían detenidos porque los franceses eran incapaces de poner en marcha el complejo sistema de cambios de la estación; aquel invierno, los trenes cargados de carbón no avanzaban; la tropa de senegaleses con sus fusiles no podía con los empleados alemanes, que se negaban a ayudar, y el sistema de cambios de la estación de Essen sólo funcionaba si lo ponía en marcha alguien que lo conociese. A mí me consolaba el hecho de que un simple sistema de cambios de una estación fuera más fuerte que el «poder». En Dortmund pasé dos noches en la casa de mi tío Ernő, ahora ya desaparecido, que vivía en un estudio acondicionado en una buhardilla y tocaba en locales nocturnos: dormíamos todo el día y por la noche bebíamos aguardiente y comíamos salchichas de Westfalia; Ernő intentaba distraerme con problemas de cálculo integral y por la noche tocaba piezas de Bach en mi honor. Los borrachos del tugurio lo escuchaban con devoción. Al oír a Bach, se ponían firmes incluso los que apenas podían tenerse en pie, dejaban de toquetear a las muchachas que tenían sobre las rodillas y empezaban a llorar a lágrima viva por la emoción... Me resultaba odiosa la admiración que los alemanes demostraban obligatoriamente ante cualquier manifestación artística, la admiración profesional con que observaban cualquier forma de «arte», la entrega que manifestaban al ponerse firmes... Sin embargo, ese esnobismo, esos sentimientos de inferioridad, esa presunción digna de un maestro de pueblo, esa devoción ante el espíritu que caracterizaba a todos los alemanes sin excepción, de la misma manera que el amor desmesurado por la obediencia, la cautela y la disciplina férrea —mucho más tarde, con los ingleses, aprendería que la disciplina que nos imponemos a nosotros mismos es lo mismo que cierta libertad—, todo eso me provocaba sospechas, pero también me cautivaba y me enternecía. Ernő interpretaba a Bach en ese tugurio para unos viajantes de Westfalia totalmente borrachos y éstos lo escuchaban con lágrimas en los ojos y auténtica veneración, con el falso sentimentalismo que muestran las muchachas ligeras de los bares cuando se ponen a hablar de su madre; y, sin embargo, tuve la sensación de haber comprendido algo del secreto celosamente guardado de los alemanes, de ese algo que los hace ser alemanes, como su amor por el orden y la disciplina o su aceptación entusiasta de cualquier situación de inferioridad... Creía poder empezar a comprenderlos. Sin embargo, a la mañana siguiente de aquella noche sentimental e instructiva, se presentaron en la casa de Ernő dos detectives de Dortmund y me metieron entre rejas. Era la primera vez que yo estaba detenido y encerrado. Me interrogaron hasta el mediodía y luego me soltaron; sólo les había resultado sospechoso por ser joven y extranjero, por llevar el pelo largo y un traje con cuello de terciopelo, y porque en aquellos días siguientes al terror rojo en Múnich y a los acontecimientos de la Liga Espartaquista en Berlín, veían un comunista en todos los extranjeros.

Al mediodía me soltaron y un detective con monóculo incluso me pidió disculpas y me dijo que los tiempos eran difíciles y que no se podía saber nada con certeza, pero que tras comprobar mis papeles se había convencido de que yo era un estudiante universitario y un joven «de bien»... Las horas que pasé en la comisaría de Dortmund fueron otra lección sobre los alemanes. El interrogatorio empezó en un tono duro, pero a partir de algunas de mis contundentes respuestas fue haciéndose más suave y acabó en una entrevista menor... Yo no sabía nada sobre las técnicas interrogatorias internacionales, y creo que, con la excepción de Scotland Yard —donde en una ocasión hasta me ofrecerían una taza de té y me invitarían a sentarme en un sillón comodísimo—, en cualquier otra comisaría me habrían pegado una paliza si me hubiese atrevido a responder en el tono en que respondí. El hombre que me interrogaba había empezado sus pesquisas con amenazas, pero tras mi primera y tajante frase negativa comenzó a sonreír con expresión confundida, y a partir de ese momento se limitó a carraspear y a pedirme disculpas. El resto fue un sencillo juego de meras formalidades. Fue entonces cuando comprendí que, detrás de los modales rígidos de los alemanes, se escondían la confusión y la perplejidad.

«Fue entonces cuando comprendí»... Debería empezar cada uno de los párrafos de este libro con esta confesión. Mis días transcurrían sin que yo dejara de comprender algo: la existencia del mundo, de las estrellas, de los camareros, de las mujeres, del sufrimiento y de la literatura. Vivía esa etapa de la vida en la que los jóvenes se aplican en alguna labor al cien por cien, motivados por la certeza de tener una misión, algo que sólo ellos pueden llevar a cabo. Se trata de un estado angustioso, repleto de dudas constantes —de que el mundo no es tal como nos imaginamos— y de un entusiasmo exagerado y obligatorio por tener una tarea tan importante que cumplir: la de revelar todos los secretos del universo, uno por uno. De Essen viajé a Stuttgart, donde no tenía nada especial que hacer; no iba ni a los museos ni a visitar los monumentos de la ciudad. Me sentaba en los bancos de los parques y en los cafés, siempre al acecho, nervioso, dándome aires de importancia, convencidísimo de que algo iba a ocurrir de inmediato, algo que sería decisivo y determinante para mi vida entera. Casi nunca ocurría nada, sólo que volvía a quedarme sin dinero. Fui a Hamburgo y a Königsberg, lugares donde tampoco se me había perdido nada y donde me comportaba de forma tan distinta de la de los «turistas» que a veces llamaba la atención de posaderos y agentes de policía. De todas esas ciudades, de todas aquellas salidas precipitadas y de aquellas llegadas sin sentido alguno, ahora ya sólo recuerdo algunos rostros humanos. En Darmstadt, un peluquero que me cortó la melena empezó una discusión política conmigo, me llevó a su casa y me presentó a los miembros de su familia. Estuve tres días alojado en aquella casa, hasta que me di cuenta de que todos —tanto los padres como los dos hijos— eran retrasados mentales. ¿Acaso yo era «normal»? El hecho es que me comportaba como un crío al que acaban de darle por sorpresa una enorme habitación llena de regalos. Esa habitación, cuyos rincones estaban repletos de los mejores juguetes que uno podía imaginar, era el mundo mismo. Y mientras jugaba —mis actividades siempre tenían un componente onírico cuando viajaba, asistía a las clases en la facultad o me relacionaba con la gente—, a veces me invadía una extraña sensación, casi dolorosa, de responsabilidad. Vivía tan angustiado como si hubiera rechazado un encargo de vital importancia. Tenía muchas cosas que hacer, pero ignoraba por completo por dónde empezar. Tardamos en darnos cuenta de que en realidad no tenemos nada especial que hacer, y entonces por fin comenzamos a hacer algo.

En Múnich permanecí algún tiempo; acababan de terminar las revueltas y en las calles se veían todavía algunas barricadas que no habían sido retiradas. Durante aquellos meses de continuos viajes, en cualquier sitio, en cualquier ciudad, en cualquier calle por donde yo paseara, los revolucionarios podían abrir fuego desde una esquina, y a continuación llegaba la policía, se desataba una batalla campal y los transeúntes teníamos que refugiarnos en algún portal cercano. La fiebre ya había pasado, todos estaban convalecientes, pero a veces les volvían a entrar escalofríos y espasmos. La gente había dejado de matar y había vuelto a casa a esconder las armas, pero como no tenía nada que hacer, a veces las sacaba y las utilizaba para resolver alguna contienda de tipo «político». En Munich había pequeñas batallas callejeras todas las semanas. Los rojos ya habían sido dispersados, asesinados a golpes, encerrados en las cárceles, pero la verdad es que entonces éstos no se agrupaban en ningún partido político, simplemente vivían en la sociedad alemana, como en todas las demás, y se hacían visibles en ciertos momentos históricos, como las bacterias en una gota de agua teñida con anilina. Cuando los dispersaron, liquidaron sus organizaciones y fusilaron a sus líderes, entre ellos a un hombre tan brillante, puro y de buena fe como Gustav Landauer, los «rojos» no dejaron de existir, sólo perdieron momentáneamente su color y se integraron de nuevo en la sociedad del terror blanco: en un caldo de cultivo desfavorable, las bacterias se vuelven grises hasta hacerse inocuas. Pero a veces sus organizaciones se reactivaban. Cuando yo oía el ruido de los disparos de alguna metralleta, me refugiaba en un portal y esperaba hasta que el tiroteo terminaba. Llegaban los camiones, se llevaban a los heridos y yo por fin podía cruzar la calle para entrar en el café de la acera de enfrente... Nada de aquello me sorprendía demasiado. Me parecía de lo más normal que mis paseos estuviesen acompañados de cuando en cuando por el fuego cruzado de las metralletas. Todo lo que era un asunto humano me resultaba natural. Me dominaba el éxtasis de la existencia, mi pequeño mundo personal, y el entusiasmo con el que recibía el milagro de la vida me impedía observar los detalles. En Munich me sentía todavía más solo y extraño que en cualquier otro lugar. La ciudad me deprimía con su jovialidad bañada en litros y litros de cerveza, con su alegría obligatoria, con sus pretensiones artísticas malogradas, forzadas y artificiales. Me alojaba en una *Englischer Garten*, o sea, en una pensión, entre esnobs ingleses y húngaros que participaban en las fiestas de carnaval de los talleres artísticos de Schwabing y bailaban el cancán con desenfado entre revolución y revolución. En una de aquellas fiestas conocí a una dama que era de la ciudad, pero que hablaba con un fuerte acento, y al amanecer me acompañó hasta mi habitación, donde empezó a comportarse con una familiaridad sorprendente que me dejó boquiabierto: primero cepilló mis trajes y abrigos, luego limpió mis zapatos y quitó el polvo de los muebles, y a continuación se desnudó, dejó su ropa ordenada y plegada en una silla, se recogió el cabello en una trenza y fijó algunos mechones con unas tiras de papel. Después se acostó en mi cama con un gesto de lo más natural, con la disposición y la amabilidad de un ama de casa que ya puede ocuparse del invitado. Yo la miraba nervioso. Nunca me había topado con una mujer —y nunca más me toparía con otra— que hubiese practicado las virtudes de las labores domésticas con tanta aplicación a la hora del amor en la casa de un desconocido. Mi asombro no cesaba. El mundo no era como me había imaginado basándome en mis lecturas. Todo era «diferente», y me pareció que iba siendo hora de tomar alguna postura definida en medio de aquel caos lleno de sorpresas.

8

En Weimar iba al parque todas las mañanas, me acercaba a la casa con jardín en la que Goethe solía dormir la siesta en los días calurosos de verano, entraba en las salas y luego volvía a la casa de Goethe del centro de la ciudad, entraba en la habitación donde había muerto y donde no habría ido mal «un poco más de luz», me paseaba por las estancias repletas de gemas, manuscritos, dibujos, estatuas y pinturas, contemplaba el herbolario del poeta e intentaba comprender algo. Me comportaba como un detective aficionado que investiga algún asunto secreto y misterioso. No tenía ningún encargo de nadie para escribir: el asunto secreto y misterioso cuya clave intentaba encontrar era el secreto del «genio»; intentaba comprender algo a través de los objetos que él había utilizado, de sus colecciones, de los sitios donde había vivido, algo que hubiera quedado sin respuesta en sus obras, algo que tampoco pudiera comprenderse con el simple conocimiento de su vida o de su «temperamento», puesto que es la combinación de ambas cosas lo que compone ese fenómeno inquietante que es el genio y su influencia en el mundo. Buscaba señales, huellas, las huellas de sus manos en un mueble, las de sus labios en el borde de una copa; analizaba su caligrafía en las distintas épocas de su vida, contemplaba largamente los dibujos torpes y primitivos de los diferentes paisajes que observó en su viaje por Italia, me pasaba semanas enteras entre aquellas paredes. En Weimar se podía apreciar todavía la presencia casi corpórea del poeta, pues dejó una huella palpable, y los efectos de su presencia en la ciudad tardaban en disiparse. Yo no pretendía escribir una tesis doctoral sobre Goethe. Tampoco me proponía escribir ningún ensayo sobre la «edad adulta del poeta» o sobre los últimos años de su vida... Simplemente me paseaba por los jardines reales donde aquel Rey Sol a pequeña escala había conseguido copiar detalles de Versalles, y por las noches iba al teatro de la ópera a escuchar alguna representación de *Tancredo* o de *Ifigenia*; en el teatro donde Goethe había contemplado con cierta envidia los éxitos del popular Kotzebue yo me sentía como en mi casa... Por las mañanas acudía a la biblioteca, donde todo, absolutamente todo recordaba a Goethe de una manera exagerada, inflada, desorbitada; llegué a entablar cierta amistad con el bibliotecario, que estaba catalogando los datos de tipo «policial» de la vida del poeta en la ciudad, desde las facturas de la lavandería hasta las listas de la compra, y nos comprendíamos a la perfección en el ejercicio de aquella actividad pretenciosa; nos entendíamos sin palabras, como todos los que penetramos en el mundo de Goethe para quedarnos un ratito, el ratito que dura nuestra vida.

En la posada llamada El Elefante éramos varios los que no teníamos nada especial que hacer en Weimar. No pretendíamos contribuir a la literatura sobre Goethe con nuestros estudios, investigaciones o experiencias, simplemente vivíamos en la ciudad de Goethe como el hijo vive en casa de sus padres durante las vacaciones de verano. Weimar, una ciudad bien proporcionada y atractiva, estaba dominada por la tradición goethiana, no había despertado todavía; nadie se atrevía a hablar de otra cosa, todo se centraba en el recuerdo del genio. En la posada había unas escocesas sabihondas, otras señoras mayores que tenían mal genio pero se dejaban maravillar por la ciudad adoptiva de Goethe, y un humanista italiano al estilo de Settembrini que —años antes de que se publicara *La montaña mágica* de Thomas Mann— me recitó toda una lección sobre «la república y la dirección acertada»; había también algunos escandinavos que se quedaron varios meses porque habían caído bajo el hechizo de la aurora boreal, que envolvía la ciudad en un resplandor de la más alta espiritualidad, además de unos cuantos esnobs y bastantes turistas. En medio de aquel mundo demente que no había enterrado aún a sus muertos pero que ya redactaba contratos que le permitirían liberarse de sus remordimientos con nuevas matanzas masivas, Weimar, con su teatro, con su biblioteca, con la pensión El Elefante —y una posada más barata, regentada por la esposa de un científico húngaro, donde yo pasaba unos días de vez en cuando para descansar y poder alimentarme tanto en el sentido físico como en el espiritual—, parecía pertenecer a un monasterio laico en el que se reunía gente similar para purificarse y meditar. Quizá desde fuera todo aquello resultara una exageración, pero los que lo vivíamos desde dentro encontrábamos allí nuestra propia dimensión. En la casa de Goethe todos nos sentíamos un poco como en nuestra propia casa aunque hubiesen transcurrido tantos años. El mundo de Goethe aceptaba a los peregrinos; no aseguraba una tranquilidad eufórica, pero dejaba un rinconcito en el que quedarse el tiempo necesario.

Los seres humanos tenemos nuestro destino material, aunque también tenemos un destino espiritual que nos determina con fatal naturalidad. Uno encuentra a Goethe o no lo encuentra; yo, para mi suerte, lo encontré bastante pronto. No quiero decir con esto que viviera entregado a un culto exagerado del poeta. Pero es un hecho que en el instituto, cuando tenía que aprenderme de memoria los hexámetros de *Hermann y Dorotea*, ese destino bien conocido, ese ambiente propio de un genio me acogió y, por alguna razón secreta e inexplicable, dejé de tener frío y de sentirme un paria. Durante mi estancia en Weimar, me quedaba con *Werther*; hoy, en el umbral de mi edad de hombre maduro, me quedo con *Poesía y verdad*. Goethe me acompaña por mi vida y marca cada etapa de mi desarrollo sin que yo pueda «saltarme» ninguna, oponer resistencia, salirme del camino que lleva al final, donde el coro místico responderá a la pregunta de Fausto. Ésta es la respuesta que yo desearía escuchar y comprender a su debido tiempo. Antes no es posible... Vivía pues en Weimar con alegría y entre sentimientos profundos. Goethe no era un *praeceptor*, se podía vivir a su lado en una situación de respeto pero sin miedo, en una confianza muy cómoda. Para mí era una patria en la que me sentía tan en casa como en mi país natal, un hogar donde me identificaba con luces, plantas y entrañables costumbres familiares.

Viví durante un tiempo considerable en tres ciudades alemanas: Leipzig, Weimar y Frankfurt. No lo había previsto ni planeado de antemano, mas creo que no fue casualidad que eligiera exactamente esas tres ciudades, las tres ciudades de Goethe, para pasar mis años de peregrinaje. Viajaba buscando sus huellas, mi instinto me llevaba hacia su sombra. Nunca he sido capaz de leer a Goethe diciendo «Bueno, ahora voy a sentarme y voy a leer el *Diván de Oriente y Occidente*». Es probable que un experimento de ese tipo me hubiera aburrido. Goethe crece y avanza junto a la vida de quien se alía con él. Sigo llevando siempre conmigo alguno de sus libros, incluso cuando estoy de viaje. También existe otro escritor y poeta, uno solo, a quien soy capaz de leer una y otra vez con el mismo desorden: János Arany. Sus libros siempre están al alcance de mi mano y no pasa ni un solo día sin que lea alguna de sus cartas o de sus críticas. Con Arany he aprendido y sigo aprendiendo el idioma húngaro. Con Goethe no he aprendido nada. El genio y su obra suelen transformarse en un ambiente para las generaciones futuras, y yo sólo pienso en él cuando alguien lo critica o reniega de él. De cuando en cuando regresaba a Weimar. En la biblioteca me conocían, en la casa con jardín el portero me recibía con un saludo: he visto ese jardín en verano y en invierno. La primera vez que estuve en la ciudad todavía no me atrevía a escribir; mejor dicho, fue allí donde empecé a no escribir. En Weimar conocí lo que es único en Goethe, algo que quizá sea menor que su obra, pero que causa los mismos efectos en el lector y que también es inmortal, el misterio del genio que a través del tiempo y del espacio deja sentir su huella en todos los que se acercan a él. En Weimar leí por primera vez tres versos que al principio no me llamaron la atención, aunque más adelante descubriría que habían abierto algo en mi interior, que vivían dentro de mí sin resultar altisonantes en absoluto, como si alguien me hubiese enseñado a respirar:

Ich habe geglaubt und glaube erst recht
Und ging es oft wunderlich, ging es oft schlecht
Ich bleibe beim gläubigen Orden.

¡Ya creía, pero aún más diría que ahora creo!
E incluso cuando todo se enrarece, cuando todo se malogra,
en la grey de los creyentes persevero.

9

En Frankfurt alquilé una habitación cerca del palmeral, en la calle Liebig, en casa de un sastre jorobado que se casó justo la semana después de mi llegada. Tomó como esposa a una señora alta y fuerte que recordaba a una amazona o a alguna otra mujer de la mitología, y durante su noche de bodas, que se celebró en la habitación contigua a la mía, estuvieron pegándose todo el tiempo; el sastre jorobado era un sádico que pegaba con una fusta a su señora de dos metros de altura, y ella gemía de placer y no dejaba de repetir: «*Du bist herrlich!*» [«¡Eres un fenómeno!»]. Yo escuchaba los sonidos de sus peculiares nupcias sin ningún tipo de aversión y, como constataría más tarde con asombro, sin sorprenderme siquiera. Todo aquello me parecía de lo más natural, normal y humano. Una actitud de ese tipo no se podía aprender o adquirir, era la consecuencia lógica de un estado de ánimo. El tigre come carne, el sastre de Frankfurt pega a su señora y ésta gime de placer. «Así es la vida», pensé por la mañana antes de quedarme dormido, cuando la pareja ya se había cansado.

Todas las mañanas a las once en punto pasaba por delante de mi ventana, en una calesa tirada por dos caballos de color negro azabache, ataviada con una mantilla y protegida por una sombrilla de encaje, la anciana señora Gudula, la más vieja de los Rothschild. Vivía al final de la calle, en el castillo que la familia tenía en Frankfurt. El castillo se encontraba en medio de un parque inmenso que estaba rodeado de guardias armados día y noche. La señora Gudula saludaba de manera campechana a los vecinos de la ciudad con los que se cruzaba, los cuales se quitaban el sombrero para devolverle el saludo como si ella fuese la soberana de un principado feudal. Era muy vieja y su rostro estaba lleno de arrugas. En el pescante de la calesa se sentaban el cochero, ataviado con sombrero de copa, pantalones blancos y botas de charol, y a su lado un criado, también vestido de gala; en la república «revolucionaria» alemana, el desfile parecía una verdadera manifestación o una protesta. Los reyes y los príncipes habían desaparecido, pero quedaban los Rothschild. La señora Gudula vivía en una especie de estado de extraterritorialidad en su palacio de Frankfurt. Una vez al año, con ocasión de alguna fiesta familiar, iban a verla sus hijos y sus parientes, los Rothschild de París, Londres y Viena; entonces, los vecinos de la ciudad permanecían asomados a las ventanas todo el día para no perderse ni el menor detalle del desfile de la dinastía.

En Frankfurt, la presencia del dinero era visible y vistosa, como las verjas de los palacetes de la Bockenheimer-Landstrasse, cuyas puntas en forma de lanza estaban pintadas en oro. El dinero que se había acumulado en la ciudad durante siglos se había hecho omnipresente, la había impregnado por completo, la había cargado de elegancia y dignidad con una arquitectura de proporciones majestuosas. Había otro miembro de la dinastía que vivía en Frankfurt, uno de los barones Rothschild-Goldschmied, en cuyo despacho se presentaban muchos hombres para pedir dinero, entre ellos algunos peregrinos húngaros. Éstos viajaban por Alemania con una lista exacta y detallada de nombres y direcciones que les permitía visitar en las ciudades desconocidas, como viajantes concienzudos, a las personas generosas, los superiores de las confesiones religiosas, los representantes de los partidos políticos y las instituciones benéficas. Uno de aquellos peregrinos —un fuerte joven de Transilvania— también fue a verme a mí mencionando el nombre de unos conocidos comunes de Budapest. Me pidió alojamiento, comida y una camisa limpia, y para agradecérmelo me enseñó una de aquellas «listas útiles». Era toda una agenda, escrita a mano y bien copiada, y al lado de los nombres de las personas que figuraban aparecía, en una breve frase, la mención de las debilidades del mecenas: el peregrino aseguraba que estaba haciendo una colecta con fines patrióticos cuando acudía a las organizaciones nacionalistas, afirmaba ser judío al ir a ver a un rabino, católico ante el cura, socialista convencido emigrado de su país en la oficina del partido socialdemócrata y comunista para los bolcheviques; y se presentó como músico en ciernes en la oficina del barón Rothschild-Goldschmied, de quien se sabía que ayudaba a los músicos. El barón regalaba un billete de tren a todos los que iban a verlo, además de cincuenta marcos; los visitantes vendían el billete y se quedaban con el dinero. El joven que fue a verme era un hombre concienzudo, mesurado, tranquilo y sereno de ánimo. Viajaba sin equipaje, con el librito de las «listas útiles» en el bolsillo, vestido con un impermeable desgastado de cuyos bolsillos sacaba objetos extraños e inquietantes: por ejemplo, novelas de pacotilla, una lupa o una cuerda gruesa que recuerdo a la perfección. Tenía una cuenta bancaria en una de las sucursales del Dresdner Bank en Berlín, y en sus viajes conseguía hasta doscientos o trescientos marcos al día; hablaba el húngaro con el hermoso acento típico de Transilvania y era un hombre ahorrador y precavido que aparentaba ser un oficinista aplicado. Cuando volví a verlo tiempo después, en Berlín, trabajaba como director de una empresa cinematográfica. En aquellos años conocí a mucha gente de esa clase. Se dejaban llevar por la tormenta, no tenían «principios», objetivos o ideales, y tampoco escrúpulos. Se ocupaban de la vida, directamente, y les preocupaban poco detalles como la profesión, la ideología o la conciencia social. Más adelante algunos de esos peregrinos pasaron mi dirección a otros. La mayoría eran hombres con talento; en nada en particular, tenían talento en general, como los animales, y evitaban el trabajo con verdadera aplicación y empeño. De todas formas, a mí me llevaban noticias de la «vida», de alianzas muy particulares y de la naturaleza humana. Ninguno de ellos me robó nunca nada, y cuando me pedían dinero prestado, casi siempre me lo devolvían. Parece que me tomaban un poco por uno de ellos, por una especie de pariente.

El hecho es que yo, en aquellos años, no era ni pretendía ser otra cosa que un joven sin ninguna meta en particular. La literatura era una especie de bruma para mí, una inseguridad y una falta de certeza molestas y dolorosas. Cuando llegué, me movía por Frankfurt como el héroe de una novela romántica. Me levantaba al mediodía, me iba a la plaza principal, al elegante café Hauptwache, fumaba un dulzón pitillo inglés tras otro y leía el mismo libro durante semanas. Fue entonces cuando descubrí a un escritor alsaciano llamado René Schickele a quien apreciaba muchísimo. Recuerdo que me atraía porque me sugería una especie de «patriotismo europeo». Examinaba a todo el mundo bajo ese aspecto, quería saber si ya existía el hombre europeo, si en algún salón polaco o en alguna universidad danesa estaba manifestándose ya el hombre que primero era europeo y sólo después polaco o danés. Ni Coudenhove-Kalergi ni Hubermann Bronislav hablaban todavía de paneuropeísmo, pero la idea estaba ya presente. A veces creía que la vida o la literatura me harían conocer a un auténtico «europeo». Sin embargo, la riqueza de

Frankfurt atraía sobre todo a peregrinos, vagabundos y aventureros.

Esos peregrinos me contaron que, en Frankfurt, todo el mundo daba dinero a excepción de la señora Gudula, que consideraba que sus hijos ya daban suficiente. La ciudad de Frankfurt era como un salón rococó. Yo me desperté una mañana con la sensación de que me habían aceptado. Aún existía la «vida social» en el sentido que se le confería a dicha expresión en el siglo XVIII; aún existían los palacetes con sus salones, donde vivían personas muy cultas y muy ricas con exigencias propias de Occidente, y con exigencias espirituales tan importantes por lo menos como las físicas. La gente vivía escondida en sus palacetes entre colecciones de arte gótico o hindú; mantenía correspondencia con los escritores famosos de otros países, con banqueros, científicos y místicos; y yo me di cuenta un día de que me invitaban a tomar el té, de que en sus casas me abrían la puerta criados con gruesos calcetines blancos que me conducían a unos salones que yo nunca había visto, llenos de personas desconocidas para mí que resultaban ser las dueñas de verdaderos imperios industriales o espirituales. Todo se lo debía a un nuevo amigo, Hanns Erich, a quien había conocido en la universidad. Hanns Erich se sentía como en casa en Alemania, y más en concreto en Frankfurt, esa ciudad de estilo francés encerrada, selecta en el buen sentido de la palabra. Mi amigo, que tenía dos años más que yo, era hijo de un rico industrial de Silesia; estaba preparando su doctorado sobre Spinoza y era miembro del partido socialdemócrata alemán, y también de una alianza internacional presente en toda Europa, unida por experiencias comunes y quizá por los remordimientos de conciencia de una misma cultura. Yo le debo mucho. Entre paréntesis, sospeché desde el primer momento que podía ser homosexual, aunque nunca lo supe con certeza.

. . .

10

Hanns Erich vivía cerca de donde yo me alojaba, en el elegante Hotel Imperial, y mantenía una relación con una diputada socialista, una mujer joven de quien sólo recuerdo un par de ojos inteligentes y una mirada irónica, y también un afán vanidoso de intentar conciliar en su manera de vestir el estilo puritano propio de una diputada y el estilo moderno, a la última moda, de una intelectual de mundo. Yo iba con Hanns y su amiga a las reuniones de obreros y a las de los patricios de la ciudad, a lugares donde sólo se aceptaba a personas que ya habían demostrado algo o que, con toda seguridad, iban a hacerlo. Ni Hanns Erich ni yo habíamos demostrado nada de nada, pero la señora diputada, sin duda, iba a hacerlo. Por otra parte, aunque los dos grupos escogían escrupulosamente a sus miembros y a sus invitados, debo admitir que me resultó más difícil penetrar en los círculos obreros que en los salones burgueses, repletos de esculturas góticas.

En Frankfurt, esa ciudad sensible y refinada, mi nombre se dio a conocer en público al cabo de pocos meses. Como todo lo que de verdad importa en la vida, eso también me ocurrió sin que me lo propusiera; no lo había «decidido» —nada de lo que haya «decidido» o planeado en la vida me ha salido nunca—, lo que ocurrió es que me desperté una mañana y empecé a vivir en unas condiciones diferentes de las anteriores. Empecé a trabajar para el *Frankfurter Zeitung* tras presentarme sin previo aviso en la redacción y dejar mi tarjeta de visita en las manos del jefe de la sección de opinión, el señor Geck. Éste me recibió de inmediato, yo le entregué un artículo y me fui. Hay que saber que en la redacción de ese periódico se vigilaba muy de cerca la pureza de la lengua alemana. Las conjunciones de una frase subordinada importaban tanto en ese periódico alemán, quizá el único de verdadero nivel mundial, como el contenido de la frase en cuestión. La sección de opinión empleaba entonces a tres personas: al señor Geck, ejemplo del periodista-oficinista alemán, bien intencionado, pedante y correcto; a Bernhard Diebold, el crítico, y a un alcohólico simpático, en absoluto fiable, llamado Willo Uhl. Mi artículo se publicó al día siguiente. El hecho no me sorprendió, mi seguridad descarada e infantil hizo que lo encontrase natural... En la sección de opinión del *Frankfurter Zeitung* habían trabajado, entre otros, Thomas Mann, Stefan Zweig y Gerhart Hauptmann: todos los que importaban en la Europa Central. La redacción del periódico se encontraba en una calle lateral del centro de la ciudad, la Eschereimer Strasse, en un edificio viejo y destartalado que por fuera parecía una extraña mezcla de pabellón de caza y molino de vapor. Sin embargo, el periódico que allí se imprimía era uno de los mejores del mundo. Cualquier noticia que daba sobre economía hacía temblar las bolsas de Nueva York y Londres, una sola crítica suya decidía suertes artísticas, y publicar en sus páginas un par de artículos firmados a la semana significaba para un joven escritor en ciernes la posibilidad de hacer «carrera» en Alemania. Yo empecé a trabajar para ese periódico con una seguridad ciega, sin saber nada de la responsabilidad que los lectores del mundo entero exigían a los periodistas; opinaba sobre las cosas y las personas con una calma y una tranquilidad obvias, como el herrero del pueblo que en la anécdota de Kálmán Mikszáth se pone a operar los ojos de alguien con una simple navaja. Un día comprendí la responsabilidad que implica la palabra escrita, y entonces empecé a tener miedo. Pero eso ocurriría mucho después. El *Frankfurter Zeitung* siguió publicando mis artículos con una disposición que ahora me resulta incomprensible. Trabajé durante años para ese diario de altísimo nivel y espíritu verdaderamente europeo. Nunca me encargaron nada que me pareciese aburrido; llegué a mandarles crónicas desde París, Londres, Jerusalén y El Cairo describiéndolo todo, cualquier cosa que se me antojara interesante para una columna: el extraño tono de voz de una persona, la manera de moverse al hablar de Caillaux, el *spleen* de una dama en Jericó, la pena de un camarero en Marsella, el desorden de una habitación de hotel en Lyon, Rabindranath Tagore, las lecturas preferidas de un perrero... Todo lo que la vida me ofreciera, todo lo que me pareciera digno de ser descrito. Y el *Frankfurter Zeitung* lo publicaba todo. Escribía en alemán y parecía que lo hacía bien, pues mis artículos se publicaban en las páginas de ese periódico, tan quisquilloso en ese sentido, sin que se cambiara una sola coma. El propietario y director de la publicación, Henry Simon, que observaba con buenos ojos mis intentos, dio su *nihil obstat* a todo lo que yo escribía.

Yo no tenía en mente hacer «carrera» y creo que no concedía ningún valor especial a mis relaciones con ese «diario provincial». A veces publicaba en el *Frankfurter Zeitung* los mismos artículos que ya habían aparecido en un periódico de Kassa; me importaba por igual la opinión que tuviesen de mis intentos en   ʾ dad natal o en Frankfurt, aunque aquí mis artículos de opinión llegaron a publicarse incluso en el lugar más destacado. Todo ha sido siempre así en mi vida. Si yo hubiese «insistido» mucho para introducirme en el *Frankfurter Zeitung*, quizá ni siquiera me habrían recibido. De todas formas, creo que era más difícil entrar en la redacción de cualquier periódico de Budapest que en la de esa publicación tan importante a escala mundial. Entonces yo no tenía ni la menor idea de lo que era escribir, del peso o de las consecuencias de las palabras. Escribía como respira un joven, a pleno pulmón, con unas ganas y una alegría bárbaras. No sabía que cualquier escritor ya formado se habría sentido satisfecho al publicar en ese diario. Más bien consideraba mi trabajo como una posibilidad de pasar el rato y de que me pagaran muy, pero que muy bien por ello. Más tarde me di cuenta de que era mejor no poner precio a mis honorarios porque me pagaban más si permitía que lo determinaran ellos. Cuando me fui de Frankfurt, me llamaron por teléfono a París y me mandaron a Londres para que asistiera a una conferencia política, a Ginebra para que les enviara unos artículos cortos y «coloridos» sobre la vida política local, a diversas ciudades belgas e italianas donde «ocurría» algo o a un viaje de varios meses a Oriente con todos los gastos pagados... Aprendí que no valía la pena enviar facturas de mis gastos al *Frankfurter Zeitung*, puesto que nunca habría podido pedir tanto dinero como el que ellos me enviaban sin consultarme.

El periódico constituía una auténtica obra de arte, y tenía una organización tan sensible y refinada como el cuerpo diplomático de un pequeño Estado. Sus corresponsales en el extranjero, en Nueva York, París y Londres, ocupaban redacciones respetables, con sus embajadores y sus agregados, y cualquier telegrama, cualquier crítica sobre cualquier parte del mundo, cualquier artículo sobre cualquier tema, incluso la moda londinense, tenía sus consecuencias... El diario informaba de los fenómenos más importantes y, lo que es más relevante y más emocionante, determinaba su importancia política, social, cultural o espiritual. Se decía que la industria pesada alemana financiaba la publicación, pero entonces, en los años veinte, no era cierto. Más adelante se haría con el periódico el mayor consorcio alemán, y tiempo después, el Tercer Reich, aunque al principio con cautela; el hecho es que el *Frankfurter Zeitung* fue tal vez el único periódico de su época que los nazis toleraron hasta cierto punto. El diario sobrevivía gracias a su fama, su superioridad espiritual y su independencia. Y también al hecho de que se redactaba de modo familiar en su sede de Frankfurt: Henry Simon cuidaba cada línea de cada artículo y no se publicaba nada, en ninguna de las tres ediciones diarias, que no hubiese sido previamente leído por el propietario y director. Cuando dejaban entrar a alguien, lo trataban como si fuese de la familia, alguien en quien confiaban y que podía contar con ellos. Al mismo tiempo, había que avalar sin indulgencia cada palabra escrita con un trabajo preciso y cuidado.

Mi relación con el *Frankfurter Zeitung* duró muchos años. Un día se interrumpió por sí misma, de forma tan rara como había empezado. Yo ya llevaba años viviendo en París y trabajaba mucho para ellos, les mandaba todo tipo de artículos. Un día empezaron a devolverme mis artículos. Publicaban uno y me devolvían tres sin publicar. No comprendía por qué. Mis artículos no eran ni peores ni más insulsos que antes. «No es eso lo que esperábamos de usted», me decían. Reflexioné y terminé por entender. Cuando empecé a trabajar para ellos, era todo oídos y muy astuto: les entregaba lo que querían de mí. Cuando, poco a poco, encontré mi propia voz, de repente todo lo que escribía les resultaba extraño. Yo seguía escribiendo en alemán, pero con un espíritu ajeno a esa lengua. Ellos continuaban publicando lo que escribía, aunque sólo muy de tarde en tarde, como cuando se saluda al amante ya abandonado.

11

Un día llegó de la Selva Negra K., el traductor que siempre contemplaba el mundo con cara de enfado; llegaba con sus dos perros y acompañado de un joven y regordete escritor húngaro exiliado y de su amiga, una condesa austríaca que traducía al alemán las obras de escritores americanos y que más adelante se adheriría al «movimiento» literario alemán izquierdista y se convertiría en uno de sus miembros más activos. Yo lo esperaba en la estación. Su llegada a Frankfurt despertó cierto alboroto. Los perros causaban muchos problemas y no los admitieron en la pensión donde pretendían alojarse, de modo que les cedí mi piso; por entonces ya había abandonado mi habitación en casa del sastre sádico y había alquilado una soleada y cómoda casa de tres habitaciones en la Eschersheimer Landstrasse, cerca de la redacción del periódico para el que trabajaba, en el edificio contiguo a la editorial Rütten und Löning. El piso se encontraba en la primera planta de un edificio con jardín cuyos elegantes muebles me encantaban. Cuando K. se peleó —a causa de los problemas derivados del comportamiento de los perros y de la ideología del amo— con los propietarios de varias pensiones de la ciudad, se trasladaron todos a mi piso y yo alquilé una habitación en la segunda planta del mismo edificio. Vivimos un tiempo unidos por el destino de los inmigrantes en un país extranjero y separados constantemente por nuestros enfados. K. era el que más se enfadaba: lo hacía muy a menudo porque le encantaba estar enfadado. Pero al fin y al cabo nos lo pasábamos bien, y los demás trabajaban tanto que incluso yo acabé acostumbrándome al trabajo constante y sistemático.

K. era una persona que siempre sospechaba de todo y de todos y se enfadaba por todo y con todos. Escribía cartas de protesta a diferentes lugares del mundo que enviaba por correo certificado y urgente; era el que más cartas enviaba por correo certificado y urgente de entre mis conocidos. Tiempo después yo también recibiría varias de aquellas cartas: me despertarían en medio de la noche con algún envío urgente de K., en el que simplemente me hacía saber que todo iba bien o que ya no confiaba en mí, o, por el contrario, que se habían disipado todos los equívocos y que nuestra amistad seguía siendo la misma de siempre. Para él todo era urgente. Tenía un temperamento iracundo, se peleaba mucho con los alemanes, escribía cartas de protesta, formulaba denuncias. A la condesa la había conocido en

Davos durante la guerra: los dos estaban enfermos y su amistad —una relación más fuerte y pura que cualquier relación oficial y que duraría toda la vida— nació en un sanatorio de esa ciudad. Tenían las mismas pasiones: la literatura y los perros. Nunca he encontrado personas capaces de hablar con perros y con escritores con tanta humildad como K. y su amiga. Su vida estaba colmada por el cuidado de los perros y la traducción de libros. Traducían muchísimo y eran verdaderos maestros de su oficio. Se trata de una profesión extraña para la cual hacen falta dos artistas: un traductor es siempre un escritor frustrado, de la misma forma que un fotógrafo es un pintor perdido. K. y su amiga la condesa traducían libros de autores extranjeros con la humildad verdadera de los grandes artistas. A veces nos pasábamos horas enteras discutiendo hasta encontrar el equivalente exacto de un término húngaro o inglés en alemán. K. traducía del húngaro: fue el primero que mostró al mundo el rostro de la nueva literatura húngara. Nunca tuvo ningún apoyo oficial; al contrario, las autoridades renegaban de él.

Así vivíamos en la casa de Frankfurt, con los perros que K. cepillaba varias veces al día para quitarles las pulgas y las garrapatas entre carta y carta —se gastaba en aquellos envíos siempre certificados y urgentes, sin exagerar, más de la mitad de sus honorarios—, en un ambiente de extraño nerviosismo, pues alrededor de K. el aire siempre estaba muy cargado. Yo vivía en la habitación del segundo piso y ocupaba mis días en escribir poesía. K. cocinaba entre manuscritos y máquinas de escribir; la mayoría de las veces tocaba comer carne de buey cocida con verduras, que era el único plato que sabía preparar.

K. y la condesa estuvieron unidos hasta la muerte por lazos muy sólidos. Nunca he visto una relación humana tan fuerte. No sé si «vivían a gusto» o no; probablemente lo que se llama idilio no suele caracterizar ese tipo de uniones.

Los dos estaban enfermos cuando se conocieron; K. se repuso, pero ella siguió padeciendo su incurable enfermedad hasta el final de su vida. Ninguna mujer me ha parecido nunca tan enérgica, tan consoladora, tan impactante, en el sentido más complejo de la palabra, como aquella aristócrata austríaca. Era alta y flaca, estaba en los huesos, y en su rostro delgado sólo tenían vida sus ojos entusiasmados, unos ojos ennoblecidos por el miedo a la muerte y el amor a los vivos. Ella misma se hacía la ropa, y los alemanes contemplaban sus amplios vestidos con ojos desorbitados; allí donde aparecíamos nos recibían miradas hostiles, pues a su alrededor se palpaba lo extraordinario; lo que atraía y repelía a un tiempo era la luz que irradiaba aquella alma purificada por el dolor, el conocimiento y la pasión. Cuando entrábamos en un lugar, la gente se callaba. La condesa iba por delante sin mirar a nadie, con la cabeza agachada como para esconder su rango; detrás de ella avanzaba K. con un perro debajo de cada brazo y observando a la gente con gesto de enfado, sospechando de todos, listo para enfrentarse a cualquiera con unas cartas de protesta. Yo cerraba aquel desfile, en el que era una especie de paje, con mucha dignidad.

La condesa era hija de un embajador del Imperio austro-húngaro y de una condesa austríaca, así que había pasado su infancia en los sucesivos destinos diplomáticos de su padre, en un ambiente elegante y mundano. Se casó con un barón de los Estados Bálticos y vivió con él en algún lugar de Lituania, de donde se escapó a Davos, ya enferma, para no volver jamás con su esposo. Hablaba y escribía perfectamente en alemán, francés, inglés y español; traducía a Charles Péguy y también a Upton Sinclair, que le escribía largas cartas a máquina. Todos los que conocimos a la condesa fuimos amigos suyos para siempre. Tenía unos ideales políticos de izquierda que propagaba con verdadera pasión; yo no he conocido otra mujer capaz de compaginar en su comportamiento el orgullo personal y los modales de una inabordable dama de mundo con la disponibilidad y la actividad de una «mujer del movimiento obrero». Allí donde llegaba y se sentaba, se organizaba inmediatamente un pequeño «salón», y los que se reunían en torno a ella —entre otros, unos anarquistas dispuestos a todo y sumamente sospechosos, pues alrededor de K. pululaban los «activistas del movimiento obrero»— se veían obligados a observar las normas de etiqueta. De modo que por las tardes nos reuníamos en el salón de la condesa con una taza de té en la mano escritores, obreros, jóvenes, intelectuales y patricios de Frankfurt, todos juntos y unidos en una atmósfera cuyos efectos nadie era capaz de resistir; en el entorno de la condesa «charlábamos» como probablemente habían charlado los invitados del padre de la condesa, el embajador, en alguna velada vespertina tomando el té en El Cairo o en París, en el palacio de la embajada imperial. La condesa dirigía la «conversación» —K. se apartaba para ocuparse de los perros y mirar a todas partes con recelo— y los invitados volábamos emocionados junto a aquella alma intranquila y noble por encima de los campos de batalla de la vida, la literatura y la política.

No era en absoluto una mujer pedante. Su cuerpo frágil, muy enfermo, albergaba tanta vida que era capaz de movilizar grandes masas humanas. Sus pulmones estaban casi atrofiados por completo, pero ella seguía trabajando diez o doce horas diarias, encorvada sobre la máquina de escribir desde las primeras horas del alba con un cigarrillo de opio, americano o inglés, en la boca. A la calle salía pocas veces, pues le temía a la gente; en una ocasión me dijo que le daba «demasiada pena». Veía con claridad la situación de su clase, su pasado, que odiaba desde el fondo de su alma, y no podía arrancarse los sentimientos de nostalgia y envidia. La gente que se reunía en torno a ella solía llegar de la nada y desaparecer en ella, eran personas que no tenían nombre propio; en el salón de la condesa había revolucionarios sin identificar que urdían sus planes en secreto, sin comunicar ningún detalle al respecto... Un día apareció por allí un hombre de tez nívea y facciones femeninas que se escondía detrás de una barba castaña; tenía las manos grandes, blancas y bien cuidadas, y se sentaba entre nosotros para observarnos con ojos suspicaces, entornados; contestaba a nuestras preguntas con respuestas cortas y concisas, y mantuvo celosamente el anonimato. Se decía que era obrero en una de las fábricas de automóviles de la ciudad, y de hecho siempre llevaba un mono, pero era un mono hecho con una tela de excelente calidad que parecía confeccionado por los mejores sastres, y en sus manos blancas y cuidadas nunca se veía ni rastro de aceite o polvo de hierro... Como la forma de su cabeza, su frente y sus labios recordaban a los Habsburgo, en nuestro grupo empezaron pronto a contarse verdaderas leyendas sobre su persona. En el círculo mágico de la condesa había muchas de esas personas anónimas que llegaban y luego se iban.

A mí me llamaba «hijo» y compartía conmigo los platos que cocinaba K., sus pitillos ingleses y sus lecturas. Yo vivía a su lado con docilidad, aguantando su agresividad y sus extravagancias; nunca he aguantado a una mujer con tanto altruismo, humildad y tristeza como a esa peculiar condesa. El destino le había reservado una forma de vida dolorosa que ella asumía con decisión y rebeldía. Era una aristócrata en el sentido más íntimo y humano de la palabra. Un día fue a vernos Stefan Zweig, y tras la visita él y yo estuvimos paseando durante horas bajo la lluvia. Zweig me contó la historia de esa mujer excepcional con la conciencia de un biógrafo y el entusiasmo conmovedor que sólo somos capaces de desplegar al hablar de las personas que poseen la fuerza y la resistencia necesarias para mantener el equilibrio cuando se desmoronan a su alrededor las normas, los principios y los valores de su clase. A veces nos desplazábamos a las afueras de Frankfurt, a los barrios periféricos para que la condesa diese alguna charla a los trabajadores de la industria química de Höchst am Main, y los miembros del «movimiento obrero» la trataban con el cariño con el que es preciso tratar a alguien así, aunque no perteneciese a sus círculos por entero ni de forma incondicional.

A principios del otoño, K. se enfadó por algo y me envió una carta por correo certificado urgente desde el primer piso a mi habitación del segundo. Por supuesto, la condesa se puso de parte de K.: siempre estaba de acuerdo con él, y quizá en esa solidaridad se resumía el porqué y el cómo de su relación, en esa solidaridad con la que aquella persona tan noble aceptaba en todo a su compañero, aquel hombre herido y siempre disconforme. Entonces yo me mudé a un hotel que estaba frente a la estación de ferrocarril, y durante un tiempo llevé la vida de un turista que sólo está de paso. En esos meses se formó y se cristalizó a mi alrededor un sentimiento amoroso. Me convertí en el triste héroe de una aventura, vivía en una situación complicada, en tormentosas condiciones de separación y escándalo; estaba desarrollando la neurosis con la que reaccionaba ante cualquier relación humana. Todavía no sospechaba que estaba enfermo y tampoco era consciente de la cantidad de resistencia que mi alma dolida era capaz de desplegar. El hecho es que me daba la sensación de que mi estancia en Frankfurt estaba tocando a su fin, que había recibido de la ciudad y de su gente todo lo que podía esperar, que era hora de marcharse, durante una noche de niebla si podía ser. Vivía con constantes remordimientos y con la perpetua sensación de estar en peligro. Ya no demostraba solidaridad con mi entorno, con ninguna clase social, con ningún círculo, con ninguna persona en concreto. En mi habitación del hotel, en compañía del cactus y del fetiche africano, me dormía cada noche con la sospecha de que al amanecer me detendrían.

12

Un día me desperté y me di cuenta de que el año que llevaba en Frankfurt había hecho madurar algo en mí. Todavía era débil para escribir de verdad, para expresar algo que fuera sólo mío y de un modo que sólo yo conociera. Los artículos de opinión publicados por el mejor periódico de la ciudad, mis poemas, una obra teatral inacabada: todo aquello era la primera manifestación —más bien balbuceante, aunque decidida— de una capacidad primaria para la expresión, algo que se parecía a la literatura como puede parecerse la manera de tocar el piano de un niño con sensibilidad musical a la virtuosidad de un maestro. Me di cuenta de que el año vivido en Frankfurt había trazado algo en mí, había dibujado una primera forma de trabajo, un comportamiento involuntario, oscuro y tímido. Vivía rodeado de personas de las que apenas sabía nada, vivía en medio de la bruma de la juventud, asistía a las clases de la facultad como un extraño, no tenía nada que ver con mis compañeros de rasgos marcados y modales militares, no compartía nada con ellos, apenas tenía de qué hablar; me interesaba el periodismo y me alegraba de los pequeños éxitos que cosechaba, aunque tampoco apreciaba mucho esa forma de expresión y pensaba que el trabajo periodístico sólo sería para mí una manera de ganarme la vida. La disposición y la actitud propias del escritor —el interés y la tendencia a una visión amplia, a una «visión distinta» de las cosas que hay detrás de los hechos y de las personas, a esa visión que es más verdadera en los ojos de un escritor que la realidad palpable— determinaban mi forma de vida. Escribir significa, ante todo, una manera de comportarse, una manera ética de comportarse, para decirlo con una palabra altisonante. Me di cuenta de que me esperaba una tarea que debía realizar en solitario, sin aguardar ninguna ayuda exterior; y como me sentía débil y sabía que no estaba preparado, esa tarea me causaba angustia y, a veces, hasta pánico.

El año transcurrido en Frankfurt había estado lleno de gente. El periódico me enviaba a veces a la vecina Darmstadt, donde el príncipe Ernst Ludwig seguía viviendo en el castillo que poseía en pleno centro incluso después de haber sido destronado; en su palacio había creado una especie de corte espiritual que lo rodeaba bajo la dirección del filósofo Keyserling. El castillo del príncipe llevaba el nombre de «Escuela de la Sabiduría» y siempre estaba repleto de jóvenes sedientos de saber que se paseaban por el parque descalzos y ataviados con trajes de terciopelo, escuchaban las elucubraciones de Keyserling sobre la vida y la muerte o participaban en las sesiones que dirigían invitados extranjeros. Allí fue donde conocí a Rabindranath Tagore. El lugar me resultaba más bien sospechoso, pues parecía contrario a Europa, contrario a la razón. La «Escuela de la Sabiduría» y la corte del príncipe eran de la misma naturaleza. Ernst Ludwig era un hombre bajito, semejante a un fauno, que andaba cojeando, apoyado en un bastón; aparecía de vez en cuando por el parque entre sus discípulos para pasar revista al «escuadrón de la elite espiritual», como ellos mismos se denominaban, tras lo cual regresaba al castillo envuelto en un silencio misterioso para seguir paseando entre sus libros, sus objetos de porcelana y sus filósofos favoritos. Mis visitas a Darmstadt —se suponía que tenía que preparar un «reportaje» sobre algún famoso invitado extranjero o sobre las mencionadas charlas y conferencias— me dejaron un recuerdo desagradable, cierta sensación de ahogo. Frankfurt también me causaba esa impresión: había demasiada gente y todos vivían asustados por el dinero, eran maniáticos, extravagantes, exigentes. La vida en esa ciudad era irrealmente «interesante»; mis días transcurrían de una manera artificial, como si estuviera iluminado de forma permanente por rayos ultravioleta. En el Grosser Hirschgraben, en la casa natal de Goethe y en las que circundaban la residencia del *Herr Rath*, el consejero, probablemente se había vivido con el mismo refinamiento cien años atrás: el ambiente de la ciudad más distinguida de Alemania incitaba a huir, pues provocaba una intensa sensación de hartazgo por sus sabores demasiado dulzones.

En Frankfurt uno podía llegar a hacer «carrera». Yo, sin embargo, me dispuse a huir a Berlín en el tren de medianoche junto a mi novia de Frankfurt, que se encontraba en vías de separación de su esposo. No me despedí de nadie más que de la condesa, de K. y de sus perros. La dama en cuestión tenía diez años más que yo y se pasó la noche acostada en el tren sufriendo unos cólicos intestinales. Yo permanecí sentado a su lado de mal humor, mirando por la ventanilla el amanecer que se levantaba sobre Alemania, sin saber que estaba abandonando uno de los escenarios más importantes de mi juventud, al que no volvería nunca más. Durante aquel año de estancia en Frankfurt había madurado la disposición para con las cosas que determinaría mis relaciones con mi oficio y con el mundo. En el tren sólo sabía que había pasado un año en una ciudad extranjera y que me llevaba de recuerdo a una mujer a la que no amaba y de la que deseaba librarme cuanto antes. Tenía veinte años. La vida resplandecía a mi alrededor. Caminaba hacia la «aventura».

Segundo capítulo

1

Tengo mala memoria. Algunas etapas de mi vida, el aspecto exterior de ciertas personas, determinados encuentros aparecen entre mis recuerdos como a través de una bruma, casi no han dejado rastro; me acuerdo de algunos acontecimientos ligados entre sí por lazos débiles, reunidos en una sola y enorme masa. Esa masa encierra, como el ámbar que contiene los restos de un insecto, la vida simbólica de algunas personas. Las personas que he abandonado perviven en mis recuerdos como si estuvieran muertas. Tengo mala memoria y soy ingrato. A veces surge del caos alguna persona y a su alrededor los recuerdos cristalizan en hilachas como si fuesen algas, y tengo que sacarlos y dejarlos limpios porque están cubiertos de los restos del pasado. Podría citar un centenar de nombres de aquella época de mi vida, mujeres y hombres que desempeñaron un papel en ella que entonces me pareció importante e incluso decisivo. Entre ellos había algunos hombres con quienes he luchado a vida o muerte, pero cuyo nombre ya no recuerdo, aunque recuerde los detalles de la pelea. Conocí a muchas mujeres en aquellos primeros años que pasé en el extranjero, entre ellas a la que se fugó de Frankfurt conmigo y que seguramente me amaba; y, sin embargo, ya no recuerdo su nombre de pila. De esa primera época sólo sigue viva en mi memoria la condesa. También aparece, como una sombra, Hanns Erich. Debía de pensar que entre nosotros dos había quedado alguna cuestión sin zanjar, quizá la diferencia de nuestros orígenes, quizá unos sentimientos deformes, no lo sé. El caso es que un día fue a verme a Berlín.

La heroína de mi aventura en Berlín se queda atrás en la carrera de los recuerdos. Yo no sabía amarla, y en lo demás no me interesaba. Debió de ser una mujer sentimental y vanidosa; era alta y rubia. En Berlín la dejé en una pensión y me olvidé de ella. Durante un tiempo siguió escribiéndome y llamándome por teléfono hasta que, de pronto, dejó de hacerlo. No sé si conoció a alguien de repente o si volvió a Frankfurt. No me acuerdo ni de su nombre ni de sus ojos ni de su voz, sólo de su porte orgulloso, de su aspecto y de sus largos muslos blancos. Los recuerdos de la vida amorosa de un joven se componen de muslos, brazos, gestos, movimientos... Cuando el rostro aparece entre los demás miembros del cuerpo, termina la pubertad y empieza la edad madura del hombre.

Alquilé una habitación en un piso situado frente a una de las estaciones del tren elevado, en un edificio de ladrillos rojos de la Blücherstrasse que no tenía luz eléctrica. Las escaleras de madera rechinaban con cada paso, la casa entera retumbaba con los pasos de los vecinos, que regresaban, en su mayoría, a altas horas de la madrugada; en los pisos se alojaban familias obreras y parásitos que malvivían con lo que conseguían en los bajos fondos nocturnos de la ciudad. Había camareros, bailarines, prostitutas. Encontré la casa por un instinto maravilloso el día que llegué. Podría haber vivido unas calles más abajo, en algún edificio de pisos de alquiler del elegante Westend. Pero yo me establecí por puro instinto en el corazón de Berlín, donde todavía se utilizaban lámparas de petróleo y se hablaba con acento provinciano, donde todos eran cómplices de todos y las calles tronaban por las noches con las sirenas de los coches de policía. Ahora ya sé que no buscaba el ambiente romántico de los bajos fondos de una metrópoli ni nada por el estilo. Buscaba el calor humano, la cercanía, algo real. Sufría por la soledad, la soledad artificial de una supuesta cultura que mi educación había formado en torno a mí y que mi estancia en Frankfurt había reforzado, una esfera con la que cubría el pequeño meteorito situado en su centro, desprendido de la masa primordial de la materia.

Una soledad gélida me envolvía. Era algo más que la soledad del extranjero, surgía de mi interior, de mi ser, de mis recuerdos; era la soledad sin esperanzas que caracteriza al escritor. Mis hermanos culturales avanzaban o retrocedían cada uno por su propio camino; sólo nos comunicábamos mediante señales luminosas. En Frankfurt andábamos de puntillas y conversábamos con seriedad y refinamiento sobre los bailes de Mary Wigmann o el comunismo. Todo aquello era muy interesante porque constituía una información valiosa, y todos acabamos creyéndonos que nos habíamos integrado y que éramos unos entendidos. El ambiente chisporroteaba entre distintos lemas. Los socialistas, los comunistas, los estetas y los coleccionistas de esculturas góticas me transmitieron algunas de sus útiles consignas, pero yo tenía la sensación de que con ellos no aprendía nada de la realidad. Sentía que debía volver a poner los pies sobre la tierra, que debía adquirir mis experiencias por mis propios métodos. La realidad estaba en todas partes: en los libros y en los salones, con las prostitutas y con los soldados con los que tomaba una cerveza tras otra cerca de la Stettiner Bahnhof, con las personas que me alquilaban sus pisos o sus habitaciones y con los flamantes ministros de Weimar, que me invitaban a «recepciones con cóctel» porque era miembro de la «prensa extranjera» y había dejado mi tarjeta de visita en la Wilhelmstrasse. Me arrojé al agua con miedo aunque con decisión. Habría sido natural que me entregase a las mujeres. «Ellas son las que más cerca están de la realidad», pensaba. Pero Thomas Mann y los escritores en general también sabían bastante de la realidad, quizá más que algunas mujeres. Yo me imaginaba la «Realidad» como unos interminables deberes escolares; unos deberes que había que afrontar, pero que había que intentar olvidar una vez empezados.

Durante el tiempo que viví en la Blücherstasse me encontraba sumergido en algo parecido a la materia primigenia. En Frankfurt, las reuniones que la condesa había propiciado con los obreros habían sido viajes de estudios o de investigación, por más dispuestos que estuviéramos a comulgar con ellos: «Así viven los obreros. Así es la vida amorosa de los obreros. Los obreros prefieren leer las obras de tal o cual escritor.» En realidad, los obreros leían de todo, no se limitaban a la literatura del «movimiento obrero»; quizá hubiera entre ellos quien se deleitaba con las novelas de Courts-Mahler. Los obreros pensaban en las virtudes, el matrimonio y el amor de manera distinta de como nosotros imaginábamos que lo hacían, deseaban la revolución de una forma diferente a la descrita en los manuales socialistas, y puede que hubiese entre ellos algunos que no consideraban la revolución mundial como algo demasiado urgente. La mayoría de los obreros vivían en casas bonitas, tenían radio, estaban suscritos a varias revistas, iban al teatro y al cine, y los parados recibían una ayuda monetaria. No se podía decir que estuvieran forrados de dinero, pero en aquellos años nadie se moría de hambre en Alemania. Lo que se veía de la realidad era bien distinto de lo que pretendíamos ver nosotros: a veces era peor, a veces era mejor, pero casi siempre era muy diferente. Yo me daba cuenta de que la gente sufría a causa de una neurosis generalizada, tanto los obreros como la condesa o los patricios. Un hombre «sano» era tan raro como un elefante blanco, la gente se aferraba a sus manías y los alemanes —después de un imperativo categórico de trescientos años— empezaban a pensar en la política. Había algo rígido y automatizado en el comportamiento de la gente. Sólo en Alemania los funcionarios seguían llevando cuellos de camisa de diez centímetros de alto. En la «libertad» había algo sin resolver y sin definir que ni sabían ni se atrevían a aprovechar.

Al principio de mi estancia en Berlín, yo huía de la soledad. No buscaba los cafés literarios, esos laboratorios de la soledad, no llamaba por teléfono a mis conocidos. La Blücherstrasse me había acogido y me ocultaba como si fuese un estafador. La habitación que tenía alquilada era de un agente; la luz procedía de lámparas de petróleo y las paredes estaban decoradas con estampas de tema religioso; el parquet estaba cubierto por un polvo verdoso, un insecticida fuerte, pues el edificio estaba infestado de cucarachas. Nunca había vivido en un sitio así. Estuve encerrado en la habitación durante los cuatro días posteriores a mi llegada, pues había comprado gran cantidad de hojas y una pluma y «trabajaba» día y noche. En esos cuatro días con sus cuatro noches escribí el drama que había estado rumiando durante el año que acababa de pasar en Frankfurt. Un drama malo. Más adelante me lo compraría un agente teatral y la obra se representaría en un teatro de provincias, donde fracasó estrepitosamente. De todas formas, entonces el «éxito» no me importaba. Durante esos cuatro primeros días en Berlín, osé construir algo por primera vez en mi vida. Sin embargo, pasé los tres lustros siguientes sin atreverme a escribir nada para el teatro y quitándome de la cabeza la tentación de pergeñar cualquier drama. Allí, en aquella habitación de alquiler berlinesa iluminada por una lámpara de petróleo e infestada de cucarachas, sentí por primera vez la extraña excitación, la aplastante responsabilidad que sientes cuando creas algo de la nada a tu imagen y semejanza. Algo imperfecto pero totalmente tuyo, algo que ni antes de ti ni después de ti sabrá hacer nadie más. Es una sensación tremenda. Quien la haya conocido se ha perdido para la vida, lo pierde todo y no sabe qué hacer con las sensaciones vitales que recibe a cambio. Yo pasé los primeros cuatro días con sus cuatro noches en un estado de inconsciencia —y, sin embargo, en un estado bien definido y muy sereno—, fuera de mí, llenando de frases decenas y decenas de hojas en blanco, tras lo cual guardé el manuscrito en mi maleta e intenté olvidar el experimento paseando por Berlín. Estaba sumido en algo, algo vivo y ruidoso, que me incitaba a trabajar. Sentía fuerzas, atracciones, multitudes, posibilidades. Estaba empezando una nueva etapa de mi vida, y no empezaba nada mal.

2

En Berlín empezaba para mí una aventura inesperada: la aventura de la juventud... Ahora ya sé que la juventud no puede medirse en términos temporales porque se trata de un estado cuyo principio y cuyo final no pueden ser determinados por fechas concretas. La juventud no comienza con la pubertad ni termina un día en concreto, por ejemplo, cuando cumplimos cuarenta años o cualquier tarde de domingo a las seis. La juventud es una percepción singular de la vida, en absoluto «tormentosa», que llega cuando menos lo esperamos, cuando no estamos preparados, ni siquiera avisados. Es un estado triste, puro y altruista. Te arrastran unas fuerzas que no desafías. Sufres, te avergüenzas, desearías que se acabase pronto, desearías ser «adulto», llevar barba y bigote tupidos, tener tus propios principios y tus propios recuerdos, crueles e inequívocos. Un día te despiertas y te das cuenta de que las luces que te rodean han cambiado y los objetos y las palabras han adquirido un significado diferente. Según los datos reflejados en tu pasaporte y las reservas energéticas de tu cuerpo sigues siendo joven, quizá aún no te hayas convertido en hombre en el verdadero sentido de la palabra, en un hombre lleno de desengaños. Sin embargo, la primera juventud, ese adormecimiento, ese estado inocente y malhumorado, ya se ha acabado. Ha empezado algo nuevo, ha terminado una etapa importante de tu vida. Te despiertas de un hechizo y te sorprendes. Es un sentimiento de *après* que no se parece a ninguna otra experiencia corporal previa, un sentimiento con un fuerte componente de amargura y desilusión. Mientras dura, la juventud es una época en la que casi nadie puede hacernos daño.

En Berlín se inició para mí de una manera inequívoca la juventud, o el estado que luego solemos reclamar bajo ese nombre. Me despertaba cada mañana con la certeza de que algo comenzaba para mí. No se trataba de ningún día festivo, pero tampoco de un día cualquiera. Era más bien un estado intermedio, con sus ritos propios, sus extrañas máscaras, sus acontecimientos solemnes. En Berlín, donde nadie tenía tiempo para nada, yo disponía de repente de todo el tiempo del mundo. La ciudad vivía una época de esplendor; a pesar de su carácter provinciano, en sus buenos momentos y en algunos aspectos recordaba una metrópoli. Estaba repleta de extranjeros. Los laboratorios estaban abarrotados de científicos rusos y noruegos, todo el mundo estaba siempre fundando algo y los alemanes prestaban su dinero para fundarlo aunque ni el fundador creyera en el éxito del proyecto; casi rogaban a los extranjeros ociosos y aburridos que aceptasen el dinero. Una tarde, en un café, se dirigieron a mí dos alemanes de Württemberg y fundamos una «revista» a todo color. En un plazo de dos semanas teníamos nuestra propia redacción en un piso de varias habitaciones en la Friedrichstrasse, con teléfonos, máquinas de escribir, contable, cajero y mecanógrafas. La revista estaba repleta de necedades, pero se publicó durante un tiempo considerable. Yo abandoné cuando apareció el primer número porque me fastidiaba esa vacuidad que intentaban rellenar haciéndose los importantes. La ciudad era un hervidero de tales «fundaciones». En un local nocturno de una calle lateral de la Kurfürstendamm, dos militares alemanes retirados que acababan de conocerse fundaron, en mi presencia, una empresa para la exportación de lápices de colores con un capital inicial de varios millones, y se sorprendieron muchísimo cuando yo me negué a participar en un negocio tan excelente. Al cabo de unos meses estaban comprando edificios completos con los beneficios obtenidos de la exportación de los lápices de colores. Berlín no era una ciudad idílica en aquellos años, pero en aquel enorme laboratorio los extranjeros podían dar rienda suelta a su talento: mandaban en las fábricas alemanas, en los teatros, en los cines, en las revistas y en los periódicos, en todas partes. Berlín se había rendido, había capitulado ante los extranjeros después de la guerra. En el escaparate se mostraba un mundo de estafadores, un mundo con olor a aguardiente y a cocaína, pero bajo esa lujuria se gestaban nuevos estilos e ideologías.

Ser joven en Berlín era divertido, yo no me aburría ni por un instante. Nunca más me encontraría con tanta gente dispuesta a ayudar como en aquel año que pasé en Berlín. Daba la impresión de que los alemanes estaban perdidos, de que sus almas estaban atormentadas, temerosas y ansiosas de venganza. La ciudad parecía hambrienta: tenía hambre de alegría vital, de estilo, de nuevas formas de expresión. A mí me gustaban su *spleen* y sus dimensiones gigantescas. Me gustaba pasear por la mañana por el Tiergarten, adonde acudían mujeres vestidas de amazonas pero sin fusta, algo que podía interpretarse como una auténtica pasión por montar a caballo, pero que también podía delatar pasiones más ocultas y significar una invitación para el baile, para un vals macabro. Los sexos se dividían por partidos, la homosexualidad se puso de moda y pronto se convirtió en una epidemia, e incluso se crearon grandes empresas para azuzar artificialmente esos sentimientos.

En esa época aún ardía en mi interior la llama resplandeciente de la alegría pura del erotismo, que me permitía entregarme al amor sin sentir remordimientos ni rechazo. La extraña sensación de tener que huir del «escenario del crimen» tras hacer el amor todavía no se había apoderado de mí. Cogía todo lo que Berlín me ofrecía con las dos manos, sin temores ni dobles intenciones. Era tan auténtica y sospechosamente joven... La gente sentía mi juventud. Por donde pasaba, la gente abría los brazos para recibirme. Existen ciertas épocas en la vida en las que el hálito del erotismo es claramente perceptible en una persona que anda entre los demás como un elegido, como alguien a quien no se puede ni ofender ni ensuciar.

La primera etapa de la época que pasé en Berlín estuvo llena de experiencias amorosas sorprendentes. La confusión de los sexos caracterizaba aquella ciudad efervescente. Conocí a mujeres que en secreto jugaban a ser oficiales del ejército prusiano y en la intimidad llevaban monóculo, fumaban cigarros puros y estaban tan metamorfoseadas que tenían en su mesilla manuales de técnica militar. También conocí a hombres que durante el día eran directores y gerentes de grandes fábricas y por la noche se transformaban en encantadores de serpientes. Aquel invierno en Berlín fue un baile de carnaval constante en el que las parejas se ponían a veces máscaras que daban miedo. Y yo pasaba tranquilo y sereno por aquel baile caótico, como alguien que sabe a quién está buscando y procura no perderse en el revuelo loco de las parejas dementes. Una tarde me llamó Lola para decirme que había llegado de Kassa y que quería hablar conmigo. Instantáneamente, mi baile de disfraces adquirió un nuevo aspecto.

3

Hanns Erich creía sin vacilaciones en la lucha de clases, en la dictadura del proletariado y en la superioridad del espíritu germano en toda Europa; pero también creía, y con la misma fe incondicional, en los beneficios de la aspirina sobre la salud o en la ropa interior de algodón, que podía protegerlo a uno del resfriado incluso en el peor invierno alemán. Yo buscaba y anhelaba su compañía porque nunca había conocido a una persona tan interesante como ese joven de la burguesía alemana perdido entre gente de izquierdas. Jamás fui capaz de comprender su personalidad, sus gustos, sus inclinaciones o su manera de pensar. En Berlín conocía a suecos, franceses, rumanos y rusos, pero nunca sentí por ninguno de ellos la inquietante atracción que provocaba en mí aquel joven alemán. Al conversar era capaz de presentar teorías claras como el agua y brillantes como el sol, pero detrás de ellas había una bruma espesa, indecisa y caótica. Leía a Voltaire y a Erasmo, aunque también se entusiasmaba con el «misticismo moderno» de un escritor alemán llamado Waldemar Bonsels, pues intuía en él la presencia de «fuerzas constructoras». A mí eso únicamente me sugería la idea de un escritor malo, insignificante. Ambos leíamos los cuentos de Martin Buber, y a mí me cautivaba el lenguaje puro y clásico del escritor, mientras que a él le encantaba el lado oscuro de sus cábalas. Nuestras conversaciones —que durante aquel año sólo se interrumpían por breves momentos— resultaban inspiradoras, ya que nunca nos comprendíamos. Ni podía ni quería quedarme fuera de su influencia, pues intuía en su carácter y en su manera de pensar el «secreto alemán», ese conjunto indeterminado de difícil definición, formado por idioma, ambiente y recuerdos, que hace que alguien sea tan decidida y desesperantemente alemán, como yo era húngaro al cien por cien, sin nada de sajón o de moravo; es decir, era todo eso junto, pero al mismo tiempo podía imaginarme perfectamente que al cabo de veinte años comprendería en Pekín por qué un chino considera que algo es ridículo o triste.

¿Cómo era ese joven alemán en su fuero interno, ese lugar donde cada uno está solo sin remedio y para siempre? No podría describirlo con ninguna de las cualidades que consideramos típicas de los alemanes. Para empezar, no era «amante del orden», mejor dicho, albergaba una profunda nostalgia por el orden que era incapaz de imponer en su vida o en sus ideales. Uno no conoce el mundo, la diferencia de las especies —lo que hace que constituyan una determinada especie y que sean diferentes— a través de la literatura, sino a través de sus experiencias personales y en pequeñas dosis. Hanns Erich anhelaba el orden como un animal anhela la libertad. Sin embargo, el orden no se conquista con tanta facilidad como él imaginaba: aunque viviera según un horario previamente establecido, aunque pasease todas las mañanas de diez a once y media —ni un minuto más—, aunque se comprase un cepillero para su habitación de alquiler con la excusa de que «el cepillo no se puede dejar por ahí, encima de la cómoda», aunque subrayara con tinta roja los libros que había leído, probablemente para no volver a leerlos, Hanns Erich seguía siendo desordenado interiormente. Su vida, todas sus actividades constituían un esfuerzo sobrehumano por alcanzar el orden completo entre todas las cosas. Pero nunca llegaba al orden, se quedaba en un sistema u otro. Le preocupaban los ideales más elevados: sistemas monumentales, formas de vida perfectas. Celebraba todo lo que fuese «grandioso», vivía en la embriaguez de la cantidad. Sin embargo, en las cosas pequeñas que requieren de una decisión inmediata, en la superficie, donde en realidad nos manifestamos los humanos, él sufría y dudaba. Buscaba una «forma» para todo y se desesperaba porque la vida no toleraba las formas, lo desbordaba todo y se manifestaba como una masa caótica que sólo la muerte enmarcaba en negro.

Se aferraba a los detalles con obstinación constante. Su afán por el orden resultaba conmovedor: era concienzudo hasta el fondo y, al mismo tiempo, completamente inútil. Iba a verme por las mañanas, se sentaba en medio del desorden en que yo me encontraba y pensaba que aquel desorden era una «forma» para mí porque no se resignaba a que yo fuese desordenado así, sin más; buscaba una forma detrás, quería establecer algún sistema, encontrar algún punto de partida... Me preguntaba dónde había pasado la noche. Si había estado cenando en casa de un amigo abogado, me preguntaba dónde vivía, cómo era su casa, cuántas habitaciones tenía y cuánto tiempo llevaban viviendo en ella. Reflexionaba mis respuestas y, a continuación, me preguntaba qué habíamos cenado y si habíamos tomado vino o cerveza. ¿Quién se había sentado a la cabecera de la mesa, quién estaba a la derecha del anfitrión? ¿Cuántas criadas tenían? ¿De qué hablamos antes, durante y después de la cena? ¿De verdad hablamos de Rathenau? ¿Quién mencionó primero su nombre? ¿Que no me acordaba? Pues tenía que hacer memoria. Ajá, uno de los invitados, el profesor de música. ¿Qué tipo de persona era? ¿Cuántos años tenía? ¿Cuánto ganaría un profesor de música? ¿Tienen derecho a ayudas familiares los que trabajan en el conservatorio? ¿Qué opinaba yo, que era mejor la educación musical estatal o la privada? ¿Qué había leído el profesor de música de Rathenau? ¿A qué partido político pertenecía? ¿Llevaba alguna insignia en la solapa? (Hanns Erich sí que llevaba una.) ¿A cuánto creía yo que podía ascender la fortuna de Rathenau? ¿Había descubierto yo también elementos místicos en los textos de Rathenau? ¿Se puede imaginar uno a Rathenau en la política diaria? ¿Nos habían servido café después de la cena? ¿Había obras de pintores famosos colgadas de las paredes? ¿Creía yo plenamente en la posibilidad de que el talento aflore o bien creía que en las sociedades actuales los genios se perdían?

A continuación hacíamos una pausa. Él miraba fijamente hacia delante, se limpiaba las gafas, intentaba catalogar los detalles de lo que acababa de contarle. Nunca pude mantener con él una «conversación», simplemente hablábamos o aclarábamos algo... El diálogo con aquel joven alemán parecía un juicio, un examen o un interrogatorio policial. Ningún detalle podía quedar sin aclarar; Hanns Erich aún no sabía que en las relaciones humanas lo más importante es casi siempre lo que queda sin aclarar. Anhelaba la claridad en todo, el orden y la minuciosidad. Cuando se encaprichaba de un tema no lo abandonaba hasta que el asunto se convertía en un hueso roído. Luego contemplaba desganado el hueso, el resultado de la conversación, y se sentía insatisfecho porque sólo había quedado eso. Descansaba un poco y después seguía: ¿dónde había estado el día anterior por la tarde? ¿En el hospital? ¿Había visitado el parque? ¿Cuántas hectáreas tendría? ¿Qué había visto allí? ¿Un pájaro volando? ¿A qué hora? ¿A las tres en punto? ¿En qué dirección volaba? ¿No lo sabía? ¿Hacia el norte o el oeste? ¿Que no sabía dónde estaba el norte? ¿Y qué tipo de pájaro era? ¿Era parecido a una paloma? ¿Volaba en línea recta o en diagonal? ¿Era gris? ¿Más bien gris verdoso? Extraño. ¿Qué tipo de ave podía ser? Y así preguntaba y preguntaba una y otra vez. ¿Había volado deprisa o despacio? Y cuando terminábamos con el pajarraco, empezábamos con la revolución o con la visión histórica de Emerson. Hanns Erich anhelaba el orden de la misma forma que un niño desea convertirse en adulto. Siempre estaba al acecho: temía que los demás, los suecos y los franceses, supieran algo que a él se le hubiese escapado por no haber prestado suficiente atención o porque le faltaban referencias históricas de cuatro o cinco siglos atrás, y que se mofaran de su ignorancia. Pensaba que en la vida «no se trabajaba nunca lo suficiente», que uno no debía trabajar para obtener satisfacción o cualquier otra cosa, sino «simplemente por el hecho de trabajar». Era bueno e inocente, como un niño, pero también agresivo y taimado. Para él todo era importantísimo, y le gustaba imitar las costumbres extranjeras aunque recelase de ellas; consideraba el resto del mundo como una alianza cuya finalidad y razón de ser era ridiculizar a los alemanes y engañarlos, por muy listos que fuesen. Yo notaba que vivía en una triste confusión y sentía pena por él. Respetaba su aplicación, pero la consideraba estéril. Siempre estaba delimitando las cosas, andaba con su regla y su compás por el mundo intentando encontrar el denominador común, práctico y útil de la vida cotidiana, de cosas innombrables e inconcebibles. Y como nunca lo conseguía, se ponía a limpiarse las gafas con desesperación para nuevamente lanzarse después a las quimeras de los detalles con un profundo suspiro.

Era un joven de buena familia. Sus padres le enviaban dinero de bolsillo en abundancia, y como también era generoso, siempre estaba sorprendiéndome con obsequios; una Nochebuena llenó mi habitación de regalos. No dejaba de insistir en que fuese a la casa de su padre, en Silesia. Trabajaba sin descanso porque en el fondo de su alma era un holgazán, siempre intentaba poner orden en sus cosas, en sus escritos, en sus conocimientos, en su cuarto o en el mundo que lo rodeaba porque en su fuero interno era un auténtico desastre. Sólo confiaba en Alemania; consideraba que el resto del mundo era caótico y desaliñado, sobre todo Francia, y a mí me contagió la idea hasta el punto de creer que Alemania era la patria del orden ejemplar: lo mismo que había aprendido en mi casa y en el colegio. Pero la verdad era que había orden en todas partes, en los museos, en las estaciones de ferrocarril y también en las casas de la gente, menos en las almas: en las almas alemanas había una penumbra impenetrable, una bruma infantil, la espesa bruma de unos mitos sangrientos, vengativos e inconfesables. Sin embargo, entonces yo aún no comprendía por qué anhelaba Hanns Erich el orden con un afán tan maniático... Cuando me fui a vivir a Francia, el desorden generalizado me dejó perplejo, horrorizado. Me costó años aprender lo que es el «orden»; me costó años entender que era cierto que en Francia la gente, al barrer, escondía el polvo debajo de los muebles, pero que en su cabeza reinaba una claridad sana e higiénica.

Hanns Erich era socialista como puede ser vegetariano alguien que un día toma una decisión en ese sentido. Ni su clase social ni sus convicciones más íntimas lo habían predeterminado. Yo siempre había imaginado que alguien se hacía socialista o revolucionario cuando ya no le quedaba otra salida y ese estado se apoderaba de él. Pero Hanns Erich sólo había tomado una decisión. Por descontado, quería hacer «carrera». Convivimos durante un tiempo e incluso fue a visitarme a París, donde leyó y aprendió mucho y se horrorizó por el carácter incurablemente desordenado de los franceses. A la edad de treinta años ya era columnista del diario más importante de Alemania, en el que se encargaba de escribir los editoriales, y unos años más tarde fue elegido miembro de la Asamblea Imperial. Unos días antes de que Hitler fuese nombrado canciller, estuve en Berlín y me encontré con él. Vestido a la última moda, me paseó por la ciudad en su flamante automóvil y me presentó a su amiga, una alemana muy guapa y muy gorda, casi gigantesca.

Lo vi por última vez en la Pariser Platz, donde detuvo el coche para que me bajase y nos despedimos.

—La revolución precisa tiempo para imponerse —me dijo en tono pensativo, apoyado en el volante de su lujoso automóvil.

Tres días después, los nacionalsocialistas ocuparon el imperio. Hanns Erich fue enviado a un campo de concentración. El periódico donde trabajaba fue expropiado y los nuevos propietarios despidieron a los antiguos trabajadores. Hanns Erich desapareció en los bajos fondos del tiempo, como tantos otros compañeros de mi juventud, y nunca volví a saber nada de él.

4

El ambiente berlinés tenía algo de ligero, propio de un dandi; eran los tiempos del «*spleen* de Berlín». Vivíamos sin dificultades, alegres y despreocupados en aquella ciudad que bullía de vida artificial. La urbe era agradable incluso a pesar de sus edificios feos y arquitectónicamente malogrados; y ahora que me acuerdo de esa etapa de mi vida, me doy cuenta con sorpresa de que nunca, en ningún lugar, ni en el extranjero ni quizá en mi propia casa, llegaría a sentirme tan joven —tan secreta, tan despreocupada, tan irresponsablemente joven— como durante aquella época que pasé en Berlín, año y medio después de que acabara la gran guerra. A veces estallaba la «revolución», pero tras los sanguinarios y preocupantes acontecimientos de los días de la Liga Espartaquista nadie tomaba demasiado en serio los altercados, ni siquiera los propios participantes. El pueblo alemán —que se había obsequiado con derechos y libertades una vez promulgada la nueva Constitución de Weimar— era incapaz de reconciliarse con la libertad. Ebert reinaba, por encargo de su partido y con una sabiduría respetable, sobre el caos. La socialdemocracia alemana tenía el poder entre las manos. No supo aprovecharlo, ni para bien ni para mal.

Las «revoluciones», en la mayoría de los casos, por ejemplo en los días del golpe de Knapp, se desarrollaban sin hacer ruido, y los vecinos que no tenían nada que ver en el asunto acaso se enteraban porque se cortaban la luz y el teléfono y porque en las habitaciones de las posadas se suspendía el suministro de agua y nos lavábamos los dientes con agua mineral. Aprendimos pronto la técnica apropiada para las «revoluciones modernas»: nos aprovisionamos de velas y botellas de agua. El valor del dinero se mantenía por el momento, todavía no habían llegado los tiempos en que el marco se desintegraba en átomos en cuestión de días o de horas. Los extranjeros llevaban a espuertas el dinero extranjero a la Alemania barata; los alemanes llenaban los almacenes de las fábricas con materias primas pagadas a crédito. Todo el mundo tenía algo que hacer. Sólo la clase media, los *lateiner* y los funcionarios se desangraban, los empleados asalariados y los jubilados se entregaban al martirio de la «subida de precios» y de que todo fuese tan «caro». Nadie, ni siquiera en otros países, pensaba entonces que el marco alemán pudiera desplomarse. Todavía estaban en circulación los billetes de mil de siempre, y yo, cuando un día el cajero del Deutsche Bank me entregó un fajo de cien billetes de mil por una transferencia desde el extranjero, me vi de repente como un burgués acomodado en tiempos de paz. La clase obrera intentaba frenar la catástrofe con complicadas maniobras salariales, pero la clase media observaba, petrificada, cómo se derrumbaban los ídolos de la pequeña burguesía, cómo desaparecían las jubilaciones, los salarios seguros y los ahorros en medio de aquel huracán de billetes. Un día nos dimos cuenta de que en Berlín todo se vendía o se alquilaba.

De la soledad, iluminada por lámparas de petróleo, de la Blücherstrasse me trasladé a otros barrios más mundanos. Cambiaba de casa cada mes. Viví en casa de la «viuda de un general», en casa de unos rentistas que pasaban hambre en medio de sus palacetes de cinco plantas, en casa de un médico que limpiaba y mantenía en orden él mismo su piso de ocho habitaciones, en casa de un ex primer ministro prusiano jubilado que no podía comprar con la paga de todo un mes ni una barra de pan. Se abrían ante mí casas y pisos ocultos: los pisos lujosos y señoriales de Berlín West. Por el mismo precio que pagaría más adelante por un cuartito en una buhardilla de París, podía alquilar pisos de cuatro o cinco habitaciones en la Kurfürstendamm que tenían los salones decorados con recuerdos en bronce y en mármol de la época del káiser Guillermo; dormía en camas renacentistas y me alimentaba en comedores de estilo alemán con pesados muebles de roble, y por mucho dinero que despilfarrase, cada día comprobaba que poseía más que el anterior. Por las calles había gente que andaba gritando cifras millonarias con locura. Todos los extranjeros que vivíamos entonces en Alemania nos convertimos, quisiéramos o no, en contrabandistas. Los manicomios estaban llenos de locos de atar. Mientras tanto, la industria pesada y los bancos se enriquecían de manera incomprensible. La sombra de Stinnes flotaba sobre la tierra y sobre las aguas. La clase media aguardaba, en un estado de locura impotente, que se cumpliera su destino y el carnaval demente los arrojara al abismo.

Con las «viudas de generales» compartía mi ridícula y abominable riqueza; obsequiaba con margarina a los propietarios de los pisos que alquilaba, margarina que ellos aceptaban y agradecían con humildad y timidez; al primer ministro prusiano le regalaba puros habanos. Aquello resultaba sumamente antipático, tanto a los ojos de quienes lo contemplaban como de quienes lo sufrían y participaban en ello. Pero a pesar de todo, yo estaba viviendo la juventud, esa época extraña y victoriosa en la que no existen los obstáculos, las leyes de la naturaleza y de la economía parecen haber perdido su validez y el jazz suena día y noche. Andábamos por las calles pisando billetes que habían perdido su valor, convertidos en una basura que lo inundaba todo y superaba cualquier límite humano; y habríamos tenido que avergonzarnos de estar vivos, pero simplemente disfrutábamos de la vida... El invierno se me pasó en un estado de somnolencia aturdida; flotábamos sobre la catástrofe, pero no sentíamos el menor remordimiento. Berlín, esa ciudad desesperada y enloquecida, se puso bellísima durante aquel invierno cruel. Guirnaldas de luces brillaban sobre los locales nocturnos. Los jóvenes, agrupados en pandillas, recorríamos infatigablemente la Berlín *by night*. Todos «nos lo pasábamos estupendamente», como si sintiéramos que el fin estaba próximo; mientras la juventud alemana se enredaba por las calles en continuas bacanales, los padres, hundidos en la vergüenza y el asombro de su fracaso, ya ni siquiera intentaban defender los principios de la educación. Yo regresaba a casa todas las noches con una nueva amante, y con las primeras luces del alba, a la hora de las presentaciones y las casi inmediatas despedidas, muchas jovencitas de la clase media venida a menos intentaban colocarme su número de teléfono. Pero ¿quién se preocupaba en serio de los amores nocturnos? Algunas mañanas me despertaba en la habitación de una casa señorial del barrio occidental, en una casa ajena con una dama ajena en los brazos, dama a quien no había conocido el día antes ni conocería la noche después. Supongo que eso es lo que ocurría antes cuando una ciudad se volvía loca por el miedo a la muerte en plena epidemia de peste. Sin embargo, yo, por encima de la peste, ligeramente infectado pero seguro de estar inmunizado, sabía que aquellos días eran para mí los días festivos de la juventud. Era incapaz de sentir vergüenza o remordimientos.

Sí, Berlín se puso bellísima con el terror de la peste en aquella fiesta loca y desenfrenada, en aquel carnaval macabro. Me levantaba por la tarde. Me despertaban mis amigos, hombres y mujeres que había conocido en aquel sucio torbellino, suecos, rusos y húngaros, miembros de una generación astuta y marcada por el *spleen*, dandis bien instruidos y contrabandistas; yo no conocía ni el nombre de la mayoría de ellos.

Estábamos unidos por unos lazos poco éticos, apartados de los alemanes y, en cierto modo, aliados en su contra, y no me habría sorprendido si un día nos hubiesen echado de la ciudad a patadas. Pero los alemanes, asombrados, se limitaban a callar. Nosotros, la chusma que algunos consideraban la elite espiritual del mundo occidental, hacíamos planes para cambiar divisas y escribir poemas, discutíamos sobre Péguy y sobre los negocios del sector peletero sentados en el Kaffee Romaisches. Los alemanes, todos puestos en fila, mudos y severos, servían de telón de fondo para los desfiles tambaleantes de aquellas hordas. Al mismo tiempo, ellos también se aprovechaban de nosotros. Los extranjeros no sólo entregaban a Berlín billetes en divisas fuertes: la ciudad adquirió un aire de gran metrópoli y buenos modales, las mujeres aprendieron a vestir con elegancia, el ambiente de la ciudad estaba cargado de ideas, Berlín hervía de vida... Aquel invierno, la ciudad estaba bellísima, misteriosa, desconocida. Los paseos matinales por el Tiergarten y el olor a gasolina del fascinante Unter den Linden, esa mezcla de puerto mediterráneo sospechoso y metrópoli prusiana disciplinada, además del empuje despiadado y del hambre con los que la ciudad intentaba encontrar el equilibrio y saciarse, la libertad incondicional de expresión y de pensamiento, la devoción y la buena disposición con las que se recibía cualquier manifestación artística novedosa, todo eso hizo de Berlín una de las ciudades más interesantes y quizá más esperanzadoras de Europa. Los que vivimos allí durante aquellos años sentimos nostalgia eterna del «*spleen* de Berlín».

Por momentos, yo mismo me vi transformado en un dandi. Salía cada noche vestido con esmoquin, como un joven inglés, acostumbrado a vestir con elegancia de forma natural. Aunque en realidad me sentía disfrazado. Para sentirme a gusto, para mostrarme natural, para ser un «hombre de mundo» sólo me faltaba precisamente eso, el mundo, esos doscientos o trescientos años de vida de salón, requisito indispensable para que un joven vestido de frac se sienta seguro de sí mismo y no tenga la sensación de estar disfrazado. En mi casa, los esmóquines sólo se llevaban en las bodas, tanto en mi ciudad natal como en la capital. La verdad es que en esas ocasiones me habría gustado estrecharle la mano al novio y decirle: «¡No sientas vergüenza! ¡No es tan grave!... No es para tanto, ¡deja que se rían!» Por muy distendido que yo pareciese en el Berlín *by night*, siempre me sentía un poco como si estuviese en la fiesta de fin de curso del instituto.

5

Mi amiga la actriz vivía en el Hotel Adlon. Tenía una especie de suite con recibidor, salón, dormitorio y baño, y una doncella a quien llamaba *Jungfer* [«señorita»] y que se alojaba también en el hotel, en el piso superior. Un día me llevó a su banco, me hizo bajar al sótano, a la cámara acorazada, susurró unas palabras misteriosas y abrió un cajón de acero del que sacó, para enseñármelos, collares de perlas y de rubíes, diademas y otras joyas. Hacía poco que ella había regresado de la India: era una de las «ciudadanas de un país enemigo» a la que habían permitido entrar en una colonia inglesa. Debía de tener un protector muy poderoso, un caballero inglés, pero yo nunca le pregunté por los detalles; yo respetaba su vida privada y ella respetaba mi discreción. Tenía un automóvil, una casa de campo alquilada en las afueras de la ciudad, varias chequeras y perros de caza. De vez en cuando, el mozo del hotel le entregaba ramos de flores y regalos caros, como joyas, igual que en una novela.

Vivía según un horario estricto, en una extraña esclavitud, la esclavitud de su belleza y de su feminidad. Su «carrera» no le importaba en absoluto, así que lo recibía todo sin mover un solo dedo, desde joyas hasta dinero en divisas fuertes... Cobraba todos los sábados, como salario semanal, un buen fajo de billetes; yo pensaba que no se lo merecía porque no era una actriz de verdad; era demasiado guapa para serlo y, además, amaba demasiado la vida. Yo sospechaba que para el arte había que saber morir un poco a tiempo..., pero ella, con su belleza, su sonrisa amable y su generosidad, daba más a la gente que si hubiese interpretado a la perfección el papel protagonista de *La señorita Julia*. Me enseñaba su salario con orgullo, con más orgullo que sus tesoros de la India. El dinero que ganaba con su «trabajo» se lo regalaba a alguien con un gesto romántico, a su doncella o al *groom*. Conmigo fue siempre buena y tierna. Tenía su vida dispuesta según normas muy severas, como un soldado profesional o una monja de clausura.

Pero... ¿acaso puedo saber yo cómo era ella? Debo desvelar aquí las intimidades de algunas personas y siempre me retraigo ante los secretos inabordables que ofrece la «realidad». En las páginas de este libro, sólo dejo caer la sombra de aquellas personas, hombres y mujeres que creo que han tenido alguna influencia sobre mí, aunque sea con una frase o una sonrisa, de la forma apenas perceptible con que un alma ejerce su influencia sobre otra. Hay épocas de mi vida que no han dejado ni el más mínimo rastro en mi memoria. A mi manera, a mi manera infantil «viví» las experiencias de la guerra y de las revoluciones, pero toda esa época tan interesante desde el punto de vista «histórico» no dejó huella en mí; probablemente no me interesaba en absoluto porque tenía que concentrarme en otras cosas. De la guerra apenas recuerdo mi alistamiento y mi enfermedad, de la revolución sólo recuerdo algunas caras, caras por otra parte poco revolucionarias; la guerra para mí se resume en Ernő, mi tío romántico, que iba y venía por el conflicto como si estuviese de excursión dominical y que nos exponía a veces su opinión sobre los acontecimientos mundiales. Yo tenía diecisiete años cuando me alistaron en el ejército; todos los de mi clase tuvimos que hacer los exámenes de bachillerato de urgencia militar y a mis compañeros se los llevaron enseguida al Isonzo, donde dieciséis de ellos murieron de inmediato, mientras que Ödön y yo, que estábamos destinados al mismo lugar, pasábamos el tiempo yendo de hospital en hospital. Al salir de allí asistimos al espectáculo de la revolución mientras esperábamos para marcharnos al extranjero... Sin duda he vivido «tiempos históricos», pero mis recuerdos de la época «histórica» de la guerra y de la revolución se resumen en unos cuantos rostros humanos: de aquella época de mi vida sólo soy capaz de evocar las facciones de un jugador profesional de cartas, de un poeta y de una doctora morfinómana... Parece que todos vivimos en dos historias mundiales paralelas, y en mi opinión, la mía resultaba más importante que la otra, que proyectaba su sombra fatal sobre mí.

¿Qué podemos saber de una persona cuya sonrisa nos ha iluminado por un instante? Conocer a alguien es una empresa complicada y peligrosa cuyos resultados suelen ser bastante pobres. De aquella actriz sólo sé que siempre estaba de buen humor y que sabía mucho sobre los hombres y sobre la «vida» en general... Su intuición femenina le procuraba ese material que poseen la mayoría de las mujeres de verdad y del que los hombres se enorgullecen cuando consiguen adquirir una mínima parte. Yo la esperaba cada mañana en los senderos nevados del Tiergarten, adonde ella acudía después de su clase de equitación con una sonrisa inteligente y campechana, llena de la verdadera alegría de vivir que también impregnaba sus gestos y sus miradas; y esa alegría vital me encantaba. Era muy humilde y a la vez muy exigente. A su manera —como advertiría más adelante—, intentaba educarme. A su manera cauta y tierna me instruía en el complicado código de buenos modales que nos impone la disciplina de la «vida de mundo». Ella sabía que yo había recibido una educación estricta y severa, e intentaba limar las asperezas de mis gestos y mis opiniones, como cuando un director de escena intenta limar la timidez de un joven actor. Ella me enseñó que la cortesía de verdad, la única posibilidad para la convivencia humana, es algo muy distinto de lo que a mí me habían enseñado en casa y en el colegio. La «disciplina» que me habían inculcado en mi infancia era muy rudimentaria y elemental, y mi amiga la actriz se proponía suavizar sus asperezas. Me enseñó que la verdadera cortesía no se resume en llegar sin un minuto de retraso a una cita que no deseamos, sino que puede ser más cortés eliminar con decisión y crueldad cualquier intento de provocarla... Me enseñó que sin decisión y crueldad no podemos ser libres, pues nos ponemos en manos de nuestros compañeros. También me enseñó que podemos ser maleducados, pero nunca descorteses, que podemos dar una bofetada a alguien, pero no aburrirlo, y que es una falta de cortesía fingir amor cuando en realidad se espera mucho menos de nosotros.

Por las noches íbamos al teatro. Alrededor de las siete iba a recogerla a su hotel, el discreto hotel que protegía la vida de aquel ser refinado y tierno. Cuando trabajaba en alguna pieza teatral —le daban los papeles más importantes y ella los interpretaba bastante mal—, la acompañaba hasta la entrada del teatro y luego la esperaba en el café de enfrente; siempre sentía cierto dolor físico cuando una mujer que me había regalado su amistad no era perfecta en su profesión. En sus noches libres íbamos a las representaciones de Reinhardt: ella opinaba que no valía la pena ir a ningún otro teatro, y a veces veíamos la misma obra durante varias noches seguidas. De su vida privada nunca supe nada. Tiempo después se casó con un hombre muy rico. A veces me invitaba a almorzar en su suite, donde invariablemente éramos tres. Como las mujeres no le gustaban, siempre invitaba como «terceros» a escritores famosos, aristócratas alemanes, banqueros millonarios o políticos de moda. Y cuando sus invitados se marchaban, me relataba el «material» de sus vidas con un sentimiento de generosidad y complicidad; me revelaba sus secretos, dónde vivían y con quién, qué les dolía y dónde, qué tenían y qué querían. Gracias a aquellos almuerzos pude conocer la otra cara de Berlín, la que salía en la primera página de los periódicos cuando la gente famosa tenía un éxito o un fracaso importante; existe una clase de personas que nunca sale en las páginas interiores, en la sección de sucesos.

No manteníamos una «relación», creo que ni siquiera nos amábamos; teníamos la misma edad, aunque ella era más madura que yo, así que parecía mayor. Mientras yo esperaba que sus invitados me ofreciesen alguna revelación, algún milagro, ella los miraba con calma, observaba las pequeñas variaciones físicas, se fijaba en qué comían y con qué gestos delataban su insatisfacción. A veces me pedía que la acompañase a un pueblo o a un balneario, pero nunca supe la razón de sus viajes. Llegamos a dormir juntos muchas noches, aunque yo nunca me planteé una relación amorosa con ella. Nuestra amistad carecía desde el principio de todo erotismo: teníamos una confianza absoluta el uno con el otro y temíamos estropear esa intimidad con algún gesto torpe o no completamente sincero. Se vestía y se desvestía delante de mí con la indiferencia y la complicidad propias de su profesión, y yo la miraba sin experimentar ningún tipo de deseo, con ojos llenos de cariño y de simpatía, y en mi mirada no había ni el menor rastro de interés físico, aunque parezca poco «sano». Yo no tenía la «salud» en gran aprecio ni me importaba lo que la gente considerase «sano» en el amor... En aquella época, era ella la que me escogía las amigas y las amantes en las fiestas y los bailes.

Conocía el mayor de los secretos: sabía estar sola. Conmigo siempre han sido buenas las mujeres que me han amado o que he conocido, se han portado conmigo de forma mucho más distinguida, humana y noble que yo con ellas, porque a la tercera o cuarta cita ya me aburrían. Pero a la actriz la amaba a mi manera y vivimos una amistad mucho más íntima que cualquier relación física que se pueda imaginar. En su compañía era tan bien educado y tan dócil como nunca lo había sido antes y nunca lo sería después con ninguna otra mujer; era capaz de acompañarla en sus paseos, de estar sentado en silencio en su habitación, observando cómo se pintaba o cómo cuidaba de su cuerpo —las ventanas del hotel daban al Unter den Linden y por la tarde la calle se llenaba de un exotismo civilizado y cosmopolita—, escuchando las mentiras que decía por el telefonillo a los hombres que conocía y las promesas que hacía a los desconocidos. A mí nunca me pedía nada y siempre estaba a mi disposición, me brindaba día y noche su tiempo y su ayuda de noble dama. Respetaba mis estados de *spleen* y me enseñó la belleza de Berlín y la posibilidad de pasármelo bien en cualquier sitio. Dominaba a la perfección el arte de la soledad, vivía en una especie de concha protectora, como una perla: resultaba preciosa y carísima para los que la deseaban.

Pero yo no la deseaba, así que poco a poco me entregó todos sus secretos. Cuando ya habían caído todos sus velos, esa desnudez resultó mucho más excitante que la desnudez física. El día de Navidad me dijo:

—Han soltado a Georg Kaiser de la cárcel. Vamos a verlo.

· · ·

6

Viajamos hora y media en un tren de cercanías hasta llegar a una colonia de vacaciones de la región de Brandeburgo. Era una colonia más bien modesta, con unas cuantas casitas entre los pinos, a orillas de un lago. Nos acompañaba un dramaturgo de Berlín, un señor alemán calvo y completamente sordo que hacía preguntas sin esperar respuesta; se limitaba a discutir consigo mismo durante todo el viaje sin dejar de repetir: «*Er hat recht gehabt*» [«Él tenía razón»]. Si Kaiser tenía razón o no era el tema que se comentaba en todos los cafés literarios y en todos los periódicos.

La colonia estaba a oscuras cuando llegamos. Alquilamos unas habitaciones heladas en una posada cuyas ventanas daban al lago, unas habitaciones que habían estado sin calefacción durante semanas, así que el agua se había helado en la palangana. Mi amiga la actriz se sentó en la cama sin quitarse el abrigo de piel, a la luz de una vela, y miró a través de la ventana con tristeza. Por los senderos nevados del pinar avanzaban unos niños vestidos de pastorcitos con quinqués en las manos. «Nada importa —musitó—. Ni siquiera el amor. Sólo importa el talento.» Yo, que tenía el oído aguzado, sabía que estaba en lo cierto. Ella, que lo había recibido todo de la vida, lo rechazaba todo si tenía delante a un hombre con verdadero talento. Era una mujer orgullosa, guapísima e inteligente, que se volvía humilde ante un hombre de ese tipo. «Kaiser tiene muchísimo talento —repetía sin cesar—. Tiene derecho a hacer lo que ha hecho. Tenía razón.» Yo guardaba silencio: también era de la opinión de que Kaiser tenía derecho a hacer lo que había hecho, pero discrepaba sobre sus métodos. Kaiser era escritor y anhelaba «vivir». ¿Qué quería decir eso? Yo no lo sabía. Tal vez viajar o beber champán. Quizá por eso había robado de la casa de su amigo y «protector» de Múnich aquellas valiosísimas alfombras persas para venderlas. Mi amiga estaba profundamente convencida de que Kaiser era un «hombre de moral intachable», y más adelante yo mismo podría comprobar que era cierto. Mi amiga temblaba de frío. Para ella, ese hombre era algo más que un «dramaturgo célebre» o un amante ocasional. Creía y confiaba en él, y en un momento determinado lo habría dado todo por él si él hubiese querido; sin embargo, yo consideraba que tal sacrificio habría sido en vano. Habría sido un fallo de estilo, un fallo grave. Estábamos sentados en aquella habitación helada intentando dilucidar a qué tenía derecho una persona con talento.

Ella afirmaba que a todo. Comprobé con sorpresa que, por primera vez desde que la conocía, había perdido la calma y la serenidad que la caracterizaban. Me agarraba la mano, casi me suplicaba. Necesitaba apoyo y justificación. Aquella mujer tan tranquila se entusiasmaba y se enardecía. Me enteré de que ella había alquilado una casa para Kaiser y su familia: su mujer y sus hijos. Estábamos allí, en aquella habitación helada y a oscuras, como los héroes de una novela realista, con «sabor a vida». Sin embargo, el héroe principal de la novela era un hombre con un talento extraordinario cuya vida acababa de hacerse pedazos ante nuestros propios ojos y cuyo talento se había adentrado en un callejón sin salida para aniquilarse por completo. Yo no creía que para un escritor fuera indicado robar alfombras, estar en la cárcel, acostarse con mujeres guapísimas y gastar su dinero en champán francés o en alquilar un coche de lujo para una excursión. «Un escritor debe llevar una pseudovida —le explicaba a mi amiga la actriz—; debe imitar la vida y observarla con muchísima atención, pero debe abstenerse de tomar parte en ella.»

Sin embargo, mi amiga era ante todo una mujer, una mujer guapísima y jovencísima, que negaba la necesidad del ascetismo. Yo intentaba explicarle que la cuestión no era saber si un hombre con talento tenía derecho a hacer ciertas cosas o no, sino admitir que la «vida» no favorecía a los escritores ni les era útil en ningún sentido: «Lo que un escritor encuentra en la vida es sólo material, un material inútil, sin forma ni constancia. ¿Qué hacer con un escritor que pretende vivir y trabajar a la vez?» La conversación duró hasta altas horas de la madrugada. Fue una noche memorable para mí; lo que expuse en esa discusión en la oscuridad era lo que todos los artistas y creadores debemos reconocer antes o después, algo que no es posible lograr tras haberlo escuchado por boca de otros, por sus experiencias o mediante bellos ejemplos clásicos, como no es posible conocer ni aceptar una ley fatal que influye directamente en nuestra personalidad. Cada escritor tiene que comprender un día cuál es su destino, pero sólo puede comprenderlo por sí mismo. Mientras hablaba a mi amiga, iba aclarándose para mí mi propio destino e iba recitándolo como una lección, con una certeza tan inconsciente como absoluta. De pronto fui consciente de muchas cosas sobre las distintas maneras de vivir, sobre el trabajo, sobre la nostalgia vital por la patria; yo tenía veinticuatro años y ninguna «experiencia»; en una habitación a oscuras vi mi destino, comprendí el extraño veredicto y lo acepté con toda la humildad que soy capaz de demostrar.

El trabajo es el único principio en cuyo nombre un escritor puede permitirse el lujo de la humildad; en todo lo demás debe mantener siempre una actitud de duda ante los fenómenos vitales, porque en cuanto se sumerja en la vida, en la «aventura» o en la «vivencia» con toda su existencia espiritual, perderá el rango de escritor. Cosas así predicaba yo. Ambos buscábamos ejemplos para apoyar nuestros puntos de vista. Ella intentaba convencerme de que «el sufrimiento purifica y eleva». Sin embargo, esa teoría tan propia de alemanes y rusos no tenía efecto sobre mí. Le respondí que sólo el trabajo purifica y que no me interesaba en absoluto si el escritor es puro en su fuero interno, donde se desarrollan su vida y su destino; sólo me importaba la pureza de su obra. Repetía una y otra vez que el escritor que se entrega a sus vivencias está perdido. Oscar Wilde no escribía mejor después de estar en la cárcel, y *La balada de la cárcel de Reading* sólo prueba que un gran talento puede afrontarlo y soportarlo todo, incluso las «vivencias»...

No teníamos la menor esperanza de llegar a un acuerdo, puesto que yo quería escribir y ella quería amar. Era ya muy tarde cuando nos pusimos en camino, a través del bosque nevado, para ir a la casa de Kaiser. En la casita todo estaba en su lugar, pero daba la impresión de que se trataba de una habitación de hotel donde se alojaba gente que no sabía si podría pagar la cuenta al final de la semana. Había algo transitorio en aquel lugar, algo indiferente, algo cínico y desesperado; encima del piano había un hornillo de alcohol, y en la mesa del comedor, una máquina de escribir y unos pañales recién lavados. Tres niños tristes iban y venían entre los muebles demostrando ese instinto bélico típico de los niños que saben que la familia está en peligro, que ha ocurrido una catástrofe, que el ídolo ha caído y que los amables extraños que llegan con regalos bajo el brazo y se inclinan sobre ellos con una sonrisa artificial son en realidad unos caníbales que se deleitan con la sangre de sus semejantes. La esposa de Kaiser, una mujer rubia, alta y fuerte, recibía con una humildad dolida y callada a su rival y «benefactora» y a los demás invitados que llegaban: a un periodista de Berlín con su amante, a un poeta futurista con su esposa y a un editor comunista que miraba a su alrededor con satisfacción, como si fuese el único capaz de entender la tragedia presente en la vida del genio, como si fuese el que había robado las alfombras y escrito las obras de Kaiser. La esposa del poeta caído se sentó en un rincón con sus hijos, se colocó al más pequeño en el regazo como para representar una escena teatral muda y permaneció toda la noche en silencio y con cara de pocos amigos. El poeta preparó un ponche; todos nos sentíamos como en casa en aquella casa que no era el hogar de nadie, así que nos comportábamos con cierto desenfreno. A veces los niños se asustaban y se ponían a llorar.

Hacia medianoche entregaron un telegrama que contenía la pregunta que, de cara al año nuevo, el corresponsal de un periódico americano en Berlín dirigía a los famosos del país: ¿con qué seis personas como mínimo compartiría el arca si se produjese otro diluvio universal? Kaiser arrugó el telegrama, lo tiró y dijo con indiferencia: «Yo no salvaría a nadie.» La cárcel no lo había quebrado. Seguía teniendo la misma fuerza descomunal. Él fue el primer ejemplo dramático que pude observar con mis propios ojos de la «tragedia del genio»; fue un buen ejemplo. En su persona, en sus palabras, en sus gestos, en todo lo que hacía se notaba una fuerza descomunal y trágica imposible de cambiar, una actitud intransigente, la tragedia del genio. Estoy absolutamente convencido de que era un genio, un fenómeno humano único e irrepetible. Él fue el primero de mis contemporáneos que me enseñó que la «genialidad» no es suficiente para la obra, que es tan sólo una de las muchas condiciones que el trabajo impone al creador. Era siempre él, cuando se ponía de pie, cuando callaba o hablaba, cuando odiaba o cuando se aburría, cuando se entregaba totalmente a un giro en la conversación o cuando lo rechazaba; se mostraba insobornable, terco e intransigente, infantil y, a su manera tímida y discreta, también desesperado. Por su aspecto parecía un sargento retirado del ejército prusiano. Era un alemán típico, rubio, bajito, de cabeza redonda y ojos minúsculos. Un año más tarde se afilió al partido comunista y dejó de escribir. Sus obras siguieron representándose, aunque con escaso éxito. En el imperio nacionalsocialista no le hicieron daño porque era ario, pero estuvo apartado de todo. La verdadera tragedia lo había alcanzado antes de que poderes extraños pudiesen cercenarle la palabra.

Kaiser no era un «autor teatral» típico en el sentido que le daría a esa expresión un representante artístico de la época. Era mucho más que eso, aunque en cuanto a resultados hubiese alcanzado menos que cualquier hábil y aplicado escribano de la vida teatral. En esa época —que ahora contemplo desde una distancia de tres lustros y que se me antoja tan pasada como si formase parte de un capítulo cerrado de la Historia— él era quizá el único entre sus contemporáneos que tenía suficiente fuerza y capacidad para hacer que el drama, ese género agonizante, renaciera de sus cenizas. Junto con Hauptmann, era el único dramaturgo de la Europa de entonces. Shaw estaba haciendo piruetas y se comportaba como una diva, y Pirandello no se había dado a conocer todavía. Sin embargo, Kaiser sacrificó su talento de dramaturgo, ese talento tan raro como escaso en la literatura, a las modas de índole política. En sus obras propagaba los ideales de los partidos políticos de la época en tono agitador. Sus personajes hablaban como si recitasen directrices o leyesen el texto de algún cartel de propaganda política. Kaiser no aguantó el éxito, ese peligro enorme, el más grave de todos los peligros que acechan al genio. Intentaba imaginar lo que la gente esperaba de él, se esforzaba en comprometerse con algún estilo determinado y daba lo que los demás esperaban de él, de modo que dejó de dar lo que sólo él podía dar. Yo lo respetaba por sus capacidades extraordinarias, por su extraña simpatía y su discreción, por la buena disposición con la que contemplaba la vida, por su *spleen* y su mal genio. Cuando lo conocí, estaba escribiendo una obra para mi amiga la actriz: era la tragedia de un escritor que intenta huir del trabajo a la vida sin conseguirlo. La obra, atractiva pero mediocre, termina con esta bella frase: «*Das Wort tötet das Leben*» [«La palabra mata la vida»]. Sin embargo, esa oración sólo representaba un ruego piadoso de Kaiser; la vida, el deseo de acciones de tipo secundario, era más fuerte en él que la necesidad de la acción literaria: en su caso, fue la vida la que mató la palabra.

7

Mandaron a Lola a Berlín ese invierno para que «olvidara». Era una joven mimada de buena familia que se rebelaba contra la voluntad de sus padres y que bajó del tren en la estación Anhalter con una cara de enfado que reflejaba su estado de ánimo debido a un desengaño amoroso reciente. Era la época de carnaval. Ella se alojó cerca de la Kurfürstendamm, en casa de unos parientes, la familia de un tío materno que era director de la mayor empresa de comunicación alemana. El tío y su familia, que eran muy ricos, llevaban una intensa vida social a la que Lola se incorporó por entero.

El hombre a quien quería «olvidar» era amigo mío. Un día recibí una carta suya en la que me pedía que me pusiera en contacto con Lola y que intercediera en su favor. Leí la carta, la guardé y no me acordé más de ella. Semanas después me encontré con Lola en el teatro. Mi padre había ido a verme a Berlín desde Praga para pasar un día conmigo. Él, que era entonces senador por el partido húngaro en Checoslovaquia, había aprovechado la interrupción de las sesiones de la Cámara Alta para viajar a Alemania. Jamás había estado en Berlín y nunca regresaría. No sé en qué consisten las «casualidades» e ignoro si tiene sentido emplear esa palabra; el hecho es que Lola y mi padre se toparon esa noche en Berlín. Ellos dos eran las únicas personas con las que me relacionaba. Nos topamos en el *hall* del teatro. Cuando le hice reparar en ella, mi padre la saludó mecánicamente y la observó con sus ojos de miope mientras se iba. «¿Quién es ésa?», me preguntó de pasada. Cuando se lo dije, observó en un tono muy educado: «Es muy guapa.» Luego volvimos a nuestras butacas y no hablamos más de ella.

Mi padre se fue al día siguiente; parecía haber ido a Berlín, por primera y última vez en su vida, sólo para estar presente en aquella ocasión. Por la tarde me encontré a Lola en uno de los salones de té de la Kurfürstendamm. Le hablé de la carta de mi amigo y le balbuceé unas palabras torpes. Me callé, puesto que ella también callaba. Ambos sabíamos perfectamente que no había nada que hacer. Los encuentros de ese tipo son siempre muy sencillos. Nacer y morir son también cosas sencillas. No sentí ni el menor «remordimiento» hacia mi amigo. Hubiera sido incapaz de mostrar una falsa «caballerosidad». De todas formas, los encuentros de ese tipo no se producen por la voluntad o la decisión de las personas implicadas. No podía hacer nada y no era responsable de nada. Más adelante quitaría algunas mujeres a algunos hombres y algunos hombres me las quitarían a mí. En esas ocasiones siempre sentía remordimientos o vergüenza, o bien me mostraba muy gallardo, es decir, intentaba «justificar» el asunto. Pero cuando me encontré a Lola no intenté justificar nada, ni ante mí ni ante nadie, como tampoco se justifica el hecho de estar vivos o de respirar. Un amigo mío conoció un día, a las cuatro de la tarde, en una calle de París, a la mujer con quien pasaría buena parte de su vida. La mujer era virgen, pero se fue con él. Se metieron en un hostal donde alquilaban habitaciones por horas, y a partir de entonces estuvieron juntos durante quince años. Todas las relaciones humanas empiezan de esa forma. Yo nunca he «cortejado» a nadie. No sé ni cómo se hace; un encuentro es perfecto en sí mismo desde el primer instante, y si no es así, tampoco sirven las palabras. En el salón de té de la Kurfürstendamm, Lola y yo estuvimos charlando una media hora; luego nos quedamos callados, mirando a los que bailaban en la pista. Me acuerdo con total nitidez de cada detalle de esa tarde. Todavía no habíamos empezado a hablar de cosas personales y yo ya estaba un poco preocupado, observaba a los bailarines y me preguntaba de qué viviríamos. El sentimiento fundamental que determina la importancia de una relación entre dos personas es imposible de malinterpretar. Por la noche fuimos al teatro de Reinhardt. Se representaba *El sueño*, de Strindberg. «*Es ist Schade um die Menschen*» [«Lástima de los hombres»], cantaba Helene Thimig. Era una noche solemne, pero sin el menor resquicio de *pathos*. Ambos estábamos malhumorados. Teníamos cara de pensar «Esto, ¿para qué?»; estábamos tensos y molestos. Conocer a alguien con todos sus secretos y con todas sus consecuencias: eso es lo que, con una palabra tibia y demasiado general, llaman amor. Pero el conocimiento, el conocimiento perfecto, nunca es idílico. Al salir caminamos afligidos hasta la puerta de su casa; cuando la dejé vi que estaba llorando. Ambos estábamos muy confusos. Yo no representaba, desde ningún punto de vista, lo que en una familia burguesa se considera un «buen partido». No había cumplido los veintitrés, era poeta y me mantenía con unos honorarios esporádicos. Unos meses después me casé con ella.

Los parientes de Berlín apoyaban la idea. El tío era inteligente y refinado, de la generación de los patricios de antes. A su casa iban las personas más destacadas de la sociedad alemana: escritores y oficiales del antiguo ejército, magnates y generales. Vivían en un piso gigantesco. Aunque el viejecito ganaba muchísimo, llevaban una vida más bien sencilla. La primera vez que me invitaron oficialmente a cenar estábamos todos vestidos de gala y la señora de la casa me animó a que me sirviera entrantes por segunda vez, puesto que «no habría otra cosa»; cuando lo rechacé, según las costumbres de mi casa, me abandonaron a mi destino y se sirvieron por segunda y tercera vez, hasta que comprendí que, efectivamente, no había segundo plato. De vez en cuando reunían a un grupo de gente para cenar en su elegante piso y sólo servían *belegtes Brödchen*, o sea, paté untado en rebanadas de pan moreno. El viejecito se encariñó conmigo y a veces me invitaba a tomar «una copita de vino». Esas invitaciones constituían un gran honor y se llevaban a cabo entre una maraña de rituales. Nos sentábamos, vestidos de negro, muy serios, y bebíamos el caldo con gran devoción y a pequeños sorbos. En mi casa la costumbre era que, en cuanto llegaba alguien, se sacaran inmediatamente varias botellas de vino. Las dos hijas en edad casadera de aquel hombre, las primas de Lola, vivían la vida libre de las muchachas de la posguerra berlinesa. Iban sin acompañantes a las fiestas de los talleres de arte, aunque esos bailes del «Kroll» y del «Zoo» ni eran del todo inocentes ni estaban exentos de peligros. Hacia la madrugada, en las salas revestidas de mármol y en los recovecos oscuros de las escaleras del Zoo se veían parejas abrazándose y haciendo el amor. Durante esas noches de carnaval en Berlín, los participantes suspendían las leyes de la moral burguesa y las jovencitas de las mejores familias de «Berlín West» se retorcían de madrugada en brazos de galanes desconocidos. Más adelante, yo participaría en algunas fiestas en *ateliers* parisinos, donde la gente tampoco se reunía precisamente para leer la Biblia o rezar, pero no he visto en ningún otro lugar esa fornicación masiva que constituía el único motivo y objetivo de las fiestas berlinesas.

Las primas de Lola iban a todos los bailes que se organizaban. Nadie pretendía que contaran las experiencias que vivían esas noches de carnaval, ni los padres ni los futuros maridos. Los padres consideraban natural que sus hijas adultas anduvieran solas por ahí, en medio de la noche, y que volvieran a casa de madrugada con los vestidos rotos, desgarrados, con el maquillaje corrido y despeinadas. Lo que ocurría durante las noches de carnaval no tenía validez alguna; sólo importaban los días, los días severos y rigurosos regidos por normas burguesas, prejuicios y rituales determinados. El pacto entre caballeros establecía que la libertad sexual de las jovencitas duraba hasta el día en que se casaban. Y así era: las muchachas berlinesas se casaban tras las fiestas de carnaval, dóciles y tiernas, con algún joven a quien acababan de conocer y se convertían en esposas y madres de familia ejemplares. Esas muchachas hablaban del amor carnal como si fuese una tarea que hay que cumplir con especial aplicación. El día en que se casaban, se enclaustraban en su casa y quedaba zanjada su carrera amorosa.

Nunca fui capaz de comprender el liberalismo de los padres. La mayoría de aquellas jóvenes, al igual que las primas de Lola, recibían una educación estricta y severa. Sus padres no les perdonaban ni una palabra ambigua ni una broma inocente en la conversación. Pero el hecho de que alguna de esas muchachas se quedara embarazada en los carnavales parecía natural. Era un mundo interesante y contradictorio. Y desconsoladoramente extraño.

8

Me casé a principios de la primavera. Me tomé muy en serio mis obligaciones como cabeza de familia. Para empezar, tras una larga meditación, compré un mueble para guardar los zapatos. El dinero que teníamos reservado para amueblar nuestro futuro hogar —unos millones o unos miles de millones, ya no lo sé— se correspondía con el precio del zapatero, así que ya no compré nada más. Era un mueble muy bonito, hecho de madera maciza, con dos puertas, para guardar veinticuatro pares de zapatos. Unas semanas más tarde, cuando nos trasladamos a París para escapar a la inflación, regalamos el zapatero a nuestros caseros de Berlín.

No habría sido fácil llevárnoslo a París, y además no teníamos más que tres pares de zapatos.

La cuestión es que consideré que, al adquirir el zapatero, hacía todo lo que podía para estar preparado para la vida seria y brindaba a Lola todas las comodidades que ella precisaba. Y ella era de la misma opinión. Colocamos el mueble en el centro de la habitación, guardamos en él los tres pares de zapatos y con eso empezó nuestra vida seria. Por las mañanas me iba temprano de casa porque pensaba que debía buscar trabajo, o sea, que debía hacer algo sin falta. Desde que nos casamos estábamos sin un céntimo, pero en la ciudad de Berlín en aquellos meses el dinero importaba poco: a veces teníamos los bolsillos repletos de billetes por valor de millones que no valían casi nada. Los «problemas vitales» se reducían a su mínima expresión: yo salía de casa por las mañanas a buscar algo de comer, como un hombre primitivo, un cazador o un pescador, y trataba de volver de aquella jungla de piedra con una libra de mantequilla o unas cuantas galletas. Nuestras respectivas familias no se tomaron en serio nuestro matrimonio, nos dejaron por completo la elección de dónde queríamos establecernos y la forma que le daríamos a nuestra vida en común. Aguardaban el final de ese ridículo matrimonio de muchachos, que según ellos no duraría más que unos pocos meses. Al principio mencionaban en sus cartas la posibilidad de que yo entrase a trabajar en un banco vienés. Pero tal posibilidad me dejaba atónito. Ni en sueños pensaba yo entrar a trabajar en un banco, ni en Viena ni en ningún otro lugar del mundo. No deseaba entrar a trabajar en ningún sitio, y menos con un contrato indefinido y derecho a jubilación. Pensaba que ya tenía un trabajo para toda la vida, que tenía una ocupación, no muy «rentable», pero totalmente satisfactoria para mí.

Las primeras semanas de matrimonio coincidieron con la etapa de mayor estrechez económica, pero entonces en Alemania nadie se preocupaba por el dinero. Mis amigos de Berlín jugaban a la bolsa y ganaban mucho. Muchos de ellos, incapaces hasta ese momento de pagar el alquiler, se compraban casas y edificios enteros en las calles laterales de la Kurfürstendamm y del Westend. No hacía falta saber nada para hacerlo, bastaba con que los extranjeros hambrientos y sedientos se colocaran debajo de las cataratas de billetes y abrieran la mano para recoger lo que cayera. En algún lugar lejano, en las fábricas invisibles trabajaban personas invisibles, pero los contrabandistas de Berlín no sabían nada acerca de ellas, no sabían ni lo que se fabricaba, simplemente iban a su banco y encargaban a su agente que comprase tales o cuales «papeles», y a crédito, además. Los «papeles» valían cien mil marcos ese día y al siguiente tres o tres mil veces más... Todos compraban «a crédito» y todos tenían dinero aunque no trabajasen. Los demás, los que sí trabajaban, andaban perdidos y medio enloquecidos en medio de ese torbellino, mirando unas patatas o un par de zapatos como si fuesen los Santísimos Sacramentos. Yo no tenía dinero ni jugaba a la bolsa, aborrecía esa manera de ganar dinero; me parecía que era más honrado ganar jugando a las cartas que así, por saqueo masivo patentado. Yo no tenía «papeles». Creo que en esa época los poetas éramos los únicos que no teníamos «papeles» en Berlín.

Enviaba artículos para un periódico de Kassa y otro de Transilvania, unos artículos cortos y poéticos, y vivíamos con los billetes en divisas que me pagaban por ellos. Al principio Lola tenía en mí una fe incondicional, creía que yo conocía la vida a fondo, y que era hábil y práctico en resolver los banales problemas cotidianos. Pero pronto advirtió que yo no conocía la vida en absoluto. Vivíamos asustados en medio de la tormenta que se desataba sobre nuestras cabezas; de todas formas, probablemente no se podía «hacer» nada de nada, habría sido inútil urdir planes; no sabíamos qué nos esperaba, dónde encontraríamos nuestro «hogar»... De casa nos llegaban noticias extrañas, más bien tristes. ¿Dónde se necesitaba a un poeta? En ningún sitio. Mis relaciones con los alemanes habían quedado interrumpidas. Ya no intentaba colocar mis artículos en los periódicos alemanes, me daba vergüenza presentarme ante los redactores, y de todos modos tampoco me hubiese servido de mucho, puesto que los honorarios que me habrían pagado se me habrían escurrido de las manos antes de llegar a la calle... Lola se quedaba en casa mientras yo andaba por ahí inventando algún negocio. La mayoría de las veces volvía tras comprar cualquier cosa, un kilo de azúcar o un libro, triste y afligido, sin haber logrado nada.

Ese «hogar», nuestro primer hogar en Berlín era bastante vistoso y agradable. Como la mayoría de los pisos berlineses, estaba lleno de muebles pesados de estilo alemán, grandes sillones, estatuas de yeso, cabezas de Wagner, placas de bronce con el retrato del káiser Guillermo, grabados patrióticos y místicos que representaban algunas escenas del Valhala y figuras de caniches en bronce.

Nuestra manera de vivir asustaba un poco a nuestros caseros alemanes. Trasnochábamos y nos levantábamos tarde, además de que nos bañábamos a diario; esto último fue lo que más parecía molestarlos. Las casas en Berlín tenían cuartos de baño fabulosos, pero poca gente se bañaba en ellos. Los caseros, los señores Stolpe, se rebelaron abiertamente contra nosotros una tarde en que Lola se disponía a preparar una tarta. Llevábamos semanas comiendo tostadas con margarina. Lola no sabía hacer tartas, pero se apiadó de mí; encontró una receta húngara, compró con divisas cinco huevos, harina, azúcar y chocolate amargo y se puso a hacer una tarta en la cocina común, en presencia de la señora Stolpe. La mujer la observó con recelo hasta que vio que, efectivamente, Lola utilizaba los cinco huevos para hacer la tarta; entonces reaccionó de una manera tan inesperada como incomprensible: empezó a chillar como una loca por toda la casa, llamando a gritos al señor Stolpe, a las criadas y a los niños; y de sus palabras confusas sólo se entendía que Lola había deshonrado las costumbres germanas; «*Schande, Schande!*» [«¡Qué escándalo!, ¡qué escándalo!»], repetía. No había quien los entendiera porque hablaban todos a la vez, chillando, vociferando, y el señor Stolpe nos exigió que abandonásemos su casa de inmediato, así que el día uno del mes siguiente a la molesta escena nos mudamos. Nunca llegamos a comprender del todo el «escándalo». Quizá interpretaron mal las intenciones de Lola y pensaron que se mofaba de su miseria y de la inflación al utilizar cinco huevos para hacer una tarta; los Stolpe no gastaban cinco huevos ni en un mes entero, habían aprendido recetas misteriosas durante la guerra, sabían hacer filetes con zanahorias secas y sufrían muchas privaciones. Si fue así como interpretaron aquel experimento trágico, comprendo su indignación. Lola sólo estaba siguiendo al pie de la letra la receta, entre cuyos ingredientes figuraban cinco huevos, sin ninguna mala intención. La verdad es que los Stolpe eran, incluso en los tiempos de la inflación, mucho más ricos que nosotros, a pesar del mueble zapatero. También puede que hubiéramos infringido una norma de índole tribal con aquella receta. Es en cuestiones culinarias donde mejor se manifiestan las diferencias entre los distintos pueblos. Incluso el pequeño Helmut, un niño de cuatro años, afirmaba que los habíamos «humillado».

9

Yo sufría muchísimo por ser tan joven, sospechaba que existían conspiraciones y humillaciones en mi contra por doquier, estaba considerando dejarme barba y bigote porque nadie me veía como un «marido serio». De todas formas, sufría en mi matrimonio. Por una parte tenía sentimientos profundos hacia Lola y por otra se había desarrollado en mí un rechazo contra un estado que me resultaba tan poco conocido como si de un día para otro me hubiesen obligado a vivir en el Ártico. Sencillamente, no estaba preparado para esa arriesgada expedición que es el matrimonio. Estaba acostumbrado a enamorarme de alguien y a olvidarla después, pero a Lola no la podía olvidar. Me sentí molesto desde el primer día de nuestra vida en común. No sé qué creía ni qué deseaba; bueno, anhelaba que Lola, nuestras familias, los parientes y los conocidos me considerasen un «marido serio», pero al mismo tiempo sospechaba que ese estado artificial no duraría mucho tiempo, que se acabaría como hasta entonces habían terminado todas mis relaciones humanas y amorosas: una noche yo no volvería a casa, regalaría a Lola el zapatero y ella me llamaría por teléfono durante unas cuantas semanas hasta que yo acabase marchándome al extranjero. No tenía ni la menor idea de cómo debía comportarse un marido, en su compañía me mostraba nervioso y tenso, discutía sobre cuestiones de economía y de política como se supone que debe hacer un cabeza de familia y me faltó poco para empezar a fumar puros... No sé si Lola se daba cuenta entonces de mi esfuerzo desesperado, si me veía. Creo que sí. Era mucho más madura que yo en cuestiones humanas, juzgaba mucho mejor a la gente. La verdad es que no éramos una pareja cualquiera. Yo me vestía como debe vestir un poeta: incluso en invierno llevaba trajes de entretiempo y zapatos de suela fina, como si desafiase las leyes de la naturaleza; la única prenda cálida que poseía era un chaleco de punto que mi padre me había comprado en los almacenes Weertheim de Berlín el día que fue a verme y vio con horror mi extravagante manera de vestir. Era la única prenda cálida que alguien me había comprado para que no me resfriara, siendo ya un adulto con «vida» propia... Cuando me lo regaló, me sentí ofendido por aquel gesto protector y creo que ni siquiera le di las gracias.

Lola lloraba mucho durante las primeras semanas de matrimonio, sentía que algo iba mal, y también —por sus instintos refinados—, que sería difícil, casi imposible, remediarlo. Nos quedamos juntos por pura terquedad. Con aquella actitud intentábamos decir «¡Ya veréis!» a nuestras familias y nuestros amigos. Los dos estábamos desempeñando un papel, pero como la vida no es una representación, cualquier comportamiento artificial termina, tarde o temprano, haciéndose añicos. Yo empezaba a llevar mi vida matrimonial con la rabia de un marido amargado; no se sabía nunca cuándo llegaría a casa, me enfadaba, me peleaba con Lola. Ella intentaba calmarme como si fuese un niño. Es probable que ella sólo sintiera que me había ocurrido algo grave antes de vivir con ella: intuía que algo se había roto dentro de mí, lo cual me impedía entregarme a un sentimiento, a una relación, y por eso parecía estar enfadado constantemente y ella no podía saber por qué ni para qué... No lo sabía ni yo. Sólo sabía que me había comprometido en algo y que debía ser coherente con ese compromiso, con esa empresa, a cualquier precio... ¿Cómo iba a saber que tendría que pagar por ello? Nuestro comportamiento estaba determinado desde el primer momento por una disposición, aunque ambos lo ignorábamos; estaba determinado por unas demostraciones ridículas, primitivas y en absoluto necesarias de caballerosidad falsa y de romántica generosidad mutua. Nadie sabía lo que había en el interior, ni siquiera nosotros mismos, pero ese comportamiento interior no dependía de la voluntad.

En cualquier caso, lo que hacíamos en la primera época de nuestro matrimonio parecía un juego de papás y mamás bastante desesperado. Yo no tenía ni idea de cómo era un ser humano, ni sabía qué responsabilidad implica conocer a un ser extraño, y por supuesto desconocía lo que es inabordable y único en una persona, lo que es el carácter o la personalidad. En esos meses necesitaba estar siempre rodeado de gente. Muchos jóvenes de mi generación nos refugiábamos en el matrimonio a una edad muy temprana. Queríamos asegurarnos una especie de trinchera, un «hogar»; intentábamos, aunque con manos bastante torpes, crear un sustituto del paraíso perdido de la infancia. Nuestra generación, que había vivido la «experiencia» de la guerra y la revolución, lo ignoraba todo sobre los placeres del hogar. Jugábamos a las casitas en habitaciones de alquiler en ciudades extranjeras con un mueble para guardar zapatos y sin ninguna perspectiva de futuro. ¿Qué perspectivas podía tener yo entonces? En la Universidad de Berlín mi nombre seguía apareciendo en la lista de los matriculados cuando ya era «marido» y «cabeza de familia», y al final del semestre me acerqué en secreto a la facultad para que me diesen un certificado de asistencia a clase... Qué pena que no hubiese nadie capaz de aconsejarme qué hacer una vez licenciado. Allí donde mirase lo encontraba todo cubierto por una bruma espesa y oscura. Atrás habían quedado la guerra y la revolución; delante estaban la quiebra política y económica, la época sospechosa de la «reclasificación de los valores», la moda de los eslóganes. Ésas eran las circunstancias en que fundamos nuestro «hogar». Durante años fui incapaz de saber con certeza cómo conseguiría el dinero para pagar el alquiler del mes o la comida del día siguiente. Esa pobreza era diferente de la pobreza que yo había vivido en mi casa. En el seno de una familia, por más pobre que sea uno, siempre estará atendido, aunque no tenga dinero y le vaya mal, siempre habrá un lugar para él, como siempre habrá un trocito de pan —aunque sea duro e insípido— que llevarse a la boca. En el extranjero, sin embargo, me ahogaban las manos de unos gigantes invisibles. Vivíamos en un mundo lleno de angustias y preocupaciones en el que nos sentíamos perdidos, lo que me daba razones suficientes para huir de la responsabilidad del «hogar», aunque se tratase de un hogar tan artificial como infantil.

En cualquier caso, Lola era muy ahorradora. Siempre guardaba unos cuantos marcos en viejas cajas de puros, unos billetes que al día siguiente ya no valían más que el diez por ciento de su valor nominal. Cuando la clase media y la clase obrera alemanas, unos sesenta millones de personas, perdían todo de un día para otro, ella discutía tratando de saber si tomaríamos el metro o el tranvía, tratando de calcular de qué manera nos saldría más barato. Aunque yo intentaba convencerla de que, en medio del grandioso desmoronamiento que nos rodeaba, ese tipo de precauciones nos servirían de muy poco, ella sabía regatear hablando en miles de millones y mostrarse tacaña por unos cuantos cientos de millones. Poco a poco fui comprendiendo su «tacañería» y me sentí avergonzado de mí mismo.

10

Yo había empezado a beber en Frankfurt, y al llegar a Berlín me convertí en un alcohólico hecho y derecho. Tenía veintiún años y estaba acostumbrado a que la criada me sirviese cada mañana, junto con el café, una botella de aguardiente, de brandy o de licor que yo vaciaba ese mismo día hasta la última gota. Bebía con desesperación y asco. Empezaba la jornada con los aguardientes más fuertes y la terminaba con vodka. Durante varios años necesité una embriaguez constante, perseguía un estado de semiconciencia. Algo parecía estar comenzando, algo que era imposible de soportar si no estaba embriagado. De otro modo, no se explicaba que un joven sano y fuerte, bastante inteligente, exigente y exquisito en todos los sentidos, se diese a la bebida. «Tenía el mundo por delante», como se suele decir. También es verdad que muchos de los que estaban a mi alrededor bebían. La mayoría de los miembros de la sociedad de Frankfurt, personas verdaderamente exquisitas, escritores, artistas y estetas, bebíamos desde las primeras horas de la mañana. Cuando conocía a gente o me interesaba por alguien, descubría sin excepción que todos convivían con los narcóticos. Los alemanes, personas por otra parte muy sensatas, impregnadas de los valores de la burguesía, soportaban la vida de entonces a duras penas. La mayoría de la gente no bebe para alcanzar un estado de éxtasis; simplemente lleva dentro una herida que un día no puede soportar más. Y es cuando empieza a beber.

Yo empecé a beber para vencer el pánico. En casa la costumbre era tomar copitas de vino, pero eso era diferente; yo nunca había visto a mi padre o a sus amigos borrachos, aunque el vino nunca faltara en la mesa. El que tenía la costumbre de beber aguardiente en mi ciudad natal era considerado un alcohólico. La manera de beber de los alemanes no tenía nada de entrañable. Los bebedores más empedernidos de Frankfurt nos reuníamos en una bodega holandesa, cerca del Hauptwache, desde las primeras horas de la mañana. A las once estábamos ya tomando una copa de alcohol tras otra. Yo me unía a ellos con cara de amargura, pues la bebida no me gustaba en absoluto. Entre aquellos alemanes conocí a los primeros judíos alcohólicos. Hasta entonces tenía la idea de que los judíos aborrecían «beber por beber». Allí, en la facultad, en los Burschenschaft donde los habían aceptado y los toleraban, empezaron a beber empujados por un afán desesperado. En la facultad bebíamos todos sin parar, como obedeciendo una orden, tanto los alemanes como los extranjeros, y bebíamos con cara seria y asqueada. Cuando quise darme cuenta, me encontraba metido hasta el cuello en un mundo de alcohólicos pestilentes.

Pronto resultó obvio que estaba enfermo y que era incapaz de enfrentarme a la vida. Mi entorno sólo me brindó el narcótico en el momento más apropiado; si no me hubiesen enseñado a beber como un cosaco en Frankfurt, en la facultad y en otros lugares, en esa vida social caótica que llevaba, habría buscado con seguridad algún otro narcótico más potente para calmar los nervios, algo tal vez más peligroso que la bebida. Pero lo cierto es que el alcohol tampoco lograba tranquilizarme. Me acuerdo de un año entero, de los veinte a los veintiún años, en que por las noches, es decir, por las mañanas, ni siquiera el alcohol lograba dormirme y tomaba somníferos cada vez que quería conciliar el sueño. Éste iba siempre precedido por angustias, manías persecutorias e intensos temores. Con los somníferos me dormía como si me hubiese desmayado, dormía profundamente, sin soñar, y me despertaba como si me hubiesen pegado una paliza; entonces cogía enseguida la botella de aguardiente. Con esa vida, incluso un joven sano y resistente como yo se convierte pronto en una ruina. No sé cómo aguantaban mi organismo y mis nervios, creo que no aguantaban de ninguna manera... Sin embargo, ese estilo de vida, esos narcóticos artificiales me ayudaron a seguir viviendo en momentos críticos. Estoy absolutamente convencido —por el recuerdo de muchos detalles— de que en aquella época yo vivía en un peligro mortal constante y solamente el alcohol y las drogas podían neutralizarlo. En Alemania, por ejemplo, dormía siempre con una pistola cargada a mi lado, en la mesilla, y la llevaba conmigo cuando iba a los cafés o a las redacciones... ¿Por qué razón? ¿Tenía acaso miedo de alguien? No, sólo me temía a mí mismo. En mi fuero más íntimo me atormentaba el recuerdo de alguna humillación antigua e insoportable, la vergüenza me atenazaba la garganta una y otra vez, me atacaba y casi me vencía, me asfixiaba; yo me mareaba al «acordarme» o, mejor dicho, cuando mi cuerpo lo recordaba, por algún motivo que nunca descifré. ¿De dónde procedía esa vergüenza? ¿Dónde me habían herido de esa manera? ¿Qué tipo de humillación había sufrido? No lo sabía. Tampoco hoy lo sé con certeza, pero un día empecé a soportar el recuerdo con más facilidad, ya no me dolía tanto, y entonces ya no necesité más somníferos y también pude establecer relaciones más sanas y placenteras con el alcohol. Es muy difícil soportar la vida sin narcóticos; las personas que saben mantenerse en equilibrio sin muletas despiertan en mí un respeto extraordinario y, al mismo tiempo, recelo, recelo y miedo, pues me pregunto: «¿Cuál será su secreto?» Es indudable que hay personas «sanas», pero son más bien pocas. Quizá entre las mujeres sea más fácil encontrar almas sencillas y sanas: yo he conocido a señoras ancianas que soportaban la vida de maravilla, que se quedaban donde el destino las había llevado y se entretenían hasta el último día de su vida, en general bastante lejano, y su «secreto» no era otro que el de servir con humildad (a mi tía Zsüli le pregunté una vez en broma, cuando ya había cumplido los setenta, cuál era el secreto de la longevidad. Ella me respondió enseguida: «Hay que saber mantener las formas.» Pero la juventud no respeta las formas).

No cabe duda de que yo era un neurótico y de que mi neurosis se debía a traumas de la infancia; de Freud había oído hablar muy poco, no sabía casi nada de él, no conocía su genial teoría, que en algunos años estaría muy de moda y sería propagada con entusiasmo tanto por los ignorantes como por los charlatanes. El alma enferma conoce bastante bien la naturaleza de su mal y suele buscar el antídoto con decisión y conocimiento de causa. Mucho más adelante me sorprendería enormemente al releer cartas y poemas que había escrito durante aquellos años, pues su contenido permitía un diagnóstico muy preciso y definía con claridad su origen. Cuando conocí los métodos del psicoanálisis ya era tarde para que esa terapia me ayudase: a los cuarenta ya es tarde para cualquier terapia, hay demasiados recuerdos, demasiadas capas complicadas que se superponen, que cubren y ocultan la herida. Estoy convencido de que un buen analista puede obtener resultados con niños neuróticos y gente muy joven, y quizá pueda ayudar incluso más adelante para aliviar a almas rudimentarias y poco desarrolladas arrojando luz sobre las heridas típicas, pero no puedo aceptar el psicoanálisis como «terapia» porque no creo que pueda cambiar el carácter o la personalidad, así que no pude recurrir a ello. He visto a mucha gente curarse de su neurosis sin tener que acudir al psicoanalista; las almas más elevadas son capaces de hacer esfuerzos extraordinarios y mostrar resistencia, y también unas condiciones vitales nuevas pueden proveer la cura de una forma espontánea. Me encantan la genialidad y la belleza de las teorías de Freud y creo que la «interpretación de los sueños» es uno de los descubrimientos más importantes del siglo. También puedo admitir que las personas más sencillas aprenden con el análisis a ser más tolerantes y pacientes con ellas mismas. La «cura», si existe, se produce cuando algunos elementos fortuitos se ponen en juego. Al mismo tiempo que niego ese tipo de terapia alrededor de la cual pululan estafadores y curanderos, reconozco y respeto el valor de la teoría en la que se basa, los descubrimientos sobre las aguas profundas del subconsciente y su vida oculta. Es indudable que a Freud sus profetas le hicieron mucho daño. Yo era consciente de que algunos neuróticos se curan a veces sin análisis y de que otros se curan con análisis o siguen enfermos. Cuando conocí el tema más de cerca al leer los libros de Freud, la neurosis se había convertido ya en una necesidad vital para mí, en un instrumento y en una condición de trabajo; podría decir, con una comparación morbosa, que empezaba a «vivir» con mi neurosis, como un mendigo que vive mostrando a los demás sus muñones.

Lola no sabía nada de todo esto. Sólo notaba con desesperación que yo estaba mal. La naturaleza de mi «enfermedad» le resultaba oculta e incomprensible, lo mismo que nos sucede al conocer a un extraño. Apenas habría podido distinguir los «síntomas». Cuando la neurosis se presenta en forma de problemas físicos o de disfunciones orgánicas, ya es muy difícil acabar con ella. Por entonces mi «enfermedad» sólo se manifestaba en una actitud y un comportamiento imprevisibles. Nunca se sabía de qué humor iba a despertarme, y hoy debe de seguir siendo un suplicio convivir conmigo... Lola lo intuía y se adaptaba a su papel de enfermera invisible. Una de las características de la neurosis es que se presenta por etapas, por ciclos. Tanto hace quince años como ahora, me ocurre a veces que, de repente, tengo que salir de viaje sin ninguna «razón» aparente, a veces por unos días y a veces durante meses enteros. En esos casos no me retiene nada, ni la disciplina ni el trabajo ni mi entorno. Tras dichas crisis, suele haber períodos relativamente más tranquilos. ¿Hasta cuándo aguanta el «enfermo» en esas condiciones? ¿Hasta cuándo es capaz de soportar la tiranía de una personalidad marcada por viejas heridas? Creo que mucho tiempo. Todo esto resulta para mí de una precisión absoluta y soy consciente de ello. Puedo observar esos estados con la misma atención y objetividad que cuando me ocupo de un resfriado. La gente soporta muchísimo, y si quiere, es capaz de aguantarlo casi todo. Los estados neuróticos empiezan con unas angustias típicas, imposibles de definir, que al principio agobian por completo; en este caso el enfermo piensa que todo se va a acabar pronto y pasa mucha vergüenza... De todas formas, yo creo que el alma es capaz de sobreponerse a ese estado de pánico. La angustia —base de cualquier neurosis— está profundamente arraigada en el fondo del alma, allí donde existe algo que no hemos podido colmar, algún deseo o algún recuerdo, y nos rebelamos contra nuestra impotencia. Sin embargo, terminamos —a un precio cruel y elevado— por sobreponernos. Yo creo en la fuerza de la voluntad. Creo en que con fuerza de voluntad y humildad uno es capaz de dominar los monstruos que salen de las ciénagas profundas y oscuras del alma humana. Detesto mi neurosis e intento luchar contra ella por todos los medios, que son la fuerza de mi conciencia, la de mi voluntad y la de mi humildad. Creo que el carácter y su máxima forma de manifestación, la conciencia humana, pueden mantener en equilibrio nuestros instintos enfermizos; también creo que la vida y el trabajo son síntesis, y los que no son capaces de realizar esa síntesis, que vivan como quieran o que perezcan; su destino no me interesa en especial... Gracias a sus instintos, Lola podía detectar mi enfermedad y confiaba en que, de alguna manera, me sobrepondría. Nuestra relación fue desde el principio la relación de un enfermo y su paciente y comprensiva enfermera.

Ella se mantenía a mi lado por su extraordinaria fuerza interior, y estoy convencido de que fue Lola la que me ayudó a superar la etapa más difícil de mi vida. Poquísimos hombres y muy pocas mujeres son capaces de un sacrificio así. Esa alma —el carácter de Lola— tomaba prestado de sus reservas casi inagotables y derrochaba todo lo que tenía.

11

Lola era la primera persona que buscaba el camino para llegar a mi soledad y yo me defendía con desesperación. La soledad es el elemento vital del escritor. Yo siempre había huido de las amistades, las veía como traiciones, como debilidades. En el mundo alemán, protestante, no me resultaba difícil ser un solitario. Yo era, en mi alma, en mi carácter, en mis gustos y preferencias, profundamente católico. Fue en esta época cuando conocí la poesía francesa, a Villon, Verlaine, Claudel, Mallarmé y Péguy. Sobre todo Péguy y Mallarmé me hablaban muy de cerca, oía en su poesía la misma voz familiar que había oído años atrás en los libros de Kafka. Ese parentesco no es de estilo ni de ideología. Uno pertenece a una familia espiritual, y en la jerarquía de ese árbol genealógico está Goethe como padre primigenio de todos, de los demás miembros de la familia, de nuestros hermanos y tíos espirituales. Cuando empecé a leer a Péguy, tuve enseguida la impresión de haberlo leído ya. Con las almas de esa clase, con los miembros de esa familia resulta fácil establecer un diálogo, no es necesario ser explícito, se comprende enseguida lo que el otro quiere decir. La soledad del escritor sólo está poblada por ese tipo de almas, nunca por amigos o amantes.

Yo cuidaba mis esferas, construía toda una estrategia con mucha cautela para que Lola no pudiera traspasar las fronteras de mi soledad. Tiene el alma un último refugio donde el escritor encuentra cobijo: buscamos la verdad, pero guardamos algo de libertad para nosotros mismos, algo que no compartimos con nadie. Yo he procurado siempre ser soberano, abierto y sincero, aborrecía cualquier forma de falso pudor, barato y cobarde; nunca he tenido «secretos», todo lo que la vida me daba lo «traducía en un artículo periodístico», pero nunca he compartido con nadie «el secreto» que hace que yo sea yo y que no pueda ser otra persona, el secreto que me distingue de los demás. Desvelar ese secreto es lo que suele denominarse «arte», y los intentos de Lola de acercarse a mí hacían que me mostrase muy cauteloso. Entonces me di cuenta de que ella también tenía su «secreto», pero como no era artista, su secreto era inarticulable. Las mujeres enamoradas suelen abandonar pronto su convicción de guardar su secreto, y si terminan por desvelarlo del todo, llegan al final de la gran partida de su vida, partida que por lo general acaban perdiendo.

¿Cuál era ese «secreto» de Lola que yo empezaba a atisbar? ¿Cuál era ese «secreto» que yo intentaba proteger por todos los medios y que a la vez buscaba con tanta curiosidad? Acababa de comprender que lo que se ve de una persona, sus palabras, sus opiniones, sus actos, sus simpatías y sus odios, nada de eso es igual a ella, que no suele ser más que el reflejo de algo o de alguien, de alguien que nunca cambiará; de algo que está oculto para el mundo, de algo que vive en cada persona, aunque no sea palpable. Me emocioné y me asusté. Hasta ese momento había estado viviendo entre la gente sin responsabilidad alguna, catalogando y juzgando a todo el mundo, y a partir de entonces me acostumbré a prestar atención a todos y cada uno con un sentimiento de devoción. Es una época romántica en el desarrollo de un alma humana la etapa devota en la cual empieza a atisbar en cada persona lo que la hace única e irrepetible, ese «secreto», esa distinción. Hasta entonces yo solía juzgar a los seres humanos según sus capacidades para divertir a los demás. Sin embargo, cuando se presentó ante mí esa sorpresa tan grata y tan incómoda, la palabra «multitud» dejó de tener sentido; cada ser humano se me perfilaba como un universo entero, un universo con su flora y su fauna, sus selvas y sus florestas, para cuyo descubrimiento se necesita tal vez una vida entera... Esa curiosidad es imposible de aprender en los libros. Repito: se trata de una etapa romántica de la vida, en la que el universo humano se desintegra en átomos y el caos de ese punto de vista tarda en sosegarse, en el caso de un escritor, en algo clásico, en algo ordenado, armonizado por una visión de formas disciplinadas, capaces de describir el modelo.

Yo me defendía de alguien que intentaba arrebatarme mi soledad y luchar contra mi «carácter» valiéndose de todos sus derechos y con una disposición espontánea, y mientras me defendía, descubría esa materia secreta de los alquimistas que constituye, en cada ser humano, una respuesta, una realidad inapelable, algo que no es posible descifrar ni con normas ni con teorías: uno descubre o no esa realidad de la otra persona. De repente sentí curiosidad. Mi *spleen* estaba cambiando, transformándose. Me acercaba a cada persona con la curiosidad que experimenta el astrónomo al mirar por su telescopio, al saber con certeza, basándose en una ecuación matemática, que en un momento determinado aparecerá detrás de la espesa niebla algo resplandeciente y seguro, un universo nuevo... Pero ese método y esa predisposición no funcionan en el universo de los humanos. Convivimos con una persona, lo sabemos «todo» de ella y, al mismo tiempo, no sabemos nada. Una mañana, al despertarnos, la descubrimos y la vemos con toda nitidez. Entonces ya puede decir o hacer lo que quiera, puesto que detrás de sus palabras y de sus actos resplandece con todo su esplendor la persona que hemos descubierto. Ese descubrimiento me mantenía ocupado. Aprendí que no había «personas simples», que detrás de las capacidades y de las características físicas y espirituales hay, en cada ser humano, algo positivo que brilla con luz propia, algo elemental y ancestral, una molécula de humanidad.

Si hubiese sido capaz de escribir en esa época, me habría gustado crear libros de viajes para describir a los seres humanos, en el estilo rudimentario de Ferenc Gáspár o de Shackleton. Descubría a las personas como un viajero descubre a los miembros de una extraña tribu. Pero en esa época no escribía nada. Ni siquiera poemas. La materia poética se diluía en las experiencias reales, y probablemente por eso también estaba enfadado con Lola. Un poeta nunca perdona que alguien le moleste en su disposición y su actitud poéticas.

La poesía es ejercicio, *exercice*, práctica cotidiana en el sentido que se le da a la palabra en un convento o en un circo; y el que no lo sepa es un autodidacta con aires de importancia (Mallarmé, mi maestro favorito, uno de los poetas más puros y nobles de todos los tiempos, lo sabía, lo sabía tan bien que, en una época, se rompió la cabeza para inventar una nueva tipografía: nuevas letras para enriquecer y socorrer la poesía tratando de vencer su carácter «mecánico»). Para esa práctica se necesita soledad; una soledad extraña que no tiene por qué ser estéril, una soledad a veces caótica. Los poetas dejaban entrever su soledad acodados en las mesas de bulliciosos cafés literarios; yo acudía en ocasiones al Romanisches Kaffee y me sentaba a la mesa de Else Lasker-Schüler para tomar el té y hablar de Atenas, de Atenas y de Tebas, adonde «volveríamos» para plantar un árbol en recuerdo de nuestra amada fallecida... (ninguno de los dos había estado nunca en Grecia). La poesía no se resume ni en «visiones» ni en mágicos abracadabras, y a mí, la poesía pura me recuerda más bien las matemáticas, las fórmulas químicas o las partituras musicales. Como en todas partes, en la Alemania de aquellos años también existían dos patrias paralelas: la visible, con sus tiendas de artículos para fumador, sus rascacielos y sus cambistas, y la otra, igual de real pero menos visible: la patria de los poetas. A veces en el café aparecía Ringelnatz, siempre borracho, de ron y de ira, para llevarme al parque zoológico cercano, donde pronunciaba largos y enardecidos discursos revolucionarios ante los animales invitando a los tigres y a los camaleones oprimidos del mundo a unirse... Los poetas vivíamos asustados en un mundo que se hacía cada vez más bárbaro, deforme y peligroso... Los burgueses se unían en grupos numerosos y canturreaban en coro algo como: «*Wo Du Singen hörst, dort lass dich ruhig nieder, Denn böse Mentschen haben keine Lieder*» [«Donde oigas cantar puedes estar en paz, que la gente mala nunca se pone a cantar»] mientras urdían sus revoluciones con orgullo. En todas partes estaban de moda los «sustitutos», pero los poetas no queríamos saber nada de ellos.

En esos meses llegué a escribir algunos poemas más, y después se cortó la fuente de la inspiración lírica: no me sentía capaz de descifrar la «ecuación»; luego visitaría Atenas y Tebas, pero ya nunca sería capaz de ver la verdadera Tebas... Sin duda, Lola era la «realidad», con su completo sistema de terror inconsciente pero cruel, así que tuve que emigrar de la «verdadera» Atenas y de la «verdadera» Tebas para poder vivir en las coordenadas de la realidad que ella representaba. Poco a poco empecé a evitar la mesa de Else Lasker-Schüler en el café y ya no iba al parque zoológico con Ringelnatz ni a los sitios todavía menos recomendables donde antes solía contarme sus aventuras de «ultramar»... De alguna manera acabé perdiendo el pasaporte y la nacionalidad de esa otra patria. Habían llegado los tiempos en los que no escribía ni un solo verso. Y silenciaba con irritación, como un rey sin trono, el hecho de haber sido desterrado.

12

De Alemania sólo quedaban ya las últimas luces, nos habíamos adentrado en Bélgica; mirábamos por la ventanilla y callábamos. Yo estaba nervioso, era incapaz de calmarme, miraba por la ventanilla intentando ver lo que ocurría en el exterior, en medio de la oscuridad. Habíamos dejado algo atrás, avanzábamos hacia algo; en esos momentos estaba «en camino», y no sólo viajaba en el sentido físico... Acabábamos de cruzar una frontera entre dos países y, al mismo tiempo, habíamos atravesado otra frontera de la vida: algo acababa de terminar para nosotros, habíamos dejado atrás la juventud. Habíamos dejado atrás la Alemania «conocida» y también la desconocida, ese gran imperio al que me ataban unas experiencias de primer orden y otras de segundo orden, más complicadas: aquél era el país donde habían vivido mis antepasados paternos, que habían trabajado en la fábrica de moneda de los príncipes sajones, en un pueblo cercano a Dresde que sigue llevando nuestro apellido en su nombre. Un buen día, doscientos años atrás, salieron de allí con el hatillo al hombro y el hacha en la mano; atravesaron los bosques moravos y los Cárpatos, y bajaron hasta llegar al río Tisza, donde se instalaron y quisieron quedarse para siempre... Acabábamos de dejar atrás la Alemania conocida, en la que yo entendía «de verdad» el idioma, no como en Francia o en Inglaterra, donde siempre tendría la sensación de que los lugareños me ocultaban algo cuando me hablaban. Habíamos dejado atrás la gran Alemania, ese taller, esa escuela donde todo se tomaba muy en serio, cada «detalle» tenía su importancia y nosotros, los húngaros, éramos considerados «extranjeros elegantes» un poco odiados pero muy bien recibidos, tan bien como nunca más lo fuimos en ningún lugar del mundo. Yo empezaba a sospechar que es muy difícil conocer a fondo otros pueblos y que es un intento irresponsable querer «juzgarlos» y afirmar, por ejemplo —siempre en términos un poco impertinentes—, que los «alemanes» son de esta forma o de aquella. Los «alemanes» eran entonces unos sesenta millones de personas y es cierto que les gustaba jugar a los soldados y llevar uniforme, pero seguramente había muchos de ellos —y no los peores— que consideraban que jugar a los soldados y llevar uniforme es una simple obligación, y no respondían con entusiasmo a las órdenes y otros *Notverordnung*. Yo había conocido en Alemania ciudades y paisajes maravillosos, bibliotecas y museos bien surtidos y organizados, fábricas gigantescas y descomunales, buhardillas donde jóvenes y viejos alemanes soñaban y experimentaban con un nuevo arte; gente que yo conocía, gente triste, sensible e insegura, gente que dudaba y que estaba «en contra de Europa», porque muchos de ellos odiaban Europa, mientras que había otros dispuestos a morir por ella. Por lo general, había más gente dispuesta a morir que a vivir, aunque ese «por lo general», como todos, sea algo frívolo. El Imperio había quedado atrás, en la oscuridad, con sus ciudades centelleantes donde vivían sesenta millones de personas rodeadas de una cultura milenaria, con ese aire «provinciano» de Berlín que yo empezaba a comprender, a asimilar y a valorar, con la profunda y verdadera cultura de sus ciudades de provincia, su Weimar, su Frankfurt y su Munich, con los bosques de Württemberg y los montes de Turingia, con los lagos de la región de Brandeburgo y las ciénagas de Silesia, con ese aire romántico tan reconocible para mí, con la angustia y el caos ordenados en la superficie, pero «desordenados» e inquietantes en el fondo, algo que hubiese resultado muy arriesgado y vano definir simplemente con un «por lo general»... Me asomé por la ventanilla del tren tiritando de frío. En la oscuridad brillaban las chimeneas de las fábricas belgas.

Alemania había desaparecido, la gente que nos rodeaba hablaba un idioma extraño; estábamos, en medio de la noche, a las puertas de la «verdadera» Europa, donde sólo Dios sabía qué experiencias físicas y psíquicas nos esperaban... Sin embargo, en el fondo de mi alma, yo temía a esa otra Europa. Me preguntaba si estaba preparado. Si sabía coger el cuchillo y el tenedor como es debido. Si sería capaz de reírme en el momento oportuno con las bromas que me contasen... Y en secreto, aquella larga noche empecé a sentir nostalgia por la otra Europa, más conocida, más familiar, la que acababa de abandonar de manera pérfida y desleal. Es cierto que, para Europa, los alemanes representaban un peligro con su culpabilidad mítica y casi impenitente, con sus preferencias por las masas y su agresividad, más defensiva que provocadora, con sus asociaciones y coros musicales, con sus inquietantes uniformes, sus inclinaciones casi crueles por el orden y su desorden interior; pero, por encima de esa Alemania pedante y caótica, bélica por asustada, en proceso de unión y reestructuración, se adivinaba la otra, que brillaba con luz propia aunque tenue. ¿Quién sería capaz de decir cuál es la verdadera? La otra Alemania, educada e instruida por Goethe. La otra Alemania, donde —guste o no— la novela sobre los Buddenbrook de Thomas Mann alcanzaba ventas de un millón de ejemplares, donde treinta millones de alemanes leían las obras completas de aquel escritor grandioso y noble que siempre tomaría partido por Europa, tanto en tiempos de paz como de guerra; la otra Alemania, donde las obras de Tolstoi y de Dostoievski se leían tanto como en Rusia, donde la gente se inclinaba sobre una hoja impresa con una devoción infantil y pedante, pero con devoción, donde se interpretaba música a la perfección, donde los científicos se ocupaban de realizar experimentos químicos en los laboratorios de las fábricas conscientes de su máxima responsabilidad, la misma con la que los médicos operaban a los enfermos en los quirófanos; la otra, la otra Alemania. La Alemania de los grandes maestros, de las grandes escuelas, la de mis años de peregrinaje. ¿Cuál era la auténtica? Yo no sabía responder a esa pregunta, seguía asomado por la ventanilla, nervioso y triste, mirando la oscuridad, y mis ojos se llenaron de lágrimas.

Viajaba a Occidente más bien ligero de equipaje, hasta cierto punto apátrida y, sin embargo, atado para siempre a lo que intentaba dejar atrás en la huida; me acompañaba una mujer joven que en esos momentos seguramente estaba pensando en cuestiones más prácticas que el destino de Europa; en mis maletas llevaba manuscritos empezados que en Occidente probablemente despertarían poco entusiasmo; estaba «casado», era esposo y cabeza de familia; llevaba conmigo los recuerdos de mi etapa de peregrinaje y acababa de cumplir veintitrés años. En mi pasaporte, que el aduanero francés me pidió ya de madrugada, figuraban los siguientes datos: «Veintitrés años, húngaro, casado, estudiante.» Objetivo del viaje: «Estudios»... El aduanero observó mi pasaporte, me observó a mí, observó bien a Lola, se encogió de hombros y esbozó una amplia sonrisa.

Eran las cinco de la mañana y el tren se había detenido en una pequeña estación fronteriza. Por todas partes cantaban los gallos, sin duda, gallos franceses. Compré unos cigarrillos en la cantina y me fumé mi primer Gauloise, que era dulzón y olía a tabaco malo y barato. Luego compré un periódico, me senté en un banco y estuve leyendo los anuncios por palabras hasta que el tren se dispuso a partir. Unos intentaban vender carnicerías a pleno rendimiento en París, otros querían casarse con alguien que tuviera algún negocio de hostelería fuera de la capital, a ser posible en el departamento de Seine-et-Oise. La estación estaba sucia: el suelo estaba lleno de colillas y cáscaras de naranja.

Tercer capítulo

1

Pensábamos estar unas tres semanas en París. Nos quedamos seis años.

Durante los primeros meses nos alojamos en los hoteles y los hostales de la rue Vaugirard, por el extremo que desemboca en el Barrio Latino. Eran sitios sucios y malolientes, destartalados y llenos de podredumbre. Por las mañanas calentábamos la leche en un hornillo y luego le añadíamos un sucedáneo de cacao que sabía a purgante. El sucedáneo se llamaba Elesca y Lola había descubierto sus ventajas en un anuncio publicitario en el cine: unos veloces dibujos animados mostraban al señor Dupont, que se levantaba muy deprisa, echaba dicho sucedáneo de cacao en su taza de leche caliente, se bebía el asqueroso líquido y se acariciaba la tripa con cara de contento. En Alemania, donde todos nos alimentábamos con sucedáneos, nunca habríamos probado aquella porquería. Sin embargo, el sucedáneo de cacao de la marca Elesca era muy barato y Lola ahorraba hasta el último *sou* que podía. En Alemania yo me había alojado en los mejores hoteles, en casas de viudas de generales, en casas elegantes donde tenía aseguradas todas las comodidades que necesitaba;

en París ni siquiera teníamos armario, guardábamos la ropa en las maletas o colgada en percheros que cubríamos con una sábana. El lavabo olía a tuberías. Los hoteleros anunciaban que las habitaciones disponían de «agua caliente», pero se pagaba aparte y a precio de oro, y en realidad sólo por las mañanas, pues por las noches del grifo sólo salía un hilillo de agua caliente. Vivíamos sumidos en una pobreza insípida. Íbamos a comer a un sucio bistrot del bulevar Saint Germain, cuyos dueños guardaban de un día para otro las servilletas de los comensales habituales, así que nos podíamos ahorrar el precio diario del *couvert*. En aquel bar servían carne de caballo, guisos asquerosos, verduras sosas y unos pasteles hechos sólo de masa. Éramos unos veinte comensales, todos sentados en fila a una larga mesa, envueltos en el olor a aceite de las *pommes frites*; al final del comedor, en un rincón, había un fogón donde un hombre freía los filetes de carne de caballo, bañado en sudor y con un delantal tan sucio que habría resultado inaceptable para los centroeuropeos, tan preocupados por la higiene. Al salir de aquel bistrot, nuestra ropa seguía oliendo a aceite durante horas.

Íbamos de hostal en hostal. El uno era tan sucio como el otro, como todos los demás. Al principio de nuestra estancia en París me entró la manía de la limpieza. Me lavaba constantemente las manos: desde los cafés de Saint Michel me acercaba a mi casa varias veces al día para lavarme las manos porque me parecía que todo lo que tocaba estaba pringoso y porque los aseos de los cafés recordaban los de un tren cargado de soldados enfermos de tifus durante la guerra. En la mayoría de los sitios donde nos alojábamos, los propietarios tardaban horas en decidirse a prepararnos el baño, consideraban que nuestros deseos de higiene eran cosas raras de extranjeros, extravagancias obsesivas y descaradas. En los restaurantes y en los bares nos molestaba tener que estar pisando el serrín que esparcían por el suelo, probablemente para aumentar el grado de suciedad. Todo era «distinto» de lo que habíamos imaginado. En París vivíamos asustados. No entendíamos bien a los franceses por que hablaban muy deprisa, así que nosotros, tan educados como confundidos, nos limitábamos a asentir con la cabeza en vez de responder. Vivíamos en la ciudad sin ningún punto de referencia ni relación alguna, no conocíamos a nadie, en esa época éramos pocos los centroeuropeos que nos atrevíamos a establecernos en la victoriosa París. No conocíamos ni a un solo francés. Sólo conocíamos a un pintor húngaro y a unos cuantos dibujantes y estudiantes que pasaban sus días en los cafés llenos de artistas de Montparnasse. Yo odiaba esos cafés porque en ellos se reunía la chusma de los «bohemios» de dos continentes; me gustaba más el barrio de los estudiantes, los alrededores de los Jardines de Luxemburgo.

Durante los primeros meses en París me aburrí más que nunca en mi vida. Lola y yo no nos confesábamos nuestro aburrimiento, así que todas las mañanas nos levantábamos urdiendo planes para «ir a conocer la ciudad» y nos asegurábamos con fingido fervor lo agradable que resultaba vivir en París y lo acertado que había sido salir de Berlín... Yo salía solo; Lola se quedaba en casa, lavando y planchando, pues no teníamos dinero para pagar la tintorería, en la que, por otro lado, lavaban con agua clorada, lo que estropeaba la ropa interior. Yo sufría por todo en esa ciudad. Odiaba las camas de matrimonio, pero nos asegurábamos mutuamente que eran de lo más refinado, íntimo y elegante... En las primeras semanas me daba escalofríos el roce de las sábanas lavadas con tanto cloro y me brotaban sarpullidos de alergia. Lola dedicaba las mañanas a lavar y planchar con una plancha eléctrica hasta que los dueños se dieron cuenta de que gastábamos mucha electricidad y armaron un escándalo. Al mediodía ella también salía para «visitar la ciudad». Sin embargo, la mayoría de las veces se quedaba en la orilla izquierda del Sena, en la parte vieja. Llegaba hasta el Museo de Cluny o hasta los escaparates del Bon Marché, donde se dedicaba a examinar las «últimas novedades»; se sentaba en los Jardines de Luxemburgo a mirar a los transeúntes y a escuchar las campanadas desde detrás del Panteón. Poco después, bajaba andando al bistrot, en el que ya se preparaban los asquerosos filetes de caballo, se sentaba a la mesa cubierta con un mantel de papel y me esperaba. Así vivimos durante meses.

Yo tampoco iba muy lejos en mis paseos. Salía todas las mañanas, me sentaba en la terraza de algún café del bulevar Saint Michel, pedía al azar una de las bebidas que los franceses de nariz roja tomaban, compraba un periódico francés, observaba a los transeúntes y me aburría hasta la hora de comer. Intentaba animarme con la idea de que estaba en París, donde todo era distinto, donde todo era «europeo», el único lugar del mundo donde se hacía arte de verdad y literatura auténtica, un sitio habitado por un vecindario culto y amante del arte, una ciudad donde sólo vivíamos, además de los franceses, los extranjeros a los que nos había tocado la lotería. Por las tardes, en el café Deux Magots, el pintor húngaro me señalaba a los famosos que pasaban por allí y se sentaban a fumar en pipa: Derain, el pintor; Duhamel, el escritor; todos los famosos sin nombre del movimiento «dadaísta»; los surrealistas que pintaban puntos negros sobre fondo gris con sumo cuidado. Los demás nos sentábamos con cara de devotos a su sombra. Incluso Lola se sentía tímida allí, y eso que ella normalmente podía juzgar a la gente sólo por la forma de su nariz, sus gestos o su tono de voz. Después de comer, Lola se iba a casa y yo me quedaba sentado en un banco delante de la puerta de la iglesia, mirando pasar los entierros toda la tarde. Era un otoño caluroso. Yo me moría de aburrimiento. Ni siquiera tenía ganas de leer; comprendía mal el idioma y me habría dado vergüenza leer libros con ayuda del diccionario sentado en un café. En Berlín todos los días «ocurría» algo. En París no ocurría nada...

Algunas tardes cruzábamos el río y paseábamos por los grandes bulevares de la orilla derecha, nos deteníamos delante de las columnas de la iglesia de la Madeleine o en la puerta giratoria de unos grandes almacenes, pero siempre nos daba miedo y nos marchábamos sin entrar en ningún sitio (me costó años atreverme a entrar en el Louvre). Una noche fuimos a la ópera. Lola se hizo un vestido de noche, pero nos sentimos mal durante la representación, estábamos molestos y acomplejados, éramos unos provincianos entre tanta gente elegante, así que después de la función volvimos a nuestra casa del Barrio Latino con el rabo entre las piernas. Yo sólo me sentía a mi aire en los alrededores de los Jardines de Luxemburgo, pues ya conocía algunas calles y muchas casas; me gustaba pasear por la zona del Observatoire, bajar la rue Madame, pasar junto al Instituto Anatómico Forense, cuyas ventanas abiertas dejaban escapar un fuerte olor a fenol muy agradable en aquel otoño tibio: entre la suciedad y el hedor generalizados, me encantaba el olor civilizado, higiénico y fiable de medicamentos y desinfectante... Al teatro no nos atrevíamos a ir. Vivíamos rodeados de franceses, pero cada día parecía menos probable que conociéramos a alguno: ni los dueños de los hostales nos saludaban. Yo los temía. Los temía porque eran «europeos», y ahora sé que también los temía porque eran los «vencedores», de la otra raza, los enemigos, los hijos de una nación victoriosa. Aquel año, los franceses no hablaban más que de la victoria. En la política reinaban los miembros de la gran generación de la guerra, y el tendero de la esquina, los camareros y los vendedores de periódicos no dejaban de hablar de *victoire* y *gloire*. La mayoría de los franceses consideraban un asunto personal la ocupación de la comarca del Ruhr.

Un día conocí en un café al hermano de mi profesora de francés de la infancia, la señorita Clémentine, un abogado regordete que fumaba en pipa y que cinco años después de que acabase la guerra seguía dando unas apasionadas y sangrientas charlas matinales en las que afirmaba que las pérdidas de los *boches* no habían sido suficientes. Aquel año eran los miembros de la generación ganadora de los padres los que gritaban victoria sin descanso. Yo me sentía triste y solitario. No sabía nada del otro París, de la «ciudad de la luz». Y de la verdadera París, la de la razón, la calma, la humildad y el disfrute pequeñoburgués de la vida, sólo conocíamos algunos detalles a través de la literatura. Por entonces llevábamos una vida de exiliados en una ciudad primitiva y malintencionada. Todas las semanas decidíamos irnos de allí.

2

Pero siempre nos quedábamos. ¿Por qué? No lo sé. Yo no tenía nada que hacer en París. Iba a la Sorbona, pero sólo para curiosear y asistir a alguna que otra conferencia; nunca me matriculé en la universidad. A veces me acercaba a la Biblioteca Nacional para leer periódicos y revistas, y fui dándome cuenta de que detrás de las publicaciones que se exponían en los quioscos, se escondían otras desconocidas, de título ignorado, a través de las cuales una Francia distinta intentaba expresarse y hacerse oír, una Francia que no se parecía en nada a la versión oficial. Junto a las «actividades de los partidos», varios «movimientos» se desarrollaban en las páginas de dichas publicaciones. En una revista militar, *France Militaire*, se publicaban reseñas críticas sobre las obras de Gide. Las grandes revistas, las oficiales y las oficiosas, vendían y mostraban el espíritu de la generación de los vencedores, pero la discusión se desarrollaba en otras esferas, en la penumbra, en tribunas ignotas hasta entonces. Como no acababa de entender muy bien las conexiones de esa compleja vida intelectual, me orientaba por puro instinto.

El hecho es que nos quedamos. Pasaron tres semanas, tres meses, y nosotros seguíamos viviendo en la rue Vaugirard, en unas habitaciones apestosas sin armario y sin bañera. Apenas teníamos dinero. Poco a poco vendimos todas nuestras pertenencias. Lola cogió sus joyas, sus anillos, unos binoculares antiguos y un abanico de marfil y se fue a venderlos a las tiendas de baratijas del bulevar Raspail. A veces nos mandaban de casa unos cuantos francos, y el periódico de Kassa me pagaba los artículos que yo enviaba. Los alemanes estaban inundados de billetes sin valor y no podían pagar. Tuvimos que vender algunas prendas de vestir para poder ir a cenar. Aquello no nos parecía de ningún modo «romántico» o divertido. En París ser pobre resultaba una manera bastante cruel de divertirse. Nuestra pobreza era palpable y no tenía nada de romántica.

En Viena, más cerca de casa, todo habría resultado más fácil. Pero nos quedamos. Yo siempre he sido propenso a quedarme en ciudades extranjeras sin explicación alguna, sin «objetivos», sin nada que hacer, pero me sorprendía que Lola tampoco hablase ya de irnos. Y tampoco decía que «había que hacer algo», porque en París no se podía «hacer» nada. Sin embargo, ella toleraba ese período perdido, esa existencia transitoria entre gente cuya forma de vida desconocíamos, ese divagar sin sentido ni esperanza por calles cuyo verdadero contenido ignorábamos por completo. Un turista extranjero debe de ver París como nosotros la vimos durante esos meses, como observadores superficiales. En el entusiasmo por la ciudad que desplegábamos a diario había algo centroeuropeo, era un entusiasmo obligatorio, con tintes literarios, típico de esnobs. En realidad, nos sentíamos muy mal. Más adelante, en otras ciudades, yo me sentiría en casa desde el primer momento, pero en París no era así. No sabía por dónde empezar a conocer la ciudad. Me faltaban las coordenadas de lo que se extendía ante mis ojos. Hasta entonces nunca había sentido tanta indiferencia: no sabía que pudiera sentirse una indiferencia tan espesa y tan impenetrable estando rodeado de seres humanos. Yo creía que había una especie de solidaridad familiar innata entre las personas y que éstas se amaban o se odiaban y, a veces, hasta se mataban, pero que se relacionaban unas con otras. En París advertí desde las primeras semanas que podría perecer delante de los franceses y ni me ofrecerían un vaso de agua, ni siquiera se encogerían de hombros. Ésa fue una buena lección para mí: detrás de la indiferencia empedernida de los franceses adivinaba su fuerza, su crueldad latina, su verdad. Casi los admiraba por tanta indiferencia. Me parecía algo natural que no pudiéramos quedarnos más de lo «estrictamente necesario». Cada día fijábamos una nueva fecha para marcharnos. Al mismo tiempo notaba que seguía allí por «alguna razón», que tenía algo que hacer, que me esperaba una tarea o algo así. Lola experimentaba una sensación idéntica. Pero no hablábamos de ello. En cualquier caso, ignorábamos qué teníamos que hacer en París. Cuando adviertes tu destino, sientes miedo y te mantienes a la expectativa. Estábamos decididos y preparados para irnos, pero nunca llegamos a hacer las maletas, esperábamos y seguíamos allí.

Antes de Navidad Lola enfermó, y para Nochevieja ya estaba a las puertas de la muerte. Tenía una hemorragia interna, estaba agonizando. No conocíamos a nadie en París y no disponíamos de un solo céntimo. La tarde de Nochevieja el dueño del hostal llamó a un médico francés, un joven con barba que nos pidió veinte francos, se encogió de hombros, le puso una inyección de morfina a la moribunda y se quedó observando su rostro exangüe, bañado por el sudor de la agonía, totalmente deformado, fumando y sin pronunciar una palabra. Luego me llamó aparte, a un rincón del cuarto, para decirme que se trataba de algo grave y muy serio, que la cavidad estomacal estaba ya encharcada de sangre, y que era necesario operar de inmediato. Yo estaba desesperado y lo miraba con cara de idiota: ¿qué podía hacer? Era extranjero, no conocía a nadie. ¿A quién me podía dirigir una Nochevieja en París? El médico se limitó a encogerse de hombros y a decir con cinismo que le diese tres mil francos, y que entonces él conseguiría un hospital y un cirujano; de otra manera, lamentablemente no podía hacer nada. Yo intentaba explicarle, balbuceando, que éramos extranjeros, le enseñaba mi pasaporte, le aseguraba que desde casa nos mandarían el dinero necesario, que después de las fiestas iría a la embajada de mi país, donde conocían a mi familia, y que ellos me darían un adelanto y mandarían un telegrama... Pero ¿cómo podía conseguir tres mil francos a aquella hora y en un día de fiesta? El médico se puso el sombrero, miró la habitación, vio que sólo había unas cuantas prendas colgadas y unas maletas desvencijadas en un rincón, y comprendió enseguida que allí no había mucho que hacer, que se trataba de un simple *métèque*, un extranjero, alojado en un hostal del barrio de los estudiantes con su esposa moribunda, y a él le traía sin cuidado. Dijo unas palabras a modo de excusa y se marchó.

En esos momentos Lola ya estaba más muerta que viva. Entonces, en un espacio de media hora, la habitación se llenó de húngaros. Nunca llegué a entender cómo ocurrió: por lo visto, los seres humanos que tienen algo en común poseen una capacidad oculta para comunicarse entre ellos, para enterarse de que algo malo está pasando en algún lugar. Se dice que los chinos que viven en las grandes ciudades europeas se reúnen de repente, de forma misteriosa, cuando a alguno le sucede algo malo. Uno de los recién llegados fue a buscar a un médico, otro fue a por dinero. Pronto llegó un viejo médico ruso que intentó hacer lo que podía con tristeza, muy entregado a su tarea, sin posibilidad de ayudar. Los médicos rusos emigrados a París practicaban su profesión en secreto; los franceses obligaban incluso a los médicos más famosos de Moscú y de San Petersburgo, y a los profesores de las mejores universidades, a convalidar su título en la Sorbona. Por la noche el médico salió muy deprisa y volvió con un cirujano francés muy conocido en París; había ido a buscarlo a una fiesta de fin de año. El cirujano era un francés educado y mundano que fue al hostal en su propio automóvil; iba de frac y llevaba prendida una medallita de la Legión de Honor. Hizo inmediatamente lo necesario, llamó una ambulancia y ordenó que abriesen una habitación en un sanatorio de Montmartre. Hacia la medianoche trasladamos a Lola. El médico francés no habló de dinero. El médico ruso se comportaba con mucho sentimentalismo y se mostraba muy «humano», mientras que su colega francés era educado, práctico, servicial y elegante.

¡Qué inutilidad intentar sacar conclusiones sobre las características de una raza o de otra basándose sólo en las de unos individuos! Dos de los médicos que conocí ese día eran franceses, así que ahora podría enredarme en una bonita disquisición sobre las características del «médico francés». El hecho es que son todos diferentes; quizá se parezcan en sus estudios, en su manera de enfocar las cosas, en la «amplitud» de su mirada práctica o en su trato directo, cuestiones que los médicos húngaros calificarían de descuido o falta de atención... Sin ir más lejos, en el sanatorio donde en esa noche gélida admitieron a Lola, no había hielo. Yo me fui, pasadas las doce, a recorrer en un taxi los bares, cafés y locales nocturnos de Montmartre, y entraba en los cabarets, repletos de gente que se divertía, para intentar conseguir unas cuantas bolsas... Pero como en todos aquellos lugares necesitaban el hielo, los camareros se limitaban a encogerse de hombros... ¡Ay, la manera de encogerse de hombros de los franceses! Me costó mucho tiempo olvidarla; únicamente logré reconciliarme con ese gesto cuando conocí a otros franceses más tiernos. Al final, uno de los camareros del Rat Mort me vendió una cubitera llena de hielo; en el sanatorio despertamos a una enfermera para que preparase el quirófano y el médico francés operó a Lola ya de madrugada. No preguntó quiénes éramos ni de dónde veníamos, estuvo a nuestra disposición con la actitud comprensiva del intelectual, consiguió todo lo que la enferma podía necesitar y actuó como aval hacia el sanatorio sin decir ni preguntar nada, con mucho tacto, casi con pudor, en nombre de una caballerosidad compleja, consciente de que dar y «hacer el bien» es un gesto humano peligroso y un tanto ridículo... En el sanatorio no nos trataron mal, aunque la enfermera que contratamos para la primera noche se aprovechó del estado de Lola y robó todo lo que pudo; claro, no nos atrevimos a decirle nada, y yo no dejaba de colocar nuevos cebos en los cajones para que robase todo lo que quisiera, con tal de que no hiciera daño a Lola. El «sanatorio», un edificio similar a un palacete en la cima de Montmartre, parecía haber sido un burdel o un hotel por horas: la disposición de las habitaciones, las placas de *émail* olvidadas en las puertas con los nombres de Ginette, Nina y Juliette, y el fuerte olor a colonia barata eran pruebas más que evidentes de que el sitio había servido para otros fines, también de tipo higiénico. Los médicos y las enfermeras —cuando se encontraban presentes— estaban a nuestra entera disposición, pero a las siete de la tarde desaparecían, de modo que hasta los enfermos graves y los recién operados se quedaban sin asistencia, y si se quejaban mucho, la portera les preparaba una taza de té. Los primeros días, ese horario me sorprendía. En mi tierra natal y en Alemania solía haber hielo en los sanatorios y por las noches no dejaban de atender a los enfermos recién operados. Uno de los médicos, a quien mencioné esa extraña disciplina, me escuchó con mucha atención y luego me indicó, haciendo un amplio gesto algo nervioso, que no comprendía mis preocupaciones y que todo aquello eran «cosas típicas de los alemanes». Lo cierto es que por otra parte nos atendían bien y demostraban simpatía, nos ayudaban cuando estaban y se acordaban de nosotros cuando podían.

Dos semanas después, a Lola le dieron el alta y volvimos al hostal. Aquellas dos semanas nos regalaron a algunas personas que nos acompañarían a lo largo de nuestra estancia. Lola estaba muy débil y tenía mucho miedo. Al final sí que había «ocurrido» algo en París. Como si sólo hubiésemos llegado allí para que Lola se pusiera enferma y tuvieran que operarla, y como si después de que todo aquello hubiera sucedido, después de una estancia tan fructífera en París, ya pudiéramos marcharnos. Y, en efecto, empezamos a hacer las maletas, tiritando de frío, muy tristes. Habíamos visto París y había ocurrido algo... Una mañana de invierno iniciamos el viaje hacia Italia, de regreso a casa.

3

Viajábamos sin decir palabra, nerviosos. Estuvimos unos días tomando el sol en la Costa Azul, en Niza, que estaba llena de ingleses muy aburridos; casi no teníamos dinero, algo difícil de soportar dadas las circunstancias, y perdimos lo poco que nos quedaba en Montecarlo, así que atravesamos la frontera italiana sin nada de dinero. En ese momento, a Lola no le importaban las maravillas de la naturaleza; acababa de volver de un viaje bastante más dramático y regresaba a su hogar; yo tenía miedo, estaba nervioso. Pensábamos detenernos unos días en Florencia y volver luego a casa. A «casa»: un concepto poco definido situado entre Viena, Budapest y Kassa... Pensábamos que en Viena o en Budapest nuestras familias nos ayudarían a encontrar un «empleo», aunque no supieran muy bien qué se podía hacer conmigo y en secreto se sorprendieran de que nuestro matrimonio «siguiera en pie». Nosotros también nos sorprendíamos. Nuestro «matrimonio» sufría una crisis que ya duraba varias semanas. Tras regresar de la muerte, Lola lo miraba todo con lupa, como si aún no estuviera segura de sí misma; no hacía planes a largo plazo; a mí me observaba con una actitud de espera, con la misma actitud con la que contemplaba los países que atravesábamos, aceptando las impresiones y las experiencias sin oponer resistencia; si en ese instante le hubiese propuesto viajar a Japón para empezar allí una «nueva vida», habría aceptado acompañarme sin duda alguna. Sin embargo, nuestra estancia en París y nuestro viaje de regreso a casa también tenían fuertes tintes exóticos... Yo veía peligro por todas partes, estaba intranquilo y sospechaba de todo y de todos. La enfermedad de Lola me parecía una ofensa contra mi persona, una traición. Ella quería morirse y yo sólo notaba que estábamos en una zona peligrosa y que algo iba mal. Por supuesto que su estado me daba muchísima pena, pero no comprendía por qué me ocurría todo aquello, qué podía hacer con esa «experiencia», qué tenía que ver yo. Cerca de Génova sufrí el primer «ataque». Ya no me importaba ser solidario o no con Lola y con nuestra vida en común: recuperé mi libertad declarando que «ya veríamos lo que pasaba», pero todavía no era consciente de que, después de pronunciar esa frase, nunca vemos nada. Teníamos previsto dormir una noche en Florencia y viajar al día siguiente a Viena, donde decidiríamos nuestros pasos inmediatos. Ambos estábamos agotados y hartos de todo, de nuestro «matrimonio», de nuestra estancia en París, de la estancia corta, romántica y mortalmente seria en el sanatorio; estábamos paralizados y nos mirábamos asustados. Nunca he servido para que alguien apoye o construya su vida en mí, y en aquella época aún menos; cada palabra que decía, cada cosa que hacía reflejaba una rebeldía constante; albergaba planes para huir, quería fugarme de mi banal y también exótica estancia «a perpetuidad» en mi Cayenne privada... Así llegamos a Florencia.

En la ciudad nos esperaba una epidemia de gripe y una lluvia de aguanieve. En la pensión, las viejas criadas llevaban los braseros llenos de ascuas ardientes por las enormes salas con suelo de mármol; por las calles corría un viento helado y la epidemia hacía estragos entre los vecinos. Nosotros sólo pretendíamos dormir allí una noche, descansar un poco, cambiarnos de ropa. No teníamos dinero para seguir viajando; el banco italiano se olvidó de avisarme de que me había llegado una transferencia, así que Lola se presentó en una sucursal del banco situada en la via Tornabuoni, charló amablemente con los empleados, encontró en el libro de registros de las transferencias llegadas desde el extranjero la suma que nos habían enviado y, sin pasaporte ni documento de identidad alguno, cobró el dinero y se fue entre las amables despedidas de los empleados, que le deseaban buena suerte... Esa simpatía, esa amabilidad, esa irresponsabilidad, esa *grandezza* me causaba alegría. Ya podíamos continuar viajando. En aquella época yo despreciaba los museos; repetía en voz alta, con la conciencia y el orgullo típicos de la clase obrera, que «sólo me interesaba la vida». Pasamos mucho frío ese invierno en la Toscana; las heladas no nos permitían ni atisbar las luces o los perfumes de esa ciudad mágica. Nos disponíamos a hacer las maletas cuando Lola enfermó de una gripe con peligrosas «complicaciones», como dirían hoy en día; tenía sinusitis y fiebre muy alta, de modo que se vio obligada a guardar cama de nuevo durante tres semanas, esta vez en una pensión a orillas del Arno caldeada con simples braseros... Las ambulancias, con las sirenas encendidas de día y de noche, que transportaban a las víctimas de la epidemia no paraban de circular por las calles de la ciudad. El sonido de las sirenas todavía sigue recordándome aquel invierno en Florencia: pasamos esas semanas en un ambiente exagerado, propio de algún cuento de Boccaccio con el posible título de *Peste en Florencia*, un relato sobre la muerte. Tres semanas después de nuestra llegada, Lola se restableció y se marchó a casa huyendo, acosada y agotada, a la vez encogida y magnificada por el sufrimiento. Me quedé observando el tren que se alejaba de la estación llevándose a Lola a casa; sentía una gran perplejidad y miraba a todas partes sin saber qué desear: que ella volviera o que nos divorciáramos. No sabía si debíamos vivir juntos o morir juntos, habíamos vivido bajo una suerte de constelación malvada desde que nos casamos. Éramos muy jóvenes, podíamos habernos separado sin muchos problemas. En cualquier caso, yo me quedé en Florencia.

Estaba repitiendo una especie de modelo obsesivo: nunca hacía planes, nunca establecía ningún acuerdo, simplemente cogía lo que la vida me daba; llegaba a algún sitio de visita o de paso y me quedaba seis años, o me bajaba del tren en una ciudad extraña para pasar la noche y cambiarme de ropa y ya no podía moverme de allí durante cuatro meses. Me quedaba hechizado, como le sucede a un insecto nocturno con la luz; me quedé hechizado con las luces de Florencia, que empezaban a brillar a mi alrededor. Ya sabía que no iría a Viena y que tampoco regresaría a casa, que no quería conseguir ningún «empleo». Mi instinto me avisaba haciendo saltar todas las alarmas, diciéndome que era el momento de estar atento y cauto, de mostrarme de nuevo «infiel», infiel a cualquier programa, a cualquier razonamiento que los demás intentasen colarme para corromperme, para seducirme. Yo tenía algo que hacer en Florencia o quizá en otro lugar, en Roma o en París; tenía que esperar la señal que me orientase con plena seguridad y sin equívocos; no podía demostrar debilidad sometiéndome a una «solución» en casa, con un sueldo fijo y un piso de tres habitaciones, que era precisamente lo que se estaba urdiendo contra mí... A finales de marzo salió el sol y la primavera llegó a Florencia.

En la pensión, un *palazzo* destartalado, vivíamos pocos extranjeros; la mayoría de los huéspedes eran matrimonios de jubilados de la Toscana, y la dueña, una mujer de origen noble de los alrededores, presidía la larga mesa del comedor con una elegancia innata. Por encima de la ciudad, en la cima de las colinas cercanas, irrumpió la primavera de repente, sin previo aviso, como si quisiera atacar Florencia. Una mañana, al abrir la ventana de mi habitación de par en par, tuve que echarme hacia atrás. Ante mí acababa de presentarse la belleza, natural, suave y silenciosa, una belleza que yo ni siquiera había soñado y que me conmovió profundamente hasta hacerme derramar unas lágrimas y empezar a temblar. Temblaba como si tuviera frío. Me pareció que acababa de aprender un nuevo idioma, hasta entonces desconocido para mí. De pronto comprendí Florencia. Todo adquirió sentido: las colinas, el río, los puentes que atravesaban las aguas, los palacetes y las iglesias, los cuadros y las estatuas; me pareció que había aprendido la palabra mágica y que había cruzado las fronteras de mi nueva patria, donde todo me resultaba conocido desde siempre, desde hacía una eternidad, como si ese nuevo mundo acabara de abrirse para mí, como si empezara a hablarme... En Florencia empecé a vivir en un éxtasis conmovedor. Nunca he recibido un regalo tan espontáneo de la vida como aquella primavera en Florencia. Me apoderé de ese imperio lleno de tesoros que se abría ante mí en solitario, como un usurero; Lola estaba en Kassa, descansando de las fatigas y conmociones de nuestro encuentro, y yo consentí que decidiese su destino y su futuro, pues cada vez tenía más claro lo que «debía hacer»: debía quedarme en Florencia, en ese nuevo mundo, hasta el último momento, mientras me lo permitieran los poderes secretos que regían mi vida.

4

La vida se decide en momentos así, cuando obedecemos, en contra de cualquier argumento, entendimiento o «sentido común», a una resistencia interior: avanzamos siempre paso a paso, incluso a trompicones; nos equivocamos de camino y buscamos el verdadero sin saber dónde buscar; nunca sabemos lo que queremos, pero de repente sabemos perfectamente lo que no debemos hacer... No somos capaces de calcular las consecuencias de nuestros actos, pero existen también actos de tipo pasivo como ése, cuando sentimos con certeza absoluta que negarnos a hacer algo o quedarnos en el mismo sitio, sin movernos, es lo mismo que actuar. Tenía delante un camino recto que podía llevarme a casa y yo me agarraba con ambas manos a lo que fuese, a todo lo que encontraba, con tal de que no me arrastrase ese pánico interior, esa tormenta personal, esa manifestación de debilidad y de cobardía explicada por el «sentido común»; debía quedarme en Florencia o en cualquier otro sitio del extranjero, aún no había llegado el momento de regresar a casa... El mundo se abría ante mí: casi nunca tenía dinero suficiente ni para comprar el billete del tranvía, pero esa carencia no me preocupaba porque no la consideraba como un obstáculo o una condición, una condición vital determinante para mí. Sabía que la libertad es una condición interior, una capacidad del alma, y que uno puede ser pobre y al mismo tiempo libre e independiente; más adelante, en circunstancias mucho más favorables, con dinero y pasaporte en regla en el bolsillo, no me atrevería ni a moverme porque había perdido el entusiasmo vital, porque me sujetaban pesos muertos invisibles, me ataban lazos secretos... Pero en Florencia volví a oír la voz que resonaba con intensidad dentro de la acústica de la juventud: la voz que me decía que me quedara, que no debía intentar regatear, que no debía echarme atrás. Por eso me quedé.

La ciudad era el nido del fascismo naciente. Los nobles de las provincias y los jóvenes de la ciudad y de los alrededores se reunían uniformados debajo del símbolo del *fascio*; las calles estaban siempre repletas de muchachos bien peinados, de mirada severa y desafiante, encantados de llevar uniforme. Aquella joven elite italiana además del uniforme tenía asegurado el trabajo y el salario, así que su entusiasmo no era de extrañar. La vida encajaba en el marco de un orden estricto y oficial: los muros de los edificios estaban llenos de carteles que propagaban con orgullo los resultados de la disciplina fascista: la salida y llegada de los «trenes siempre puntuales», el valor de la lira y las disposiciones sobre seguridad ciudadana... Eran los meses en que el fascismo quebró, aniquiló e hizo desaparecer la socialdemocracia. Los socialistas quedaron reducidos a una especie de secta secreta y subterránea que se reunía en las catacumbas, como los cristianos primitivos. Yo procedía de la otra orilla, simpatizaba con el movimiento obrero derrotado y observaba los ostentosos desfiles de la dictadura triunfante con el corazón encogido por la extrañeza y la repulsión. En cualquier caso, tuve que admitir que allí no era válido lo que había aprendido en Europa Central sobre las «leyes de la evolución social». Resultaba imposible no constatar que lo que ocurría en Italia durante esos meses era la expresión de la voluntad de un pueblo entero. No obstante, el papel que desempeñaba en tal empresa la personalidad de un solo hombre no despertaba más que dudas entre los observadores extranjeros. Durante esos meses iba a menudo a Florencia la enérgica «persona» inspiradora de ese grandioso experimento, aunque yo ya lo había visto en

Berlín, antes incluso de la *Marcia su Roma*, en el vestíbulo de un hotel del centro de la ciudad, donde el ex socialista respondía a las preguntas de los periodistas; en Florencia lo veía en reuniones obreras, en las que unas multitudes fanatizadas observaban cada uno de sus movimientos; y en Bolonia, y también en Venecia. En aquella época nadie hubiese dado mucho por su vida: estuvo en Florencia, en la plaza Víctor Manuel, entre una multitud de decenas de miles de almas, mezclado entre la gente y sin apenas protección; sólo su buena estrella y su suerte pudieron salvarlo de la venganza de sus enemigos.

En su persona, en su aspecto había algo de invulnerable. Aquel hombre había conectado la Italia del *dolce far niente* a una fuente de energía de centenares de caballos y esa potencia se contagió a todos, esa fuerza bruta empezó a funcionar y a propagarse desde los Alpes hasta Sicilia y llegó más allá de la política, más allá de cualquier propaganda, y toda la fuerza emanaba de él, de Mussolini. Quien no haya vivido en la primera época del fascismo en Italia no es capaz de comprender el éxito de aquel movimiento. Un hombre... ¿Qué es un solo hombre? Parece que todo.

En Florencia brillaba el sol, las campesinas vendían sombreros de paja de ala ancha en la piazza della Signoria y en el viejo puente, a la altura de la estatua de Benvenuto Cellini, y los orfebres montaban su mercado a diario; los elegantes salones de Giacosa, Doney y Neveu se llenaban a la hora del aperitivo y del té, por las orillas del Arno se desplazaban, en coches cubiertos, los representantes de la aristocracia toscana, y los jóvenes se reunían en grupos en la Via Tornabuoni para degustar a las extranjeras que pasaban con un hambre de mujeres que yo nunca había visto. Yo tenía alquilada una habitación en la piazza San Martino, en el lado derecho del puente de la Trinità, enfrente de la iglesia y de un burdel. Por las mañanas, cuando abría la ventana de par en par, veía justo delante de mí, en la ventana de la parroquia, al anciano sacerdote, muy contento, fumando en pipa y tomando el sol mientras tres casas más allá llamaban a la puerta del burdel unos jóvenes vestidos con mucha elegancia que llevaban en las manos la cartera; eran las nueve, y pasaban por allí antes de acudir a la oficina como otros iban a tomar café. De alguna manera, yo comprendía todo aquello y paseaba por la ciudad con la sensación de estar en casa, como si me la conociese de memoria. Por las mañanas iba al convento del monje loco o a los jardines de Boboli; por las tardes a Fiesole o a Cascine, a las carreras de caballos; las noches las pasaba en una taberna de campesinos, aprendiendo el idioma y bebiendo a pequeños sorbos el *chianti* oscuro. Siempre me despertaba con el mismo sentimiento de felicidad, que no disminuía ni un ápice. Me alojaba cerca de la casa donde habían vivido Browning y Elizabeth Barrett, y no imaginaba mejor suerte para mí que una vida humilde en Florencia. Todo lo que componía esa ciudad nacía en las colinas, nada había sido «importado», ni la pintura, ni la arquitectura... La ciudad convivía en perfecta comunión con sus obras maestras, con sus edificios, sus estatuas y sus cuadros. Yo vivía en medio de algo que sólo había oído mencionar en el colegio: el Renacimiento. El ambiente me resultaba conocido, me parecía haberlo vivido ya, tenía la sensación de estar experimentando un *déjà vu*... Me acuerdo de unas tardes luminosas del mes de marzo, cuando yo paseaba por el Viale Machiavelli, bordeado de palacetes y cipreses, o cerca de la iglesia de San Miniato; también recuerdo el piazzale Michelangelo, donde la ciudad mira de frente la copia en bronce de la estatua de David; pasaba horas enteras en un pequeño café de la plaza, desde donde contemplaba la ciudad sin poder moverme, sintiendo una fuerte nostalgia; no leía, no conversaba, no buscaba la «aventura», no anhelaba tener amigos; sólo quería guardar en mi memoria la imagen de la ciudad, las líneas de las colinas, la bruma azulada del valle, como quien contempla en el extranjero una tarjeta postal recibida de su casa... Tomaba el tranvía y me trasladaba a Certosa o viajaba hasta Pistoia, donde no había nada especial que «ver», a excepción de todo, absolutamente todo: las casas de los campesinos, el convento, la iglesia y la taberna, todo se había construido con el mismo material, el material autóctono que nacía de la tierra, del pasado, de las almas de los muertos. Fue un tiempo pleno de *pathos* para mí. Desde luego, no fue la peor época de mi juventud. Y todavía sigo soñando con el paisaje.

Fui a Bolonia y a Venecia y habría podido quedarme en cualquiera de esas ciudades, puesto que mi libertad de movimientos parecía infinita, no tenía dinero y tampoco tenía nada que hacer... Lola me enviaba a veces unos billetes ocultos entre las hojas de sus cartas; por otra parte, me mantenía con los honorarios de unos textos de género indefinido que yo denominaba con mucha suficiencia «artículos» y que se publicaban en periódicos de las Tierras Altas, en Transilvania y en Praga. Entre excursión y excursión, me refugiaba en Florencia como si fuese mi castillo, mi fortaleza, como si allí no pudiera ocurrirme nada malo. En la pensión tenía de todo y los dueños se mostraban bastante flexibles con el dinero que les debía. La ligereza y la tranquilidad interior que yo emanaba durante aquellos meses parecían haberme asegurado ciertos derechos extraterritoriales. Recuerdo que vivía «sin preocupaciones»... Ya era verano cuando Lola llegó de nuevo a Florencia. Llevaba como regalo un salami y mil liras. Eso constituía nuestro patrimonio. Fuimos a Turín porque yo insistía en ver la casa de Kossuth, ya no sé ni por qué... Luego comimos con apetito y contentos y satisfechos, como quien está en paz con el mundo y sabe perfectamente adónde se dirige, tomamos el tren nocturno y volvimos a París.

• • •

5

Nos movíamos con mucha facilidad: teníamos pocas posesiones, unas cuantas maletas muy usadas, poco dinero, pocas posibilidades... ¡Y yo habría sido capaz de viajar así hasta América! Incluso años más tarde sería capaz de viajar hasta Palestina simplemente por un anuncio que vi en la calle, o incluso más lejos, a Damasco, de repente, como si tuviera algo que hacer allí... Mientras sentí esa libertad interior, esa ausencia de ataduras, no conocí lo que era un obstáculo.

A la hora de establecernos en París por segunda vez fuimos más cautos y experimentados que la primera; fue como si hubiésemos llegado a casa. Buscamos alojamiento en otro barrio, en una esquina de la rue de Rivoli, en la «orilla derecha», y llegamos a conocer una ciudad distinta... La vida en la orilla derecha de París carecía de su lado ocioso, de cualquier toque romántico. En la habitación donde nos alojamos, en un macizo edificio de la rue Cambon construido en tiempos de Napoleón, se encontraba la peluquería para damas del famoso Antoine, además de una de las mayores agencias fotográficas americanas. Tenía que ganar dinero como fuese, y lo conseguí; compré una máquina de escribir para redactar mis «crónicas sobre París» en tres o cuatro copias y las mandaba, en tres idiomas distintos, a todo el mundo... La habitación que alquilamos era bonita y grande y estaba en una especie de *maison meublée* donde, aparte de los muebles, casi no había nada más, ni siquiera servicio, pero en cualquier caso allí todo parecía más humano, más «centroeuropeo»: las casas recordaban más a las de Hungría, mucho más que las del barrio de la otra orilla, más clásico; los muebles desprendían un aire elegante de estilo *empire*; todo estaba lleno de gruesas alfombras y de pesadas cortinas... La casa entera respiraba silencio y discreción. En cuestión de semanas comprendimos el porqué: Madame Henriette, la dueña del edificio, una señora adinerada de cabello negro azabache, alquilaba algunas habitaciones por meses, pero más bien para guardar las apariencias, puesto que prefería alquilárselas por horas a parejas de *passage* que buscaban un furtivo encuentro amoroso... El cuarto contiguo al nuestra, tapizado en terciopelo carmesí, era el preferido de los señores mayores que llegaban en compañía de señoritas jovencísimas; al principio, mi orgullo de burgués se rebelaba contra el hecho de «tener que vivir en un sitio semejante con mi esposa», pero como Lola no conocía los prejuicios de tipo burgués y se reía de mi pudor, nos quedamos. De todas formas, ¿acaso había en París un solo hotel o *maison garnie* donde no se recibiera a parejitas de paso?

La casa, la calle, el barrio tenían un aire colonial inglés. Las escaleras que conducían al taller secreto en el que Antoine, el comerciante de la belleza, vendía su arte a buen precio, estaban siempre repletas de modernas señoras y señoritas inglesas y francesas; se repartían números para dar turno, y mientras fuera esperaban coches lujosos —un Rolls-Royce, un Hispano, los últimos modelos—, a las damas les lavaban el cabello y las peinaban tras unas ventanas ocultas por gruesas cortinas. Los miembros de la colonia inglesa se reunían por las tardes en la terraza de una «casa de té» insípida y aburrida situada en la acera de enfrente del edificio. En aquel barrio todo estaba al servicio de los ingleses: los bancos, las tiendas, los restaurantes, los cafés y las casas de té, los locales nocturnos y los burdeles, de los cuales, como en cualquier bocacalle del centro que se preciara, había dos en la misma rue Cambon. Uno de ellos era especialmente caro y lujoso por sus muebles, que estaban allí —quizá junto con los clientes— desde la época de Luis Felipe. La calle, las casas de té, los restaurantes del barrio estaban llenos, día y noche, de personas que hablaban inglés, que se aferraban a sus costumbres coloniales; señores mayores de cabello blanco, mirada melancólica y tez rojiza de tanto jugar al golf llegaban en sus automóviles de matrícula inglesa junto a sus esposas, que a partir de los cincuenta años vestían al estilo de la reina Mary, con faldas largas y sombreros parecidos a colmenas, caminaban apoyándose en su bastón, tomaban el té por las tardes en Rumpelmayer y por las noches —con la ayuda de Antoine y de los sastres de París, peinadas, vestidas y peripuestas— se transformaban en bailarinas mundanas... Estaban hambrientas, ansiosas y lujuriosas, y se atrevían a demostrarlo porque estaban «a este lado» del canal, en el barrio más mundano de París, en las cercanías de la rue Cambon, donde en pocas semanas aprendí más sobre los ingleses —tan discretos, mesurados y educados en su casa y tan diferentes fuera— de lo que podría observar más tarde, durante largos meses de estancia en Inglaterra.

Vivían en la rue de Rivoli, en unos hoteles casi invisibles del siglo anterior cuyas fachadas apenas delataban su condición y que mostraban el lujo de sus amplios salones hacia el otro lado, hacia el Faubourg Saint Honoré; en hoteles como el Meurice, el Albany y el Continental, con sus Rolls-Royce manufacturados y sus esposas, cuya belleza victoriana se mantenía más o menos en forma gracias a los cuidados de Antoine y los cirujanos plásticos parisinos... «¡Abre los ojos, amiguita! —le decía a Lola con mucho orgullo—. Y observa bien lo que veas aquí porque no lo verás en ningún otro lugar del mundo; sólo volverás a verlo retratado en alguna revista que publique un reportaje sobre la ciudad más cosmopolita del mundo.» Qué provinciana era la ciudad cosmopolita... Se resumía en unas calles cercanas al Hotel Crillon y el Meurice, donde se encontraban los talleres de los mejores sastres y las tiendas más elegantes, las sucursales de los bancos más importantes y los escaparates más lujosos, en los que se exponían objetos de fantasía, plumas exóticas, joyas, marroquinería, cosas que hacían que su mundo fuese tan «diferente». Caminábamos por las estrechas calles del barrio con los ojos abiertos como platos, aturdidos y mareados. Se abrían restaurantes en los que nunca nos atrevimos a entrar: el Café de Paris, cuya carta no contenía la lista de precios, o el Voisin, donde se divertían reyes que estaban de paso en la ciudad y banqueros americanos más pudientes todavía; los agasajos de una cultura se manifestaban en los asados y las salsas de manera casi tan delicada como en las obras de arte del Museo de Luxemburgo...

El lujoso vestíbulo del Hotel Ritz daba a la rue Cambon; por las tardes, entre las cuatro y las cinco, yo me sentaba a leer el periódico en el salón de fumadores, me tomaba una copita de vermut y me entregaba al *incognito* que envolvía a los presentes. En las paredes colgaban grabados de colores que retrataban caballos y perros, además de los dibujos de un famoso caricaturista de la época, un tal Sem; las mesas estaban ocupadas por extranjeros de paso que tomaban aguardiente en la penumbra, sentados en sofás de cuero, mientras el barman permanecía de guardia detrás del mostrador; a veces se abría la puerta y entraba alguien, el rey de España, el príncipe de Gales o algún Rothschild; también solía ir Morgan... Sus costumbres eran bien conocidas: los camareros les servían sus cócteles sin que ellos tuvieran que pedir nada; el rey de España pasaba horas hablando con Quiñones de León, su embajador en París... Allí todos estábamos de *incognito*, incluido yo. Nadie se fijaba en los demás. El camarero agradecía con el mismo *«Merci, monsieur!»* la propina que le dejaba yo y la que le dejaba Morgan; de alguna forma, el salón de fumadores del Ritz flotaba por encima de los tiempos y las convenciones, por encima del mundo, y los clientes estábamos en una situación de extraterritorialidad: reyes, periodistas y dibujantes húngaros, chulos, actrices de fama mundial, reinas de los Balcanes que estaban de paso... Únicamente el barman los conocía a todos, y nos mostraba a todos el debido respeto, ni más ni menos, con entendimiento y discreción, repartiendo miradas, sonrisas y palabras amables. Había algo en el ambiente de aquel salón que me atraía de manera irresistible a sentarme en él cada tarde. Desde allí atisbaba el mundo, con sus alturas y sus profundidades, con sus conexiones más secretas... Guardaba entre mis recuerdos algunos rostros, rostros que encontraría más adelante por todas partes, en pasillos de tren, en playas, en aviones y también en las portadas de las revistas francesas e inglesas... Jamás me sentí un esnob durante aquellas horas, sólo quería «ver» de cerca a las primeras bailarinas del mundo... ¡Cuántas han desaparecido en las tormentas de la Historia en los tres lustros que han pasado desde entonces! A la hora del *cocktail*, hacia las seis, entre cigarrillo y cigarrillo, entre conversación y conversación, entre sonrisas y apretones de manos, señores ingleses, franceses y americanos hacían negocios fabulosos con agentes españoles o con los banqueros americanos de las oficinas de la cercana plaza Vendôme, que se acercaban al salón del Ritz después de cerrar el banco para empezar a hablar de negocios de verdad... Por allí también pasaban Mellon, un duque Borbón y, en general, personas que pertenecían al «gran mundo», cuyos nombres y fortunas se mencionaban constantemente en las páginas de la revista *Bottin mondain* y en otras listas, ocultas e invisibles, en las que se alinean los nombres de los aristócratas de sangre, dinero y poder. Había algo excitante en el ambiente de aquel salón de estilo anticuado; los clientes conversaban y fumaban en silencio y, al mismo tiempo, de manera imperceptible pero evidente, siempre estaba «ocurriendo» algo. «*Merci, Sire!*», decía el camarero en voz baja a la persona sentada en la mesa contigua a la mía, el antiguo rey de Portugal o el de Grecia, y nadie levantaba la vista de su periódico al oír esa palabra, todos seguían estudiando las noticias de la bolsa en la edición continental del *New York Times*...

Yo guardaba el salón de fumadores del Ritz para mí como si fuese un secreto. Los húngaros preferían los cafés artísticos de Montparnasse, pero a mí me interesaba más aquel discreto refugio de la alta sociedad francesa en el que podía observar a la gente para retener sus rostros, su manera de comportarse, sus gestos... «Trabajaba» como un reportero gráfico que disimula su condición. Me encontraba en un mundo nuevo en el que de momento no me atrevía ni a abrir la boca. Lola y yo probábamos con cautela los sabores extraños de un nuevo menú. Por las noches nos sentábamos en la terraza de algún café del Grand Boulevard. El espectáculo de las calles parisinas satisfacía por completo nuestras ganas de diversión. No recuerdo ninguna noche que me aburriera en París. Era capaz de quedarme mirando la calle hasta la madrugada, sentado a una mesa del Petite Napolitaine o del Madrid, un café situado frente al edificio del *Matin* que parecía un tugurio lleno de tahúres profesionales, jinetes del hipódromo, prostitutas y chulos... En aquella época me sentía en París como en un sueño, aturdido y perplejo, como un sonámbulo. La ciudad ya me tenía seducido: empezaba a comprender su argot, sus secretos, me movía por sus callejuelas como si fuese mi propia ciudad... París me parecía cada vez más conocida, me tenía atrapado y no me soltaba. Conocía sus olores y disfrutaba de ellos, sus olores dulzones a tabaco barato y a aceite de automóvil; mis nervios estaban sincronizados con su ritmo, con ese ritmo nervioso pero económico que embargaba la ciudad día y noche. Ya no me quitaba el sombrero al sentarme en un café; a medianoche iba a la taberna de Prunier para comerme una docena de ostras sin demasiado convencimiento aunque con cara de entendido, de experto. Según todos los indicios, me estaba «haciendo parisino». Me comportaba sin educación, de una forma mucho menos civilizada que antes, en casa o en Berlín. Comenzaba a poner en práctica las costumbres europeas.

6

Comenzó una nueva etapa en la que yo estaba abierto a todo lo exterior y andaba sin cesar en busca de «experiencias»: vivía guiado por mis sentidos y sólo apreciaba las impresiones causadas por la «realidad». Todavía no había aprendido que, para el escritor, las cosas sólo valen en la medida en que él las destila en el laboratorio de su personalidad única. Yo quería ver..., ¿qué quería ver? Dios mío, lo quería ver todo. Una mañana me acerqué a la universidad, entré en el aula donde se hacía la autopsia a los cadáveres y observé bien cómo practicaban la disección de los cuerpos; por las tardes iba a tomar el té de las cinco al Ritz y por las noches contemplaba las actuaciones de las bailarinas en algún local nocturno o a la gente que se reunía en la terraza de algún *café concert*. Subí a lo más alto de Notre-Dame y bajé a las profundidades de las catacumbas. Recorrí París como un cachorro al que sus dueños acaban de soltar. La tumba de Napoleón me interesaba tanto como las carnicerías de la Villette; Anatole France me resultaba tan desconocido como el portero de mi casa. Y yo me metía en sus casas y lo observaba todo, olfateaba las cosas, las apuntaba en mi mente y las retrataba en fotografías anímicas. Tenía unas ganas tan desbordadas de vivir como las que puede tener un hombre negro a quien se le permite andar sin barreras y prohibiciones por una ciudad de blancos. Apenas chapurreaba el idioma, pero lo hablaba con más rapidez y decisión que los parisinos. Además, en el estado en que me encontraba, ¿por qué habría tenido que preocuparme de las rarezas de la conjugación de los verbos irregulares? Por las mañanas salía de mi casa en la rue Cambron, me detenía junto a la valla que separa el jardín de las Tullerías de las bóvedas de la rue Rivoli, miraba las flores, las estatuas de bronce y la luminosidad brumosa sobre los tejados del Louvre, y empezaba mi recorrido por la ciudad con un sentimiento de alegría desbordante, típico de alguien que intenta conocerlo todo en un tiempo límite; todo me parecía familiar, todo constituía un «recuerdo», un recuerdo de tipo literario, el recuerdo de algo íntimo y profundamente conocido, algo que es capaz de permanecer por encima de tiempos, épocas, pueblos y costumbres, y ese recuerdo empezaba a tomar vida poco a poco, a convertirse otra vez en una realidad palpable. La variedad del «programa» me dejaba aturdido: había casi de todo para mis gustos y podía escoger entre acudir a una sesión en la Academia Francesa sobre la pureza del idioma galo o bien detenerme en la puerta giratoria de uno de los grandes almacenes, mirar los escaparates de las tiendas de la rue de la Paix, leer en una sala de la Biblioteca Nacional algún número de *Moniteur* o viajar a Puteaux para asistir a una subasta de aviones viejos; me daba lo mismo, todo formaba parte del «recuerdo»; cada cosa podía ser «interesante» porque formaba parte de la «experiencia»: me daba la impresión de estar hojeando un enorme libro con ilustraciones a todo color, un libro que me encantaba, lo abriera por donde lo abriese... Era como si se despertaran en mí los recuerdos de una infancia lejana y olvidada, de una infancia europea común: los espacios y los personajes de la Historia, de la literatura y de la leyenda cobraban vida a mi alrededor, surgían de las páginas de Hugo, France, Lamartine y Michelet y se hacían presentes en forma de noticias diarias. ¿En qué consiste lo que llamamos «francés»? Consiste en piedras, sangre y papel, en climas y paisajes, en frutas diversas con «sabor francés», en sonrisas y maneras diferentes, en sistemas nerviosos y situaciones geográficas muy distintos; y como sucede en todo lo demás, de tales circunstancias florece una raza que tiene muchas cosas más... ¿Por qué los franceses han desarrollado una literatura destacada y los holandeses no? ¿Por qué han florecido las bellas artes en los Países Bajos y no en los escandinavos? ¿Por qué tienen una literatura relevante los noruegos y por qué la música francesa es más bien mediocre? Yo intentaba descubrir el secreto de la «raza» en París, pero lo que descubría era una simple confirmación de todas esas diferencias que no ofrecía en absoluto una respuesta.

Una consecuencia de toda esa curiosidad era que empezaba a escribir artículos periodísticos con ambas manos, con lápiz, a máquina y al dictado, en casa, en el café, en el metro y en el tren. Sólo me interesaban los «acontecimientos» que describía porque yo mismo me consideraba «actual», consideraba que mi existencia era de actualidad. Desde ese punto de vista, se me antojaba de suma importancia todo lo que «ocurría». No tardaba mucho en escoger los temas. Por las mañanas salía de casa en busca de algún reportaje y atravesaba los jardines de las Tullerías, llenos de tulipanes... Si veía un edificio en llamas, me acercaba, juzgaba que hasta cierto punto el edificio se estaba quemando «para mí», me encontraba en plena actualidad, en medio de algo único, de un fenómeno concreto en un instante preciso, en un lugar determinado, en este planeta, en Francia... El hecho es que el edificio que se estaba quemando era «francés», de modo que resultaba más «interesante» que un edificio portugués, por ejemplo, y había que examinar el asunto más a fondo. El periodismo puede ser un oficio muy triste que sólo sirve para ganarse la vida o puede ser una «vocación», pero en la mayoría de los casos se resume en un determinado estado anímico. Yo me mantenía siempre al acecho, como si mi misión personal hubiera sido llenar las páginas de París y de Europa entera con artículos interesantes sobre las últimas noticias. Almorzaba a toda prisa, y en cuanto me limpiaba la boca con la servilleta estaba dispuesto a acudir al Parlamento, donde Cailloux pronunciaría un discurso, como si yo tuviese algo que ver con aquello... ¿Y acaso no tenía que ver yo, el contemporáneo, el alma errante, con todo lo que ocurría en la tierra, con todo lo maravilloso y banal que pudiera ser relatado? Yo no entendía muy bien lo que decía el discurso de Cailloux, pero me entusiasmaba estar allí, sentado en el gallinero del Parlamento, desde el que contemplaba a los diputados de la nación con sus rostros violáceos de roedores recién alimentados. La mayoría eran de provincias; en esa sala se peleaban los representantes de todas las regiones francesas, y por los pasillos vociferaban en todos los dialectos posibles después de comer en alguna taberna cercana al Palais Bourbon y beber los mejores caldos de Borgoña; su aliento apestaba a ajo y a vino mientras intrigaban o declamaban; y, a pesar de todo, eran los guardianes de la democracia, el último bastión de la cultura universal; más allá de cualquier intriga o interés local, representaban a la Europa que —a un precio terrible, a trompicones y de forma imperfecta— había llegado a superar los principios humanos más elevados. Por supuesto, al mismo tiempo los diputados hacían sus chanchullos con avidez y decisión, había que darse prisa, la parentela era grande y estaba hambrienta y los ministerios duraban poco. Nunca logré comprender la dinámica de la política de los partidos franceses, pues no me interesaba y no era capaz de atender cuando alguien intentaba explicármela. Sólo entendía que los ciento diez o ciento veinte gobiernos habidos durante el medio siglo de la Tercera República habían tenido que alimentar a generaciones enteras de hambrientos, proporcionarles trabajo y asegurarles el dinero, y que los ministros, que apenas duraban unas horas en su sillón de terciopelo, nombraban a toda velocidad a sus parientes y les asignaban una jubilación o favores económicos. Todos tenían prisa, los diputados, los ministros, los burócratas y el ejército de parásitos que buscaban un puesto de trabajo, un negocio o un sueldo fijo... Yo me sentaba en el gallinero y contemplaba cómo se peleaban los representantes de la democracia, sentados en sus bancos, bebidos y enfadados, por quedarse con lo mejor del pastel; quizá por separado fueran simples cazadores furtivos, pero en conjunto representaban una fuerza, un poder, una conciencia y una disciplina, representaban la conciencia de la nación en las cuestiones más importantes, representaban la voluntad de Francia. Hablaba Cailloux, hablaba Briand, el discurso de Poincaré se enfurecía mientras que Bouisson reinaba por encima de las pasiones desde la altura de su sillón presidencial con el orgullo de un burgués y total imparcialidad. El parlamento francés era, más allá de la política, la escuela de retórica más elevada, y se criticaba con igual severidad los contenidos políticos de los discursos y la retórica de los oradores, la pureza y la propiedad de sus adjetivos, la fuerza de los verbos empleados y la musicalidad de sus frases.

Fui a Lille en tren porque había allí un faquir que llevaba tres días sin comer ni beber. También fui al aeropuerto a recibir a Lindbergh; cuando llegó, todos gritábamos y llorábamos; algo acababa de ocurrir: el hombre había demostrado de nuevo su valentía... Fui al entierro de Anatole France; a esperar al rey afgano Amanullah a la estación de ferrocarril y a la reina española en el exilio a la Gare d'Orsay: la vi llegar y echarse a llorar... Fui a Versalles, vi la caída de Briand, vi cómo bajaba las escaleras e intuí que los franceses tenían otra vez razón porque en ese momento no necesitaban a Briand, simpático y genial, sino más bien a Doumer, menos simpático y más primitivo. Visité a madame Hanau para escuchar sus opiniones sobre quién robaba más en Francia, y a Cecil Sorel, que me enseñó su bañera. Fui a ver al Rothschild de París, que me leyó la parte central de su nueva obra de teatro sin que yo pudiera oponer la más mínima resistencia. Fui a ver las ejecuciones y escribí un artículo sobre las peregrinaciones a Lourdes. Fui a los tribunales a oír el testimonio del señor Stolpe, el relojero ucraniano pelirrojo y bajito que había matado con una pistola a Petljura, el *hetman*, y que decía: «Había exterminado a los miembros de mi familia, así que le pegué seis tiros. Cuando ya estaba tirado en el suelo, le pegué un séptimo tiro.» Y sonreía, muy contento. Yo observaba su sonrisa e intentaba perdonarlo de corazón.

Después escribía cien o ciento cincuenta líneas entusiasmadas sobre lo que acababa de ver. Siempre empezaba mis artículos *in medias res*, hablaba de prisa, como si temiera que me cortasen o me quitasen la palabra. Dormía intranquilo, me despertaba en medio de la noche, me levantaba y tomaba un taxi a Montparnasse para sentarme a la mesa de un café y escuchar lo que se comentaba. Era periodista.

7

Al cabo de un año de estancia en París me aburrí de la extraterritorialidad de la sala de fumadores del Ritz y empecé a visitar los cafés de Montparnasse. Durante aquella agitada época, los dos «cafés artísticos» situados en la orilla izquierda, en la esquina del bulevar Raspail, constituían la universidad libre de los movimientos artísticos, intelectuales y espirituales. Yo nunca llegué a sentirme bien en esos cafés, pero, como me incitaban, pasaba en ellos unas cuantas horas al día, charlando en sus terrazas repletas de gente con la voz ronca, porque el humo del tabaco barato francés me había corroído la garganta; bebíamos, porque allí todos bebíamos, y a cualquier hora del día se veían unas figuras tambaleantes que intentaban mantenerse en pie entre los automóviles; bebíamos coñac barato en vasos de agua, y hasta los más cuerdos bebían cerveza en vez de agua. Esos dos cafés internacionalmente conocidos, el Dôme y el Rotonde —en cuyas inmediaciones se abrirían locales nocturnos y restaurantes por docenas—, fueron durante aquellos años dos de los laboratorios más importantes del mundo: allí se cocía todo, revoluciones y caracteres, políticas y pasiones; evitar esa sucia esquina de la calle significaba no participar en los acontecimientos más relevantes de la época...

Todas las tardes pasaba por allí Unamuno con su suave sonrisa de sabio, aguantando las incomodidades de la emigración forzosa con comprensión y serenidad; a su alrededor se reunían los intelectuales y los aventureros de la nueva España, oficiales, filósofos, escritores. A mí me gustaba estar con ellos. Eran personas tristes, como todos los que frecuentábamos Montparnasse: allí todos éramos personas perdidas y con multitud de defectos, todos buscábamos un lugar en el mundo, una patria física y espiritual. Unamuno intentaba consolar a sus compañeros de lucha, confiaba en el futuro de España y desconfiaba del porvenir de la cultura europea. El exilio de los españoles parecía casi romántico, como debió de ser el húngaro de Kossuth tras 1848. Francesc Macià, jefe de tribu de los exiliados catalanes, era de un nacionalismo tan apasionado como el de sus enemigos, los que se habían quedado en casa, como Primo de Rivera y los demás generales, que iban blandiendo sus sables; y el que los observaba después de la medianoche, en la borrachera del coñac en vasos de agua, no comprendía con exactitud lo que separaba a los exiliados españoles de los «opresores» que se habían quedado en España. Un día, Macià, Unamuno y los demás se fueron a su casa y ese mismo día llegaron los infantes y las infantas, los condes y los marqueses con sus joyas, sus caniches, sus chequeras y sus mayordomos, y la «emigración española» volvió a instalarse en París, aunque con los papeles invertidos. Vicente Blasco Ibáñez, escritor famoso y simpático de esa emigración, contrincante del rey Alfonso y panfletista apasionado, ese Mór Jókai de los españoles, no pudo disfrutar de la victoria de sus luchas: murió en su palacete de Provenza, la Fontana Rosa, poco antes de que estallase la revolución española. Sus compatriotas tenían en gran estima a Blasco Ibáñez y a los filósofos y los oficiales de la emigración, y yo descubrí con sorpresa que en el exilio algunas personas llegan a desempeñar un papel principal, aunque no estén destinadas a ello ni por sus capacidades intelectuales o espirituales ni por sus aptitudes para el liderazgo. Unamuno era más inteligente, el comandante Ramón Franco —ese tirabombas silencioso y triste, lleno de *spleen*— era considerado una persona más revolucionaria que Blasco Ibáñez, escritor de novelas decorativas y mediocres; y, sin embargo, éste era el líder: todos, incluso los espíritus más destacados, lo reconocían como tal, se sometían a él y lo obedecían.

En esa época, todos los que frecuentábamos Montparnasse éramos inmigrantes. Había holandeses, americanos y asiáticos, gente que ni había sufrido persecuciones en su país por parte del poder ni estaba condenada en su patria, gente que había huido del tiempo, de esa segunda patria, y se refugiaba en Montparnasse, ese lugar intemporal en el que ni siquiera las disposiciones del Código Napoleónico estaban del todo en vigor... Montparnasse era la tierra de cuarentena de los apátridas del mundo, el sitio donde los desheredados esperaban acodados en sus mesas, tristes e impasibles, una señal terrenal o celestial que cambiara su destino. Había rusos y chinos poco conformes con el sistema instalado en sus respectivos países, y hasta había algunos rusos jóvenes que criticaban a pleno pulmón a los reaccionarios de su país, los Stalin y los Djerjinski, aquellos contrarrevolucionarios desfasados y obsoletos, ávidos de poder. Los habitantes de Montparnasse vivíamos adelantados a nuestra época. Allí se hablaba de modas y de principios que el público más amplio ni siquiera conocía, como si fuesen intentos ya pasados y fracasados. El dadaísmo todavía asustaba a los burgueses, pero Cocteau ya escribía sus piezas, que se representaban en el teatro de Molière; y los marchantes de arte intentaban impresionar a los coleccionistas con las obras cubistas de Picasso cuando el pintor, que siempre andaba buscando y experimentando, ya había vuelto a las formas clásicas. Los surrealistas de antes escribían sonetos clásicos y pintaban cuadros con un estilo digno de las ilustraciones de los libros infantiles de Utrillo cuando el gran público apenas empezaba a darse cuenta de que ese estilo había realizado sus experimentos en algún lugar del mundo situado entre el cielo y la tierra... Montparnasse no era una «escuela», era simplemente un ambiente donde florecían, con un fervor artificial que desmentía cualquier consideración de tipo meteorológico, desafiando las leyes de las cuatro estaciones del año, las plantas más bellas y primorosas del siglo.

Al mismo tiempo, Montparnasse parecía también un puerto de Oriente. Lo mismo que el Barrio Latino, donde la gente se mataba en la calle y donde sacaban sus cuchillos o sus pistolas africanos, malayos, ingleses, griegos, suecos y húngaros, dedicados a discutir sus penas, sus intenciones y sus ignorancias hasta altas horas de la madrugada y a decidir el resultado de la discusión con las armas. Los rusos y los italianos eran los que con más fervor e ímpetu exponían sus dudas. En la esquina de la calle, el gendarme francés se mantenía impasible, con los brazos cruzados, desafiando incluso la muerte. Las tardes de los domingos, los miembros de la burguesía local hacían excursiones a Montparnasse para contemplar cosas exóticas, como solían viajar a Oriente los franceses más emprendedores: el padre, la madre y los hijos adolescentes, bastante mayores ya para vivir una experiencia de ese tipo, todos vestidos de gala, se sentaban con emoción y un poco de miedo alrededor de una mesa de mármol del Dôme para escuchar el tono lánguido, monótono y quejumbroso de los vendedores ambulantes de cacahuetes, que sólo quedaba interrumpido por los chillidos de las mujeres borrachas y por el vocerío de los extranjeros que hablaban miles de idiomas, que parecían aburrirse, que se metían en todo, que nunca dejaban de soñar y tampoco de criticar, con palabras, gestos y comportamientos, las leyes más sagradas de la civilización. Era de temer que, un día, algún comando de burgueses franceses atacara esos sitios y descuartizara a los miembros de esa tribu de ocupantes, de esa horda primitiva... Los franceses iban a ver a los extranjeros como nosotros íbamos a visitar el Museo Etnográfico o el del Louvre, pero nos miraban con una visible expresión de disgusto. ¿Qué podían amar de los miembros de esa «horda», como nosotros mismos nos definíamos, cuando después de las fiestas organizadas en los talleres artísticos desfilábamos por los bulevares de París desnudos, con el cuerpo pintado de colores vivos, para bañarnos en la fuente de la Concorde?... El conglomerado reunido en los cafés de Montparnasse les parecía una tribu camerunesa expuesta en una reserva, unos negros con conchas y flores imaginarias en la cabellera que formaban parte del panorama universal, imparcial y sabio de París. El populacho de Montparnasse celebraba la vida como la celebran en las calles de El Cairo o de Damasco después del mes de ramadán, en la víspera de la fiesta del Bajram, al atardecer; era un populacho constituido por la triste elite mundial, lo mejor y lo peor, prostitutas y genios, grandes artistas y carteristas, filósofos y ladrones, poetas y vendedores ambulantes, cazadores de ballenas y fundadores de ciudades. El pueblo de París nos contemplaba con docilidad y algunos burgueses con barba y sombrero de copa se sentaban en la terraza de los cafés para participar en la fiesta. Las calles cercanas perdieron su carácter de calles transitables para el tráfico rodado. La multitud se apoderaba hasta del último metro cuadrado de la acera y de la calzada, de las esquinas y de los comercios. Siempre estaban celebrando algo, con puñales y discursos, cantando y bailando.

Montparnasse era al mismo tiempo una universidad, un baño turco y una representación teatral al aire libre. Bastaba con que estuviera sentado a una mesa media hora para que me embargara sin excepción un sentimiento de pánico causado por la soledad desértica en medio de aquella multitud; era la sensación angustiosa de que no tenía nada que hacer allí, de que estaba robándole tiempo al día o a la noche, de que allí precisamente me acechaba mi destino, el destino fatal ligado a Montparnasse que ya había cautivado a gente más madura, más experimentada y más instruida... Ese «destino fatal ligado a Montparnasse» iba cumpliéndose para muchos hombres y mujeres de talento de aquellos años: llegaban de Santiago de Chile, de Nueva York o de Rotterdam a ese puerto exótico con un plan vital; se sentaban a una mesa del famoso Dôme con curiosidad e inocencia y seguían allí diez años después... Discutían, bebían *fines à l'eau* y se olvidaban de sus promesas, de sus familias, de su pasado, de su patria y de sus planes; «se daban a conocer en Montparnasse» y morían en silencio para la otra patria y para el mundo entero. Había también otros que encontraban su casa, su patria, su fama y su destino allí, en aquella tierra de cuarentena sucia y maloliente. Allí vivió Pascin hasta que se ahorcó. Yo miraba a mi alrededor confundido, lleno de remordimientos... Pero estuviera donde estuviese, a medianoche abandonaba aquella compañía para tomar alguno de los autobuses que se dirigían al bulevar Raspail.

8

Detrás de Montparnasse, París se dejaba ver en algún lugar determinado. A veces vislumbraba alguno de sus rincones, alguna de sus calles, una perspectiva, una casa o un rostro humano; ya hablaba con algunos franceses, con el dentista, con el cartero, con algún ministro... Un extranjero como yo tenía quizá menos dificultades para entrar en el despacho del primer ministro que en la casa de una familia burguesa. Yo sólo veía el «espectáculo», el grandioso y festivo espectáculo parisino, cascadas multicolores y fuegos artificiales, la fiesta popular; pasaban los años y no había visto todavía nada de la *vie douce*, de la vida francesa oculta y secreta. Los representantes de la burguesía francesa nos evitaban como si hubiésemos llegado de un lazareto y les pudiéramos contagiar la lepra por el simple hecho de bebernos una copita de coñac con ellos; incluso los médicos nos examinaban la garganta y los pulmones como si todo extranjero ocultara en su organismo los gérmenes de alguna enfermedad tan repugnante como misteriosa... Una vez me dio una infección de garganta y acudí a un famoso especialista que mientras me curaba me convertía en el blanco de sus auténticos ataques de rabia. Había perdido un ojo en la guerra: todavía recuerdo el parche negro, su desfigurado rostro de cíclope y su expresión de pocos amigos, su cuerpo inclinándose sobre mí... Todavía recuerdo a ese desconfiado médico que siempre me pedía sus honorarios por adelantado y aprovechaba el tratamiento para desplegar ante mí su furibunda xenofobia. Nada explicaba ese desenfrenado chovinismo. Durante aquellos años, los extranjeros llevamos el dinero a Francia a espuertas, gastamos auténticas fortunas en el país y no pedimos a cambio más que poder tomar el sol bajo el cielo azul del Mediterráneo, que cubría Francia desde los Vosgos hasta Provenza... Los franceses odiaban a los extranjeros en la época en que éstos desembarcaban en masa en su país, y los odiaban más tarde porque dejaron de llegar. Durante los años de abundancia, los franceses parecieron perder su capacidad para contar y ver la realidad: todos ellos se enriquecían y nos contemplaban a nosotros, los artífices de su enriquecimiento, con recelo. Incluso en los mejores restaurantes podía ocurrir que el *maître d'hôtel* nos tratase como si fuésemos gente de color recién llegada de las colonias y apenas tolerada. Los franceses, que habían aportado al mundo su gran civilización, tras cumplir su cometido se replegaban hacia sí mismos. La nación de Voltaire y Danton se entregaba por completo al dinero. En la mirada de los franceses brillaba un hambre feroz, una ira mal disimulada y una avidez que me asustaban. Despreciaban todo lo que fuese diferente; hasta los que sabían que la raza «francesa» no existía como tal despreciaban a los representantes de la raza de los extranjeros. Sólo consideraban seres humanos a los ingleses; los alemanes seguían siendo unos *boches*, mientras que el resto, los griegos, los húngaros y hasta los yanquis, eran unos sospechosos *métèques*, unos asquerosos extranjeros.

Por supuesto, la elite pensaba de otra manera, pero ¿dónde y cuándo se dignaba dirigirnos la palabra? La elite enviaba mensajes al mundo únicamente a través de los libros y del arte, demostrando así su solidaridad de principios, sin llegar a mirar el mapa para saber dónde se encontraban nuestros respectivos países. Era la época en que Léon Daudet mandó su famosa carta a los seiscientos diputados franceses, un texto lleno de patetismo en el que pedía el apoyo de «los mejores de entre ellos» para la nación eslavona, noble, perseguida y desmembrada, y solicitaba que enviasen sus respuestas al centro del «movimiento nacional eslavón» de Ginebra. Casi todos los diputados contestaron asegurando la mayor simpatía por la nación eslavona, pero a ninguno se le ocurrió comprobar en una enciclopedia si tal nación existía de verdad, y en tal caso, dónde se encontraba... Lo más sorprendente de la anécdota es que es verídica. Los extranjeros vivíamos en Francia en una dura soledad y en un pesado destierro, y la rudeza de la soledad y el destierro sólo podía apaciguarse con la fuerza mágica del dinero.

Lola consideraba que debía descubrir el «secreto» de los franceses, porque esa gran nación poseía un secreto bien guardado, una manera de vivir, reglas, normas y convenciones cuyo conjunto parecía representar la gracia y la posibilidad de salir adelante. Eso creíamos. Todos los que nos rodeaban eran ricos: el portero, el cartero y hasta el deshollinador. Eran famosos por ahorradores, es verdad, pero al mirar de cerca se veía que su carácter ahorrador tenía ciertos matices: gastaban poco en objetos para la casa, en ropa, en libros o en teatro, pero despilfarraban sumas considerables en comida y en mujeres... Yo examinaba con lupa a los franceses a los que pude acercarme. Todos tenían una «pequeña suma ahorrada», unos doscientos mil francos, una casita en el campo a la que retirarse después de la jubilación, incluso el portero del edificio, incluso la criada del hostal. Yo desmembraba sus vidas y no encontraba la clave. También es verdad que trabajaban como posesos en sus enormes talleres y negocios, y que guardaban hasta el último *sou* que podían. Sin embargo, en mi país nadie era capaz de ahorrar tanto como para llegar a tener doscientos mil francos. Yo intentaba sonsacarles el «secreto», y ellos se limitaban a sonreír. Al final todos me confesaban que habían heredado algo. El país era grande y llevaba siglos viviendo en la prosperidad, guardando monedas en los calcetines, y nadie se atrevía a tocar los ahorros. Todos heredaban. En el amor se dejaban llevar por el corazón, pero para casarse se fiaban más de su cabeza. A veces perdían la razón por amor, mataban, gritaban y lloraban, pero pocas veces se casaban sin una buena dote. El panadero de mi calle casó a su hija con otro panadero y le dio trescientos mil francos; el carnicero le dejó un millón de francos a la suya. No se presentaban ante el registro civil sin el debido *fond de commerce.*

También su humildad y su falta de pretensiones eran diferentes de lo que habíamos imaginado. Eran realistas, prácticos y metódicos hasta en eso... Al acercarme a ellos para observar la vida «europea» no me quedó más remedio que admitir, confundido, ruborizado y avergonzado, que no tenía ni idea de las responsabilidades que la vida conlleva, que vivía en el mundo sin comprender nada y que mi manera de vivir, mis deseos y mis exigencias sobrepasaban los de un millonario francés. En los autobuses yo solía sentarme en los asientos de ventanilla, mientras que los franceses eran capaces de aguardar media hora o más hasta que llegaba un autobús vacío con bancos de madera en la zona de segunda clase... Para ahorrarse dos o tres monedas, eran capaces de esperar con paciencia bajo la lluvia, protegidos con paraguas y botas de agua, no sólo los pobres, sino también los vecinos del barrio que tenían fama de millonarios... Comían bien, es cierto; comían mucho, a gusto y bien. Nadie intentaba ahorrar en el *gigot*, la paletilla de cordero de los domingos, pero entre semana se llenaban la tripa con carne de caballo, pan blanco y queso barato, con carne de malísima calidad, pollos congelados de tintes violáceos, pescados pasados y latas de conservas de ínfima calidad, con verduras podridas y empalagosos dulces de azúcar que nosotros jamás nos habríamos llevado a la boca... La materia prima se vendía cara; fue en aquella época cuando empezó esa extraña *conspiration des intermédiaires*, la «conspiración de los intermediarios», un movimiento gigantesco que bombardeaba la vida francesa desde su fortaleza invisible y mantenía a sus espías y a sus embajadores en la política, un movimiento muy poderoso... Nosotros pretendíamos aprender de los franceses su técnica vital, pero nos faltaban las condiciones internas necesarias para imitarlos. ¿En qué nos gastábamos el dinero que los franceses ahorraban y añadían a su fortuna ya existente? No lo sé. Quizá en taxis. Los taxis eran tan baratos, y el ritmo de la vida tan acelerado... Mis manos tenían asimilado el gesto de parar taxis en la calle cuando no aparecían los autobuses. Los taxistas miraban bien la propina, sobre todo si procedía de un extranjero; los franceses dejaban un *sou* en el plato como propina en el restaurante y los camareros agradecían la humilde contribución monetaria con un gesto de la cabeza, pero mis manos no estaban acostumbradas a esa lógica del *sou*, yo estaba acostumbrado a dar más; aunque sintiera cierta vergüenza, no lo podía remediar... Naturalmente, nosotros también teníamos criada, una mujer que iba por horas y a quien yo pagaba más por su trabajo apresurado y de resultados sospechosos que lo que pagaba el Estado en mi país a sus funcionarios diplomados; pasaron años hasta que supe que sólo los franceses más ricos tenían criados; los abogados, los médicos, los miembros de la clase media pudiente se contentaban con una *femme de ménage* que iba por un par de horas al día a barrer el suelo y ocultar la suciedad debajo de los muebles, poner un poco de orden y marcharse a toda prisa... Sólo en las casas verdaderamente señoriales había criadas, cocineras, doncellas y sirvientes; la clase media vivía de forma menos opulenta, más humilde, como los artesanos húngaros. En el barrio apenas había alguna casa con criada.

Era imposible «aprender el secreto». El secreto de la sangre, de las tradiciones, a veces pensaba que de las civilizaciones... Los franceses más ricos eran capaces de vivir en madrigueras; los carniceros, los panaderos, los tenderos y los verduleros, aunque fuesen millonarios, vestían una ropa desgastada y deslucida por el uso, y sus mujeres llevaban con gracia y elegancia los trapos más baratos, esos que prácticamente se regalaban en las rebajas de los grandes almacenes. Bebían vino en las comidas, pero eran vinos ligeros y baratos. Eran humildes en su alma y en su manera de divertirse, escuchaban con verdadera devoción la música popular que se tocaba en las calles, esa música típica de las noches parisinas, esa música barata que habría horrorizado a cualquier tendero alemán habituado al sonido de las filarmónicas... Aquellos millonarios fumaban puros baratos y podían pasar toda una noche sentados en un local sin llegar a pedir más que un café. Vivían su vida, atendían los pequeños placeres cotidianos, lo que un día en concreto les ofrecía, y estaban contentos de vivir así; adornaban sus acciones con formas serias, pero tiraban a la basura esas mismas formas con gesto natural cuando se lo pedía el cuerpo o el momento. ¿Tenían algún «secreto»? Sí, eran franceses. Eran jacobinos y masones, católicos y hugonotes, pequeñoburgueses y comunistas; ni siquiera constituían una «raza» en el sentido estricto de la palabra, mas eran invariablemente franceses en su manera de vivir, de ver las cosas y de comportarse. Eran inabordables, eran franceses en todo: en la forma de discutir en el mercado, de percibir la realidad, de ser «desordenados» en su vida privada, en el modo de ordenar sus pensamientos en instantes críticos, en todo. Un extranjero podía aprender su idioma y sus modales, pero nunca llegaba a descubrir el secreto de su comportamiento.

9

La ciudad se extendía hacia Neuilly, los Campos Elíseos brillaban con luces multicolores, se derrumbaban los palacetes estilo *empire*, construidos *entre cour et jardin* a finales del siglo anterior, y a la par de una verdadera avenida norteamericana iban creciendo modestos rascacielos. La ciudad se transformaba al estilo norteamericano, chillón y molesto. Todo se llenaba de un aire de prosperidad, de sirenas y bocinas de automóviles, de publicidad luminosa, de un estilo ecléctico que los franceses contemplaban con desdén y menosprecio porque les resultaba absolutamente extraño... Los franceses, los franceses de verdad, en su alma y en sus gustos, en sus principios y en sus preferencias, se encerraban con orgullo ante tal revuelo bárbaro de danzas bélicas. El dinero que los colonos extranjeros derrochaban y tiraban por las calles de París —lo tiraban de verdad: yo encontré una noche, en el Dôme, tirados en el suelo, entre el serrín y la basura, dos mil francos en billetes recién emitidos que habría perdido algún americano borracho— lo recogían los parisinos, se lo guardaban en el bolsillo y después, muy enfadados, se apartaban del camino de los extranjeros.

En aquel ambiente hostil, los extranjeros que nos habíamos establecido en París empezamos a adaptarnos a los franceses por un raro mimetismo. Pensábamos que *Paris vaut bien une messe*, y en nuestra actitud y forma de vivir intentábamos parecernos lo más posible a los franceses. Un dibujante húngaro llevó a tal grado de perfección esa transformación interior que los franceses empezaron a ver en él al artista que, por primera vez desde los tiempos de Toulouse-Lautrec, pudo explicar y mostrar la «verdadera cara de la ciudad de París»... Hablábamos en argot, como los franceses, nos vestíamos como ellos, mejor dicho, un poco a la manera de los chulos y otro poco a la de los comerciantes de vino. Todos procurábamos encontrar una casa y desaparecer entre los bastidores de la vida a la francesa. Lola y yo hallamos refugio cerca del Bois de Boulogne, a unos pasos del Arco del Triunfo, en el quinto piso de un edificio destartalado. Penetramos en aquella vivienda de dos habitaciones minúsculas —que el propietario francés nos alquilaba a cambio de una mensualidad bastante elevada como si nos hiciese un gran favor y con un desprecio apenas disimulado— como los conquistadores de una patria nueva y desconocida que pretenden levantar sus tiendas sabiendo que el enemigo acecha en cada arbusto. ¡Teníamos un piso en París! ¡Qué maravilla! Nuestros compatriotas, alojados en hostales y pensiones, nos envidiaban. Aquello parecía una conquista en miniatura: la gente iba a vernos, subía las escaleras, llegaba al quinto piso y se quedaba sorprendida. Yo mismo tuve la feliz y embriagadora sensación, al dormir por primera vez en «mi propia casa parisina», de que mi carrera europea empezaba a tomar forma...

El piso que alquilamos tenía un salón comedor y un dormitorio además de una pequeña cocina y un cuarto de baño de verdad donde las ráfagas de viento apagaban la llama del calentador; en cualquier caso, se trataba de un cuarto de baño como Dios manda, y nosotros derrochábamos el agua y el gas con terquedad. Lola creía haber entendido que los franceses vivían muchos años porque «comían mucha lechuga y no se bañaban»; pero en ese terreno yo insistía en seguir respetando la manera de vivir húngara. En mi nueva casa parisina me entregué por completo al sentimentalismo estomacal: sólo cocinaba platos húngaros e invitaba a mis amigos a degustar las especialidades de la cocina magiar. Porque por fin teníamos cocina propia, una cocina auténtica, ¡y sólo nuestra! Y lo cierto es que los miembros de los matrimonios jóvenes acaban acostumbrados el uno al otro tanto por el fuego de la cocina como por el fuego del amor carnal... En esa cocina minúscula donde apenas cabían dos personas, Zsófi, la cocinera eslovaca que acababan de enviarnos desde casa, cocinaba y fregaba con desesperación. No nos atrevíamos a buscar una criada francesa, pues las temíamos: temíamos el argot parisino que utilizaban, temíamos su manera de cocinar... Siempre temíamos algo de los franceses. Zsófi llegó de Hungría, de nuestra ciudad natal, de la casa de Lola; vivía en París asustada pero orgullosa, apenas hablaba húngaro y despreciaba el francés porque lo consideraba un idioma de mal gusto, indigno de un ser humano. Zsófi era una joven extraña, triste y fea, pero se creía guapísima y se peinaba con «lazos parisinos» de todos los colores. Se sentaba delante del espejo del cuarto de baño como una princesa condenada, se aburría y disfrutaba de su *spleen*. Para ella, ser criada en París, limpiar, cocinar y fregar en aquel «piso» de dos habitaciones que seguramente cabía en el vestíbulo de la casa de Lola, debía de ser el colmo del refinamiento... Disfrutaba muchísimo de aquel giro favorable de su destino, de poder vivir en París, aunque nunca paseaba por la ciudad porque le daba miedo. Nunca se alejaba de nuestra calle y hacía la compra por señas, «como una mudita», decía ella con humildad. Nunca utilizaba los verbos, de modo que no podía construir una frase correctamente: hablaba como Viernes en *Robinson Crusoe*, y cuando se veía obligada a usarlos, sólo utilizaba el infinitivo... Servía sin hablar, como hechizada, muda y entregada; en París, en una cocina donde apenas tenía sitio para darse la vuelta, preparaba platos húngaros, y por las tardes escribía tarjetas postales a sus conocidos para presumir ante ellos. París no le interesaba lo más mínimo. Cuando llegó, un día de febrero, la esperamos emocionados en la estación de ferrocarril para tomar un taxi y mostrarle París; pero ella no levantó la vista, no quería ver los palacetes de los bulevares. Sólo le brillaron los ojos cuando pasamos al lado del mercado de frutas y verduras, donde venció su vergüenza y lanzó un pequeño grito: «¡Ya hay lechugas!» A continuación se calló y no pronunció una palabra más en meses. Vivía muda y asustada en nuestra casa, donde todos los objetos —el horno, la cocina misma, la centrifugadora para secar las hojas de lechuga, los pinchos para la carne, todo— debían de parecerle tan exóticos como para nosotros los de cualquier casa de un pueblo perdido del Congo; y meses después, cuando una tarde de domingo por fin se atrevió a salir de paseo con Lola, se detuvo en mitad de uno de los puentes del Sena y dijo con tristeza: «Un barco...» Era la primera vez que veía uno.

Las ventanas de nuestra casa daban a un estrecho balcón con barandilla, al igual que los edificios que teníamos enfrente, también de cinco pisos. Nuestros vecinos pertenecían a la pequeña burguesía: hombres todos parecidos, con sus gatos, sus perros y sus canarios, que a la hora de la cena se inclinaban sobre un plato de sopa en mangas de camisa y zapatillas; y mujeres despeinadas y envueltas en batas que revelaban sus carnes. Todos se sentaban a la mesa a las ocho en punto, y a las once todos apagaban las luces. Lo que yo sé sobre la manera de vivir de los franceses lo aprendí desde la perspectiva de aquellas ventanas, de aquellos balcones. Escuchaba durante largas noches la tos del jubilado que vivía en la casa de enfrente, y todavía la escucho cada vez que me acuerdo de París... Desde mi balcón los vi acompañar a sus muertos al cementerio, celebrar sus bodas, engañar a sus maridos con el cartero, sentarse a la mesa familiar con el *gigot* en el centro, resolver crucigramas, cortar madera con una sierra, disfrutar de la intimidad de su vida matrimonial, envolver en papel de periódico las monedas que habían ahorrado ese día, vivir y morir... El servicio de noticias del barrio hacía llegar sus nuevas sobre adulterios y dramas familiares incluso a los oídos sordos y vanidosos de Zsófi; el tendero y el panadero, además de preguntar en tono melodioso: «*Et avec ça, Madame?*», comentaban a todas sus clientas las novedades de la noche pasada; la anciana propietaria del herbolario que había enfrente de nuestra casa y su hija Emma, una solterona, contaban chismes suculentos sobre las vírgenes y las mujeres casadas del barrio. Por la zona nacían, se complicaban y morían diferentes relaciones amorosas largas y trágicas, de estilo pequeñoburgués, y Emma, la hija solterona de la herborista, hacía públicas aquellas noticias sobre los vecinos mientras envolvía una bolsita de tila, por ejemplo. Al cabo de unos años, vivíamos en medio de una maraña de chismes provincianos en pleno centro de París.

En una de las casas de enfrente, en un palacete con jardín, llevaba una vida invisible una condesa de apellido histórico; nos enterábamos por la sección de sociedad de *Le Figaro* de que acababa de viajar a su castillo de la Provenza para pasar las vacaciones de Semana Santa o de que había regresado a París y había invitado a sus amigos los marqueses y los condes a tomar el té. Esas tardes, delante de su casa se reunían coches destartalados de principios de siglo, modelos antiquísimos que sólo se veían en el museo del automóvil, que funcionaban con electricidad y no hacían ni el más mínimo ruido, porque los amigos de la condesa, los miembros de esa vieja aristocracia del Faubourg Saint Germain, consideraban que lo verdaderamente elegante era desplazarse en automóviles antiguos, pasados de moda... El *traiteur* de la calle, el orgulloso y barbudo pastelero monsieur Bouisson —cuya mujer, según datos de la herborista, lo engañaba con el dentista de la esquina—, servía personalmente sus *petits fours* en el palacete; desde el balcón podíamos contemplar cómodamente el salón de cortinas amarillas de seda donde se reunía aquel grupo digno de cualquier novela neocatólica francesa; Lola y yo nos apoyábamos en la barandilla y participábamos de forma indirecta y humilde en la vida de la aristocracia parisina. La condesa era una dama de la princesa de Guise, esposa del pretendiente al trono de Francia. Sin embargo, en pocos años se arruinó, alquiló su palacete a un sudamericano y se retiró, muy enfadada, a su castillo de provincias, con lo cual desapareció del barrio y de las páginas de sociedad de *Le Figaro*.

En los elegantes edificios de la calle paralela a la nuestra vivían nuevos ricos, miembros de la burguesía heredera de la riqueza de la época de Luis Felipe que habían acumulado fortunas enormes durante la guerra y la época de paz posterior, capitalistas franceses que a veces perdían miles de millones en bonos del Estado ruso o turco, pero que siempre conservaban cien mil millones más para invertir en la financiación de la política de los Estados balcánicos o de las colonias de ultramar. Eran los vecinos de la Avenue Niel y el Parc Monceau. Por las tardes, aquella elite de parásitos se veía en el local de monsieur Petrissan para tomar unos cócteles; por las noches se reunían en tabernas de tipo bretón y normando con sus bellas amantes y los novios mantenidos de éstas. Eran personas con tanto dinero que ni siquiera tenían tiempo para hablar de política... A mí me gustaba mucho el Parc Monceau, con la estatua de Maupassant, los ruidosos grupos de niños mimados y los plátanos tristes que bordeaban los senderos. Me gustaba el ambiente de la Avenue des Ternes, me gustaban el *spleen* y los plátanos de la empinada Avenue Carnot. Eran avenidas anchas y tranquilas iluminadas por la luz resplandeciente de los años felices de la juventud. Nadie pretendía hacerme daño en ese barrio, ni en las calles silenciosas ni en mi casa del quinto piso. A partir de los primeros días de marzo, el sol iluminaba la casa de la mañana a la tarde; al otro lado de las cortinas, en medio de un cielo azul, se recortaban los conocidos y entrañables tejados parisinos; de una ventana abierta salía música de gramófono y por encima de mi cabeza, en un apartamento del sexto y último piso, unas señoritas muy guapas recibían a sus galanes, señores mayores muy serios que resoplaban al subir los seis pisos... Vivimos durante años en aquella casa. Nunca me enteré de quién era mi vecino del quinto, nunca conocí a nadie del edificio; en las puertas de las viviendas no había placas con el nombre del propietario o del inquilino: eran las señales de un respeto civilizado, de un secretismo secular que protegía y escondía la intimidad de la vida privada.

Encontré la mayoría de los muebles en los almacenes Drouot y en diversas subastas; conseguí unas cortinas de seda elegantísimas, parecidas a las del palacete de la condesa, que acabé colgando de las paredes porque eran mucho más grandes que las ventanas; también adquirí una mesita de servicio con ruedas y otros muebles auxiliares que llenaban la casa sin necesidad y que ponían nerviosa a Lola. En una época hasta compré unos cachorros: regresé de mis andanzas nocturnas con unos chuchos que compré a buen precio a los vendedores ambulantes de la Avenue Wagram, pero al final tuvimos que regalarlos, ya que se ponían melancólicos de estar encerrados en un piso. Sólo el portero del edificio tenía gatos y perros, como todos los porteros de todos los edificios de la ciudad; eran chuchos cojos o de tres patas, pues los perros de los porteros siempre estaban expuestos a ser atropellados por algún coche. Nuestro portero también tenía un chucho viejo y sarnoso que él adoraba. Yo intentaba ganarme a aquel hombre solemne y severo con propinas, regalos y cachorros, porque yo también, como todos los extranjeros, temía a los porteros parisinos, pues solían ser confidentes de la policía. Monsieur Henriquet —así se llamaba aquel portero que nunca olvidaré— vestía siempre elegantes trajes negros; iba arreglado y peripuesto desde que salía de su casa por la mañana. Nunca me reveló cuál era su profesión. Cuando se lo pregunté, se limitó a observar que trabajaba para una «empresa muy seria e importante». Mis conocidos húngaros afirmaban que era verdugo... Tiempo después, al cabo de unos años, lo vi en la entrada del cementerio de Montmartre dirigiendo con mucha dignidad un cortejo fúnebre.

En las escaleras del edificio no funcionaba la luz, así que cada noche teníamos que subir los cinco pisos en la más absoluta oscuridad. «*Cordon, s'il vous plaît!*», le reclamaba con un grito a monsieur Henriquet al llegar a mi casa, y él me odiaba y me despreciaba por mis costumbres y salidas nocturnas, típicas de un extranjero errante. Pero allí arriba, en nuestro hogar, estábamos protegidos por el *Code civile* y disfrutábamos casi de los mismos privilegios que un ciudadano francés. Poco a poco empezábamos a parecernos a ellos: íbamos al cine por las tardes, hablábamos de política, ahorrábamos y comíamos lechuga incluso en invierno porque queríamos vivir muchos años.

10

Fue el inicio de una etapa de tranquilidad, de una *vie douce*; fue como si me hubiese reconciliado con la vida sin proponérmelo.

Lola empezó a buscar trabajo y después de unos tímidos intentos encontró empleo en la orilla izquierda, en una tienda de antigüedades de la rue des Saints Pères en la que se vendían estatuas africanas, pinchos para carne de hierro forjado de Normandía, aguamaniles de la Edad Media, crucifijos con que los ejércitos reales habían partido a Tierra Santa, armas de la época de los francos y mesas de comedor donde los cortesanos de Enrique IV habían almorzado la consabida sopa de gallina dominical, aunque también se vendían cuadros de Renoir y Delacroix, fuentes de barro de artesanía mexicana y joyas de oro de Tierra del Fuego... Los *brocanteurs* y los *courtiers* de las tiendas cercanas se pasaban horas enteras en aquel pequeño museo profano cuyo ambiente acabó cautivando a Lola, que comenzaba a establecer un diálogo personal con los objetos de arte antiguos. Yo me hice amigo de monsieur Privon, el empleado francés de la tienda, que era un hombre muy servicial. Monsieur Privon tenía más de sesenta años, estaba casado y era comunista y masón; fue el primer comunista francés a quien pude conocer de cerca. Nunca había conocido a ningún revolucionario que respetase hasta tal grado los puntos de vista de la pequeña burguesía francesa, sus gustos y sus costumbres; monsieur Privon respetaba a rajatabla todas las normas de la *éducation civile*. Bebía todo el día, mantenía a su esposa, a madame Privon, que era muy celosa, además de a su hijo, que también bebía y jugaba a las cartas, y que acabaría siendo desterrado a una de las colonias, a Costa de Marfil; vestía siempre de rigurosa etiqueta y con sombrero de copa, intercambiaba saludos masones con algunos de sus clientes y asistía por las noches a las reuniones del partido comunista. En la tienda se limitaba a sentarse en un sillón con sus anteojos bien colocados y a leer todo lo que caía en sus manos: lo leía y lo digería todo, y luego se llevaba el botín a casa para incorporarlo a su «biblioteca». También se encargaba de llevar el dinero a su caja de ahorros: todos los meses ahorraba unos cientos de francos de su miserable sueldo. Era el prototipo del francés medio, sabiondo y siempre sereno. Engañaba a su esposa, a madame Privon, con la «viuda de un abogado», y todos, los *brocanteurs* y los *courtiers* de las tiendas cercanas, Lola y yo mismo ayudábamos a mantener en secreto tan peligrosa relación. Un día, monsieur Privon llegó a la tienda con cara larga, muy triste, y nos contó su tragedia amorosa: su esposa había descubierto su infidelidad «con toda certeza». «Se dio cuenta de que me había cambiado de calcetines dos veces en un mismo día», aclaró, muy afligido.

Motivados por el mundo motorizado cuya carrera nos envolvía, y obedeciendo también a un repentino ataque de ostentación, compramos un automóvil. Vivía en París, tenía casa y coche... Por supuesto, del coche sacamos inmediatamente unas fotografías para mandarlas a casa como prueba gráfica del trofeo de una batalla victoriosa. Visto de lejos, tal éxito parecía contundente y respetable, pero en la realidad estuvo a punto de dejarnos inválidos. El automóvil era de la marca Ford, y uno de mis conocidos parisinos lo había modificado, cambiándole la carrocería por otra, extraña y extravagante, que le daba aspecto de coche de carreras; los entendidos en automóviles lo miraban con curiosidad, sin saber cómo catalogarlo. Estaba pintado de verde claro y cuando conseguía ponerlo en marcha corría con empeño y alegría; el problema era que no le gustaba arrancar. Sufríamos mucho con él, creo que aquel año me curé de todas mis pretensiones mundanas, de todos mis deseos terrenales. El automóvil reclamaba algo todos los días: gasolina, aceite, reparaciones... Un día se rompía la bocina eléctrica y al siguiente se pinchaba alguna rueda; había que pagar la plaza del garaje, los impuestos de circulación y el seguro, y nosotros pagábamos desesperados porque no nos quedaba otra salida. Quizá nos faltase dinero para comprar un par de medias, pero teníamos un coche de nuestra propiedad en París... A veces empeñaba el coche y el empleado del Monte de Piedad lo examinaba con cara de desprecio, como si fuese algo sucio, aunque luego se dignaba prestarme unos cientos de francos por él. Vivíamos para el coche, trabajábamos para el coche y nos arruinamos pronto, puesto que a causa del coche disponíamos de poco tiempo para trabajar. Al final se lo ofrecí a mis conocidos extranjeros y franceses, pero ninguno lo quería ni regalado. Por las noches lo dejaba aparcado en las esquinas de las calles de mala fama con la esperanza de que me lo robasen, pero por las mañanas me esperaba en el mismo lugar, mojado por la lluvia, desvencijado, fiel. Acabé vendiéndoselo a un tendero de provincias. Volví a verlo al cabo de unos años, transportando zanahorias y cebollas tiernas.

El coche se adueñaba de todo: de mi dinero, de mi tiempo, de mis ganas de trabajar; me pasaba días enteros intentando ponerlo en marcha, y cuando estaba en perfecto estado, tenía las cuatro ruedas a punto y conseguía arrancarlo, me iba de paseo por París o salía de viaje por todo el país. Debo agradecer a aquel vehículo que me permitiese conocer la tierra francesa, además de los barrios y las calles de París adonde nunca hubiese llegado sin él. Lo conducía sin ponerle riendas, recorría la ciudad durante meses; me metía en calles que ni figuraban en los planos por una decisión repentina, y así iba conociendo la gigantesca maraña de calles, callejuelas y plazas de día y de noche, siempre bajo un enfoque distinto; conocí también los barrios periféricos, tristes y desérticos, donde tribus desconocidas llevaban una vida fuera de toda ley y de cualquier sociedad. El coche me enseñó París. Y me enseñó sus alrededores: por las tardes me llevaba al mar, atravesaba los pueblos normandos y me enseñaba las casas de los campesinos, los caminos comarcales, aquella vida de campo que era la misma, tanto en su esencia como en su contenido, que en la época carolingia. Me mostraba los paisajes de Francia, se detenía delante de iglesias bretonas donde mujeres con cofia participaban en la misa y cantaban en un idioma desconocido e incomprensible, me llevaba a dormir a posadas como la Torre Vieja, a camas con dosel. Me despertaba en casas de la Île de France o me sentaba durante horas enteras a contemplar las vidrieras de la catedral de Chartres, paseaba por los bosques de la Saboya en otoño y por las costas atlánticas en primavera. Poco a poco se abrió ante mí ese país, con su profundo e inteligente orden, sus formas limpias y depuradas, sus paisajes salvajes y amaestrados, su sabio equilibrio... Aquel coche me enseñó Francia. Trabajé muy poco durante aquel año. Viajaba sin mapas y descubría la misma Francia en todos los lugares por los que pasaba, y todo se abría y se aclaraba para mí: los modales de la gente, las estructuras de las ciudades, los castillos construidos a orillas de los ríos, las casas señoriales de las plazas principales de pueblos ignotos, la sonrisa de una mujer rodeada de rosas en Montoire, a través de una verja, las noches tomando vino en tabernas de Dijon o de Tours, los largos diálogos, comprendidos sólo a medias, con extraños en un café de Marsella, la sensación constante de aventuras fugaces producidas en cadena, las piezas y los accesorios de la vida, una mañana entre las vendedoras de pescado de Calais, las rocas rojizas de la Bretaña entre el verde esmeralda del mar, la gente moderna aburriéndose en la arena de la playa de Deauville... Todo eso me lo regaló el coche. Durante un tiempo había creído que París lo era todo, que el resto del país sólo era un complemento, una reserva. Pero cuando el automóvil me enseñó el país, descubrí cuáles eran las reservas que alimentaban la capital, donde esa raza poco pura y poco tranquila había acumulado de todo; de los Pirineos a los Vosgos, de los Alpes a las huertas de Normandía, todo el país se ocupaba de llevar a París lo mejor y más fresco de cada tierra... Los paisajes eran suaves, sabios y ricos, eran los paisajes, pueblos y ciudades que enviaban a sus diputados al Parlamento, unos diputados que nos habían regalado, tiempo atrás, los fundamentos de los «derechos humanos», además de la civilización. Yo viajaba por el país muy emocionado, avanzando con diligencia, de puntillas.

El coche me enseñó los mercados franceses, me mostró las carreteras y los caminos, largos pero no siempre muy rectos, del desarrollo de la burguesía francesa; durante mis viajes comprendía, de repente, los pasajes de mis libros de Historia y empecé a entender el camino «europeo» que ese pueblo, mezcla de razas mediterráneas y nórdicas, había recorrido bajo el liderazgo de los Capetos, los Orleans, los Borbones y los burgueses vestidos de etiqueta. Aquel vehículo desvencijado me proporcionó una buena muestra de la historia de la evolución de la burguesía francesa y me hizo partícipe de una enseñanza ilustrada para europeos avanzados. No me alcanzaba para pagar la factura del gas porque tenía que irme de inmediato a Morlaix, a visitar la casa de Ana de Bretaña... Un día me dio la sensación de haber reunido ya bastante material, así que vendí el coche y me fui a mi casa del quinto piso con la intención de volver de los paisajes europeos a los libros europeos para el resto de mi vida.

• • •

11

La juventud francesa que se rebelaba en contra de la Francia anterior, la oficial e histórica, a la que atacaba en libros enardecidos, me sorprendía por su sentido cruel e intransigente de la realidad. Dicha juventud ya no buscaba «experiencias» en los salones, cafés y tabernas de sus antepasados, sino en China o en Canadá. No había en sus libros ni rastro de la embriaguez de la *gloire*, no empleaban ni uno solo de los adjetivos altisonantes del vocabulario imperial. Se hacían eco, con una disponibilidad y una sensibilidad extremas, de todo lo que ocurría en el mundo, miraban a Occidente y a Oriente con una curiosidad desprovista de todo romanticismo y, sobre todo, sabían escribir. Me sorprendía la riqueza de su expresión. Me sentía un pordiosero, un miserable con respecto a ellos. La seguridad de la que hacían gala incluso los escritores con menos talento despreciaba la herencia de los parnasianos; en la joven literatura francesa no se notaban ni la erudición ni los propósitos, parecía que la literatura dejaba de preocuparse por un momento de la forma... Su idioma, ese idioma ancestral, depurado, ese material sensible y resistente, la lengua de la claridad y la expresividad, aún era inabordable para mí; hoy día sigo convencido de que un escritor no puede cambiar su patria lingüística a una edad ya adulta, y menos todavía trasladarse al idioma francés; en los oídos de un extranjero retumban con su extraña acústica los vocablos de ese idioma siempre inseguro para él, ese caos sordo que lo envuelve al tener que elegir entre dos sustantivos o adjetivos de significado similar en francés... No puedo saber si una palabra se ha enfriado o si, por el contrario, se ha encandilado en el uso de los últimos siglos o incluso de las últimas décadas; un idioma tan antiguo, tan vivo y tan lleno de preocupaciones de toda índole nunca entregará su último secreto a los extranjeros, y en los momentos «decisivos» —y para un escritor cada momento del proceso de creación es «decisivo»— sólo sentiremos la amarga soledad de la ignorancia, de la falta de iniciación, pues las palabras únicamente nos entregarán su significado y guardarán su verdadero valor para los miembros de la familia francesa.

Cuando leía a Proust, advertía con pánico que no tenía ni la menor idea de la profesión de escritor. En aquellos años, el mundo de Proust se iba abriendo a las nuevas generaciones: las anteriores lo consideraban un «esnob», un neurótico incapaz de dejar de contar historias insignificantes, un escribano de las extravagancias de la vida privada de una sociedad mundana. Durante un tiempo, sólo los críticos más atrevidos dieron fe de las dimensiones de su mundo; y detrás de ellos, una generación entera de lectores interesados empezaba a atisbar que la «sociedad mundana» representada en las obras de Proust era pariente directa de la humanidad más universal, con cada uno de sus mitos y recuerdos, y que detrás de esos «asuntos privados extravagantes», minuciosamente retratados, de las relaciones humanas, los ambientes, las acciones y los encuentros «sin importancia», se escondía todo un cúmulo de vivencias ancestrales, comunes a toda la humanidad. Proust creció en aquellos años y eclipsó cualquier intento literario. No era posible escapar a su influencia, ni siquiera para los que nunca habían leído una sola línea suya. Un fenómeno extraordinario de ese tipo atraviesa la materia de la literatura con una fuerza y una luz irresistibles, y llega incluso hasta los paganos y los ignorantes, ya sea directamente o a través de ciertos filtros. Los escritores de la generación siguiente escribían bien, pero albergaban dudas, no sobre sus capacidades sino sobre su vocación y sobre el prestigio del gremio de los escritores. No es casualidad que fuese aquella generación, que por suerte o por desgracia conocía todos los secretos de la elocuencia y la retórica, la primera en la Historia de las bellas letras europeas que habló de la «traición de los escritores»: la palabra del escritor había perdido el efecto, el respeto y la credibilidad, ya no era capaz de cambiar ni un grano de arena en el mundo. Los literatos habían malgastado la herencia histórica de los enciclopedistas, la autoridad de la palabra escrita para cambiar la sociedad. La literatura había perdido su credibilidad moral. Ni el poema más perfecto, ni el drama más revelador, ni la verdad épica podían ya cambiar el destino humano. El escritor no era capaz de influir en los designios de la época; se le escuchaba, se le aplaudía y se le olvidaba como cualquier otro espectáculo de feria. Los «grandes espíritus» de Europa —a pesar de desplegar todo un abanico de fuerzas visionarias y de discursos enardecidos e iluminados— ya no podían contrarrestar las oscuras intenciones de un banquero decidido, de un político corrupto o de un general con su espada desenvainada en la mano. Los escritores expresaban cada vez con más fuerza y genialidad el hecho de no tener fuerza, de haber fracasado.

Participaban en la revolución como francotiradores espirituales, como miembros de un grupo de operaciones especiales; ya no lideraban ningún movimiento, sólo obedecían. Los «grandes» escritores protestaban con enfado contra los éxitos del periodismo y contra la traición de los «estilistas»; Valéry, en su complicado y vanidoso discurso de entrada en la Academia, ni siquiera mencionó el nombre de su precursor, Anatole France. El joven genio que malgastara su tiempo en una buhardilla, encorvado sobre el papel y mordisqueando su pluma, sólo podía contar con un «éxito» parecido al que puede cosechar un acróbata de feria o un vendedor ambulante de vinos; tenía que saber que tal vez lo admirarían y lo aplaudirían, pero que ya nadie le creería ni le haría el menor caso nunca, puesto que con toda razón, la civilización europea esperaba más la redención por parte de un ingeniero fantástico o de un político astuto que de los literatos «entendidos». Eran tiempos favorables para las sectas. El nuevo aire de misticismo que recorría la vida intelectual y espiritual francesa penetraba incluso en las mentes más claras y jacobinas; se formaban «movimientos» de todo tipo: movimientos espirituales que se degradaban en experimentos políticos, movimientos literarios que abocaban en acciones de tipo político...

Yo vivía cerca de la Salle Wagram, una sala de reuniones donde se celebraban veladas de boxeo, asambleas anuales de radicalsocialistas y recitales poéticos del Club de Faubourg. Empecé a participar en aquellos encuentros populares por puro aburrimiento y acabé convirtiéndome en un asiduo porque era allí donde mejor se manifestaban para mí las dudas de los franceses: en la tribuna, los oradores debatían temas diversos, desde el matrimonio y el amor hasta la buena y la mala literatura, discutían de los alemanes, de cuestiones de guerra y paz; era el pueblo el que hablaba, era la voz de la calle, como antaño se hablaba en los mercados de Grecia y de Roma, y la calle dudaba... La duda impregnaba por completo la vida francesa de la posguerra. Desplegaban una extraña sensibilidad al dudar de su propia verdad, de la «misión» designada para Francia, y todos los que convivíamos con ellos terminamos también dudando. En la política todavía reinaban las «fieras», la generación anterior, la de los tigres y los zorros, Poincaré y Briand, Caillaux y Joffre. La leyenda de la «seguridad» imperaba todavía. Sin embargo, el pueblo se daba cuenta de que no había ningún tipo de «seguridad» en ningún punto de la vida, ni para el individuo ni para el Estado. La Francia grandiosa, trabajadora, rica y sana de aquellos años tenía miedo. Los políticos proponían pactos para la «seguridad» desde las tribunas, mientras que el pueblo sentía con absoluta certeza que ese país enorme, tan rico y armado hasta los dientes, con su aparato completo de seguridad y sus abundantes reservas, podía alcanzar una peligrosa situación de crisis que lo sacudiría profundamente, tras lo cual le serían designados un nuevo lugar y una nueva misión en el mundo. Las formas puras y espirituales de la *raison* no conseguían aplacar las dudas. Uno de los pueblos más antiguos y poderosos de Europa, en la cima de su gloria y su riqueza, empezaba a preocuparse de verdad por su vida, por su papel, por su civilización, por todo. De alguna manera se veían solos... y no exclusivamente en política. Sus colchones estaban forrados de billetes, sus fronteras estaban custodiadas por ejércitos armados hasta los dientes, su tierra entregaba con creces todos sus frutos y riquezas y, sin embargo, detrás de ese idilio de la pequeña burguesía se dibujaba una extraña angustia contraria a la *raison* que impregnaba la vida de Francia. Todos eran muy adinerados y todo desbordaba prosperidad y abundancia. Estaban sentados a una mesa ricamente puesta, llena de los manjares más exquisitos, pero temblaban de miedo ante la posibilidad de quedarse sin nada.

12

Convivíamos con ellos sin hacer ruido, como durante las primeras semanas, listos para marcharnos de allí, de paso, sin deshacer del todo las maletas... Ya conocíamos a franceses de carne y hueso, y yo ya había tenido ocasión de entrar en alguna casa francesa, aunque más a los dormitorios que a los salones. Ya conocíamos a familias francesas que nos invitaban a tomar el té y a pequeñas fiestas en las que los parientes charlaban y las primas y las tías permanecían sentadas muy erguidas en sus sillas, muy solemnes, con sus sombreritos en la cabeza y la taza de té en la mano, como si estuvieran en una recepción diplomática, y «conversaban» entre sonrisa y sonrisa echando mano de expresiones antiguas, típicas de los salones, como si fuesen desconocidos que comparten un vagón de tren. Yo ya sentía lo que había detrás de su manera de relacionarse, en el fondo de sus vidas, y lo sentía también en los terrenos donde se mantenían cercanos a la vida: en el amor y en el pensamiento. Habían pasado varios años y nosotros seguíamos sin deshacer del todo las maletas, pero ya empezábamos a reírnos en el momento oportuno... Yo comenzaba a atisbar su secreto: el secreto de la mesura, de las proporciones. Sabían en cada momento y con una total e implacable certeza lo que querían, cuándo, dónde, cómo y en qué proporción; sabían perfectamente si algo o alguien les convenía o no. Llegué a conocerlos, a conocer su enternecedora humildad, su falta de gusto consciente; los admiraba por su forma de abrirse ante el mínimo roce de la vida y de alegrarse con los fenómenos de la naturaleza y la civilización, por su manera de atreverse a reivindicar y a defender sus sentimientos, a maravillarse y a emocionarse, a no tener vergüenza de nada humano, de nada artificial u obligatorio para la convivencia, por su manera de atreverse a ser franceses y, en consecuencia, a transformarse en una raza europea naciente, y por su forma de prepararse para ello.

Porque ni mi portero ni los escritores ni el presidente de la República se resistían a aceptar que habían cumplido ya su papel en el mundo. Ni se lo creían ni se conformaban; no aceptaban el hecho de que habían obsequiado al mundo con la civilización y de que a partir de entonces tendrían que conformarse con la figura de administradores del capital intelectual, espiritual y material del mundo, con la figura trágica de Harpagón, a la que eran propensos hasta cierto punto. Todavía tenían a algunos políticos como Briand, que educaba a Francia para desempeñar un nuevo papel europeo, a escritores y filósofos, a panfletistas y banqueros que no se conformaban con la «decadencia de la filosofía de la burguesía» —como lo denominaba uno de los más excelsos panfletistas de la posguerra en un ensayo de tintes necrológicos—, que buscaban lemas nuevos en cuyo nombre emprender la última aventura colonial de Francia. Eran humildes, pero vivían condenadamente bien. Eran inocentes y observaban la vida con una visión clara y tajante, eran ricos y fuertes, pero temblaban de miedo. La sombra que se proyectaba sobre su existencia era la manía de la *sécurité*, y el elemento que la infectaba era la manía del dinero. Los franceses capitulaban ante el dinero de manera trágica, sin condiciones, a conciencia, entregándose por completo.

Nosotros vivíamos tolerados y apartados. Durante aquellos años no esperábamos nada en particular, pero aprendimos del ambiente a apreciar los regalos de la vida. Los años que vivimos en París brillan con una luz constante en el horizonte de mi juventud. Habíamos salido de una catástrofe y quizá tuviéramos que enfrentarnos a otra, pero los años pasados en Francia se elevan como una isla soleada entre el paisaje más bien brumoso de la juventud. Allí aprendí a ser humilde y exigente, a tener capacidad para palpar la realidad y también una conducta más sencilla, exenta de todo servilismo, ante la vida, caracterizada simplemente por su aceptación. Me sentía un extraño en París y quizá fuese esa condición de extranjero lo que tanto me gustaba. Estaba entre los franceses pero no estaba con ellos, vivía en un estado de rara impersonalidad. Me gustaban las calles de la ciudad, su clima, la lengua francesa, sus poetas y sus filósofos, sus vinos, sus comidas, sus paisajes, los ojos maravillosos de las mujeres, llenos de fuego oscuro, y al final del sexto año advertí con sorpresa que me gustaba incluso el serrín con el que cubrían el suelo de bares y restaurantes. Era un extraño, un *sale mètèque*, según sus palabras; naturalmente, nunca llegué a aprender lo que los hacía franceses, pero sí lo que me hacía extranjero a mí, lo que hacía que yo fuese «yo». Lo único malo era que cuando llamaban a la puerta de mi casa, siempre me estremecía porque pensaba, incluso al final de mi estancia de seis años, que era el «enemigo», pero luego resultaba que era el cartero con un telegrama, o el mozo de la panadería, que llegaba con el pedido.

Cuarto capítulo

1

Desde París se abrían caminos que llevaban al mundo, sólo había que ponerse en marcha... Una primavera viajé a Damasco. Estuve viajando en barcos destartalados por los puertos del Mediterráneo, tras lo cual me retiré a un pueblo de pescadores de Bretaña y me quedé allí hasta que llegó el otoño con sus lluvias persistentes. Durante ese otoño siguiente a mi viaje primaveral y a mi estancia veraniega en Bretaña, empecé por fin a trabajar. Volví a mi casa parisina y, de repente, comencé a expresarme con libertad y sin miedos, como un niño que ya ha aprendido a hablar. No es fácil analizar ese tipo de «liberaciones». No puedo definir la «experiencia», no conozco el proceso anímico que abre camino a esa avalancha natural, a la capacidad —exenta de cualquier duda o temor, casi impúdica— de la escritura y de la expresión. Sabía que lo que escribía era imperfecto, oscuro y de formas poco definidas, pero ya no podía resistirme a la obligación de escribir. Escribí un libro, un libro malo. En mi trabajo tuve que afrontar resistencias materiales, formales y lingüísticas que ignoraba y que me hacían comprender que hasta entonces había estado vagando en medio de la bruma, el viento y la noche, que había estado debatiéndome con fantasmas hechos de niebla y que lo que en ese momento se abría ante mis ojos pertenecía al día; desde la dimensión aérea de la juventud había aterrizado en el suelo, me había topado con la realidad de la materia y había encontrado una serie de resistencias palpables y materiales.

Sin embargo, recuerdo a la perfección la mañana de Damasco en que, «sin previo aviso», de una manera obvia, sencilla, inevitable y cruel, apareció ante mí lo que «tenía que hacer», como si alguien me hubiese arrojado la verdad a la cara... Hace ya muchos años de aquello, pero yo sigo viendo con igual nitidez el patio rodeado por muros blancos, sembrado de eucaliptos y olivos; veo el mantel de rayas sobre la mesa, el frasco con miel, el ejemplar de la *Gazette de Beyrouth* al lado de la taza de té... Eran las siete de la mañana, pero el sol ya iluminaba y calentaba con todo su vigor; el silencio inundaba el patio del hostal, un silencio que nunca había oído, el silencio de la aniquilación, ese sentimiento de felicidad repentina que se te presenta sin ningún motivo, como si hubieses comprendido de golpe lo que la vida te depara de bueno y de malo. Ese sentimiento de felicidad no se presenta de forma tan plena ni siquiera en los momentos del éxtasis amoroso. No se trata más que de una luz resplandeciente, de un rayo que ilumina el paisaje de la vida, un rayo que te ayuda a ver el «instante», algo que es igual a la vida entera, el espacio entre dos aniquilaciones. Algo parecido me ocurrió en Damasco. Poincaré, el matemático, relata que estuvo buscando la solución a un problema de geometría y que no era capaz de acercarse a ella ni por medio de las más complicadas elucubraciones mentales, hasta que un día, al subir a un autocar que se dirigía a Caen, en el preciso instante en que pisaba el primer peldaño, de repente «lo comprendió». ¿El qué? En el instante en que encontró la solución no estaba pensando en el problema, y tampoco pensó en la solución mientras duró el viaje; se le antojaba tan simple como si hubiese encontrado en el bolsillo de su chaleco un reloj perdido; pero unos meses después retomó el trabajo y elaboró con facilidad asombrosa la complicadísima fórmula... Quien no haya vivido algún instante así en su trabajo, en sus relaciones vitales con el mundo, se ha perdido una de las mayores aventuras de la vida, difícilmente explicable. El trabajo es una «aventura» de ese tipo: uno «se topa» con él un día... De aquella mañana en Damasco no conservo más recuerdos que los pocos objetos que he mencionado; recuerdo la topografía de la «experiencia», veo con total claridad y nitidez el patio del hostal, el sol dorado, las sombras negro azabache, pero eso es todo lo que tengo como «prueba» de la autenticidad de mi vivencia. Apenas me veo a mí mismo entre esos bastidores y no recuerdo ni un solo pensamiento de los que tuve. También ignoro cuánto pudo durar ese «instante», pues vivía en una dimensión temporal muy poco definida donde los minutos o las horas no importaban. En esos momentos, un intenso rayo de luz cae sobre los paisajes anímicos e ilumina territorios nuevos que habían estado en la penumbra hasta entonces, paisajes poblados de seres queridos.

Esa «experiencia» indeterminada, insulsa e inactiva de mis andanzas por Oriente me puso delante a personas, métodos y caminos que debía abordar con cautela... Durante largo tiempo albergamos la creencia de que conocemos nuestros propios deseos, nuestras inclinaciones, la naturaleza de nuestras emociones. Pero en instantes así, una explosión estridente —porque el *pianissimo* del silencio puede ser tan estridente como el *fortissimo*— nos avisa y nos hace comprender que estamos viviendo en un lugar distinto al que nos gustaría, que tenemos una profesión diferente para la cual apenas estamos capacitados, que buscamos los favores de unos, provocamos la ira de otros y vivimos en la indiferencia, a distancias ciegas de las personas a quienes en realidad queremos y deseamos, de las personas con quienes tenemos una verdadera relación porque compartimos algo con ellas... Quien cierre los ojos y los oídos ante un aviso así se quedará para siempre al margen de la vida, será torpe e infeliz. No es el sueño, no es la «ensoñación» la que nos avisa; es más bien un estado anímico repentino que nos señala lo que es verdadero y auténtico en nuestra vida, lo que es nuestro, nuestra tarea, nuestra obligación, nuestro destino; esos instantes nos indican lo que en la vida es personal e intransferible, lo que constituye el contenido específico de cada persona dentro de la fatalidad y la miseria generales humanas. En instantes así nunca me quedaba reflexionando, obedecía las instrucciones de inmediato y con la tranquilidad de un lunático. Ese otro sueño, la visión que se esconde tras la penumbra del sueño y de la vigilia, me llama la atención en ocasiones para señalarme a personas a las que me unen lazos de trabajo o de amistad, como en otro tiempo me indicaba a las mujeres cuyo amor buscaba; y cuando obedezco las instrucciones de esas señales mudas, nunca me equivoco.

Ese tipo de «experiencia» es casi inenarrable. Eso era lo que yo había conseguido en mi viaje por Oriente. Más tarde volvería a los mismos parajes, viajaría por el Nilo hasta Sudán, llegaría a Jartum, me aburriría en Jerusalén y subiría a los montes del Líbano, pero nunca más volvería a encontrar la sensación de apabullante felicidad de aquella mañana en Damasco. Sólo encontraría baratijas exóticas, material folclórico, hermosos clichés de libros de viaje... Jamás volvería a ver un paisaje que me incitara a permanecer en él ni una ciudad que me invitara a atravesar sus muros. «Aprendería» a viajar, adquiriría cierta rutina de tipo profesional, sería capaz de ver y de sentir con economía, y nunca un paisaje, por altisonante que fuese, volvería a producirme ese mareo desbordante de felicidad que sentí en mi primer viaje a Oriente. Los viajes fueron perdiendo para mí su carácter de desplazamientos sucesivos, y hoy en día me importa más el hecho de partir desde lo conocido que el de llegar a lo desconocido. Ese complicado rasgo de mi «carácter», la infidelidad que lo determina como una enfermedad, las faltas y las aptitudes que me hacen sufrir y cuyo conjunto, no obstante, define lo que «yo» soy, impregnaba también mis viajes y marcaba mis itinerarios. Un hombre infiel no lo es sólo con sus seres queridos, sino también con las ciudades, los ríos y las montañas. Esa fuerza coercitiva es más poderosa que cualquier consideración de tipo moral. Yo «engañaba» a mujeres y ciudades por igual, y de ambas sentía a veces nostalgia; me iba a Venecia con la idea de pasar allí unos meses, pero me escapaba al día siguiente para quedarme semanas en un pueblo cualquiera sin interés alguno... Toda persona es la misma en cada una de sus relaciones: alguien que sea infiel a su «pequeño mundo» personal será también infiel al vasto mundo, al universo. Asomado a la barandilla de algún barco o a la ventanilla de cualquier tren, con una leve «nostalgia» pero emocionado por la belleza del universo y deseoso de expresarlo con palabras, una voz interior, triste y poderosa me advertía que mi entusiasmo, mi nostalgia y mis pasiones eran artificiales y fingidos, que en realidad no tenía nada que ver con aquellos paisajes y no deseaba viajar a ningún sitio. No tenía más patria que la zona del mundo en la que se habla húngaro. Un escritor no tiene más patria que su lengua materna. Así que al cabo de cierto tiempo empecé a viajar con un entusiasmo ficticio y obligatorio.

Los recuerdos que me quedaron de aquellos viajes salvajes de la juventud —cuando estaba constantemente al acecho de cualquier presa, cuando me apropiaba con ansias inocentes y entusiasmo vándalo de paisajes y calles que trasladaba a la esfera de mis recuerdos— duraron poco. Un día empieza a viajar el alma, y entonces el mundo estorba. Ese día partimos, sin proponérnoslo ni estar preparados para una expedición, y, comparado con ella, un viaje por la India parece una insignificante excursión de fin de semana, un paseo. El hombre sin barreras interiores y por tanto infiel se vuelve cada día menos exigente, viaja cada vez menos, casi se conforma con el anuncio publicitario colgado en el escaparate de una agencia de viajes que le recuerda la existencia de lo infinito.

2

El domingo de mis años parisinos era el día de Londres. Al principio sólo me atrevía a cruzar el canal por espacio de un par de días: me paseaba con mucha cautela por las calles del centro de la ciudad, abría los ojos perplejo en los restaurantes y en los museos, y tras el fin de semana en soledad —¡ay, la dulce, la plena, la inolvidable soledad de Londres!— volvía a París el lunes por la mañana. Unas pocas horas de viaje a través de la frontera representada por las aguas del canal me llevaban tan lejos de lo conocido como si hubiese viajado a Ciudad del Cabo. Me encantaban aquellos viajes improvisados, los paisajes de Normandía que el elegante «tren inglés» atravesaba. Los franceses hacían circular sus mejores trenes, los más nuevos y perfectos, por aquellas vías, el menú del vagón restaurante era de lo más exquisito y los revisores y demás empleados tenían un trato educadísimo con los viajeros porque, más allá de su antipatía secular, la única raza cuya superioridad civilizada obligaba a los franceses a ser más humildes ¡era precisamente la inglesa! Yo hacía el trayecto que pasaba por Dieppe porque los trenes eran más económicos. Me gustaba partir de madrugada desde la estación de Saint Lazare, llena de trenes con vagones de estilo «imperial», de dos pisos, y contemplar a la multitud de franceses, oficinistas y obreros, que llegaban a París de los alrededores en grupos disciplinados por encima de cualquier iniciativa de tipo «personal»; me encantaban los trenes ingleses, limpios y ordenados, el carácter reservado de los turistas que volvían a su país, esa manera de saludar, de expresarse, de callarse y de escuchar que se volvía tan palpable: parecían hacerse más ingleses, más aislados en sí mismos con cada kilómetro que nos acercaba a la otra orilla... En Dieppe el tren pasaba por las calles de la ciudad de manera íntima y bajaba hasta el puerto, donde nos esperaba un destartalado ferry de vapor, y desde que subíamos a bordo se abría ante los viajeros ese otro mundo tan diferente, el misterioso mundo inglés. Todo se volvía más silencioso, más disciplinado, más triste. El ferry partía, el *steward* servía el almuerzo y, a cinco minutos de distancia de Dieppe —cuando todavía se veían los excelentes restaurantes de la orilla, donde unos normandos barrigudos comían sopa de langosta y tomaban vino tinto—, los viajeros empezaban a comer como en casa, a alimentarse con gusto de cordero en salsa de menta; el olor a grasa animal envolvía el restaurante, el pan era insípido y seco, y el vino, malo y caro: ya estábamos en Inglaterra. Los viajeros miraban de otra forma, hablaban más bajo, los camareros atendían de otra manera —con más educación que los franceses y, al mismo tiempo, con más orgullo—, los clientes pedían el menú de una forma diferente, menos confidencial y franca pero más humana. El aire se llenaba del olor dulzón del tabaco inglés, el aroma del té se volvía embriagador... Me gustaba aproximarme a las rocas blancas bañadas por el sol; las aguas del canal hacían que el ferry se moviera sin piedad; unos niños ingleses apreciaban con entendimiento la velocidad de la embarcación. Me gustaba contemplar el azul oscuro del mar media hora antes de llegar a Folkstone o a Newhaven, cuando ya se vislumbraba la costa y barcos enormes salían de los puertos del Imperio hacia las colonias; brillaba el sol, el viento cruel del canal nos salpicaba de agua salada, los ingleses se envolvían en sus chales o se ponían sus impermeables y subían a cubierta, casi como en la novela de Julio Verne, cuando Phileas Fogg regresa de su viaje alrededor del mundo: fumaban en pipa, miraban la costa con sus catalejos y sonreían constantemente... Sonreían incluso las mujeres mayores, muy huesudas, mientras el viento alborotaba los lazos de sus sombreros alrededor de sus barbillas peludas; las más jóvenes se enfrentaban al viento con su cuerpo amaestrado, disciplinado y concienzudo. Conversaban y se interpelaban unos a otros porque la delgada línea blanca que se divisaba en el horizonte era ya Inglaterra. Todos parecían encantados de volver a casa, incluso los camareros y los marineros que iban y venían a diario entre la isla y el continente. Media hora antes de llegar a Inglaterra, en el ferry ya se notaba con claridad que el canal era algo más que una simple barrera natural entre la isla y el resto del mundo, y que allí, tras las rocas blancas, empezaba otra vida muy distinta de todo lo que la gente del continente conoce, ama y desea, otra verdad y otro honor, cerveza con otro sabor, amores de otra naturaleza, tan terriblemente diferentes como si un viaje en barco de varias semanas separase al viajero de Dieppe, aunque apenas dos horas antes hubiéramos estado discutiendo con el camarero francés. Media hora antes de llegar a Folkstone ya nadie discutía con el camarero. En el ferry viajaban auténticos caballeros: viajeros-caballeros, maquinistas-caballeros y pinches de cocina-caballeros. Eran caballeros de una forma incomprensible, eran diferentes, sus nervios interpretaban de otra manera cada palabra pronunciada, necesitaban más tiempo para dilucidar cada concepto, para analizarlo por su contenido moral e intelectual y, en efecto, respondían cuando el que había preguntado ya tenía olvidado el problema... Durante la última media hora antes de llegar a Newhaven hablaban más animados que antes. Regresaban a su casa desde el vasto mundo, desde sus colonias de la India, Australia y Canadá; habían hecho sus conquistas, sus negocios, habían visto muchas cosas, habían respirado el aire de la libertad a pleno pulmón y volvían a sus casas de la isla para adaptarse de nuevo a las particulares leyes de su civilización, no sólo en sus acciones, sino también de una forma más profunda y oculta, obedeciendo con sus nervios, sus deseos y sus pensamientos... Volvían a casa. Nadie es capaz de volver a casa de manera tan activa como los ingleses.

Sin embargo, cuando conseguían dinero, cuando les sobraba una sola libra, cuando disponían de una sola hora libre, corrían hacia el continente o hacia el vasto mundo porque no aguantaban la vida en casa. Y no la aguantaban porque se aburrían. Se aburrían con tanto empeño, conciencia, preparación y dedicación como si el aburrimiento fuese la ocupación nacional más importante. Cuando tenían cincuenta libras de sobra, corrían al continente en busca del sol, de la sonrisa, de la libertad de vida individual, no del todo pulcra, que no se atrevían a aprovechar estando en casa, en esa isla tan disciplinada y tan limpia, tan condicionada por las opiniones de la gente y por el terror anímico..., porque la falta de libertad hace a veces la vida insoportable incluso a los ingleses. Corrían hacia parajes soleados, hacia la luz del sol o la luz artificial de las ciudades del continente, hacia la Riviera, hacia las colonias, porque eran el pueblo más libre de todos; habían comprado su libertad con dinero contante y sonante, en cada ocasión, a sus reyes lujuriosos, sedientos de sangre, mujeriegos y asesinos; la City había pagado los *bills* y las *chartas*, había comprado la libertad para sus ciudadanos y ellos, en plena posesión de sus derechos, habían creado el modelo de la sociedad civilizada; sólo que no se sentían bien de forma continua y automática en esa civilización tan modélica, tan patentada... Regresaban de sus excursiones callados, llenos de remordimientos y con un brillo taimado en los ojos, y bajaban la vista al suelo al pisar la tierra de la isla porque también eran pérfidos, volvían a su isla, a su casa, a su *home* y seguían viviendo y creando allí, en su civilización estéril de alto rango por la que todos ellos habrían muerto a gusto, pero no soportaban el aburrimiento de tanta disciplina. Sólo allí podía haber ocurrido que, después de la guerra, uno de los parlamentarios pronunciara un discurso enardecido en la Cámara de los Lores ¡exigiendo medidas gubernamentales contra el aburrimiento!

El cómodo tren corría luego por el paisaje inglés y desde las miradas, los tonos de voz y las sonrisas de la gente, desde los mismos gestos del revisor, me llegaban los efluvios de ese aburrimiento intrigante y misterioso de los ingleses que yo absorbía por mis nervios continentales, intranquilos y hechos añicos como si fuese el humo de un cigarrillo de opio. Después del pánico del continente, Londres era un sanatorio donde yo me refugiaba durante algunos días para guardar régimen y someterme a una cura, una cura de duchas frías en la hospitalaria tranquilidad que cubría la isla por entero. Me encantaba llegar a Londres y me encantaba partir de Londres. Lo mismo les sucedía a los ingleses. Me gustaban los modales de los maleteros de la estación Victoria: al coger mi maleta con sus manos parecían individuos elegantísimos; me gustaban los automóviles cómodos, altos y bien proporcionados, muy cuidados por los chóferes; me gustaba la primera bocanada de aire que respiraba en las calles londinenses, ese olor húmedo a moho, a aceite, a grasa de cordero asado, ese olor que hacía que me picara la nariz, el olor a té y a colonia Atkinson de las calles del centro, el olor de la City, donde se me antojaba que se habían acumulado los vapores seculares producidos por distintos gremios. Normalmente llegaba hacia las seis y media de la tarde, me sentaba en el vestíbulo de mi hotel, en el sillón más confortable y rodeado de todas las bondades del sistema jurídico y del contrato social, el sistema más cómodo y civilizado que existe en el mundo; y exactamente igual que otros cuarenta millones de personas en la isla a la misma hora, me aburría durante hora y media hasta el momento de la cena, bien acomodado, con las piernas estiradas y la mirada en el techo, libre y disfrutando de cada instante.

3

La atmósfera de Londres era erótica; Londres es quizá la única ciudad del mundo con una atmósfera erótica inconfundible. En París la gente se besaba en la calle y hacía el amor en los cafés..., pero el erotismo es algo oculto y rodeado de secretos; el erotismo es siempre el *dessous*, nunca la desnudez. En Londres no he visto ni un beso dado en una mano en público que durase un segundo más de lo debido o se prolongase de cualquier forma. Mas la ciudad rebosaba erotismo y en la niebla se oían gritos de placer. Me gustaba detenerme por las noches delante de la entrada de algún teatro para observar el desfile de unos cuerpos humanos perfectamente construidos, envueltos en frac y en vestidos de noche con escote; me gustaba contemplar la suave debilidad de la sonrisa solemne y social de aquellas personas selectas, cuando mostraban, en el vestíbulo del teatro, sus cuerpos idealmente esculpidos y cuidados, cuando hacían gala de su educación, como animales de circo amaestrados demostrando sus habilidades, cuando mostraban sus joyas, que resplandecían bajo las luces; y al contemplarlos, pensé que para que aquellos cuerpos estuvieran tan atléticos y pulcros, cada día moría en algún rincón del mundo un africano o un hindú. Sentía como si aquella representación deslumbrante y trágica hubiese llegado a su fin; lo observaba todo con mucha atención, y los propios actores parecían opinar que el dramático desenlace no podía pasar desapercibido. Por cada uno de aquellos ingleses tan cuidados, quizá incluso hasta por el ascensorista del hotel, trabajaban hasta la muerte varias personas de color, que también trabajaban por los parados impecablemente vestidos que se paseaban con dignidad y aburrimiento por Inglaterra, unos cinco millones en total, que consumían su tiempo fumando en pipa, tumbados en el césped de algún parque público y visitando los balnearios de Bretaña en la época de inflación en Francia para derrochar, con el palo de golf en la mano, el subsidio de desempleo. Por ese país, por esa isla verde, envuelta en la niebla, trabajaban sudando hasta la muerte varios cientos de millones de personas en muchos lugares del mundo. Es cierto que ellos también trabajaban, pero muy poco convencidos y sólo lo necesario. Hacían los trabajos más exclusivos, los más selectos, los más nobles. Al hotel en el que yo me alojaba solían llegar, a principios del otoño, ingleses de provincias para disfrutar de la *season* con su familia, sus gatos y sus perros. Se pasaban el día en el vestíbulo, jugando al solitario o sentados allí en silencio, iban a jugar al golf, hablaban de lo ocurrido en sus partidas... Estaban meses así, lejos de las fábricas de Manchester o de Essex, sin hacer nada, sumidos en una actitud de constante espera, con un libro en la mano y una mirada fría e inocente en los ojos, una mirada inabordable que no preguntaba nada ni respondía a nada, una mirada de las que suelen molestar. Yo me sentía un poco como un hombre negro entre blancos y un poco como un niño entre adultos, y pensaba que sabía algo más de la vida, de los negocios y del amor, algo más preciso y más seguro que aquellos ciudadanos amaestrados, atemorizados por sus propias dudas... Pensaba que los ingleses no «vivían», que en ningún caso «vivían» en el sentido centroeuropeo, inquietante, de la palabra, según el cual la vida es una representación continua... La gente continental tarda en aprender que los ingleses no son en absoluto «inocentes»; lo que ocurre es que la astucia típica de la gente del este y del centro de Europa, su astucia para hacer negocios, para conquistar y embelesar no puede con la tranquilidad bien informada de los ingleses. «¡Son inaccesibles!», comentaban los centroeuropeos que andaban de aventuras por Londres. Eran más instruidos que nosotros en los negocios y en la vida social, eran más astutos y más ejercitados, y se resistían con absoluta serenidad a nuestras técnicas de venta. Nosotros les exponíamos y les explicábamos las cosas durante horas mientras que ellos permanecían callados y, al final, sólo decían «No», y ese «No» sonaba como suena un cañón. Y cuando decían «Sí», no siempre había que tomarlos en serio.

Por las noches iba a cenar a algún restaurante italiano o español del Soho y me sentía como un desterrado. Recuerdo mis paseos nocturnos de cuatro o cinco horas por la ciudad, desde Picadilly hasta donde me alojaba, en un barrio de Kensigton Sur; esos paseos solitarios por las calles oscuras, dormidas, extrañas de Londres constituían una especie de cura balsámica para mí. El extranjero no suele «sentirse bien» entre ingleses, se aburre y sufre a causa de la soledad. Sin embargo, las personas profundamente heridas y vanidosas como yo era entonces y como seguramente sigo siendo encuentran allí su propio eco, se sienten más seguras, más ocultas, saben que nadie intentará, con la confianza y la intimidad típicas de los continentales, descubrir el triste secreto de su vida, saben que se respetará tanto su vanidad como su inmenso dolor... Los centroeuropeos que se establecen en Londres y se sienten bien en la ciudad siempre huyen de las intimidades de su casa. Los ingleses perdonan con disciplina y empatía las angustias del otro, las heridas causadas por algún complejo de inferioridad; Londres es un auténtico sanatorio para el *Minderwertigkeist-komplex* centroeuropeo. El hombre continental se siente en Londres, por un lado, como un paria y un leproso, y por otro, como un extranjero elegante, respetado y protegido por los derechos de la extraterritorialidad. En ningún otro lugar del mundo se respeta tanto la extraterritorialidad de la vida privada como en Inglaterra, y tampoco en ningún lugar se la pisotea con tanta crueldad si llega el caso. Iba a los tribunales para asistir a procesos de divorcio: cuarenta millones de personas chismorreaban a gusto sólo porque cierto médico había engañado, por fin, a su esposa, lo que permitía escribir y hablar acerca de la vida sexual fuera del matrimonio —¿Dónde veía el médico a su amante? ¿Con qué frecuencia se reunían? ¿Qué decía la doncella? ¿En qué estado se había encontrado la habitación? ¿Qué se podía ver a través del ojo de la cerradura?—, y entonces toda la prensa y todo el público se quedaban de rodillas frente a la puerta, mirando por el ojo de la cerradura, y por fin podían hablar de sexualidad... Un amigo húngaro de treinta y seis años, al llevar a su esposa embarazada a un examen médico, tuvo que escuchar el discurso absolutamente serio del ginecólogo inglés, que pretendía aclararle la existencia y el uso de los preservativos; quizá estuviese convencido de que un hombre de treinta y seis años no sabía nada del tema... La ignorancia de los jóvenes ingleses en materia de sexo sobrepasaba los límites de lo imaginable por una mente centroeuropea. Y, sin embargo, o precisamente por eso, la ciudad emanaba un erotismo especial, velado y excitante. Sólo en Londres llegué a tener «aventuras» en el sentido novelístico o boccacciano de la palabra, nunca me ocurrió en ningún otro lugar, ni antes ni después... La inteligente y entusiasmada hipocresía de los londinenses me sorprendía al principio, pero luego llegué a aprender su técnica y me desenvolvía bien entre ellos... Por ejemplo, en el hotel el portero se negaba, con una indignación llena de moralina, a que subieran a mi habitación señoras o señoritas, alegando que «una dama nunca puede entrar en un sitio donde haya una cama», y me sugería que alquilara una suite con salón y dormitorio, donde sí podría recibir la visita de cualquier señora o señorita porque «el caballero y la dama tendrían la oportunidad de sentarse a tomar el té en el salón»... Porque, ¿qué otra cosa podían hacer? Yo aprendía algo nuevo a diario.

¿Eran de verdad tan extremadamente, tan terriblemente «correctos» como afirmaban los esnobs enamorados de Inglaterra en el continente? Sí, eran correctos, por lo menos en lo relativo a sus modales y a su manera de presentar las cosas; sin embargo, en la intimidad me sorprendían por su falta de lealtad. Yo iba a Londres como quien asiste a un curso superior de la escuela europea en una de sus ramas especiales. Recuerdo algunas de las tardes que pasé en el campo inglés, cuando llegué a comprender a los suicidas ingleses; recuerdo a un hombre que se alojaba en el mismo hotel que yo, que se vestía cada noche de frac, subía personalmente una botella de vino tinto francés a su habitación para sentarse al lado de la chimenea con las piernas bien estiradas y quedarse así, vestido de frac, hasta la medianoche, momento en que se acostaba. Se aburrían como unas fieras nobles en su jaula. A veces me daban miedo.

4

Durante un otoño especialmente soleado me alojé enfrente del parque de Kensington, en un edificio construido a principios del siglo XIX desde cuyas habitaciones frías y desconsoladas se abría una vista dulce y consoladora de ese parque público, el más hermoso de todos los parques londinenses. Era un otoño tan rico, tan denso y tan soleado como sólo suele ocurrir una vez de cada diez lustros en la isla, y los ingleses estaban literalmente extasiados. La isla lucía sus tonos más maduros en medio de una luz color miel; desde la ventana de mi habitación veía el estanque del parque, junto al que se reunían por las mañanas, con sus sillas plegables, los desempleados —obreros, aristócratas aburridos, terratenientes de provincias— para tomar el sol y dormitar pacíficamente en aquel parque oculto, provinciano e idílico situado en pleno centro de Londres como deben de dormir los pastores griegos a la sombra de los olivos de sus paisajes. Toda Inglaterra parecía un solo y enorme parque bajo el sol radiante; los isleños no se iban al extranjero para huir de la bruma y los londinenses disfrutaban embelesados de los hechizos de la luz y del césped verde y amarillo claros del parque de Kensington, de sus robles y sus plátanos centenarios. Las dalias de colores cálidos que rodeaban el estanque parecían divertir al público, ávido del mágico aspecto de la *season*. Durante aquel otoño tuve ocasión de conocer la sonrisa inglesa, esa sonrisa púdica y entrañable de los héroes de Dickens.

Quedé atrapado en aquella tibia felicidad como un insecto en la templada luz otoñal. Nunca había vivido unas semanas tan pacíficas, tan armoniosas como aquellas últimas semanas de septiembre en Londres. La ciudad estaba perfumada y serena. Daba gusto despertarse; uno sonreía para saludar la mañana como si fuese la de un día de fiesta familiar: me despertaba porque el mozo del hotel entraba en la habitación con un ejemplar del *Times*, dejaba el carrito con el desayuno al lado de la cama, descorría las cortinas y abría los brazos como un mago para saludar y decir con un entusiasmo solemne: «¡Qué otoño, señor!» Y era verdad, ¡qué otoño! Los árboles del parque se vestían con disfraces de todos los colores, los jardineros quemaban los montones de hojas secas en los senderos, por el césped caminaban jovencitas con perros, los caballeros galopaban por el horizonte, el día empezaba como un relato de la época victoriana. La habitación se llenaba de olor a té y beicon, el *Times* contaba en un tono reservado y objetivo, lento y consecuente, lo que había ocurrido en el mundo el día anterior; los pesados muebles de la habitación, de mediados del siglo XIX, brillaban bajo los rayos del sol, los automóviles y los autobuses pasaban debajo de la ventana con un ruido apaciguado, porque Londres siempre es silencioso, incluso en hora punta... Yo alargaba el momento del desayuno como si de un valioso rito tradicional se tratase; en la isla todo parecía estar en su lugar, como en un museo, uno veía su propia existencia como en una vitrina y la contemplaba como un objeto exhibido que está prohibido tocar. Atravesaba el jardín matinal y a continuación Hyde Park, donde mujeres hermosas, aburridas y tristes daban de comer a las aves exóticas (en Londres las mujeres son tristes, miran con indecisión y beben mucho); me acercaba a la taberna donde se vende el mejor *sherry* de Londres, frente al palacio Saint James, me sentaba en uno de sus centenarios bancos de madera y, con la copa en la mano, contemplaba a la gente que pasaba por delante del soleado pórtico del palacio color marrón, observando cómo iban y venían sin prisa, de un sitio a otro, de un *spleen* a otro, de un negocio a otro, a su manera única en el mundo: en Londres el mozo de la tienda de ultramarinos es capaz de andar y llevar el paquete con el pedido con la misma dignidad con que camina un señor mayor, rico y pudiente cuando va de paseo. Londres nunca tiene prisa. A veces iba a la biblioteca del Museo Británico, pedía la obra de algún ensayista poco conocido del siglo XIX, las *Confesiones de un inglés comedor de opio*, de De Quincey, por ejemplo, y me sentaba en la sala de lectura para poder inhalar poco a poco el veneno del libro y del ambiente, como si yo mismo estuviera fumando opio. Hacia el mediodía me gustaba detenerme delante del edificio de la Bolsa para ver a los agentes educados en Cambridge que, con sus sombreros de copa y sin un penique en el bolsillo, hacían negocios millonarios en una sola mañana porque gozaban de crédito ilimitado, ya que la Bolsa escogía a los agentes de la City, a sus *brokers*, entre la elite que vivía de su reputación de *gentleman* como ciertos oficiales viven de su juramento: el *public school spirit* era una buena garantía para el agente... Bajaba al Támesis para mirar los barcos que llegaban a los muelles de la East India para entregar a Londres los sabores, los olores, el alma y la materia prima del mundo entero, y que emitían señales sonoras desesperadas desde la bruma amarillenta, cerca del puente de la Torre que se abre en dos; los capitanes de aquellos barcos que procedían de Nueva Zelanda y de Ceilán, de Bombay y de Australia, se reunían a beber aguardiente en la taberna de Charlie Brown después de vigilar la descarga... Un día fui a Whitechapel para comprar un cachorro para un conocido, un «cachorro muy poco usado», como lo describió el comerciante, que fue muy correcto y servicial. Al final de mis noches acudía al Café Royal, el único de la ciudad, y me sentaba en el sofá de terciopelo rojo agotado, harto de Londres y sin embargo hambriento, triste y feliz, sintiéndome en el extranjero y al mismo tiempo en casa. Tenía la sensación de que no se podía soportar el terror historicista que impregnaba la vida inglesa, los edictos de los Jacobo y de los Enrique que seguían en vigor en la vida pública y también en la privada; no se podía soportar ni siquiera su libertad, esa libertad y esa seguridad jurídica grotescas, compradas con dinero, de las que tanto les gustaba presumir, esa libertad que la gente continental envidia un poco y siente como una camisa de fuerza o la norma en una cárcel; no se podía aguantar que en ciertos barrios de la ciudad se siguieran colocando escaleras apoyadas en los muros de algunos edificios porque uno de los

Tudor había ordenado en su día que así lo hiciesen los vecinos para ayudar en caso de incendio; han pasado varios siglos, pero las escaleras se siguen apoyando todavía en las fachadas de las casas... No se podía soportar que a las once en punto de la noche en los restaurantes le quitaran a uno la copa llena que tenía delante, que en algunos sitios hubiese que pagar por adelantado la bebida porque la cerveza se traía del bar de al lado, sólo Dios sabe por y para qué... No se podía soportar que los ingleses se cambiaran de ropa hasta cinco veces al día porque un caballero inglés tenía por lo menos treinta trajes —entre ellos, uno para ir a ver al rey, otro para el golf, otro para montar a caballo, otro para la pesca y otros dos para la caza, uno de ellos para la del urogallo—, que se pasearan con sombrero de copa hasta por las mañanas, cuando no iban a ningún lugar especial, sino al centro de la ciudad para comprar un frasco de colonia o a Picadilly, a por una bolsa de alpiste para el canario. No era posible reconciliarse con su manera de vivir y de morir, de amar y de enfadarse, de concebir el mundo y de expresarse, y el hombre continental sólo podía comprenderlos apelando al cerebro, nunca de otra forma... A la hora del crepúsculo el viento barría las calles de la ciudad, y entonces yo comprendía que Voltaire quisiera ahorcarse en días así, con viento del norte en Londres... ¡Ay, esas calles desérticas, repletas de casas iguales, donde sólo corría el viento y los mendigos pintaban paisajes en el asfalto con tizas de colores, calles con sus pianolas, su bruma y su niebla, que lo cubre todo al atardecer! Y esos clubes ingleses donde no podían entrar las mujeres, y otros donde no podían entrar los hombres, y otros donde no te avisaban si la voz que te llamaba por teléfono era femenina, donde los miembros se sentaban sin quitarse el sombrero como señal de que estaban en su propia casa y callaban o hablaban de golf, donde engañaban a sus esposas con una mesa de billar. Y aquellos criados que te agradecían el hecho de haber podido servirte con un *«Thank you!»* silencioso, melódico y, al mismo tiempo, altanero y despectivo, para que sintieras bien que no eras inglés, hecho deplorable cuyas consecuencias tú nunca serías capaz de comprender... Todo era «distinto», el papel de cartas y el agua del grifo, la sonrisa y la brutalidad, y, sin embargo, por encima de ese carácter «distinto», eran capaces de dedicarle a la gente del continente una sonrisa familiar, casi de complicidad. De mi estancia en Londres guardo el recuerdo de las sonrisas más hermosas, dulces y tiernas. No conservo nada más.

También es un hecho que sólo allí la gente es capaz de expresar su opinión en momentos decisivos con todas sus consecuencias, precisamente allí, donde la convención social determina que todos deben abstenerse, en la medida de lo posible, de expresar su opinión. Londres es una especie de escuela superior. Cuando terminas tus estudios en ella no es que seas más inteligente, pero tienes la sensación de que en la vida no puede pasarte nada malo.

5

En Ginebra hablaba el conde Albert Apponyi, aquella «catedral humana»: le sacaba por lo menos la cabeza a cualquiera de los presentes en la sala. Su voz sonaba cansada. Su pecho se inclinaba sobre la mesa cubierta de fieltro verde mientras sus manos gigantescas flotaban en el aire con un gesto lento y amplio. Frente a él se encontraba Titulescu, vestido con un abrigo de piel, friolero y nervioso, que hablaba en voz alta; Apponyi miraba por encima de la cabeza de su contrincante, y cuando éste intentó acercarse a él con demasiada confianza en una pausa, lo dejó plantado y se alejó... «Señores, debo terminar mi discurso, pues me pesa la edad», dijo Apponyi en voz baja, tras lo cual

Chamberlain, con frac y monóculo, inmóvil y rígido, se inclinó hacia él desde su asiento con mucha educación, como para rendirle honores; mientras tanto, Briand no dejaba de tocarse el bigote de artista con rostro reflexivo, asintiendo con la cabeza en dirección a Apponyi; Adacti, el japonés, por su parte, se preparaba para aplaudir. De los participantes en esa escena muchos ya no viven: murieron Briand y Adacti, y también murió Apponyi, que fue la encarnación del prestigio. Quien no lo viera en Ginebra, donde se reunían hombres de Estado de fama mundial y representantes de las grandes potencias únicamente para hacerle la corte al representante de un pequeño país herido, no sabe lo que la causa magiar perdió con su persona. Incluso cuando decía algún tópico —inevitable en un largo discurso político—, las palabras salían de su boca con fuerza y nitidez, con solemnidad y capacidad de convencimiento, como si hubiese sonado una campana en la sala. El éxito en la política, en la política mundial o local, depende más de los factores afectivos que de la equidad de la causa defendida. El orador, con independencia de la veracidad de sus argumentos, sabe que la estructura y la forma lírica de sus frases son capaces de subyugar a su auditorio: una inflexión particular de la voz o la rigurosa precisión de un solo término actúan como un impulso eléctrico en las almas y crean una atmósfera apropiada para el éxito, en la que incluso el contenido más siniestro parece aceptable. En Ginebra resurgía a veces el arte de los oradores clásicos y los «efectos de la personalidad» formaban parte de las negociaciones más objetivas. Apponyi era el más solicitado: Chamberlain lo cogía del brazo y lo acompañaba por los pasillos; trataban al diplomático húngaro como a un sacerdote oriental, el *primus inter pares*, el primero de la familia, aunque estuviese desprovisto de su título y su rango. Existe una aristocracia europea que comparte lazos, no tanto por cuestiones de genealogía como por similitudes en los gustos, modales y estilos de vida; y en la estirpe de aquella elite europea, Apponyi era uno de los ancianos más respetados y reconocidos.

Aquel día hablaba de Hungría. Yo lo escuchaba situado entre los periodistas y los diplomáticos, para quienes lo expuesto por Apponyi constituía un «punto en el orden del día» que aceptarían de buen grado para pasar a continuación a hablar de Bolivia o Grecia. Yo llevaba ya diez años fuera de mi país. En París compraba cada mañana todas las publicaciones en lengua húngara; desde mi casa me enviaban las últimas novedades en materia de libros y, a veces, llegaba algún conocido al que yo interrogaba con mucha curiosidad, pero enseguida me desilusionaba y abandonaba el tema y al individuo... No sabía lo que ocurría en Hungría. Los caballeros que se establecían en Ginebra y París como representantes oficiales de Hungría se comportaban de una manera extraña, llevaban con ellos un aire conocido y a la vez ignoto, y a los periodistas, los escritores y los artistas que vivíamos allí nos hablaban en tono oficial, como de arriba abajo; quizá la única excepción fuese Apponyi, aquel auténtico *grand seigneur* que era amable con todo el mundo, tanto dentro del país como fuera, pero con los demás apenas había algo de lo que hablar. En las recepciones oficiales yo perdía el ánimo después de las primeras frases, me callaba y me cambiaba de lugar. Me parecía que en casa no había cambiado nada, que ejercían el poder el mismo tipo de personas, que dominaba y prevalecía la misma jerarquía basada en clanes familiares. Briand se sentaba alguna que otra noche en la taberna Bavaria de Ginebra para conversar con los periodistas, pero para solicitar una entrevista con los representantes del poder en Hungría había que dirigirles una carta. ¿Qué había ocurrido en el fondo? ¿Qué había ocurrido con los nueve millones de húngaros en esa patria tan trágica? Yo no sabía nada de nada, y salí de Ginebra en un estado de nerviosismo y tristeza.

Me trasladé a Montreux, donde tampoco lograba calmarme. Sentía que algo había terminado para mí, que debía volver a casa. Las sensaciones de ese tipo no obedecen a las leyes de los calendarios. No hay razón exterior, argumento o necesidad alguna de explicar la situación. Tampoco podría afirmar que me embargase una «nostalgia» patética. Nadie ni nada me incitaba a irme a casa. Ni siquiera me esperaba nadie. En París tenía trabajo, casa y amigos. Ya no miraba la ciudad como una atracción para turistas, me sumergía en la realidad de mi propia vida y recibía mucho de mi entorno, conocía a gente valiosísima, aprendía sin parar. En París vivía en paz, en un entorno hermoso, pacífico y sereno. Y de repente sentí que mi tiempo había tocado a su fin, que no tenía «nada más que hacer» allí, que debía regresar a casa. Mentiría si dijese que una nostalgia insoportable me embargaba, que tenía oprimido el corazón, que sentía una necesidad apremiante de volver a casa sólo porque «la tropa de caballos pastara cerca de la posada más famosa de la *puszta* magiar» o alguna bobada literaria por el estilo. Ni había visto «la posada más famosa de la *puszta* magiar» ni tenía nada que ver con los caballos... El «hogar», la verdadera patria para mí eran las ciudades de Kassa, Rozsnyó, Lőcse y Besztercebánya, y allí no podía ir de ninguna de las maneras. Siempre he considerado la región de Transdanubia y la llanura que se extiende entre los ríos Danubio y Tisza como lugares un poco extraños, pese a que en ocasiones he tenido la impresión de haberlos visitado en sueños: mi «casa» seguían siendo las Tierras Altas. En Budapest pensaba sin cariño; la gente de la capital sobrevivía en mis recuerdos como gente que se da demasiada importancia, que se pasa el día en los cafés y que forma parte de un ejército completo de agentes con maletín. Me repugnaba su manera demasiado melodiosa de hablar, sus acentos alargados, sus aires de superioridad, su cinismo inocente y sentimental cuando hablaban mal de París sólo porque «la gente de Budapest no se deja maravillar por cosas así», cuando recordaban que «en Budapest hasta Caruso fracasó»... La gente de Budapest se mostraba nerviosa y envidiosa en el extranjero. Yo tampoco llegaba a comprender lo que interesaba a los húngaros. Aborrecía a los «entendidos» de Budapest y sus gestos íntimos, como cuando te golpeaban en el hombro en señal de aprobación, la actitud condescendiente de los jefes de las tribus locales, el carácter insondablemente superficial del hombre de la capital en el terreno intelectual y espiritual... La idea de volver a casa no me entusiasmaba en absoluto. Pensaba en Budapest como en un gigantesco café musical donde se reunían personas extremadamente inteligentes y muy bien informadas que, además, conocían lo más insustancial y desagradable de todos y cada uno.

Sin embargo, debía irme a casa. Ese «debía», ese imperativo secreto se me revelaba sin ninguna explicación... Uno obedece ese tipo de órdenes misteriosas con todo su ser, sin objeciones ni condiciones. Yo llevaba diez años «viviendo en Europa» como un estudiante de grado superior especialmente aplicado, y un día mi situación se me antojó grotesca y llena de mentiras. Mi vida perdió de repente toda su sustancia: le faltaban los detalles palpables de la realidad cotidiana, carecía por completo de contenido, del contenido sin el cual la existencia en un país extranjero se convierte en una especie de deriva. Tuve que admitir que todo lo que percibía «en el extranjero» quedaba lejos de mí, que mi curiosidad era la curiosidad de un empollón, que Marcel Proust me interesaba menos que los éxitos o los fracasos de un poeta magiar, que me sentaba a la mesa, en mi piso de París, como si fuese un invitado, que la comida me gustaba pero me parecía estar degustando los manjares artificiales de un concurso o una exposición gastronómica, que las noticias que leía en la prensa no me atraían y ni siquiera me las leía, que no me importaba si alguien moría en mi calle o si a alguien le había mordido un perro. En Europa me había convertido en un provinciano hasta la médula, seguía suscrito al periódico local de Kassa y me interesaban más directamente los cambios políticos de mi ciudad natal o la descripción de una noche de teatro que la caída del gobierno francés o los secretos de los bastidores del Teatro Nacional de París. Tenía que irme a casa, y respondía a esa orden con una mezcla de rebeldía y de protesta, pero al mismo tiempo era consciente de que algo había concluido de manera puntual y regular, de que podía intentar escabullirme de esa responsabilidad durante algún tiempo, mas no podía escapar a tal imperativo. Volvería a casa, viviría en casa para siempre, ni bien ni mal, ni feliz ni contento, más bien intranquilo, lleno de nostalgia y de intentos de huida... Algo había concluido, algo había tomado forma, una época de mi vida se había colmado hasta rebosar. Debía aproximarme a la otra realidad, al mundo más pequeño; ya había desempeñado mi papel, ahora tenía que empezar a balbucear en la vida cotidiana, tenía que iniciar un diálogo primario y eterno, mi propio diálogo personal con mi destino; y no podía imaginar ese diálogo en otro idioma que no fuese el húngaro. Desde Montreux mandé una carta avisando de que volvía.

6

Regresé a casa a principios de la primavera. En el Tirol los árboles ya estaban en flor. No lo percibía como un viaje entusiasmado o triunfal, ni siquiera tenía prisa por llegar. Viajaba con calma y me detenía en algunos sitios a descansar, a darme largas a mí mismo. Me detuve en Zúrich y en

Múnich, y también en Salzburgo; pasé varias semanas en Viena, hasta que me decidí a subir al tren hacia casa en la Ostbahnhof... En la estación de Hegyeshalom, en la frontera, una anciana con un pañuelo en la cabeza vendía pasteles y unos niños descalzos ofrecían a los viajeros tabaco y periódicos. La gente llevaba ropa vieja y desgarrada. Mientras los miraba desde la ventanilla del tren, me embargaba un sentimiento de piedad y familiaridad que nunca había experimentado. «¡De ahora en adelante viviré con ellos!», pensé. Me sentía seguro, notaba que todo estaba en su lugar. Había llegado a casa.

Bueno, la verdad es que no había tenido prisa por llegar a la frontera, iba de estación en estación. Habría podido quedarme más tiempo en «Europa»: tenía un piso en París (Lola se había quedado, pues no confiaba en mis experimentos sentimentales) y todavía era joven; habría podido quedarme, quizá hubiera tareas y éxitos que me estaban esperando allí, en el lugar donde me sentía perfectamente integrado: mi agenda estaba llena de números de teléfono de gente que había conocido en París, Londres, Berlín y Roma, gente importante y famosa, gente que me conocía y me aceptaba. ¿Y qué me aguardaba en casa? Pobreza, recelos y envidias. Iba a ser necesario aclarar ciertos conceptos, iba a tener que aprender ese nuevo idioma que sólo vivía en mi interior filtrado por mis lecturas, el idioma de la vida, iba a tener que aprender húngaro de nuevo... Seguro que no entendería todo al llegar, seguro que encontraría una patria totalmente cambiada, y como cada patria es, hasta cierto punto, una alianza de cómplices, se requiere cierto tiempo hasta que el recién llegado aprende ese lenguaje familiar. Escucharía palabras sin saber lo que escondían, pronunciaría palabras que la gente interpretaría de otra forma. También debería «dar fe de mis cualidades», de nuevo y partiendo de cero. No tenía nada que esconder, pero tampoco nada de lo que ufanarme. No volvía como el hijo pródigo, pero tampoco tenía a nadie que se pusiera a sacrificar corderos en mi honor. ¿En qué podía convertirme en casa? No conocía ni la naturaleza ni los límites de mis capacidades. Podía muy bien convertirme en un periodista que roba, en medio de la esclavitud diaria, unas pocas horas para sus pasatiempos literarios, alguien que se entretiene así un poco, hasta que pasa de moda y lo apartan definitivamente... Conocía a la perfección el «destino del escritor húngaro». Sin embargo, al llegar el tren a Kelenföld, la estación anterior a Budapest, ya no podía aguantar más, de modo que bajé del tren y tomé un taxi para llegar antes a la capital.

La ciudad se veía pobre, polvorienta, vieja y triste. Estaba recuperándose de una grave parálisis, ya empezaba a mover las piernas, a andar y a hablar. Al llegar a la plaza de Oktogon, detuve el taxi y seguí a pie. Eran las siete de la tarde y las amplias avenidas estaban desiertas; en medio de la plaza un agente de policía dirigía el tráfico inexistente con empeño y determinación, girando las muñecas como en un ejercicio gimnástico totalmente inútil, pues no había un solo vehículo. Se veían las luces de un automóvil que se acercaba a lo lejos, al final de la avenida Andrássy, y algún que otro tranvía tocaba la campanilla al pasar por los bulevares con su marcha sosegada, casi severa y muy solemne (a mi regreso a Budapest, muchas veces me veía obligado a saltar de los tranvías porque avanzaban tan despacio, con tantas paradas y sacudidas que no podía soportarlo; más tarde, la pobreza y la indiferencia me reconciliarían con los tranvías y llegaría a tomarlos para hacer recorridos largos, pero prefería caminar, podía recorrer varios kilómetros si hacía falta. Los tranvías de Budapest tenían el ritmo paralizante, adormecedor, desarrapado, típico de las ciudades orientales, y me costaba mucho adaptarme a ese trajín constante e ineficaz). Había poca gente por las calles, gente muy bien y muy mal vestida. Pasé por la avenida Andrássy y el bulevar Károly, y luego bajé por la avenida Rákóczi. Había luz en las ventanas de la antigua pensión en la que había pasado mis años de estudios y los comienzos de mi trabajo como periodista; me acerqué al portal, entré y pregunté al portero, que me contó que los dueños se habían ido a vivir a otro lugar y que su guapísima hija, una doctora inteligente, amante morfinómana, triste y demoníaca de mi juventud, había muerto a causa de una sobredosis y estaba enterrada en el cementerio de Rákoskeresztúr. Obviamente no me quedaba nada que hacer allí: de los antiguos conocidos de la pensión sólo quedaban las chinches. Recorrí la avenida Rákóczi cuando ya era de noche, bajo el resplandor de la luna, mirando los tristes edificios destartalados, cubiertos por una suciedad secular, los enormes patios interiores, el artilugio para sacudir el polvo de las alfombras, la lista de los vecinos al lado del portal, las escaleras oscuras y estrechas, los escaparates, que mostraban mercancías muy diferentes de las que podían verse en París, ni más bonitas ni más feas, sólo visiblemente diferentes; y era esa diferencia la que hacía que yo sintiera que aquello era mi «patria», pues retrataba la Hungría profunda con la misma claridad que lo habría hecho una fotografía de la *puszta* en los carteles publicitarios de una agencia de viajes. Sentí también lo contrario de lo que suelen sentir los que regresan del extranjero: tuve la sensación óptica de que la ciudad era muy grande, parecía una auténtica metrópoli, como si se hubiese extendido, como si hubiesen crecido los edificios; me parecía incluso más grande que París, casi inabarcable, como una ciudad de gigantes; y me sentí un enano miserable. En París nunca había percibido esas dimensiones gigantescas, desproporcionadas. Volví a experimentar la misma sensación de mareo que me había embargado al llegar de Kassa a Budapest para estudiar en el internado: en la capital me sentía como un «provinciano», pues allí sólo vivían «adultos de verdad», personas especialmente sabias y astutas que miraban a los provincianos con seriedad y severidad, que daban respuestas contundentes mientras pensaban algo muy distinto y que se reían a espaldas de los forasteros...

Entré en el bulevar Múzeum. Conocía bien ese barrio. En Pest sólo conocía los bulevares, prefería perderme por los rincones de Buda, al otro lado del río; nunca me había atrevido a entrar en ciertas callejuelas de Pest: al pasar por la calle Wesselényi o la calle Szív habría temido que una teja me cayese en la cabeza o que alguien se pusiera a gritarme; en realidad no sé de qué tenía miedo. Tenía miedo de Pest. De su superioridad, de sus multitudes secretas, de sus vecinos apresurados, que se me hacían tan extraños como los de Amberes o Edimburgo. El hombre de Pest, de ojos inteligentes y llenos de sospecha, de habla rápida, que se pasa los días sentado en los cafés, observando, sigue siendo para mí la *bête noire*, el enemigo ancestral más temible. No obstante, por el bulevar Múzeum transitaban fantasmas conocidos. Delante del café Fiume, al lado de los barrotes recién pintados que separaban la «terraza» de la calle, estaba Gyula Szini, ese escritor noble y silencioso, leyendo un ejemplar de *Le Figaro* con los ojos tristes escondidos tras unas gafas oscuras, inclinado sobre el periódico francés, eco de «noticias occidentales», con toda la gracia y la elegancia de su ser afligido y nostálgico... Me habría gustado acercarme a él, contarle las últimas noticias de Occidente, hablarle de Gide y de Alain, pero no me decidí a dirigirle la palabra porque no estaba seguro de que estuviese interesado en lo que quería decirle. Él también era un adulto, un «escritor famoso», uno «verdadero» para mí, uno de los que se movían por los cafés y los clubes de la ciudad con pruebas de imprenta en húngaro y revistas francesas en los bolsillos, y con moralejas sabias y amargas en el corazón; el hecho es que resultaba más fácil convencer a Gide o a Thomas Mann que a los «verdaderos escritores» húngaros... Ésa era mi impresión. Pasé por delante del edificio de la universidad y entré en un café cercano donde había pasado muchas noches en vela durante aquel año revolucionario de mi juventud, alimentándome de pan y queso. En aquel café teníamos la costumbre de sentarnos con Ödön, pero Ödön ya estaba muerto. Allí esperábamos las noticias de la revolución, allí leíamos el libro de Béla Grünwald sobre el «antiguo país magiar» y allí albergábamos nuestras esperanzas, muy poco fundadas, sobre la «nueva Hungría», de la cual sólo se dejaba ver entonces el vaho de los discursos... Llevaba diez años sin pisar aquel café maloliente; me senté junto a la ventana, en la misma mesa de siempre, y allí, en aquel café, comprendí que había llegado a casa. Los olores de la juventud se propagaban a mi alrededor, en un ambiente de pobreza y desesperanza. Aquel sitio había sido el trampolín de toda una generación, y yo había recorrido el mundo en vano, debía empezar de cero. En la mesa más cercana estaba sentado un viejo periodista a quien yo conocía, así que me acerqué a él para saludarlo. Estaba ocupado en romper la cáscara de un huevo pasado por agua; me miró, me saludó con un gesto y me dijo muy contento: «Llega en el momento justo. Si aparece por aquí la muchacha con la bandeja de pan, avísele, por favor.»

7

Me alojé en la parte de Buda, en un barrio que conocía bien, y todos los días me acercaba a Pest armado de suspicacia. Encontré una habitación en una esquina del parque de Vérmező, en un viejo y destartalado edificio de pisos de alquiler; desde la ventana podía ver el Monte János; abajo, en el parque, los oficiales del ejército montaban a caballo por las tardes en compañía de sus hijas mientras algunas viejas damas paseaban con sus perros hasta que unas disposiciones municipales lo prohibieron, poniendo fin así a la existencia de aquel paraíso canino. Yo iba a Pest todas las tardes para hacer lo que tenía que hacer, coger un taxi a continuación y volver enseguida a Buda; sólo me tranquilizaba cuando desde el vehículo divisaba el extremo del Puente de las Cadenas, el túnel y el verdor del parque de Vérmező. No confiaba en Pest. No me gustaba nada de allí, ni la comida ni el vino ni los cafés aguados, que me causaban jaquecas. Aquella actitud taciturna, insegura e infantil, reservada y llena de suspicacia me acompañó durante años. En Buda podía respirar con más facilidad. Ya había vivido allí una vez, en la esquina de la calle Mikó, en un edificio de una sola planta que daba al parque de Vérmező: era la casa de una tía mía de ochenta años. En aquella casa de habitaciones abovedadas iluminada por lámparas de petróleo, llena de muebles *biedermeier*, incómoda y maloliente en la que todo me resultaba «conocido», provinciano y hogareño, no sentía esa aversión hacia la capital, ese pánico inocente a lo impuro y desconocido... Esta vez conseguí alojamiento enfrente de donde había vivido antes, en un edificio situado en una calle ancha y muy empinada, bordeada de castaños silvestres. El barrio de Krisztina, con su paz provinciana, sus chismes suculentos y no del todo inocentes, su intromisión púdica pero decidida en la vida de los vecinos, sus plantas y sus árboles, sus viejos y malolientes edificios de pisos baratos de alquiler, sus tabernas sucias y sus cafés de tercera, sus enamorados de primavera y verano —en otoño y en invierno el amor desaparecía del barrio y se trasladaba a otro lugar—, me acogía en cuanto llegaba, me escondía y me proporcionaba una ilusión de hogar... En ese barrio, hasta la comida de las tabernas me resultaba «conocida»: ni buena ni mala, simplemente conocida. Allí empecé a vivir de nuevo.

Cuando me acosté la primera noche en aquel antiguo edificio de Buda donde los pisos, apartamentos y habitaciones daban cobijo a gente que parecía de una misma familia, tomé una decisión: quería quedarme. Me acordé de un poema de Berzsenyi y resolví, casi de pasada, como si hubiese vuelto a casa tras un largo viaje absolutamente inútil, que «era allí donde deseaba morir». Entonces aún no sabía que eso era mucho pedir. No sabía que lo máximo que un escritor húngaro puede esperar de su destino es que los poderes que rigen su vida lo dejen vivir y morir en su patria, allí donde —como dice Berzsenyi— «un día hizo su nido». Quizá ése sea el mayor regalo que le puede hacer la vida. Yo intentaba con una aplicación inocente crear un «hogar» para mí en Buda. Diez años antes no habría podido imaginar una vida diferente de la de los hoteles y las maletas a medio hacer, y me habría enfadado muchísimo si alguien me hubiese dicho que un día me compraría una aspiradora y regatearía por el precio... En aquel antiguo edificio llegué a crear una casa para mi uso personal. Rescaté algunos muebles viejos de los que sobraban en la casa de mis padres y en mi casa de París, de la que me había llevado —¡qué capacidad de previsión!— un trono de ébano de los nativos del Congo. Coloqué mis libros en estanterías, compré un paquete de tabaco para liar y empecé mi nueva vida en Buda.

Por supuesto, «la vida en Buda» no resultaba del todo silenciosa o sencilla: de vez en cuando me escapaba por un tiempo, a veces hasta seis meses, y regresaba a París o a Londres, pero «mi casa» y otras cosas siempre me hacían volver. Lo más probable es que no fuesen ni la aspiradora ni el trono; era la lengua húngara la que me tenía intrigado sin cesar: a veces me parecía que nunca la aprendería del todo, y vivía feliz inmerso en ella como dentro de un elemento primitivo y primordial. Obedeciendo unas leyes no escritas, escogí un café de Buda, como debe hacer cualquier escritor húngaro que se precie, puesto que éstos suelen pasarse la vida sentados a la mesa de un café y yo pensaba que esa práctica romántica de principios de siglo suponía ciertas obligaciones también para mí. La verdad es que en el extranjero los escritores no tenían la costumbre de pasar su tiempo en los cafés; en Londres, por ejemplo, ni siquiera había... Sin embargo, yo opinaba que en Buda había que visitar con asiduidad aquellos cafés, con sus grandes ventanales, que parecían peceras en las que estuvieran expuestos los escritores para mayor diversión de todos. Escogí un antiguo café de los tiempos de paz situado frente a los jardines de Horváth, un local que permanecía abierto toda la noche y en el que los camareros me trataban bien; al cabo de unos meses tuve que admitir que recibía más cartas y llamadas telefónicas en el café que en mi casa y que mis amigos y conocidos iban a buscarme primero allí, y sólo se presentaban en mi casa las pocas veces que no estaba... Adaptarme al ambiente del lugar no me resultó difícil. En el café eran amables conmigo, toleraban mis caprichos con buena disposición; en mi mesa siempre había un tintero con una pluma, un vaso de agua fresca y una caja de cerillas; yo empezaba a considerarme un «escritor de verdad», en el sentido que se da a la palabra en Hungría, y contemplaba el panorama literario con mucha confianza. Era como si en el extranjero, en los cafés llenos de camareros apresurados y maleducados y de clientes nerviosos, sólo me faltara precisamente eso, la calma del Parnaso, el agua fresca y la tinta sobre la mesa...; en posesión de todas mis herramientas por fin me puse a trabajar.

Como un colono que debe ocupar y vigilar el territorio donde ha instalado su tienda, yo también hacía planes para conquistar Buda. Ese lado de la ciudad desconfiado e introvertido dejaba caer, poco a poco, sus velos sucesivos. El barrio de Krisztina, que estaba habitado por «excelencias» retiradas y activas, tenía en sí mismo un aire de «excelencia»: allí nadie saludaba... Nunca había conocido a tanta gente tan equilibrada y tan orgullosa como la que pululaba por las calles de Buda. Yo también empecé a caminar con orgullo y siempre esperaba a que el repartidor de carbón de mi calle me saludase primero. El carácter reservado de los vecinos de Buda superaba incluso el de los ingleses. Parecía que todos los habitantes de aquellos pisos de tres habitaciones decorados al estilo *biedermeier* magiar se cubrían para dormir con el manto de san Esteban. El barrio de Krisztina recordaba un poco a Graz, pues albergaba a los funcionarios jubilados de clase media, y entre ellos apenas había lugar para la «gente de paso» como yo, que sólo pretendía quedarse en el barrio el resto de su vida, durante unas cuantas décadas, nada más. La verdad es que me habría gustado renegar de mi oficio, ya que el último escritor apreciado en el barrio había sido Benedek Virág, en el siglo XIX. Yo intentaba adaptarme a mi entorno porque conocía a la clase media húngara y la tenía en gran aprecio: eran personas como yo, puritanas e ingenuas, poco exigentes en su manera de vivir, simpáticas en su moral y empeñadas, a su manera, en leer y cultivarse. Eran mis semejantes y yo los comprendía, incluso entendía lo que no les gustaba de mí y, en el fondo, les daba la razón cuando rechazaban todo lo que les parecía desconocido, extraño y sospechoso de mi persona.

En ese barrio donde vivía gente afín empezaba para mí la vida de Buda, con sus angustias, sus atracciones, sus simpatías y sus odios... Allí la vida era en apariencia humilde y pulcra; en las mesillas de los dormitorios se amontonaban revistas desconocidas para mí y la gente del lugar leía las obras de escritores cuyo nombre yo apenas conocía. En el barrio estaban de moda tendencias literarias que la crítica oficial ignoraba, y aunque los escaparates de las librerías estuvieran llenos de las últimas obras de las «estrellas» nacionales, los representantes de la clase media húngara seguían leyendo con fidelidad y obstinación, como sectarios, a sus favoritos, que eran desconocidos para el gran público. Un día apareció delante de mi ventana una estatua en honor a Károly P. Szathmáry, un escritor totalmente desconocido para las generaciones de hoy que sigue estando de moda en el barrio de Krisztina y cuyas novelas, por ejemplo *La estrella guía de Transilvania* o *Izabella*, aún son muy leídas por los vecinos. Al principio de mi estancia en el barrio los comerciantes me saludaban con profundas reverencias: más adelante me enteré de que alguien afirmaba que yo era «propietario de varios inmuebles». Cuando se supo la verdad —porque en el barrio la verdad siempre terminaba por saberse—, cuando se descubrió que yo no era propietario de nada, que sólo era escritor, la gente continuó saludándome, pero con menos fervor. Más bien me devolvían el saludo. Daba la impresión de que el policía de la esquina me vigilaba más de cerca, y a veces me multaba por infracciones relativas al comportamiento de mi perro cuando lo sacaba de paseo. Poco a poco fui comprendiendo que yo era un elemento sospechoso en el barrio de Krisztina.

8

—Bien, bien... ¿Y sobre qué va a escribir usted? —me preguntaba la gente de los cafés de Pest con malicia mal disimulada.

Pues sí, hacía falta saber sobre qué iba a escribir. Yo miraba hacia delante y pensaba: «¿Por qué no sobre el vaso de agua que hay en la mesa?» Ni sabía lo que se esperaba de mí ni me importaba. Probablemente no se esperaba de mí más que una simple desaparición. Yo consideraba esa expectativa natural y obvia. La «vida literaria», con su maraña de relaciones humanas, no puede ser ni más estéril ni más noble que la vida del gremio de los joyeros o de los carniceros. El que fracasa en su carrera —porque cualquier proceso creativo es también una carrera, puesto que una obra no nace por sí sola, sino que está al servicio de algo y, por lo tanto, también en contra de algo y de alguien— terminará igual de repudiado que un banquero en quiebra o un comerciante arruinado. ¿Sobre qué iba a escribir? No lo sabía. ¿Sobre lo que «me gustaba» o sobre lo que me veía obligado a decir, quisiera o no, «con todas sus consecuencias»? La patética expresión «con todas sus consecuencias» estaba muy de moda entre la juventud y yo la repetía muy a menudo y muy a gusto. Sin embargo, en la vida nada ocurre «con todas sus consecuencias», siempre hay una escapatoria posible, más atractiva y más inteligente que cualquier imperativo categórico; es muy fácil conformarse con las cosas y buscarles luego una explicación «moral». Empecé a escribir y, naturalmente, no sólo escribía sobre lo que «me veía obligado a decir» según mi conciencia... La verdad es que escribía más a menudo sobre cosas que no me convencían en absoluto, sobre lo que el momento me brindaba, sobre lo que estaba en el aire en ese preciso instante, algo apenas perceptible que era necesario nombrar aunque fuese un tema sin «importancia»; todas las mañanas me despertaba con la sensación de que algo iba mal, como si hubiese suspendido algún examen decisivo para mi carrera y tuviese que comenzar de nuevo. También escribía a diario porque en una de las calles de la ciudad había una imprenta cuyas gigantescas máquinas empezaban a funcionar a medianoche y necesitaban alimentarse de papel y tinta, de sangre y nervios; pedían de comer todas las noches a la misma hora, y siempre había que darles algo para alimentarlas. Escribía porque alguna ley oculta me obligaba a ello; no se trataba de un acuerdo o una necesidad, sino de una ley más profunda y compleja, de un contrato que había establecido conmigo mismo, con mis nervios, con mi carácter. No puede uno «acostumbrarse» al periodismo. Un periodista no puede vivir con comodidad, nunca puede tener descanso: un artículo malogrado o poco inteligente o una columna innecesaria pueden arruinar lo conseguido hasta ese momento. En esta profesión no se puede aflojar el ritmo y tampoco basta con que el periodista escriba sólo lo que le dicta su conciencia, ya que existen muchas verdades y cada una tiene su propia forma.

Los años iban pasando y yo escribía miles de artículos, uno o dos al día, porque la máquina se ponía en marcha cada medianoche, porque todos los días «ocurría algo» en una calle próxima o en cualquier lugar del mundo; hasta que una tarde fue a verme un amigo mayor que yo, me saludó, me miró a los ojos y me dijo: «¡Ten cuidado!» Nos encontrábamos en la redacción del periódico, en una sala de aire asfixiante que olía a imprenta y cuyas ventanas daban a un patio de luces. «¡Ten cuidado! —me dijo, y me miró con sus ojos inteligentes—. Al principio uno cree que sólo está viviendo de los intereses, hasta que un día se da cuenta de que está gastándose el capital, y entonces ya es tarde.» Lo acompañé hasta la salida; sus palabras me inspiraban pena y tardé mucho en empezar a tener cuidado. El periodismo es también un narcótico que puede terminar matándote, aunque te asegura una embriaguez y un olvido perfectos y agradables. Unas veces me sentía agotado, otras me desesperaba; unas veces me agobiaba, otras me faltaba información; pero escribía a diario, como el cirujano opera a diario. El periodista desarrolla en el sistema nervioso una potente toxina que lo envenena poco a poco y no permite que se calle. Todas las tardes, hacia las seis, yo me sentaba ante el escritorio de la redacción en un estado anímico ni muy agradable ni muy romántico, más bien artificialmente alimentado: todos los días alguien moría asesinado, alguien se arruinaba, alguien mentía descaradamente, alguien cometía un acto de mal gusto. Todos los días «ocurría» algo. La vida, esa materia prima triste y hedionda, siempre llevaba algo nuevo, algo que yo diseccionaba con mi pluma para poder presentar algún aspecto nuevo de la miseria humana, algún bacilo, algún virus, y pensaba que ser periodista consistía en eso... Quizá tampoco sea mucho más que eso: mostrar algo y creer que estás mostrando también algo más, tal vez cierta dirección... Todas las tardes, hacia las tres, parecía que me enchufaban a la red eléctrica: entonces mi sistema nervioso empezaba a dedicarse al mundo. Me envolvía en periódicos nacionales e internacionales para encontrar el detalle microscópico que sería el «tema del día», lo que había que contar, lo que yo u otra persona debía contar —a veces de una forma indirecta y velada, mencionando apenas el tema central—, porque si no no valía la pena vivir, no tenía sentido escribir; y a continuación estallaba esa extraña fiebre, esa «alta tensión», un nerviosismo que duraba horas, hasta que conseguía concentrarme y describir, con palabras elocuentes o balbuceantes, con un estilo ameno y divertido o bien aburrido y absurdo, lo que en ese momento me parecía que explicaba o aclaraba algo.

El buen periodismo es siempre agresivo, aunque esté de acuerdo con las cosas, aunque esté dando su consentimiento o su bendición. El periodista que describe los fenómenos vitales diciendo siempre que sí y mostrando su conformidad resulta aburrido y poco convincente. En cualquier caso, el público del circo espera que las bestias despedacen a todo pagano o cristiano que se atreva a entrar en su territorio. Cada tarde, entre las seis y las siete, yo empezaba a olfatear sangre, a ver por todas partes manipulaciones y traiciones, abusos e injusticias, «trampas de la burocracia», actos de corrupción de los pudientes, infidelidades y malas intenciones de las mujeres. Descubrí que mi actitud y mi comportamiento eran los típicos del «periodista comprometido» y comencé a sospechar que algo iba mal. Es verdad que el mundo estaba colmado de vilezas y sucias artimañas, pero a veces habría querido comprender lo que otros se contentaban con criticar y «destapar»... Se trata de una droga muy potente de la cual el escritor no debe abusar, pues las sospechas automáticas y la superioridad indiferente —que logran que el periodista «sepa con certeza» que sólo existen dos tipos de personas: aquellas sobre las que todavía no se sabe nada y las que ya están «descubiertas»— sólo llevan al escritor a transformarse en un fiscal que no puede dejar de acusar. Sí, a mi alrededor todos resultaban sospechosos..., y la verdad es que durante aquellos años fui testigo de una danza macabra: vi a gente aparecer, resplandecer y desaparecer sin dejar rastro; los ricos y los pudientes, los virtuosos y los criminales, los idiotas y los genios, todos desaparecían en las tormentas del tiempo. Hombres importantes, que invitaban a cenar a los más ilustres de la sociedad de bien, terminaban suicidándose o encerrados en la cárcel; los semidioses que hacían esperar a los más destacados representantes en la antesala de sus despachos tenían que responder luego ante el juez: antes o después, todos terminaban en las «páginas de los periódicos», por eso observaba a todo el mundo como un posible caso para alguna noticia futura. Tal actitud es muy poco elegante, pero el periodismo, en la práctica, se resume en eso...

A veces el escritor pretende ser noble. Le gustaría aprobar algo, decir que algo está bien... El periodista lucha contra todo y contra todos, mientras que el escritor cree, en ocasiones, estar luchando cuando aprueba algo o cuando calla. Aprendí que el buen periodista —con su ira solidaria, sus acusaciones y sus antipatías— cree de verdad en su rabia cuando ataca algo o a alguien: esa solidaridad es la que da credibilidad al periodismo. Tuvieron que pasar años para que me diese cuenta de que yo no creía forzosamente en mi propia ira. Llega un día en que hay que elegir: el escritor pide la palabra, y entonces el periodista debe callar; no se puede vivir en dos direcciones, creer en dos cosas distintas; no es posible, en un mismo día, «querer» en privado lo que en la redacción se odia a muerte... Un día dejé de creer que debía acabar con la maldad, la mezquindad y el mal gusto que había en el mundo; ya no creía que la palabra escrita pudiera volar alto y rápido, que pudiera cambiar algo en el mundo. Tuve una sensación de inseguridad y de mareo, como el albañil que mira hacia abajo desde un andamio. Y empecé a cuidar toda palabra escrita, a trabajar menos y a recibir cada día más de la escritura.

9

Paralela a la vida de Buda se desarrollaba la vida de Pest, pero yo no conocía a nadie allí. Durante un tiempo me esforcé por llevar una «vida social», pero pronto abandoné mis infructuosos intentos. Soy solitario por naturaleza y suelo huir de la gente. Cada nuevo conocido representa para mí una nueva prueba de fuerza, estar con alguien me agota como lo hacen las tareas para las que no me siento bastante preparado. Al principio, luchando contra mi timidez, acepté algunas «invitaciones», pero todo era tan primitivo... Toda aquella vida de Pest incierta y confundida, a veces gallarda y vanidosa, primaria y pretenciosa... Allí se echaban de menos los siglos de vida social y conversación que cualquier tendero parisino tenía asegurados por herencia. Faltaba ese factor de impersonalidad sin el cual no existe vida social ni funcionan los salones. ¡Esos salones de Pest, llenos de pompa! ¡Esas cenas! ¡Qué riqueza, qué elegancia! ¡Qué caos, qué gentuza, qué niveles! Yo iba a cenar a las casas de la gente rica de Pest y no podía evitar una sensación de expectativa: esperaba que en cualquier momento se abriese la puerta y se descubriera algo muy molesto... Y en muchos casos, si no enseguida, en meses o en años, sí que se descubría «algo», se descubría que la riqueza no se basaba en nada, que los salones lujosos eran castillos en el aire que las tormentas de los tiempos acababan por derrumbar.

Las conversaciones que se mantenían en esos salones de Pest arrojaban el ligero tufo típico de las personas que se creen muy listas, el toque de complicada agresividad que un alemán, un inglés o un francés ni siquiera hubiesen sido capaces de percibir. La vida en Pest se desarrollaba en un escenario tan reducido y existían tantas tensiones ocultas entre las personas interesadas que la comunicación entre ellas recordaba más bien una batalla campal. La «conversación» de estilo francés, ese intercambio verbal disciplinado, claro e inequívoco adornado con florituras lingüísticas, que no presenta peligro alguno para los participantes, semejaba un enfrentamiento noble entre dos maestros de esgrima, mientras que los diálogos que se mantenían en Pest recordaban esas escenas grotescas en las que la gente se lía a patadas y puñetazos. En los juegos de sociedad prevalecían aún el conocimiento y el entendimiento que caracterizaban los cafés de antes de la guerra, un conocimiento y un entendimiento basados en la sabiduría de los cuerpos, en la observación de los semejantes en los baños turcos; se trataba de saber algo fiable, algo personal, algo concreto sobre los demás; se catalogaba a un escritor diciendo que su cabello olía a ajo y a una mujer afirmando que su aliento olía a pies... La conversación en Pest debatía asuntos como «¿Con qué dinero?» y «¿Contra quién?», y todo se situaba en el ínfimo nivel de la información publicada en las revistas de teatro, que afirmaban saber y poder demostrar con pruebas fehacientes que incluso la gente famosa tenía su propia y agitada vida sexual; que los escritores, los actores y los artistas, los condes y los banqueros colmaban en ocasiones con sus favores a las jovencitas más guapas de la ciudad; que un escritor famoso estaba muy ocupado, tan ocupado con su última novela como con una actriz rubia; que un empresario de la industria textil había colocado en el centro de sus atenciones a una ceramista de la buena sociedad. Todo estaba impregnado por la opinión generalizada, semioficial en Pest, de que la gente tenía en forma sus órganos sexuales. Todos los representantes de la clase media de Pest «conversaban» sobre ese tipo de temas, tanto los católicos como los judíos, tanto los vecinos del barrio de Lipótváros como los del barrio de Józsefváros, aunque los más pudorosos ocultaban, claro está, que ellos también leían ese tipo de revistas. Aquel servicio de noticias institucionalizado llegó a transformar la soberanía de la vida privada en una especie de repugnante complicidad casi palpable. El triste secreto universalmente conocido de que personas de sexos opuestos o incluso del mismo sexo deseaban amarse se registraba con sorna en las conversaciones de Pest. Cuando no se «conversaba» se jugaba a las cartas, pero a mí me aburría cualquier diversión de índole mecánica. Durante un tiempo estuve haciendo experimentos «mundanos» en la vida social de Pest, pero pronto me refugié en Buda. Entre mis recuerdos permanece el de algunas «recepciones» grotescas de Pest, cuando el supuesto mayordomo no sabía dónde se guardaban los puros y el coñac, puesto que en realidad era uno de los camareros del casino cercano y sólo llevaba unas horas en la casa. En aquellas veladas se cenaba, se jugaba a las cartas y se hablaba de las «relaciones» como si fuesen acciones de la Bolsa.

Yo intentaba olvidar todo ese mundillo de Pest. En Buda vivía en soledad. Poco a poco iba abriéndose ante mí otro mundo húngaro, noble y refinado; mi soledad no disminuía, pero se situaba en un marco limpio y bien definido. A Pest acudía siempre con la impresión de ser un pueblerino perdido en el laberinto de la capital, pero en «casa», en Buda, en la orilla derecha del Danubio, en sus barrios antiguos empecé a conocer calles y edificios, plazas y personas, más o menos como cuando uno se establece en una ciudad pequeña para pasar la jubilación. Paseaba todas las mañanas a lo largo del baluarte del paseo Bástya, en el barrio del Castillo, miraba hacia abajo y contemplaba la parte antigua de la ciudad, situada en el pequeño valle, cubierta por la nieve o con sus árboles floridos, con las torres de sus iglesias y sus tejados ya pasados de moda; hasta que un día advertí con sorpresa que esas calles, ese paseo por el barrio del Castillo, esos cafés polvorientos y esas tabernas malolientes, esos lugares donde se desarrollaba mi soledad se habían convertido en una especie de hogar para mí. Desde entonces me alejaba de Buda contrariado, como desafiándome a mí mismo; en el extranjero no dejaba de acordarme de Buda, sentía nostalgia de sus calles, la misma que siente el provinciano en una ciudad extranjera cuando se habla de su ciudad natal. Ya conocía los secretos del barrio de Krisztina, sabía y comprendía por qué los vecinos odiaban el reloj de la torre del flamante edificio del mercado «moderno», un reloj de esos que no tienen números, sólo unas rayas para marcar cada hora; hasta las criadas decían que el reloj era de «estilo bolchevique» y yo empezaba a entender lo que querían decir. Vivía en soledad, pero ya tenía algunos conocidos: un relojero, un carpintero, un viejo actor del asilo cercano, unos camareros del turno de noche. Con aquella gente podía conversar... En Pest sólo era capaz de pronunciar discursos, como si debiera convencer a alguien. Claro, el error era mío. En el fondo de mi timidez, de mi carácter reservado había alguna herida y también celos: temía que la gente de Pest, astuta y espabilada, me engañara o se riera de mí. Tal sensibilidad era enfermiza e injusta, pero nunca logré vencerla del todo. La «vida en Buda» me presentaba formas cada vez más profundas y cerradas. Yo me aferraba con todas mis fuerzas al ambiente y a los modales de aquella vida. Uno recibe varios hogares a lo largo de su existencia. Para mí, Buda era uno de ellos.

Los escritores vivíamos en soledad, escondidos en una especie de catacumbas, desconfiados. Lo que se apreciaba en la «vida literaria» eran peleas, desconfianzas mutuas, celos generacionales. Vivíamos en un terreno muy reducido y todos comíamos del mismo pan, una rebanada diaria. ¿A qué se podía «llegar» allí? No a mucho: ni los más destacados llegaban más allá de madurar su obra y oír, en contadas ocasiones, sus ecos débiles y lejanos... ¿Sobre qué escribíamos? Comprendí el significado de la pregunta que me habían hecho en un café, en tono sarcástico y entusiasta, años antes, cuando había vuelto a Budapest. Cada semana compraba las revistas francesas en un quiosco de los bulevares y mi librero me enviaba todos los meses las publicaciones extranjeras; yo recelaba ligeramente al leerlas, temía haberme quedado atrás, muy lejos de las corrientes importantes que alimentan el espíritu humano y lo hacen florecer; ya no siempre comprendía todas las alusiones, había cosas que sólo atisbaba o adivinaba, tenía que basarme en muestras anteriores para descubrir un nuevo sabor... Observaba de lejos el desarrollo de algunos fenómenos principales, pero la noticia de los más recientes, de los «movimientos» juveniles, ya sólo llegaba hasta Hungría a través de un filtro. Únicamente escuchábamos los ruidos amenazadores que nos llegaban del mundo. Intentábamos agruparnos como las ovejas cuando se desata la tormenta, tratábamos de «organizar» algo, buscábamos uniones y apoyos, seguridad y protección contra unas amenazas oscuras y malévolas de contenido desconocido. Naturalmente, todos aquellos intentos de organización estaban abocados sin remedio al fracaso.

Los escritores seguíamos siendo unos solitarios. Así era, así es nuestro carácter; tal es nuestro destino.

En Pest iba a veces a los bulevares, me sentaba en un banco y jugaba a observar la «efervescente vida metropolitana». Vivía en la ciudad en una soledad tan grande como la de los deportados.

10

El trabajo invadió poco a poco toda mi vida, como una enfermedad. La escritura no es una tarea para una persona «sana», una persona sana es una persona que trabaja para acercarse a la vida, mientras que un escritor trabaja para acercarse a las profundidades de su obra, donde lo esperan peligros, terremotos, abismos, incendios. Mi neurosis regresaba de manera cíclica en ciertas épocas; a veces la angustia que se apoderaba de mí duraba meses enteros, y en ese período vivía en una especie de peligro mortal, arrastrándome, atiborrándome de toxinas, solo y abandonado, autoexcluyéndome de cualquier comunidad humana; pensando en el amor, en la amistad y en las relaciones humanas con la misma nostalgia imposible que siente un monje al pensar en la vida del mundo, y, sin embargo, esa misma nostalgia ya constituía una traición... En ocasiones intentaba buscar a un hombre o a una mujer, pero todos esos intentos terminaban con un fracaso y la calidad de mi trabajo se resentía de inmediato de esa «nostalgia», de esa retirada cobarde. Acabé por comprender que no tenía escapatoria, que nadie era responsable de mi destino, que debía entregar mi vida a mi obra por entero y sin condiciones, que debía vivir así, bajo la presión de esa idea fija, de esa manía, atravesando desesperadas épocas de huida y volviendo siempre a la otra vida, a la del papel. La escritura es, ante todo, como afirma Ernő Osváth, el mejor entendedor y analista del tema, una manera de vivir. El escritor debe vivir una vida de escritor o, por lo menos, una vida digna de un escritor... Ésa es una condición innegociable. Yo sabía que las voces altisonantes y chillonas de la vida seguirían acechándome y que siempre me dolerían; sabía que no había «solución», que seguiría siendo débil eternamente, que seguiría intentando huir, que reclamaría un lugar para mí en la vida de ciertas personas y que, al acercarme al calor de un alma humana o de un cuerpo humano, cometería sin remedio una doble traición: una contra el alma que me acogiera y otra contra el demonio del trabajo.

Escribía porque quería contar algo, porque esa «manera de vivir» era la que mejor encajaba con mi carácter y mi voluntad espiritual; escribía porque la expresión literaria me aseguraba una sensación de vivir la vida en toda su intensidad, en un grado supremo, algo que la existencia es incapaz de brindar por sí sola, pues tampoco esa sensación de vivir debe ser el objetivo del escritor, que tiene que rechazarla y trasladarlo todo a una forma determinada donde la obra vivirá por sí misma sin tener que alimentarse del mundo exterior, sin parientes ni admiradores, sin éxitos ni ecos. Quería contar algo, de modo que escribí un libro y luego otro, hasta que me di cuenta de que el «programa» de un escritor no consiste en una determinada serie de libros; yo deseaba expresar el mismo mensaje con cada frase que escribía, a través de varios libros de distintos géneros; todo fluía hacia una misma desembocadura en la que yo era el único que debía estar presente, debía estar presente con mi vida entera y con mi destino porque había algo que intentaba expresarse a través de mí, algo informe que a veces me parecía vacío de todo elemento «espiritual». La materia prima de mi trabajo era el barro al que había que insuflar algo más que un alma: un ritmo, una forma, unas dimensiones. Me enfrentaba a mi trabajo lleno de preocupaciones y de angustias, no veía el final, no encontraba la armonía, todo estaba lleno de cosas innecesarias, de relleno, de nimiedades cuyas proporciones ya no distinguía, como uno nunca es capaz de apreciar las proporciones de la vida. Quizá la obra sólo adquiera su forma final en el instante de la muerte; quizá sólo entonces se purifique, asuma su forma y deje de lado todo lastre para transformarse en una sola obra, en algo orgánico capaz de vivir por sí mismo. No veía con claridad qué aventuras me esperaban en ese trabajo; quizá el escritor nunca sea capaz de distinguir con nitidez los senderos que hay en la inmensa selva de su obra, que no tiene indicaciones de ningún tipo y en la que sólo puede guiarse por su instinto y con la ayuda de unas voces secretas que lo dirigen. Jamás he llegado a comprender a los escritores que afirman «buscar» su mensaje, creo que no somos nosotros los que buscamos o encontramos el trabajo, sino que es el trabajo el que nos busca y nos encuentra, y lo máximo que podemos hacer es no salir huyendo. A veces me parecía que cada frase que escribía era una escapatoria, una maniobra que dejaba las cosas para más tarde; me parecía que todos los libros y los miles y miles de artículos y columnas que había escrito sólo eran una huida del deber, y que un día ya no tendría escapatoria, ya no podría pedir otra prórroga al destino escribiendo un libro más, me vería obligado a cumplir con mi deber y entonces me detendría o fracasaría con la palabra que sólo yo podía pronunciar... Todos mis intentos literarios eran huidas e infidelidades. Parecía que le estaba rogando al *daimon* que me diese otra oportunidad, que todavía no había llegado el momento, que antes quería contar algo diferente, que sólo estaba preparándome, ejercitándome, que aún no oía mi propia voz con la claridad suficiente, que cantaba melodías ajenas, que primero debía olvidar todo lo que había oído, todo lo que había sentido, debía olvidar las fuertes influencias literarias que caracterizaban mi época... ¡Sí, primero debía escribir esto o lo otro, y luego me entregaría plenamente a mi labor! Escribí varios libros como quien paga su tributo al destino, intentando aplacar con pequeños sacrificios la ira de una deidad inexorable. Sin embargo, en el fondo, de manera oscura y dolorosa, sabía que no sería tan fácil.

«¿Sobre qué va a escribir?», me preguntaba la gente, y yo advertía con sorpresa que existía un destino para cada escritor, un destino del que le resultaba tan imposible escapar como de ciertos encuentros humanos, de ciertas ataduras sentimentales o sensuales. Tuve que admitir con desesperación que siempre sabía de qué iba a escribir durante los años siguientes: mencionaba el proyecto de cierto libro a alguien, el proyecto de un libro que pensaba escribir, y al cabo de los años veía con sorpresa que había escrito ese libro, exactamente el mismo que había mencionado de pasada. Me habría encantado escapar de esas tareas «secundarias», «dejar de lado» ciertas cosas, descansar, no hacer nada, reunir fuerzas para realizar otros experimentos, pero no, no podía escapar ni de una sola letra. Probablemente cada frase era parte de la misma tarea, incluso las más innecesarias, imperfectas y descuidadas... Sé que nunca me he preparado para un «gran libro» en el que «contarlo todo»: el escritor sabe que nunca será capaz de «contarlo todo», y sólo se proponen escribir un «gran libro» los escribanos situados al margen de toda literatura. Más bien creía que, entre tantos escritos superfluos cuya autoría sólo era capaz de asumir con remordimientos, escritos ocasionales y sin embargo inevitables, un día tendría la ocasión de decir, en una frase o en un párrafo, lo que nadie podía decir por mí. Pensaba que tal vez el mensaje no sería ni muy inteligente ni muy original ni muy divertido, quizá se presentaría en forma de tópico, porque en la vida como en la literatura los mensajes importantes, las palabras y las frases que expresan algo de forma contundente, que expresan a alguien con todo su ser, suelen ser muy sencillos. A veces imaginaba que todo lo que escribía era un prólogo o un pretexto, que lo que quería en realidad era describir o dibujar a una sola persona, y me daba cuenta de que esa persona ya estaba viva, de que yo ya sabía incluso cómo se llamaba, de que la conocía y conversaba con ella... Se trataba de una mujer madura situada en el centro de una comunidad humana, una mujer ni especialmente inteligente ni especialmente buena, pero que conocía un gran secreto, tal vez el «secreto» de la vida, y aunque no era capaz de ponerlo en palabras, le aseguraba equilibrio y armonía... Cuando escribía, pretendía descubrir los secretos de aquella mujer desconocida, más real que cualquier realidad. ¿Constituye eso un «programa» literario? Claro que no. En ocasiones me sorprendía el despilfarro que hacía, los miles de senderos y caminos ocultos que recorría, los cientos de islas construidas de recuerdos que atravesaba intentando llegar hasta ella, pero ella se escondía en el centro mismo de la vida y yo no podía saber quién era, si vivía en algún lugar, si la había conocido alguna vez. Quizá fuese la madre, esa otra madre eterna y esquiva que yo siempre he querido encontrar, no lo sé. Pero estaba seguro de que con cada frase, con cada libro y con cada género iba avanzando hacia ella, como si ella fuese capaz de darme una respuesta. Pasaban años, años de trabajo, resignación y experimentos, sin que pudiese distinguir apenas el rostro de esa figura femenina, sin que pudiese oír su voz, y de repente la veía de nuevo con toda nitidez. Entonces me parecía que todos mis trabajos no habían sido más que una excusa para encontrarla.

11

¿Dónde debería poner el punto final? ¿Cuándo llega un escritor al término de una confesión?

La vida competía con los libros. Un día de otoño, a las dos y media de la tarde, murió mi padre. Murió en plenas facultades mentales, con dignidad, de forma ejemplar, como si quisiera enseñarnos cómo se debe morir. Murió en mis brazos, y desde entonces cambió mi miedo a la muerte: ya no tengo tanto pánico, no temo la muerte, al menos no una muerte desconocida y horrible, más bien me da miedo dejar la vida, le reclamo a la muerte los sabores y los aromas de la vida; en el instante en que mi padre cerró los ojos, comprendí que la muerte no es ni mala ni buena, que no posee ninguna característica.

Mi padre había sufrido mucho. Sólo ante la muerte somos capaces de comprender del todo a las personas con las que tenemos algo que ver, con las que tenemos algo en común. Mi padre murió en una ciudad que no era la suya, en una ciudad de desconocidos; únicamente estábamos a su alrededor los miembros de su familia, ese tejido complejo del que él era —y eso también me lo enseñó la muerte— el centro y el sentido. La muerte del padre constituye siempre una explosión: la familia se deshace en pedazos y cada uno empieza a seguir su propio camino. Estuvo consciente hasta el último momento; media hora antes de su muerte mandó llamar al médico del hospital y le dijo en tono cortés: «He dispuesto lo necesario para que ustedes cobren sus honorarios.» Murió como un gran señor que no puede retirarse de la vida dejando deudas, lo organizó todo escrupulosamente para dar a cada uno lo que le correspondía; todos recibimos de él una última sonrisa, un último apretón de manos. «Es el último día de mi vida», dijo al despertarse aquella mañana, y se quedó mirando durante un largo rato, con sus ojos cansados y miopes, las copas otoñales de los árboles que había delante de la ventana. Poco antes de la agonía, cuando sabía que ya sólo le restaban unas horas o unos minutos, demostró sabiduría y tranquilidad. Yo siempre admiré su maravillosa capacidad para contemplar la vida desde cierta distancia, desde cierta actitud de reserva. Esa extraña capacidad lo acompañó hasta el instante de su muerte.

Durante los últimos días de su vida estuvo recordando cosas de la ciudad donde había nacido y vivido, y de la que al final había tenido que marcharse. No superó aquella separación. Quizá muriese a causa de aquel cambio: su cuerpo habría podido luchar contra la enfermedad, pero su corazón ya había perdido las ganas de vivir, ya no le encontraba ningún atractivo a la vida. La gente mayor de sesenta años soporta muy mal los cambios de residencia forzados. Durante sus últimos días estuvo soñando con la ciudad en la que había nacido, vivido y trabajado, y de la que conocía cada portal. Una mañana, tras un breve sueño, me dijo con una sonrisa, agotado pero feliz: «He estado otra vez allí. Imagínate, he estado en el Bankó; pasaba al lado del mirador y veía la ciudad en el valle.» Sonreía con tanta satisfacción como si hubiese vuelto de un viaje de placer. Ya se encontraba muy débil, apenas hablaba, pero sus ojos estaban siempre bien abiertos y brillaban con una extraña luz propia. Y él miraba a todos los que nos acercábamos a su lecho de muerte con aquellos ojos radiantes, como si acabase de comprender el significado de los rostros conocidos y desconocidos que lo rodeaban y quisiera profundizar en ese nuevo saber, oculto para él hasta entonces por los distintos avatares de la vida. Sin embargo, detrás de cada rostro él veía la «ciudad», soñaba con ella, caminaba por los montes y los bosques de los alrededores, por el Ottilia, por el Hradova. Aquel lugar había sido para él la única y verdadera base de la familia, y cuando tuvimos que marcharnos de allí, se desencajaron las estructuras de su vida. Después de nuestra partida no volvió a hablar de sus recuerdos, de la casa donde habíamos vivido, de la casa de antaño; escondía los recuerdos con un profundo pudor, pues se avergonzaba de su tormento; se ocultaba a sí mismo su desesperación. Sin embargo, los sueños le entregaban los recuerdos que no se atrevía a afrontar en la vigilia, y los sueños que tuvo antes de morir lo trasladaban a aquellos parajes tan deseados. Hablaba de sus sueños casi con rubor, pero el brillo de sus ojos cansados desmentía el tono despectivo de la voz. Todas las cosas de las que se había despedido para siempre al salir de la ciudad regresaban a él a través de las visiones oníricas previas a la muerte; volvió a verlo todo, así que pudo amarlo y mimarlo de nuevo.

La noche anterior a su muerte yo no encontraba mi sitio en aquella ciudad desconocida; tomé un taxi y me acerqué al hospital para visitarlo. Se encontraba ya sumamente débil; estaba despierto y tenía cogida la mano de mi madre, que, sentada junto a la cama, dormía; ella estaba completamente agotada, puesto que llevaba tres días y tres noches cuidándolo, y en las últimas horas ya lo hacía todo de forma inconsciente y mecánica. Me senté al lado de la cama y estuve observando el rostro moribundo y triste de mi padre, ese rostro tan querido para mí; en un tono muy silencioso, para no despertar a mi madre, me agradeció la visita. Siempre fue así: cortés, correcto y silencioso. «Gracias por haber venido de nuevo», me dijo, con una frase tan refinada y mundana que se me llenaron los ojos de lágrimas. Mi padre conocía el gran secreto de la cortesía. A veces pienso que es lo máximo que un ser humano puede brindar a otro. Él trataba a todos los miembros de la familia como si fuésemos invitados distinguidísimos, nunca iba de visita sin llevar algún precioso regalo para las señoras y las señoritas de la casa, y enviaba un ramo de flores acompañadas de su tarjeta de visita a todas las mujeres de la familia en el día de sus respectivos cumpleaños. La última noche estaba limpio, impecable, elegante en su lecho de muerte; todo estaba ordenado a su alrededor, como si durmiese la siesta una tarde cualquiera.

En ese preciso instante comprendí el aristocratismo de mi padre. Su vida había transcurrido en la elegancia de la bondad y la cortesía. Me quedé durante un largo rato junto a su cama; no nos decíamos nada, sólo nos mirábamos. Me miraba a los ojos fijamente, pensativo; a veces parecía acordarse de cosas. Yo sostenía su mirada, y así estuvimos durante una larga hora. ¿De qué se acordaría? ¿Qué habría querido saber? No lo dijo, no lo había dicho nunca, no lo dijo ni en esa última hora. Su silencio era fruto del tacto, no de la debilidad. Sabía que los seres humanos sólo debemos relacionarnos con tacto y discreción, y que había que aceptar y olvidar los secretos de los demás. El hecho es que estuvo mirándome fijamente para despedirse de mí, su hijo mayor; daba la impresión de que deseaba decirme algo, una palabra familiar secreta, una frase que me guiara, que me ayudara de por vida; pero no dijo nada, permaneció callado como si fuese consciente de que no se puede ayudar a nadie, de que todos los individuos y todas las familias se encuentran solos ante su destino. Me miraba como buscando algo, con los ojos muy abiertos, como si quisiera saber de una vez quién era yo, como si quisiera encontrar la respuesta a una pregunta muy antigua. Sin embargo, yo no supe responderle. Extendió las manos finas y lánguidas para coger las mías. No pronunció una palabra, cerró los ojos y al cabo de unos minutos me soltó. Entonces me fui.

Empezó a agonizar al mediodía siguiente. Estábamos muchos en la habitación y todos intentábamos hacer algo desesperadamente. Él ya no nos atendía, miraba por la ventana con mucha atención, contemplaba las copas amarillas de los árboles, mojados por una lluvia fina, y a las dos y media dijo: «Hay niebla.» Sí, una fina niebla le había cubierto la vista, veía niebla y bruma hasta en la habitación. Y se quedó inmóvil hasta que el médico le cerró los ojos. En ese momento no sentí nada. «Pues sí, ha ocurrido, mi padre ha muerto», pensé para concentrarme, y salí al pasillo, como si entendiera lo que había ocurrido: mi padre había enfermado y había muerto, habría que enterrarlo, así era. Más tarde lo metieron en un ataúd y se lo llevaron. Me habría gustado encender un cigarrillo, pero había mucha gente en el pasillo y yo no sabía si estaría bien visto «dadas las circunstancias». Cogí mi abrigo y salí. Estábamos a mediados de octubre, llovía, los árboles estaban mojados. Yo no sentía nada, estaba vacío, no tenía ningún sentimiento, sólo deseaba comer algo porque llevaba mucho tiempo sin probar bocado. Poco después, en medio del camino que conducía a la ciudad, me topé con un carruaje tirado por dos caballos empapados por la lluvia que avanzaban hacia la capilla del cementerio: en su interior iba el ataúd con el cuerpo de mi padre. Seguí el carruaje por el sendero que iba del hospital a la puerta del cementerio; en aquel corto trayecto, mientras andaba a paso lento bajo la lluvia, vi de repente toda la vida de mi padre ante mis ojos, muy de cerca, como bajo una potente lupa, con toda nitidez y de forma absolutamente tangible. Los caballos avanzaban tan despacio por el barro que yo debía detenerme de vez en cuando porque el carruaje se quedaba atrás. En ese camino comprendí que mi padre había sido la única persona con quien yo «había tenido algo que ver», con quien yo «había tenido algo en común», algo personal, un asunto que no se podía «arreglar» o «aclarar», un asunto del cual nunca habíamos hablado, y comprendí que esa conversación inexistente, jamás ocurrida, ya nunca se produciría... El carruaje entró por la puerta del cementerio y desapareció entre los árboles. Yo permanecí allí, mirando el carruaje, encendí un cigarrillo y empecé a tiritar. En aquel instante comencé a entender que mi padre había muerto.

· · ·

12

Cuando enterramos a mi padre, tuve la sensación de haber recibido un cargo que debía asumir, un ascenso, y me embargó una extraña sensación de libertad que a punto estuvo de asfixiarme, como si me hubiesen dicho: «Ahora ya puedes hacer lo que te apetezca. Puedes afiliarte al partido anarquista, puedes suicidarte, puedes hacerlo absolutamente todo...» Desde luego, no había nada preciso en que emplear dicha «libertad». No existe más libertad que la del amor y la de la humildad. Sin embargo, tras la muerte de mi padre tuve que reconocer que en toda mi vida él había sido el único que me había tratado bien, que había sido bueno conmigo sin esperar nada a cambio, a su manera triste y civilizada —puesto que incluso para ser buenos hay que ser civilizados, porque si no la bondad resulta insoportable—, tuve que reconocer que yo no era capaz de amar a nadie más, que en mi interior había vanidad, heridas dolorosas y ganas de venganza en vez de amor y humildad. La razón y la comprensión pueden apaciguar las emociones; yo no creo en la «cura», ni siquiera en la paz interior. Sabía que nunca más sería capaz de establecer una relación humana incondicional con nadie, que debía entregarme totalmente a mi trabajo, a mi «modo de vivir», y trasladar allí todo lo que en mí y en mi mundo quedaba de humano.

Porque el mundo en el que yo vivía tampoco creía ya ni en la «paz» ni en la cura. Los pequeños burgueses de todo el mundo chillaban de miedo, no querían más que prolongar su situación, seguir regateando. Una luminosidad malévola brillaba en los paisajes de la vida. Actualmente vivo en un mundo lleno de pánico y suspicacia en el cual los jefes de Estado conceden prórrogas temporales a la humanidad, animándola de forma oficial a sembrar el trigo por última vez, a escribir un último libro o a construir un último puente; y la vida y el trabajo transcurren bajo un sentimiento constante de peligro. La clase en la cual yo nací se mezcla con otras en ascenso, su nivel cultural ha disminuido en los últimos veinte años de manera considerable, están agonizando las inquietudes espirituales del hombre civilizado. Los ideales en los que yo había aprendido a creer terminan en el basurero como deshechos y trastos inútiles, y el terror instintivo del rebaño planea por encima de los vastos terrenos de la civilización. La sociedad en la que vivo es absolutamente insensible a los asuntos del espíritu e, incluso, a los asuntos relativos al estilo humano e intelectual de la vida cotidiana. Los propósitos de mi época, presentes de forma palpable, me llenan de desesperación; aborrezco el gusto de mis contemporáneos, sus deseos y su manera de divertirse, dudo de su moral y considero terrible y fatal el interés de la época por los récords, que satisfacen casi por completo a las masas. El hombre espiritual es un fenómeno único, obligado a refugiarse en las catacumbas, como hacían los monjes escribanos, poseedores del secreto de la Letra Escrita, en la Edad Media, en la época de las invasiones bárbaras. Todas las demostraciones de la vida están impregnadas de un miedo trágico e inconfundible.

Sólo me queda vivir y trabajar en esta época, la mía, como mejor pueda. Me resulta muy difícil. A veces advierto con sorpresa que me siento más cerca de las personas de sesenta años que de la gente joven. Somos así todos los que nacimos en uno de esos últimos momentos gloriosos de nuestra «clase». Quien hoy escribe pretende dar testimonio de las cosas para la posteridad... Testimonio de que el siglo en que nacimos celebraba, en otros tiempos, la victoria de la razón. Yo quiero dar fe de ello mientras pueda, mientras me dejen escribir. Quiero dar fe de una época en la que vivía una generación que deseaba celebrar el triunfo de la razón por encima de los instintos y que creía en la fuerza y en la resistencia de la inteligencia y del espíritu, capaces de detener el avance de las hordas ansiosas de sangre y muerte. Como programa vital no es mucho, pero yo no conozco otro. Lo único que sé es que quiero permanecer fiel a ese mensaje, aunque sea a mi estilo, con mi cinismo y mi infidelidad. Cierto es que he visto y he oído a Europa, que he vivido su cultura... ¿Acaso se puede pedir más de la vida? Ha llegado ya el momento de poner punto final; ahora, como último mensajero de una batalla perdida, sólo deseo recordar y callar.

Tabla de los acontecimientos históricos, políticos y científico-culturales más significativos del período 1900-1928

1900
–Sándor Márai nace el 11 de abril en Kassa, Hungría (hoy Kosice, Eslovaquia), bajo la monarquía de los Habsburgo.
–Sigmund Freud publica *La interpretación de los sueños*.

1901
–Fundación del Partido Socialista Revolucionario ruso.
–Muere la reina Victoria de Inglaterra.

1904
–Francia y Gran Bretaña acercan posiciones con la Entente cordial.
–Estalla la guerra entre Rusia y Japón.

1905
–Derrota rusa en la guerra ruso-japonesa. Primera revolución rusa. Domingo sangriento en San Petersburgo.

1906
–El zar Nicolás II instituye la Duma.
–Joseph J. Cottom obtiene el Premio Nobel de Física por el descubrimiento de los electrones.
–Thomas Alva Edison inventa la lámpara termoiónica.

1907
—Segunda Conferencia Internacional de La Haya.
—Picasso pinta *Las señoritas de Aviñón*.

1908
—Austria se anexiona Bosnia-Herzegovina.

1912
—Estalla la Primera Guerra Balcánica.

1913
—Estalla la Segunda Guerra Balcánica.

1914
—El asesinato del heredero al trono de Austria en Sarajevo marca el comienzo de la Primera Guerra Mundial.

1916
—Albert Einstein formula el principio de relatividad general.

1917
—Estalla la revolución rusa, que propicia el nacimiento de la Unión Soviética.
—Estados Unidos interviene en el conflicto europeo.

1918
—En Budapest estallan unos motines que conducen a la proclamación de la república húngara. Su presidente es Mihály Károly, que simpatiza con la Entente.
—Finaliza la Primera Guerra Mundial.

1919
—Alemania y las potencias aliadas firman el Tratado de Versalles, que redefine el mapa político-geográfico europeo.

–Károly entrega el poder al bolchevique Béla Kun, cuyo mandato dura poco más de tres meses.
–Benito Mussolini funda los Fascios italianos de combate.

1920
–En Hungría se celebran unas elecciones que restauran la monarquía, con Miklós Horthy como regente. En junio el nuevo régimen firma el tratado de Trianon, por el cual el país queda reducido a los territorios magiares.
–Einstein recibe el premio Nobel de Física.
–Adolf Hitler es elegido presidente del Partido Nacionalsocialista de los Trabajadores.
–Primera reunión de la Liga de Naciones o Sociedad de Naciones, que será reemplazada en 1946 por la actual Organización de las Naciones Unidas (ONU).

1922
–Mussolini encabeza la marcha sobre Roma y se convierte en jefe de gobierno, implantando en Italia un régimen fascista.
–Stalin es nombrado Secretario General del Partido Comunista, cargo que ejercerá durante treinta años.
–James Joyce publica su *Ulises*.

1923
–En España, Primo de Rivera llega al poder como consecuencia de un pronunciamiento militar aceptado por Alfonso XIII.

1924
–André Breton publica el *Manifiesto surrealista*.
–El triunfo del fascismo en las elecciones italianas ratifica a Mussolini en el gobierno.
–Mueren Lenin y Kafka.

1927
–Trotski es excluido del Partido Comunista.
–Charles Lindbergh revoluciona la historia de la aviación al cruzar sin escalas el océano Atlántico en un avión monomotor.
–Aparece el cine sonoro.

1928
–Bertolt Brecht y Kurt Weil crean *La ópera de cuatro cuartos*.
–Luis Buñuel y Salvador Dalí dirigen *Un perro andaluz*.
–Sándor Márai regresa a Budapest y comienza así el período más fructífero de su carrera literaria.